이야기 세계사 ②

구학서 편저

청아출판사

미켈란젤로 『피에타 상』

라파엘로
▶ 『성모자』

◀ 『알렉산드리아의 聖女 카타리나』

들라크롸
『자유의 여신』

무릴료 『원죄없는 처녀수태』

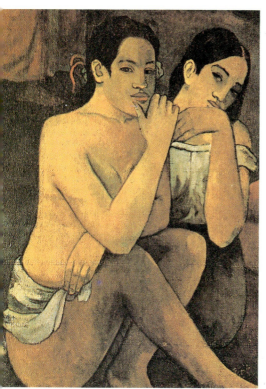

고갱
『우리는 어디서 왔으며, 누구이며, 어디로 가는가?』

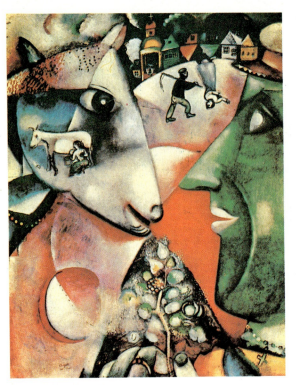
샤갈 『나와 마을』 (1901)

모딜리아니 『아기를 안은 여자』 (1918)

꼬르뷔지에 『노틀담성당』 (1950~54)

이야기 세계사

―르네상스로부터 제2차 세계대전까지―

구학서 편저

청아출판사

머 리 말

《이야기 세계사 2권》은 《이야기 세계사 1권》에 이어 근대의 시작인 르네상스로부터 제2차 세계대전까지를 개괄하여 다루고 있다. 근대 세계사의 수많은 사건과 역사적 변화가 작은 분량으로 정리된 《이야기 세계사 2권》은 《이야기 세계사 1권》과 마찬가지로 근대 세계사의 큰 흐름을 쉽게 소개하려는 의도로 쓰여졌다. 그러므로 꼭 필요한 경우를 제외하고는 개별적 사건은 과감히 생략되거나 간단히 설명되었다. 따라서 근대 세계사의 변천을 개괄적으로 이해하기에 이 책은 유용할 것이나 보다 전문적인 지식을 필요로 하는 독자들에게는 가볍다는 생각이 들 것에 틀림없다. 이같은 아쉬움을 조금이나마 해결하기 위하여 책 끝에 현재 나와있는 보다 전문적인 책들을 소개하니 이용하기 바란다.

《이야기 세계사 2권》은 세계사라는 제목을 사용하는 것에 많은 부끄러움을 가지고 있다. 왜냐하면 근대 세계사를 다룬다고 분명히 밝혔으나 사실상의 내용은 서구의 근대사를 근대 세계사와 동일시하고 있기 때문이다. 당연히 세계의 일부인 중남미 아메리카, 아프리카, 지중해, 동유럽의 근대사가 거의 설명되지 못한 것은 다음의 원인 때문이다.

먼저 비서구 지역의 각국이 우리에게 그동안 큰 의미를 주지 못한 것이 이 지역의 근대사를 소홀히 취급하도록 직접적으로 작용하였다(물론 최근의 경향은 이와는 다르다). 근대 세계사를 주도한 서구 유럽 각국이 우리에게 직접 영향을 미쳤고 현실적 필요에서 우리가 서구의 근대사를 연구할 때 비서구 지역의 근대사는 무시되거나 부정되었을 뿐이었고 언어의 몰이해까지 더해져서 기껏해야 서구인의 입장에서 정리된 글들을 소개받았을 뿐이었으므로 비서구 지역의 근대사는 소홀해졌던 것이다.

 근대 세계사는 특히 서구 시민계층의 입장에서 체계적으로 정리되었다는 점도 주목할 필요가 있다. 봉건적 신분의 굴레를 없앤 서구 시민층의 세계관이 판단의 기준으로 사용되어 옳고 그름을 가르게 되며 정당하다고 무조건 받아들여져서는 우리의 시야를 가리는 위험을 가져올 수 있기 때문에 이 점은 특히 중요하다. 단순한 지식의 즐거움은 그 자체가 바람직한 일이다. 그러나 세계사의 많은 사건과 변천을 단순히 알기 위하여 책을 읽는다면 무엇인가 부족하며 이를 위해서는 오히려 역사 백과사전류가 더 유용할 것이다.

 《이야기 세계사》는 이야기라는 한계를 가졌음에도 가능하면 흥미 이상의 비판적 입장을 전하려고 시도하였다. 이런 노력은 매우 제약되고 또 충분치 못하였으나 이 글에서 근대 세계사를 이해하는 우리의 시야를 조금이라도 넓힐 수 있었다면 편저자로서는 큰 보람이 되었다고 생각한다.

 이 글이 나오는 데 수고한 청아출판사 편집부 여러분 특히 김정원님과 이상용 사장님께 감사드리며 이 글의 모든 잘못은 전적으로 편저자 자신에게 있음 밝히는 바이다.

1987. 1. 5

―편저자―

차 례

머리말 / 3

I. 근대 유럽
세계의 형성
　이탈리아의 르네상스……………………… 16
　　르네상스에 대한 평가…………………… 21
　　알프스를 넘은 르네상스………………… 22
　유럽세계의 확대…………………………… 25
　　콜럼버스의 달걀…………………………… 27
　　지리상의 발견 이후 유럽의 변화……… 32
　종교개혁…………………………………… 36
　　종교개혁 발생의 배경…………………… 36
　　독일에서 일어난 루터의 종교 개혁…… 38
　　확산된 종교개혁 운동…………………… 45
　　가톨릭의 대응…………………………… 47
　　종교개혁 연표…………………………… 50

II. 절대왕정
시대
　절대왕정의 구조…………………………… 54
　　정치·54　경제·55　사회·56
　자본주의의 성장…………………………… 58
　프랑스의 절대왕정………………………… 60
　제약된 절대왕권 : 영국…………………… 65
　군국주의적 절대주의 : 프로이센………… 69
　후진 러시아의 등장………………………… 75
　영국혁명으로의 길 : 사회의 변화………… 78
　　영국혁명(1) : 국왕과 의회의 충돌……… 80

	영국혁명(2) : 의회 없는 국왕 ……………… 82
	영국혁명에 관한 해석 …………………… 88
	근대문화의 정착 ……………………………… 91
	철학 ………………………………………… 91
	과학혁명 …………………………………… 92
	문학 ………………………………………… 93
	음악 ………………………………………… 94
	미술 ………………………………………… 96
	정치사상 …………………………………… 96
	계몽사상 …………………………………… 97
	경제사상 …………………………………… 99
Ⅲ. 시민혁명	미국혁명 ……………………………………… 104
	미국독립의 평가 ……………………………… 111
	프랑스 대혁명 ………………………………… 113
	혁명 직전 프랑스의 상황 ………………… 113
	삼부회 ……………………………………… 117
	바스티유 감옥 점령과 혁명의 시작 ……… 121
	프랑스혁명과 인권선언 …………………… 123
	국민의회의 개혁과 헌법제정 ……………… 125
	루이 16세의 도피사건 …………………… 127
	혁명전쟁 …………………………………… 130
	공포정치 …………………………………… 132
	총재정부의 수립 …………………………… 133
	프랑스 혁명의 평가 ………………………… 135
	영웅 나폴레옹의 등장 ……………………… 136
	나폴레옹의 치적 …………………………… 139
	나폴레옹 제국과 몰락 …………………… 142

	19세기 주요사상의 흐름 ····················· 145
	낭만주의 ······································· 145
	보수주의 ······································· 147
	자유주의 ······································· 149
	민족주의 ······································· 152

Ⅳ. 1815년~1848년의 유럽

빈 회의와 메테르니히 ····················· 158
 빈 체제에의 도전 ························· 161
1830년 프랑스 혁명 ························ 165
혁명과 격변의 1848년 ···················· 168
 프랑스의 2월 혁명 ······················· 169
 독일에서의 1848년 혁명 ················ 174
 오스트리아에서의 1848년 ·············· 178
1848년 혁명의 평가 ························ 184
이탈리아의 통일 ····························· 186
 통일을 바라보는 상이한 관점 ········· 186
 실패한 혁명들 ····························· 187
 카부르의 등장 ····························· 189
 가리발디와 남부 이탈리아 ············· 192
독일의 통일 ··································· 196
 통일사업의 위임자 프러시아 ·········· 196
 위로부터의 개혁 ·························· 197
합스부르크 제국 내에서의 민족주의 ····· 203
 마지르인들의 독립운동 ················· 204
 게르만 대 체코인 ························ 205
 남슬라브인 문제 ·························· 207
자유민족주의에게 인종주의로 전환 ······ 208
반유대주의의 대두 ·························· 210

V. 산업혁명

영국에서 시작된 산업혁명 ········· 217
　영국 산업혁명의 발전 ········· 219
　기술의 발전 ········· 221
　산업자본의 마련 ········· 226
　산업화로 인한 사회구조의 변화 ········· 227
　가난한 노동자들의 생활상 ········· 229
　도시화 ········· 231
　산업화의 영향 ········· 232
　개혁과 저항운동의 발전 ········· 236
자유주의의 변질 ········· 240
초기 사회주의 ········· 243
　생 시몽 ········· 244
　푸리에 ········· 245
　오웬 ········· 246
마르크스주의 ········· 247
무정부주의 ········· 250
산업혁명의 유산 ········· 253

VI. 19세기 각국의 발전

대영제국(1815~1914) ········· 258
　개혁운동의 대두 ········· 259
　글래드스턴과 디즈레일리 ········· 264
　아일랜드 분규 ········· 265
산업혁명기의 프랑스 ········· 270
　루이 나폴레옹 ········· 270
　파리 코뮌 ········· 273
　제3공화정(1870~1940) ········· 275
독일제국 ········· 279
　비민주적 사회구조 ········· 279
　제국의 적들 ········· 281

	경제 및 식민정책	284
	이탈리아(1870~1914)	287
	러시아	290
Ⅶ. 제국주의	서구 제국주의의 대두	298
	아프리카 분할	301
	영국의 아프리카 침탈	303
	유럽의 아시아 진출	307
	서구의 중국 침략	308
	일본과 서양세력	311
	인도의 경우	313
	기타 아시아 지역	316
	제국주의 시대의 라틴 아메리카	320
	제국주의 유산	323
	19세기 제국주의 연표	326
Ⅷ. 도전받은 이성 : 불합리주의의 문제	이성 신뢰의 사상	330
	실증주의	330
	진화론	332
	합리주의의 비판자들	336
	니체	336
	앙리 베르그송	338
	조르주 소렐	339
	지크문트 프로이트	340
	현대의 사회사상	342
	에밀 뒤르켐	342
	빌프레도 파레토	344
	막스 베버	345

	뉴턴적 세계관의 변화 ·············· 346
IX. 제1차 세계 대전으로의 길	오스트리아·헝가리 제국의 민족문제 ··· 352
	3국동맹(1882~1915) ·············· 354
	3국협상 ························· 356
	전쟁으로의 표류 ··················· 358
	보스니아 위기(1908) ·············· 358
	발칸 전쟁(1912) ················· 359
	프란츠 페르디난트의 암살 ·········· 360
	전쟁의 책임문제 ··················· 363
	축제로 간주된 세계대전 ············ 364
	서양의 비극 : 제1차 세계대전 ······· 366
	서부전선의 교착상태 ··············· 367
	기타 전선의 상황 ················· 371
	미국의 참전 ······················ 373
	독일의 마지막 공세작전 ············ 376
	윌슨 대통령의 구상 ··············· 377
	윌슨 구상의 장애요소들 ············ 379
	베르사유 체제의 시동 ············· 381
	전쟁과 유럽인의 의식 ············· 384
	제1차 세계대전 연표 ·············· 386
X. 전체주의 세계의 등장	러시아 혁명 ······················ 389
	전제군주제의 붕괴 ················· 389
	임시정부의 문제점 ················· 391
	레닌과 볼셰비키 ··················· 393
	레닌의 성공 ······················ 395
	볼셰비키 통치의 초기 상황 ········· 397

	볼셰비키 독재정치 ································ 399
	일당 독재국가 ···································· 403
	스탈린의 등장 ···································· 405
	러시아의 근대화와 집단화 ···················· 406

XI. 파시즘의 대두
- 파시즘의 요소들 ································ 413
- 이탈리아에서의 파시즘과 무솔리니······· 415
  - 파시스트 국가의 건설························ 418
  - 무솔리니의 정책 ······························ 420
- 신생 독일공화국 ································ 422
  - 경제위기 ·· 424
- 바이마르 공화국의 본질적 취약점········ 426
- 히틀러의 대두···································· 428
  - 히틀러의 정치관································ 431
  - 히틀러의 대중조작····························· 433
  - 히틀러의 집권···································· 434
- 나치 독일 ·· 438
- 전체주의의 확산 ································ 445
  - 스페인과 포르투갈····························· 445
  - 중동부 유럽 ······································ 446
- 서구 민주주의 ···································· 449
  - 미국 ·· 449
  - 영국 ·· 451
  - 프랑스 ·· 452

XII. 제2차 세계대전
- 전체주의 국가들의 침략 ····················· 458
- 연합국의 승리 ···································· 463
- 제2차 대전의 유산 ······························ 466

제2차 세계대전 이후 ·················· 468

참고문헌 • 470
찾아보기 • 471

I. 근대 유럽세계의 형성

면죄부 판매

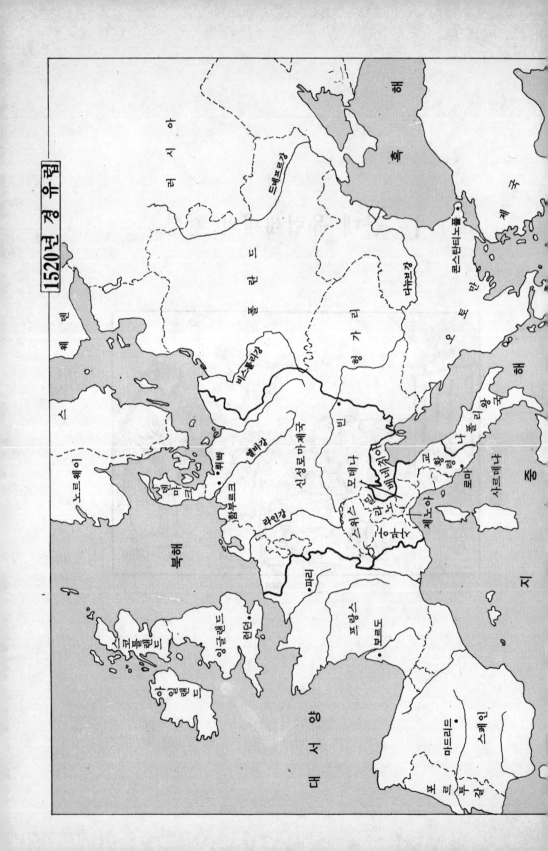

《근대유럽세계의 형성 개괄》

중세 봉건사회는 14세기경부터 교회 중심의 세계관이 무너지면서 아울러 해체되기 시작하였다. 중세적 문화와 봉건적 사회구조의 쇠퇴는 새로운 사회체제와 새로운 문화를 형성시켰는데, 이것이 곧 근대 세계와 근대 문화로써 이것은 르네상스, 종교개혁, 유럽 세계의 세계진출, 과학혁명 등으로 구체화되었다.

르네상스는 이탈리아에서 비롯하여 점차 북유럽으로 전파되었다. 중세의 신(神) 중심 세계관을 인간 중심의 세계관으로 대체시킨 르네상스는 근대문화를 여는 맹아였다. 루터의 종교개혁은 천여 년 동안 지속되었던 가톨릭 교회의 권위를 부정하고 오직 성경과 신앙의 우위를 확립하려는 신앙운동으로부터 출발하였으나 정치적 운동과 결부되어 많은 권력투쟁의 요인이 되었고 그 와중에서 신앙수호라는 미명 아래 수많은 생명들이 희생되었다.

유럽 세계의 세계진출은 과거 지리상의 발견이라는 명칭으로 불렸는데 이러한 움직임은 새로운 시대의 과학과 기술을 수단으로 삼고 해외로 진출하려는 근대국가의 의지가 합하여 이루어진 성과였다. 그리하여 신대륙과 아시아에까지 유럽인들이 뚜렷하게 진출하게 되었다.

과학혁명은 근대 세계의 주역으로 부상한 시민층의 세계관을 대변하였다. 전통과 권위에 의존하여 지배권을 장악하였던 봉건세력은 합리성, 논증, 법칙의 우위를 주장하는 시민층의 도전에 밀려 점차 그 힘을 빼앗기지 않을 수 없었다. 그리하여 혈통에 의해서 입신을 독점하여 왔던 봉건귀족들은 개인의 노력과 능력에 따라 출세가 좌우되어야만 한다는 시민층의 세계관을 받아들이지 않으면 성공할 수 없었으므로 귀족의 세계관과 시민층의 세계관의 갈등이 근대국가의 성격에서 나타나게 되었고 이 갈등은 18세기말 프랑스 대혁명에 의하여 시민층 세계관의 승리로 판가름나게 되었다. 프랑스 혁명에 의하여 근대 세계의 성격은 중세 봉건적 세계관을 해체시켰다.

이탈리아의 르네상스

그리스·로마 고전문명의 재생이라는 의미를 가진 르네상스는 중세 이래 망각되었던 '인간'을 다시금 강조한 세속주의 문화운동이다. 어떠한 이유로 르네상스가 이탈리아에서 먼저 나타났으며 그 특징은 무엇인지 알아보자.

이탈리아가 르네상스를 선도한 이유는 우선 이탈리아에서는 13세기 이전에 봉건제도가 쇠퇴하고, 도시 상인들이 세력을 장악한 사회가 형성되었다는 점에 있다. 그리고 지리적 위치로 인해 십자군 운동기에 항구도시들, 예컨대 베네치아, 피렌체, 제노바 등이 발전하였고 또한 동양과 서양을 이어주는 지중해 무역을 독점하였다는 점에 있다.

무역에 의해 큰 세력을 키운 도시들과 그 지배층인 상인들이 바로 르네상스를 가능케 하였다. 물론 이들 외에도 이탈리아가 고대 로마제국의 수도로서 많은 옛 유물을 간직하였고 비잔틴·이슬람 문화의 영향을 알프스 이북 유럽지역에 비하여 가깝게 받았다는 점도 지적할 수 있겠다. 그래서 자유의 정신이 강하고 봉건적 굴레가 비교적 약하였던 이탈리아에서 르네상스 정신은 먼저 자랄 수 있었고 이 정신이 곧 르네상스 정신으로 발전하였던 것이다.

이탈리아 르네상스의 특징은 문예지향적이다. 페트라르카, 보카치오 등은 시인과 소설가로서 각기 인문주의 및 근대 소설의 장을 열었다. 또한 르네상스기 이탈리아는 미술과 건축에서, 그리고 조각 분야에서 천재들을 배출하였다. 즉 원근법을 새로이 부각시킨 조토, 최후의 만찬·모나리자를 그린 레오나르도 다 빈치, 최후의 심판·다비드상을 남긴 미켈란젤로 등은 모두 예술가였다. 이들은 모두 예술 작품을 통하여 새로운 세계관을 표현하였던 것이다. 이러한 특징은 알프스 이북에서 르네상스가 사회비판적 성격을 지닌 것과 현저히 구별되는 것이다.

또한 이탈리아 르네상스의 특징으로 손꼽히는 것에 인문주의가 있다. 이때 인문주의란 '스투디아 후마니타티스(Studia Humanitatis)'라는 말에서 연유되었는데 그 뜻은 중세 스콜라 학문 중에서 일반 교양과목인 문법, 수사학, 역사, 시 등을 연구하는 것을 일컫는다. 이 과목들은 내용상 그리스와 라틴 고전을 연구하는 것이었고 신(神)을 연구하는 것이 아니었다. 따라서 자연스럽게 '인간' 연구에 중점을 두게 되어 세속주의 정신이 발전하게 되었던 것이다.

보카치오의 《데카메론》은 세속정신을 잘 보여주는 르네상스의 대표적 저술의 하나인데, 그 내용은 완전히 세속적이며 사용된 글조차 이탈리아어로써 일반 대중을 독자 대상으로 삼아 쓰여졌다. 《데카메론》의 내용은 당시 유행하던 흑사병을 피하여 모인 부유한 피렌체 남녀들이 10일 동안 함께 지루한 시간을 보내며 이야기한 설화를 기록한 형식으로 되어 있다. 강도, 창녀, 부랑자의 이야기와 함께 수도사들을 다룬 《데카메론》은 매우 풍자적이고 세속적이어서 당대의 해이하였던 성(性)문제와 사회윤리를 꼬집고 있다. 이리하여 《데카메론》은 그 이후 이탈리아 문학은 물론 유럽 각 지역의 문학에 깊은 영향을 주었는데, 특히 영국 초서의 《캔터베리 이야기》에는 직접적인 영향을 주었다 한다.

이탈리아 르네상스가 근대적이고 또한 세속적 성격을 나타내는 것은 정치사상 분야에서였다. 즉 중세의 사상과는 매우 다른 오늘날의 정치 감각과 상통하는 새로운 정치사상이 나타났던 것이다. 이 분야의 대표적 저술은 《군주론》이었다.

《군주론》의 저자는 피렌체 사람인 니콜로 마키아벨리(Niccolo Machiavelli, 1469~1527)였다. 그는 1494년 이래 이탈리아가 프랑스와 스페인의 압제 속에서 신음하였던 원인이 이탈리아 군주들의 다스림이 이상적일 뿐 실현될 수 없었던 헛된 정치사상이었기에 고통을 면할 수 없었다고 단정하였다. 그래서 군주들에게 충고를 하기 위하여 오늘날도 정치학의 고전으로 꼽히는 《군주론》을 썼던 것이다.

이 책은 현실적인 유용성에 그 중점을 두고 있다. 그래서 마키아벨리는 먼저 다음과 같이 주장한다.

"나는 사물을 이상적 형태보다 있는 그대로 나타냄이 중요하고 올바르다고 믿는다. 모두들 결코 존재하지 않았던 공화국과 제후국 체제를 꿈꿀 뿐이다. 인간이 이상적으로 어떻게 살아야 되는가와 현실적으로 어떻게 사는가와의 차이는 매우 크다. 따라서 이상적인 삶을 위하여 현실적 삶을 등한시한다면 파멸을 면할 수 없을 것이다."

마키아벨리는 또한 군주의 권력을 중시하였고 군주의 권력강화를 위하여 돈을 주고 고용하는 '용병(Mercenaries)' 대신에 프랑스처럼 '시민군'을 국력의 바탕으로 삼자고 역설하였다. 또한 군주가 강력한 권력을 유지하는 방법을 제시하였는데 그가 주장한 바는 다음과 같다.

"모든 점에서 도덕적인 사람은 비도덕적인 사람에 의하여 고통을 받게 된다. 따라서 군주가 외적인 간섭을 받지 않고 계속하여 지배하기 위하여서는 반드시 비도덕적인 것을 배워야만 하며 필요에 따라서 비도덕적인 교활함을 이용해야 한다. 군주는 덕이 있다는 평판을 얻기 위하여 애를 쓸 필요는 있으나 실제로 덕을 행하기 위하여 노력할 필요는 없다."

이리하여 마키아벨리는 스콜라적 사상과 완전히 다른 새로운 정치사상을 내세웠다. 즉 세속적, 현실적인 정치사상을 주장하였으니 종교는 정치의 기초를 이루는 것이 아닌 군주의 성공을 돕기 위한 유용한 도구일 뿐이라는 것이었다. 그에게는 종교적인 신앙과 경건한 마음도 오직 군주가 백성들의 마음을 사로잡는 데 필요한 경우라면 진실함의 여부는 제쳐놓고 외양만은 어떻든 갖추라고 충고할 정도였다. 즉 마키아벨리는 군주가 목적을 위해서는 모든 수단을 사용하여도 된다는 것을 가르치려고 《군주론》을 저술하였던 것이다.

마지막으로 이탈리아 르네상스의 대표적인 세속성은 예술에서 나타난다. 특히 건축, 조각, 미술에서 이러한 특징이 두드러지게 나타나는데, 우리는 레오나르도 다 빈치를 통하여 이 점을 살펴보자. 레오나르도 다 빈치는 우선 만능 천재로서 이 시기를 대표한다.

그는 음악가, 건축가, 기계공학자, 해부학자, 발명가, 화학자인 동시에 물리 실험가였고 역사상 가장 뛰어난 화가의 한 사람이다. 그의 천재성은 그가 술집 하녀와 공증인 가문의 유복한 남자와의 결혼이라는 파격적인 사건의 결과라는 점에서 놀라운 일이다. 자고로 결혼은 비슷한 신분끼리 이루어지는 것이 상례이며, 오늘날에도 어려운 이런 결합이 당시 이탈리아에서는 가능하였고, 또 이혼도 용이한 사회 분위기로 가득차 있었다. 즉 관례가 무시되고 안정된 분위기가 무엇인가 새로운 힘에 의하여 변화되고 있었던 것이다.

레오나르도 다 빈치는 이러한 사회풍조에 따라서 자기의 일생을 자신의 능력으로 개척하였다. 그는 집에서 법률공부를 강요받았으나 화가로서의 재능이 자기에게는 더 있다고 믿으며 처음부터 그림공부를 고집하였다. 그리하여 자기 재능을 인정하는 유력자를 밀라노, 피렌체, 프랑스로 찾아다녔고 그들의 주문에 의하여 그림을 그렸다. 당시 유력자들은 화가에게 필요에 따라서 초상화, 벽화, 때로는 성화(聖畫) 등을 주문하였고 화가들은 불평을 듣지 않기 위하여 수요자들의 기호에 알맞게 그림을 그렸다.

레오나르도 다 빈치 역시 이런 상황에서 벗어날 수는 없었다. 그럼에도 그는 이러한 제약을 승화시켜 위대한 예술을 창조했으니 그 대표적 작품이 《모나리자》이다.

피렌체의 관리 프란체스코 조콘다가 어느날 그와 부인인 리자와 함께 레오나르도 다 빈치에게 리자의 초상화를 부탁하였다. 그때 리자의 나이는 24세로서 그 아름다움은 화가를 감동시켰다. 쾌히

레오나르도다빈치 〈모나리자〉

그림을 그리기로 약속한 레오나르도 다 빈치는 리자의 초상화를 그리는 일에 전력을 다하였다. 그러나 일은 잘 진행되어 나가지 않았다. 무엇보다도 리자의 모습에서 살짝 스치는 미소, 이 세상에서 무엇에도 비할 수 없는 리자의. 그 미소를 어떻게 표현할까 하고 그는 고심하였다. 그런 가운데 어느덧 3년이란 세월이 흘러서 리자의 초상화는 거의 완성될 단계에 이르렀다.

리자 부인은 날마다 약속한 시간에 찾아와서 그림이 마무리되는 것을 보고 즐거워하였다. 그러던 어느날 리자는 서운한 듯 말하였다.

"선생님, 제가 남편을 따라 칼라브리아로 여행을 하게 되었습니다."

"그래요? 얼마나 시간이 걸립니까?"

"석 달 정도 걸린다고 합니다. 저는 별로 가고 싶지 않지만, 남편이 한사코 같이 가자고 해서······."

"함께 가셔야지요. 그림의 끝은 다녀오신 뒤에 마무리하지요. 언제 떠나십니까?"

"바쁜 일이 생겨서 오늘 떠납니다."

리자는 서운한 듯 거의 완성된 자기의 초상화를 들여다 보았다.

"선생님, 이 그림의 제목을 무엇으로 붙이실 겁니까?"

"모나리자라고 할까 합니다."

리자 부인은 부끄러운 듯 미소를 지었다. '모나'란 '마돈나', 즉 성모 마리아라는 의미로 여자를 높이는 말이다. 아쉽게도 리자 부인은 그날 떠났다. 그리고 이것은 레오나르도 다 빈치의 《모나리자》 작업의 마지막을 의미하였다. 왜냐하면 리자 부인이 여행 도중 뜻하지 않은 병으로 죽었기 때문이다. 이리하여 미완성의 작품으로서 레오나르도 다 빈치의 《모나리자》가 남겨지게 되었다. 그리고 그녀의 신비한 미소도 함께.

르네상스에 대한 평가

르네상스란 말의 어원은 르네상스 시대의 화가였던 바사리(Giorgio Vasari, 1511~1547)가 처음 썼다고 하는데 그 언어적 의미는 프랑스 말로 '재생(再生)'이다. 바사리는 《예술가들의 생애》라는 글을 썼는데 그는 치마부에(Cimabue, 1240~1320)와 조토(Giotto, 1266~1337)로부터 시작하여 미켈란젤로(Michelangelo, 1475~1564)에 이르러 완성된 고전 고대미술의 부활을 '레나시타(renascita)'라고 불렀다. 이것이 곧 '재생'이라는 의미였던 것이다.

그러나 르네상스를 단지 미술 분야에 국한하지 않고 문화의 전 영역에 확대 사용하여 소위 근대 문화의 출발점으로 확립한 사람은 부르크하르트이다.

그는 《이탈리아 르네상스 문화》라는 훌륭한 책을 썼는데 그 내용은 예술을 통하여 국가, 개인의 발전, 고대의 부활, 세계와 인간의 발견 등을 담고 있으며 역사 발전에서 르네상스 시대(대략 A·D 14~16세기)를 따로 분리하여 하나의 독특한 시대로 살피고 있다. 즉 르네상스 시대는 중세와 단절되었고 그리스·로마의 고전문화 시대에 직결된 것으로 파악하였다. 그래서 그의 르네상스 역사관을 우리는 일반적으로 '단절설(斷絶說)'이라고 부른다.

그러나 부르크하르트의 르네상스 파악에 반대를 표명한 학자들도 많이 있었다. 해스킨스와 호이징가가 그러한 비판적 입장을 대표하는데, 해스킨스는 12세기에 이미 르네상스가 시작되었다고 주장하며, 호이징가는 《중세의 가을》이라는 저서에서 르네상스란 근대의 시작이 아니고 중세의 가을, 즉 중세 문화의 결실기라고 주장하였다. 이들의 견해는 크게 보아 '연속설'이라고 생각된다.

 그러나 역사란 끊임없는 변화의 연속이므로 단절이나 연속이란 주장보다는 '이행기'로서 파악하자는 견해도 있다. 이러한 주장의 대표는 베르그송인데, 그는 '연속설'이나 '단절설'이 모두 일부의 사실을 강조하기 위해 대립되었다고 지적하며, 르네상스 시대가 사실은 중세의 황혼기인 동시에 근대의 여명기였다는 타협안을 내세웠다. 이러한 중도적 견해를 우리는 '이행설'이라고 부른다.

 이 세 가지의 견해들은 오늘날도 서로 팽팽하게 대립되어 있다. 그리하여 르네상스에 관한 관심을 높였을 뿐 아니라 이 시대에 관하여 보다 많은 지식을 얻게 하였다. 그러므로 편파적인 독단을 없게 만들어 준 계기가 되었다. 비록 무엇으로 '르네상스'를 정의하는가라는 문제는 견해의 충돌로써 모호하게 된 바 있으나 역사를 풍부하게 만들었다는 점에서 르네상스의 논쟁은 의미있는 것이다.

알프스를 넘은 르네상스

 16세기에 이르면 이탈리아의 르네상스는 알프스를 넘어 유럽 북쪽에까지 전파되었다. 그러나 이 지역에서 나타난 르네상스는 이탈리아 르네상스와는 달랐다. 이탈리아 르네상스가 도시 시민을 바탕으로 하고, 그 위에 유력한 전제군주의 후원을 받았으나 기본 성격은 세속적이었음에 비하여 북부유럽의 르네상스는 보다 신(神) 중심적이었다. 그리하여 이곳에서의 르네상스는 '그리스도교적 인문주의(Christian Humanism)'라고 불린다.

 북부유럽의 르네상스 운동을 주도한 이들을 역시 인문주의자라고 불렀는데 에라스무스, 토마스 모어, 멜란히톤 등이 그 중심 인물들이다. 이들은 이탈리아처럼 고전문화에 열광하지 않았다. 왜냐하면 이들이 활동한 지역이 고전문화와 직접 뿌리를 맞대지 않았고 또 고전문화의 부활과 모방보다도 더욱 시급한 문제가 있었기 때문이다.

　이들 인문주의자들 가운데서 특히 에라스무스는 가톨릭의 형식적 외양에 치우친 성격을 예리하게 비판하였다. 그는 성경에 입각한 단순하고 경건한 신앙으로 돌아갈 것을 강력하게 주장하였다. 그래서 그는 원시 기독교의 소박한 신앙을 중히 여기는 한편 그리스어 성경을 출판하고 라틴어로 해석을 붙였다. 에라스무스는 또한《우신예찬》을 저술하였는데 이 책에서 에라스무스는 여신을 등장시켜 교회와 성직자의 타락과 어리석음을 용서없이 비판하고 있다.

　그러나 그는 종교개혁가는 아니었다. 그래서 이단과 분파 행동에는 반대하였다. 그가 교회를 비판한 것은 북부유럽 지역의 경우 교회의 영향력이 이탈리아에 비하여 사회 모든 영역에까지 강력하게 작용하였고 그만큼 더 폐해가 많았기 때문이다.

　에라스무스와 가까웠던 영국의 토머스 모어(Thomas More, 1478~1535)는 인문주의자들 중에서도 특이한 사람이다. 에라스무스도 그를 기리기 위하여《우신예찬》의 라틴어 제목에서 모어(Moriae)를 찬양한다는 재치를 보였듯이 모어는 현실적인 감각이 이상적인 사상과 잘 조화를 이룬 사람이었다. 토마스 모어가 비록 개인적으로는, 영국이 가톨릭으로부터 독립하는 것을 반대하다가 국왕 헨리 8세에 의하여 처형되는 불운을 겪었으나, 그는 당시 변화하는 사회를《유토피아》라는 글에서 뛰어나게 묘사하고 비판하였다.

　그가 꿈꾸었던 이상적인 사회는 사회의 모든 구성원이 재산을 공유하면서 공동의 복지를 실현시킨다는 공산제적인 사회였다. 이론적인 기반이나 사상의 체계화는 없으나 이《유토피아》는 사회주의의 선구적인 작품으로서 평가된다. 그러나《유토피아》의 이러한 성격보다는 북부유럽의 인문주의자들이 당대 사회를 비판하고 새로운 사회상까지 제시하였다는 점에 주목해야 할 것이다.

　알프스 이북 르네상스의 또 다른 특징은 유럽 각국의 국민문학이 발전하였다는 점에 있다. 즉 프랑스, 독일, 스페인 등지에서 당시 유럽의 보편어인 라틴어가 아닌, 자기 나라의 언어로 쓰여진 문학

작품들이 각국의 고유한 사회 형편을 잘 드러냈다는 일반적 경향을 지니고 있는데, 그러한 경향의 대표적 작가와 작품들은 다음과 같다.

프랑스의 라블레는 《가르강튀아의 팡타그뤼엘》이라는 소설에서 아버지와 아들의 모험을 이야기하며 '하고 싶은 대로 하라'는 자유 분방한 르네상스적 생활신조를 표현하였고 영국에서는 초서에 의하여 싹튼 국민문학이 셰익스피어에 이르러 크게 발전하였다. 《햄릿》, 《오셀로》, 《로미오와 줄리엣》, 《리어왕》, 《베니스의 상인》 등 불멸의 작품을 남긴 셰익스피어는 영문학의 위치를 세계 최상의 위치에 올렸을 뿐 아니라 인간 본질에 대한 깊은 통찰력을 잘 나타내고 있다.

스페인의 경우 세르반테스는 《돈키호테》라는 소설을 남겼는데 이 글에서는 중세의 기사를 동경하는 돈키호테를 어리석고 우스꽝스럽게 묘사를 하여 당시 스페인의 사고 풍토를 암시적으로 비판하고 있다. 그러나 돈키호테는 낙천적이고 행동적인 인간형을 대변하는 바 이러한 성격 묘사 또한 근대적 인간형의 특징으로 생각되고 있다. 즉 인간에 대한 새로운 발견이 이들 모두가 공유한 특징으로서 중세의 신 중심 또는 교회 중심과는 다른 것이다.

유럽세계의 확대

15세기 초엽 유럽은 지구의 다른 문명과 접촉하지 않았다. 유럽 특히 서부유럽인들은 중국, 인도, 페르시아라는 나라들에 관하여 겨우 소문을 듣고 아는 정도였고, 이러한 나라들이 어디에 있는지, 또는 어떻게 하여 인도, 중국에까지 갈 수 있는지 전혀 몰랐다.

그만큼 유럽인들은 유럽의 자연지형 내에서만 거주하고 폐쇄적으로 살고 있었다. 그러므로 아메리카 대륙은 그 존재조차 이들에게는 알려지지 않았다.

그러나 십자군 운동 이래 동방에 대한 지식이 많아지고 동방문물, 특히 고기 등의 육류를 주식으로 삼는 유럽인들에게 소금 못지 않게 귀중한 물품인 향료(후추, 생강 등 양념류)가 무진장하고 또한 귀한 옷감인 비단이 풍부하다는 동방지역에 대한 동경과 이러한 동경을 부채질한 마르코 폴로가 쓴 《동방 견문록》은 유럽인들의 호기심과 모험심을 자극하였던 것이다.

한편 유럽인들의 동방세계로의 진출은 동양과 서양의 중간 지역에 위치한 이슬람 문명에 의하여 제약받았다. 이슬람 문명권은 역사시대 이래로 동·서 교역의 중개자로서 많은 이익을 얻어왔었다. 이들은 유럽인들의 입장에서는 거추장스러운 중개상인들이었고, 더구나 종교적인 면에서도 이교도 집단의 대표적인 것이다. 나아가 오스만 터키족이 15세기 중엽 동로마제국을 멸망시키고, 그곳에 이슬람 왕국을 세우게 되는 사건이 발생하자, 유럽인들은 기독교의 심판을 저들에게 내려야 한다는 종교적 열정을 가지게 되었다.

당시 유럽인들은 '프레스터 존(Prester John)'이라는 전설을 믿고 있었다. 그에 따르면 동방 어디인지 또 아프리카 내부 어느 곳에 기독교인 '프레스터 존'이 세운 강력한 왕국이 있다는 것이었다. 그러므로 유럽의 기독교도들이 '프레스터 존'의 왕국과 연결하면 이슬람 세력을 양쪽에서 협공할 수 있고, 따라서 이단 세력을 분쇄할 수 있으리라는 신념을 유럽인들은 가진 것이었다. 이러한 입장은 새로운 인도항로의 발견자인 바스코 다 가마의 말, "우리는 기독교인과 향료를 찾으러 왔다"에서 명확히 드러난다. 즉 종교적 동기와 경제적 동기가 합하여 유럽인들로 하여금 동방세계로 이르는 길을, 이슬람의 방해를 받지 않는 길을 찾도록 만든 것이다.

　방해받지 않고 유럽에서 직접 동방으로 갈 수 있는 길은 바다를 통해서 가는 길 이외에는 없었다. 그래서 새로운 항로 발견이 곧 가장 커다란 관심사가 되었다. 그러나 항로 발견사업은 돈이 많이 드는 사업이었으므로 개인 사업으로는 불가능하였다. 왜냐하면 먼 바다로 나아가기 위하여는 커다란 배와 많은 선원들이 필요하였고, 또 당시로는 최고의 기술품인 나침반, 대포 등의 장비들이 마련되어야만 가능했기 때문이다. 따라서 성공할 것인지의 여부가 불확실한 상황에서 많은 돈을 투자해야 하는 사업이 바로 신항로 발견 사업이었던 것이다.

　그러나 이 사업에 과감히 투자한 국가들이 있었다. 에스파냐와 포르투갈이 바로 이 신항로 사업의 장래를 예견한 모험산업의 선진국이었다. 이베리아 반도, 즉 유럽 남서부 끝에 위치한 이 두 나라는 '지중해 무역'으로 아무 이익을 얻지 못하였을 뿐 아니라 철저한 가톨릭 국가로서 이슬람인들의 '재정복(Reconquista)'계획도 실행하였으며 무엇보다도 유럽 다른 나라에 비하여 일찍 통일 국가를 형성하였으므로 이 사업을 추진할 능력이 있었다. 물론 영국이나 프랑스도 강력한 왕권을 일찍 확립하였으나 영국은 '북해무역'을 통하여, 프랑스는 '지중해 무역'을 통하여 어느 정도 이익을 얻고 있었으므로 신항로 사업에 소극적이었고, '한자 도시'들은 이 사업을 행할 만큼의 재력도 없었고 필요도 느끼지 못하였다.

에스파냐와 포르투갈 두 나라 가운데 모험산업을 선도한 나라는 포르투갈이었고, 이 사업을 주관한 것은 항해왕자 엔리케(Henrique Navegador, 1394~1460)였다. 엔리케는 왕자였으나 몸이 약해서 배를 타고 직접 항로 발견에 참여하지는 못하였다. 그러나 엔리케는 이탈리아를 비롯하여 각지에서 유능한 항해사, 조선 기술자를 모집하여 선박을 개량하였고 옛날부터 내려오는 지리서적, 해도, 항해 관계 서적을 수집하는 기초작업을 충실하게 수행하였다.

그 뒤 엔리케는 1420년부터 잘 조직된 탐험대를 꾸준히 파견하여 성과를 조금씩 집적하였다. 약 20년 뒤 탐험대는 약간의 금과 1천명이 넘는 흑인 노예를 잡아와 이 사업의 가능성을 엿보이게 하였다. 그러나 엔리케 왕자는 이 신항로 사업이 성공하는 것을 보지 못하고 죽었다. 그가 죽은 뒤 17년이 지나서 바르톨로뮤 디아스는 아프리카의 남쪽 끝에 도달하였는데, 이 보고를 들은 포르투갈 왕은 기쁨에 넘쳐 아프리카 남단을 '희망봉'이라고 이름지었다.

콜럼버스의 달걀

이탈리아 제노바 출신에 크리스토퍼 콜럼버스(Christopher Columbus, 1446?~1506)라는 항해사가 있었다. 콜럼버스는 일찍부터 신대륙 발견의 꿈을 지니고 있었다. 그의 꿈은 마르코 폴로가 쓴 《동방견문록》에 나타나는 황금의 섬 '지팡고'를 발견하는 것이었다. 마르코 폴로가 묘사한 '지팡고' 섬에는 황금이 모래같이 흔하여 건물의 벽까지 황금으로 만들었다고 쓰여 있었다. 젊고 모험심이 강한 콜럼버스는 평생의 꿈으로서, 장차 선장이 되어 황금으로 가득찬 '지팡고' 섬을 탐험하겠다고 결심하였다. 그의 생각으로는 마르코 폴로가 갔던 곳을 자기인들 못갈 이유가 없었던 것이다. 마르코 폴로가 육지로 낙타나 말을 타고 2년에 걸려서 간 동방을 콜럼버스는 배를 타고 바다로 갈 생각을 하였다.

콜럼버스의 생각, 즉 바닷길로 동방에 이른다는 생각은 지구가 둥글다는 것을 전제로 하고 있었다. 대서양의 서쪽으로 항해를 한다면 둥근 지구의 표면을 돌아 동방에 이를 수 있다는 것이 그가 가졌던 신념이었다. 콜럼버스의 이 신념은 피렌체의 지리학자인 토스카넬리와의 서신 교환으로 더욱 굳어졌다.

콜럼버스가 토스카넬리에게 편지를 쓰자 토스카넬리는 격려의 글과 함께 상세한 지구구형설의 내용을 설명하였다. 토스카넬리의 글은 다음과 같았다.

"콜럼버스 씨, 당신의 생각이 옳소. 동양으로 가려면 육지로 가는 것보다, 또는 아프리카의 남쪽 끝을 돌아서 가는 것보다 서쪽 바다로 곧장 가는 것이 훨씬 가깝다고 나도 굳게 믿고 있소. 나는 이미 내 생각을 포르투갈 왕 알폰소 5세에게 진하여, 서쪽 항로를 탐험하여 보도록 권한 적이 있으나 왕은 내 말을 믿지 않았소. 당신은 젊으니 계획대로 일을 성공시켜 보기를 진정으로 비오."

당시 바다에는 여러 가지 미신이 전해오고 있었다. 과학이 발달하지 않았기 때문에 '지옥같은 불바다' 또는 '지구의 절벽' 같은 이야기들이 마치 사실처럼 인정되었으므로 먼 바다로의 항해는, 특히 해안을 따라서 운항하는 것이 아닌 수평선 너머로의 항해는 무서운 불안을 의미하고 있었다.

항해의 어려움을 가중시킨 것에 선박 자체의 기술적인 문제도 있었다. 고대 이래 지중해 무역에 사용된 선박들을 '갈레선'이라고 하여, 선박 옆구리에 노가 있고 노예나 죄수들이 '북' 신호에 따라 노를 젓는 형태였다. 그러나 거센 파도가 이는 바다에서는 사람의 힘으로 저어 나가는 선박은 강한 바람과 파도로 인하여 거의 쓸모가 없었다. 그래서 새로운 선박의 개량이 원양 항해에는 필수적이었다. 이 문제는 북해 노르만 인들에 의하여 돛을 사용하는 '범선'의 개발로 해결되었는데, 이러한 범선들도 많은 선원을 태우고 장기간 항해하기에는 너무나 빈약한 선박들이었다.

콜럼버스가 후일 에스파냐의 여왕 이사벨라의 도움을 얻어 신대류 발견에 사용한 '산타 마리아'호도 배수량 230톤, 시속 5~9노트 정도의 범선이었다.
 더욱 범선은 바람에 의하여 배가 나아가게 되므로 바람이 없는 날의 배의 속도는 걸어가는 것보다도 느렸다. 이러한 선박으로 대서양을 횡단하는 일은 큰 모험임에 틀림없었고, 배 위에서 승무원들의 생활 또한 견딜 수 없는 힘든 고통이었다. 배의 선장에게는 선실이 따로 있었지만, 대다수 선원은 갑판에서 먹고자고 하였다.
 식량 문제 또한 비참하여 장기간 보관이 가능한 마른 콩, 비스킷, 소금에 절인 육류가 전부였고 선원들은 영양의 균형을 잃고 신선한 채소 부족으로 말미암아 괴혈병에 걸리는 경우가 허다하였다. 음료수의 문제도 심각하여 물은 얼마 지나면 썩기 때문에 포도주를 따로 마련하여야 하였다. 이러한 원인들로 인하여 바스코 다 가마의 탐험에 나선 선원의 2/3가 괴혈병으로 죽었고, 후일 마젤란의 세계일주 탐험에서도 출발인원 256명은 3년 뒤 18명만이 생존하여 귀환하였다.
 이러한 어려움도 알고 있던 콜럼버스로 하여금 신대륙 발견의 모험을 시도하게 만든 결정적 요인은 재미있게도 '착각'이었다. 콜럼버스의 '착각'이 역사적 사건의 결정적 계기가 되었다는 것은 인간의 역사를 홍미롭게 만든다.
 그의 착각은, 지구의 둘레를 거의 정확하게 계산하였던 에라토스테네스의 계산이 틀렸다고 생각하며 에라토스테네스의 측정값보다 1/4~1/6 정도로 작게 지구 둘레를 계산한 것이었는데, 그에 따르면 지구의 반지름은 약 400해리로써 시속 3노트의 항해를 하면 한 달이면 도달할 수 있는 거리에 동방이 있다고 생각한 점에 있었다. 대서양의 넓이를 실지보다 좁게 계산한 콜럼버스가 만일 대서양을 건너면 아메리카 대륙이 있고 아메리카 대륙을 넘으면 대서양보다 더 넓은 태평양이 있다는 것을 알았다면, 아마 콜럼버스는 서쪽으로 해서 동양으로 갈 생각은 꿈에도 하지 않았을 것이다. 그러나 그의 착각은 신대륙 발견의 영광을 역사에 남기게 하였으니 위대한 착각도 가능하다는 역설을 만든 셈이다.

콜럼버스는 그의 신항로 발견 계획을 포르투갈에 밝혀 지원을 요청하였다. 그러나 포르투갈은 이미 희망봉을 돌아서 동방에 가는 항로를 어느 정도 확보하였으므로 그의 제안에 냉담하였다. 그래서 콜럼버스는 새로이 에스파냐에 그의 계획을 밝혔다. 여기에서도 반응은 처음에는 신통치 않았으나, 포르투갈과 경쟁적 입장이었다는 점과 이슬람 추방 사업이 성공적으로 끝나게 되어 이사벨라 여왕은 콜럼버스의 사업을 지원하기로 마음먹었다.

이사벨라 여왕이 배를 3척 제공하고 이 사업을 후원할 때, 콜럼버스는 다음과 같은 특권을 요구하였고 여왕은 그의 요청을 허가하였다.

첫째, 콜럼버스는 새로 발견하는 섬과 육지, 그리고 바다에 있어서 여왕 다음가는 부왕(副王) 겸 총독이 된다.
둘째, 거기에서 얻은 보물, 기타 모든 이익의 10분의 1은 콜럼버스의 소유이다.
셋째, 새로운 영토의 재판권을 갖는다.
넷째, 위의 세 사항의 권리와 명예는 콜럼버스의 자손 대대로 물려받는다.

1492년 8월 3일 에스파냐의 팔로스 항에서 콜럼버스는 산타 마리아 호, 핀타 호, 니냐 호의 3척의 배로 탐험 선단을 출범시켰다. 여기에서도 어려움은 또 있었다. 즉 선원이 모두 160여 명 정도 필요하였는데, 먼 바다를 탐험한다고 하는 소식을 듣고 아무도 선뜻 지망하지 않았기 때문이다. 그래서 콜럼버스는 선원을 후한 대접으로 모집하였으나 그래도 선원들이 부족하여 감옥의 죄수를 해방시켜 자리를 메우었다.

중간 보급 기지인 카나리아 제도에 콜럼버스가 도착한 것은 8월 중순이었고, 다시 9월 초 이곳을 떠나 41일째 되는 10월 12일, 오늘날 서인도제도의 한 섬에 도착하여 '산 살바도르'라고 이름지은 콜럼버스는 1493년 3월 리스본에 돌아와서 발견의 성과를 발표하였다.
 이로써 콜럼버스는 명예를 얻었으나 그는 또 한번 착각을 하였다. 즉 자기가 발견한 땅을 인도의 서쪽으로 굳게 믿었던 것이었다. 그래서 콜럼버스는 자기가 발견한 땅이 신대륙이라는 사실을 몰랐다. 얼마 뒤 '아메리고 베스푸치'라는 다른 항해사가 이 땅이 서인도가 아니라 신대륙이라는 사실을 알아내자 사람들은 신대륙의 이름을 그의 이름을 본따서 지었다. 아메리고가 발견한 지역을 '아메리카' 대륙이라고…….
 콜럼버스는 끝까지 자기가 발견한 지역이 인도의 어느 곳, 적어도 '지팡고' 근처의 지역이라고 믿어 3회에 걸쳐서 탐험을 하였으나, 향료와 황금을 찾는 데 실패하였다. 에스파냐 왕실도 이 사업이 실패하였다고 인정하고 그의 후원을 중단하였으므로 콜럼버스는 더욱 실의에 빠지게 되었다. 사람들은 그를 야유하여 심지어 '모기 제독(Admiral of Mosquitoes)이라 불렀다. 이러한 것이 다음의 일화를 만들었다.
 콜럼버스를 헐뜯는 말이 여기저기에서 들리게 되자 어떤 사람이 콜럼버스를 잡고 대들듯이 말하였다.
 "자네 아니면 신대륙을 탐험할 사람이 없겠는가? 아무라도 배를 몰고 대서양 서쪽으로 서쪽으로만 가면 신대륙을 발견하게 될 텐데……."
 이 말에 콜럼버스는 껄껄 웃으며 대답하였다.
 "당신은 그렇다면 달걀을, 뾰족한 곳이 밑으로 가게 탁자 위에다 세울 수 있겠소?"
 "뭐라고, 탁자 위에다 달걀을 세우라고?"
 "그까짓 걸 못해?"
 큰소리치던 사람과 듣고 있던 사람들이 제각기 세워보려고 애썼으나 아무도 달걀을 세울 수는 없었다.
 그러자 콜럼버스는 정색을 하고 일어섰다.
 "그건 이렇게 하면 되지 않소?"

콜럼버스는 달걀의 뾰족한 부분을 탁자 위에 툭 쳐서 약간 깨뜨린 다음 똑바로 세웠다.
"그렇게 세우는 거야 누가 못해!"
여러 사람들이 제각기 말했다.
그러자 콜럼버스는 힘있게 말했다.
"바로 그것이오. 누가 세운 뒤에는 아무라도 쉽게 세울 수 있지요. 새로운 땅을 발견하는 탐험도 이와 마찬가지가 아니겠소? 누가 한 다음에는 아무라도 쉽게 하는 법이오. 그러기에 남이 하지 못한 일을 처음 하는 것이 어려운 것이오."
그는 이 말을 마치고 쓸쓸히 자리를 떠났다. 콜럼버스의 항해는 서방항로 탐험을 크게 자극하였다. 그래서 에스파냐의 항해사 발보아(V.N. de Balboa)는 파나마 지협을 건너 처음으로 태평양을 바라보았고, 마젤란으로 하여금 세계일주의 모험을 시도하게끔 자극하였다.

지리상의 발견 이후 유럽의 변화

새로운 인도 항로의 개척과 신대륙의 발견이 유럽에 미친 영향은 광범위한 것이었다. 그래서 애덤 스미스는 이러한 발견을 '인류 역사상 가장 중요하고 또 거대한 사건'이라고 평하였다. 도대체 어떠한 변화가 발생하였던가?
우선 유럽인들이 귀중하게 사용하였던 동양의 산물들이 새로운 인도 항로를 통하여 대량으로 수입되어 가격이 싸졌을 뿐 아니라 솜, 차(茶) 등 새로운 물품이 소개되었고, 신대륙에서는 감자, 담배, 코코아, 설탕, 커피 등이 들어와 유럽인의 일상생활에 변화를 초래하였다.
새로이 사용되어진 동방과 신대륙의 물품들은 궁전이나 귀족, 대주교 등 높은 신분의 사람들에게만 유용한 것이 아니라 일반 국민의 일상 생활에 필요한 필수품들도 많이 있었다. 특히 그 중에 감자는 흉년기에 굶어죽지 않을 수 있는 구황식물로 많은 가난한 사람들의 생명을 구하였다. 그 외에 솜이나 설탕 등은 생활의 수준을 향상시켰고 기호품인 커피나 담배도 점차 일반화되어 생활은 더욱 윤택하게 되었다.

그러나 이러한 변화 이외에도 중요한 변화들이 또 있었다. 그것은 신대륙에서 풍부하게 발견되어 유럽으로 운반되었던 금과 은의 대량 유입이었다. 얼마나 많은 금, 은이 신대륙으로부터 유럽으로 반입되어졌는지는 모른다. 그러나 포르투갈과 에스파냐는 신대륙에서 들여온 금, 은의 힘으로 유럽의 패권을 차지하였다.

특히 에스파냐의 펠리페 2세는 포르투갈까지 병합하여 정말 '해가 지지 않는 제국'을 건설하였다. 그러나 막대한 금, 은의 유통은 유럽 경제에 영향을 미쳤다. 그래서 물가가 오르고 돈의 가치가 하락하는 인플레이션 현상이 일어났고, 그 정도는 매우 심각하여 16세기 초를 기준으로 약 1세기 간 2배~3배의 물가상승을 기록하게 되었다. 이것이 바로 '가격혁명(the Price Revolution)'이라고 후세에 불리워졌던 것이다.

이 '가격혁명'은 사회에도 그 영향을 끼쳤다. 물가가 오르면 상인과 생산업자들은 유리하였고, 고정된 수입으로 생활해야 하는 지주와 임금노동자, 봉급생활자들에게는 불리하였기 때문이다. 이리하여 신흥 도시 상공업자들은 물가상승을 기회로 재력을 축적하였고, 봉건 특권층들−주로 대지주−은 고정수입이 하락하는 처지에 놓이게 되었다. 부를 기반으로 하여 사회에서 점차 중요하게 부각되는 시민층과 봉건적 특권을 기반으로 하여 옛날의 낡은 체제를 유지하려는 봉건 특권층의 대립과, 이 두 세력의 균형 위에 존립이 가능하였던 절대군주의 국가 운영은 유럽 근대사의 정치판도 이해에 결정적인 역할을 한다. 이 문제는 매우 중요하고 또 유럽 각 나라들의 역사적 상황에 따라 조금씩 다르게 나타났으므로, 다음에 보다 상세하게 밝혀질 것이다.

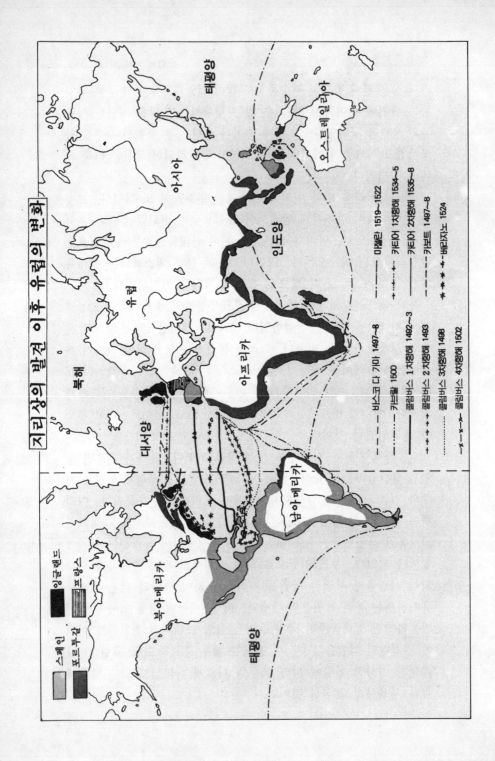

여하튼 신항로 발견 이후 지리상의 발견은 유럽 전역에 커다란 변화를 가져왔다. 앞에서 지적하지는 않았으나 간과할 수 없는 중요한 일은 '상업혁명(Commercial Revolution)'이다. 여기에서 말하는 '상업혁명'이란 거대한 '시장'의 출현, 즉 신대륙 및 인도 항로의 발견이 상인과 제조업자들의 활동 영역을 자극하였고, 그만큼 그들의 사회적 의미가 중요하게 되었다는 사실과, 상인 및 제조업자들의 경제활동을 편리하게 도와주기 위한 제도적 장치들인 주식회사, 금융조직의 발전 등을 포함하는 것이다. 그리하여 후일 18, 19세기의 '산업혁명'을 예비한 15, 16세기의 상업혁명과 지리상의 발견은 불가분의 관계를 맺게 되는 것이다.

끝으로 지리상의 발견 이후의 변화로서 지적되야 할 점은 이탈리아 도시들과, 그리고 이들과 긴밀한 관계를 가졌던 남부 독일의 도시와 북부 독일의 '한자 도시'들이 쇠퇴하기 시작한 반면 이베리아의 항구도시들이 성장하였다는 것이다. 즉 세계사의 무대가 지중해에서 대서양으로 옮겨진 것이다. 대서양 중심의 세계사의 성립은 유럽이 15, 16세기 이후 근대 세계의 패권을 장악하였다는 역사적 사실과 일치한다. 물론 유럽 내부에서는 패권이 때로는 네덜란드, 때로는 영국으로 옮겨갔으나 유럽이 전세계의 구석구석까지 그 영향력을 행사하게 된 것은 분명 지리상의 발견 이후의 일이다.

종교개혁

종교개혁 발생의 배경

종교개혁이 일어나게 된 역사적 배경과 중세 말기 유럽 사회의 변화는 깊은 관계가 있다. 중세의 정신세계를 다스려 온 가톨릭과 봉건사회 체제는 천여 년 동안 밀착되어 있었다. 왜냐하면 봉건사회의 정치체제는 '지방분권'이었는데, 이 체제의 특징은 강력한 중앙 권력이 없다는 것으로서 왕의 명령이 지방 곳곳에 전달되지도 않았고 또 명령을 집행할 힘도 없다는 것이다. 이리하여 국왕 권력이 힘과 영향력을 행사하지 못하게 되자 지방의 유력자들은 자기의 영토에서 입법, 사법, 행정 등의 모든 권력을 외부의 간섭 없이 지역 주민들에게 행사하게 되었다.

세속 권력이 힘을 집중하지 못하고 조각조각 분산되어 '도토리 키 재는 식'으로 서로 반목하고 있는 기간, 가톨릭 교회 조직은 전 유럽에 걸쳐서 통일된 단 하나의 권위체제로써 종교적인 동시에 정치적인 조직을 만들 수 있었다. 가톨릭 교회는 지역 또는 민족의 단위로 구분되는 정치체제를 초월하는 보편적이고 초국가적이며 초민족적인 '기독교인'의 세계관을 확립하였다. 어느 지역 출신인지 어느 나라 사람인지가 문제가 되는 것이 아니라 기독교인인지 아닌지만이 문제가 되는 보편적 세계관을 확립시킨 가톨릭의 업적은 오늘날도 전유럽인들이 '우리의 유럽인'이라는 인식을 지녀오게끔 만든 점에 있다. 그래서 오늘날도 '유럽공동체(EC)' 또는 '북대서양 방위조직기구(NATO)' 등이 하나의 유럽을 대변하는 유럽인의 의식을 나타내고 있는 것이다.

 그러나 왕권을 중심으로 강력한 중앙집권적 통일국가가 중세 말기 이후 성장하게 되자, 보편적 기독교 세계관을 내세우는 가톨릭 교회는 그 기반을 상실하게 되었다. 즉 왕권의 도전으로 교황권은 흔들리게 되었으니 14세기에 있었던 '교황의 바빌론 유수'나 '교회의 대분열'은 왕권이 교황권을 제압하는 데 성공하였음을 밝혀주는 증거가 되었던 것이다. 이러한 교황권의 실추는 각국에서 국가가 종교를 장악하는 현상을 나타나게 만들고 영국이나 독일에서의 종교개혁은 이러한 연관성 안에서 가능하였다.

 한편 가톨릭 교회 자체의 부패로 인하여 종교개혁의 직접 계기가 마련되었다는 점도 무시할 수 없다. 가톨릭 성직자의 타락성은 당대 사람들의 눈에 뚜렷하게 보였다. 성직자가 결혼을 할 뿐더러 첩까지 두어 이복의 여러 자녀를 가지고 있으며, 공공연히 성직을 돈으로 사고 팔며 따라서 재물에의 욕심을 위해 교회 근처에 술집이나 여관, 심지어 도박장까지 운영하고 가난한 사람들을 구제하기는 커녕 사치와 탐욕에 빠져 종교를 수단으로 여기는 타락 행위가 도처에 만연되어 있었던 것이다.

 교회의 타락성은 깨어있는 사람들에 의하여 날카롭게 지적되었다. 그것도 교회세계 내에서 먼저 자신들의 부패를 문제삼은 젊은 성직자들을 중심으로 비판적 움직임이 나타났다. 이러한 사람들의 비판은 제도화되고 형식만 중시되는 가톨릭의 세속화에 집중되었다. 또한 르네상스 인문주의의 영향을 받거나 신비로운 성령의 체험을 겪었던 비판적 성직자들은 전자는 개인의 각성에 의하여, 후자는 오로지 성경에 의거한 신앙을 기반으로 가톨릭 교회조직과 대립하게 되었다. 영국의 위클리프, 보헤미아의 후스, 네덜란드의 에라스무스 등이 바로 종교개혁의 선도적 역할을 행한 사람들로서 이들은 마르틴 루터의 종교개혁을 예비하였던 것이다.

독일에서 일어난 루터의 종교개혁

 루터의 종교개혁이 일어날 수 있었던 것은 내적인 원인과 외적인 원인으로 나눌 수가 있다. 외적인 원인을 먼저 살펴보면 크게 독일의 정치적 상황과 가톨릭의 부패, 특히 면죄부(Indulgence)의 판매가 종교개혁 발생의 직접적인 단서를 제공하였다. 내적인 원인은 종교개혁가로서 루터의 인간적인 특징과 그로 하여금 열정을 가지고 종교개혁을 선도하게끔 만든 여러 기독교 사상들 — 정통 가톨릭 교의와는 다른 — 을 열거할 수 있다. 위의 두 가지 원인이 합하여 발생하게 된 독일의 종교개혁을 보다 구체적으로 살펴보자.
 먼저 외적인 원인, 특히 독일의 정치적 상황을 검토하자. 16세기 독일은 개별적이고 지방분권적인 영방국가들이 모여서 신성로마제국을 형성하고 있었다. 그러나 신성로마제국은 이름만의 제국일 뿐이고 강력한 통치력을 보유하지 못하였다. 그래서 각 영방국의 제후들은 자기의 영토 내에서 독자적인 주권을 행사할 수 있었고, 신성로마제국의 황제란 7명의 선거제후에 의해서 선출된 선거황제였을 따름이었다. 그러므로 각 선제후의 권력은 황제의 권력과 거의 비슷하였던 것이다.
 독일 7인의 선제후 중 세 사람이 종교제후였다는 사실로도 알 수 있듯이 독일의 종교세력은 강력하였다. 그렇기 때문에 독일은 로마교황청이 착취하기 좋은 먹이였고 따라서 '교황청의 젖소'라고까지 불려졌다.
 더군다나 당시의 신성로마제국의 황제이던 카를 5세(Karl V, 1519~1556)는 열렬한 가톨릭 신자였다. 그는 오스트리아의 합스부르크 왕실과 에스파냐 왕실의 정략 결혼으로 에스파냐의 카를로스 왕인 동시에 신성로마제국의 황제였고, 그가 영유하는 지역이 오스트리아, 에스파냐, 보헤미아, 남부 이탈리아, 네덜란드 등 거의 전 유럽을 포함하게 되자, '카를 대제'처럼 유럽을 기독교 왕국으로 통일하려는 전시대적인 꿈을 꾸고 있었다. 그러므로 카를 5세와 로마의 교황은 밀착된 관계를 유지하고 있었다.

한편 독일 내의 영방제후들은 카를 5세의 입장에 반대할 수밖에 없었다. 무엇보다도 강력한 황제권 아래에서는 영방제후들의 독립성, 자율성이 위협당할 뿐 아니라 교황청으로 흘러나가는 돈—즉 헌금이나 십일조 또는 초입세의 형태 등—에 커다란 불만을 가지고 있었으며, 엄청난 교회재산을 탐내고 있던 영방제후들은 황제의 친교황정책을 부정적으로 바라보고 있었다.

비록 독일 영방제후들이 강력한 통일국가를 형성하여 교황세력의 압력을 벗어나기 위한 노력을 행한 것은 아니나, 이들은 교황이 외국인이라는 사실은 뚜렷이 인식하였다. 독일 민족의식의 맹아가 이 시기에도 있었던 것이다.

경제적으로 후진지역이던 독일에서 도시 상인과 생산업자 등도 교황에게 불만을 가졌다. 이들은 남부 독일의 광산주이며 대금융업자인 푸거 가문에 분노를 느꼈다. 푸거 가문은 독점권을 가지고 도시 상인의 활동을 제약하였고 횡포를 부렸는데, 이들이 지닌 특권이 신성로마제국 황제 또는 교황청으로부터 양도된 것이었으므로 교황청과 황제, 푸거 가문은 유착된 관계를 형성하였고, 푸거에 대한 시민, 생산업자의 불만은 바로 교황에 대한 분노로 전환될 수 있었다. 또한 독일의 농민층도 교회의 착취와 봉건적 부담을 증오하고 있었다.

이러는 가운데 교황, 신성로마제국 황제, 특권 대금융업자의 동맹과 영방제후, 도시상인, 생산업자, 농민의 동맹이 서로 대립할 수 있는 힘의 균형이 독일에서 이루어졌다. 양측 이해관계의 상충으로 상호 적대적인 감정은 증대되고 있었으며 어떤 사건이 일어나기를 기다리고 있었다. 이러한 기다림의 감정은 반로마, 반교황청으로 집약되었고 루터의 종교개혁을 후원하게 된다.

한편 제도화되어 세속화된 가톨릭 교회의 부패는 면죄부의 판매에서 그 절정에 다다랐고 의식있는 사람들의 비판을 면할 수 없었다. 본래 면죄부는 13세기 스콜라 철학자들이 정립한 '공덕의 보고(Treasure of Merit)' 교리에 입각하였다. 이에 의하면 예수와 선대 성인들이 쌓아놓은 막대한 공덕 중의 일부를 교황이 떼어내어 이를 일반 신도를 위하여 사용하여 그들이 받을 죄의 일부를 면제할 수 있다는 것이었다.

면죄부는 처음에는 십자군 종군병사나 자선가들에게 발급되어 문제를 일으키지 않았으나 점차 교황의 재정적 필요를 보충하는 방편으로 이용되어 타락하였다. 더구나 면죄부의 판매 방식이 나빴다. 독일의 경우 푸거 가문은 교황을 대신하여 면죄부 판매업무를 위탁받았는데 그 내용은 판매액의 1/3을 푸거 가문이 차지한다는 것이었다. 그래서 판매업자들은 면죄부를 산 돈이 짤랑거리며 금고에 떨어지는 소리에, 면죄부 구입자의 죄만 구원되는 것이 아니라 부모의 죄도 구원받는다는 과대 선전으로 마치 면죄부가 천국에 이르는 통행중인 양 일반 민중들에게 떠들어댔다.

이들은 판매액이 많을수록 이익이 많아지므로 면죄부 판매를 촉진하기 위한 모든 방법을 강구했다. 이러한 폐풍은 교황의 승인하에 실시된 것이었으므로 성직자 내부에서조차 시정과 척결을 요구하는 주장이 강력하게 대두되었다. 교회조직 안에서 비리를 비판하며 참된 종교, 기독교 신앙의 원리에 충실할 것을 주장한 성직자가 바로 마르틴 루터였다.

루터(1483~1536)는 종교개혁의 내적인 계기를 집약하여 종교개혁 운동을 점화한 사람이다. 그는 성격이 매우 열정적이고 만사를 끝까지 철두철미하게 파헤치는가 하면, 자기의 신념을 행동으로 옮길 수 있었던 적극적인 성품을 가졌다고 한다. 작센 지방에서 태어난 법학을 공부한 루터는 21세에 갑자기 법학을 중단하고 수도사로 변신하였다.

왜 그가 수도사가 되었는지는 불분명하다. 그러나 그의 결단은 확고하였다. 훗날 루터는 자기의 성직생활을 회고하면서, 수도사가

되기로 결심한 계기는 번개치는 폭풍우 속에서 죽음의 공포를 느꼈고 자기의 죽음은 틀림없이 영원한 파멸과 저주에서 벗어날 수 없는 지옥으로 떨어지는 형벌이라고 믿었기에 이 형벌을 피하기 위하여 '성 안나'에게 서원하였던 것이 그 계기라고 말했다. 그러나 루터가 왜 자신의 죽음이 곧 파멸이라고 확신하였는지는 알 수 없다. 내적인 체험이라고밖에는 설명할 수 없을 사건의 발생으로 루터의 생애는 바뀌게 된 것이다.

루터는 아우구스티누스파 수도승이 되었으나 수도원 생활의 엄격한 수행, 극기, 고행, 명상조차 루터를 '영원한 구원'의 문제에서 벗어나게 할 수 없었다. 육체적인 고행과 인간적인 덕행을 아무리 철저히 수행하여도 루터는 자신의 구원문제를 확신할 수 없었다. 얼마 뒤 성직자가 된 루터는 예배를 집전하고 성사(聖事)를 의식에 따라 행하였다. 그러나 그의 구원에 관한 문제에서 루터는 가톨릭 예식, 가톨릭 교회가 종래는 아무런 구원방편을 제공할 수 없을지도 모른다는 두려움을 느꼈다. 이런 두려움을 루터가 고해시 사제에게 털어놓으면 고해사제는 루터에게

"신이 자네를 버린 것이 아니라 자네가 신을 저버렸다네."
하고 충고하였다.

이런 번민 중에서 고통을 겪던 루터에게 한번은 로마로 여행할 기회가 생겼다. 모든 성직자가 원하는 신앙의 성지로서 로마여행은 루터에게 번민에서 벗어날 기회를 찾을지도 모른다는 희망으로 어린이처럼 들뜨게 만들었다. 그러나 막상 루터가 로마에 도착해 보니 로마는 '신앙의 성지'라기보다 악의 샘인 것처럼 생각되었다. 도적, 창녀, 걸인, 술집 등만이 거리에 넘쳐 흘렀고 중요한 것은 신앙이 아니라 오직 '돈'인 듯 싶었다.

어느 신부는 미사를 집전할 때마다 돈을 벌 수 있다고 루터에게 가르치며 남유럽인의 느긋함이나 여유는 커녕 루터가 한번 미사를 집전하는 동안 그는 7번의 미사를 끝내고 그에게 "빨리, 빨리, 끝내!"라고 오히려 재촉까지 하였다. 이것이 루터가 가톨릭의 성지

라는 로마에서 겪은 체험이었고 이는 그를 더욱 실망시켰다.

가톨릭 교리와 예식, 교회조직에 관한 비판은 루터 이전에도 있었다. 교회개혁을 주장하는 사람들의 논지는 토마스 아퀴나스에 의하여 완성된 정통교리와 대립된 것이었다. 아퀴나스 교리는 인간이 신에게서 의지의 자유와 함께 선은 선택하고 악은 버릴 힘을 부여받았다는 점에 있었다. 그러나 사람은 신의 은총이 없이는 혼자서 선을 택할 능력이 없다. 따라서 사람은 신의 은총을 전달하는 불가분의 수단인 성사를 받아야만 한다는 것이다. 그리하여 성사의 이론과 선행의 필요성과 성직자의 권위를 주장하였다.

개혁가들은 이에 맞서 바울에 입각한 성 아우구스티누스의 교리를 내세웠다. 즉 인간 본성은 완전히 악하므로 선행을 할 수 없다. 사람은 완전히 신에 예속되어 있으며, 오직 신 자신만의 이유로 영생을 얻도록 신이 예정한 사람만이 구원될 수 있다는 것이다. 그리하여 개혁가들은 원죄이론, 인간의 타락, 예정교리, 의지의 예속성을 주장하며 보다 원초적인 그리스도교로의 귀환을 주장하고 성경에 나타나지 않은 교리나 의식을 반대하고, 신과 신도 사이의 중개적 역할을 자처한 성직자의 역할을 부정하고 무시하였다. 이러한 움직임은 가톨릭 교회에 대한 전면적 부정일 뿐만 아니라 중세 사회체제 기반에 도전하는 사회개혁운동으로까지 나아갈 수 있는 것이었다.

중세 말 독일과 네덜란드 지방을 중심으로 일어난 신비주의 운동, 천년왕국 운동, 또한 개혁사상의 선구적 근거를 제공하였던 영국의 옥스퍼드 대학교수 존 위클리프(1320~1344)와 오늘날 체코슬로바키아의 옛 이름인 보헤미아에서 후스는 화형을 당할 때까지 가톨릭 조직을 부정하고 오직 신앙에 의한 참그리스도 신도로서의 삶을 보여주었다. 후스나 위클리프의 삶은 많은 사람들에게 영향을 미쳤고 루터 또한 이들의 행적에 영향을 받았다.

사실 종교개혁 운동이 발생하기 위하여 필요하였던 것은 이론이 아니었다. 이론은 이미 마련되어 있었다. 필요하고 또 요청된 것은 이론을 실천으로 옮길 수 있고, 나아가 이를 대중에게 확산시킬 수 있는 능력을 겸비한 용감한 인물이었다. 마르틴 루터는 바로 이 일을 실행에 옮기는 역사적 과업을 담당하기 위하여 세상에 태어난 바로 그 사람이었다.

　루터가 점화시킨 종교개혁 운동은 1517년 10월 면죄부 판매의 부당성을 비판한 95개조 반박문을 비텐베르크 성 교회 문에 게시한 것에서 시작된다. 루터의 반박문은 처음에는 교회의 주목을 끌지 못하였다. 그러나 인쇄술의 보급이 시작되었던 당시 독일에서 루터의 반박문은 일반인들이 읽을 수 있는 독일어로 인쇄되어 전국에 뿌려졌다. 많은 독일인들은 이 반박문을 읽고 열렬한 호응을 보내기도 하였고 또는 루터를 이단이라고 비난하기도 하였다.

　그래서 1519년 루터는 자기 입장을 밝히기 위하여 라이프치히에서 가톨릭 신학자인 에크(Johannes Eck)와 공개토론을 하였다. 처음 루터는 자기의 신학자 입장이 정통 가톨릭의 교리와 병존할 수 있다고 믿었다. 그러나 에크는 루터의 주장을 논박하여 루터의 교리가 정통에서는 도저히 용납될 수 없음을 주장하였다. 따라서 에크는 루터로 하여금 그가 지녀왔던 신념을 포기하도록 종용하였다.

　루터는 이제 자기의 신념을 포기할 것인지 아니면 정통 가톨릭을 떠나서 새로운 그리스도교 신조를 내세울 것인지 선택하여야만 되었다. 후자의 길은 이단으로의 길이었고 이러한 길을 밟았던 선인들은 거의 대부분 이단 종교인으로 낙인찍혀 화형을 당하였다.

　그러나 루터는 자신의 신념을 포기하지 않고 가톨릭에 맞서 '참된 신앙이란 오직 성경에 의거한 믿음'뿐이지 가톨릭의 형식적 믿음이 아니라고 주장하였다. 그는 또한 자기가 주장한 신앙체계가 남에게 인정받고 널리 전파되기 위하여는 영방제후의 도움이 필요함을 인식하였다. 그래서 루터는 1520년 '독일민족의 그리스도 귀족에게 고함'이라는 글을 써서 독일 귀족들이 독일을 로마 교황청으로부터 해방시키고 교회의 토지와 재산을 압수할 것을 권고하였다.

그의 생각은 독일의 귀족들에게 매우 호소력이 있었다. 무엇보다도 루터의 입장은 귀족 곧 제후들에게 경제적 이익을 보장하는 것이었으므로 귀족들은 루터를 지원함으로써 경제적 이익과 동시에 교황의 영향을 배제시킬 수 있는 이점을 가질 수 있었고 나아가 신성로마제국의 황제 카를 5세의 지배권을 견제할 수 있었다.

마르틴 루터   교황의 파문장을 불태우는 루터

이리하여 독일 귀족과 루터가 연합할 근거가 마련되었고, 루터는 교황청의 파문과 황제 카를 5세의 국법제외자라는 처벌에도 불구하고 당당히 자기의 주장을 글로써 천명할 수 있었고 바르트부르크 성에서 '성경'을 독일어로 번역할 수도 있었다. 이 '성경' 번역은 루터가 자기 입장을 널리 이해시키고 옹호하기 위한 작업이었으나, 근대 독일어의 표준화에도 큰 기여를 하였다.

루터를 지원한 제후들은 주로 중북부 독일지역에서 그들의 세력권을 형성하였다. 제후뿐만 아니라 이 지역 농민과 도시민들도 루터를 봉건적 억압의 굴레를 없애버린 영웅으로 숭배하였다.

그래서 루터파 교회가 중북부 독일에서 성립되었다. 그러나 루터파 교회의 성립은 일반 신도들, 즉 농민이나 도시민의 지원으로 성립된 것이 아니고 제후의 후원으로 가능하였음을 반드시 인식하여야 한다.

왜냐하면 루터의 종교개혁은 독일에서는 교회를 국가에 종속시키는 결과를 가져왔고, 국가가 정치분야뿐만 아니라 종교 및 사회분야에서도 우월함을 가능케 하여 가톨릭을 대신하는 전능의 권위를 지니게 하는 국가주의(이때 국가주의는 중상주의(Etatisure)가 아니라, 독일의 독특한 역사적 전통으로서 국가주의(Staatismus)를 말한다) 성립에 기여하였기 때문이다.

확산된 종교개혁 운동

루터와 거의 동시에 스위스에서도 츠빙글리(Zwingli : 1484~1531)라는 종교개혁자가 가톨릭 교회를 부정하고 개혁교회를 성립시켰다. 그러나 스위스의 가톨릭 세력은 힘은 모아 츠빙글리를 죽이고 개혁세력을 억압하는 데 성공하였다. 그 뒤 프랑스 사람으로 칼뱅(John Calvin : 1509~1564)이 루터의 개혁사상 영향을 받고 프랑스에서 활동하다가 박해를 받아 스위스의 제네바로 도피하여 정착하였다.

칼뱅은 《그리스도교 강요, The Institutes of the Christian Religion》를 1536년 저술하여 개신교의 새로운 교리를 확립하였다. 칼뱅 주장의 핵심은 예정설(Predestination)인데, 그 내용인즉 인간의 구원은 오직 신에게 달려있고, 인간의 어떠한 덕행으로도 신의 뜻을 바꿀 수 없다는 것이다. 그러므로 신의 예정상 버림받은 자는 영원히 구원받을 가능성은 없고, 구원이 예정된 자는 현세와는 무관하게 천국에서 영생이 보장된다는 주장이다.

이 교리는 매우 독특한 교리였다. 왜냐하면 이 교리를 믿는 사람들은 자신들이 선택된 신도들로서 하나님의 영광을 현세에 증거할 의무가 있고, 그러므로 신의 성도로서 세상의 악을 없애야 하는 과업을 책임맡은 하나님의 백성이라고 믿었기 때문이다.

신의 도구임을 자처하는 칼뱅주의자들은 스스로의 구원에 확신을 가지고 세상에서 승리하는 삶을 살아가는 방법을 생각하였다. 승리하는 삶이란 무엇인가? 그것은 세상에서 선택받지 못한 사람들과 구별되는 삶이다. 선택받지 못한 이들의 삶이 탐욕적이고 현세적인 것에 비하여 성도의 삶은 경건하고 금욕적이며 모든 사치와 낭비를 버리고 검소, 절제, 근면하게 생활하여 남의 모범이 되고 자기의 직업을 천직(Beruf)으로 생각하여 충실하게 살아간다는 것이다. 그 결과로서 나타나는 재물의 풍성함은 하나님의 축복으로 여기는 칼뱅의 예정설은 당시 사회에 점차 대두하고 있던 중산계층의 호응을 받아 근대적 직업관과 윤리관에 큰 공헌을 하였다. 이것이 막스 베버(Max Weber, 1864~1920)가 《프로테스탄티즘의 윤리와 자본주의》에서 주장한 내용이다.

오늘날은 베버의 주장에 대하여 찬반 양론이 있으나 그의 주장 가운데에서 칼뱅주의 직업관이 중산계층의 윤리로서 수용되었다는 점은 타당하게 생각된다. 여하튼 칼뱅의 영향은 루터 못지 않게 유럽으로 확산되어 프랑스에서는 위그노파(Huguenots), 스코틀랜드에서는 장로파(Presbyterians), 잉글랜드에서는 청교도(Puritans), 네덜란드에서는 고이센(Geusen) 등 개혁종파의 성립을 촉발시켰다.

한편 영국의 종교개혁은 교리와는 무관한 국왕 헨리 8세(Henry Ⅷ: 1509~1547 재위)의 이혼문제로 발단되었다. 헨리 8세는 처음 독일에서 루터가 종교개혁을 일으킬 때 그를 공격하여 교황으로부터 가톨릭 신앙의 수호자라는 칭호를 받을 정도였다. 그러나 튜더 왕조의 안정을 최우선으로 삼았던 헨리 8세의 목표가 왕비 캐서린이 왕자를 낳지 못하여 왕위 계승이 문제가 되자 그는 왕실 안정을 위하여 왕비와 이혼하여 젊고 아들을 낳을 수 있는 귀족의 딸 앤 볼린(Anne Boleyn)과 재혼을 교황에게 요청하였다.

사실 에스파냐 출신의 왕비 캐서린도 헨리 8세와 처음 결혼한 것은 아니었다. 본래 차남으로서 왕위계승권이 없었던 헨리 8세는 뜻밖에 형이 요절하자 에스파냐와의 우호적 관계를 지속하기 위하여 형수를 아내로 맞이하였는데 그녀가 바로 캐서린이었다. 이때 교황은 캐서린의 재혼을 허락하여 그녀가 왕비가 될 수 있게 도와주었던 경력이 있었고, 그래서 교황은 에스파냐의 후원을 받았다. 그러므로 헨리 8세의 이혼 요청은 어느 정도는 정당한 것일 수 있었다.

그러나 이번에는 사정이 달랐다. 교황은 이혼을 허락하고 싶어도 캐서린의 조카가 되는 신성로마제국의 카를 5세가 가톨릭의 최대 후원자였으므로 헨리 8세의 요청을 들어줄 수 없었다. 이에 분격한 헨리 8세는 영국 교회를 로마로부터 분리시키고 1534년 의회의 동의를 얻어 국왕이 독립한 '영국 국교회(Anglican)'의 수장(首長)임을 선포하였다.

이리하여 영국에서도 종교는 정치권력에 예속되었고 국왕은 수도원을 해산하고 수도원의 막대한 토지를 몰수하여 자기의 신하들에게 분배하였다. 국왕은 로마로부터 분리를 통하여 경제적으로 큰 이익을 얻었을 뿐만 아니라 영국 국민에게 광범위하게 스며 있던 반로마, 반교황의 감정을 고양시켜 민족주의의 싹을 트게 하였다. 그러나 정치, 경제적인 원인에서 비롯된 종교개혁이었으므로 참된 종교개혁을 원하는 순수한 종교인들의 개혁요구는 무시된 채 가톨릭의 제반 특징을 영국 국교회(일명 성공회)는 거의 그대로 지니게 되었다. 그래서 혁신적인 신교도들은 따로 청교도(Puritan)파를 조직하여 영국 국교회로부터 분리하였다. 이들은 후일 신앙의 자유를 찾아 '5월의 꽃(May Flower)'호를 타고 아메리카로 이주하게 된다.

가톨릭의 대응

독일에서 비롯되어 전 유럽으로 확산된 종교개혁은 가톨릭 조직을 동요시켰다. 교황도 말썽의 씨앗인 면죄부 판매를 금지하고 성직매매, 성직자의 도덕적 타락 등 가톨릭의 부패를 우선 없애기 위하여 내부 수술을 단행하는 한편 신교도(프로테스탄트)의 세력 확장을 저지하기 위한 여러 가지 수단을 마련하였다.

그러나 일부 성직자들은 가톨릭의 문제가 교황의 독단적인 교회 운영에 그 원인이 있었으므로 교황 혼자서 가톨릭의 책임을 맡는 것이 아니라 여러 성직자들의 의견을 모아서 가톨릭을 새로이 정비할 공의회(公議會: Council) 제도의 시행을 요구하였다. 집단지도체제인 공의회 제도는 교황권력을 제약하기 위한 성격을 지니고 이미 15세기 초 콘스탄츠와 바젤에서 개최된 바 있으나 그 실효를 거두지 못했다. 오히려 1545년 트리엔트 공의회에서는 모든 가톨릭 문제에 관하여 최종 결정권이 교황에게 있음을 확인하였다.

가톨릭 개혁의 선봉은 에스파냐 군인 출신 이그나티우스 로욜라 (Ignatius Loyola, 1491~1556)가 창립한 1534년의 '예수회'는 중세 수도원의 엄격한 계율을 지키고 신학 연구와 복음전도를 그 본무로 삼고 오직 교황에게만 책임을 지고 가톨릭의 세력확장을 위하여 많은 노력을 하였다. '예수회' 수도사들은 제수이트(Jesuits)라고 불렸는데 이들은 10여 년의 엄격한 수행기간을 끝내야만 하고 상급자에 대한 절대 복종을 행함으로써 교단 내의 단결을 강화하는 데 기여하였다.

이들의 활동으로 이탈리아, 에스파냐에는 개신교가 발을 붙이지 못하고 남부 독일, 폴란드 등지도 가톨릭 세력으로 남게 되었다. 또한 지리상의 발견 이후 새로이 알려진 아메리카, 아시아 지역에 대한 해외 전도사업도 이들의 노력이 성과를 얻은 중요한 활동이었다.

'예수회' 활동 외에도 가톨릭은 '종교재판제도'를 강화하여 개신교의 확대를 억제하였다. 정통 가톨릭 교리와 어긋나는 신비주의 운동, 이단 교리를 버리지 않는 신자들은 악마로 간주되어 불에 태워 죽이기 다반사였고, 이러한 사건은 가톨릭이 세력을 잡고 있는 지역에서는 어디에서나 나타났다. 개신교 또한 자기의 세력권 내에서 가톨릭 교도를 처단하였음은 물론이다.

1520년대 가톨릭은 이단 교설의 전파를 막기 위한 방법으로 검열제도를 강화하고 이를 위해 '금지서적목록(Index)'도 만들었다. 금

서목록은 1966년까지 로마 교황청에서 작성되어 위험한 사상이 담긴 책을 출판금지시키거나 불태우거나 하여 사상통제를 위한 중요한 수단으로 쓰여왔다.

　개신교와 타협을 시사한 어떤 내용도 이단으로 평가되어 가톨릭 내에서 출판되어 유포될 수 없었다는 사실은, 개신교의 개혁과 가톨릭의 대응으로 16세기 이래 같은 신앙의 조상을 섬기는 기독교가 분리되어 약화되었고 그만큼 세속권력이 강대하게 성장하여 근대국가를 형성하는 데 주도권을 행사하였음을 보여주고 있다.

종교개혁연표

1381년	위클리프 개혁사상 영국 농민반란의 지원을 받다.
1414-1418년	콘스탄츠 공의회
1431-1449년	바젤 공의회
1517년	마르틴 루터 '95개조 반박문' 발표, 종교개혁 시작.
1520년	교황 레오 5세 루터 파문.
1529년	영국의회 헨리 8세 개혁 승인.
1534년	로욜라 '예수회' 창설, 과격 개혁파인 재세례파 뮌스터 장악
1536년	헨리 8세 수도원 해산, 수도원 재산 압수. 칼뱅 '기독교 강요' 발표
1545년	트리엔트 공의회, 교황권위 재확인
1555년	아우크스부르크 종교회의. 가톨릭, 개신교의 상호인정.
1562-1598년	프랑스 종교전쟁 1598년 낭트 칙령으로 조정됨.

II. 절대왕정 시대

루이 14세

영국 튜더 왕조의 엘리자베스 1세

《절대왕정시대 개괄》

16세기로부터 18세기에 걸친 시기는 절대왕정 내지 절대주의 시대라고 한다. 이 시기는 봉건사회의 잔재가 여전히 상당한 힘을 가지고 있었으나 유럽 근대사회 성립의 맹아기이다. 강력한 왕권을 중심으로 근대국가의 체제가 갖추어지기 시작하고 초기 자본주의가 정착되어 발전하며 근대문화의 토대가 시민층의 성장과 더불어 확립된 이 시기 유럽 각국들은 많은 변화를 겪게 된다.

유럽의 주도권은 지리상 발견을 선도한 포르투갈, 에스파냐로부터 네덜란드, 프랑스, 영국으로 옮겨지게 되었고, 16세기에는 독일을 대표하는 프로이센과 러시아가 새로운 강대국으로 등장하게 되었다. 이 나라들은 그러나 상호 '견제와 균형'의 원칙을 국제 질서의 기본 틀로 삼아서 어느 한 나라가 지나치게 강대해지는 것을 방지하였다.

각국들이 공통적으로 해결해야 할 과제는, 내정상 개신교와 가톨릭의 종교분쟁, 왕위를 둘러싼 정권획득 싸움, 성장하는 시민층의 도전 무마 등이었고 외정상 시장, 원료확보, 국가위신이 걸려있는 해외식민지 쟁탈전에서의 승리와 왕조 간 균형을 유지해야 하는 복잡하고 곤란한 문제의 조정이었다.

르네상스에서 나타난 근대문화 또한 16-17세기 유럽에서 확고한 토대를 구축하는데, 문화의 담당층은 특권 귀족 중심에서 점차 확산되어 부유한 시민층도 문화의 중요한 위치를 점하게 되었다. 시민층의 이데올로기인 자유가 사상분야에서뿐만 아니라 사회 모든 영역으로 번져나가는 한편 자연과학의 기계적 우주관이 진리로서 받아들여지기도 한 이 시기, 종교는 계속하여 영향력을 상실하게 되었다. 인간의 자신에 대한 신뢰가 커질수록 종교는 사회에서 기반을 잃고 자연과학에 의하여 점차 밀려나게 되었다.

절대왕정의 구조

정 치

절대왕정의 핵심적인 정치권력은 국왕에게 있다. 봉건시대 제후들에게 지방분권을 허용한 것과는 달리 왕권은 국가 통일과 행정, 사법, 군사면에서 중앙집권을 가능케 하였다. 왕권은 오늘날의 시각에서 본다면 전제정치를 이끌어 나갔으나, 아무 제약도 받지 않는 절대적인 권력이라는 의미로서 절대왕권이 아니라 중세의 권력분산에 비할 때의 절대왕권일 따름이어서 여러 제약과 견제를 받았다.

절대왕권을 제약한 세력은 세습귀족, 의회세력이었는데 왕권은 이러한 반대세력을 왕권에 예속된 군대와 관료의 지원을 받으며 굴복시킬 수 있는 한계 내에서 절대왕권을 행사하였다. 따라서 절대왕정체제의 필수적인 지주가 관료제와 상비군이었다. 통치와 행정에 있어 전적으로 국왕에게 의존하고, 국왕의 의사를 충실하게 이행하는 관료와, 왕권의 실제 집행이 어려울 때 무력으로 반대세력을 굴복시킬 수 있는 상비군의 역량은 곧 왕권의 능력을 가늠하는 기준이었다.

관리는 그 대부분이 귀족이 아닌 천한 신분, 즉 시민층 출신의 능력과 전문지식을 갖춘 사람들이었다. 그러므로 왕권은 관리의 능력을 사용하는 대가로 토지가 아닌 봉급을 주어야 했다. 그래서 관료집단의 발생과 그 팽창은 자연 절대왕정의 재정지출을 증대시켰다. 상비군의 대다수는 돈을 받고 목숨을 파는 용병(Mercenary)이었다. 군인이란 매우 위험한 직업이었으나, 특별한 직업을 얻을 수 없는 하층민들에게는 희망이 있는 직업이었다. 그래서 후진지역의 용기 있는 젊은이들이 이 직업에서 특히 두각을 나타냈다. 그 당시 관광업도 정밀공업도 없었던 산간지역 스위스는 용맹과 신의가 있는 용병들의 고향으로 스위스 젊은 실업자들의 일자리를 만들어 냈다.

그러나 이들은 특히 봉사에 대한 대가를 요구하였으므로 절대왕정은 유지비로 많은 돈이 필요하였고, 관리와 상비군을 운영하는 데 드는 경비의 상당액이 시민층의 세금으로 충당되었다. 따라서 절대왕정은 시민층과의 관계를 매우 중요하게 여기고 또 시민층의 경제력을 향상시키는 정책도 실시하게 되었다. 그후 용병은 점차 징병으로 대체된다.

절대왕정을 이루는 마지막 지주는 왕권에 대한 이론적 뒷받침으로서 '왕권신수설(王權神授說)'이었다. 정통성이 없는 권력은 언제나 적대적이고 도전적인 제세력의 방해를 받는다. 그러나 왕의 권력은 인간들끼리 힘의 다툼의 결과 이긴 자가 보유하는 그런 종류의 것이 아니라 신의 대리인으로서 신에게서 받은 것이며 왕의 권력은 신성불가침이요 절대적인 것이 된다. 그래서 왕은 신에게만 책임을 지고 신하에게는 복종의 의무만 있게 된 것이다. 이 왕권신수설은 절대왕정을 견지하고자 애쓴 모든 국왕들이 가장 애호하는 정치사상으로서 17세기를 풍미하였다.

경 제

절대왕정은 앞에서 지적한 대로 많은 돈이 필요한 체제이다. 국왕은 이를 위하여 조세제도를 만들고 중상주의(Mercantilism) 정책을 시행하였다. 상업을 중시한다는 중상주의 경제정책의 일반적 특징은 다음과 같다. 이 시기의 화폐는 각국 중앙은행이 국가의 신용을 바탕으로 발행하는 지폐가 아니라 금, 은화였다. 초기 중상주의는 금의 축적을 가능한 늘리기 위하여 '무역차액설'을 신봉하였다. 즉 외국에 많은 물건을 팔고 금으로 값을 받으며, 가능한 수입을 줄여 금의 유출을 막으면 국내에 많은 금이 쌓이게 된다는 것이다. 금의 보유량을 중요하게 생각하는 이 이론은 중금주의(重金主義 : Bullionism)라고도 불린다.

한편 무역에서 이익을 남기기 위해서는 국내 제품이 외국 제품에 비하여 저렴하고 질이 좋아야 하므로 중상주의는 상업과 무역에 못지 않게 국내공업의 보호와 육성에도 역점을 두었다. 이와 관련하여 외국 상품에 대한 보호관세 실시 및 값싼 원료를 얻을 수 있고 판매시장을 확보하기 위한 해외식민지 쟁탈도 중상주의 경제정책의 중요 요소였다.

결국 절대왕정체제의 경제정책으로 중상주의는 국가의 간섭, 통제 보호, 육성을 내용으로 하는 경제정책이었으나 그 궁극적 목표는 절대왕권 강화, 국가통일이었다. 그러므로 중산주의는 국가주의 (etatisme)의 일환이라고 볼 수 있다.

사 회

절대왕정 체제하의 사회는 신분사회였다. 신분사회라는 말에는 한 개인의 성공이 그 개인의 노력과 재능과는 무관한 출생, 가문에 의하여 결정된다는 의미가 내포되어 있다. 다만 이러한 의미는 절대적인 것이 아니라 상대적인 의미로 일반적으로 사용되는 것에 우리는 주목할 필요가 있다. 즉 아무리 혈통에 의하여 인생의 항로가 결정되는 것이 보편화된 현상일지라도 예외적으로는 소수의 재능 있는 낮은 신분의 사람들이 상층 신분에 들어갈 수 있는 길이 있었다는 점이다.

중세 말 이후부터 자연경제가 화폐경제로 변하고 도시가 다시 번성하게 되면서 도시의 수가 늘고 인구가 많아졌으나 18세기도 여전히 농촌이 '바다'라면 도시는 '섬'에 불과하였다. 그러나 도시화의 경향이 지속적으로 증대하는 도시생활이 농촌생활보다 장래가 있어 보이고 또 사실 경제적으로도 농촌에 비하여 번성하게 되자 시민들은 자기들의 잠재적인 힘을 점차 깨닫게 되었다.

그러나 도시의 번영은 국왕에 의하여 선발되고 국왕에게만 책임을 지는 관리들의 정책결정과 밀접한 관련이 있음을 시민들이 충분히 인식하게 되자, 시민들이 의도적으로 국왕에게 접근하였다. 국왕이 시민들의 활동을 보호하고 도시의 번영을 가능케 하는 정책을 시행한다면 시민들도 국왕을 도와 절대왕권 성립에 기여한다는 것이다. 절대왕권 또한 시민의 경제적 후원과 도시의 번영 없이 강력한 권력 행사와 강대국으로의 성장이 불가능하였으므로 시민 요구를 수긍하였다.

그러나 절대왕권이 언제나 시민과 결탁한 것은 아니다. 오히려 특권 신분의 대표로서 국왕은 제1의 봉건세력이었으므로 시민층과는 심정적으로 분리되어 있었고 귀족들과 보다 많은 공감을 나누었다. 다만 근대국가의 토대 확립을 위하여 어쩔 수 없이 시민과의 관계를 유지하였다고 판단된다.

농촌사회에서는 농민의 삶은 지역에 따라 시기적으로 큰 차이가 있었다. 그러나 관습을 지키고 출생한 지역에서 외부로 출입하는 일이 거의 없이 농촌의 농민들은 보수적, 폐쇄적, 지방중심적인 사고를 견지하며 변화하는 것은 무엇이든지 억제하려는 기본틀을 지니고 있었다.

자본주의의 성장

16~18세기는 자본주의가 성장한 시기이다. 오늘날 세계 반 이상의 국가에서 채택하고 있으며 또 많은 비판을 받고 있는가 하면 그나마 가장 효율적인 것으로 상찬받고 있는 자본주의란 도대체 무엇일까?

자본주의 원리란 사기업에 의하여 운영되는 체제이다. 무엇을 얼마만큼 어디에서 어떠한 가격으로 생산하고, 판매하고 구입할 것인가를 사적 개인이 기업주나 노동자, 소비자로서 자유로이 결정하는 체제가 자본주의이다.

경제활동으로서 자본주의는 그 결단이 사적 개인에만 좌우되는 것이 아니라 시장의 상황에 좌우되기도 한다. 즉 사람들은 시장의 수요-공급법칙을 따르게 된다. 만일 상품과 노동력이 부족하면 물가와 임금이 오르고, 상품과 노동력이 남아 돌면 물가와 임금은 하락하는 것이 절대왕정기 자본주의 사회이론이었다.

중세는 자급자족 농업사회였으므로 시장의 발달이 미약하였고, 예외적으로 이탈리아 도시국가들에서 얼마간의 교역이 있었으나 그나마 길드의 제반 규약에 의해 자유로운 생산과 교환은 불가능하였다. 그래서 미래의 이익을 얻기 위한 투자란 거의 없는 상태였고 여유있는 자금은 대부분 소비될 뿐이었다.

그러나 1450~1600년의 기간에 경제활동의 변화가 유럽 일부지역에서 현저하게 나타났다. 위험을 무릅쓰고 소비 대신 미래의 이익을 위하여 과감히 투자하는 일들이 시도되었는데 이것은 경제상황이 변한 까닭이었다.

변화한 상황 중에서 소비 대신 투자를 유도한 첫번째 이유는 '가격혁명'의 발생 때문이었다. 생필품의 공급이 수요를 감당할 수 없게 되자 물가는 계속해서 올랐다. 얼마 지나면 지금보다 많은 이익을 볼 것이 확실할 때 소비로 쓰일 여유자금은 투자로 전환된다. 더구나 가격폭등은 투자의 위험도 감소시킨다.

둘째 이유는 부의 분배가 편중되었다는 점이다. 16세기 인구 증가는 실업증대를 초래하여 고용주는 보다 저렴한 임금으로 사람을 써서 임금을 낮춘 만큼 이윤을 확대하였고, 다시 새로운 투자를 시도하였다. 이런 사람들은 주로 상인자본가였다. 한편 상속관행도 투자를 유도하였다.

장자상속제의 관행은 장남을 제외한 자녀를 빈궁하게 만들었다. 자연히 장남에게는 투자의 여유가 생기게 되었으나 빈궁해지는 차남 이하의 자녀들은 도시로 이주하여 부를 키울 꿈을 꾸게 된 것이었다.

국가에 의한 투자 유도가 세번째 이유인데, 국가는 거대한 소비자로서 근대국가 확립기간에 재정지출을 늘린 만큼 무엇이든 소비를 확대하였고 특정 분야에서는 직접 투자에 참여하기도 하였다. 이러한 이유들로 인하여 경제활동은 활기를 띠고 상인을 중심으로 대규모화되었다. 이것이 상업자본의 형성과정으로 후일 산업자본과는 구별되며 이는 산업자본을 예비한 것으로 평가된다.

프랑스의 절대왕정

프랑스 절대왕정의 발전은 영국과의 오랜 싸움에서 승리하면서 시작되었다. 1388년부터 1453년까지 약 백 년간 계속되었다고 하여 역사에서 백년전쟁이라고 불리는 이 전쟁은 왕권의 강화에 중요한 공헌을 하였다. 전쟁을 수행하는 긴급사태 속에서 국왕은 성직자, 귀족, 도시대표로 구성되어 왕권을 제약해 왔던 신분의회(Estates)를 무시하고 전쟁 경비 마련을 위하여 새로운 세금을 만들고, 또 중세의 국왕처럼 기존 법들의 수호나 시행에 그치지 않고 새로운 법을 자의적으로 제정할 수 있게 되었다. 그리고 외적을 방비해야 한다는 구실로 언제나 거대한 군대를 보유할 수 있게 되었다.

조세수입으로 재정을 확보하고 상비군을 신분제의회의 동의를 얻어 그들의 부담으로 보유하게 된 국왕은 영국과 전쟁으로 국민에게 나타나기 시작한 민족의식을 이용하여 교회와의 싸움을 주도하였다.

근대적 민족국가를 이루기 위해서 국왕은 세계주의를 표방하는 가톨릭과 충돌을 피할 수 없었다. 가톨릭과 왕권의 충돌은 성직자 임명권이 누구에게 있는가라는 문제에서 날카롭게 대립되었다. 국왕은 교회를 장악하여 교회에서 왕권신수설이 일반 민중에게 가르쳐지기를 원했고, 종래 면세의 특권을 지녀온 교회에 대하여 과세를 할 수 있게 되기를 원한 반면 교회측에서는 국왕의 이러한 희망을 그대로 받아들일 수는 없었다. 성직자 임명권을 국왕에게 빼앗기고 방대한 교회 재산에 세금이 부과된다면 교회의 몰락은 필연적이었다. 그래서 프랑스에서 교회는 국왕과 타협을 시도하였다. 국왕 또한 교회의 영향력을 아직은 완전히 무시할 수 없었으므로 교회의 타협안을 수락하였다.

프랑스 국왕과 교회의 협정은, 루터가 독일에서 종교개혁을 일으키기 1년 전인 1516년 체결되었다. '볼로냐 합의'라고 불리는 이 협정의 내용은, 국왕이 프랑스 교회의 고위 성직자 후보를 지명하고 교황은 지명된 성직자 후보 중에서 성직자를 임명한다는 것이었다. 따라서 프랑스 국왕은 영토 내에서 영국이나 독일에 비할 때 완전한 교회장악을 할 수 없었으나 통제권을 행사할 수는 있었다.

한편 국왕의 개신교에 대한 자세는 매우 부정적이었다. 국왕은 국가가 유일한 왕, 하나의 법, 하나의 신앙으로 다스려져야 한다고 생각하였다. 즉 단합된 모습의 국가만이 강력할 수 있으며 다양함은 힘의 응집에 해롭다고 믿었던 것이다. 그래서 프랑수아 1세(1515~1547)는 개신교가 국왕의 권위에 도전하여 국가에 위험한 사상이 된다고 보고 개신교 신조와 예식을 불법이라고 선포하여 엄벌로 다스렸다.

프랑스의 개신교도들인 위그노 등은 이러한 조치에 반발하였다. 그들은 영국과 독일의 종교개혁을 잘 알고 있었으므로 국왕의 개신교 억압은 부당하다고 느꼈다. 가톨릭을 비판하는 것에서 나타난 개신교의 움직임은 국왕과 가톨릭이 한편이 되자 반국왕이라는 정치적 성향을 지니게 되고 1562년부터 1598년까지 종교전쟁을 치르게 되었다. 발루아 왕조의 왕들의 힘이 강대해지는 것을 두려워하였던 일부 대귀족 가문도 종교문제에 편승하여 왕권을 견제하려고 시도하였다. 부르봉(Bourbon) 가문이 대귀족으로서 개신교를 택한 반면 가톨릭은 또 다른 대귀족인 귀즈(Guise) 가문을 중심으로 뭉쳐서 잔혹한 행위를 상대세력에게 가하였다.

종교문제로 인하여 일어났던 가장 잔혹한 사건은 1572년 성 바르톨로뮤 기념일에 일어났다. 메디치 집안의 여인으로 프랑스 왕비가 되었던 카트린 드 메디치가 섭정을 하는 동안 왕비는 개신교에 대한 적대감으로 군대와 가톨릭 신도들에게 개신교도를 보는 대로 죽일 것을 명령하였다. 그래서 성인의 축제날 교회의 종소리를 신호로 가톨릭 교도들은 개신교도들을 습격하여 잔혹하게 살해하는 참변을 일으켰다.

그러나 개신교의 희생은 순교의 피가 되어 오히려 개신교의 성장에 기여하였다. 그래서 그후 앙리 4세는 '낭트 칙령'을 선포하여 위그노의 종교자유를 인정하게 되었다. 그럼에도 불구하고 프랑스 위그노의 개신교 세력은 결코 영국이나 독일과 같은 영향력을 가질 수 없었다.

한편 발루아 왕가에서 남자 후계자가 없게 되자 왕위계승은 부르봉가에 이양되었다. 개신교를 신봉한 부르봉가는 개신교를 믿으면 프랑스 국왕이 될 수 없었으므로 가톨릭으로 개종하여 국내안정을 도모하였다. 현실상황의 올바른 판단으로 부르봉 왕조는 강력한 왕권 확립에 성공하였다. 특히 루이 13세는 왕권 확립과 관료조직 정비는 필연적인 관계가 있다고 보아 관료제를 획기적으로 발전시켰다. 그의 성공의 비결은 적당한 인물을 재상에 임명하고 그를 전적으로 신임하는 방법에 있었다. 루이 13세가 재상으로써 18년간 바꾸지 않고 신임하였던 사람이 리슐리외(Richelieu, 1585~1642)였다.

성직자 출신의 리슐리외는 프랑스 절대왕정 확립의 주춧돌이었다. 그는 헌신적으로 프랑스를 강국으로 만드는 일에 몰두하였다. 그가 지닌 생각은 국가이성(raison detat)이라는 것인데, 국왕의 절대적 권위와 국가가 필요로 하는 것은 모든 것에 우월한 절대적인 권위라는 것이다. 그리고 국왕의 권위와 국가의 필요는 동일한 것이다. 그리하여 리슐리외는 모든 국왕의 권위에 반대하는 요인을 억압하고 제거시켰다. 리슐리외는 중앙 관료제의 권한을 강화하면서 무자비하게 위그노를 박해하고 귀족들에게 전래되어 온 특권, 즉 결투로 문제를 해결하는 것을 금지시키고 국왕 재판에 의한 판결을 따르게 하는 등 귀족들의 거만함을 없앴다.

리슐리외의 '국가이성'을 잘 보여주는 사건은 외교관계에서도 나타났다. 그는 가톨릭의 추기경이면서도 독일에서 일어난 '30년 전쟁(1618~1648)'시 프랑스가 유럽의 패권을 장악하기 위하여는 에스파냐 세력을 견제해야 한다고 믿어, 놀랍게도 독일의 개신교를 지원하여 에스파냐 세력을 약화시켰다. 그 자신이 추기경이면서도 종교의 영역과 국가통치 영역을 구분하고 국가영역을 우위에 둔 행동은 이 시기 국가와 종교와의 관계를 단적으로 말해주고 있다.

리슐리외가 사망한 뒤 재상직을 물려받은 사람은 마자랭이었는데 그도 전임자의 정책을 충실히 계승하여 왕권강화에 헌신적으로 노력하였다. 그런 노력의 결과 프랑스에서는 절대왕정이 문자 그대로 확립되어 '짐이 곧 국가이다'라는 루이 14세가 나타날 수 있었다. 그는 일명 '태양왕'으로서 국왕의 권력을 온누리에 태양처럼 강하게 행사하였다. 베르사유 궁전을 만들고 모든 호사스러움을 누린 루이 14세는 국왕으로서의 임무도 훌륭히 해내었다. 오랜 시간 정

베르사유 궁전의 회의실

무를 직접 관장하고 국왕의 권위에 저항할 위험이 있는 세력을 공포의 감옥 바스티유를 이용하여 없애버리는 한편 비밀경찰을 두어 감시를 조금도 늦추지 않았다.

그러나 루이 14세가 귀족세력을 억압한 방법이야말로 특기할만 하다. 그는 칼과 창으로 귀족을 꼼짝 못하게 억압한 것이 아니라 교묘한 방법을 사용하였다. 즉 그는 귀족들을 축제, 연회, 연극, 무도회 등에 수없이 초대하였고 그럴 때마다 새로운 복장이나 예절, 형식을 갖출 것을 요구하였다. 그래서 찬란하고 화려한 귀족의 에티켓 등의 접대법이 베르사유 궁에서 끝없이 새로이 제정되고 귀족들은 온 힘을 쏟아 예절을 배우고 의상을 마련하였다.

이러한 즐거운 궁전연회 속에서 나날을 지내며 귀족들은 가난해졌고 그럴수록 국왕의 총애를 얻고자 비굴해졌다. 현명한 극소수의 귀족만이 국왕연회 참석을 평계를 삼아 빠지고 자기 영지 관리에 힘을 기울였다. 그리하여 과거에는 강력한 왕의 견제세력이었던 대다수의 귀족들이 이제는 왕의 은총의 햇살이 자기에게 내려지기만 기다리는 비참한 처지에 놓이게 되었다.

그러나 모든 국왕권위에 위협되는 세력을 약화시킨 루이 14세의 성공은 바로 그 성공 안에 결정적인 결함을 가지고 있었다. 절대적 권력을 지니고 있다는 확신으로 그것을 구체적으로 표현하고자 하였다. 즉 루이 14세의 그칠줄 모르는 자기 과시에는 끝 없는 전쟁의 승리, 무제한 사치로 인한 재정 고갈과 민심의 이반 등을 결국 초래하는 것이다. 그래서 국민들은 절대왕정이란 생활수준의 하락, 사망률 증대의 대가라고까지 생각하게 되었다. 1690년대 전염병 창궐, 흉작, 중과세는 국민을 기아로 몰아갔고 그 결과 18세기 프랑스의 재정은 늘 파산상태에 몰려있었다.

제약된 절대왕권 : 영국

 영국은 유럽의 어느 나라보다 일찍 중앙집권을 이룩하였다. 1066년 노르만디 공(公)인 동시에 프랑스 왕의 신하인 윌리엄이 영국 전역을 정복한 결과, 정복왕으로서 강력한 왕권을 확립하였고 그래서 중앙집권화가 가능하였던 것이었다. 대륙에서 떨어진 섬나라의 지리적 위치 또한 영국의 독특한 역사적 발전에 큰 기여를 하여 영국은 유럽대륙의 나라들과 매우 다른 정치체제를 지니게 되었다.
 영국을 정복한 노르만 왕족은 극소수였고 그들의 근거지인 프랑스를 떠나 정복지역에서 정주하기를 원치도 않았다. 그러므로 정복왕은 관료제도를 만들어 이를 통하여 부재(不在)왕권을 보완하고자 하였다. 유능한 관리란 해야할 일이 무엇인지 잘 알고 또 전문성을 지녀야 한다. 한데 노르만 정복왕은 프랑스인이었고 그의 측근도 물론 프랑스 사람이었는데 이들은 모국어만 알고 정복지의 언어인 영어를 배우려고 노력하지 않았다. 그러므로 정복인들도 영국인 가운데에서 유능한 사람들을 관리로 임용하게 되었다.
 이리하여 대주교를 위시한 성직자, 지역 유력자, 시민들이 관리로 변신하는 경향이 있었고 이들은 왕에게 통치에 필요한 조언과 자문의 역할을 수행하였다. 13세기에 이르면 이들의 자문회의는 '팔러먼트'라고 부르게 되었다. 노르만 정복왕들이 프랑스에 보다 큰 관심을 가지고 영국의 통치에는 무심한 관례를 지속하여 영국 궁내에서는 프랑스어가 공용어가 되는 상황에서 자문회의인 '팔러먼트'는 더욱 영향력을 확대하게 되었다. 그래서 14세기에 이르면 '팔러먼트'는 정부의 기관이 되어 왕의 정책결정에 이의를 제기할 수 있게 되었던 것이다.

　자문회의인 '팔러먼트'는 후일 '의회'로 번역되어 쓰였는데 영국의 의회는 유럽 대륙의 신분제 의회와는 다른 점이 있었다. 첫째, 영국의회는 중세에 이미 지방의회가 아니라 전국의 의원들이 모인 국회였다는 것과 둘째, 의회 구성이 출생이나 지위에 따라 이루어지지 않고 부유한 사람이면 누구나 의원이 될 수 있다는 것이다. 이 둘째 이유로 인하여 유능한 시민 출신의 의원들이 많이 의석을 점유하게 되었는데 이런 상황은 프랑스에서는 나타날 수 없었다.

　또한 관습을 중시하는 전통이 있어 영국에서는 일찍 봉건법(특정 지역내에서만 유효함) 대신에 보통법(Common law, 영국의 전 지역에서 유효함)이 제정되어 왕이라도 마음대로 법을 바꿀 수 없었다. 이 보통법은 왕국 내 천 지역에서 판결의 기준을 제시하였으므로 통일적인 체제 마련에 큰 기여를 하였다. 앞에서 언급한 역사적 전통은 영국의 절대왕정과 어떠한 관련성을 지니게 되는지 보다 구체적으로 살펴보자.

　영국 절대왕정은 튜더 왕조에서 시작된다. 백년전쟁의 패배 이후 몰락하게 된 귀족층은 자기 영지 내의 농민을 가혹하게 수탈하였고 때로는 강도단으로 전락하여 비무장의 농민들을 약탈하였다. 그래서 국민들은 무질서를 종식시킬 강력한 왕의 등장을 기원하게 되었다.

　이즈음 귀족들 간의 싸움에서 우세를 확립하여 왕권을 안정시킨 사람이 바로 헨리 7세였다. 그는 봉건귀족의 사병(私兵)을 폐지하여 폭력의 가능성을 없애는 한편 왕실의 낭비를 삼가하고, 이탈리아나 한자상인과 같은 외국상인을 멀리하며 국내상업을 육성하여 왕권을 국민적인 기반 위에 확립시키고 안정된 재정을 후손에게 넘겼다.

　헨리 7세의 뒤를 이은 헨리 8세는 여섯 번이나 왕비를 바꾸는 등 화려함을 좋아했으나 절대왕권을 확립하였다. 그는 종교개혁을 주도하여 수도원을 해산, 교회재산을 몰수하여 왕의 지지자들에게 나누어 주고 '튜더 혁명'이라고 일컬을 정도의 획기적인 행정개혁을 단행하였다. 그러나 그는 국가의 중요한 일을 결정할 때에는 형식적이나마 의회를 소집하고 의회의 동의를 구하였다.

메리 여왕을 거쳐 25세에 여왕이 된 엘리자베스 1세(1558~1603) 치세는 튜더 절대왕정의 절정기로서 영국의 근대적 발전의 확고한 기반이 구축된 시대였다. 여왕은 국민들로부터 'Good Liza', 즉 '착한 리자'라는 애칭을 받을 정도로 인기를 얻었는데 그것은 신·구교의 극단파를 제외하고는 종교적으로 관용책을 쓰는 한편 동인도회사를 설립하여 영국의 경제적인 부를 증대시켰기 때문이다.

엘리자베스 1세는 해외 발전의 기틀도 마련하여 19세기 '영국은 해가 지지 않는 나라'라는 속담을 가능케 하였다. 여왕은 해상패권을 놓고 에스파냐의 펠리페 2세와 경쟁을 벌였는데, 에스파냐의 감정을 자극하기 위하여 해적선장을 기사로 서임하는 에피소드를 만들기도 했다.

즉 드레이크(Francis Drake)로 하여금 에스파냐의 상선을 습격하도록 명령하고 드레이크가 훌륭히 임무를 수행하여 에스파냐에게 큰 피해를 주자 펠리페 2세는 여왕에게 드레이크의 처형을 요구하였다. 그러나 여왕은 펠리페 2세를 무시하고 드레이크를 오히려 기사로 서임하였다.

이 일은 펠리페 2세를 격분시켰다. 왜냐하면 여왕은 얼마 전에도 펠리페 2세의 청혼을 거절하여 그를 모욕하였기 때문이었다. 두 번에 걸친 여왕의 펠리페 2세에 대한 모욕은 영국과 에스파냐의 전쟁을 예고하였다.

16세기 에스파냐는 해상패권을 차지하고 있었고 그 패권은 소위 '무적함대'라는 해군력을 기반으로 삼고 있었다. 영국은 에스파냐에 비하여 전력상 여러 모로 열세에 놓여 있었으나 펠리페 2세가 전쟁을 서두는 바람에 전략적 이익을 얻을 수 있었고 마침 태풍과 전염병이 에스파냐에게 불리하게 작용하여 에스파냐의 해상패권을 제압할 수 있었다. 영국 국민은 이러한 일이 엘리자베스 여왕의 훌륭한 다스림과 신이 여왕을 축복한 결과라고 믿었다.

이 시기 의회는 엘리자베스의 놀라운 인기와 성공에도 불구하고 왕권을 제약하는 힘을 증대시켰다. 그래서 1583년 여왕의 권력이 가장 정점에 이르렀던 시기를 어느 귀족은 다음과 같이 기록하고 있었다.

"영국 최고의 절대권력은 의회에 있다. 왜냐하면 의회에는 모든 영국인— 위로는 여왕을 포함한 왕족으로부터 밑으로는 가장 천한 사람에 이르기까지— 이 그의 지위, 신분, 위신을 불문하고 그 자신이나 또는 대리인을 보내어 참석하고 있다고 생각했기 때문이다. 따라서 의회의 승인은 국민 전체의 승인이라고 할 수 있었다."

엘리자베스 치세의 말기에 이르면 의회는 자신의 힘을 믿고 여왕의 행동에 대한 비판을 서슴지 않았고 여왕은 의회의 기분을 교묘히 맞춰갔다. 그래서 여왕의 생존시 의회와 왕권과의 충돌은 발생하지 않았다. 여왕의 노력으로 성취된 국내안정, 해외경영의 발전, 유럽 분쟁에서 벗어난 일들은 도시의 발전을, 특히 런던의 중요성을 높이고 시민의 발언권을 강화시켰다.

이들은 지방의 유력계층과 힘을 모아 하원을 사실상 국가의 최고권력기구로 만들려고 노력하였다. 이리하여 조만간 왕권과 의회는 최고 권력의 소재를 밝히기 위하여 크게 다투게 될 듯 보였고, 엘리자베스 여왕이 후계자 없이 죽자 새로 나타난 스튜어트 왕조는 경솔한 행동으로 의회에 승리의 영광을 주게 된다.

군국주의적 절대주의 : 프로이센

독일은 루터의 종교개혁 이후 가톨릭과 개신교가 영방제후의 세속권력에 의지하여 병존하였다. 그러나 예수회를 중심으로 남부 독일지역에서 가톨릭이 점차 세력을 회복하게 되자 불안을 느낀 개신교 제후들은 17세기 초 프로테스탄트 연합을 결성하였고, 이에 가톨릭도 바이에른을 중심으로 가톨릭 동맹을 결성하였다.

프로테스탄트 연합과 가톨릭 동맹이 대치하고 있은 지 10년 후인 1618년 5월 종교를 빙자한 정치적 패권 싸움이 일어났다. 그 발단은 페르디난트(1619~1637) 황제가 보헤미아의 왕이 되면서 신교도를 탄압한 사건에 격분한 투른 백작이 황제의 궁전에 들어가 황제의 신하를 2층에서 창문 밖으로 던져버린 일에서 비롯되었다.

페르디난트는 이 사건을 개신교의 가톨릭에 대한 도전이라고 생각하여 에스파냐에 개신교 탄압의 협조를 요청하였다. 에스파냐는 협조 요청을 받자 곧 지원군을 보내어 개신교 제후연합을 격파하였다. 그리하여 독일에서의 개신교 세력은 파멸 직전에 놓이게 되었다. 이때 북방의 프로테스탄트 왕국인 덴마크가 개신교를 지원하며 독일의 전쟁에 개입하자 신·구교의 싸움은 새로운 국면에 접어들게 되었다. 이 와중에서 프랑스의 명재상 리슐리외는 에스파냐를 견제하기 위하여 개신교를 지원하였고 그 결과 이 전쟁을 국제전으로 만들었다. 각국의 이해관계가 얽히고 설키면서 30년간 지속된 이 전쟁은 결국 1648년 베스트팔렌에서 신교와 구교가 상대방을 상호 승인하면서 막을 내렸다.

30년 전쟁의 결과 독일이 입은 타격은 근대 국가로의 발전을 지체하게 만들었다. 베스트팔렌 조약은 독일제국을 구성하고 있던 영방국가들의 완전한 주권과 독립을 정식으로 인정하여 통일국가로의 발전을 불가능하게 만들었고, 장기간 전쟁으로 인한 독일민족의 인적, 물적 손실이 아무런 대책없이 방치되어 인근 열강의 먹이로 만든 타협의 산물이 되고 말았다. 그리하여 독일은 인구의 약 2/3를 상실하고 유럽의 후진국으로 전락하게 되었다.

베스트팔렌 조약으로 완전한 주권을 지닌 영방국가 중에서 독일의 미래를 위해서나 국제정치에 있어 가장 주목을 끄는 중요한 나라는 브란덴부르크 프로이센이었다.

독일의 동북부에 위치한 프로이센은 30년 전쟁의 피해를 심각하게 입었으나 대선제후 프리드리히 빌헬름(1640~1688)의 치세기간 절대왕정 체제를 위한 기반을 수립하였다. 대선제후는 인구증가와 산업발전을 위하여 프랑스의 위그노 등 외국인을 환영하였고 상비군을 설치하였다. 그리고 귀족을 행정의 요직과 군대의 장교로 중용하였다.

프로이센의 절대왕정 체제는 귀족과 국왕과의 긴밀한 유착 위에 기반을 두고 있다. 이 점은 영국의 경우와 다르다. 즉 영국의 절대왕권이 의회의 협조를 얻어 왕권을 행사한 반면 프로이센은 귀족의 협조를 얻어 절대왕권 체제를 확립하였던 것이다. 다시 말하면 영국이 근대국가 체제의 형태를 갖추는 동안, 독일의 프로이센은 봉건적 국가체제를 재정비하였던 것이다.

이러한 양국의 차이는 독일에서 시민층이 성장하여 귀족 세력을 제약하지 못하였던 것에 그 원인이 있고, 독일의 시민층이 성장할 수 없었던 것은 30년 전쟁의 결과 도시와 상공업이 파탄한 까닭이 그 원인의 일부를 이루나, 최근에는 이러한 전통적인 설명 외에 새로운 해석이 나타나서 관심을 끌고 있다.

새로운 설명의 핵심은 프로이센에서 시민층의 성장이 지체된 것을 둘러싼 것인데 그 요지는 다음과 같다. 즉 프로이센에서 시민층 성장의 둔화는 프로이센이 농업에 주력할 수밖에 없었던 국제경제 속에서 프로이센의 역할분담 때문이라는 것이다. 풀어 말하면 17세기에 이미 세계경제 체제에 있어 영국, 네덜란드는 공산품을 생산하고 수출하여 시민층이 활기를 띠었으나, 프로이센은 오직 선진국의 식량만을 공급하는 농업(곡물)만이 활기를 띨 수 있어서 시민층의 성장은 불가능하였고 지주 세력이 더욱 성장할 수 있었다는 것이고 그만큼 시민층의 발전이 둔화되었다는 주장이다.

여하튼 프로이센에서 토지귀족(흔히 융커라고 호칭)의 세력은 막강하였고 이들은 경제분야뿐만 아니라 사회에서도, 군대에서도, 관료제 안에서도 지배적인 위치를 가지게 되어 봉건적이고 신분적인 국가체제를 지탱하였다.

대선제후의 아들은 '프로이센 왕'이라는 지위 상승을 이룩하였고 다음 프리드리히 빌헬름 1세를 거쳐 프리드리히 빌헬름 2세는 '대왕' 또는 '대제'의 호칭을 받게 되었다. 이 기간 프로이센의 왕들은 국가재정을 왕의 솔선수범하에 근검 절약하여 흑자로 이끌었으나 군비강화에만은 재정을 아낄 줄 몰랐다. 아니 사실은 군사비에 많은 투자를 위하여 다른 경비를 줄였다고 말할 수 있겠다.

이리하여 막대한 예산을 사용하면서 프로이센의 군대는 질과 양에 있어서 급속한 발전을 이룩하여 18세기 중엽에는 유럽 강대국의 대열에 들어가게 되었다. 프리드리히 대제가 군대를 중요하게 여기고 군인을 늘리기 위하여 많은 외국인을 용병으로 두었던 까닭에 생겨난 재미난 일화가 전해온다.

프리드리히 대제는 병영 시찰을 자주 다녔는데 그때마다 사열을 기다리는 병사들 가운데서 아무나 한 명을 골라 다음과 같이 물어보곤 하였다.

"자네는 몇 살인가? 몇 년간 군대에서 근무하였나? 근무조건과 급식은 만족스러운가?"

대제가 물어보는 내용은 순서까지도 늘 변함없이 동일하였으므로 독일어를 모르는 외국인 용병을 부하로 둔 지휘관은 이 질문에 대한 답을 반드시 독일어로 순서까지 암기하도록 부하들에게 훈련시

Ⅱ. 절대왕정 시대

켰다. 그래서 외국인 용병들도 독일어는 몰라도 이 질문의 답은 독일어로 유창하게 순서대로 말할 수 있었다. 어느날 대제는 폴란드 용병들이 있는 부대를 시찰하는 중 도열한 폴란드 병사들 가운데서 젊은 병사 한 명을 불러내어 질문을 하였다. 그러나 질문의 순서를 바꿔서 물어보았다.

"자네는 몇 년간 군대에서 근무하였나?"

독일어를 모르는 병사는 암기한 순서대로 큰 소리로 대답하였다.

"네! 이십오 년입니다."

잠시 당황한 대제는 머뭇거리며 계속 질문을 던졌다.

"자네는 몇 살이지?"

이번에도 병사는 씩씩하게 대답하였다.

"네! 두 살입니다."

대제는 이 대답을 듣고 놀라서 지휘관을 바라보다가 다시 물었다.

군복 차림의 프리드리히 2세

"도대체 자네가 바보인가, 내가 바보인가?"
병사의 대답은 물론
"네! 둘 다입니다."
이었다.

프리드리히 대제는 그가 애써 키운, 그래서 이제는 강력한 힘을 지니게 된 군사력을 바탕으로 세력확대를 시도하였다. 먼저 그는 이웃 오스트리아의 합스부르크 왕조가 아들이 없자 편법을 써서 딸인 마리아 테레지아에게 왕귀를 계승하는 것이 부당한 일이라고 비난하며 프랑스, 에스파냐와 함께 왕위계승 문제에 끼어들었고, 이 간섭에서 섬유공업이 발달하고 석탄과 철이 풍부하게 매장되어 있는 공업의 요충지 슐레지엔을 무력으로 점령하였다. 이에 오스트리아의 여왕 마리아 테레지아는 분격하여 복수의 칼을 갈고 1756년 외교적인 노력에 의하여 러시아, 프랑스와 동맹을 맺고 프로이센을 공격하였다. 그래서 1759년에 이르면 프로이센은 수도 베를린에까지 몰리게 되었다. 그러나 러시아의 여왕이 갑자기 죽는 사건이 발생하여 오스트리아 연합군이 약화되고 영국이 프로이센을 지원하게 되면서 프로이센은 반격의 기회를 가지게 되었다. 그 결과 1763년 후베르투스부르크 조약이 체결되어 프로이센은 슐레지엔을 자기 땅으로 승인받게 되었다.

전쟁을 승리로 이끈 대제는 언제나 군복을 입고 다니면서 국가의 가장 중요한 일은 강한 군대를 보유하는 것이라고 판단하였다. 그래서 그는 열 명의 학자나 예술가보다 한 명의 장교가 국가발전을 위해 더욱 귀중한 존재라고 주장했으며, 강한 군대를 만들기 위한 노력의 일환으로 병사들에게 엄격한 군율과 끊임없는 교육을 반복시켰다. 장교의 지위는 모든 젊은이들이 열망하는 꿈이 되었고 사실 장교로 임관되면 여러 가지 사회적 특권을 누릴 수 있었다.

프로이센을 군국주의가 지배하였다고 일반적으로 생각하지만, 강한 군대를 유지하기 위하여는 국가의 경제발전도 반드시 필요하다. 그래서 프리드리히 대제는 농민들에게 농기구, 종자를 무상으로 공급하고 도로, 교량, 운하 등 사회 간접자본을 개발하고 늪지를 개간하고 공업을 육성하기 위해 관방학(Kameralismus)이라고도 부르는 보호관세 설치 등으로 국내 금속공업과 섬유공업 발전에 힘을 기울였다. 이러한 노력으로 프로이센은 확실히 유럽의 강국이 되었고 대제는 그 자신이 '국가 제1의 공복'이라고 주장하는 계몽전제군주로서의 역할을 충실히 수행하였다.

후진 러시아의 등장

 러시아는 프로이센과 거의 비슷한 시기에 유럽의 역사무대에 새로이 등장하여 강대국으로 발전한 나라이다. 그 기원은 9세기에 노르만의 한 부족이 슬라브족과 동화되면서 건국한 키예프(Kiev) 공국에 있으며 13세기 이후 200여 년간 몽고족의 지배하에 있었다. 몽고지배의 고통을 여실히 표현한 '타타르의 멍에(Tatar yoke)'를 벗어나는 일에 앞장을 섰던 나라는 모스크바 공국이었다. 모스크바 공국 이반 3세(1462~1505 재위)는 비잔틴 제국의 정통 후계자라고 자처하며 러시아 통합에 힘썼고, 그 후손 이반 4세는 자신을 차르(tsar), 즉 황제라고 칭하고 귀족의 세력을 억압하여 왕권의 강화에 힘썼으나 러시아는 몽고족 지배의 영향이 강하게 남아 있는 후진국에 머물러 있었다.
 그러나 17세기 말에 이르러 표트르 대제(1682~1725)가 즉위하면서 러시아는 놀라운 발전을 이룩하였다. 형식을 싫어한 표트르 대제는 교회나 궁전의 예식에 무관심하였다. 그러나 부국 강병의 요체, 즉 기술분야에 큰 관심을 가지고 네덜란드 여행시 자신의 신분을 숨기고 조선소에서 직공의 일을 해낸 적이 있을 정도로 개방적이고 적극적인 성품을 지녔다.
 표트르는 러시아의 발전을 위해서 서구화가 긴요하다고 판단하여 우선 생활과 풍습을 서구지향적으로 바꿔나갔다. 신하들의 긴 수염을 직접 자르고 동양식의 긴 옷을 서양식으로 바꾸게 하여 귀부인들은 가슴이 패인 옷을 입고 무도회에 참석하게 만들었다. 많은 러시아의 젊은이들 또한 서구로 유학을 떠났고 유럽 문화와 기술 도입을 위하여 많은 유럽인들이 러시아로 초빙된 것도 표트르의 서구화 정책추진의 결과이다.

한편 표트르의 급격한 서구지향은 보수파의 불만을 야기시켰다. 그래서 러시아 근대사에서 아주 중요한 두 계파를 만들어냈으니 그 하나는 '친슬라브파(Slavophil)'였고 또 하나는 '서구파(Zapadniki)'였다. 그러나 이러한 갈등이 있었음에도 불구하고 표트르의 친서구정책은 변함이 없었다. 그는 직접 유럽세계와 접촉할 지역의 확보가 시급하다고 생각하여 '서방으로의 창'을 발트 해에서 마련하고자 하였다. 그러나 발트 해는 스웨덴이 확보하고 있었으므로 표트르의 야망을 달성하기 위하여는 스웨덴과의 전쟁을 피할 수가 없었다.

덴마크, 폴란드와 러시아가 동맹을 맺어 스웨덴과 일으킨 전쟁을 '북방전쟁(1700~1721)'이라고 하는데 표트르는 난적 스웨덴을 꺾고 발트 해를 확보하는 데 성공하였다. 또한 북방전쟁 기간 네바 강 하구에 성 페트로그라드라는 새로운 도시를 건설하여 모스크바 대신 수도로 삼아 그의 서구화정책의 집념을 나타내었다. 또한 표트르는 두번째의 유럽 순방을 마치고 행정 및 관료기구를 개혁하였다.

표트르가 전쟁 지휘 및 외국순방 등으로 정무를 자주 비우게 되므로 그가 없는 동안 권력을 대행할 기관이 필요하였다. 그래서 표트르는 9명으로 구성된 원로원을 설치하여 국가 주요업무를 분담케 하고, 지방행정 책임자로 지사를 파견하여 토착세력을 견제하는 한편 징병제도를 실시하고 모든 지주는 의무적으로 관직을 맡아 국가에 봉사하도록 강요하였다. 대귀족계급은 물론 소지주조차 국가에 대한 봉사는 의무였고, 일정한 지위에 오른 사람들에게는 토지와 귀족의 칭호를 수여하였다. 그리하여 이들은 모두 황제에게 종속되었다. 표트르의 부국강병책은 큰 성과를 거두지는 못하였으나 러시아를 유럽에 편입시키는 일은 그의 소원대로 이루어졌다.

예카테리나 2세(Ekaterina II)는 독일 공주로서 러시아의 황제가 된 특이한 여걸이다. 황후로서 여제가 된 예카테리나는 자기의 운명과 러시아의 운명을 일치시켜 러시아의 지위를 동유럽에서 확고부동하게 만들었다. 여제는 볼테르, 디드로 등 프랑스의 계몽주의자들과도 친교를 맺어 계몽군주로서의 외양을 갖추었으나 심중에는 마키아벨리의 군주를 이상적인 군주로서 생각하고 있었다.

예카테리나는 러시아를 강력하게 만들기 위한 속죄양으로 폴란드를 희생시켰고 결국 폴란드는 프로이센, 오스트리아, 러시아에게 분할되어 지구상에서 사라진 국가가 되었다(1795). 그후 1차 대전이 종결되면서 독립국이 될 때까지 폴란드는 수없이 독립운동을 일으켰다가 좌절되는 비운을 겪어야 했다. 이때 피아노 시인 쇼팽은 조국 폴란드를 떠나 파리로 이주할 때 사랑하는 조국의 흙을 담아 갔다고 한다.

여제의 야심은 폴란드의 병합으로 끝난 것이 아니었다. 그녀는 남하정책을 실시하여 오늘날 흑해와 크림의 일부를 확보하는가 하면 동방으로의 진출을 계속하여 아메리카 대륙의 북단 알래스카에까지 세력을 떨치었다. 그러나 여제의 남하정책은 코사크부족과 농민이 합세하여 봉기한 푸가초프(Pugachov) 반란의 발생으로 위기에 봉착하였다. 푸가초프는 농노들에게 자유와 토지분배를 수여할 것을 내세워 남동 러시아를 휩쓸고 모스크바로 진격하였다. 그러나 충분한 무력의 뒷받침이 없었던 반란군은 곧 진압되었고 여제는 이 기회를 틈타 지방개혁을 단행하였다. 전국을 50개의 행정구역으로 구분하여 지방행정조직을 정비한 여제는 황제의 뜻에 따라 지방장관을 임명하였으므로, 전국 규모로 전제권력을 행사할 수 있었다.

그러나 예카테리나 치세 중에도 러시아가 안고 있던 가장 큰 모순이었던 소수 귀족과 다수 민중과의 엄청난 간격은 감소되지 않았다. 따라서 지배층과 민중과의 분리는 러시아가 근대 민족국가로의 발전을 지향할 때 국력을 분산시킨 주범이 되었고 러시아는 여전히 유럽의 후진국으로 남게 되었다.

영국 혁명으로의 길 : 사회의 변화

16세기부터 영국사회는 급격한 변화를 겪었다. 우선 1520~1640년까지 영국의 인구는 두 배로 늘었고, 이러한 인구 증가는 농업생산을 자극하여 경작지 증대와 농업기술개량을 초래하였다. 모직물공업도 국가의 육성산업으로 지정되어 양을 기르는 목장의 수가 급증하였다. 그래서 목장을 구분하기 위하여, 또 양이 밖으로 나가지 못하게 하기 위하여 울타리를 두르는 일이 영국 전역에서 벌어지게 되었다. 이것이 소위 인클로저 운동(Enclosure Movement)이다.

인클로저 운동은 좀더 상세히 고찰해 볼 필요가 있다. 왜냐하면 자기의 토지에 울타리를 쳐서 자기의 소유권을 확인하는 일이란 농촌에서는 관습상 낯선 일이었기 때문이다. 친근한 이웃 간으로서 서로 자기의 땅과 남의 땅을 구분하는 일은 어딘지 모르게 야박스러운 인심이라고 생각하는 관습이 농촌공동체의 정신적 풍토였다. 이웃의 사정을 내집 사정처럼 잘 알고 어려운 일에 부딪히거나 기쁜 일을 만나면 함께 걱정하고 함께 웃는 공동생활의 터인 농촌에서 담을 두르는 일은 농민들의 의식 속에 오랫동안 지녀왔던 공동체 의식을 약화시키고 변질시켰다.

더욱 목장경영이 농사보다 이익이 많아지면서 농경지를 양의 먹이를 위한 초지(草地)로 전환시키게 되자 조그마한 땅을 가지고 농사를 짓던 소농(小農)들은 점차 농사의 업을 포기하고 농촌을 떠나는 일이 벌어졌다. 다시 말하여 그들은 뿌리를 내릴 곳을 빼앗기고 도시의 품팔이 노동자로 전락하게 되었던 것이다. 그래서 토머스 모어는 이런 상황을 그의 《유토피아》에서 '양이 사람을 잡아 먹는 사건'이라고 비유하였다. 이처럼 보다 많은 이익을 남기기 위하여 양을 키우고 목장을 만드는 사업은 사회의 가치관과 구조를 변화시켰다.

17세기에 들어서면 해외무역이 크게 성장하는데 모직물은 가장 중요한 수출 품목이었다. 모직물은 다음과 같은 사회적 관련성을 지니고 있었다. 우선 양떼를 기르는 목장 주인 — 그들은 대부분 지주였다 — 과 양털의 가공과 염색, 방적에 종사하는 가난한 노동자나 수공업자와 그들의 가족들, 그리고 직조업자와 수출상인 등이 같은 이해관계에 묶여 있었으므로 이들은 수적으로 거대한 이익집단으로서 정부가 이들에게 경제적으로 불리한 조치 등을 제정하면 힘을 모아 정부에 대항하여 정부의 시책을 변경시키고자 노력하였다.

이러한 변화 중에서도 수도 런던의 발전은 가장 주목할 사건이었다. 런던 인구는 1500년 약 6만 명에서 1640년 45만 명으로 늘었다. 이것은 지방과 농촌의 잉여노동력이 런던으로 모여든 것을 반영하는 것으로 경제활동 중심지로서의 런던의 비중을 알려준다. 그러나 런던은 경제 이외의 분야에서도 가장 중요한 도시였다. 왕의 법정을 비롯하여 모든 사법, 행정 기관들이 모여 있었고 문화 및 교역의 중심지로서 런던의 역할은 사실상 영국이 무엇을 할 수 있는가를 규정할 정도였다. 그래서 런던 시민들도 자신들의 힘에 대하여 확신을 가지고 자치권을 확대하려고 힘썼다. 만일 런던 시민들이 왕에게 반항하는 일이 일어난다면 그것은 영국 전체가 왕을 부정하는 것과도 같았다.

한편 헨리 8세가 종교개혁을 단행하면서 몰수한 교회 재산 가운데에서 수도원의 토지는 분산 매각되어 신지주층의 형성을 가능케 하였다. 신지주층이란 주로 중소지주로서 대지주와 구별되고 진취적인 생활자세를 지닌 바, 이들을 '젠트리(Gentry)'라고 부른다. 젠트리 계층은 중소 규모의 토지를 지닌 지주였으나 한편 전문직업이나 상업부문에도 진출하였다. 이들은 출생에 의하여는 사회의 지배계층에 오를 수 없는 신분이었으므로 능력에 의한 인간의 평가를 주장하기도 하였던 사회 비판적 계층이었다. 따라서 절대왕권의 폐단을 공공연히 문제삼고 '보통법'에 따른 법치주의를 주장하여 왕권에 제약을 가했다. 이들은 전문직업 계층인 법률가, 의사, 대상인들과 함께 종교적으로는 청교도(Puritan)였고 영국 성공회를 멀리하기도 하였다.

영국혁명(1) : 국왕과 의회의 충돌

17세기 영국은 프랑스나 러시아와 달리 상비군을 보유하지 않았다. 그러므로 절대왕권을 직접 행사할 무력을 국왕이 장악한 것은 아니었다. 그럼에도 튜더 왕조의 헨리 8세, 엘리자베스 1세 여왕은 국민의 종교를 바꿀 수 있을 정도로 국민의 모든 생활영역에 왕권의 영향력을 행사할 수 있었다. 그러면 강한 힘의 지탱이 없이도 국민을 국왕의 뜻에 따라 움직이게 만들 수 있었던 비결은 무엇이었을까?

영국민들이 '백년전쟁'이나 '장미전쟁' 기간 무정부상태에서 시달림을 받았음은 익히 알려진 사실이다. 그러므로 국민들이 강력한 왕권의 확립으로 국내 질서의 안정을 희구하였음은 앞에서 밝힌 바 있다. 헨리 8세나 엘리자베스 1세 여왕은 이러한 국민들의 갈망에 부응하여 명민하게 여론의 반응을 살펴왔고, 또 여론의 지지 없이는 무력을 보유하지 않은 왕권의 행사가 불가능함을 충분히 이해하고 있었다. 국민의 자발적인 복종의 기반 위에 구축한 강력한 왕권이, 무력의 기반 위에 왕권을 확립한 프랑스, 프러시아, 러시아의 절대왕정과 영국의 절대왕정이 다른 두드러진 특징이다.

1603년 3월 24일 엘리자베스 1세는 사망하였고 평생 독신을 고집한 여왕이므로 후계자가 없어 튜더 왕조는 단절되었다. 가장 가까운 왕가의 혈통을 후계자로 삼기로 하여 왕실이 왕가의 사람들을 찾으니 스코틀랜드 왕 제임스가 그에 해당하여 왕실은 제임스를 영국왕으로 추대하였다.

당시 제임스는 37세였는데 위엄이라고는 조금도 없었고 혀가 너무 길어 말이 분명하지 않은데다가 수다쟁이였다. 그래서 세간에서는 '보아도 입을 열지 말라'를 좌우명으로 삼았던 엘리자베스의 후계자로 제임스를 계승시킨 것은 남자 뒤를 여자에게 계승시킨 것이 아니냐고 비꼬았다.

제임스의 정치에 대한 추문도 끊이지 않아서 그의 궁정에는 전문가로서의 자질보다도 미모로써 신하를 선택한다는 비판이 끊임없이 제기되었다. 그 무렵 클라렌던 백작은 다음과 같이 말했는데 이 말은 과연 사실이었다.

"미남이며 우아하게 생겼다는 이유로 이렇게 짧은 시일에 이러한 최고의 명예, 권세, 재산을 얻은 사람은 역사상 없었으니 그는 바로 제임스의 총신 조지 빌리어즈이다."

그러나 제임스 1세의 가장 철없는 짓은 의회와의 마찰이었다. 의회의 실력이 어느 정도인지를 잘 알고 있는 그들에게 제임스 1세는 왕권신수설을 강요하였다. 영국의 의회인들에게 왕권을 신이 부여하였다는 주장은 정말 신기한 소리였다.

"국왕은 신에게만 책임이 있고 신하에게는 책임지지 않으며 국왕은 법의 지배를 받지 않는다. 국왕은 곧 법이다."라는 왕권신수설의 요지는 의회를 허수아비로 보는 국왕의 판단착오를 분명히 밝히고 있었다. 그래서 하원은 왕의 착각을 교정할 필요가 있다고 생각하여 왕자 찰스와 스페인 공주와의 결혼문제를 기회로 다음과 같이 제임스 1세에게 의회의 입장을 밝혔다.

"의회의 자유와 권한은 이론의 여지가 없는 영국 신민의 옛날부터 상속받은 재산이다. 국왕, 국가, 국토방위, 영국 교회의 수호에 관한 곤란하고 긴급한 사항은 마땅히 의회가 토론해야 할 당연한 의제들이다."

이 주장을 들은 제임스는 격분하였고 의사록 중에 상기 내용을 담은 페이지를 갈기갈기 찢어버리고 의원 7명을 체포하였다. 그 중에 존 핌이 있었는데 그는 하원의 지도자였고 찢어진 의사록을 집필한 사람이었다. 이런 사건 등으로 제임스 1세와 의회는 적대감정을 가지고 대립하였다.

제임스의 뒤를 이은 영국의 왕은 찰스 1세였는데 그도 부왕 제임스 1세만큼 영국을 이해하지 못하였다. 1625년부터 1649년 처형될 때까지 약 25년간 통치를 하면서도 찰스는 왕권과 의회와의 힘의 균형을 조정하는 일에 무관심하였고 그만큼 현실감각이 부족한 왕이었다. 쓸데없이 에스파냐, 프랑스와 소규모의 전쟁을 일으키고 패배하면서 왕의 위신을 실추시켰고, 의회에게 부족한 전쟁경비 마련을 위하여 1628년 '권리 청원(Petition of Right)'을 승인하지 않을 수 없었다. 에드워드 코크가 기초한 것으로 알려진 권리청원은 '대헌장(Magna Carta)'의 원칙으로서 인정되었던 것을 분명하게 재확인하며 왕권을 제약한 영국 헌정사(憲政史)의 중요한 문헌이 되었다.

보수 귀족의 보루인 상원도 권리청원을 찰스에게 강요하자 찰스 1세는 "마음대로 법을 만들어라." 하며 투덜거렸고 그래서 권리청원은 헌법의 일부가 되었다. 국왕의 권력과 법률의 권위 사이에 명확한 경계선을 설정한 권리청원을 찰스가 승인함으로써 의회는 자신의 실력을 더욱 확신하게 되었고 찰스 1세의 불법적인 행동은 의회의 견제를 벗어날 수 없었다.

영국혁명(2) : 의회 없는 국왕

찰스가 신임한 대주교 로드는 철저한 영국 국교회주의자로서 영국 국교회를 가톨릭과 비슷하게 만들고 청교도에 대한 박해도 강화하였다. 그 결과 많은 청교도가 신앙의 자유를 찾아 신대륙으로 이주하였다. 1637년 대주교 로드는 스코틀랜드 지방에 영국 국교회를 받아들이도록 강요하였는데 이것이 영국혁명으로 나아가는 직접적인 계기가 되었다.

　보수적이고 고집쟁이로 자주 우스개의 대상이 되는 스코틀랜드 사람들은 로드가 강요한 영국 국교회를 거들떠보지도 않았다. 그들은 장로교(Presbyterian)를 신봉하였고 로드가 임명한 주교들이 예배의식을 장로교와 다르게 집전하자 예배를 방해하였다. 스코틀랜드의 귀족, 시민, 농민들은 장로교에 충성을 바치겠다는 '엄숙한 서약(Solemn Covenant)'을 체결하여 영국 국교회의 스코틀랜드 상륙을 저지하였던 것이다. 찰스 1세는 스코틀랜드의 이러한 저항을 무력으로 분쇄하려고 시도하였다. 그러나 용기병(dragoons)도 없이 군사적 압력을 가할 수는 없었다. 국왕에게는 왕의 명령을 충실히 수행할 군대가 없었다. 찰스 1세가 겨우 모집한 군대를 스코틀랜드에 파견하였으나 이 군대는 전투도 하지 않은 채 스코틀랜드 군대와 타협을 해버렸다.

　찰스는 새로운 군대모집과 전쟁경비를 마련하기 위하여 런던 상인들에게 경비지원을 요구하였다. 런던 상인은 왕권의 보호 아래 성장할 수 있었으므로 마땅히 찰스 1세의 부탁을 들어주어야 했으나, 찰스 1세가 즉위 이래 새로운 특권을 남발하여 런던 상권의 기존 이익을 무시하고 또 무모한 싸움을 한다고 생각한 상인들은 왕의 요구를 거절하였다. 이제 찰스 1세가 돈을 마련할 수 있는 유일한 방법은 의회를 소집하여 전쟁수행이 왕의 일뿐만 아니라 영국의 중요한 국사임을 설득하여 전쟁경비를 의회에서 제공하게끔 만드는 일이었다. 1640년 찰스 1세의 소집으로 개원된 의회는 그의 부탁을 저버리고 그간 찰스 1세의 실정을 날카롭게 비판했다. 어처구니 없는 찰스 1세는 이에 의회를 해산하였다.

　그러나 그 결과는 스코틀랜드와의 전쟁에서 패전의 수모를 찰스에게 안겨주었다. 이때 18일간의 짧은 기간에 열린 의회를 '단기의회'라고 부른다. 런던 시와 의회에게 버림받은 찰스 1세는 "다시는 의회를 소집하지 않겠다."던 맹세를 포기하고 1653년까지 오랫동안 존속되었고 영국혁명의 핵심적 역할을 수행한 의회를 소집하였다. 역사에서는 이 의회를 '장기의회'라고 구별하여 부른다.

장기의회가 왕에게 강요한 첫번째 사건은 토머스 웬트워스의 처형이었다. 1628년 의회의원으로서 존 핌과 같이 반국왕파의 기수였던 그는 어찌된 연유인지 국왕파로 변신하여 1640년 스트라포드 백작(Earl of Staraford)으로 서임되어 아일랜드 총독이 되었다. 그의 변신에 즈음하여 핌은 웬트워스에게 다음과 같이 저주하였다.

"너는 타락했다. 우리들로부터 이탈한 너의 목은 온전하지 못할 것이다."

지독한 저주였으나 그 결과를 보면 매우 예언적인 말이었음을 알 수 있다. 핌과 의회파 지도자들은 스트라포드가 과거 자신의 동지였다는 사실 때문에 증오하였을 뿐 아니라, 그의 유능함을 잘 알고 있었으므로 그를 처형하지 않으면 자신들이 단두대로 끌려가게 될 위험을 직시하고 있었다.

찰스 1세는 스트라포드가 유일한 왕의 측근임을 알고 있었다. 오직 그만이 세간의 정세변화에도 불구하고 찰스 1세에게 무조건의 충성을 바치고 있음을 의회도 잘 알고 있었다. 만일 스트라포드를 의회가 탄핵하여 제거한다면 그것은 찰스 1세에게는 자신이 겪어야 할 운명을 앞서 당하는 일 이외의 것이 아니었다. 그러나 하원에서 스트라포드의 탄액안이 204대 59로 통과되고, 런던 시의 상인들이 스트라포드를 옹호한 의원을 협박하기 위하여 의사당으로 몰려오자, 상원조차 군중의 압력으로 인하여 그의 처형을 26대 19로 가결하였다. 찰스 1세는 군중의 압력을 온 몸으로 느끼며 군주에게는 '공적양심'과 '사적양심'이 구별되야 한다는 비겁한 신하들의 합리화를 귀로 들으며 스트라포드의 사형을 재가하였다. 스트라포드는 국왕에게 기꺼이 자기의 생명을 바치겠노라는 글을 썼다고 전해 온다. 그러나 일설에 의하면 그는 처형되기 직전

"왕후(王侯)도 사람도 믿지 말라! 그들에게는 아무 구원도 없다."

라고 외쳤다고 한다.

 스트라포드의 처형은 국왕의 실세를 드러내보인 것이었다. 이제 의회는 찰스 1세로 하여금 그간의 잘못을 자인하도록 강요하기 시작하였다. 신에게만 책임을 지며 신하에게는 책임이 없다는 왕권신수설의 주장은 영국의 경우 이 무렵 조용히 사라졌다. 찰스 1세는 왕권의 강화를 위한 노력을 하기보다 최소한의 왕권을 보존하려 애썼으나 찰스 1세의 실정을 규탄한 대간주(Grand Remonstance)가 1641년 의회를 통과하자 더 이상의 굴욕을 참을 수 없게 되어 의회 지도자인 핌 등 5명의 의원을 체포하려고 직접 하원에 나타났다.

 국왕이 입장하자 의원들은 탈모, 기립하였으나 찰스가 체포하려는 핌 등이 이미 의사당을 빠져나간 것을 알고 다시 퇴장하자 의원들은 왕과의 무력투쟁이 불가피함을 인식하였다. 그러자 곧 런던의 민병대가 소집되어 의회를 경비하기 시작하였다.

 모든 영국인이 어느 편이든 선택하지 않으면 안될 때가 왔으나 대다수의 사람들은 선택하기를 원하지 않았다. 이 싸움은 왕과 국민의 싸움이 아니라 같은 계층의 내분으로 야기된 싸움이었다. 물론 왕정을 비판하는 신교파인 런던 시는 의회를 지지하고, 본당교회가 있는 도시는 주교를 따라 결국 국왕을 따르게 되었으나 농촌 주민들은 이 싸움에 무관심하였다. 농사를 편히 지을 수 있고 장터에서 필요한 물건을 바꿀 수 있다면 그들은 어떤 정부의 지배를 받게 되든 상관하지 않았던 것이다.

 런던의 적대적 분위기를 떠나 찰스 1세가 노팅엄 근처에서 왕의 깃발을 세울 때, 이 상징적인 의식은 이성의 판단을 따라 의회파에 속하였던 많은 사람들의 가슴을 감동시켰다. 왕당파와 의회파로 양 진영이 대립하였을 때 각 진영의 구성원을 살펴보면 놀기를 좋아하는 사람들은 금욕주의를 내세우는 청교도를 피하여 왕당파에 속하였고, 소작인들은 지주의 정치적 입장을 존중하여 그를 따랐다. 구교도가 많이 거주하는 북부와 서부는 왕당파에 가까웠고 남부와 동부는 의회파였다고 할 수도 있었으나 지역적인 경계선을 그어 왕당파와 의회파를 뚜렷이 구분하기는 곤란하였다. 어느 경우나 직접 싸움에 참가한 인원은 전 인구의 1/40 이하였을 뿐이었다.

양진영이 교전하기 전에 각 지휘관은 기도를 올리고 하느님에 대한 죄를 비난하였는데 국왕군 지휘관의 기도는 다음과 같았다.

"우리 군대는 술과 여자를 좋아하는 인간의 죄를 범하고 있으나 너희들의 군대는 오만과 반역이라는 악마의 죄를 범하고 있다!"

양쪽의 군대는 모두 자기 군대가 그리스도교의 덕을 지닌 군대로서 자처하였기 때문에 용감히 싸웠고 상대방 포로들에게도 잘 대접하였다.

"하느님은 우리와 함께!"
의회파가 이렇게 외치면 왕당파는
"국왕을 위하여!"
라고 외치며 싸움을 독려하였다.

싸움이 처음에는 교착상태에 빠져 있었으나 런던의 막대한 경제적 능력을 기반으로 삼는 의회파에게 점차 유리하게 진행되었다. 그리고 의회군을 지휘한 영웅 올리버 크롬웰(Oliver Cromwell)의 등장은 싸움의 우열을 분명하게 만들었다. 올리버 크롬웰은 무엇 때문에 싸우는가를 잘 알고 신앙심이 두터운 철기군(Ironside)을 조직하여 왕군을 네이즈비 전투에서 결정적으로 패퇴시켰다. 그리하여 찰스 1세는 스코틀랜드로 피신하였으나 스코틀랜드는 찰스를 붙잡아 돈을 받고 의회군에게 넘겨주었다.

왕과 의회의 싸움은 결국 의회의 승리로 끝나고 말았다. 의회의 승리가 확실한 사실이 되면서 찰스 1세는 잊혀질 운명의 왕이 되었으나 그의 퇴진으로 문제가 해결된 것이 아니라 오히려 복잡해졌다. 왜냐하면 왕정이 없어진다면 영국은 어떠한 정치체제를 가져야 할 것인가가 의회파 내에서 아직 확정되지 않았기 때문이었다.

의회파는 다수 의원이 신봉하는 장로파와 의회군이 핵심을 형성하고 모든 종파의 자유와 독립을 주장하는 독립파로 구성되어 있었다. 독립파의 내부에는 보다 급진적이고 민주정치를 지향하는 과격 수평파가 또 하나의 파벌을 형성하고 있었다. 수평파는 사병들을 그 세력의 기반으로 삼고 있어서, 장교들이나 의원들로 구성된 독립파와 이해관계가 조금은 달랐다. 의회파가 공동의 적인 찰스 1세를 제거하기까지는 내부의 갈등을 덮어둘 수 있었으나 그후 각 파벌은 자기에게 유리한 입장을 확보하기 위하여 전력을 경주하였고 이런 내분은 왕당파의 재도전을 가능케 할 위험이 있었다.

크롬웰은 이러한 내분을 종식시키고자 프라이드 대령으로 하여금 장로파 의원들을 몰아내고 찰스 1세를 반역죄로 처형하였다. 왕을 처형하였으므로 영국은 공화국이 되었다. 공화국의 주권은 표면상 의회가 가지고 있었으나 실권은 크롬웰의 군대가 보유하였다.

1653년 봄 크롬웰은 의회를 해산하고 영국 헌정사상 유일한 성문 헌법인 '통치헌장'을 제정하여 스스로 호국경(Lord Protector)에 취임하였다. 이제 찰스 1세 대신 호국경 크롬웰의 전제정치가 시작된 것이다.

호국경 올리버 크롬웰

개인적으로 크롬웰은 엄격한 도덕정치를 지향하는 청결한 지도자였다. 그는 통치기간 중 음주, 간음, 도박, 투기 등을 엄금하였고 모든 사치와 낭비, 오락 등은 청교도의 생활자세와 어긋난다 하여 멀리 하였다. 그러나 일반적으로 볼 때 이런 엄격한 금욕적 생활은 수도승에게나 적합한 것이지 권력의 최고 지위에 있는 크롬웰이 살아가는 태도로는 꼭 바람직하지는 않았다. 그 이유는 크롬웰이 그런 삶의 자세를 전 영국인에게도 요구하여 수도승과 같은 정결한 금욕적 삶을 본받도록 요구하였기 때문이다.

그래서 크롬웰이 죽은 뒤 영국은 다시 왕정체제로 복귀하였으나 절대왕정의 절대적 왕권과는 거리가 먼 입헌군주정으로의 복귀였다. 제임스 1세로부터 시작하여 찰스 1세를 거쳐 크롬웰의 집권까지 17세기 초의 변화는 영국정치의 특징인 의회만능주의로 이끌었다. 그래서 의회는 '남자를 여자로 바꾸는 일을 제외하고는 모든 것이 가능하다'는 권력의 최고 지위를 확립하였다. 결국 영국혁명은 의회민주주의를 가능케 만든 사건이었다.

영국혁명에 관한 해석

의회가 찰스 1세에 반항하여 왕당파와 의회파로 갈리어 싸움을 벌이고 결국 그를 처형한 뒤 공화국을 세운 것을 영국혁명이라고 부르고 있다. 그러나 무엇 때문에 영국혁명이 발생하였는가라는 문제를 두고 역사가들은 매우 상이한 원인들로 각각 분석하고 있다. 이제 각 상이한 해석을 정리해 봄으로써 역사를 바라보는 우리의 시각을 넓혀보도록 하자.

가장 먼저 영국혁명에 관하여 훌륭히 설명을 한 것은 휘그(Whig)계의 역사 연구가들이었다. 이들은 혁명의 발생을 찰스의 압제에 더 이상 견딜 수 없어 영국 국민들이 자유를 지키고자 하는 마음에서 반항을 한 사건이 곧 영국혁명을 야기하였다는 것이다. 영국헌정의 전통을 무시하고 종교의 자유조차 전제적 수단으로 압제한 스튜어트 왕조의 실정이 혁명을 유발시켰다고 휘그계 역사가들은 주장한다. 그래서 이들은 자유주의 역사야말로 영국 역사 발전의 핵심이라고 보고 있다.

그러나 20세기 초부터 경제에 관한 연구가 역사에서도 중요한 영역이 되면서 영국혁명을 경제적 또는 사회적인 원인으로 설명하려는 경향이 나타났다.

마르크스의 입장을 가지고 역사의 발전 단계를 구분하려는 역사 연구가들에게서 비롯된 영국혁명의 해석은 사회경제적 해석이라 할 수 있다.

이들의 입장은 왕당파란 지주나 특권계층으로 기생적인 삶을 살아가려는 귀족들이고 의회파란 생산활동에서 활발히 움직여 능력에 따라 성공을 이룩하려는 계층인데, 과거에는 이들과 귀족들 간의 대립 갈등이 은폐되어 왔으나 도시 상인, 수공업자를 중심으로 한 중산층 내지 자본주의적 농업경영을 하는 중소지주들이 점차 힘을 얻고 자기의 힘을 확신하게 되자 귀족 계층과 대립한 사건이 바로 영국혁명이라는 것이다.

그리하여 이러한 주장들을 경제적 이해관계의 상충 및 사회 계층 간 대립이 혁명의 원인을 이루었다고 본다. 그러나 이런 입장은 도식적 설명이 뛰어난 것에 비하면 그 설명을 뒷받침할 증거 제시가 부족한 결점이 있다.

영국혁명에 관한 또 다른 입장은 사회경제적 해석을 비판하며 나타났다. 그것은 혁명 발생의 원인이 경제적 대립, 계급간 대립과는 전혀 관계없이 오히려 왕으로부터 소외당하여 빈곤에 떨어진 지방의 유력자를 중심으로 반란이 시작되었다는 설명이다.

이러한 주장은 휘그나 사회경제적 역사 연구를 모두 부정하여 찰스와 크롬웰의 관계는 혁명이 아니라 '내란' 또는 '반란'이었다고 주장함으로써 새로운 파문을 야기하였다. 이 주장은 '궁정과 지방(Court and Country),' 또는 '몰락 젠트리(declining Gentry)'설이라고 불린다.

  이러한 다양한 혁명에 대한 연구업적들은 각기 나름대로의 논리를 가지고 설명을 하고 있으나 다른 주장을 압도할 설득력을 갖고 있지는 못하다. 그리하여 현재 영국혁명에 대한 연구성과란 다음과 같은 견해를 남기고 있다.

  영국혁명의 원인을 분명히 알기 위하여는 보다 많은 연구가 필요하고, 오늘날의 생각을 가지고 혁명의 원인을 개념으로 분류하여 처리할 경우 많은 오류가 뒤따른다는 점을 주의하고 있는 것이다.

근대문화의 정착

　근대적 민족국가의 발생과 자본주의의 성장은 그러한 제도에 적합한 문화를 산출하였고 또 새로운 문화는 민족국가와 자본주의 발전과 정착에 기여하였다. 문화란 상호작용을 가능하게 만드는 인간 정신 활동의 총체라고 생각되므로 그러한 총체를 이루는 개별적인 구성분야를 검토하여 근대문화의 특징을 살펴보았다.

철 학

　근대철학에는 두 조류가 있다. 그 하나는 영국을 중심으로 나타난 경험론이고 또 다른 하나는 대륙에서 발전한 합리론이다.
　경험론은 인간의 정신이 본래 아무것도 담겨 있지 않고, 쓰여 있지도 않은 백지(Tabula Raxa)상태로 시작되어 경험에 의하여 그 내용이 채워진다고 생각한다. 인간에게 필요한 모든 것을 이해할 수 있는 능력이 있으므로 인간의 지식의 원천은 오직 환경과의 접촉에서 얻은 경험과 이에 대한 성찰이라고 주장한다. 이 경험론은 인간이 지닌 이성에 대한 절대적 신뢰를 기반으로 하여 만들어진 것으로 그 대표는 영국의 존 로크(John Locke, 1632~1704)이며 후일 프랑스 혁명을 가능케 하였던 계몽사상가에게 큰 영향을 미쳤다.
　합리론은 프랑스의 데카르트(Rene Descartes, 1596~1650)에 의하여 수립된 인식체계이다. 그는 조금이라도 의심할 여지가 있는 모든 견해를 일단 의심해야 한다고 주장한다. 그리해야만 의심할 수 없는, 완전히 명백한 진리가 발견될 수 있으리라고 믿었기 때문이다. 그러나 의심스러운 모든 것을 부정하고 그가 찾아낸 것은 의심하기를 멈추지 않고 생각하고 있는 그 자신이었다. 그래서 그는 "나는 생각한다. 고로 나는 존재한다(Cogito, ergo sum)."라는 확실한 명제를 세울 수 있었고 이 명제로부터 수학적인 질서 속에 존재하는 신의 성격을 규명하였다. 경험론과 합리론은 얼핏 보기에는 서로 대립하는 듯이 보이나 사실은 합리주의 정신을 발전시키는 데 상호 보완적인 작용을 하였다.

이성의 확신과 수학적인 질서에는 전통이나 관습의 권위가 부정되고 오직 명백한 논리만이 권위를 지니게 되었는데 이것은 근대정신의 중요한 특징이었기 때문이다.

과학혁명

17세기 사람들이 고대인을 능가한 분야는 자연과학 분야에서였는데 이 기간 이루어진 놀라운 과학 업적을 총괄하여 과학혁명이라고 부른다. 이 과학혁명은 근대과학 확립의 계기를 마련하였을 뿐 아니라 근대적 정신과 의식의 확립을 가능케 하였다.

르네상스에서 싹이 터 17세기에 크게 발전한 자연과학은 먼저 그 방법론과 실험기구, 연구수단을 발전시켰다. 구체적인 사실의 관측으로부터 자료를 만들고 관측자료를 논리적으로 배열하여 일반법칙을 만드는 귀납법의 성립은 추론에 의하여 일반법칙을 유도하는 연역법을 자연과학 분야에서 배제시키며 경험과 관찰의 우위를 당연하게 만들었다.

관찰과 실험 등에 필요한 기구의 개량이 요구되자 렌즈, 망원경, 현미경, 기압계 등이 제작되고 영국에서 비롯한 '왕실협회'가 이러한 자연과학의 연구를 후원함으로써 더욱 급속하게 진보하였다.

각국은 상업, 군사 등의 목적에 효용이 있는 자연과학 분야를 경쟁적으로 후원하며, 국력의 확대는 새로운 과학기술의 축적으로 이루어진다는 점도 명백하게 깨닫게 되었다. 그러나 정부의 자연과학에 대한 자원은 과학자의 연구를 오히려 제약하는 부작용을 초래하기도 하였다. 그래서 인류의 진보를 위한 자연과학이 아니라, 경쟁국을 제압하기 위한 자연과학의 성격을 어느 정도는 지니게 되었던 것이다.

이즈음 자연과학의 수많은 업적 가운데에서도 가장 뚜렷한 것은 뉴턴에 의하여 체계화된 '기계론적 우주관의 정립'이었다.

코페르니쿠스, 케플러, 갈릴레이 등의 업적을 수렴하여 만유인력 법칙에 근거한 통일된 우주관을 제시한 뉴턴(Isaac Newton, 1642~1727)은 재미있게도 본업은 연금술 연구였고 물리학과 수학 연구는 부차적인 것이었다고 한다.

그의 중력법칙은 모든 물체에 적용되고 심지어 우주의 항성들에도 적용된다는 것이었으므로 이 법칙은 인간이 이성을 훌륭히 개발하면 만물의 주인으로서 인간의 진보에는 무한한 가능성이 있음을 웅변으로 증명하였던 것이다.

오직 이성의 법칙을 따를 때 인간은 거의 신과 비슷한 지위에까지 오를 수 있다고 믿게 만든 것이 바로 뉴턴의 만유인력 법칙이었던 것이다. 그러므로 비합리적이고 이성의 법칙에 위배되는 것은 자연의 법칙이 아니라 인간의 제도가 왜곡한 잘못이라는 생각도 조금씩 전파되었다.

문 학

근대 문학의 시작은 각국의 국민문학의 발전과 깊은 관계가 있다. 유럽 공용문자인 라틴어가 아니라, 각국의 문자로 쓰여지면서 일반 대중에게까지 읽혀졌던 문학작품들은 각국의 언어 및 문체 등을 발전시키는 중요한 역할을 담당하기도 하였다. 프랑스의 경우 몽테뉴, 코르네유, 몰리에르를 위시하여 수많은 고전작가들이 있고 에스파냐의 경우 돈키호테로 유명한 세르반테스, 영국은 세계적 문호 윌리엄 셰익스피어(William Shakespeare)를 낳았다.

셰익스피어는 같은 시대 다른 작가들보다 얼마나 탁월했을까? 모두 주목할 만한 작가들이었으나 역시 셰익스피어가 가장 월등했다고 생각되는 것은 그가 인간사의 다채롭고 무수한 주제를 망라하여 짜임새 있게 만들었을 뿐 아니라 인간 본질에 대한 통찰을 적절한 언어로 훌륭히 표현한 점에 있다. 셰익스피어는 희극과 비극, 애정의 갈등을 최고의 솜씨로 표현하여 일반관중의 열광을 받았다. 심지어 시와 음악의 여신 뮤즈가 영어를 할 줄 안다면 셰익스피어의 아름다운 시구로 노래했을 것이라는 사람들까지 있었다.

셰익스피어의 작품들은 거의가 연극으로 상연되었는데 연극의 관객은 아무래도 지식층이거나 사회적으로 여유있는 생활을 하는 계층들이었으나 일반인들도 관람할 수 있는 값싼 입장료를 받았기 때문에 그의 작품의 대중화를 촉진시켰다고 한다. 그러나 영어가 프랑스어만큼 세련되기에는 아직 부족하였고 후일 버니언의《천로역정》이나 디포의《로빈슨 크루소》에 가서야 단순하고 세련되었다.

독일의 경우 국민문학의 발전은 영국·프랑스에 비하여 지체되었다. 즉 18세기에야 비로소 국민문학이 나타났고 괴테(Goethe, 1749~1832)에 가서야 만개되었다.

독일의 문학운동은 따로 '질풍노도(Strum und Drang)'라는 문예사조를 형성하였는데, 이 운동은 합리주의를 벗어나 정열적인 개성의 해방을 지향하였다. 그러한 작품의 대표로 괴테의《젊은 베르테르의 슬픔》이 있다.

음 악

근대 음악을 가능케 한 것도 원류는 이탈리아 르네상스로부터 왔다. 스칼라티, 알비노니, 비발디 등의 이탈리아 작곡가들은 아름다운 가락을 끊임없이 만들어냈고, 음악의 발전을 위하여 몇 가지 중요한 공헌을 하였다. 즉 새로운 음악형식을 만들어 악곡의 내용을 풍부하고 변화무쌍하게 확대하였고 화성의 기초도 마련하였으며 성악으로부터 기악으로의 전환의 계기도 마련하였던 것이다.

그러나 대중이 즐길 수 있는 '오페라'의 창안이야말로 음악을 종합예술로 확대시킨 놀라운 업적이었는데 오페라의 창안 역시 베네치아의 몬테베르디라는 이탈리아인에 의하여 본격화되었음을 볼 때 이탈리아 르네상스가 근대문화 형성에 끼친 절대적 영향을 느낄 수 있다.

그러나 단일한 멜로디를 중심으로 구성되었던 음악은 알프스를 넘어 날씨가 나쁘고 실내생활이 불가피하였던 중부 유럽에서 정점에 올랐고 그 정상은 바흐(J.S Bach, 1685~1750)였다. 작은 시내라는 이름을 지닌 바흐였으나 그의 음악은 거대한 대양이었고, 17세기 유럽인들이 마음 속에서 깊이 간직하였던 이성의 확신을 내포하고 있었다.

대위법이라는 음악형식의 대가였던 바흐는 이탈리아 음악의 한계를 벗어나 하나의 주제에 대응하는 또 다른 주제를 맞물리게 하는 수법을 사용하여 4성부가 모두 독립된 채 따로 진행하여도 훌륭한 화음을 이룰 수 있고 그리하여 아름다운 음악을 만들 수 있음을 보여주었다.

개별적인 것의 독립성이 전체의 조화를 파괴하는 것이 아니라, 개별적인 다양성이 서로 조화되는 법칙(대위법)을 찾아만 낼 수 있다면 얼마든지 훌륭하고 통일성을 지닌 음악을 창조할 수 있다는 바흐의 음악은 전체와 부분이라는 어려운 문제에 해결의 실마리를 제시한 것이었다. 바흐의 이러한 노력은 그가 음정의 문제를 구체적 작품을 통하여 해결한 '평균율 전집 48곡'에서도 나타났다. 바흐와 거의 동시대의 많은 훌륭한 작곡가들도 그와 비슷한 음악적 입장을 견지하며 부분과 전체의 조화를 그들의 작품을 통하여 아름답고 훌륭히 표현하였다.

미 술

17세기의 예술은 '바로크'라는 용어로 불리는데 그 의미는 복잡한 장식, 뛰어난 기교, 거대한 규모를 지닌 건축의 특징을 가리키는 것이었다. 미술 분야에도 바로크의 특징은 그대로 나타나, 격렬한 움직임 등의 표현이 선명한 색채나 명확한 선에 의해서가 아니라 광선과 음영의 대조를 통하여 표현되어 불안한 느낌을 나타낸다. 그러나 플랑드르의 루벤스(P.R. Rubens, 1557~1640)로 대표되는 미술은 육감적인 여인의 나체화를 그릴 정도로 대중적인 소재를 제약없이 화폭에 담았다. 그의 화가로서의 성공은 200명의 제자를 거느릴 정도였고 이제는 화가로서도 재능만 뛰어나면 성공적인 삶을 영위할 수 있다는 직업관의 변화가 나타나기도 하였다.

렘브란트도 루벤스 못지 않은 뛰어난 화가였는데 그는 단순한 일상 생활에서 소재를 찾아 그림을 그렸다. 그러나 루벤스나 렘브란트 등의 대가들의 그림에서 종교화는 역시 중요하였다. 단지 전적으로 성화만을 그려내는 것이 아니라 세속적인 내용도 중요한 소재가 되었다는 점을 조목할 필요가 있다.

정치사상

토머스 홉스(Thomas Hobbes, 1588~1679)는 계약설을 가지고 합리적이고 근대적인 왕권을 옹호하였다. 그는 '리바이어던'이라는, 구약성경 속에서의 모든 것을 집어 삼키는 바다괴물의 이름을 빌려 근대국가에 관한 정치사상을 제시하였다. 인간의 자연상태가 만인 대 만인의 투쟁상태이며, 거기에는 오직 죽음과 공포가 있을 뿐인데 인간들은 이를 피하기 위하여 계약을 맺고 국가를 형성하였는바, 이때 모든 권리를 국왕에게 양도하였기 때문에 국왕의 절대왕권을 주장하였다.

존 로크는 경험론을 정립하였을 뿐 아니라 '정부론'에서 민주주의 이론을 전개하였다. 로크는 인간의 자연상태란 홉스의 상정과 달리 자연법이 지배하는 평등하며 투쟁상태와는 거리가 먼 평화로운 상태라고 가정하였다. 그러나 인간은 자연권을 보다 확실히 누리기 위하여 계약을 맺고 국가를 형성하였는데 이때 국가란 자연권의 완전한 향유와 자연법의 원활한 실시를 위한 것으로 인간은 권리를 양도한 것이 아니라 위탁한 것에 지나지 않는다고 생각하였다.

그러므로 계약에 의하여 권리를 위탁받은 대행자가 계약을 위반하여 자연권을 침해할 경우 시민들은 지배자를 교체할 당연한 권리를 지닌다고 주장하였다. 로크의 이러한 생각은 근대 민주주의 사상의 가장 중요한 기반이 되어 계몽사상과 미국혁명에 커다란 영향을 미쳤다.

인간에게는 자연권이 있으며, 인간의 자연권은 타인에게 양도될 수 없으며 현실의 법과 제도, 국가는 오직 자연권의 보장을 위한 계약에 지나지 않는다는 로크의 사상은 오늘날의 민주주의 사상과도 어긋나지 않는다.

계몽사상

17세기의 합리주의, 로크의 정치사상, 뉴턴의 기계론적 우주관을 바탕으로 하여 18세기에 계몽사상이 대두하였다. 인간의 이성을 신뢰하고, 이성에 의한 인류의 진보를 주장하는 계몽사상은 무지와 미신을 타파하고, 이성에 어긋나는 모순된 제도와 관습을 시정하고 개혁할 것을 주장하는 과격한 사상이었다. 계몽사상을 주창하는 많은 사상가들은 종교와 신을 부정하고 오직 인간의 이성만을 믿는 무신론자들이 많았고 그만큼 기존의 신념체계를 부정하는 사람들이 많았다.

장 자크 루소(Jean Jacques Rousseau, 1712~1778)가 가장 과격한

계몽사상가의 대표인데 그는 문명화된 모든 제도가 자연상태와는 어긋난 것이라고 주장하며
"자연으로 돌아가자!"
라고 외쳤다. 그러나 루소도 인간이 자연상태로 돌아갈 수 없음을 잘 알고 있었다. 그렇다면 문명 속에서 어떻게 살아야 할 것인가라는 문제를 두고 그는 '일반의지(general will)'라는 개념을 도출하였다.

그의 일반의지는 로크의 계약사상과는 상이하였다. 계약론자들이 사회계약이 피지배자와 통치자의 계약이라고 본 것과는 달리 루소는 사회구성원 전체가 개별적인 의지인 동시에 개별적인 의지를 초월하는 '일반의지'에 따를 것을 약속함으로써 국가가 성립하며, 이러한 약속이 바로 사회계약이라고 주장하였다.

개인의지가 사적인 이해를 앞세우는 데 비하여 일반의지는 언제나 공공의 신의를 우선한다. 따라서 일반의지의 표현이 곧 법이며, 일반의지의 행사가 곧 주권이다. 즉 주권은 언제나 일반에게 있으며 양도도 불가능하므로 루소는 간접민주주의를 부정하고 직접민주주의의 실시를 선호하였다.

루소의 직접민주주의 실시 요구는 사실상 거대한 영토와 많은 인구가 있는 근대국가에서는 불가능한 것이다. 그러나 그의 '일반의지' 개념은 국민투표를 통하여 오늘날도 생명력을 지니고 있다. 다만 문제가 되는 것은 국민투표의 결과가 곧 국민 전체의 집약된 의지라고 해석하는 것이다.

이러한 해석은 국민투표를 유도하거나 조작하여 국민의 지지를 받는 결과를 얻어내는 지배자는 국민의 의지의 수호라는 명목으로 독재를 실시할 가능성이 매우 높다는 것인데 사실 역사는 히틀러나 스탈린의 예를 통하여 루소의 '일반의지' 개념이 왜곡된 것을 경험한 바 있다.

프랑스에서 특히 발전한 계몽사상은 디드로, 달랑베르 같은 이른바 백과전서파(Encyclopedists)를 형성하였고, 이들은 새로운 과학

지식과 계몽사상을 널리 보급시키려는 뜻에서 총 33권에 달하는 '백과전서'를 편찬하였는데 이는 18세기의 모든 지식을 집대성한 기념비적인 대사업이었다.

경제사상

절대주의의 경제사상인 중상주의를 비판하며 새로운 경제 사상을 주장한 사람은 프랑스 의사 케네(Quesnay, 1694~1774)였다. 그는 토지와 농업만이 부의 근원이며 지금(地金)을 중시한 중상주의를 부정하였다. 또한 국가 경제에 대한 간섭이 자연에 어긋나는 것이라 하여 자유방임을 요구하였다.

《국부론》의 저자 애덤 스미스의 입상(立像)

애덤 스미스(Adam Smith, 1727~1790)도 《국부론》에서 자유 방임주의를 강력하게 주장하였는데 그는 부의 근원이 노동에 있다고 생각하여 중농주의, 중상주의를 비판하였다. 그리고 스미스는 각 개인이 자신의 이익을 추구하도록 방임하면 '보이지 않는 손(Invisible Hand)'이 작용하여 사회 전체의 복지를 증진시키게 된다고 하였다. 따라서 정부의 기능은 외적의 침입 방지, 사회질서 유지, 공공기관의 유지라는 경찰의 기능을 수행하면 족하다고 생각한 그는 개인의 자유가 곧 자연의 법칙이라고 선언하였던 것이다. 이런 주장은 자유의 가치를 그 무엇보다도 중시한 것인 바 시민민주주의 시대의 도래를 예비하는 것이었다.

앞에서 정리한 근대문화의 여러 분야들을 살필 때 우리는 막연하지만 근대의 특징을 감지할 수 있었을 것이다. 그러나 근대문화의 특징을 르네상스 정신으로 환원시키면 인간의 자기발견이라는 정신으로 집약할 수 있다. 신 중심의 세계관에서 인간의 발견이라는 세계관으로 전환하는 것, 그리고 인간 이성의 능력을 확신하고 인간 능력의 발휘와 자유의 확보를 위한 노력이 곧 근대문화의 요체라고 말할 수 있다.

Ⅲ. 시민혁명

1789년 바스티유의 함락

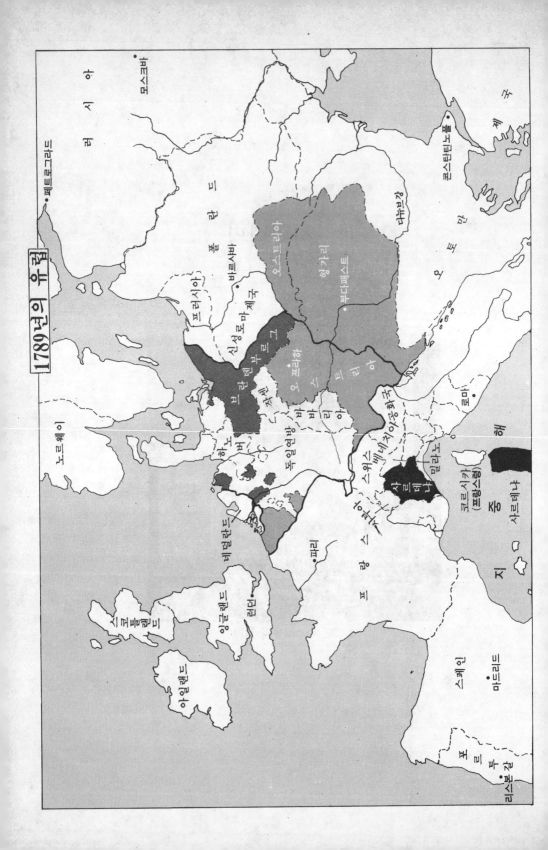

《시민혁명 개괄》

　18세기 후반부터 19세기 초에 걸쳐 유럽과 신대륙은 거대한 격변, 즉 혁명의 시기를 맞이하였다. 신대륙에서의 미국혁명과 유럽에서의 프랑스혁명은 아메리카 합중국이라는 공화국을 탄생시켰고 프랑스혁명은 전제 절대왕정을 타도하여 봉건제도의 잔재를 말끔하게 없앴다.

　두 혁명은 '자유'와 '평등'이라는 개념을 이상의 단계에서 현실의 수준으로 끌어낸 역사적 과업을 성공적으로 수행하였으나 혁명을 주도하고 혁명의 이념을 뒷받침한 사람들은 봉건 특권층에 대하여 강하게 불만을 가졌던 시민계층이었으므로 이들은 평등보다 자유의 이념을 중시하였다. 시민계층에게 평등의 이념은 자유가 실현된 이후에야 제기되는 것으로 생각되었다.

　자유의 이념을 현실에서 성취한 시민계층은 개인의 능력에 의하여 사회적으로 성공할 수 있다는 신념을 가졌고 이들은 전문직업을 가지면서 명성을 얻는 한편 사회적 지위 상승의 배경으로 경제적 부를 중시하였다.

　자유와 관련하여 경제적인 부를 얻을 수 있는 기회를 '자본주의 경제제도'가 마련하였기 때문에 시민계층은 자유방임주의 경제학에 의거한 자본주의 경제제도를 옹호하였는데 이는 정부의 간섭을 받는 중상주의 경제와는 판이한 것이었다.

　경제적인 힘을 지주로 하여 시민층은 정치적 요구를 증대시켰고 각국의 정부는 시민층의 정치요구를 점진적으로 수용하면서 근대화를 경험하였다.

　그러나 근대화의 양태는 각국의 역사적 경험과 정치적 상황에 따라서 아주 다양한 형태를 나타냈다. 일반적으로 동부유럽이나 남유럽이 서유럽에 비하여 근대화가 늦었고 러시아의 경우 근대화는 더욱 지체되었다.

미국혁명

콜럼버스가 신대륙을 발견한 뒤 약 150년이 지나면서 유럽인들은 북미지방으로의 이주를 본격적으로 시작하였다.

유럽인들이 거칠고 낯선 땅으로 옮겨간 이유는 자유를 얻기 위한 것이 그 주된 이유였다. 종교의 자유를 누리기 위하여 청교도는 '5월의 꽃(May Folwer)'이라는 배를 탔으며, 가톨릭도 메릴랜드에서, 퀘이커는 펜실베이니아에서, 위그노 등은 북부에서 종교의 자유를 누릴 곳을 찾았다.

정치적 박해를 피하여 도피한 사람들, 중벌을 받고 유형당한 사람들, 새로운 곳에서 큰 재산을 모아보려는 모험가들, 군인으로서 근무하고 퇴역한 뒤 다시 돌아온 사람들 등 잡다한 계층이 섞여진 신대륙 사회는 그럼에도 불구하고 자유를 추구하는 진취적 정신을 공유하고 있는 활기찬 사회였다.

영국이 세운 13개의 식민지는 풍부한 토지를 무상으로 얻을 수 있고 또 자유와 관용을 약속하며 이주민들을 불러 모았기 때문에 유럽의 많은 용감한 사람들에게 꿈의 땅이 되었다.

계급 간 장벽이 없고 신분적 차별도 전혀 없이 인간으로의 기본적 권리를 지닐 수 있는 신대륙 사회는, 여비만 마련되면 곧 구제도의 모순 속에 압박당하며 살아가는 많은 유럽인들로 하여금 고향을 버리게 할 매력을 지니고 있었다. 그래서 1774년 이전 5년 동안에 아일랜드에서만도 4만 4천 명이 신대륙행 배를 탔다. 이런 추세는 영국, 스코틀랜드 대륙의 해안국가도 마찬가지여서 매년 수만의 인구가 고향을 버렸다. 오스트리아, 폴란드, 러시아 등의 중동부 유럽

내륙국들은 신대륙에 관하여 정확한 소식을 접할 통로가 없었으므로 과거의 삶에 묶여 있었다.

많은 잠재적 가능성을 지녔던 신대륙 사회였으나 과거의 축적이 전혀 없는 자연 그대로의 환경이었으므로 이주민들은 불굴의 끈기와 '개척정신(Frontiership)'을 가지고 자연의 역경을 극복해야만 하였다. 영국 식민지 행정부도 이주민들의 많은 어려움을 알고 있었으므로 이주민들에 대하여 호의적인 입장을 가지고 이들을 도와주려고 애를 썼다. 이 모든 것이 초기 식민지 시대의 일반적 경향이었다.

그러나 18세기 중엽 이후 영국 본토에서 식민지를 바라보는 입장이 바뀌게 되었다. 과거 영국정부는 '건전한 방임'이라는 정책을 식민지 통치의 기본틀로 삼았는데, 조지 3세(1760~1820)의 즉위는 본국 정부의 직접 식민지 통치의 기치를 내걸고 식민지에 대한 정치 및 경제적 부담을 가중시켰다. 그래서 전쟁비용, 방위비 등의 부담이 식민지 사회에 전가되었고 새로운 세금 등이 이들에게 부과되었다.

설탕법(Sugar Act), 인지법(Stamp Act) 등이 식민지인들의 직접 생활에 많은 부담을 주었는데 인지법은 특히 원망의 대상이 되었다. 신문, 서적, 공문서, 트럼프, 학위증명에까지 정부의 인지를 첨부하도록 규정한 인지법에 대하여 식민지 대표들은 뉴욕에 모여 '대표 없는 곳에 과세할 수 없다'라는 원칙을 확인하였다.

이후 영국 본토의 상품구입을 거부하는 움직임이 나타나자 영국정부는 본국이 식민지를 통제할 법을 제정할 권리를 보유한다는 '선언법'을 채택하여 식민지인들의 '대표 없는 곳에 과세 없다'라는 주장을 무시하였다.

1767년 이후 본국 의회가 식민지의 차, 종이, 유리 등의 물품에 과세하는 법을 제정하여 식민지인들을 자극하였으나 곧 반대에 직면하여 차를 제외한 물품에 대한 과세는 철폐되고 말았다.

그러나 가장 일상적인 차에 대하여는 과세를 지속하였으므로 식

보스턴 학살사건을 대대적으로 보도한 팸플릿

민지인들은 차에 대한 과세가 부당한 본국 정부의 상징이라고 생각하여 1773년 '보스턴 차회(Boston Tea Party) 사건을 감행하였다. 이 사건은 식민지인들이 인디언으로 변장하고 보스턴 항구에 정박 중이던 동인도회사의 선박에 침입하여 선적되어 있던 차상자를 바다에 던져버린 것이었다.

영국 정부는 이 사건을 난동으로 규정하여 보스턴 항구를 봉쇄하고 매사추세츠의 선거를 정지하는 강경한 억압조치로 대응하였다. 보스턴 시민들은 이러한 영국의 태도에 어떻게 대응할 것인지 의견을 모으기로 하였다. 그러나 보스턴 항구 폐쇄와 영국군의 보스턴 외곽 포위 소식이 전식민지 사회에 알려지자 식민지인들은 흥분하여 보스턴 시민을 구출하기 위한 무력 사용을 고려하기 시작하였다.

1774년 9월 식민지 대표들은 필라델피아에서 제1차 대륙회의를 개최하여 본국 의회의 식민지에 대한 입법권을 부정하고 본국과의 통상 중지를 결의하였다. 곧 이어 렉싱턴에서 영국군대와 식민지 민병대가 무력으로 충돌하였고, 이로써 마침내 미국 독립전쟁이 시작되었다. 1775년 5월 제2차 대륙회의는 본국과의 전쟁이 불가피함을 인정하고 민병대를 정규군으로 공인하여 조지 워싱턴(George Washington, 1732~1779)을 총사령관에 임명하였다.

워싱턴은 전투경험이 많은 군인이었다. 그는 영국을 위하여 신대륙에서 프랑스군과 수많은 전투에 참가하였고 혁혁한 전공을 세운 사람이었다. 그러나 이제 그는 독립군의 총사령관으로서 영국과 싸워야 했고 또 승리해야만 하는 입장이 되었다. 그는 성품이 매우 솔직하고 강직하였다고 한다. 그것은 그의 어린시절 유명한 '도끼사건'으로 잘 알려져 있다.

워싱턴의 아버지는 매우 큰 지주로서 5천 에이커에 달하는 토지를 소유했고 나무를 매우 사랑하였다. 아버지가 특히 아끼는 나무는 벚나무였다. 어느 날 어린 워싱턴이 잔디 위에서 하인과 놀고 있는데 갑자기 큰 소리가 들렸다.

"누구야! 이런 장난을 한 놈은? 내가 그렇게 소중히 가꾼 이 나무를 자르다니!"

아버지의 불호령 소리를 듣고 워싱턴은 아버지가 서 있는 앞마당으로 달려갔다. 거기에는 어린 벚나무가 무참하게도 잘려 있었고 그 바로 옆에는 반짝반짝 빛나는 도끼 한 자루가 나뒹굴어져 있었다.

"조지, 누가 이런 장난을 했는지 모르겠니?"

워싱턴은 그 말에 똑똑히 대답하였다.

"아버지, 그 나무는 제가 잘랐습니다."

갑자기 아버지 얼굴이 험악하게 변하였다.

"조지, 너는 왜 이 아버지가 아끼는 벚나무를 잘랐느냐?"

"저 도끼가 너무나 반짝거리고 잘 잘라질 것 같기에 그만 그것을 시험해 보려고 했습니다."

"이놈, 그런 짓을 하고…… 네가 어떤 벌을 받을지 각오는 되어 있느냐?"

1776년 7월 4일 채택된 아메리카 독립선언의 기초위원. 왼쪽으로부터 벤저민 프랭클린, 토머스 제퍼슨, 존 애덤스, 로버트 리빙스턴, 로저 셔만.

"네, 알고 있습니다. 하지만 저는…… 벌을 피하기 위하여 거짓말을 하는 비겁한 행동은 하지 않았습니다."

점점 아버지의 얼굴에는 놀라운 빛이 떠오르고 그것이 차차 부드럽게 변화되어졌다.

"음, 잘했다. 조지, 나는 네가 용감하고 정직하게 말해주어 정말 기쁘다. 많은 벚나무가 잘리더라도, 나는 조지의 정직한 말에 기쁨을 느낀단다. 자, 용감하고 정직한 아이에게 주는 상이다."

아버지는 조지에게 꾸지람 대신 그 반짝반짝 빛나는 도끼를 상으로 주었다고 한다.

1776년 7월 4일 식민지인들은 그들이 왜 싸우며 무엇을 이루려고 하는지를 내외에 천명하였다. 이것이 바로 '독립선언문(Declaration of Independence)'으로 내용은 로크의 사상을 기반으로 자연권의 양도 불가능한 인권을 담고 있어 후일 프랑스 대혁명의 '인권선언'에 결정적인 영향을 미쳤다. 이제 독립선언문의 중요한 구절을 직접 인용해보자.

"인류의 역사에 있어서 한 민족이 다른 민족과의 정치적 유대를 끊고 세계의 여러 국가 사이에서 자연법과 신의 법이 부여한 독립 평등의 지위를 차지하는 것이 필요하다고 생각하게 되었을 때 인류의 신념에 대한 엄정한 고려는 우리로 하여금 독립을 요청하는 여러 원인을 선언하지 않을 수 없게 하였다.

모든 사람은 나면서부터 평등하고 조물주는 인간에게 몇 가지 양도할 수 없는 권리를 부여하였으며 그 권리 중에는 생명과 자유와 행복의 추구가 있다는 것은 자명한 진리이다. 이 권리를 확보하기 위하여 인류는 정부를 조직하였으며, 정부의 정당한 권력은 피치자의 동의로부터 유래하고 있는 것이다.

어떠한 형태의 정부이건 이러한 목적을 파괴하였을 때는 그 정부를 변혁 내지 파멸하여 새로운 정부를 조직하는 것이 국민의 권리이다."

독립선언문의 내용은 계몽철학의 깊은 영향 아래 작성되었음을 위의 문구들은 보여주고 있다. 더 나아가 계몽사상의 보급 그 자체가 미국독립이라는 역사적 위업의 한 역할을 수행하였다고도 생각된다.

독립전쟁이 시작되자 식민지 사회는 '독립파(Patriots)'와 영국을 지지하는 '충성파(Loyalist)'로 갈라졌다. 독립파는 최초의 전투에서 큰 타격을 입었으나 유럽의 자유주의자들이 의용군으로 독립파에 가담하고 또 프랑스, 에스파냐, 네덜란드 등은 식민지의 독립파를 지원하여 영국의 사기를 저하시켰고 러시아는 중립의 입장을 선언하여 국제정세는 독립파에게 유리하게끔 바뀌었다. 이러한 정세 변화에 힘입어 독립파는 새러토가 및 요크타운에서 영국군을 패퇴시켰다. 이에 영국도 패배를 인정하고 1783년 파리조약에서 식민지 13주의 독립을 승인하고 그 영토는 5대호, 미시시피강, 조지아 경계 내의 지역으로 확정하였다.

독립을 쟁취한 식민지 13주의 열광은 대단한 것이었다. 그러나 영국과 싸움에서 힘을 모았던 13주는 그간 각각의 헌법을 가진 독립 국가로 변신하였다. 대륙회의에서는 분리된 국가로 13주가 주권을 보유하는 것은 경제, 정치, 군사적으로 매우 비효율적인 국가조직이 될 것이므로 어찌하든 통합을 이루어야 할 것을 강조하였다. 이런 노력의 결과 1781년 '연합규약'이 제정되어 느슨하나마 통일된 국가형태가 성립되었다. 그리하여 '연합의회'가 구성되었으나 이 의회는 과세권도 없고 각 연방에 대한 실질적인 통제력을 보유하지도 못하였다.

1787년에 이르러 13주의 제반 사항은 악화일로에 빠지게 되었다. 영국과의 교역은 독립 이후에도 가장 비중이 컸지만 전쟁 전에 비하면 13주의 교역은 일반적으로 침체되었고, 전쟁기간 전비 마련을 위하여 발행된 화폐는 공신력을 잃고 사장되었고 물가폭등이 도처에서 일어났다. 사회불안이 발생하면서 13주는 이에 대처하기 위한 강력한 연방정부 구성의 필요성을 절감하게 되었다. 그리하여 연방의회를 대신하는 강력한 중앙집권적 연방국가가 나타나게 되었다.

연방국가의 조직은 몽테스키외가 구상한 3권 분립의 원칙 위에서 이루어졌다. 공화국이라는 체제에서 입법, 사법, 행정이 독립된 권한을 가지고 상호견제의 기능을 수행하여 독재의 가능성을 없애는 3권 분립의 체제를 유럽에서는 일찍이 이상(Ideal)으로만 생각하였으나 신대륙에서는 현실 속에서 그 이상을 실현하게 되었다.

그러나 강력한 연방정부의 수립을 반대하고 분리주권을 주장하는 지방유력자들도 많았으므로 '연방헌법'의 제정까지는 많은 장애가 남아 있었다. 1788년 '연방헌법'의 효력이 발생하면서 미국은 합중국의 형태를 완비하였으나, 합중국은 연방주의와 분권주의 세력 간의 타협으로서 이중적인 권력구조를 특징으로 가지게 되었다.

미국독립의 평가

　미합중국(United States of America)을 세운 독립전쟁은 단순한 전쟁이라기보다 새로운 시대를 예비하는 위대한 역사적인 사건이었다. 합법적인 정부를 무력으로 제거하고 공화국을 세운 과정으로 보면 미국 독립전쟁은 분명히 전쟁이 아니라 혁명이다.
　독립전쟁을 주도한 사람들은 인민이라는 구호를 내걸고 인민주권이라는 계몽사상의 정치철학을 현실로 만들었다. 평등의 개념이 자유개념과 함께 구체적인 정치 목표로서 제기되고 이를 실천으로 옮겨서 성공에까지 이르는 과정에서 미합중국의 지도자들은 이상을 실현하기 위하여 망설이지 않았다. 그러나 미합중국이 독립국가로서 생명력을 지니게 된 연후에 헌법제정 문제를 두고 또 헌법의 성격을 놓고 보수와 진보라는 두 세력으로 갈라졌다. 이러한 경과를 살필 때 미국의 독립, 즉 미국혁명은 몇 가지의 상이한 평가를 받고 있다.
　미국혁명의 본질과 성격에 대하여 정설로 인정되어 왔던 주장은 베어드(C.A. Beard)를 중심으로 한 혁신주의 해석이었다. 이들의 주장은, 영국의 억압적인 정책에 반대하고 신대륙의 자유를 수호한다는 명분 아래 신대륙의 급진개혁자들이 영국으로부터 특권을 획득한 식민지 귀족을 공격하였다는 것이다. 그러므로 미국 독립전쟁은 단순히 독립을 위한 싸움이 아니라 식민지 민중의 식민지 귀족에 대한 사회혁명적인 싸움이었다는 것이다.
　반면 베어드 등의 혁신주의 해석을 부정하는 휘그적인 주장도 나름대로의 논리를 지니고 있다. 이들은 미국혁명의 본질은 자유의 추구에 있다고 설명한다. 영국으로부터 '건전한 방임'이라는 대접을 받으며 자치와 자유에 익숙하게 살아온 식민지인들은 조지 3세의 압제를 견딜 수 없었고, 그리하여 입헌적 전통을 수호하기 위하여 독립혁명을 일으켰다는 것이다. 따라서 계층간의 갈등은 사소한 문제에 지나지 않았고 정치 권력의 획득을 위한 싸움이 독립전쟁이었으므로 독립 이후에도 미합중국의 사회는 거의 변화하지 않았다고 그들은 주장한다.

파머는 절충주의 해석을 내세우는 역사가인데, 그는 식민지사회가 발전함에 따라 유럽의 구제도를 모방하려는 경향이 나타났고 그에 따라 사회계급의 분화현상이 발생하여 사회 내에 계급적 갈등과 긴장이 어느 정도 존재하였다고 인정한다. 그러나 유럽대륙에 비하여 제도적 모순이 심각하지 않았고 특권계층의 세력도 약하였으므로 그에 대한 반항의 정도도 유럽처럼 강력하지 않았다는 것이다. 그래서 헌법의 성격이나 독립 이후 사회가 온건하고 보수적인 성격을 유지하였다고 그는 주장한다.

프랑스 대혁명

혁명 직전 프랑스의 상황

1778년 그러니까 대혁명이 발생하기 전년 프랑스는 유럽에서 가장 강대한 국가였다. 당시 프랑스 인구는 2천 6백만이었는데 비해 대영제국은 1천 5백만, 프러시아는 8백만에 지나지 않았다. 얼마 전 미국 독립전쟁에 참가하여 승리한 군대는 사기도 왕성하여 대외적으로 보아 프랑스에는 아무런 문제가 없었다.

프랑스 왕정 또한 법적으로만 절대왕정이었고 행정 실무는 자유주의자들인 튀르고, 네케르, 캬론 등이 담당하고 있었고 프랑스 예술과 철학사상은 전 유럽을 지배하고 있었다.

그러나 국내는 소란으로 동요되었고 왕정은 신뢰를 잃고 있었다. 과거 왕정은 영주들의 악폐를 시정하고 포악을 견제하여 국민들의 절대적 신망을 받고 있었으나 이제는 국민들의 '국왕만세'라는 외침은 자발적으로 듣기가 어려웠다. 그럼에도 불구하고 1788년 프랑스 국내 사정은 암담하다고 보기는 어려웠고 전반적으로는 평온하였다. 그러나 평온하였기 때문에 일대 변혁을 바라는 일이 생길 수도 있는 것이다. 즉 어느 정도 번영하고 있었기 때문에 번영을 가져다 준 제도에 대하여 배은망덕하였던 것이다. 프랑스 국민들은 구제도가 보잘것 없는 과거의 잔재라고만 여기고 그것이 기둥과 울타리 노릇을 하고 있다는 사실을 깨닫지 못하고 있었다. 그래서 당시 프랑스를 여행한 아서 영(Arthur Young, 1741~1820)은 다음과 같이 지적하였다.

"사람들이 이렇게 풍요한 유산을 주사위 한 번에 걸고 인류에게 무서운 참변을 겪게 한 분별없는 모험가라는 말을 듣고자 하는 심정을 도저히 이해할 수가 없다."

그러나 프랑스 사회에 여전히 위세를 떨쳤던 구제도의 모순이 사소하다고 주장할 수는 없다. 왜냐하면 계몽사상의 영향을 받고 미국 독립혁명의 성공을 피부로 느낀 지원병들이 신대륙의 소식을 가지고 프랑스로 귀환하자 지금껏 방치되었던 사회의 모순이 뚜렷하게 보였기 때문이다.

이제 구제도를 보다 구체적으로 살펴보자. 그것은 프랑스 사회가 귀족 등 특권층에게 유리하게 구성되었다는 것인데 3신분으로 나뉘어진 신분사회를 지칭한다. 프랑스 사회를 구성하는 3신분이란 제1신분 성직자, 제2신분 귀족, 제3신분 평민으로 나누어지는 바 우선 성직자 신분을 알아보자.

제1신분인 성직자들은 총인구의 0,004%에 지나지 않는 10만 정도에 불과하였으나 전국토의 10%를 소유하고 거대한 지조를 받고 면세의 혜택을 누렸다. 더욱 출생, 결혼, 사망, 불온서적 검열, 학교 교육을 장악하고 모든 수확에 십일조를 받는 등 그들이 누린 경제적, 사회적 특권은 엄청났다.

그래서 귀족들의 자식은 고위 성직자가 되어 사치와 권력을 마음껏 향유하였으나 일반 사제들은 평민과 일상생활을 같이 하며 동고동락을 통하여 오히려 성직자라기보다 평민의 대부로서 고위 성직자들의 부패와 비리를 날카롭게 비판하였다. 대부분 평민 출신인 평사제들은 그래서 1789년 혁명이 시작되었을 때 제3신분의 개혁의지를 적극 지원하였다. 다시 말하면 성직자 내부에서도 사회적인 분화가 있어 갈등, 대립이 잠재되어 있었다는 것이다.

제2신분은 귀족으로서 이들은 교회, 군대, 행정의 고위직을 맡고 있었다. 전국토의 20%를 약 20만에서 25만의 귀족들이 소유하였고 그 토지로부터 세금과 봉건 영주의 영주권에서 경제 및 경제외적 강제를 행사할 수 있었다. 고위귀족들은 출생귀족이었고 하위귀족은 돈으로 작위를 사는 경향이 있었는데 전자는 고귀함의 상징으로 칼을 차고 다녔기 때문에 대검귀족이라고도 불렸고 후자는 법복귀족이라고 불렸다. 귀족들 내에서도 신분상 서열은 엄존하였다. 그런데 주로 시민층에서 성공하여 귀족이 된 법복귀족들은 대검귀족에 비하여 귀족의 특권을 수호하려고 더욱 애쓴 점이 눈에 띈다. '개구리 올챙이 시절을 생각지 않는다'라는 속담은 서양에서도 적용되는 듯 싶다.

귀족들은 태양왕 루이 14세의 치하시 약화되거나 폐지되었던 특권을 회복시키기 위하여 고등법원을 중심으로 노력하였는데 이것은 왕으로 보나 평민으로 보나 불쾌한 행동이 아닐 수 없었다. 바로 이들의 귀족특권을 회복하려는 노력이 혁명의 도화선에 불을 당기게 된다.

제3신분은 혁명을 주도한 시민, 그리고 시민을 뒷받침하여 혁명을 성공하게 도와준 농민, 도시노동자로서 구성되었다.

시민은 상인, 수공업자, 변호사, 문필가, 중간 관리들로 구성되었고 평민 출생을 부끄러워하여 어떻게든 귀족들의 생활을 흉내내는 경향이 있었으나 이들은 계몽사상의 세례를 받은 사람들이었다. 사회적 상승의 통로가 열려 있는 한 시민들은 혁명을 주도할 사람들은 아니었다.

그러나 상승의 가능성이 완전히 막혀 있게 되자 시민층은 귀족을 증오하기 시작하여 출생특권의 폐지를 당연히 여기며 개인능력에 의한 인간평가를 그들의 구호로 삼았다. 이들은 경제적인 힘을 점차 확대하여 나가면서 그에 합당한 정치 권력을 요구하였으나 구제도의 사회에서는 이들의 주장이 관철될 수 없었다.

2천 1백만이 넘는 프랑스 농민은 제3신분의 절대다수로서 인근 유럽국가의 농민에 비하여 월등히 생활여건이 나았다. 그러나 그들도 가난하기로는 매일반이었다. 부족한 농토에 많은 인구로 농민의 평균 경작지는 아주 작았으므로 귀족이나 성직자의 땅을 빌려서 소작을 겸해야 했다. 더구나 이들은 국가의 세금을 대부분 부담해야 하는 중책을 맡고 있었다. 성직자, 귀족의 면세특권은 농민의 부담을 상대적으로 높였고 이들은 특권층에 면세를 허용한 구제도에 대하여 깊은 반감을 지니고 있었다.

1788년부터 1789년에 걸친 흉작은 농민의 비참함을 가중시켜 농민들 사이에 위기의 분위기가 감돌고 있었다. 곡간은 비어 있었고 빵의 가격은 앙등하였으며 농촌에서는 기아의 공포가 만연하였다. 그러므로 영주제적 질서와 빈곤에 대한 증오가 발생하여 자발적인 농민폭동을 1789년에 초래한 것은 이상한 일이 아니었다.

도시노동자들을 구성한 사람들은 수공업의 직인, 도시공장의 노동자, 정원사, 우유배달부 등으로 이들이야말로 하루 벌어 하루 먹는 빈곤하고 불안정한 계층이었다. 이들은 생활비가 상승하는 것에 비하여 임금이 오르지 않았으므로 1785~1789년 당시 생계에 큰 위협을 받았다. 이들이 겪은 물질적 궁핍은 혁명을 더욱 과격한 방법으로 이끈 주된 요인이 되었다.

1780년대 이후 국가재정의 위기도 혁명 발생에 한 몫을 담당하였다. 루이 14세의 사치와 권력 과시 이후 왕실의 재정은 늘 적자였다. 일년 예산의 구성을 보아도 총세출의 50% 이상이 국채의 상환과 이자 지불에 지출되었으므로 사실 프랑스의 국가재정은 빚을 얻어 빚을 갚아나가는 악순환을 거듭하고 있었다. 그래서 루이 16세의 즉위 초에 유능한 재정가 튀르고와 네케르에게 재정개혁의 실시를 의뢰하였다. 이들의 재정개혁안은 사실 매우 간단하였다. 즉 면세의 특권을 가진 성직자와 귀족에게 과세를 하면 징수되는 세수입으로 알뜰한 재정을 꾸릴 수 있다는 것이었다. 그러나 귀족들은 힘을 합쳐 이 개혁안에 반대하였고, 그래서 국왕은 새로운 세금 부과를 위하여 '삼부회(États généraux)'를 소집하지 않을 수 없었다. 왜냐하면 삼부회만이 국왕에게 새로운 세금의 부과를 가능케 하였기 때문이었다. 그래서 루이 16세는 1614년 이래 소집되지 않고 있던 삼부회의 소집을 선포하였다. 샤토브리앙은

"귀족이 혁명을 시작하고 평민이 이를 완수하였다."

라고 지적하며 귀족의 반항으로부터 프랑스 대혁명이 시작되었음을 묘사하였다.

삼부회

  국가재정 파탄이 삼부회를 소집하게 만들었고 삼부회 소집이 혁명 발단의 도화선이 되었으나 국왕은 혁명을 발생시키지 않을 수도 있었다. 이 점은 사실이다. 왜냐하면 영국의 경우처럼 변혁의 시기에 왕권은 주도권을 적절히 행사하여 권력이 한 계급에서 다른 계급으로 이행하는 것을 묵과하고 보장함으로써 군주제를 보존할 기회를 가지고 있었기 때문이다. 그러나 국왕이 공격을 당하고 있고 필연적으로 몰락할 수밖에 없는 계급의 대표선수가 되어 성장하는 시민계급과 충돌을 자초한다면 군주제는 귀족계급과 더불어 멸망의 길에서 벗어날 수 없게 되는데, 루이 16세는 애석하게도 패배자의 대표선수가 되는 길을 택하고 말았다.
  1789년 1월 1일 네케르가 국왕이 삼부회를 소집할 때 제3신분의 정원을 두 배로 늘릴 것을 윤허하였다고 발표하자 국민은 이 조치를 열렬히 환영하였고 국왕의 은덕에 감사하였다. 이 조치로써 삼부회 구성은 제1신분 247명, 제2신분 188명, 제3신분 500명의 대표를 뽑아 의안을 처리하게 되었다. 그러나 의안 처리에 관하여 네케르는 투표 방법을 확정하지 않았다. 투표 방법은 삼부회에서 사실상 가장 핵심적인 논란거리였다. 왜냐하면 의안 결정을 신분별로 하는 것과 머릿수로 하는 것은 국정방향 모색에 결정적인 차이를 초래할 것이 명백하기 때문이었다. 만약 머릿수로 투표를 한다면 많은 대표를 지닌 제3신분이 특권신분에게 불리한 결정을 선택할 것이고, 신분별로 투표가 결정된다면 특권신분인 제1, 제2신분이 연합하여 제3신분을 들러리로 만들 것은 불을 보듯 뻔한 일이었다.
  제3신분은 이런 상황에서 다음과 같이 왕의 선처를 호소하였고 국왕 루이 16세는 바로 이 순간 그 자신의 운명과 군주제의 존속여부가 자기의 선택여하에 따라 좌우된다고 신중히 생각하여야 마땅했다.

"국왕 폐하께서는 우리에게 불만을 호소할 자유를 주셨다. 얼마나 고귀한 은덕인가! 인자한 마음으로 국민에게 하문하시려는 국왕 폐하에게 무엇이라고 감사를 드려야 할 것인가!"

한편 급진적 지식인들은 이와 달리 제3신분의 의견을 주도하기 위하여 수많은 유인물을 찍어내어 대중에게 배포하였다. 그 중 시예즈 신부는

"제3신분이란 무엇인가?
전능이다.
지금까지 제3신분은 무엇이었나?
전무(全無)였다.
앞으로 제3신분은 무엇이 되고자 하는가?
그 무엇인가가 되고야 말 것이다."

라고 주장했다. 그의 글은 모든 사람들이 그 무엇인가가 되어야만 하겠다는 때였던만큼 주제도 적절하여 대성공을 거두었다. 그러나 시예즈는 특권계층을 지나치게 공격하면 프랑스가 공포상태에 빠지게 될 염려가 있으므로 세제 개혁과 인권보장의 개선만을 주장하였다. 제3신분들의 개혁의지는 각 소교구에서 작성하여 종합된 진정서에서 알 수 있었는데 그 내용은 전국적으로 거의 동일한 것이었다. 봉건적 권리와 특권의 폐지, 과세에 대한 결의권과 재정 감사권, 그리고 검열제도의 폐지 등이 제3신분의 개혁요구 사항이었는데 만일 이러한 요구가 관철되었더라면 프랑스 군주제의 영광은 1789년에 종식되지 않았을 것이다.

1789년 5월 5일 루이 16세가 임석한 가운데 베르사유에서 삼부회는 개막되었다. 제3신분은 흑색 지정복을 입고 별실에 수용되었고 국왕 주위에는 오색찬란한 법의를 입은 고위 성직자와 귀족들이 몰려 있었다. 모든 대표들이 국왕 만세를 외쳤고 막연하나마 국왕에

게 충성을 바치려고 결심하고 있었다. 그러나 개회를 즈음한 칙어는 대단히 막연하였으며 개인별 투표와 삼부회의 정기소집 등 핵심문제에 대해서는 아무 언급이 없었으므로 실망과 동요의 기색이 감돌기 시작했다.

제3신분 대표들이 머릿수 투표를 요구하면서 두 특권신분들 중 민주적인 인사들에게 제3신분과의 합류를 설득하자 5월 15일부터 10여 명의 사제가 이에 응하여 6월 17일 제3신분의 대표들은 삼부회를 포기하고 '국민의회'를 따로 결성하였다.

비합법적인 '국민의회'는 발족하자마자 해산당할 것으로 생각되었는데 그렇지가 않았다. 따라서 점차 대담해진 '국민의회' 의원들은

"국민의회가 존속하는 동안은 조세징수가 허용되지만, 국민의회가 해산되면 조세징수는 불가함."

을 결의하였다. 얼마 전 미국에서 있었던 '대표 없는 곳에 과세 없음'이 프랑스에도 전해진 것이다. 반대파 특권신분은 이러한 난동

테니스 코트의 서약

을 신속히 억압하도록 국왕에게 건의하였다. 국왕은 이에 6월 23일 국왕 임석하에 회의를 재개하겠다고 공고한 후 '국민의회'가 사용하던 의사당을 막아버렸다. 그래서 '국민의회' 의원들은 실내 테니스장으로 모여들어 그 유명한 '테니스 코트의 서약'을 결의하였다.

"국민의회는 절대로 해산하지 않으며 헌법기초가 확립될 때까지 필요에 따라 아무 때 아무 곳에서도 소집될 것이다."

6월 23일 루이 16세가 다시 의회에 나타났다. 그리고 삼부회는 신분별로 의안을 심의하고 세금에 관해서는 토의하되 특권에 대해서는 문제삼지 못한다고 훈시하였다. 이리하여 프랑스 왕정은 역사적 사명을 포기하고 인민의사에 반대하며 앙시앵 레짐(구제도)의 모순을 옹호하였다. 귀족과 성직자는 국왕을 따라 퇴장하였고 제3신분 아니 '국민의회' 의원들은 무거운 침묵에 잠긴 채 회의장에 남아 있었다. 이때 관리가 나타나서 제3신분 의원들에게 퇴장 명령을 내렸다. 바로 이 순간 귀족 출신이면서도 제3신분으로 당선된 미라보가 응수하였다.

"장관각하! 국왕에게 전하시오. 우리는 인민의 의사로 이곳에 앉아 있는만큼 총검에 밀리지 않는 한 퇴장하지 않을 것이라고!"

이 말은 매우 중요했다. 왜냐하면 국왕은 제3신분의 적이라는 입장이 처음으로 밝혀졌기 때문이다.

이때 루이 16세는 말했다.

"그놈들이 남아있고 싶어한다고? 빌어먹을 놈들 같으니……. 그대로 내버려 두어라."

루이 16세의 이 말은 자기를 호위하는 병사들이 제3신분과 공감을 가졌다고 느껴 양보를 한 것이었으나 '국민의회'는 국왕이 변심을 하여 '국민의회'를 적으로 생각지 않은 자비로운 의사에서 나온 행위라고 해석하였다.

그러나 루이 16세는 '국민의회'에 양보한 것이 아니라 7월 11일까지 군대를 소집하고 자유주의 개혁가인 네케르를 파면하였다. 갑자기 의원들과 파리 시민들은 공포와 긴장에 빠졌고 유언비어가 나돌았다.

"군대가 애국자를 참살하였고 무장강도들이 파리로 쳐들어 오고 있다……."

국왕의 무력탄압으로부터 '국민의회'를 지켜야 한다는 생각이 파리 시민들에게 떠올랐다. 그래서 파리는 '자치위원회'를 구성하여 시의 행정을 접수하고 민병대를 조직하였다. 7월 12일 젊은 변호사인 카미유 드물랑이 시민에게 무장할 것을 권유하며 민병대와 시민의 상징으로 마로니에 잎으로 녹색 모자장식을 달았다. 이때부터 녹색장식이 없는 통행인들은 욕설과 폭행을 당하였으므로 모두들 곤경을 피하기 위하여 녹색장식을 달고 다녔다. 독재에 대항하여 한 뜻으로 뭉쳤던 군중들도 결국 똑같은 방법을 사용했다. 즉 군중의 독재가 시작되었던 것이다.

바스티유 감옥 점령과 혁명의 시작

무기 판매점을 약탈하고 병기고를 습격한 군중들은 소총 2만 8천 정, 대포 5문을 획득하고 화약이 바스티유 감옥에 저장되어 있다는 정보를 얻었다. 무장을 제대로 갖추기 위하여는 화약의 필요성이 가장 중요한 일이었으므로 이제 군중은 바스티유로 몰려들었다.

바스티유는 파리 중심가에 위치한 요새이며 감옥이었다. 봉건제도의 음산한 상징으로서 바스티유는 불법투옥과 고문이 자행되는 악마의 소굴로 군중들이 두려워하던 곳이었다. 심지어 귀족들조차 바스티유 요새의 철거를 요구하는 진정서를 올렸을 정도로 봉건제도 압제와 전제의 상징이 바로 바스티유 감옥이었다.

바스티유에서 요새 수비대와 무장군중과의 전투는 치열하여서 많은 군중이 피를 흘렸으나 결국 바스티유가 군중에게 점령당하였다. 군중은 수비대원 전원을 학살하고 수비대장 드로네이의 목을 잘라 길거리로 끌고다녔다.

잠재하고 있던 인간의 잔학성이 아무 도덕적인 제약을 받지 않고 노골적으로 나타나면서 군중은 자신의 실력을 갑자기 뚜렷하게 인식할 수 있었다. 1789년 7월 14일의 이 사건은 처음에는 잠깐 동안의 소동으로 생각되었으나 곧 프랑스인과 세계 사람들의 눈에 상징적이며 찬란한 업적으로 길이 남게 될 것이었다.

루이 16세는 7월 15일 이 사건의 소식을 듣고 신하에게 물었다.
"그곳에서 반란이 일어난 것인가?"
그러자 리앙쿠르 공이 이렇게 대답했다.
"폐하, 그것은 반란이 아니라 혁명이옵니다."

루이 16세는 군대를 철수시키겠다고 약속하고 7월 16일 파리에 들어와 혁명을 상징하는 3색의 모자 장식을 받았다. 이것으로 국왕은 혁명을 인정한 셈이 되었다.

이때 파리를 자치적으로 통치하겠다는 자치위원회 '파리코뮌'이 결성되어 왕정과 협의를 통하여 합법적인 절차를 추진하였는데 군중들의 무법적인 행동을 통제할 수가 없었다. 군중들은 이 무렵 재판도 없이 국무장관 풀롱을 가로등에 매달아 죽이고 그의 사위도 학살하였다. 법률이 잠자게 되자 인간의 야성은 굴레를 벗고 날뛰게 된 것이었다.

이런 상황은 지방에서도 마찬가지였다. 농촌에서도 수많은 폭동이 발생하여 인근 귀족의 집을 습격하여 약탈하고 방화하며 봉건적 문서들을 없애버렸다. 더욱 귀족들이 외국군대와 도적단을 불러들여 자신들을 죽이려고 한다는 소문이 전해지면서 농민들의 움직임은 더욱 과격해졌다. 농민들의 흥분을 진정시킬 방법이 무엇인가를 놓고 젊은 귀족들은 숙의를 거듭한 끝에 드디어 8월 4일
"이번 폭동의 원인은 소수 귀족들의 봉건적 특권의 고집에서 비롯되었으므로 이 폭동 전쟁의 유일한 묘책은 봉건적 특권의 포기에 있다."
라고 단언하였다.

'국민의회' 의원들은 이 주장을 듣고 감격하여 귀족들을 찬양하

였고, 열광의 순간 귀족들은 수렵권, 강제사용권, 기타 독점이권의 포기를 선언하였다. 그래서 어느 제3신분 의원은 다음과 같이 감격하여 외쳤다.
 "오, 프랑스인은 진정 위대한 국민이다. 프랑스는 위대한 영광을 가졌다. 프랑스인으로 태어난 것이 얼마나 명예로운가?"
 8월 11일에 이르러 추기경 라 로슈푸코와 파리 대주교가 아무 보상없이 십일조의 세금의 포기를 선언하였다. 하나의 정치체제가 이렇게 급속히 자멸하였던 일은 일찍이 없었다. 왕정은 1789년 봄까지 전능이었으나 8월에 이르면 구제도는 남김없이 소멸되었고 전국에서 혁명을 환영하였다.

프랑스혁명과 인권선언

 혁명이 전국으로 확산되고 크게 진전되자 '국민의회'는 혁명의 원리와 이념을 널리 알릴 필요를 느끼게 되었다. 그래서 8월 26일 '인간과 시민의 권리선언'이 채택되었다. 전문 17조로 쓰여진 이 선언문은 그 내용상 인권을 완전히 포괄한 것도 아니고 내용의 배열에서도 엉성하였으나 이 인권선언은 미래세계가 지향할 이념을 분명하게 제공하는 동시에 구제도의 모순에 대한 사망진단서였다. 인권선언의 중요조항의 내용은 다음과 같다.

인간과 시민의 권리선언

 '국민의회'는 신 앞에서 그리고 신의 축복과 은총을 바라면서 다음의 인간과 시민에 관한 성스러운 권리를 확인하고 선포한다.
 제1조 : 인간은 자유롭게 그리고 평등하게 태어났으며 늘 그렇게 존속한다……
 제2조 : 모든 정치적 결합의 목적은 인간의 양도할 수 없는 자연

124 Ⅲ. 시민혁명

　　　　권의 보존에 있다…….
제3조 : 모든 주권의 원리는 국민에게 있다…….
제5조 : 법은 사회에 해로운 행위만을 금지한다. 법에 의하여 금 지되지 않은 것이 방해되서는 안된다.
제6조 : 모든 시민은 직접 또는 대표를 통하여 법의 제정에 참여 할 권리를 가진다…….

　기타 조항에서 인권선언은 사상의 자유(제10조), 언론 및 출판의 자유(제11조), 정부구성에서의 3권분립, 즉 입법, 사법, 행정의 독립(제16조)을 규정하고 재산권 신성불가침의 권리를 마지막 17조에서 담고 있다. 인권선언의 정치체제는 공화제를 선언하고 있었으나 당시에는 아무도 공화제 수립에 대하여 진지하게 논의하지 않았고 대다수 제3신분들조차 국왕만이 복잡한 지방전통, 이해의 상충을 조절할 수 있으리라고 생각하였다. 국민이 주권자가 된 상황이었는데도 정부는 여전히 군주체제를 견지하고 있었던 것이다.

　루이 16세는 이때 혁명의 진전을 인정하지 않은 채 사태를 관망하고 있었다. 그러나 '국민의회'가 혁명이 진행되면서 나타난 문제처리를 두고 분열되는가 하면, 파리에서는 선동가의 활동이 더욱 강화되고 전년의 흉작으로 인한 식량부족 사태가 나타나자 10월 5일 폭동이 일어났다.

　이 폭동은 매우 특이하였다. 왜냐하면 폭동의 참가자들이 거의 대부분 여성들이었기 때문이다. 폭도의 전방에는 약 6천의 여성들이 '빵을 달라!'고 외치며 베르사유로 몰려가고 그 뒤에는 민중과 민병대를 중심으로 구성된 '국민방위군'이 따라가고 있었다. 여성들은 이때에도 아주 그럴싸한 소문을 퍼뜨리며 불만을 가중시켰는데 그 소문은 왕비 마리 앙투아네트에 관한 것이었다. 프랑스의 국모로서 앙투아네트는 여성들의 요구사항인 빵을 달라는 부르짖음에 대하여 이해를 하지 못하고 어처구니 없게도
"왜 저들은 빵들만 달라고 할까? 과자나 고기를 먹으면 될 것

을……."
이라고 말했다는 것이다. 이런 악평과 함께 군중의 압력에 견디지 못한 왕과 '국민의회'는 베르사유에서 파리로 끌려 오게 되었고 파리 시민의 보호 속에 놓이게 되었다. 이제 온건파의 입장에서 사태의 진행을 정리하려는 사람들은 그 설자리를 잃고 귀족들은 앞다투어 망명지를 찾아 프랑스를 떠났다. 이리하여 아무도 사태의 진전을 예측할 수 없고 또 방향을 제시할 수도 없는 무질서한 혼란의 사회로 프랑스는 치닫게 되었다.

국민의회의 개혁과 헌법제정

앙시앵 레짐, 곧 구제도의 폐허 위에 새로운 프랑스를 건설하려는 '국민의회'가 당면한 가장 현실적인 곤경은 재정의 압박이었다. 혼란 속에서 과세에 의한 세입이 없었기 때문에 '국민의회'는 교회재산의 몰수를 결정하고 이를 담보로 지폐 아시냐(Assignat)를 발행하며 몰수된 교회재산을 분할 매각하였다.

그러나 아시냐의 발행증가로 인하여 화폐가치가 떨어지고 그로 인한 인플레이션은 경제위기를 악화시킨 주요한 원인이 되었다. 한편 국유화된 교회재산의 매각과정에서 토지를 소규모로 잘라 매각하지 않고 거대한 규모로 경매에 부친 결과, 부유한 계층은 새로이 토지를 얻을 수 있었으나 빈농이나 농촌의 품팔이 등 토지가 부족하거나 전혀 없던 사람들이 자영농으로 안정될 기회는 없어지고 말았다.

교회재산을 국가가 몰수한 것을 기회로 '국민의회'는 수도원을 해체하고 모든 성직자를 선출하여 국가가 봉급을 지급하는 성직자법을 제정하였다. 로마교황이 이를 반대하자 '국민의회'는 성직자들이 국가에 충성을 서약할 것을 종용하였으나 성직자의 대부분은 서약을 거부하고 로마를 계속 지지함으로써 '국민의회'의 계획을 좌절시켰다. 성직자뿐 아니라 가톨릭 평신도 또한 '국민의회'의 종교에 대한 간섭을 부정적으로 생각하는 경향이 강하였다.

'국민의회'는 또한 중세 이래의 길드를 폐지하고 통행세 등을 없애며 자유주의 경제정책을 추진하였으나, 노동자들의 결사와 파업이 경제에 위험이 되므로 이를 불법화하였다.

지방행정 조직의 개편이 '국민의회' 개혁의 마무리 사항이었는데 전국을 거의 같은 넓이의 83개의 도(道)와 군(郡)과 시읍(市邑) 자치제(코뮌, Commune)로 정비하여 지방의 특성을 약화시키며 중앙집권적인 국가체제를 성립시키려는 '국민의회'의 노력은 근대국가로 나아가려는 몸짓이었다. 그리고 이와 함께 법원조직의 개편이 마련되어 새로운 행정조직에 적합한 사법체제가 확립되어 구제도의 법체제를 대신하게 되었다.

그러나 '국민의회'의 가장 중요한 과업은 새로운 헌법제정에 있었다. 헌법에 관한 논의는 1789년 여름부터 시작되어 1791년 9월 3일 확정하여 선포할 때까지 2년 동안의 어려움을 겪었는데 결국은 3권분립의 입헌군주제를 채택하였다. 이 헌법이 지닌 가장 주된 문제는 왕정을 지속시켰다는 점에 있는 것이 아니라, 시민의 참정권을 분류하여 능동적 시민과 수동적 시민으로 차별한 것에 있었다. 그래서 상당한 금액을 납세할 수 있는 부유한 계층만이 선거권과 피선거권을 가지게 되었는데 그 수는 약 400만에 불과하였다. 더욱 400만의 시민은 1차 선거에만 참여할 자격이 있었고 관리와 법관, 의원을 선출할 2차 선거에는 참여할 수 없었다. 2차 선거에 참여할 선거인의 수는 불과 5만에 지나지 않았다.

과연 피를 흘리고 민중이 싸워서 얻은 혁명의 성과가 이런 식으로 평등과는 무관하게 일방적으로 부유한 사람에게만 유리한 헌법으로 정착될 수 있을지는 의심스러웠다.

루이 16세의 도피사건

헌법제정은 '국민의회' 내에서 의견의 일치를 보았다. 그러나 미국을 본따서 대통령 중심의 공화국을 세울 것인가 또는 입헌군주국의 체제를 수립할 것인지가 논쟁점으로 남았을 뿐 아니라, 프랑스 국민은 미국의 시민과 같이 정치경험이 없었기 때문에 의사(議事)진행조차 방청인들의 압력에 무방비상태였다. 의회정치를 가능하게 만들 조건이 갖추어지지 않은 상태에서 의회책임제를 기대한다는 것은 연목구어와 같았다. 그리하여 불안정이라는 분위기에 편승한 과격한 정치집단이 형성되었으니 자코뱅이 바로 그들이었다.

자코뱅 클럽은 생토노레 가에 있던 자코뱅 수도원에서 시작되어 점차 전국 지방에까지 지부를 설치하며, 지방의 자치위원회를 지배하고 있었다. 이 클럽의 목적은 국가통일이었으나 사실은 당파 간 분쟁을 조절하려는 것이었다. 매우 청렴한 많은 사람들이 가입한 자코뱅 클럽은 민중에 관한 이야기를 표면상 강조하였으나 속으로는 민중이란 우매하여 지도를 받아야 할 사람들이며 추상적인 관념으로만 존재하는 것으로 생각하였다. 후일 로베스피에르는
"도덕이란 실상 소수파에게만 존재한다."
라고 말했는데 이는 당시 우세하였던 것은 민중민주주의가 아니라 일부 선택된 엘리트주의였음을 나타낸다.

1790년 자코뱅 클럽은 군주제를 인정하였으므로 의회가 기초한 헌법은 군주제였고 국왕에게는 거부권조차 부여되었다. 그러나 관리 임용이 국왕 임명사항이 아니라 선거제라든지 또는 의회해산권이 없다든지, 국왕의 군대가 의회 주변에 접근하는 것은 불법이라고 규정한 것을 보면 제약된 왕권이라는 것은 숨길 수 없었다. 그러나 가장 한심한 일은 투표권을 두고 생겨났다. 보통선거가 아니고 투표권은 일정액 이상의 세금납부자에게만 부여하였으므로 결국 혁

명은 민중에 의존하였으나 혁명의 열매는 부유한 시민층들이 거두어 들인 셈이었다. 이러한 재산에 기초한 자격권 부여는 오늘날도 소위 재산세 증명이라는 제도에 의하여 쓰여지고 있다.

그러나 이런 격변의 상황 속에서도 귀족은 여전히 파리의 살롱에서 호화판 생활을 보내고 있었다. 비록《피가로의 결혼》같은 연극들이 계급차별을 상기시킨다는 이유로 상연이 금지되고 몰리에르의 작품들이 너무 귀족적이라고 비난받았으나 국내 정세는 평온하였다. 시민계층은 혁명의 성과를 누리며 구두가게 주인조차 자기 아들이 프랑스의 원수가 될 수 있다고 귀족에게 장담하는 형편이었다. 미술학교 학생들은 딱딱해서 쓰기 거북한 그림연필을 봉건적이라고 투덜거리기도 하였다. 이러한 분위기는 시민층에게 자신감과 쾌활함을 전해주고 있었다. 그래서 국왕이 의회로 행차하는 길가에서 군중은 환성을 올리며 국왕에게 환호하였다. 그러자 루이 16세는

"나는 속아 살고 있었다. 나는 아직도 프랑스의 국왕이다."
라고 말했다.

루이 16세, 그로서는 해결할 수 없던 신앙문제에 직면하지 않았더라면 헌법에 충실하였을 것이다. 즉 성직자 재산몰수 사건 이래 주교와 사제는 국가로부터 봉급을 받는 공무원이 되었다.

의회는 계몽주의자들의 압력을 받아 성직자들조차 임명이 아닌 선출로 할 것을 결의하였다. 더욱 성직자들은 이제 취임에 앞서 국왕과 헌법을 놓고 충성을 서약하여야만 하였다. 그래서 소수만이 충성을 서약하여 취임하였고 대다수는 선서를 하지 않았다. 신앙이 돈독하였던 루이 16세는 의회가 신앙문제에 지나치게 간섭하는 것을 보고, 왕위와 영혼의 구원문제 둘 가운데에서 영혼의 구원을 선택하기로 마음먹었다. 따라서 조만간 그는 왕위를 포기하겠다고 생각하였다.

프랑스 대혁명 129

혁명정부가 발행한 화폐 아시냐

루이 16세의 처형

1971년 6월 21일 루이 16세는 더이상 파리에 머무르면서 양심을 지킬 수 없다고 판단하여 왕비 앙투아네트와 왕자를 동반하고 야반 도주하였다. 그러나 왕이 도피하였다는 사실이 곧 파리에 알려지자 시민들은 종을 치며 모여들어 루이 16세를 비난하였고 왕정의 정지를 외쳐댔다. 한편 도피한 국왕은 바렌에서 발각되어 체포된 신세로 파리까지 연행되고 '인민의 적'이란 낙인을 받았다. 국왕에게 환멸을 느낀 군중들은 그를 이제 곧 목을 따게 될 살찐 돼지라고 생각하였다. 시민층은 이 사건에 크게 놀랐으나 과격한 움직임이 시민이 애써 만든 사회질서를 와해시킬까 두려워하여 '국왕은 도피한 것이 아니라 유괴되었다'는 소문을 만들어내어 유포시켰다.

그러나 자코뱅 클럽은 국왕의 폐위를 당연한 것으로 생각하였다. 이제 공화체제는 필연적인 것이라고 생각한 자코뱅 클럽 중 일부가 이에 대하여 이의를 내세웠다. 페이양 클럽이라고 불린 온건파는 극단적 입장을 배격하였으나 과격파는 이들을 배신자라고 멸시하였다. 의회 또한 여전히 온건한 입장만을 계속 취하였으므로 한때 혁명의 전위로서의 신선함을 발산한 의회는 이제 늙고 지친 낙오자가 되었다. 한 풍자가는 이러한 의회를 보고
"불지른 사람이 의용 소방대원으로 나서고 있다."
라고 신랄하게 야유하였다.

혁명전쟁

1791년 10월 새로운 헌법이 제정 공포되면서 '국민의회'는 해산되고 입법의회가 개최되었다. 총 740의석 중 온건파가 260석, 과격파 자코뱅이 130석, 중도파가 340석의 의석을 차지하였다. 중도파를 합세시켜 주도권을 장악한 사람은 과격파인 브리소였다. 그는 1792년 3월 내각을 조직하고 오스트리아와 전쟁을 결심하였다.

루이 16세의 아내 마리 앙투아네트의 친정인 오스트리아는 망명

한 프랑스 귀족을 돌보며 프랑스 혁명의 진행을 불쾌하게 여길 뿐 아니라, 혁명을 중단시킬 수많은 음모사건도 조작하고 있었다. 브리소는 오스트리아와의 전쟁이 국내에 미칠 이점, 즉 비선서 성직자 처벌, 귀족집단의 세력 제압, 국내경제의 불안을 전시체제하에서 바로잡을 가능성이 크다고 보아 전쟁이라는 도박을 벌였다. 그러나 아무런 준비도 없이 국내정세를 호전시키려는 의도에서 시작된 전쟁은 프랑스 패전이라는 결과를 당연하게 초래하였다.

그간 혁명이라는 소요 속에서 군대의 기강은 사라지고 장교들마저 상당수가 망명을 한 상태에서 프랑스의 연전연패는 당연하였으나 민중의 자각을 불러 일으키는 계기는 되었다. 그래서 각 지방에서는 의용군이 조직되어 속속 파리로 모여 들었다. 마르세유 출신의 의용군이 행진할 때 부른 군가는 후일 혁명의 노래가 되었고, 프랑스의 국가 '라 마르세예즈'로 되었던 것이다.

오스트리아와 함께 프랑스 혁명에 반감을 가졌던 프로이센이 오스트리아 편에 서서 프랑스에 선전포고를 하게 되자 프랑스 국민은 우선 분노의 대상을 국왕으로 삼고 왕의 거처를 습격하여 스위스의 용병친위대 600명을 학살하였다. 이어 입법의회는 왕권의 정지를 결의하고 왕족을 감금하였으며 새로운 헌법제정을 위한 '국민공회'의 소집을 알렸다. 밖으로 힘든 전쟁을 수행하기 위하여는 내부의 공고화가 선행되어야 한다고 생각하였으므로 전쟁 중에 선거를 실시한 것이었다.

이제 부르주아, 즉 시민이 지배하며 왕이 있고 법이 있는 사회는 무너져가고 있었고 그 뒤를 이어 소시민층을 주체세력으로 삼은 혁명 후의 혁명이 본격화되기 시작하였다. 당시 사회적 제3신분의 대다수를 이루는 사람들은 통바지 판탈롱을 입는 것이 관례였고 귀족과 상류층은 반바지 퀼로트를 입고 양말을 신었으므로 민중들은 퀼로트가 없는 사람을 상 퀼로트(Sans Culottes)라고 불렀다.

전쟁의 소식이 나빠지면서 민중들은 피에 주린 늑대처럼 과격해졌고 희생의 대상을 마구잡이로 골랐다. 명목은 반혁명분자를 색출하여 처단한다는 것이었으나 흥분한 민중은 군중심리 속에서 평소에 불만이 있던 사람들을 '혁명의 적'으로 몰아 즉결심판으로 살해하였다. 그래서 1792년 9월 초순 며칠 동안에 약 1,200명이 혁명의 적으로 처형되었는데 정치범의 경우는 400명도 안되었고 나머지는 자기가 왜 죽는지 또 민중들은 왜 죽여야 하는지도 모르면서 죽고 죽였다. 이같은 9월의 학살은 공포정치의 뚜렷한 조짐이었다.

다음해 1월, 즉 1793년 1월 21일 국왕 루이 16세는 봉건제의 괴수로서 사형을 당하였다. 사실 국왕의 처형이 꼭 필요한가를 놓고 찬반의 투표결과는 처형 찬성 387표, 반대가 344표로 거의 대등하였으므로 처형을 강력하게 주장하였던 과격파에 대응하는 지방의 반란이 방데(Vendée)에서 일어났다. 영국도 프랑스의 혁명이 너무 지나치면 자국의 사회에 불안을 초래할 것이라고 생각하여 프랑스에 전쟁을 선포하기에 이르렀다.

내외의 적으로부터 심각한 압력을 받게된 프랑스 혁명의 지도자들이 나아갈 방법은 어떤 수단을 사용하여서라도 우선 국내의 동요를 막는 것이 가장 중요하였으므로 대증요법을 쓰게 되었다. 그 대증요법은 혁명재판소와 공안위원회의 설치였고 이 두 기관은 '공포정치'를 주도하는 기관이 되었다.

공포정치

상 퀼로트의 도움을 받아 공포정치를 주도한 인물은 로베스피에르였다. 그는 자신의 힘이 상 퀼로트로부터 나온다는 것을 알고 있었으므로 시민층의 질서를 상 퀼로트의 질서로 바꿀 필요를 느꼈다. 그래서 1793년 7월 17일 모든 봉건특권을 폐지함으로써 농민을 혁명대열에 참여시키는 한편 새로운 '자코뱅 헌법'을 제정하였다.

자코뱅 헌법은 능동적 시민과 수동적 시민이라는 재산에 의한 인간구별을 타파하는 평등한 민주주의 헌법이었고, 사회의 구성이 공공의 행복을 보장하기 위한 것이라고 주장하며 생존권, 노동권, 사회복지 등을 담고 있었다. 이 헌법으로 즐거워 할 사람들은 물론 상 퀼로트들이었다. 나아가 로베스피에르는 물가안정을 위하여 최고가격제를 실시하였고 미터법을 제정하는가 하면 혁명달력도 새로 만들었다.

로베스피에르의 이상은 인간이 자기 능력에 따라 독립적인 주권을 행사하고 지나친 빈부의 차이가 없이 평등하게 생활하는 '덕(德)의 공화국'을 건설하려는 것이었다. 그래서 그 자신 먼저 '덕의 공화국'의 지도자로서 모범을 훌륭히 보였는데 그의 생활자세는 도저히 타락할 것 같지 않았다고 한다. 그래서 로베스피에르는 '타락할 수 없는 사람'이란 칭송을 받기까지 하였다.

그럼에도 그는 1693년 6월 10일부터 7월 27일까지의 짧은 통치기간 천여 명을 단두대에서 처형하는 것은 어쩔 수 없었다. 이 기간을 '대공포기'라고 부른다.

로베스피에르의 밑에서는 누구도 언제 자신이 단두대로 끌려갈지 알 수 없는 불안 속에서 지내야만 하였고 그것은 정신적으로 매우 피곤한 일이었다. 그래서 많은 사람들은 가능한 로베스피에르를 멀리하게 되었다. 외로운 권력자로 변한 로베스피에르는 결국 의회의 탄핵을 받아 독재자라는 죄를 쓰고 그 역시 단두대에서 생애를 끝마치게 되었다. 그의 처형을 보았던 많은 상 퀼로트들도 더이상 그의 생명을 구하려고 노력하지 않았다.

총재정부의 수립

로베스피에르를 실각시킨 세력은 '공민공회'의 중도적 입장을 지녔던 의원들이었고 그 배후에는 과격한 혁명을 증오한 부르주아지 등이 있었다. 이들은 혁명재판소를 해산하고 공안위원회의 권한을 가능한 축소하여 공포정치의 기구들을 해체하고 경제에 관한 국가의 간섭도 중단하였다. 이리하여 프랑스 혁명은 어느 의미로는 막이 내려진 무대와도 같았다. 이제 남은 일이란 한바탕의 소동이 끝난 뒤의 잔잔한 일을 어떻게 처리하는가라는 문제였다.

로베스피에르를 제거한 테르미도르(Thermidorians)파는 다시금 부유한 계층을 중심으로 500인회, 양원제, 5명의 총재가 국정을 책임맡는 새로운 정부형태를 수립하였는데 이것은 유산계층을 기반으로 세워진 정부였다. 상 퀼로트파는 이들 테르미도르파에 대항하여 반대시위를 하였으나 그들의 힘은 과거와 같이 강력하지 못하였다.

총재정부는 상 퀼로트로부터도 제약을 받았지만 가장 처리하기 힘든 문제는 사회불안이 초래한 경제활동의 위축과 인플레이션, 국채 등에서 비롯된 민생문제였고 왕당파의 지속적인 저항과 새로이 나타난 '평등파'의 음모 또한 총재정부의 근거를 동요시키고 있었다. 그래서 총재정부는 군대의 힘에 의존하여 무력으로 이러한 반정부세력을 제압하고자 애썼다.

한편 군부는 대외전쟁의 발발 이래 독자적인 영역을 견지하며 사회 전반에 걸쳐 영향력을 증대시켰다. 아무래도 전쟁 기간에는 군인의 일이 최우선권을 지니게 되므로 강력한 무력을 보유하였던 군부에 내정의 반발을 막기 위한 방도로 군부의 협력을 요청한 일은 군부가 정치 전면에 나서게 되는 기회를 마련해 주었다. 그리하여 힘을 바탕으로 전면에 부각된 군부세력은 나폴레옹을 핵으로 삼아 총재정부를 없애버렸다. 일반 국민들 또한 십여 년간의 혼란 속에서 질서와 안정이라는 것은 오직 강력한 권력이 있어야만 존재한다는 것을 점차 터득하고 있었으므로 군부독재를 호의적으로 바라보고 있었다. 1799년 11월 총재정부는 나폴레옹의 쿠데타로 무너지고 영웅 나폴레옹의 시대가 개막되었다.

프랑스 혁명의 평가

　구제도의 모순을 타도하고 시민계급이 정치권력을 장악한 프랑스 혁명은 전형적인 시민혁명이라고 설명된다. 봉건제도 사망확인으로서의 이 혁명은 자본주의 발전에 기여하였고 또한 인권선언을 통하여 자유롭고 평등한 시민사회의 성립을 가능케 하였다. 전시대의 낡은 사고방식이 이성에 의거한 계몽사상으로 대체되고 종교가 세속정신에 의하여 자리를 본격적으로 내어준 것도 프랑스 혁명 이후부터이다.

　프랑스 혁명이 구체적으로 이룩한 업적들이 중요한 것은 물론이지만 혁명의 구호로서 내건 이념은 더우 중요하였다. 자유·평등·박애로 표현된 프랑스 혁명의 이념은 평등이라는 의미와 자유가 불가분의 관계를 내포하고 있다는 것을 밝힘으로써 오늘날에도 그 중요성을 조금도 잃지 않고 있다. 법의 평등 외에도 사회적이고 경제적인 평등으로까지의 개념 확대는 공산주의처럼 사유재산권을 부정하지는 않았으나 빈부 차이의 소멸이 인간사회에서 바람직하다는 오늘날의 사회정의 구현이라는 주장과도 일맥상통하는 것을 생각할 때 프랑스 혁명 이념의 의미는 여전히 중요한 것이다.

　19세기 이후의 유럽사는 물론이요, 세계의 역사가 오늘날에도 프랑스 혁명시에 제기된 자유·평등·박애의 이념을 각국이 처한 역사적 상황 아래에서 어떻게 구현하느냐의 과정이라고 말할 수 있을 것이다. 결국 프랑스 혁명이 우리에게 주는 가장 의미있는 문제는 어떻게 자유의 희생없이 평등의 이념을 실천하는가가 아니겠는가 ?

영웅 나폴레옹의 등장

혁명의 혼란으로 사회의 질서체제가 파괴되면 국민의 인기를 지닌, 야망을 품었던 군인이 권력을 잡을 기회가 많아진다. '시대의 아들'로서 나폴레옹도 프랑스 혁명이 없었다면 아마 역사상 그 이름을 남기지 못한 채 프랑스의 식민지인 코르시카 섬 출신의 키 작은 군인으로 일생을 살았을 것이다. 그러나 프랑스 혁명은 식민지 출신의 한 군인이 뛰어난 군사적 재능을 기반으로 성공하여 혁명의 소요를 진정시키며 혁명의 성과를 집대성하게 만들었다.

프랑스를 증오하며 어린 시절을 보낸 나폴레옹은 힘을 키워서 코르시카 섬을 독립시켜야 한다는 생각을 부모로부터 배웠다. 그래서 군인의 길을 걷기로 결심한 나폴레옹은 육군사관학교에 입학하여 포병장교의 훈련을 받았다. 본래 나폴레옹은 고향인 코르시카가 섬이므로 해군장교가 되고자 하였지만 해군장교는 특권신분의 자제만이 될 수 있었으므로 할수없이 육군장교가 되었고, 그나마 병과도 포병을 선택하지 않을 수 없었다. 보병과 기병장교는 훌륭한 가문의 자제들에게만 허용되었으므로 시민층이나 식민지 출신의 사관생도들에게는 그나마 포병이 조금 나은 병과였던 것이다.

젊은 장교로서 나폴레옹은 가난에 지쳐서 때로는 삶을 포기할 생각도 했었다. 그러나 혁명이 일어나서 봉건적인 폐습이 그 종말을 고하고 능력에 따라 인간의 성공이 결정된다는 사회풍조가 확대됨에 따라 나폴레옹은 프랑스 사회에 대한 증오심을 버리고 혁명을 열렬히 지지하였다.

더욱 혁명을 부정하는 왕당파나 반혁명의 외세가 프랑스를 압박하게 되자 나폴레옹은 그의 재능을 마음껏 발휘할 기회를 얻었다. 툴롱 항구의 전투(1793년 12월)와 파리 폭동을 진압하여 영국과 왕당파를 궤멸시키자 그의 인기는 국민들 사이에서 치솟았고 약관 27세에 이탈리아 원정군의 사령관이 되었다.

이탈리아에서의 전투도 나폴레옹은 신기한 전술로 많은 곤경을 극복하고 승리하였다. 그 결과 체결된 캄포 포르미오 조약에서 오스트리아·이탈리아 양국은 벨기에와 롬바르디아를 프랑스에 양도하였다. 이탈리아 원정 등지의 싸움에서 나폴레옹은 '작은 하사'라는 애칭으로 병사들에게 불려졌다. 사령관인 그가 전투에서 늘 앞장서서 공격을 지휘하고 병사들과 함께 생활하였으므로 붙여진 이 애칭은 보통 병사와의 친밀감의 표시이자 그의 군대의 단결된 모습을 단적으로 보여준다.

나폴레옹은 그러나 단순한 군인이 아니었다. 그는 이탈리아 원정 및 그후 이집트 원정에서도 군인과 함께 많은 학자, 기술자 등 비전투 요원을 대동하여 프랑스 박물관을 가득 채울 수많은 고전예술품, 귀중한 유물 등의 문화재를 점령군으로서 약탈하였다. 그래서 로제타 비석을 발견하는 훌륭한 문화업적을 이루기도 하였다. 이러한 점은 나폴레옹이 박학다식하여 무엇이 그의 영광을 영속적으로 나타낼 것인지를 충분히 알고 있었다는 증거가 된다.

조르주 르페브르는 나폴레옹의 성격을
"실천하는 인간이고, 참으로 뛰어난 전사(戰士)이며, 전형적인 18세기 합리주의자로서 이성과 지혜와 노력을 믿었던 인간이다"
라고 평가하였다. 나폴레옹이 이러한 평가로 올바르게 판단될 수 있을지 모르겠으나 그는 그 자신의 성격을
"나는 바이올린 연주자가 그 악기를 사랑하듯 권력을 사랑한다. 나는 오직 후대를 위하여 살아갈 뿐이다. 죽음은 결국 무(無)이다. 패배 속에서 영광없이 살아가는 것은 매일매일 죽어가는 것이다. 나의 상상력을 자극하는 사람은 오직 동방세계를 정복하여 세계의 지배를 꿈꾼 알렉산더, 시저(카이사르), 샤를마뉴 등이다."

라고 밝히고 있다. 그래서 르페브르는 나폴레옹이 프랑스와 인류를 오직 그의 이상을 실현하는 데에 도움을 주는 수단으로만 파악하였다고 평가한다. 어쨌든 권력을 사랑한 나폴레옹은 장군의 직위에서 제1통령을 거쳐 황제가 되는데 5년을 소모하였을 뿐인데 이러한 변화는 오직 쿠데타에 의해서만 가능하였다.

  1799년 8월 이집트 원정에서 비밀리에 프랑스로 귀국한 나폴레옹은 러시아가 오스트리아, 영국과 연합하여 프랑스에 위협을 가하는 급박한 주변상황의 악화와 로베스피에르 몰락 이후 숨어지내던 자코뱅파가 총재정부를 위협하는 어수선한 국내정세를 틈타서 쿠데타를 일으켰다. 1799년 11월 18일부터 19일까지 이틀 동안은 나폴레옹이 실권을 장악하느냐 또는 반란의 두목이 되느냐의 갈림길이었다. 나폴레옹의 측근은 무력을 동원하면 손쉽게 쿠데타가 성공할 것을 알고 있었으나 유독 나폴레옹은 무력행사의 결정을 유보하고 있었다. 그는 총검으로 권좌에 오른 사람은 같은 총검에 의해 권좌에서 쫓겨난다는 역사의 많은 경험을 예견하고 있었다. 거사의 성패가 달린 쿠데타의 인준을 위해 그가 근위대와 함께 의회에 들어오는 순간 "불법행위다! 독재자를 타도하자."라고 외치는 수많은 의원이 그를 향하여 몰아쳐왔다. 나폴레옹은 순간 당황하였고 근위대조차 의원들을 체포할 것인지 나폴레옹을 체포해야 할 것인지 머뭇거렸다. 이때 의장이

  "의사진행을 문란케 하는 의원은 군대로 제지할 수 있다."는 권한을 내세워 군대의 진입을 요청함으로써 나폴레옹을 도왔다. 그래서 나폴레옹은 근위대로 하여금 의원들을 의사당에서 축출하였다. 쿠데타는 이리하여 성공하였고 총재정부를 대신하여 3인의 통령정부가 수립되었다. 시예즈, 로제뒤코, 보나파르트 나폴레옹이 3인의 통령이었으나 국민은 오직 한 사람의 이름만 기억하였다. 아무도 새로운 정부의 적법성에 대한 의문을 제기하지 않았다. 그러나 앙드레 모로아는 이 사건을 두고

  "프랑스는 강간을 당한 것이 아니라 스스로 몸을 내맡겼다."

라고 썼던 것이다.

나폴레옹의 치적

뛰어난 현실감각을 가졌던 나폴레옹은 과거의 명성이 그를 지켜 주지 않을 것을 알았다. 그는 자기의 집권 동안 혁명에 의하여 제기된 여러 가지 문제들과 프랑스 국민계층의 서로 다른 이해관계를 해결하고 조절해야만 자기의 장기 집권이 가능할 것이라고 생각하였다. 그는 이제 군인이 아니라 뛰어난 정치가로 변신해야 하였으며 필요하다면 독재자라도 되어야 할 형편이었다.

나폴레옹이 성공적으로 이룩한 업적으로는 강력한 중앙집권 정부를 우선 손꼽을 수 있다. 지방 간의 장벽, 봉건잔재의 존속, 통일된 국가의 이익보다 개별적 이익을 중시하였던 과거의 전통은 이제 종식되어야 했으며 중앙에서 임명되어 지방에 파견된 관리들은 지방 세력의 영향을 떨쳐버리고 중앙정부의 명령을 충실히 수행하였다. 그러나 이러한 과정에는 강력한 행정력의 도구가 되는 경찰이 필요하였다. 그러므로 경찰력의 정비와 더불어 불법행위나 음모 등의 반나폴레옹적 움직임은 잔혹하게 처벌되었다.

이와 함께 언론에 대한 검열도 극히 엄격하게 시행되었는데 이것의 목적은 불온한 사상의 유포를 통제하는 한편 국가 충성의 이데올로기를 주입시켜 안정된 체제를 유지하자는 것이었다. 이러한 목적을 내포한 것에 국민교육제도의 정비도 있다. 즉 출신을 따지지 않고 학업능력을 우선하는 관리선발제도 등은 일반국민들에게 무엇인가 희망을 심어주었고 나폴레옹에게는 충성스런 관리를 충원 가능하게 만들었다. 그러나 그가 국민학교에 다니는 어린이들로 하여금 암기하게 만든 교육헌장은 너무 지독하였다. 국민교육헌장은 황제를 찬양하는 내용을 담고 있는데 그 내용은 다음과 같았다.

질문 : 우리의 황제 나폴레옹 1세에 대한 우리의 의무는 무엇입니까?
답변 : 우리는 황제의 건강을 기원하고 사랑, 존경, 복종, 충성을 바쳐야 합니다.
질문 : 우리는 왜 이렇게 나폴레옹 황제에 대한 의무를 이행해야 합니까?
답변 : 황제를 만드시고 그에게 권력을 부여하신 것은 하느님이므로 황제에게 복종하고 영광을 돌리는 일은 곧 하느님께 복종하고 영광을 돌리는 것입니다.
질문 : 황제에 대한 의무를 이행하지 않은 사람은 어떻게 됩니까?
답변 : 그들은 하느님이 만드신 질서를 거부하는 사람이므로 하느님의 영원한 저주를 받아 파멸됨이 마땅합니다.

하느님을 빙자하여 충성을 강요한 나폴레옹의 국내정치는 기능면에서는 왕권신수설과도 흡사한 바가 있는데 그는 종교의 기능을 충분히 이해하고 있었으므로 1801년 가톨릭과 화해의 협정을 맺었다.
나폴레옹은 프랑스 국민의 대다수가 가톨릭 신앙을 버리지 않고 있음을 잘 알고 있었으므로 가톨릭과 화해를 맺는 것은 국내안정을 위하여 바람직하다고 생각하였다. 그래서 가톨릭의 요구를 받아들여 가톨릭을 국가의 종교로 승인하고 사제들에게 봉급을 지불하기로 협정하였다. 그러나 교회는 혁명기간에 빼앗겼던 토지, 재산, 십일조의 권리를 되찾을 수는 없었으므로 사실상 교회의 잠재력은 크게 약화되었다. 형식을 양보하고 실익을 취한 가톨릭과 화해의 협정은 혁명의 성과를 보존하는 데 기여하였다.
혁명의 성과를 보존하는 일은 나폴레옹의 권력기반을 마련하는 일 바로 그것이었다. 그래서 '나폴레옹 법전'은 정치적 기능을 포함하고 있었다. 프랑스 전 지역에 걸쳐 단 하나의 법체계를 이룩하려는 시도는 지방의 전통과 관습의 반대에 직면하여 완전히 성공하지는 못하였다.
 그러나 효율적인 행정을 위하여, 그리고 국민에게 프랑스 국민이라는 동질감을 부여하기 위하여 통일된 법의 시행은 반드시 필요하였다. 나폴레옹은 많은 국민에게 호응을 받을 수 있는 내용을 법이 담고 있으면 통일된 법을 시행할 수 있으리라고 믿었다.
 법 앞에서 만인의 평등, 종교 선택의 자유, 양심의 자유, 재산권의 보장, 농노제 폐지 등이 나폴레옹 법전에 담겨진 내용이었고 이것은 혁명의 구호를 현실에서 가능하게 만든 것이었으며 많은 국민에게 공감을 얻을 수 있는 내용이었다. 그러나 법의 다른 측면에서 노동자와 고용주 간의 불평등, 남자와 여자의 불평등, 아버지와 자식 사이의 불평등 등이 있어 19세기 프랑스의 사회관계를 보여주기도 한다. 여하튼 나폴레옹은 법전을 공포한 후에
 "나의 참된 영광은 전쟁에서 승리한 것에 있지 않을 것이다. 나의 영광을 영원히 기리게 하며 없앨 수 없는 것은 바로 내가 제정한 법일 것이다."
라고 자신하였다.
 그의 치세 기간의 업적을 요약하면 국민에게 정치적 자유를 제한하는 대가로 경제적, 사회적 이익을 보장하는 것이었다. 이러한 통치방식은 계몽전제군주가 이미 18세기에 사용해 왔던 방식과 대동소이한 것으로 국민의 지지, 권력에 대한 복종을 전제로 하였으므로 나폴레옹은 국민의 지지를 얻기 위한 노력을 부단히 계속하였고 그것은 주로 대외전쟁에서 승리를 거둠으로써 얻어졌다. 그러므로 그의 권력 기반은 전쟁에서의 승리인데 언제나 계속하여 승리만 할 수는 없으므로 언젠가의 패배는 곧 그의 몰락을 초래할 운명이었다. 그러므로 그가 쿠데타를 주도하며 무력사용을 망설이며 걱정하였던 '칼로 일어선 자는 칼로 망한다'는 경구는 그에게는 꼭 들어맞는 말이었다.

나폴레옹 제국과 몰락

나폴레옹이 전술가로서 뛰어난 사람이었다는 것은 모두가 납득하는 일이었다. 그리고 그는 그러한 전술을 훌륭히 사용하여 많은 싸움에서 승리하였다. 그의 전술의 특징은 우선 수비전을 포기하고 공격을 중시한 점에 있다. 공격은 모든 문제를 해결한다는 신념이 그의 전술의 전부였다. 따라서 문제는 어떠한 공격이 효과적인 것인가를 분석하는 것이었는데 그는 전격전이야말로 상대의 기를 꺾고 소수의 불리한 군사적 상황으로 다수의 유리한 적을 격멸할 수 있는 공격의 요체라고 생각하였다. 그러므로 신속한 군대의 분산과 집결, 이동 등이 결정적인 관건이 되었다.

그러나 그가 모든 전술보다도 우선적으로 중시한 것이 있었다. 병사의 사기, 즉 싸우면 이긴다는 정신력이 나폴레옹이 가장 중요하게 생각한 승리의 묘약이었다. 그 자신이 뛰어난 가문에서 특권을 가지고 성장하지 못하였으므로 일반병사의 관리에 특히 애정을 가지고 있었다는 것은 사기진작에 큰 도움이 되었다. 나폴레옹은 전술과 병사의 사기를 발판으로 전 유럽을 정복하며 프랑스 혁명의 정신을 확산시키고 프랑스의 영광과 그 자신의 영광을 높였다.

1806년 프러시아를 궤멸시키며 중부 유럽을 순식간에 정복하는 동시에 북이탈리아, 오스트리아의 지배권을 확고하게 만들며 러시아를 압박한 그는 영국을 제외하고 에스파냐, 스웨덴까지 복속국으로 만들었다.

정복한 지역마다 그는 프랑스 이념을 전파하여 정복민의 열광적인 환영을 받았다. 그래서 독일의 유명한 철학자 헤겔은 말 위에 올라탄 나폴레옹을 '세기의 정신을 구현한 영웅'으로 칭송하였다. 그는 어느 의미로는 정복자가 아니라, 구제도의 모순에 아직 신음하는 이웃을 해방시킨 해방자로서 생각되었고 이것이 그의 승전을 더

영웅 나폴레옹의 등장 143

나폴레옹 대관식, 1804

욱 용이하게 만들었다.

한편 영국은 집요하게 나폴레옹에게 저항하였고 막강한 해군력을 기반으로 해상권을 장악하고 있었다. 육지에서의 싸움이 언제나 나폴레옹에게 승리를 가져다 주었듯이 바다의 승리는 영국의 몫이었다. 1805년 트라팔가의 해전은 넬슨의 지휘하에 영국해군이 프랑스와 에스파냐의 연합함대를 몰살시킨 유명한 싸움으로 프랑스의 해상권을 포기하도록 만들었다. 그러자 나폴레옹은 영국을 해상국으로 고립시키고자 대륙봉쇄령을 공포하였는데, 이 봉쇄령은 그가 강조한 공격이 아니라 수비였다. 즉 그의 지론에 따르면 프랑스는 영국을 이길 수 없는 것이었고 이 점은 사실이었다.

프랑스 아니 나폴레옹이 승리할 수 없다면 그것은 바로 패배가 아니었을까? 사실 나폴레옹에게 정복당한 많은 국가들이 정복민으로 만족할 수는 없었다. 더구나 혁명을 통하여 성장한 나폴레옹이 구제도의 상징인 황제가 되어 이웃의 구제도 모순을 타파한다는 것은 모순이 아닐 수 없었다. 그리하여 복속국에서는 나폴레옹에 반항하는 해방전쟁이 끊임없이 발생하였고 러시아는 노골적으로 대륙봉쇄령을 무시하며 영국과의 교역을 계속하였다. 나폴레옹은 그의 영광을 위해 러시아를 방관할 수 없었고 러시아 원정을 시도하게 되었다. 그리고 처참하게 패배하면서 나폴레옹은 그의 영광을 그의 제국과 함께 상실하게 되었다.

1812년 6월 60만의 병력, 20만의 수송용 동물을 동원한 대군은 약 30만이 프랑스인이었고 나머지는 정복국에서 차출된 병력이었다. 9월 러시아 수도 모스크바에 입성한 나폴레옹은 러시아의 항복을 느긋하게 기다렸다. 그러나 러시아는 항복하지 않고 단지 겨울이 오기만 기다리고 있었다. 분노가 치민 나폴레옹은 러시아를 파멸시키기 위하여 그 넓은 러시아를 대륙으로 더 깊이 진군하든지 또는 추위를 대비하여 회군을 하든지 선택해야만 되었다.

나폴레옹은 더 이상의 진격은 죽음임을 알고 있었으므로 하는 수 없이 겨울이 오기 전에 얼어붙은 러시아 땅을 빠져나와야만 하였다. 그래서 1812년 10월 19일 나폴레옹은 러시아의 항복을 받지 못하고 회군하기 시작하였다. 11월 초 이미 눈이 내려 도로는 진흙탕이 되었고 퇴각의 속도가 점차 느려지자 코사크 기병대의 습격은 퇴각의 대오를 흐트렸다. 굶주린 병사들은 말을 잡아 먹으며 허기진 배를 채웠고, 이에 러시아의 추격은 더욱 용이해졌다. 낙오된 병사들은 그대로 얼어죽었고 눈은 그들의 시신을 푸근하게 덮었다.

12월 중순 러시아 경계를 벗어난 나폴레옹은 자기에게 곧 다가올 운명을 깨닫게 되었다. 왜냐하면 오스트리아, 프러시아, 스웨덴 등의 연합군이 패배한 나폴레옹을 기다리고 있었기 때문이었다. 지치고 사기가 떨어진 나폴레옹군은 더이상 연합군을 대적할 수 없었고 1814년 봄 연합군은 파리를 점령하였다. 이제 나폴레옹은 폐위되어 죄수의 신세로 전락하여 엘바 섬으로 유폐되었다.

19세기 주요사상의 흐름

낭만주의

　프랑스 혁명을 전후하여 탄생하였고 19세기 전반부 서구 유럽세계의 새로운 문화로 부각된 사조는 낭만주의였다. 역사가들은 낭만주의가 19세기의 정신적 특성을 드러내보이는 문화운동이라고 설명하지만, 낭만주의가 무엇인지 정의를 내리려고 애쓰지 않는다. 왜냐하면 역사가들은 낭만주의가 너무도 복잡한 문화운동임을 알고 있기 때문에 쉽사리 정의하기가 불가능하다고 생각한다.
　낭만주의자를 자처한 사람들은 자유주의자, 보수주의자, 혁명가, 반동복고주의자, 무신론자, 신앙인 등 얼핏 보아서는 서로 정반대의 신념을 가진 사람들인데, 기이하게도 모두 낭만주의라는 복잡한 사상에서 자신들의 안식처를 찾을 수 있었다.
　그러나 낭만주의는 다음의 기본적 사고틀을 기준으로 삼고 있다. 즉 인간의 감정이 이성보다 중요하며, 집단보다는 개인이, 분석보다는 종합이 인간의 본성에 가깝다는 것이다. 그러므로 낭만주의는 18세기 계몽사상가들, 특히 이성을 신뢰하던 철학자들을 혹독히 비판하였다. 이들은 인간의 따스한 육체와 피를 영혼 없이 움직이는 기계로 타락시켰고, 인간의 창조적 능력을 마비시켜 오직 숫자놀이를 좋아하는 동물로 환원시켜 죄악을 범하였다는 것이다.
　일상 생활법칙을 반복하여 행할 때 인간의 다양성은 소멸되어 버리고 오직 최선의 법칙으로 이성에 의해 간주된 행동양식만이 존재하게 되는데 낭만주의자들은 바로 이러한 관점이 인간을 수단으로 여기게 되는 나쁜 생각이라고 비판한다. 그래서 이성을 중시하는 사람들이 감정은 올바른 판단을 위하여는 없애야 된다고 주장할 때 낭만주의자들은 오히려 자기의 감정이 인도하는 대로 마음껏 행동하라고 권한다. 그래서 루소는
"인간이 살아있다는 것은 느낀다는 것이고 감정은 이성보다 앞서서 존재한다."
고 주장하였다. 영국의 시인이며 미술가인 윌리엄 블레이크 또한
"인간이 소유한 이성의 능력이란 불멸의 영혼에 껍질을 입힐 뿐이다."
라고 말하여 이성에 의하여 파악할 수 없는 신비한 영혼을 중히 여겼다.

그러므로 낭만주의에서는 분석적인 철학보다는 모든 것을 간단히 줄여서 종합하는 능력을 가진 시인을 높이 평가하였다. 영국의 시인 키츠, 셸리, 워즈워스, 바이런이나 독일의 문호 괴테, 슐레겔 등이 이러한 시대풍조의 흐름을 타고 큰 인기를 누린 것은 그들이 이성의 능력보다 인간의 감정을 우위에 두었고 또 통찰력을 가지고 사물의 본질을 간단히 정리하였기 때문이었다.

그러므로 이러한 낭만주의적 풍조는 다양성의 가능성도 제고시켰다. 법칙에 따른 그림기법, 작곡기법, 시의 운율 등은 무시되고 과거의 규범에서 해방된 예술의 각 분야는 문화유산을 풍부하게 만들게 되었다. 음악의 경우 고전파들이 지켜온 대위법 등의 형식은 사라지고 쇼팽, 멘델스존, 리스트 등의 자기의 감정을 악곡의 형식에 구애받지 않고 마음껏 표현할 수 있었던 것이다.

한편 계몽주의 철학자들에 의하여 암울과 미신의 시대로 간주되어졌던 과거 중세의 시대 또한 낭만주의자들에 의하여 새롭게 인식되었다. 불합리하다고 인식된 중세의 관습이나 민요, 전통행사 등은 계몽주의자들에게는 폐지되어야 할 것이었으나 낭만주의자들은 이런 일들이 오히려 보다 중요한 의미를 가진 것으로 생각되고 한

국민의 과거 전통의 계승이야말로 그 민족의 독특하고 고유한 원래의 모습을 지킬 수 있는 중요한 수단으로 생각되었다.

그래서 많은 낭만주의 학자들은 전래동화, 민속놀이, 고전문화의 발굴에 힘쓰게 되었는데 이러한 노력은 민족주의 정신의 고취에는 도움을 주었으나 독일의 경우처럼 아리안족은 우월하다라는 잘못된 민족주의 주장을 발생하게도 만들었다. 그러나 민족에 의거하여 국민국가의 통일을 이루려는 많은 약소 민족들에게 이러한 입장은 매우 필요하였고 또 의미가 있었다. 그래서 후진국의 경우 낭만주의는 국가의 필요에 따라서는 국가의 이데올로기로 변화되기도 하였다.

보수주의

유럽 각국의 전통지배 계층에서 프랑스 혁명은 하나의 재앙이었다. 이 재앙은 프랑스 혁명을 기회로 삼아 권력을 잡고 유럽을 정복한 나폴레옹으로 인하여 더욱 가중되었다. 그러므로 혁명이 없다면 나폴레옹도 없을 것이며 과거 지배계층이 누리던 여러 특권은 그대로 살아 있을 것이었다. 그래서 전통지배 계층은 프랑스 혁명을 사상적으로 지원한 계몽주의를 증오하였고 자연권, 평등, 진보, 인간본성의 선함이라는 계몽철학자들의 주장을 신랄하게 부정 비판하였다.

보수주의 사상을 체계적으로 확립한 사람은 영국인 에드먼드 버크(1729~1797)였다. 그는 통찰력을 지닌 정치가이자 철학자로서 1790년《프랑스 혁명에 대한 반성》이라는 글을 썼다. 그는 영국민들에게 혁명이 가져다 줄 위험을 경고하였는 바, 혁명은 필연적으로 공포와 군부독재로 나아갈 수밖에 없으며, 구체적인 역사적 경험을 무시하고 추상적인 혁명이념을 강조한다는 것은 대중선동을 노린 것 외에 다른 것이 아니라고 설명하였다. 따라서 그는 혁명과 계몽주의 이념들이 지니고 있던 부정적인 측면을 집중적으로 강조함으로써 보수주의 세계관을 확립시킨 것이었다.
 혁명을 옹호한 사람들이 구제도의 모순을 부정하면서 과거의 유익한 제도와 관습, 도덕을 송두리째 무시하였으므로 새로운 세대들은 참된 가치가 어느 것인지 종잡을 수 없는 혼란에 빠지게 되었다. 그러므로 과거를 부정하고 밝은 미래를 지향한다는 혁명론의 주장은 이들에게 큰 의미를 가진 것은 아니었다. 그래서 무정부주의야말로 가장 바람직하다는 생각이 날카로운 젊은이들을 중심으로 확산되기 시작하였다. 버크는 이러한 풍토의 책임이 전적으로 혁명가들에게 있다고 비판하면서,
 "혁명가, 그들은 우리에게 속했던 모든 것을 멸시하였으므로 사악한 짓을 하기 시작하였다. 옛날의 생각들이나 일상의 생활규범들이 사라져 버릴 때 그 손실은 얼마나 엄청난 것인가? 바로 그 순간부터 우리는 우리의 삶을 이끌어갈 방향타를 잃었을 뿐 아니라 우리가 항해하여 도달할 항구조차 잃은 것이다."
라고 한탄하였다.
 계몽철학자들이 그토록 신뢰하던 이성의 능력도 보수주의자들에게는 의심스러웠다. 인간의 이성이란 그렇게도 완벽한 것일까. 인류의 질곡을 벗어나기 위하여 그토록 많은 희생양들이 필요하였을까? 보수주의자들은 혁명의 구체적 진행과정을 통하여 나타난 많은 문제점들을 들어
 "인간의 본성은 선한 것이다."
라는 주장에 의문을 제기하였다.
 인간의 본성은 주위 상황에 의하여 악해진 것이 아니라 이성에 의하여 통제되지 않는 사악함이 인간의 깊은 내면에 자리잡고 있는 것이 아닌가. 그래서 조상들이 실제로 겪은 경험에 근거하여 인간의 이기적 본능을 규범으로 억제한 사회의 제도들은 그 존재의 의미를 갖춘 것이 아닌가 하고 보수주의자들은 생각하였다. 따라서 이들은
 "역사적 경험을 중시하였고 인간성의 판단을 위하여는 신과 역사

에 의지하지 않을 수 없다."
고 강조하였다.

보수주의자들은 인간이 홀로 있으면 이기적일 뿐이고 신뢰할 수 없으며 유혹에 넘어가기 쉬운 본성을 가지고 있으므로 사회집단의 한 구성원이 되어야만 협력과 문명생활을 영위하게 된다고 보았다. 그러므로 사회제도는 개별적 인간들의 상충된 이해관계를 조정하고 평화롭게 유지시키는 생명력을 가지고 있으므로 존속되어야 하는 것이다.

또한 인간은 유한하나 제도는 영속적인 유기체라고 보수주의자들은 생각하였다. 이들에게는 제도 자체를 무시하고 새로운 제도를 인간에 의하여 마련한다는 것은 현실을 무시하는 추상적인 행동일 뿐이고 반드시 나쁜 결과를 초래할 것으로 생각되었다.

추상적 사고로는 인간의 평등을 내세우면서도 혁명을 지도하는 사람들이 대부분 학식이 있는 사람들인 것처럼 인간의 평등은 허구일 뿐이며 누구든 이런 허구를 강조함으로써 이득을 얻는 사람들이란 국민과는 무관하게 자신의 이익만을 챙긴다는 것이 보수주의자들의 주장이었다. 그러므로 참으로 훌륭한 지도층들이란 많은 경험에 의하여 올바른 지도방식을 익힌 사람들이므로 그들의 경험을 존중하는 것이 유익하다는 것은 분명한 일이고 이들의 특권적 지위를 인정해야 된다고 보수주의자들은 생각하였다.

"국가는 경험있는 지배층에 의하여 전국민이 균등한 이익을 추구할 수 있는 유일한 비이기적인 제도이고 그러므로 윤리적이다."
라고 보수주의자들은 영국의 헌정전통을 높이 평가하였다. 혁명에 의한 사회개혁보다 현상 유지가 바람직하다고 본 이들은 영국 사회질서의 대변인에 불과하였다.

자유주의

1815년으로부터 1848년까지 약 30여 년간 유럽은 시민층의 놀라운 발전을 겪었다. 이때 시민층이라는 용어는 국민이라는 말과 다른 의미를 담고 있다. 오늘의 사용으로는 시민과 국민의 의미가 크게 분리되는 것이 아니지만 19세기 초반 시민이라는 용어는 귀족이 아니고 농민을 포함한 가난한 대중과는 확연히 구별되는 부류의 사람만을 따로 지칭한 것이었다. 공통적인 특징으로는 이들의 직업이 은행가, 도시의 큰 상인, 전문직업인, 학자, 문필가, 관리 등이었고 어느 정도의 재산과 학식, 교양을 갖춘다는 것이 시민의 자격요건이었다. 출생신분으로는 전통 귀족층보다 낮은 신분이었으나 재능으로는 귀족층보다 높은 능력과 지식을 갖추었다고 자부하는 이들이 바로 시민층이었다.

시민층의 상황을 대변하는 사상이 바로 자유주의였는데, 그 뿌리는 계몽주의에 두고 있었다. 집단보다 개인의 자유를 강조하고 인간 이성의 능력에 따라 새로운 사회를 건설하여야 한다고 주장하는 점에서 자유주의는 계몽주의를 따르면, 인간은 올바른 교육을 받으면 교육의 힘에 의해 이성의 눈을 뜨고 폭군을 물리치는 능력, 사회 구성원으로서의 역할 등을 배워서 사회적응을 할 수 있다고 주장하였다.

프랑스 혁명, 미국 독립전쟁, 영국의 명예혁명 등은 시민층이 지향하던 이상이 현실과 갈등을 일으킨 사건들이었으나 시민층은 이런 사건에서 모두 승리함으로써 자신감을 가졌고 그들의 세계관을 다른 계층에게도 강요하기 시작하였다. 시민층의 세계관은 자유였는데 그러한 세계관은 '자유 방임주의(laissezfair)'에서 가장 잘 드러난다. 애덤 스미스는 개인과 사회의 복지를 위하여 정치적인 자유가 중요하듯이 경제적인 자유가 필요하다고 주장하였다. 정부가 간섭을 함으로써 자유로운 경제활동을 위축시키고 특권층에게 이권을 부여함은 '눈에 보이지 않는 손'에 의하여 조절되는 시장에 해로운 영향을 미치므로 정부가 국내치안과 외적의 침입을 방비하는 기능을 최소한도로 수행하면 가장 훌륭한 정부가 되며 이것이야말로 인류가 오랫동안 추구하던 국가형태라고 애덤 스미스는 주장하였다.

 소위 '경찰국가' 또는 '야경국가'라고 불리는 국가 형태가 자유주의자들이 이상으로 생각한 정부체제였으나 이러한 이상은 자유보다는 평등을 내세운, 시민층보다 아래에 위치한 대중의 등장으로 위협받았다. 프랑스 혁명기간 자코뱅주의자들이 표면에 내세운 보통선거, 최고 가격제, 사유재산에 대한 약간의 통제는 시민의 호응을 기대한 것이 아니라 무산 대중의 호응을 원한 정책이었으며 이 정책은 그간 시민층이 인간 이하라고 무시한 가난하고 교양이 없는 민중들을 정치권력에 참여시키고자 하는 시도였다.

 민중이 정치의 일선에 참여한다면 그것은 시민층에게는 귀족의 특권보다도 더욱 근심스러운 사건이었다. 왜냐하면 시민과 귀족 간의 유대는 국왕을 수단으로 하여 맺어질 수 있으나, 민중과 시민과의 유대는 하향 평준화에 불과하였기 때문이었다.

 물질적 평등을 위해서라면 자유의 유보를 개의치 않는 대중이 산업혁명이 진전됨에 따라 늘어가면서 시민층은 보수주의와 점차 가까워졌다. 자유주의가 보수주의와 공감대를 확대할수록 대중은 자유주의로부터 등을 돌렸고 그들의 이익을 대변해 줄 새로운 힘을 기대하였다.

 대중은 자유을 내세우며 어떠한 정부의 간섭, 역할을 배제한 자유 방임주의 시대 속에서 극도의 빈궁에 시달렸고, 자유주의자들은 '하늘은 스스로 돕는 자만을 돕는다'라는 격언을 따라 정부가 가난한 사람들을 도와주기 위한 정책시행이 자연스럽지 않다고 반대하면서 이들을 방치하였다. 이러한 자유주의의 이데올로기는 대중이 바라는 바가 아니었으므로 곧 다가올 대중사회에서는 도태되고야 말 것이었다.

 그러나 자유주의 사상에도 일면의 진실은 있음이 20세기에 들어와서 증명되었는데 그것은 대중이 정치에 참여함으로써 오히려 자유를 포기한 것에서 나타난다. 20세기에 들어오면 거의 모든 유럽은 보통, 일반, 평등, 비밀선거에 의하여 정부를 구성하였다. 그러나 의회정치의 절차를 무시하고 경제난국이 몰려올 때 대중은 모든 자유를 선동자에게 스스로 넘겨주는 어리석음을 범하였는데 그 결과 단지 자유만이 양도된 것이 아니라, 비극의 발생을 대중은 방조하였던 셈이다. 오늘날도 대중은 자유를 권력, 경제안정, 국력강화의 대가로 양도하는 경향이 있으며 19세기 자유주의자들이 우려했던 중우(衆愚)정치의 풍조가 약화된 것도 아니다.

민족주의

특정의 지역에 대하여 깊은 애착심을 느끼고 공통의 문화와 역사를 가진 사람들이 공감하는 감정을 막연하나마 민족 감정이라고 부를 수 있다. 민족주의란 이러한 감정에 뿌리를 두고 개인의 최고의 충성과 헌신을 국가에 바쳐야 한다는 정신이다.

자기 민족의 역사와 전통이 다른 민족의 그것에 비하여 우월하며 자기 민족은 신이나 역사의 특별한 선택을 받아서 다른 민족과는 구별된다는 선민의식을 가진 민족주의란 유럽에서 기독교가 정신세계의 지배권을 상실함에 따라 그 빈 자리로 밀고 들어온 사상이다. 따라서 민족주의에는 종교적 성격이 포함되어 있다.

새로운 신화, 순교자, 숭배할 기념일, 민족의 영웅 등을 부추김에 따라 개인은 집단의 일원이 되고자 원하며 개인과 집단 간의 동질성을 느끼게 된다. 여기에서 집단, 즉 민족이나 국가를 위해서라면 기꺼이 자기 희생이라는 피해를 감수하고 그러한 희생의 모범은 다른 사람의 자기 희생을 부추기게 된다. 이러한 감정의 구체적인 예는 프랑스 혁명에서 나타나기 시작했다.

국가의 주인은 국왕이 아니라 국민이라는 원칙을 확인한 혁명은 국가가 왕이나 교회, 신분제의회 이상의 제도로서 국민 모두가 애써 보존해야 할 것이라는 애착을 가지게 만들었다. 국민 모두가 국가의 존립에 직접 관심을 가지고 국가를 위하여 자발적으로 참여하였던 프랑스 혁명은 민족주의자들이 역사의 전면에 부상한 중요한 사건이었다.

혁명이 과격하게 되어짐에 따라 외국의 간섭과 프랑스에 대한 위협이 증대되면서 자코뱅 정부는 프랑스 국민들이 혁명 정부에 보다 많은 참여와 충성과 헌신을 요구하였고 많은 국민은 이러한 요구에 희생정신을 가지고 참여함으로써 외국의 침략을 물리치고 자코뱅 정부를 지켰다.

낭만주의도 민족주의 발전에 기여를 하였다. 민족의 언어, 민족의 풍습, 민족의 문학 등 민족문화와 전통문화를 발굴하는 일에 온 정열을 기울였던 낭만주의자들은 '국민정신'을 발견하고자 부단히 애썼는데 이러한 일련의 움직임은 민족의 동질성을 높이고 민족을 강조하는 방향으로 나아갔고 종래는 민족의 통일, 민족의 영광 등 정치적인 운동과 긴밀한 관계를 가지고 되었다. 독일과 이탈리아의 경우 민족주의 문화운동이 정치운동과 두드러진 관계를 맺고 있었는데 그것은 양국이 모두 19세기 중반 이후까지 한 민족이면서도 통일 민족국가를 이루지 못하였기 때문이었다.

그러므로 독일의 경우 민족주의자들은 프랑스 혁명의 정신을 부정하였다. 프랑스 혁명의 정신에 포함된 집단으로부터 개인의 분리, 그리고 개인의 자유에 대한 강조는 국가의 건설에 장애요인이 될 것이 분명하였으므로 독일의 민족주의는 프랑스 혁명이념을 모두 수용하지 않았다. 시민혁명의 이념인 자유·평등·박애를 포기하고 난 후에 수립될 독일 민족국가의 이념은 그러므로 집단중심 국가의 자유라는 독특한 성격을 가지게 되었고, 권력의 숭상이라는 특징도 내포하였다. 이런 성향은 후진국 러시아에서도 유사하게 나타났다.

자유주의와 민족주의의 관계를 살펴보면 19세기 전반기 자유주의의 세력이 한창 강대하였을 때 민족주의자들의 지도자는 자유주의자들이었다. 자유주의자들은 각 민족에게 민족의 자치권이 있으며 이는 개인의 자유로부터 말미암은 것으로서 당연한 권리였다.

억압적인 왕권, 교회로부터뿐만 아니라 외국의 지배로부터 또한 자유로워야 마땅하다고 자유주의자들은 생각하였다. 그래서 이들은 독일과 이탈리아의 통일이 반드시 필요한 일이며 외세의 억압에서 해방된 자유로운 독립국가가 국민 개개인의 인권을 보장하리라 믿었다.

그러나 자유주의자들은 민족주의의 내부에 깃든 위험을 바르게 판단하지 못하였다. 자유주의자들의 관념으로는 인간이 지닌 천부의 권리가 어느 제도, 조직, 국가보다도 앞서는 권리라고 생각하였으나 민족주의 이데올로기는 이와 달랐다. 계몽주의의 후손으로 세계시민주의, 즉 국가의 경계를 초월하는 인류 공통의 이상의 추구라는 자유주의 정신은 개별 민족을 성화하고, 민족의 우월성을 내세워 다른 민족을 차별하는 민족주의 정신과 점차 충돌하였다.

민족의 영광을 위하여 개인을 희생한다는 집단의 논리는 본질적으로 자유주의 정신에 위배되는 것이었으므로, 더구나 독일의 경우처럼 개인의 자유가 무시되고 '국가의 자유'라는 집단의 자유가 자유라는 개념으로 확립되었을 때 정통 자유주의자들은 민족주의와 결별하였다.

민족주의가 감정에 호소하며 나타난 정신풍조라면 자유주의는 이성에 보다 의지한 것 같다. 그러나 19세기 후반기 민족주의는 열병처럼 전 유럽을 휩쓸었고 강력하게 성장하였다. 그리하여 민족 간의 차이를 강조하며 우월을 평가한 민족주의는 민족 간 적개심만 고양시켰다.

냉정한 이성의 판단을 멀리하고 민족의 과거의 영광, 환상과 신비의 세계로 이끈 민족주의는 정책결정에서 타협이나 온건을 뿌리치고 극단주의로 치닫기도 하였다. 이성과 자유가 고려되지 않은 정열은 위험하고 파괴적인 행동을 이끌어 조만간 불행을 야기할 것이 명백하였다.

Ⅳ. 1815년~1848년의 유럽

마치니 (上)
가리발디 (左)
카부르 (右)

이탈리아 통일의 3대기수

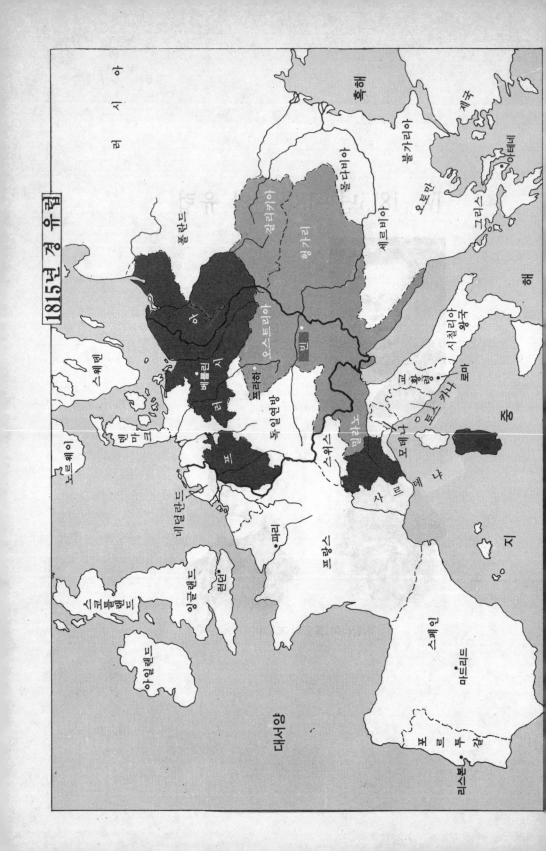

《1815년~1848년의 유럽 개괄》

　1815년부터 1848년까지의 시기는 프랑스 혁명으로부터 확산된 자유·평등의 정신이 유럽 다른 나라에서 전통지배 이데올로기와 힘을 겨룬 기간이다. 이 기간을 역사에서는 특히 독일의 경우 '3월 전기(Vormarz)'라고 부르는데 혁명의 정신과 반동세력의 대응이 첨예하게 맞부딪쳐 혁명과 반혁명의 순환이 계속되었다.

　나폴레옹이 실각한 후 세인트 헬레나 섬에 유폐되어 영향력을 상실하자 절대왕정의 잔존세력들이 다시 부상하였다. 이들은 자기들이 혁명의 전달자인 나폴레옹을 무찌르고 혁명 아닌 반란을 진정시켰다고 생각하였고, 따라서 위험한 혁명사상의 남은 불씨를 없애기 위하여 엄격한 검열제도, 비밀경찰제도 등으로 사상탄압을 가하였다. 이리하여 왕권은 다시 지배권을 장악하였고 귀족들도 성직자들도 상실하였던 특권을 일부 회복하였다.

　그러나 프랑스 혁명이 보여준 것은 절대왕권이 얼마나 손쉽게 붕괴될 수 있으며, 시민의 각성된 의식과 대중의 힘의 결합이 이루어진다면 언제라도 다시금 왕권을 중지시킬 수 있다는 좋은 실례였다.

　그러므로 자유주의자들은 자기들의 실력을 알고 있었으며 보수반동주의자들의 압제에 저항하여 자유를 위한 투쟁을 끈질기게 지속하였다. 따라서 보수주의자들 또한 이에 대응하기 위하여 보수진영의 조직을 공고하게 만들었고 사상의 대비도 마련하였다. 이리하여 자유진영과 보수진영은 당분간 대치상태에 들어가게 되었으나 산업화의 진전이 계속됨에 따라 보수진영의 점진적 몰락과 시민층, 자유진영의 흥기는 현저하게 대비되었다. 양 진영간 힘의 충돌은 1848년까지는 보수진영의 수비성공이었으나 1848년 이후는 자유진영의 공격성공으로 귀결되었다.

　이제 양 진영간의 싸움의 서막인 '빈 체제'를 보다 자세하게 알아보자.

빈 회의와 메테르니히

나폴레옹의 퇴진은 유럽 각국의 전통 지배세력을 빈에 모이게 만들었다. 왜냐하면 나폴레옹이 유럽을 정복하면서 각국을 프랑스에 편입시켜 국경선을 없애거나 변화시켰기 때문이다. 그러므로 국경선을 새로이 조정하거나 원상복귀시키기 위한 작업은 필연적이고 이 작업이 메테르니히 주도하에 빈에서 열렸다. 이 모임은 '빈 회의(1814~1815)라고 불렸으며 그 성격은 반동 복고적이었다. 회의에 참석한 각국 대표들은
"25년 전에 시작된 프랑스 혁명이 결국은 공포, 전쟁, 재앙을 가져왔을 뿐이다."
라고 의견의 일치를 보아 프랑스 혁명정신이 확산되는 것을 막기 위한 여러 가지 제도장치를 생각하였다. 안정과 평화를 회복한다는 회의의 목표는 바로 프랑스 혁명정신의 말살과 직결되었다. 그리고 이러한 일은 오직 군대의 힘, 비밀경찰, 검열제도의 강화로만 가능한 것이었다.

특히 오스트리아는 여러 민족이 섞여서 합스부르크 제국을 형성하였는데 폴란드, 체코슬로바키아, 마자르, 북이탈리아, 남슬라브, 루마니아, 게르만족 등이 제국의 구성민족이었다. 그리하여 오스트리아 합스부르크 제국은 각 개별 민족을 제국에 통합시켜야 할 힘든 과제가 제국으로 존속하기 위하여는 반드시 해결해야 할 문제였다.

그러므로 오스트리아의 경우 민족주의란 제국을 와해시킬 위험스러운 사상이었다. 자유주의와 더불어 민족주의도 함께 억합해야만

제국이 유지된다는 것은 매우 힘든 일이었고 경제원칙으로 보면 투자에 비하여 이익이 작거나 오히려 손해가 나는 경우이며 국왕의 명예와 지배층의 위세를 높인다는 점에서 제국의 존속이 필요하였다. 이러한 어려운 과제를 해결하여야 할 사람이 클레멘스 폰 메테르니히 공이었다. 높은 교양을 갖추고 여러 나라의 언어도 유창하게 구사하며 세계시민적 귀족주의자라고 평가된 메테르니히는 자신을 유럽문명의 수호자라고 생각하였다. 모든 개혁이 안정을 위협하는 짓이라고 단정한 그는 죽어가는 잔재를 헛되이 회복시키려는 시대착오적인 정치가였다.

그러므로 전시대의 정치유산인 국가 간 견제와 균형이 바람직하다고 본 메테르니히는 어느 한 나라의 독주를 견제하여 교묘한 정치술수로서 약 30여 년간 구체제의 존속을 가능하게 만들었다. 영국의 빈 회의 대표였던 캐스트러리 또한 견제와 균형이 바람직하다고 생각하여 전쟁범죄국인 프랑스에 대하여 가혹하지 않았다.

"승리의 트로피를 모으는 일이 우리의 관심사가 아니라, 세계를 다시 평화의 습관에 익숙하게 만드는 일이 우리의 책무이다. 프랑스의 영토를 변화시키면 평화의 습관은 정착되기 어렵다고 생각되며 프랑스를 유럽의 동료로 삼기 위해서라면 관용으로 대하여야 한다."

오늘날의 눈으로 보아도 패배한 적에게 대한 태도로는 참으로 관용적이다. 그러나 이러한 관용은 빈 회의에서 적으로 삼은 대상이 프랑스가 아니라 프랑스 혁명의 정신, 즉 시민 세계의 가치관이었다는 점을 상기하면 어느 정도는 납득이 된다. 보수진영의 입장에서는 동료를 구제함으로써 적을 패배시킨다는 입장에 충실하였고 그들에게 적이란 프랑스의 귀족, 보수진영이 아니라 시민층과 그들의 세계관이었을 따름이었다.

프랑스 혁명을 결정적으로 좌절시켰다고 자부한 러시아 황제 알렉산드르 1세는 직접 빈 회의에 참석하여

"요즈음의 이상스럽고 위험한 분위기를 가라앉힐 수 있는 유일

160 Ⅳ. 1815년~1848년의 유럽

메테르니히

빈 회의

한 방법은 기독교의 신앙과 기독교 신비에 힘입는 것"이라고 주장하여 눈길을 끌었다. 시대착오적인 시각을 가진 인사들이 결정한 새 유럽의 판도란 개별국가의 이익을 중시하되 유럽 전체의 균형을 잃지 말아야 한다는 견제와 균형의 원칙이었고 이는 메테르니히의 수완을 보여준 것이었다.

물론 이러한 원칙에 불만을 품고 프러시아와 러시아는 작센 왕국과 폴란드의 병합을 요구하였지만 영국과 오스트리아는 러시아 영향력의 확대를 경계하여 폴란드의 일부만을 넘겨주었고 프러시아의 요구도 유럽의 안정에 위협이 된다는 이유를 들어 일부만 할양하였다. 물론 오스트리아는 합스부르크 제국의 영토를 계속 유지할 수 있었고 제국에 속한 여러 민족들의 민족자치 주장을 힘으로 누르는 데 성공하였다.

왕과 귀족들만의 이익을 고려하고 국민의 이익은 도외시하였으며 역사의 시계를 거꾸로 돌린 빈 회의는 비판가들의 맹렬한 비난을 받았다. 그러나 제1차 세계대전을 겪고 난 뒤에 많은 사람들은 견제와 균형의 원칙을 내세워 패전국에 가혹하지 않고 유럽을 하나로 보아 조화를 이루어 나가려던 이들 보수주의 정치가들의 입장을 새로이 높게 평가하고 있다. 자유주의와 민족주의가 역사진보의 원리라고 생각하는 시민층의 이데올로기는 모두의 참화를 초래한 세계대전을 방조한 바 있다. 그러므로 오늘날 시민의 이데올로기인 자유가 적어도 서양에서는 인류 구원의 만병통치약으로 더이상 생각되지 않는 것이다.

빈 체제에의 도전

프랑스 혁명에서 확산된 자유주의와 민족주의는 보수진영에 의하여 과연 성공적으로 억제될 수 있었을까? 다른 것은 고려하지 않는다고 해도 19세기 유럽사회의 지속적인 변화는 그 누구도, 그 무엇으로도 막을 수 없었다. 사실 인간의 삶에서 변화란 언제나 존재하는 것이다.

인간의 하루의 삶이 어제와 다르고 내일 또 다시 다르듯이 사회도 변화하지 않을 수는 없다. 단지 변화의 정도가 급격하지 않고 변화의 결과가 미리 예측되는 경우 사회는 유연하게 이러한 변화에 대응할 수 있으나, 변화의 정도가 급격하고 변화의 저항하는 바가 무엇인지 알 수 없는 상태에 빠지게 되면 사회는 변화에 그 자신을 빠뜨리고 표류하게 된다.

그리하여 '혁명'의 상황이 나타나게 되지만 혁명이라고 해도 대부분은 정치권력의 교체와 그에 수반하는 세계관의 교정일 뿐이지, 인간의 사회생활에서 통용되는 여러 관습들은 거의 변하지 않는다. 이는 인간의 삶이 우리보다 앞서 죽은 사람들의 지배를 받기 때문에 일어나는 일이다.

여하튼 유럽이 19세기에 겪은 변화는 산업화 내지 근대화라고 총칭되는데 이는 인류가 신석기 시대의 말기 농경사회로 이행한 사건과 함께 인류 역사상 가장 중요한 변화라고 많은 사람들에게 인정받는 일이다. 이 산업화 내지 근대화의 문제는 장(章)을 달리하여 다룰 것이므로 여기에서는 개괄만 언급하고 넘어간다.

빈 회의에서 결의된 사항, 즉 모든 자유주의적 운동을 없애고 현상을 유지하여 유럽의 일체감(Concert of Europe)을 견지한다는 내용은 1820년 스페인에서 첫 시련을 겪게 되었다. 형편없이 낮은 급료와 비참한 생활수준을 견디며 어렵게 지내야 했던 에스파냐의 라틴 아메리카 원정군인들이 처우개선을 요구하며 일으킨 반란은 혁명이라기보다 폭동에 가까운 것이었다.

그래서 당시의 국왕인 페르난도 7세는 나폴레옹과의 대결 기간 제정되었다가 2년 뒤 폐지된 자유주의 경향을 담고 있는 헌법의 재적용을 승인하며 반란군을 진정시키려 하였다. 그러나 메테르니히는 보수진영의 대표적 국가인 에스파냐가 자유주의와 비슷한 군부세력에 굴복하면 유럽의 안정을 위협할 것이고 인근 국가들의 자유진영을 자극할지도 모른다고 생각하였다. 유럽의 안정이라는 틀이 유지되기 위하여는 어떠한 이탈도 분쇄되어야 했으므로 보수진영은 프랑스로 하여금 에스파냐의 소요를 진정시키도록 권했고 프랑스도 이를 받아들여 1823년 10만의 군사를 동원하여 에스파냐 헌법을 폐기시켰다.

1821년 이번에는 북이탈리아의 피에몬테에서 오스트리아의 압제에 대항하는 소요가 발생하였다. 오스트리아의 영향을 배제하고 이탈리아의 주권을 회복하려는 이 사건 또한 유럽의 일체감을 위협하는 것이었으므로 보수진영은 잔혹하게 소요를 진압하였고 자유진영의 수많은 지도자들을 처형하고 또한 수천의 가담자를 감옥에 집어 넣거나 추방하였다.

1825년 러시아에서도 자유주의를 지향하는 비밀조직이 관리를 중심으로 반란을 일으켰다. 12월에 일어난 소요이므로 '데카브리스트의 반란'이라고 불리는 이 사건은 프랑스 혁명의 이념을 수용한 젊은 관리들로 하여금 러시아 황제 차르의 전제정치에 반기를 들게 하였으나 자유주의를 지향하는 소수의 귀족들만이 추종하였고 대다수 군인들이 호응하지 않아서 실패하고야 말았다.

이 사건에 경악한 러시아 황제 니콜라이는 서구의 위험스러운 사상이 자기의 통치영역에 더이상 스며들지 못하게 하기 위하여 검열제도를 강화하고 비밀경찰의 업무를 총괄하는 '제3부'를 창설하여 의심스러운 인물의 내사를 전담하며 불온한 사건의 예방을 담당하도록 조치하였다.

그러나 자유주의와 민족주의가 역사의 대세임을 명백히 증명하고 보수주의가 시대착오적인 사상임을 드러내보인 사건이 그리스에서 발생하였다. 오랫동안 이민족 터키에 복속되었던 그리스 자유주의자들이 프랑스 혁명의 영향을 받고 1821년 독립전쟁을 주도하였을 때 보수진영인 러시아, 프랑스는 정통지배자인 술탄에 대항하여 자유주의 반란군을 지원하였고, 특히 지식인계층은 열광적으로 그리스 독립을 위해 애썼다. 고전 문화의 본산이며 자유와 민주주의의 원형을 제시하여 준 그리스란 지식인들에게는 마음의 고향이었으므로 열정적인 지식인들은 민족의식을 초월하여 그리스 독립을 위해 의용군으로 자진하여 참전하기도 하였다.

러시아는 보수진영의 일원으로서는 자유주의를 위해 참전한다는 것이 부담스러웠으나 그리스를 지원하여 독립시켰을 경우 그리스가 러시아에 호감을 가질 것이고, 그렇게 된다면 러시아는 지중해로 진출할 기반을 얻을 수 있다는 계산으로 메테르니히의 참전불가라는 요청을 무시하고 그리스 독립을 원조하였다. 한편 영국은 러시아가 그리스를 전진기지로 삼아 지중해로 진출할 경우 영국의 국익에 중대한 위협이 예상되었으므로 러시아의 남하정책을 견제하기 위하여 그리스를 지원하게 되었다.

결국 1829년 그리스는 영국, 러시아의 도움에 힘입어 터키의 압제를 벗어나 독립을 하게 되었고 이로써 메테르니히가 세웠던 반자유주의, 민족주의라는 빈 회의 약정은 개별국가의 이익 우선에 밀려 무너지게 되었다. 그리스 독립은 또한 민족주의를 지향하는 다른 지역의 세력들에게 희망과 용기를 북돋았다. 이로써 메테르니히가 애써 가꾼 복고주의 체제는 얼마나 오래 지속될 수 있을까라는 의문이 메테르니히 자신으로부터도 떠오르게 되었다.

이러한 의문을 현실로 변화시킨 사건은 1823년 미국의 먼로 대통령이 선언한 '먼로주의(Monroe Doctrine)'에서 나타났는데 그 내용은 유럽국가에 의한 아메리가 대륙 간섭을 배격하고, 아메리카에 새로운 식민지 건설을 반대한다는 것이었다. 이는 메테르니히의 체제를 오직 유럽대륙에만 적용하라는 젊은 세력의 요구였고 메테르니히는 대서양을 건너서 중남미에까지 자신의 의사를 관철할 수가 없음을 인정하지 않을 수 없었다. 흔들거리기 시작한 보수 반동 복고체제는 곧 자취를 감추게 될 운명이었다.

1830년 프랑스 혁명

나폴레옹이 사라진 뒤 프랑스는 다시 왕정으로 복귀하였다. 부르봉가의 루이 18세가 폐허가 된 프랑스의 왕으로 등극하였는데 그는 지난 25년간의 사태를 명민하게 파악하였다. 속마음으로는 왕정의 절대권을 되찾고 싶었으나 현실상황이 그와 같은 것을 허락하지 않음을 루이 18세는 직시하였으므로 그는 시민의 기본권, 종교의 자유, 법 앞에서의 평등, 양원제 의회의 설치를 허용하였다. 그러나 이번에도 농민, 도시노동자, 가난한 시민들은 재산자격 규정에 따라서 참정권을 행사할 수 없었다.

왕정으로 복귀된 후 혁명을 피해 외국으로 도피하였던 망명귀족들이 다시 돌아왔는데 이들 귀족들은 루이 18세가 자기들의 피해를 보상하지 않는다고 투덜거렸다. 25년 전 프랑스 혁명 이전의 모든 특권과 재산의 환원을 요구하며 구제도로 복귀하자는 이들의 요구는 집요하였다. 루이 18세의 뒤를 이어 왕위를 계승한 샤를 10세는 귀족들의 요구를 받아들여 부르주아의 이익에 우선하는 어리석은 정책을 시행하였다.

망명귀족들의 상실하였던 재산을 보상하고, 검열을 실시하고, 교회의 사회생활에 대한 통제력을 증대시킴으로써 반동정책을 노골화한 샤를 10세에게 국민은 1830년 선거에서 압도적으로 시민층 의원을 당선시켜 줌으로써 보답하였다. 이에 샤를 10세는 '7월 칙령'을 선포하여 의회를 해산하였을 뿐 아니라 시민층의 참정권을 거의 대부분 빼앗고 출판, 언론을 금지시켰다.

이러한 강경책은 국왕이 주위 사정을 고려하지 않은데서 비롯한 경거망동이었음이 곧 밝혀지게 되었다.

　대혁명을 경험하였고 '덕의 공화국'이라는 공화체제도 겪어보았던 프랑스 국민은 샤를 10세에 대항하여 시민, 학생, 노동자를 중심으로 봉기하였다. 가두시위, 바리케이드 등으로 힘을 과시한 이들은 국왕군을 이탈한 군대까지 합세함으로써 샤를 10세와 힘의 대결을 벌였다. 양군의 전투에서 파리 시민 2천 여명이 사망하였으나 샤를을 폐위시키는 데 성공하였다. 혁명군은 처음엔 공화국을 세우기로 마음먹었으나 혁명의 지도층인 시민계층이 공화주의란 너무도 과격하고 자신들에게도 위협이 된다고 생각하여 입헌왕정을 고집하였다. 그 결과 루이 필리프가 샤를 10세의 뒤를 이었다.

　이번에도 노동자 등의 하층민은 자신들이 흘린 피의 대가를 빼앗겼다고 분노하였으나 아직은 시민층에 대항해야 한다는 분노감보다 억압적인 왕권을 패배시켰다는 기쁨에 더 큰 비중을 두고 있었으므로 자신들에게 불리한 결과를 기꺼이 감수하였다.

　프랑스에서 성공한 이 사건은 다시 인근 자유주의 진영을 자극하고 그들로 하여금 용기를 내게 만들었다. 벨기에, 폴란드, 이탈리아에서 새롭게 자유주의 진영이 움직이기 시작하였는데 벨기에의 경우가 성공적이었다. 빈 회의에서 가톨릭이 다수인 벨기에는 프로테스탄트가 다수인 홀란드에 양도된 바 있었는데 이는 메테르니히가 프랑스를 견제하는 역할을 네덜란드(홀란드와 같은 의미를 지님)에게서 기대하였던 정치적 술수로 인한 홍정 결과였다. 물론 벨기에는 이 조치를 원한으로 가슴 깊숙이 새겨두었고 민족 독립을 원하고 있었다. 1830년 8월 25일 브뤼셀의 극장에서 혁명을 소재로 하는 연극을 관람하던 관중들로부터 시작된 벨기에 독립운동은 메테르니히의 빈 체제를 위협하는 것으로서 제압당해야 마땅했으나 러시아는 자국 내 문제로 군사적 개입의 여유가 없었고 영국과 프랑스는 노골적으로 벨기에 독립운동을 방조하였다. 그래서 벨기에는 1839년 독립을 정식으로 승인받게 되었다.

　폴란드는 비운의 국가로서 18세기 말 국토가 열강에 분할되어 지도

상에서 소멸된 나라였고 주로 러시아의 식민지 지배를 받아왔다. 그리하여 러시아에 대한 깊은 증오감을 품어왔는데 1830년 11월 드디어 바르샤바 사관후보생의 봉기로 혁명을 시작하였다. 혁명주체 세력은 지주세력이었으나, 이들은 대지주와 소지주로 분열되어 있었고 더욱 대다수 농민들은 혁명에 무관심을 나타내어 혁명의 열정은 결집되지 않았다. 그래서 러시아군은 혁명군의 저항을 격멸시키고 1833년에 이르면 민족해방운동 세력을 완전히 분쇄할 수 있었다. 폴란드 민족주의를 키웠던 바르샤바 대학이 이때 러시아 계엄당국에 의하여 폐쇄되었고 수만 명의 폴란드 지식인과 민족주의자들은 파리로 망명하지 않을 수 없었다.

이탈리아에서도 카르보나리(숯 굽는 사람이라는 뜻)라는 비밀결사가 이탈리아 독립을 위하여 지속적인 노력을 하였다. 나폴리를 근거지로 하여 조직된 카르보나리 결사는 1821년 오스트리아의 무력개입으로 탄압을 받았으나 명맥이 끊어지지 않고 민족주의자 및 자유주의자들의 연계조직으로 활발하게 움직여 왔다. 이들은 1830년 프랑스의 성공과 벨기에의 움직임에 고무되어 1831년 파르마, 모데나 교황령에서 혁명을 일으켜 한때 성공하는 듯이 보였으나 결국 오스트리아 군대에 의해 진압당하고 말았다.

1830년 혁명은 프랑스와 벨기에에서만 성공하였고 다른 지역에서는 실패하였다. 그 결과 서구와 동유럽 간의 격차는 더욱 벌어지게 되었다. 영국, 프랑스, 벨기에에서는 온건한 자유주의가 수용되어 발전할 수 있었으나 프로이센, 오스트리아, 러시아에서는 자유주의 억압체제가 더욱 강화되었을 뿐이었다.

동유럽과 이탈리아에서 자유주의 운동이 실패한 원인은 자유주의를 오직 소수 지식인이나 젊은 장교들만이 이해하였고 대다수 민중 속에 넓고 깊게 퍼지지 못하여 하나의 힘으로 결집되지 못하였던 점에 있다. 그리고 이렇게 된 이유의 하나는 동유럽과 이탈리아 지역이 사회경제적으로 후진지역이었으므로 시민계층 내지 중산층의 성장이 느리고 그 세력이 미약하였던 탓이었다.

혁명과 격변의 1848년

 1848년은 흔히 혁명의 1년으로 불린다. 전 유럽지역에서 정치적 자유를 쟁취하기 위하여 또 민족감정을 고양시키기 위한 소요와 혁명이 끊임없이 발생하였는데 그 원인은 1846년부터 계속된 경제위기와 일부 연관되어 있다. 뿌리가 마르는 감자병이 유행하여 감자의 수확은 전무하였고 가뭄이 혹심하여 식량을 전담한 곡물농업도 심한 흉작을 2년간 내리 겪었다. 어디에서나 식량이 부족하여 굶어 죽는 사태가 빈발하였으므로 도시나 농촌에서는 긴장과 불안이 감돌고 있었다. 산업부문에서도 농업의 영향을 받아 사업실패의 급증, 실업폭발, 임금하락 등의 불안정이 지속되었다.
 일반 민중은 자연히 자신들이 처한 비참함과 곤궁을 정부가 제대로 배려하지 않는다고 불만을 토로하였다. 이런 경제적 위기가 나타나지 않은 곳이 없는 일반적 현상이었으나 역사가 자크 들로주는 "경제위기로 인한 민중의 불만이 기존 지배층에 대한 적개심을 높였으나, 본질적인 성격에서 유럽 민중들이 가장 증오하여 그들로 하여금 무기를 들고 봉기를 일으키게 만든 요인은 자유의 결핍이었다."
라고 1848년의 현상을 결론짓고 있다. 과연 자유에 대한 열망이 전 유럽을 혁명으로 몰고갔는지 이제 구체적으로 살펴보도록 하자.

프랑스의 2월혁명

이즈음 파리는 유행의 본산이었다. 설령 그 유행이 혁명이라는 정치적 격변일지라도 전 유럽에 파리에서 시작한 유행을 확산시킬 수 있었다. 아니 그보다도 전 유럽은 파리에서 일어나는 제반 현상을 자신들의 상황에 적용시키려는 마음가짐을 가지고 있었다. 즉 파리는 유럽인들에게는 하나의 성소(聖所)가 되어 있었던 것이다. 파리가 거룩한 곳으로 승격된 것은 1789년 대혁명 이래 인간 이성이 현실로 실현된 최초의 무대였기 때문이었다.

1830년 혁명으로 부르봉 왕조를 축출하고 루이 필리프를 국왕으로 옹립한 세력은 부르주아였다. 그러나 1846년 선거법으로도 성년남자로서 투표권을 행사할 수 있는 자격보유자는 총 성년남자의 3%에 지나지 않았다. 루이 필리프의 정부는 그러므로 3%의 성년남자가 참여하였고 97%는 참정권을 박탈당한 비민주적인 정부체제였다. 3%의 선택된 사람들은 주로 부유한 은행가, 대상인, 대학교수, 법률가, 그리고 왕정으로의 복귀를 포기한 자유주의 귀족들뿐이었다. 이들은 재능있는 대중에게 성공의 기회를 부여하고 법 앞에서의 평등을 소리 높여 외쳤다(사실상 무식한 대중이 정권을 잡을 경우 혼란과 독재정치가 발생할 것이라고 우려하여 민주정치와 참정권의 확대를 반대하였다). 하지만 당시 수상이었던 프랑수아 기조(François Guizot)는 참정권 확대를 요구하는 민중의 외침에 대하여

"부유하게 되시오. 그러면 여러분은 투표권을 얻게 될 수 있을 것이오."

라고 거만하게 말했다. 그러므로 지식인을 중심으로 한 반정부 세력은 공화제를 실현하려는 이상을 가지고 루이 필리프를 암살하려는 음모를 꾸몄다. 그러나 왕의 살해계획은 몇 차례에 걸쳐서 실패

로 끝났고 루이 필리프 정부는 과격단체를 해체하고 언론탄압을 단행하였다. 이리하여 소수 부유층을 중심으로 정부를 이끌어 가려는 지배세력과 지식인을 중심으로 하는 공화주의자들 간의 대립은 격화될 수밖에 없었다.

왕정을 없애고 모든 성년남자에게 참정권을 부여하려는 급진주의자들은 1830년 혁명의 주도세력이었고 힘의 기반을 이루었으나 혁명의 결과는 이들을 실망시켰다. 이들은 나폴레옹의 영광을 그리워하는 낭만주의자들, 또는 국수주의적 민족주의자들과 함께 장사꾼만을 위하는 루이 필리프를 증오하고 국왕이 장사꾼처럼 옷을 입는다고 경멸하기도 하였다. 특히 나폴레옹의 영광을 되찾아 프랑스를 세계의 강국으로 성장시키려는 노력을 루이 필리프가 전혀 시도조차하지 않는다고 민족주의자들은 루이 필리프를 비난하며 그가 프랑스 국왕의 자격이 없다고 노골적으로 공격하였다.

이와 함께 왕정을 부정하고 사회정의를 구현하자는 요청은 노동자들로부터도 나타났다. 문맹을 벗어나 쉬운 글들을 읽을 수 있던 파리의 수공업자, 구멍가게 주인 등은 1830년 혁명기간 바리케이드를 치고 정부군에 대항하였던 혁명군의 주축을 이루었었다. 이들은 이미 유인물을 통하여 자기의 몫이 부르주아 계층에게 부당하게 넘어간 것을 알고 있었다. 이들이 보기에 루이 필리프 정부는 경제개혁이나 정치개혁을 시행하여 자신의 이익을 대변하지도 않았을 뿐더러 앞으로도 그럴 가능성은 보이지 않았다. 당시 소규모로 산재하던 공장의 노동자들도 수적으로는 미약한 세력이었으나 자기들의 이익과 루이 필리프와의 이익이 일치하지 않음을 알고 있었다.

정부에 반대하였던 여러 세력들은 이즈음 사회주의 국가가 세워지면 빈곤문제를 직접 처리하여 정의롭게 분배되는 평등사회를 만든다고 선전하며, 현재의 불행은 왕정에 내포된 것이라기보다 자본주의라는 경제체제 내의 필연적 모순이라고 주장하는 사회주의자들을 관심있게 지켜보았다. 당시 대중의 인기를 얻었던 사회주의자 루이 블랑(Louis Blanc)은 경쟁이 있는 자본주의를 없애고 정부가 마땅히 협동작업장(Cooperative Workshops)을 마련할 것을 주장하였다. 노동자들이 작업장을 공동 소유하여 실업자에게 직장을 제공한다는 루이 블랑의 주장은, 루이 필리프 정부에 의하여 법으로 엄금하여 파업(strike) 등 단체 행동을 제약당하며 자신들의 이익을 대변할 기회를 얻지 못하고 비참한 상황에 빠져있던 어려운 노동자들에게 신선한 희망을 던져주었다.

그리하여 이들은 자신들의 이익을 구체적으로 확보하기 위하여 꿈틀거리기 시작하였고 이러한 사태를 당시 정치평론가인 토크빌은 "우리는 지금 이 순간 화산 위에서 잠을 자고 있다."
고 진단하였다.

정부가 대중을 무마할 수 있는 선거법의 개정을 거부하고 빈궁의 문제를 고려하지 않은 정책을 계속하여 밀고나가자 반정부 세력은 정부를 비판하는 모임을 대규모로 개최하였고 정부는 무력으로 이러한 집회를 해산시켰다. 그러자 학생들과 노동자들은 1848년 2월 파리 시가에 바리케이드를 만들고 힘에 의한 대결의지를 표명하였다. 이에 루이 필리프는 인기 없는 수상 기조를 해임하여 사태해결의 실마리를 풀려고 하였으나 바리케이드가 없어지기는커녕 군중의 반정부 시위도 계속 확산되어 갔다.

이들을 진압하기 위하여 동원된 군대가 우연한 불발사고로 총을 발사하는 사태가 야기되자 무력충돌은 순식간에 대규모 유혈사태를 불러일으켰다. 52명의 민중이 살상된 처음의 충돌은 이제 1848년 2월의 사건을 혁명으로 이끈 도화선이 되었다. 흥분한 군중을 그 누구도 진정시킬 수 없었다. 결국 루이 필리프가 폐위됨으로써 왕정이 폐지되고 공화정이 되면서 진정되었던 1848년의 이 사건을 역사에서는 '2월 혁명'이라고 일컫는다.

왕정의 폐지는 자유주의 부르주아 정부 수립을 가져왔다. 새 정부는 왕정 치하에서 귀족들이 상속받았던 특권들을 모두 없애는 정책을 폈으나 유산으로 물려받은 재산은 그대로 귀족들에게 넘겨주었다. 정치, 사회적 특권은 부정하였지만 귀족의 경제적 특권을 옹

2월 혁명의 시가전

민중을 이끄는 자유의 여신

호한 새 정부는 사유재권의 공적인 제약을 주장하는 사회주의자들을 국가의 적으로 규정하였고, 경제적으로 궁핍한 하층민들에 대한 배려도 없었다.

그러므로 하층민들은 새로운 정부가 자신을 억압하는 것이 왕정과 다를 바 없다고 생각하였다. 새정부 치하에서도 하층민들은 여전히 극악한 환경 속에서 하루 14시간을 일해야 겨우 먹고 살 수 있을 뿐이었다. 그러므로 하층민의 자녀는 5세 미만 3명 중 1명이 영양실조, 불결한 위생의 환경 속에서 죽어갔고 프랑스 어디에서나 거지, 창녀, 범죄자가 넘실거렸는데 이는 빈민계층들이 최악의 경우 생계유지를 위하여 하는 수 없이 강요받는 행위였다.

부르주아 시민층들은 이러한 입장과는 무관하게 안락과 건강과 부를 누리며 영위하고 있었다. 이들이 누리는 삶의 기반은 사회적 특권에 의거한 것이 아닌 재산권의 특권에 의거한 것으로써 사유재산의 불가침성은 부르주아들에게는 신성(神聖)이었다. 부르주아 시민층은 노동자 하층민을 '짐승같이 거칠고 더러운 사람들'로 여기거나 '범죄' 생산공장의 생산품으로 간주할 뿐이었다. 지식인들은 정부가 하층민을 위하여 의료, 주택, 교육, 실업문제에 개입할 것을 요구하거나 중요 기간산업인 철도, 우편, 광산, 보험산업 등을 국유화하여 일자리를 넓힐 것을 주장하였다. 그러나 소유가 있는 사람들에게 그런 주장이 먹혀들어갈 리가 없었다.
  물론 성년남자에 대한 참정권의 확대, 언론 검열의 폐지 등의 정치적 조치가 시행되었고 일시 국영작업장이 설치되어 실업의 문제를 환원시키기도 하였다. 그러나 국영작업장에서 과격한 사상이 가르쳐지고 사유재산권을 침해하려는 위험한 움직임이 보여진다고 부르주아 지배층이 판단하자 국영작업장은 곧 폐쇄되었다.
  노동자들은 새정부의 이러한 태도에서 다시 한번 쓰라린 배신감을 체험하였다. 그리하여 1848년 6월 노동자들은 다시 바리케이드를 쌓고 재산의 평등한 분배를 외치며 무력시위를 일으켰다. 인간다운 삶을 누리기 위한, 최소한의 경제적 부의 분배를 주장한 6월의 봉기는 오늘날 후진국에서 안고 있는 문제의 백년 전의 표현이었다. 그러나 백년 전의 이러한 문제의식은 아마도 너무 이른 것이었는지 모른다. 왜냐하면 시민, 귀족, 농민 등 노동자를 제외한 모든 사람들은 노동자들이 문명사회를 파괴하려는 야만적 행위를 벌인다고 생각하여 이들의 봉기에 대항하여 힘을 모아 진압하였기 때문이다. 노동자들은 그들의 아내와 어린 자녀의 도움을 받아 3일간 바리케이드를 지키며 재산권의 평등을 끝까지 주장하였으나 이들은 군대에게 진압당했고 최소한 1,400여 명이 죽었다. 이 사건은 프랑스 사회에 깊은 상흔을 남겼고 19세기 프랑스 사회의 성격을 명백하게 나타내었다.
  1848년 12월 제2공화국의 대통령으로 루이 나폴레옹, 즉 나폴레옹 황제의 조카가 압도적 다수로 당선됨으로써 1848년의 소요는 종결되었다. 이리하여 프랑스 사회는 시민층이 세력을 주도하며 사회주의를 부정하는 보수사회의 도정을 앞으로 반세기 정도 걷게 될 첫걸음이었다.

독일에서의 1848년 혁명

1848년 2월 파리에서 시작된 혁명의 열기는 급성 전염병처럼 전 유럽으로 확산되었다. 정치에 참여할 수 없었던 많은 자유주의자들은 의회제도의 확립과 헌법제정을 위하여 자신들의 삶을 불사르는 희생을 개의치 않았다. 모든 민족이 다른 민족에 의하여 압박당하지 않고 자유로이 주권을 행사할 수 있어야 한다는 자유주의자들의 외침은 현실에서는 어쩌면 이룰 수 없는 유토피아적인 꿈이었으나 지식인들은 이 이상의 실현을 목표로 내걸고 활발히 움직였으며 보수 반동 지배층들도 더이상 이들의 이러한 정열을 강압적으로는 억압할 수 없었다.

빈 회의로 새로운 유럽의 판도가 결정되었을 때 독일은 39개의 주권국가들이 모여서 느슨한 연방을 결성하였고 그 가운데 최대 강국은 오스트리아와 프로이센이었다. 특히 오스트리아는 메테르니히를 중심으로 모든 자유주의적인 요소와 민족주의적인 색채의 움직임을 탄압하였다.

이러한 반동적인 지배층의 억압은 프로이센에서도 매우 심하였고 독일연방을 이루는 소국들에서도 비슷하였다. 1819년 보수 반동정치를 선명하게 드러내는 결의를 독일연방의 지배층들이 카를스바트 (Karlsbad)에 모여서 제정하였는데 이는 언론과 교육부문에 보다 더 철저한 검열과 통제를 가하여 반체제적인 움직임을 사전에 예방하자는 것이었다.

그러나 프랑스 혁명에서 비롯하여 독일에 전파된 민족주의는 나폴레옹의 독일 점령기간 자연스러우면서도 강력하게 확산되었다. 독일 지식인들은 나폴레옹의 지배에서 벗어나기 위한 '해방전쟁'의 당위성을 독일민족에 대한 프랑스인들의 압제라는 도식으로 설명하였고 이는 독일의 민족감정을 부추기는 일이었다. 그후 나폴레옹이 러시아 원정에서 실패하여 퇴위한 후에도 독일 민족주의자들은 동일한 언어를 사용하고 같은 문화를 지닌 독일인들이 정치적으로도 뭉쳐서 통일국가를 이룩해야 할 것을 주장하였다. 그러면서 이들은 옛 게르만의 전통과 관습의 훌륭함을 새로이 발굴하여 보급하는 일에 힘썼다. 그러나 자유주의, 민족주의자들의 노력에도 불구하고 이들의 노력에 호응하는 사람들은 소수였고 대다수 독일인들은 독일이 왜 정치적으로 통일하여야 하는지 그 필요성을 자각하지 못하여 자신들이 살고 있는 지방의 군주들에게만 오직 충성을 바치고 있었다.

이러한 가운데 1840년대의 경제위기는 독일 농민과 도시민의 생계를 위협할 정도로 악화되었고 기아와 실업이 그에 따라 나타나자 일반대중의 불만은 그 화살을 지배층에게 돌리어 혁명의 발생을 가능케 하였다. 그러나 이러한 움직임이 혁명으로 나아가는 길을 걷게 된 연유는 물론 프랑스 2월 혁명의 영향과 그에 따른 자유주의자들의 선동이 가장 큰 역할을 행하였음은 물론이다.

독일에서 혁명의 깃발을 가장 열렬히 수호한 사람들은 수공업자들이었는데 이들이 지향하는 바는 정치적이라기보다는 경제적인 문제의 해결이었다. 즉 19세기 이후 조금씩 나타나기 시작한 공장제 생산방식은 수공업자들의 삶의 영역을 위축시켰다. 수공업자들의 주문생산에 의한 수공업적 생산 방식으로는 대량생산과 값싼 물건을 언제라도 풍부하게 공급하는 공장제 생산방식과 도저히 경쟁할 수가 없었다.

따라서 품질면으로는 고급품을 생산하는 수공업자들은 그들의 고객을 부유한 사람들로 국한할 수밖에 없었으니 이는 수공업시장의 수요를 감소시켰고 수공업자 길드는 자체적으로 수를 감소하는 방편을 자구책으로 마련하게 되었다. 그러므로 독립수공업자, 즉 장인(Meister)이 되는 자격은 매우 제약되었는데 이 점이 또 새로운 사회문제를 제기하였다.

새로운 문제란 수공업 생산방식 내부에 있었다. 독립수공업자,

즉 장인이 되기 위하여는 어려서 자기가 평생 직업으로 삼게될 특정분야, 예컨대 제빵, 제화, 재단, 인쇄 등의 장인집에 도제(Apprentice)로 들어가 기술을 배우는데 초심자의 단계를 거치면 직인(Journeyman)이 되고 다시 직인의 단계에서 여러 곳을 옮기면서 자기 직종의 기술을 보다 원숙하게 쌓아 훌륭한 작품(Masterpiece)을 만들 수 있게 되면 장인의 자격을 얻게 되어 독립수공업자로서 일가를 이루는 것이었다. 그런데 직종별 수공업자들끼리의 경쟁을 줄이기 위하여 장인이 될 수 있는 자격을 제약하게 되자 직인들은 아무리 훌륭한 기술을 가지고 있어도 장인이 될 수 없어서 오히려 공장의 노동자로 전신하게 되었다.

이처럼 숙련 기술자로 긴 훈련을 받은 사람들이 단순 공장노동자로 직업을 바꾼다는 일은 그들에게는 지위의 하락을 의미하는 일이었다. 그러므로 수공업자들은 이러한 비극을 초래하는 주범이 공장생산 방식의 채택에 있다 하여 공장생산제를 도입한 정부에 깊은 원한을 품게 되었다.

독일의 경우 1848년 무렵 공장노동자들은 사회주의자들의 권유에도 불구하고 혁명의 주체세력은 아니었고 오히려 어느 정도는 혁명에 냉담하였다. 농촌의 농민들은 흉작과 지주귀족의 그간의 압제에 대하여 분노하고 소요에 동참하였으나 이들도 혁명을 주도하는 일에는 겁을 먹고 있었다. 그러므로 수공업자 특히 노동을 주도세력으로 삼은 혁명은 일부 공장노동자, 농민을 묶어 그들이 처한 실상을 사회의 가장 시급한 문제로 간주하게끔 만들었다.

이러한 움직임에 대하여 지배층들은 우선 보수 반동정책의 포기와 자유주의적 정책의 수립으로 대응하였는데 1848년 4월에 이르면 바덴, 뷔르템베르크, 바이에른, 작센, 하노버 등지에서 반동정치가들이 물러나고 자유주의 정치가들이 등장하여 검열완화, 사법제도 실시, 헌법제정, 의회수립, 영주에 대한 농민의 봉건적 의무 폐지 등을 실시하게 되었다.

프로시아의 빌헬름 4세는 이러한 양보를 못마땅하게 생각하고 군대를 동원하여 베를린 시에서의 소요를 진압하려고 시도하였으나 베를린 시민들은 두려워하지 않고 힘의 대결을 표명하였다. 그러자 빌헬름 4세는 양보하여 1848년 3월 18일 베를린 시민에게 개혁을 약속하여 긴장을 감소시켰다. 그러나 총기 오발 사건이 우연히 발생하여 시민자위대와 국왕군과의 전투가 벌어지고 급기야 국왕군은 소요진압을 위하여 베를린 시를 포격하였다.

급변한 사태에 대하여 놀란 것은 베를린 시민들이었으나 국왕 빌헬름 4세의 놀라움은 더욱 컸다. 그는 베를린 시민들의 저항이 포격에도 견딜 줄은 예상 못하였기 때문에 강경책으로 진압을 시도하였던 것이다. 이러한 강경진압조차 실패하게 되자 그는 갑자기 연약한 국왕으로 스스로의 위치를 자각하여 시민의 요구를 수락하기로 결심하고 모든 자유주의적 개혁을 약속하게 되었다.

승리를 한 베를린 시민들은 이제 전리품의 분배를 논의하기 시작하였는데 자유주의 시민과 수공업자들은 상호 협력하에 혁명이 성공하였으므로 동지라는 생각을 가지고 있었다. 그러나 이러한 생각은 구체적인 문제에 직면하고 보니 잘못된 것이었음이 드러나게 되었다. 우선 수공업자들은 공장제 폐지를 요구하고 길드의 기능을 정상화하자고 주장하였다. 그러나 이러한 생각은 시민들에게는 과거로 돌아가자는 시대착오적인 사고방식으로 생각되었다. 더구나 과격한 수공업자들의 개혁요구는 온건한 정치개혁을 생각한 시민들과 어긋나는 위험한 생각이었던 것이다.

의회제도의 수립과 헌법제정을 1848년 혁명의 투쟁목표로 삼았던 시민 자유주의자들은 통일되고 자유로운 독일민족국가의 탄생을 구현하기 위하여 프랑크푸르트에서 모든 독일국가들의 대표로 구성되는 의회를 설치하자고 주장하였다. 이들의 의견에 따라 의회가 열리게 되었으니 이것이 곧 '프랑크푸르트 국민의회'이다. 의회의 구성원은 그러나 대부분 교육받은 중산층 출신으로 충원되었고 하층 출신은 거의 없었다. 그리하여 오랜 논의 끝에 독일 연방을 세울 것을 결의하고 프러시아 국왕의 주도권을 인정하기로 합의하였다. 이때 오스트리아는 다민족으로 구성된 합스부르크 제국이었으므로 독일 연방에서 제외되었다. 일부 과격 급진의원들은 왕정을 없애고 '공화국' 수립을 요구하기도 하였으나 이러한 주장은 묵살되었다.

한편 혁명의 충격에 놀라서 순순히 양보를 하였던 각 제후들은 승리자들이 의회에 모여 논쟁과 토론으로 결집된 힘을 보이지 못할 뿐더러 개혁의 요구내용이 과격한 공화정이 아니었음을 보고 반격의 용기를 되찾았다.

프러시아의 경우 빌헬름 4세는 다시 군대를 동원하여 베를린 시를 포위하고 시민들도 다시 군대에 대항하였다. 그러나 이번에는 수공업자들이 더이상 시민들과 함께 목숨을 내걸고 싸우지 않았으므로 1848년 11월에 이르러 국왕은 베를린의 소요를 어렵지 않게 진압할 수 있었고 다시 반동정책을 강화하게 되었다. 독일에서 1848년 혁명은 시민계급과 수공업자의 연합으로 성공하였으나 시민계급이 수공업자들의 급진적 개혁요구를 불안하게 여겼고 왕정의 억압보다도 이들의 대두를 두려워하였으므로 다시 왕정으로의 복귀가 가능하였다. 이로 인하여 독일에서의 자유, 민주, 의회제도의 자생적 발전을 어렵게 만든 실패한 혁명이었다.

오스트리아에서의 1848년

왕조 간의 결혼과 세습된 영토로 형성된 합스부르크(Habsburg) 제국에는 공통의 언어, 공통의 민족성이 결여되어 있었다. 따라서 합스부르크 제국은 군대와 경찰, 즉 강권력에 의해서만 유지될 수 있는 제국이었다. 더구나 제국의 구성은 다양한 민족으로 이루어져서 게르만인이 약 25%의 제국인구를 차지하여 다수 민족을 이루고 있었으며 그 외에 헝가리의 마자르족, 체코, 폴란드, 크로아트, 루테니아 등의 슬라브족, 그리고 북이탈리아 지방의 이탈리아인과 트란실바니아의 루마니아인들도 제국의 구성 민족의 각 일부를 점하고 있었다. 그리하여 합스부르크 제국은 이러한 다민족들에 의하여 구성된 복잡한 제국이었으므로 그 기반은 매우 허약하였고 강력한 중앙권력이 없다면 쉽사리 무정부상태의 혼란에 빠질 위험이 도사리고 있었다.

메테르니히는 민족주의와 자유주의가 합스부르크 제국을 와해시킬 위험의 온상이라는 점을 충분히 인식하고 있었다. 그러므로 황제의 권위에 도전을 가하는 자유주의나 게르만인이 주도하는 제국에 이의를 제기하는 슬라브, 마자르족 등의 민족주의는 메테르니히의 입장에서는 자라서 확산되기 이전에 뿌리째 뽑아 없애야만 할 위험스러운 사상이었다. 그러나 유럽 전역에서 열병처럼 번지는 자유주의와 민족주의 운동은 검열의 강화나 사상의 탄압으로써 억제될 수 있는 종류의 것은 아니었다. 그래서 메테르니히가 반동적인 정책을 강화하면 할수록 그의 정책은 더욱 탄력성을 잃고 현실적인 변화에 대응하지 못하게 되었다.

오스트리아에서 메테르니히의 억압책이 좌절한 분야는 대학문제였다. 자유주의와 민족주의를 키워내는 산실로서 대학은 정부의 집중적인 감독, 감시, 처벌을 받으면서도 대세의 흐름을 정확하게 읽고 있었으며 메테르니히의 압제에 굴복하지 않고 모든 수단을 동원하여 자유주의 개혁을 실천하기 위한 조직력을 강화하고 있었다.

1848년 혁명이 오스트리아 제국 전역에 걸쳐 발생하면서 빈에서는 독일인 자유주의자들이 헌법제정을 요구하였고 체코의 민족주의자들은 자신들을 게르만인들과 평등하게 대우할 것과 학교에서 체코어를 가르칠 것을 요구하였다. 헝가리와 이탈리아 북부지역에서는 마자르족과 이탈리아인들이 합스부르크 제국으로부터 해방되기 위한 해방전쟁을 일으켰다.

한편 수도 빈에서는 프랑스의 국왕 루이 필리프의 퇴위에 자극받아 합스부르크 제국의 절대주의 폐지, 헌법제정, 비밀경찰제 완화 등을 요구하는 자유주의자들의 소요가 일어나 빈의 중요기관을 점거하게 되자 국왕은 반동의 상징인 메테르니히를 퇴임시키고 헌법제정을 약속함으로써 소요를 진정시키고자 노력하였다.
 이 해 8월 헌법제정을 위한 제헌의회가 소집되고 농노제가 폐지되었다. 빈에서 자유주의자들이 그들의 개혁요구를 조금씩 성취하였다는 자만심에 도취되어 패배당한 구지배세력의 반격을 고려하지 않는 동안, 그리고 개혁의 성과가 국민 다수에게 동일한 혜택을 주는 것이 아니라 부유한 시민층에게 주로 돌아갔다는 점은 개혁을 존속시킬 지지기반을 스스로 허물어뜨린 셈이었다.
 프로이센과 마찬가지로 국민의 저항이 있었다는 점으로 충격을 받았고 그로 인하여 개혁을 승인하였던 제국의 지배 세력은 곧 자신의 힘과 개혁의 주도세력과의 힘을 저울질한 후에 아직도 자기들이 개혁세력보다 강력하다는 판단을 내리고 구질서로의 복귀를 시도하였다. 구세력이 판단한 힘의 저울질은 잘못된 것이 아니었다.
 개혁세력은 자신들의 이익을 수호하기 위하여 국민 다수를 자신의 세력 밖으로 몰아내었는데 이는 제국의 지배세력이 판단하기에는 반체제세력의 분열이라는 양상이었고 시민 위주의 개혁세력 정도라면 능히 힘으로 밀어부칠 수 있겠다고 구지배 계급이 생각한 것은 당연한 일이었다.
 이리하여 합스부르크 제국의 구지배세력은 반격의 실마리를 보헤미아에서 체코슬로바키아인의 민족주의 요구를 강압하는 데 성공하는 것으로 시작하였다. 보헤미아만의 헌법제정과 게르만인과 체코인의 평등한 지위승인, 공용어로서 체코어의 사용 등을 주장한 체코 민족주의자들의 6월 소요는 오스트리아의 장군 뷘디쉬그라츠의 프라하 시 포격으로 진압되었고 합스부르크 제국의 강압적 지배질서가 보헤미아에서 다시 수립되었다.
 1848년 10월 합스부르크 정부는 반란의 중심지인 빈을 포위한 뒤 포격을 가하여 대학생과 가난한 시민을 중심으로 끝까지 저항한 반체제 세력을 진압하는 데 역시 성공하였다. 이 진압에는 많은 인명이 희생되었고 이러한 와중에서 개혁의 지도자들은 거의 모두 처형되거나, 국외로 탈출하거나, 지하로 숨어버려서 사실상 개혁세력은 와해되어 버렸다. 그래서 1849년 3월, 정부는 혁명기간 개혁세력들이 주도하여 제정한 헌법을 폐지하고 정부에 의하여 작성된 보수적인 헌법을 새로이 확정하여 선포하였다.

합스부르크 제국의 제일 골치아픈 문제는 헝가리에서 벌어지는 사태의 처리였다. 19세기 중엽 헝가리 인구는 약 1,200만 명이었는데 그 중 마자르족은 500만이었고 나머지 인구는 남슬라브계인 크로아트족과 루마니아인 등으로 구성되었다. 헝가리의 지배계층은 마자르족 대지주들로서 봉건적 특권도 소유한 귀족들이었는데 이들은 합스부르크 제국에 대하여 면세의 특권을 지니고 있었다. 그러므로 대지주들은 자유주의, 민족주의 사상에 호응하지 않았으나 중소지주들은 자유주의, 민족주의 사상을 수용하여 농노제 폐지, 면세특권의 폐지를 주장하였다. 특히 하급귀족 출신인 코주트(Louis Kossuth, 1802~1894)는 사회개혁과 민족주의의 횃불을 들고 헝가리의 자치독립을 요구하는 운동을 주도한 인물이었다.

당시 헝가리는 합스부르크 제국에 편입되어 있었지만 고유한 헌법과 군대와 재정의 자치를 보장받고 있었다. 마자르족이 다수 민족을 차지하여 지배하였던 헝가리에는 앞에서 언급한 바와 마찬가지로 남슬라브족과 루마니아인 등이 소수민족으로 섞여 있었는데 마자르족은 이들을 헝가리의 열등인으로, 그리고 외부인으로 간주하였고 이들을 마자르인으로 동화시키려는 의도를 가지고 있었다. 코주트 역시 이와 같은 생각을 가지고 있었는데 그는 열등한 소수민족이 뛰어난 문화를 지닌 마자르족에게 동화되는 것을 너무도 당연한 것으로 생각하였고 그래서 마자르족을 중심으로 헝가리 공화국의 수립을 계획하였다.

코주트의 주도하에 진행된 헝가리의 독립은 제국을 유지하려는 합스부르크 정부에서 볼 때 남슬라브족과 루마니아의 민족주의 정신을 고무하는 방법에 의하여 효과적으로 저지될 수 있었다. 사실 합스부르크 정부는 헝가리의 독립운동을 진압하기 위하여 군대를 동원하였을 때에 이번에는 마자르족들의 압제에 분노를 폭발시켜 봉기한 남슬라브 민족주의 군대와 연합군을 결성하였다.
　한편 합스부르크 제국은 러시아에게도 슬라브 민족이 마자르족에 의하여 압제당하고 있다는 이유로 출병을 요청하였다. 러시아 황제 니콜라이 1세는 슬라브 민족이 부당하게 압제당한다는 명분을 가지고 참전을 결심하였는데, 그의 본심은 헝가리의 민족운동과 같은 맥락을 지닌 민족독립운동이 러시아의 지배를 받고 있는 폴란드에서도 발생할 것을 우려하여 이를 예방하기 위하여는 헝가리 민족독립운동을 분쇄시킬 필요성을 느꼈기 때문이었다.
　러시아 제국과 합스부르크 제국, 루마니아인 등의 합세에 의하여 헝가리 독립운동은 좌절되었고 코주트는 망명길에 올랐으나 독립운동에 참여하였던 수많은 민족주의자들은 처형당하였다. 이리하여 합스부르크 제국의 외형은 얼마동안 지속하게 되었다.
　시칠리아에서는 파리에서 2월 혁명이 발생하기 전에 이미 혁명이 성공적으로 진행되었다. 그래서 나폴리 왕국의 페르디난트 2세가 자유주의 헌법의 제정을 약속하는가 하면 토스카나 대공, 피에몬테 사르데냐의 왕 샤를 알베르트, 교황 피우스 9세 등이 이러한 영향을 받고 자유주의적 개혁의 실시를 국민에게 약속하는 사건이 잇따라 발생하였다.
　북부 이탈리아 지방, 즉 합스부르크 제국의 영향권에 있던 밀라노 시민들도 중부, 남부 이탈리아에서 진행된 자유주의적 개혁에 직접적인 영향을 받고 프랑스, 헝가리, 프로이센 등지에서의 자유주의 운동의 진전에 고무되어 압제국인 오스트리아 합스부르크 제국에 대항하는 봉기를 일으켰다.
　밀라노 시민들은 바리케이드를 쌓고 창문에서, 지붕 위에서 돌을 던지고 끓는 물을 붓는 등 시가전을 벌이며 진압군인 오스트리아 군대에 저항하며 5일간을 지탱하였다. 결국 강력한 저항에 직면한 오스트리아 군이 후퇴하게 되어 밀라노 시가 자유를 얻게 되자 시민들은 그들이 견디어 냈던 1848년 3월 18일부터 22일까지를 '영광의 5일'로서 기리게 되었다. 베니스 시에서도 밀라노의 자유 획득에 고무되어 오스트리아에 대한 독립을 선언하고 공화국을 수립하였다.

　샤를 알베르트는 롬바르디아와 베네치아 지역에 지배권을 확대시킬 기회라고 생각하여 오스트리아에 선전을 포고하였다. 이리하여 오스트리아와 베니스 시의 지배 귀족들은 기습을 당한 셈이어서 즉각적인 대응책을 마련하지 못하였다.

　그러나 오스트리아가 전열을 재정비하여 사르데냐 왕국을 패퇴시키고 밀라노 시를 다시 점령하자 혁명의 주도자들은 로마로 옮겨가서 교황 피우스 9세를 쫓아내고 로마공화국을 선언하며 자유주의 운동을 지속하였다. 그러나 교황이 프랑스의 루이 나폴레옹에게 간섭을 부탁하고 루이 나폴레옹이 교황의 부탁을 수락하여 혁명군을 진압하고 교황을 다시 로마의 지배자로 복귀시키자 자유주의 혁명군의 나머지 유일한 보루는 베니스 시뿐이었다. 이후 6주일간 베니스 시민의 저항은 영웅적인 것이었으나 오스트리아 군의 무자비한 포격, 식량부족, 콜레라의 발생 등은 이들의 사기를 저하시켜 결국 오스트리아군에게 항복하게 만들었다. 이리하여 반동적인 귀족제후들이 이탈리아의 북부지역을 오스트리아의 감독하에 다시 다스리게 되었고 이탈리아는 통일된 민족국가를 수립하기까지는 아직 기다려야만 하였다.

1848년 혁명의 평가

분명한 가능성으로 시작된 유럽 전지역에서의 1848년 혁명은 모두 실패로 끝났다. 혁명세력들은 어느 곳에서나 초기에는 주도권을 장악하였다가 얼마 뒤에는 세력을 잃게 되는데 이는 반동세력들이 기습에 놀라 전열을 재정비하는 잠깐 동안의 성공을 의미하는 것으로써 혁명세력이 반동세력보다 실력상으로 부족하였음을 보여준다. 정규군의 힘은 조직, 무장, 사기 등에서 흥분한 군중을 힘의 기반으로 삼은 혁명세력보다 압도적으로 우세하였다. 그래서 혁명지도자들은 대량 처형되거나 미국으로 망명하는 것으로써 사건이 종결되는 경향을 보이고 있다.

혁명세력의 성공은 압제에 대항하여 모든 사회계층을 통일전선으로 묶을 경우에만 가능성을 가졌는데, 혁명지도자들은 세력의 결집에 실패함으로써 그들의 한계를 노출시켰다. 자유주의 시민들은 온건한 정치개혁, 즉 의회, 헌법기본권의 보장으로 개혁의 프로그램을 상정하고 하층 노동계층을 제외하고 시민세력만을 가지고서 반동세력에 대항하기에는 애초부터 역부족일 수밖에 없었다.

시민들은 노동자들을 무식하고 교양없는 위험한 무리라고 간주하고 자신들의 동료로서는 받아들일 준비를 전혀 하지 않았다. 그러나 노동자들이 시민에 의해 시작된 혁명에 참여하자 시민들은 오히려 노동자들을 두려워하여 혁명의 목적을 포기하는 편으로 물러섰던 것이다.

한편 중부 유럽지역에서 현저하게 나타난 민족주의 감정은 자유주의 운동에 불리하게 작용하였다. 마자르족과 슬라브족, 게르만족, 폴란드 민족 등은 민족 감정을 근본으로 삼아 자유주의 개혁을 시도하였으므로 외부세력에 의하여 조종당할 약점을 내포하고 있었다.

19세기 초 이상주의적인 민주주의자들은 모든 민족의 독립과 자유에 의한 새로운 유럽의 탄생을 희구하면서 자기의 삶을 불태웠으나 자유주의와 민족주의가 언제나 우호적인 관계를 유지한다고 생각하는 오류를 범하였다. 현실적으로 이상은 단지 이상일 뿐이었고 실천될 수 없었던 현실의 제약을 이상주의자들은 무시하였던 것이다.

그럼에도 1848년 혁명은 민주화로 나아가는 데 몇 가지 중요한 성과를 이룩하였다. 그것은 프랑스에서 모든 성인남자가 투표권을 획득하게 되고, 오스트리아에서와 프러시아에서는 농민의 부역의무가 소멸되었으며, 다음 십여 년 뒤에 확대된 자유주의적 사회개혁의 실마리가 모두 1848년 혁명의 성과로서 생각되기 때문이다. 사회변화의 수단으로서 대중 봉기가 꼭 필요한 것은 아니라는 생각을 지배층과 부르주아 시민층이 나누게 되어 평화적으로 문제를 해결하려는 관점을 보다 분명하게 가르쳐 준 사건이 바로 1848년의 혁명들이었다고 할 수 있다.

이탈리아의 통일

통일을 바라보는 상이한 관점

19세기 초 이탈리아는 여러 국가들로 나누어져 있었다. 남부는 부르봉가의 왕이 시칠리아 왕국을 지배하고, 중부에는 교황이 교황령을, 북부는 합스부르크 제국이 롬바르디아와 베네치아 지방을 각각 다스리고 있었다. 그 외에 토스카나 공국, 파르마, 모데나는 오스트리아에게 예속된 귀족들이 다스렸고 사르데냐 섬은 이탈리아계 왕조인 사부아 왕조(the House of Savoie)가 다스렸다.

이러한 정치적 분립상보다 이탈리아가 더욱 심각하게 겪는 어려움은 문화적 경제적인 분열상이었다. 이탈리아 전지역에서 통일을 지향하는 열정보다는 지방적인 전통을 중히 여기는 정신이 보편적이었기 때문에 북쪽 도시인들은 남쪽 시칠리아인들에 대하여 동족으로서의 애정이나 친밀감이 없었고 경제적인 유대관계도 매우 미약하였다.

중산층—도시거주상인, 지식인, 관리의 일부—을 제외하고 이탈리아인들은 사회가 신에 의하여 질서가 유지되었으므로 왕이나 교황의 지배는 정당하다고 믿었으며 프랑스 혁명의 이념, 계몽주의적 세계관, 의회 정부, 평등, 사상의 자유 등을 낯설은 것으로 부정하고 있었다. 즉 구제도(Ancien Regime)의 세계관을 그대로 답습하고 있었던 것이다. 그러므로 이들은 이탈리아의 통일의 필요를 느끼지 못할 뿐 아니라 오히려 증오하였다. 이들은 통일된 이탈리아에서는 교황이 쫓겨나서 성직자의 권위가 소멸될 것이며, 정통 국왕들 또한 없어진다는 것을 마치 하늘이 내리는 재앙으로 간주하였던 것이다.

그러나 프랑스·혁명기간 나폴레옹이 이탈리아를 점령하면서 프랑스는 이탈리아 내 여러 나라들 간의 장벽을 없애버렸다. 즉 각 지역을 잇는 도로를 건설하고 전 이탈리아에 동일하게 적용되는 법을 시행하며 프랑스는 국가란 시민들로 조직되는 합의된 약속체계란 관념을 불러일으켰다. 그래서 이탈리아에서도 헌법, 의회제도가 실시되었다.

이탈리아 중산층은 외국인 지배자의 축출과 통일의 성취로 경제적 성장이 증대되는 것을 확신하고 있었다. 상인과 제조업자들은 분열된 상태에서는 상품의 이동, 상인의 여행시 각 나라에서 요구하는 물품세나 통행의 제약으로 많은 불편을 겪고 있었고, 나아가 나라마다 다른 화폐단위나 도량형의 기준은 경제활동의 결정적인 제약요인으로 상인이나 제조업자들의 불만을 사고 있었다. 나폴레옹 점령 하에서 관리생활을 한 중산계층도 성직 및 귀족의 특권사회로 복귀하여서는 자신들의 경력과 출세가 불가능하므로 구질서로의 복귀보다는 통일된 이탈리아 수립을 위하여 노력하였다.

이러한 노력의 일부는 과거 로마제국을 세웠던 민족으로서의 이탈리아 자부심을 확대시키는 일에 집중되었다. 민족영광의 내용을 담은 소설, 희곡, 시, 역사 등을 널리 보급시키는 이러한 일은 문자해독, 지적능력의 향상을 전제로 하는 것이므로 대학생과 교육받은 중산층은 이러한 일에 큰 관심을 가지고 있었으나 문맹이던 농촌의 대다수 농민들은 계속되는 생활의 어려움 속에서 민족 통일이라는 문제와는 무관한 나날을 보내고 있었다.

실패한 혁명들

1815년, 즉 나폴레옹이 몰락한 뒤에 이탈리아에서는 조국의 독립과 자유를 쟁취하기 위한 비밀결사가 조직되어 활발히 움직였다. 여러 비밀결사가 있었으나 '카르보나리' 결사가 가장 주목할 활동을 벌여 전국에 지부를 결성하였다.

1820년 '카르보나리'는 중산층과 군인으로 조직되어 시칠리아 왕국에서 얼마동안 자유주의적 개혁을 이루기도 하였다. 민병과 일부 군인들의 동조에 힘입어 '카르보나리'는 국왕 페르디난트로부터 헌법제정과 의회수립의 약속을 얻어내는 데 성공하기도 하였다. 그러나 메테르니히가 이 일에 간섭을 함으로써 '카르보나리'의 계획은 실패하였다.

1820년대 메테르니히는 보수반동의 최고권력을 가지고 어디에서나 자유주의 혁명의 가능성이 보이는 곳에는 압제의 철퇴를 휘두르며 자유주의 운동을 박해하였기 때문에 '카르보나리'의 계획도 실패할 수밖에 없었던 것이었다.

1831~1832년 '카르보나리'가 교황령에서 일으킨 자유주의 운동 또한 오스트리아의 개입으로 좌절당하였는데, 이 사건에도 농민들은 '카르보나리' 운동에 무관심하였을 뿐 아니라 전통지배계층을 옹호하고 있었다.

이러한 좌절 속에서 이탈리아 독립을 위하여 전 생애를 바친 뛰어난 투사가 나타났는데 그는 주세페 마치니(Giuseppe Mazzini, 1805~1872)였다. 낭만적 자유주의자였던 마치니는 공화제의 형태로 조국 이탈리아가 통일되기를 염원한 민족주의자였다.

그는 고대 로마가 이탈리아의 영광을 나타내고, 중세 로마가 기독교의 영광을 밝히듯 제3의 로마는 자유로운 민족, 개인의 자유, 평등의 성지로서 새로운 유럽의 중심이 되기를 희구하였다. 신의 섭리가 독립된 민족국가, 공화제, 민주주의라는 형태로서 이루어진다는 마치니의 신비적 신앙은 당시 자유주의자들이 공감한 바는 아니었으나 마치니는 인간성의 진보를 신뢰하였다는 점에서는 그들과 다를 바가 없었다.

그는 1831년 사건의 관련자로 투옥되었다가 추방당하였는데 이 기간 그는 '카르보나리'를 대신하는 새로운 '청년 이탈리아' 조직을 만들었다. '청년 이탈리아' 조직은 대학생들이 중심세력을 이루

없었는데 이들은 혁명의 이상을 위하여 자신의 젊음을 불사르는 한편 이탈리아인들의 각성과 자유로운 민족들이 형제애로 뭉쳐서 새로운 유럽을 만들어 나가자는 마치니의 이상 실현을 위하여 헌신하였다.

마치니는 참된 혁명은 밑에서부터 시작되는 것이라고 믿었고 이것은 동족에 대한 깊은 사랑이 없이는 불가능하다고 생각하였다. 따라서 마치니는 '카르보나리'가 실패한 까닭은 그들이 기반을 전 이탈리아에서 얻고 전국민의 참여를 유도할 미래상의 제시가 부족하고 제약적이었다는 점을 들고 있었다. 대중동원과 그들의 참여 없이는 어떠한 혁명도 마치니가 제시한 미래상과 양립할 수 없었으므로 그는 대중을 움직일 수단의 개발에도 힘을 기울였다.

덕망, 결단력, 용기, 웅변 등은 대중을 이끌어 나갈 지도자가 겸비할 카리스마적 구성요소들로서 마치니는 이것들을 적절히 사용하여 대중지지를 얻기 위하여 애썼다.

그러나 마치니의 이러한 노력은 성공하지 못하였다. 1834년 마치니를 따르는 소규모 집단이 스위스에서 사부아를 공격하였다가 실패하였고, 다른 곳에서 반복된 시도들도 1837년, 1841년, 1843~1844년 모두 실패하였다.

1848년 혁명기에는 앞에서 설명한 것과 마찬가지로 초기에 기선을 제압하여 마치니가 로마공화국의 제1집정관으로 선출되었으나 루이 나폴레옹의 개입으로 다시금 교황이 정권을 장악하고 쫓겨나는 비운을 맛보게 되었다. 그리하여 이탈리아는 여전히 분열된 상태로 남게 되었고 북부는 오스트리아의 지배를 받고 있었다.

카부르의 등장

1848년 혁명의 실패는 마치니의 구상이 잘못되었다는 증거였다. 대중의 무력봉기라는 마치니의 계획은 생활에 찌든 일반 대중에게는 피부에 닿는 그렇게 절실한 내용은 아니었다. 그러므로 이탈리아의 통일을 이루기 위한 새로운 계획이 구상되었다.

　이탈리아 민족주의자들은 이탈리아 왕조인 피에몬테-사르데냐 왕국을 중심으로 북부의 오스트리아 세력을 완전히 몰아냄으로써 완전한 통일을 성취하려는 희망을 표명하기 시작하였다.

　카밀로 벤조 디 카부르(Camilo Benso di Cavour, 1810~1861) 백작이 피에몬테-사르데냐 왕국의 수상으로서 이탈리아 통일을 완성할 건축가의 일을 담당하게 되었다.

　낭만적 자유주의자였던 마치니와는 달리 카부르는 이상을 내걸지도 않았고 웅변으로 대중을 휘어잡는 솜씨 또한 없었다. 그러나 카부르는 조심성이 많고 실제적인 이익에 민감하며 현실감각이 뛰어난 정치가였다.

　그는 대중의 봉기가 이탈리아 통일의 기반이며 이를 사용하여 오스트리아 군대를 물리칠 수 있다는 마치니의 구상은 공상적인 세계에서나 가능한 것이라고 비판하였다. 나아가 카부르는 대중이 주권자라는 공화정에 대하여도 좋지 않게 보았다. 그러면서도 그는 통일로 나아가는 선명하고 구체적인 계획안은 사실 마련하지 못했다.

　그의 희망은 오직 북부 이탈리아 지역에서 오스트리아를 몰아내고 롬바르디아와 베네치아 지역을 피에몬테-사르데냐 왕국의 영토로 편입시키고자 하는 것에 불과하였다. 그러나 오스트리아를 몰아내기 위하여는 강력한 동맹국의 지원이 반드시 필요하였으므로 카부르는 영국이나 프랑스의 관심을 끄는 일이 필요하다고 판단하고 있었다.

　1855년 러시아의 남하정책을 견제하기 위하여 영국, 프랑스가 힘을 합하여 크림 전쟁을 야기하였을 때 카부르는 즉각 러시아를 비난하며 영국, 프랑스의 연합세력에 가담하였다. 이는 카부르가 영국, 프랑스의 관심을 끌기 위한 작전이었음은 말할 나위도 없는 것이었다. 물론 러시아의 세력이 영국, 프랑스 연합세력에 당할 수 없다는 세력판도를 검토한 뒤에 크림 전쟁에 개입한 카부르의 판단은 날카로운 현실 정치가의 면모를 여실히 보여주는 것이었다.

카부르는 여기에서 나폴레옹 3세(1852~1870)의 조력을 청할 기회를 만들고, 나폴레옹 3세는 북부 이탈리아 지역을 오스트리아의 영향권에서부터 프랑스의 영향권으로 편입시키려는 야심을 가지고 이탈리아 통일을 거들게 된다.

1858년 카부르와 나폴레옹 3세는 동맹조약을 체결하여, 만일 오스트리아가 사르데냐를 공격하면 프랑스가 이탈리아를 원조한다는 약속을 하게 되는데, 이는 카부르가 오랫동안 염원하던 후원자를 얻는 계획을 성공적으로 진척시킨 결과였다. 이리하여 사르데냐가 롬바르디아, 베네치아, 교황령을 합병하고 프랑스는 이를 원조하는 대가로 니스와 사부아를 얻게 된다면 오스트리아가 이탈리아에게 전쟁을 선언할 것은 확실하였다.

그러나 이제 프랑스라는 후원자를 가진 사르데냐가 이전처럼 오스트리아에게 맥없이 패배할 것으로는 생각되지 않았고 또 사실 패배하지 않았다.

그러나 프랑스의 나폴레옹 3세는 이 결정적인 시기에 카부르를 배반하였다. 그는 사르데냐가 교황령을 합병하고 프랑스가 이를 지원하였을 경우, 프랑스 국내 가톨릭 교도들의 나폴레옹 3세에 대한 저항을 계산하였고, 그보다도 프러시아가 오스트리아와 연합하여 프랑스를 위협할 상황이 예상되었으므로 비밀리에 오스트리아와 휴전을 한 것이었다. 이에 카부르는 남의 힘을 빌려서 자기의 계획을 실현하는 일이 얼마나 제약적인가라는 교훈을 배우게 되었다.

결국 사르데냐는 롬바르디아를 얻은 것으로 만족하여야만 하였고 프랑스에게는 약속대로 니스와 사부아를 양도하는 형편에 처하게 되었다. 이런 결과는 카부르에게는 분명히 실망을 던져주었으나 그가 예상치 못하였던 점, 즉 이탈리아 사람들에게 민족이라는 감정을 확산시켜 파르마, 모데나, 토스카나에서 봉기한 혁명세력이 자진하여 사르데냐에게 통합되기를 희망한 사건을 가능케 하였다.

가리발디와 남부 이탈리아

사르데냐의 노력은 남쪽 시칠리아 왕국의 영토 내에서도 통일을 지향하는 혁명세력을 자극하였다. 1860년 봄 주세페 가리발디(Giuseppe Garibaldi, 1807~1882)가 이끄는 천여 명의 붉은 셔츠를 입은 애국자들이 시칠리아 섬에 상륙하였는데 이들은 시칠리아 왕국의 지배자가 프랑스계인 부르봉 가문이라는 사실에 불만을 품고 프랑스 지배로부터 시칠리아 섬을 해방시키겠다는 꿈을 지닌 의용병들이었다.

한편 가리발디는 마치니를 후원하였던 혁명가였는데 그의 혁명적 사상과 행동은 정부로부터 요주의 인물이라는 주목을 받기에 충분하였다. 정부에 의하여 구속당하고 처형을 받을 것이 분명하게 되자 가리발디는 이탈리아를 탈출하여 남아메리카로 망명하여 13년간을 지냈는데, 이 기간에도 가리발디는 혁명운동 세력과 관계를 가지면서 여러 가지 혁명전략을 익히고 혁명운동의 실천적인 경험을 겪었다.

가리발디의 생각은 당시의 사상과는 다른 점이 많았는데, 그는 모든 예속된 민족의 독립, 여성해방, 노동자의 결사권, 인종 간 평등, 벌금형의 폐지 등을 주장하였다. 이러한 그의 독특한 사상이 우리의 관심을 끌고 있으나 그가 가장 희구한 것은 말할 나위도 없이 민족의 통일, 즉 이탈리아의 통일이었고 이것은 그에게 있어서는 하나의 종교요 신앙이었다. 카부르가 현실을 중시하여 우선 북부 이탈리아 지역에서 사르데냐의 영역을 넓히는 일에 관심을 집중한 것에 비하여 가리발디는 이탈리아 반도의 통일에 더욱 큰 관심을 집중하였다.

1848년 혁명의 와중에 다시 이탈리아로 돌아온 가리발디는 가난

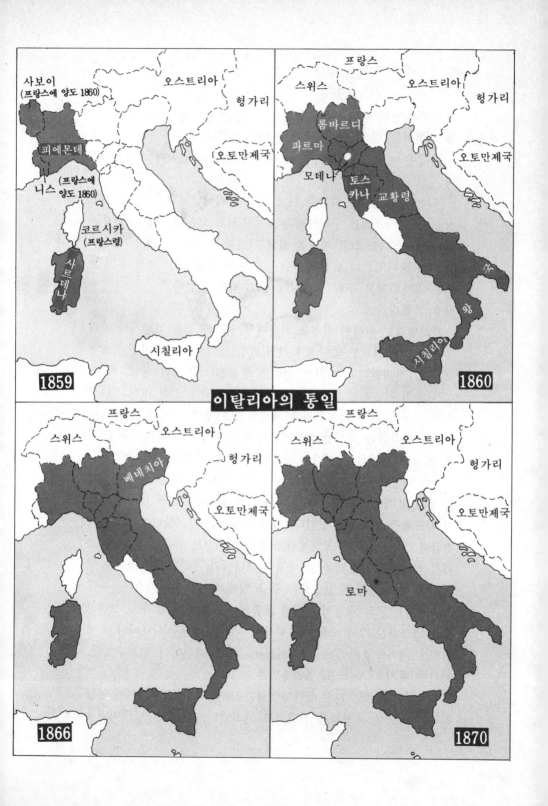

하고 무지한 일반민중에게 통일의 의미, 이탈리아인으로서의 의미를 고취하는 뛰어난 지도자로 변하여 있었다.

한 젊은 예술가는 가리발디를 따르며 함께 싸웠던 때를 회고하면서

"나는 가리발디가 백마를 타고 우리를 지휘하였던 그 날을 결코 잊을 수 없다. 그는 우리에게는 구세주였고 모두들 그를 구세주라고 불렀다. 나는 그의 명령을 결코 거역할 수 없어서 단지 그의 뒤를 따를 뿐이었는데 모인 사람들은 모두 나와 같았다. 그를 우리 모두는 경배하였고 우리는 그렇게 할 수밖에 없었다."

라고 하였다.

가리발디는 이러한 열정을 이끌며 시칠리아 섬을 해방시켰고 나폴리의 경우 전투도 없이 항복하였으므로 로마를 향해 진군을 계속하였다. 가리발디의 이처럼 놀라운 성공은 마치니의 신념, 즉

"대중의 지도자는 대중을 영웅적인 행동으로 이끌어 내야 한다."

라는 주장을 시의에 적합하게 재생하였던 점에 의거한 것이었다.

한편 카부르는 가리발디가 가톨릭 신앙의 성소 로마를 공격할 경우 프랑스가 간섭을 할지도 모른다는 걱정을 피할 수 없었다. 이미 나폴레옹 3세는 로마의 교황령을 프랑스가 보호한다는 입장을 공포한 적이 있었고 1849년 이래로 프랑스 수비대를 로마에 주둔시켜 교황을 보호하고 있었다. 또한 카부르는 가리발디가 지나치게 성급하고 격정적이며 공화제를 선호한다는 점도 마음에 걸렸다. 그래서 카부르는 나폴레옹 3세에게 사르데냐가 가리발디의 행동을 막기 위하여 교황령을 점령하는 것을 양해하도록 설득하였다. 이에 가리발디는 그의 개인적 야심과 대중의 희구가 악용될 수도 있다는 것을 인식하고 그와 그의 지지자들이 정복한 지역을 사르데냐 왕 비토리오 에마누엘레(Vittorio Emanuele)에게 자진하여 넘겨주었다. 이러한 예가 역사에 또 있었을까?

사르데냐 왕 비토리오 에마누엘레는 1861년 3월 17일 자신이 이탈리아의 유일한 국왕임을 선포하고 가리발디가 양도한 남부지역을

이탈리아 왕국의 영토로 편입시켰다. 그러나 오스트리아가 장악하고 있는 베네치아 지역과 프랑스가 수비하는 로마 시는 신생 이탈리아 왕국의 영토가 아니었다.

그래서 이탈리아는 베네치아를 얻기 위해 프러시아와 손을 잡고 1866년 보오전쟁에서 오스트리아를 패배시키고 전리품으로서 베네치아를 손에 넣었으며, 1870년 보불전쟁시 프랑스가 로마에서 수비대를 철수하자 이탈리아는 곧 로마에 군대를 진군시켜 교황의 저항을 제압하고 이탈리아의 수도로서 로마를 지명하였다.

이리하여 이탈리아는 뒤늦게 통일된 민족국가를 세우게 되었던 것이니 그 해가 1870년이었다.

독일의 통일

1848년 혁명의 실패는 독일 자유주의 세력을 거의 마비시켰다. 혁명의 와중 속에서 보수 진영이 결속력을 강화하는 동안 자유진영을 대변하였던 시민층은 하층세력의 급진적인 개혁요구를 두려워하며 오히려 보수진영의 편을 들게 되었다. 그래서 자유주의 세력은 어디에서도 그들의 안식처를 찾지 못하게 되었다.

약해진 자유주의 세력은 스스로의 힘에 의하여 분열된 독일을 통일로 인도할 능력이 없었으므로 프러시아의 군국적 책략에 의한 민족통일을 방관할 도리밖에 없었고 이리하여 독일은 유럽 이웃나라들의 민족통일, 민족국가의 발전과는 다른 경험을 하게 되었다.

통일사업의 위임자 프러시아

독일의 민족주의자들이 민족통일의 희망을 걸고 있던 프로이센은 어떤 나라였을까? 17세기 말과 18세기 100여 년간 프로이센의 역대 왕들은 잘 훈련된 강력한 군대를 키우기 위하여 모든 힘을 기울였다. 더욱 국가의 관리들이란 대부분 퇴역 군인들로서 충원되었다. 프로이센 사회의 어디에서나 군인, 특히 장교는 특권적 신분으로서 존경을 받았고 국왕들은 공식복장으로 군복을 즐겨 입었다.

요컨대 국가를 운영하는 국왕, 관리는 군대의 질서를 중히 여겨 모든 분야에 군대조직, 군인정신이 스며들기를 원하였다. 일반 국민들은 엄격한 군인의 생활 태도가 몸에 배이도록 의무교육, 징병

의무 이행시 훈련받았다. 권위에 대한 존경과 규율 엄수란 프로이센 사회의 국민이 체득하여야 할 덕목이었다. 그러므로 프로이센 사회는 군국주의적 정신이 늘상 가득차 있었다.

프로이센 사회의 군국주의적 성격을 가중시킨 요소로 융커를 들 수 있다. 융커란 북동부 독일지방의 지주층을 일반적으로 지칭하는 용어인데 이들은 프로시아 호엔촐레른 왕조를 뒷받침하고 있으며 그들의 토지가 있는 지역에서 특권을 가지고 토지에 얽매인 농민들을 다스리고 있었다.

18세기 프로이센은 경제적으로 농업 위주의 사회구조를 가지고 있을 뿐 상공업이 발전하지 못하였으므로 사회에서 성공할 수 있는 수단은 군인이 되어 고위 장교가 되거나 관리가 되어 외교관·장관이 되는 길 외에는 다른 방법이 없었다. 그런데 융커는 군대에 있어서 고위 장교직, 행정에 있어서 고위 관리직을 유일하게 독차지하고 있었다.

융커는 국왕의 권력이 약화될 경우 그들이 지녀온 제반 특권들 또한 빼앗길 가능성이 크며 프랑스 대혁명과 비슷한 재앙을 만나게 되리라 우려하였다. 그래서 융커는 국왕의 강력한 지지계층이 되었고 국왕은 그에 대한 대가로 융커층의 특권을 보장하였다. 그러므로 프로이센은 근대 민족국가의 발전경로가 국왕과 지주세력의 연합에 의해 주도되었고 이들은 보수적이고 봉건적인 사회구조를 유지하려는 집단들이었으므로 상공업에 기반을 둔 자유주의 시민층은 활발하게 발전할 수 없었다.

위로부터의 개혁

1806년 나폴레옹이 예나에서 프러시아를 격파한 사건은 프러시아의 고위 관리 및 장교들의 자존심을 더럽히는 사건이었다.

막강한 군대를 보유하고 있으며 건국 이래 강력한 국가로 성장하여 왔다는 프로이센 지배층의 자신감은 그것이 얼마나 허황된 것이며 공허한 것이었는지 프랑스 혁명군과 비교할 때 뚜렷이 노출되었다. 즉 억압받으며 맹종하는 농노로 이루어진 프로이센 군대와 조국을 위하여 자신을 희생하는 프랑스 혁명군과의 전투는 군대 간의 싸움이라는 측면 외에도 억압된 사회와 자유가 있는 사회와의 대결이었고 자유로운 사회의 일방적인 승리라는 결과가 판명되자 프로이센 지배층은 프로이센 사회개혁의 필요를 인식하여 국민들에게 맹종보다는 자발적인 참여를 유도하기 시작하였다.

예나 패전을 딛고 일어서려는 프로이센의 개혁을 주도한 사람들은 참정권, 자치권, 보통교육, 유대인에게 완전한 시민권 부여, 군대에서 구타금지 등 여러 가지 개혁을 실시하였지만 의회제도 확립과 헌법제정을 이끌어내지는 못하였다.

융커 세력은 그들이 보유한 경제적 군사적 행정적인 힘을 통하여 개혁에 저항하였고 완강히 버티는 데 성공하였다. 그러므로 프로이센에서의 개혁은 프랑스에서처럼 자유를 확대하는 것이 아니라 관료제도를 개선하여 국가를 강하게 만든다는 특징을 지니게 되었다. 그러므로 자유주의 이념을 내건 중산 시민층에 의한 개혁이 아니라 보수 지배층에 의한 개혁이라는 독특한 방법이 프로이센에 도입되었다.

이런 맥락 속에서 1834년 '관세동맹'이 체결되었다. '관세동맹'은 독일의 많은 주권국가들 사이에 물품이 오갈 때 번거로운 관세를 폐지하는, 경제유통 활성화라는 목적을 가지고 있었으나 그 외에도 단일한 독일민족이라는 민족의식을 깨우치는 데 크게 기여하였다. 39개 독일주권 국가들의 경제인들은 독일민족이 하나의 통일국가로 합쳐진다면 엄청난 경제발전이 가능하며 이것으로 게르만 민족의 우수함을 다시 한번 온 세상에 과시할 좋은 기회를 얻게 된다고 생각하였다. 그들은 통일로 이르는 길 중에서 경제분야의 기초를 마련하였는데 물론 자신들의 경제활동의 편리함과 그로 인한 이익을 최우선적으로 고려하였음은 말할 나위조차 없다.

1848년 혁명이 좌절되면서 독일의 통일사업의 주도권은 보수진영이 잡게 되는데 우리는 여기에서 오토 폰 비스마르크(Otto von Bismark, 1815~1898)라는 위대한 정치가가 일세를 풍미하게 되는 것을 보게 된다.

1815년 융커 집안에서 태어나 융커로 교육받은 비스마르크는 귀족의 입장에서 독일 통일의 필요성을 절감하고 있었다. 프로이센이 중심이 되어 민족통일 국가를 이룩한다면 프랑스, 영국, 러시아와 더불어 독일은 세계강국이 될 수 있고, 또 반드시 그렇게 되야 한다고 믿고 있었는데 그는 통일의 방법으로서는 힘에 의한 방법 외에 다른 어떤 방법도 없다고 확신하였다.

비스마르크는 젊은 시절 귀족 출신이라는 자신의 출생신분을 확인이라도 하려는 듯 무려 28번의 목숨을 건 결투를 하여 온 몸에 결투의 흔적을 남긴 거친 성격을 가졌지만 민족통일이라는 민족의 대업을 그의 친구들이 부정적으로 평가하던 것에 대하여 비스마르크는 매우 못마땅하게 생각하였다. 그에게 통일이라는 일은 반드시 이룩되어야만 할 민족의 염원인 이상 모두가 전심전력을 기울일 것 같으면 결코 불가능한 일은 아니라고 판단되었던 것이다.

32세에 프러시아 의회의 의원으로 당선되어 정치에 입문한 비스마르크는 처음부터 황제 주도하에만 국민이 행복과 권리를 누릴 수 있다고 굳게 믿는 보수정치가로서 입장을 뚜렷이 밝혔다. 그의 이러한 입장은 곧 국왕의 마음에 들게 되어 36세에 독일 연방의회의 프러시아 대표로 선임되는 행운을 얻게 되었다.

이즈음 연방의회의 각국 대표는 외교관의 직책을 띠고 있었는데 프로이센 대표가 되는 일은 매우 힘드는 일이었으나 비스마르크는 행운의 덕으로 7년간이나 대표의 일을 맡았고 그후에는 러시아 대사로 발탁되는 행운을 계속 가지게 되었다. 1861년 비스마르크는 다시 프랑스 대사가 되어 유럽 정치판도를 익히게 되고 1862년 드디어 빌헬름 1세의 수상으로 임명되었다.

순조로운 관운을 따라 수상이 된 비스마르크는 자기의 임무란 그가 오랫동안 꿈꾸어 왔던 독일을 단일 국가로 통일하는 과업을 달성하는 것이라고 믿고 있었다. 그래서 통일에 대한 그의 입장을 밝힌 의회의 연설에서 비스마르크는

"오늘의 문제는 말로써 해결되는 것이 아니라 오로지 철(鐵)과 피(血)에 의해서 해결된다."

라는 그 유명한 철혈정책을 밝히게 되었던 것이다.

그의 철혈정책의 구체적인 조력자는 참모총장 몰트케였다. 비스마르크와 몰트케는 프러시아가 맨 처음 전쟁을 해야만 할 상대로 오스트리아를 들고 있음에 의견의 합치를 보았다. 그래서 비스마르크는 외교적으로 오스트리아를 고립시키는 일을 위하여 프랑스와 비밀리에 협약을 맺고 프랑스가 오스트리아를 지원하지 않겠다는 다짐을 받아내었다.

한편 몰트케는 대 오스트리아 전쟁에서의 승리를 위한 구체적인 작전계획을 완성하고 전격적인 기습작전을 펴기로 준비하고 있었다.

비스마르크가 오스트리아와의 전쟁이 불가피하다고 판단한 것은 오스트리아가 여러 민족이 섞인 제국을 유지하려고 계속 노력하는 형편이었으므로 오스트리아를 포함하는 독일 통일이란 사실 불가능하다고 본 것이다. 즉 오스트리아를 제외한 나머지 독일 국가들로만(이것을 소독일주의라고 부른다) 독일 통일을 이룩할 것이며 오스트리아가 이에 반대할 것이 확실하였으므로 비스마르크는 오스트리아와의 전쟁을 비밀리에 준비하였던 것이다.

이 기간 비스마르크는 암살의 위협을 여러 번 받고 실제로 길가에서 저격을 당하였는데 암살자의 탄환은 빗나가고 말았다. 비스마르크는 자기가 채택한 철혈정책이 국내에서 많은 불만을 일으킨다는 것을 잘 알고 있었으므로 불만세력이 자신을 노리고 있다는 사실에 별로 당황하지 않았다. 오히려 그는 이러한 저격사건을 계기로 삼아 그의 정적들, 주로 자유주의 정치가들을 옭아매는 수단으로 이용하였다.

한편 프랑스의 나폴레옹 3세는 비스마르크의 중립 요청을 수락하는 약속을 하였는데 이는 나폴레옹 3세가 프러시아를 과소평가하고 오스트리아를 과대평가한 오류 때문이었다. 1866년 오스트리아와 프로이센이 전쟁을 시작하자 나폴레옹 3세는 장기전이 벌어질 것을 예측하고 관망하고 있었는데 놀랍게도 7주 만에 오스트리아가 항복하게 되자 프로이센에 대하여 신경을 날카롭게 세우고 프로이센이 싸울 다음 상대란 바로 프랑스라는 사실에 대비하기 시작하였다.

1870년 7월 19일 프랑스와 프로이센은 유럽 서부의 패권을 놓고 싸움을 벌이게 되었는데 일반적인 예상은 프랑스가 우세하여 장기전으로 결판이 날 것으로 판단되었다.

영국의 경우가 이번에는 구경꾼이 되어 프랑스와 프로이센이 다투는 동안 전세계의 영국 식민지를 확보하여 실익추구에 좋은 기회를 얻었는데 프로이센은 이러한 예상을 비웃듯이 8월에 프랑스군의 본거지 메츠를 점령하고 9월 스당을 함락하여 나폴레옹 3세를 포로로 잡았다. 오스트리아, 프랑스를 연파한 뒤 프로이센은 겨우 서부유럽의 강국의 대열에 올라설 수 있게 되었는데 그보다도 더 중요한 것은 독일의 통일이 전쟁 승리의 결과로 달성되었다는 것이었다.

그래서 1871년 프러시아의 빌헬름 1세는 프랑스 파리 교외의 베르사유 궁전 '거울의 방'에서 독일 여러 나라들 군주의 추대로 독일

비스마르크

프랑스 정치지도자들과 회담하는 비스마르크

제국의 황제로 즉위하였고 독일은 드디어 통일된 하나의 민족국가가 되었다. 비스마르크도 그의 공적을 인정받아 공작으로 서임되었다.

그러나 비스마르크의 철혈정책에 따른 독일의 통일은 독일의 역사에 깊은 상처를 주는 고통을 포함하고 있었다. 자유의 유보를 대가로 하여 군국적인 정책의 승리인 독일통일은 독일의 자유주의 시민층의 성장을 기형적으로 이끌었고 자유민주주의 구현이라는 오늘날의 역사적 상황과는 판이하게 다른 독일의 '특수한 경험'을 초래하게 만들었다.

이것이 후일 히틀러의 나치즘과 관련을 가지고 있다는 설명은 오늘날에도 유력한 견해인데 이 설명은 독일인들에게는 매우 아픈 상처를 남기는 것이다.

그러나 여하튼 비스마르크는 독일 민족이 염원하고 그 또한 갈구하던 민족통일의 과업을 성공적으로 이룩하였다.

합스부르크 제국 내에서의 민족주의

이탈리아 반도와 독일 지역에서 민족주의가 통일국가를 이루어 낸 것과는 달리 오스트리아에서는 민족주의가 합스부르크 제국을 해체시키는 역할을 하고 있었다. 여러 민족이 모자이크처럼 섞여서 구성되었던 합스부르크 제국은 민족주의가 열병처럼 번졌던 19세기 말엽에 이미 쇠약하였고, 제1차 세계대전이 끝나는 1918년에는 역사에서 사라지게 된다.

영국도 프랑스도 인종적으로 동일한 민족만으로 구성된 국가는 아니다. 그러나 영국과 프랑스는 민족이라는 개념이 중요한 의미를 지니지 못하였던 중세시대에 다른 인종을 통일국가의 국민으로 동화시켰으나 합스부르크 제국은 민족 간 적대감정이 강렬하였던 19세기 통일제국을 유지하기 위하여 관습과 문화전통이 다른 민족들을 한 국민으로 동화시켜야 하는 어려움을 안고 있었다.

합스부르크 제국의 민족구성은 게르만 인종이 전 인구의 1/4정도로 다수 민족을 점하고 있었으며 마자르인, 폴란드인, 체코인, 슬로바크인, 크로아트인, 루마니아인, 루테니아인, 이탈리아인들이 섞여서 제국인구의 3/4을 이루었다. 19세기 제국 내 각 민족의 문필가, 음악가, 학자 등은 민족 고유의 언어, 민족의 음악, 민족의 전통관습을 발굴하고 소개하며 민족의식을 고취시키는 노력을 지속하였는데 이것은 합스부르크 제국의 해체를 촉진시키는 작용을 하였다.

1848년 혁명의 해에 합스부르크 제국은 마자르인의 독립운동, 프라하에서 체코인들의 혁명, 롬바르디아, 베네치아에서의 봉기를 압제할 수 있었으나 이와 같은 사태의 재발을 막기 위하여 사용한 강압책은 제국 내 비게르만인들의 불만과 원한을 더욱 깊게 만들었을 뿐이었다. 비밀경찰의 활동과 중앙집권적 관료제의 간섭은 각 민족의 자유를 요구하는 외침을 막아내는 효율적인 도구처럼 보였으나 합스부르크 제국은 도구를 사용하고 유지하느라고 많은 경제 및 정치적 부담을 지지 않을 수 없었다.

마자르인들의 독립운동

1859년 사르데냐에게 패하고 1866년 프러시아에 패한 합스부르크 제국은 갑자기 무력한 제국으로 변하였다. 마자르인들은 이 기회에 합스부르크 제국을 유지하는 대가로 마자르의 독립을 요구하였다. 제국의 제2민족으로서 마자르족의 위치는 약화된 게르만족에 비하여 상대적으로 높아졌고 합스부르크 제국의 존속을 마자르족이 약속하였으므로 게르만족은 1867년 마자르족과 협정을 맺어 합스부르크 제국을 오스트리아-헝가리로 분할하였다.

오스트리아-헝가리의 양국으로 분리된 합스부르크 제국은 오스트리아의 황제이며 헝가리의 국왕인 프란츠 요제프의 명목상 지배를 받았으나 헝가리는 내정에서 자치권을 획득하고 외교, 군사, 재정문제는 헝가리의 대표와 오스트리아 대표가 서로 협력하여 구성되는 부서에 의하여 운영하도록 합의하였다.

1867년 협약으로 마자르족은 자치권을 획득하였으나 헝가리 내에 속해 있는 기타 소수 민족의 문제는 협약에서 전혀 고려되지 않았다. 헝가리의 지배민족인 마자르족은 소수 민족에게 마자르어를 공용어로 강요하고 누구든 공용어를 제대로 사용하는 사람에게는 헝가리 사람들과 마찬가지로 대접하였으나 마자르어를 거부하고 소수 민족의 고유언어를 고집하는 사람들은 여지없이 반역자, 선동자 등으로 몰아대어 중한 벌을 받게 하였다.

그러므로 비마자르인들은 마자르인에 비하여 차별받을 수밖에 없게 되었다. 마자르인들은 오스트리아의 게르만인들이 자신들에게 가했던 모든 부당한 행위를 그대로 본받아 헝가리 내 비마자르인들에게 차별과 강압을 가하였다. 이때 가장 강력하게 저항한 민족은 슬라브인과 루마니아인들이었고, 유대인들은 비교적 마자르인들에게 적응하기 위하여 부단히 애를 쓴 편이었다.

게르만 대 체코인

한편 오스트리아-헝가리 제국 중 오스트리아 지역의 인구 구성은 게르만인이 1/3이었고 슬라브인이 2/3를 점하였다. 마자르인이 비마자르인을 동화시키기 위하여 힘쓴 공용어 정책은 소수 민족의 반발을 불러일으켰던 데 반하여 오스트리아는 슬라브인들에게 게르만 언어라든지 게르만 문화, 관습을 강요하지 않았다. 그러므로 오스트리아 지역에서 각 민족은 모국어로 자녀들을 교육시켰고 오스트리아는 각 민족의 언어, 관습과 게르만어, 게르만 관습에 대한 차별을 두지 않았다.

그러나 이러한 관용책은 게르만인이 슬라브인에 비하여 우월한 인종이라는 게르만인의 자존심 위에서 가능한 것이었다. 게르만인들은 자신들이 문화적으로 열등한 슬라브인들에게 높은 수준의 문화를 전해주어야 하는 사명을 하늘로부터 받았다고 믿고 있었으며 이런 게르만인들의 교만함은 슬라브인들의 민족의식이 각성됨에 따라 충돌을 초래할 위험을 내포하고 있었다.

오스트리아 지역 거주의 슬라브인 가운데 최대민족은 보헤미아에 사는 체코인들이었다. 보헤미아는 산업구조로 보아도 오스트리아-헝가리 제국 중 가장 공업화된 지역이었으며 19세기 말에 이르면 체코인들은 거의 문맹상태를 벗어나게 되었고 중동부유럽 가운데에서는 중산시민층의 세력도, 즉 자유주의와 민족주의를 지향하는 세력도 가장 강력한 편이었다. 이러한 사회적 분위기 속에서 체코인들은 대학을 설립하고 청년운동을 일으키며 체코문학을 발전시켰는데 이같은 노력들은 모두 체코인의 민족의식을 고무시키기 위한 것들이었다. 그러므로 보헤미아 지역에서는 게르만인과 체코인 간의 인종적 적대감정이 매우 뚜렷하였다.

체코인과 게르만인의 충돌은 수데텐 지방에서 가장 첨예화되었는데 게르만인들은 자신들이 수데텐에서 문화적, 도덕적으로 슬라브계의 체코인들보다 우월하므로 주요행정을 책임지는 것이 당연하다고 생각하였으며 슬라브어는 농민이나 하인들이 쓰는 말이라고 생각하였다. 그래서 도시의 거리에 어느 글자로 팻말을 달 것인지, 음식점의 메뉴를 어느 글자로 쓸 것인지를 놓고 체코인들과 게르만인들은 마찰을 거듭하였다.

체코 민족주의자들은 이런 형편이 헝가리의 경우와 비교할 때 어처구니 없이 부당한 일이라고 격분하여 격렬한 시위와 소요를 벌이며 독립헌법을 요구하였다. 이즈음 비스마르크가 수데텐에 거주하는 게르만인들을 '범게르만주의'라는 운동 속에서 독일과 연맹을 맺기로 추진하는 정책을 펴자, 오스트리아의 '범게르만주의' 운동의 지도자인 게오르크 폰 쇤너러(Gerog von Schönerer)는 슬라브인과 유대인은 인종적으로 열등하다고 선언하며 '위대한 독일의 선언'의 수립을 주장하였다.

결국 체코인과 게르만인과 충돌은 1897년 새 수상 카지미르 바데니 백작이 보헤미아의 관리들은 체코어와 게르만어를 모두 알아야만 한다고 명령하였을 때 극에 달하게 되었다. 이 명령으로 체코인들은 관리가 되는 과정에 별 어려움이 없었으나, 체코어를 완전히 무시하고 배울 필요조차 못 느끼던 게르만인들은 곤경에 처하게 되고 이 명령에 대항하였다. 그래서 의회 내에서는 게르만 의원들과 슬라브 의원들이 주먹으로 격투를 벌였고 여러 도시에서는 폭동이 끊임없이 발생하였다. 이에 오스트리아 황제는 바데니 수상을 해임하고 보헤미아의 민족주의적 열정을 무력으로 진정시켰다.

그러나 무력에 의하여 이룩된 안정은 단지 표면적인 것이었고 두 민족 간 적대심은 내면적으로 더욱 깊어갔다.

남슬라브인 문제

오스트리아-헝가리 제국 내에서 슬라브계의 민족들은 세르비아인, 크로아트인, 슬로베니아인들이 있었다. 세르비아를 중심으로 남슬라브인들은 1878년 이래 오스만투르크로부터 예속을 벗어나 자치권을 누리고 있었다.

세르비아는 왕국으로서 주권을 행사할 뿐 아니라 슬라브 민족을 묶어서 거대한 세르비아의 왕국을 세우려고 애썼는데 이러한 세르비아의 노력은 오스트리아와의 대결을 불가피한 것으로 만들었다.

사실 양국의 갈등이 제1차 세계대전 발생의 직접적인 계기를 이룬 것은 외교적인 측면에서 살펴볼 때 뜻밖의 사건이었으나 게르만 민족 대 슬라브 민족이라는 민족주의적 갈등의 차원에서 볼 때는 어느 정도 납득이 가는 사건이었다.

합스부르크 제국에 대한 충성심, 강력한 군대, 중앙집권화된 관료제를 수단으로 하여 통일을 유지하려던 게르만인들의 노력은 민족주의라는 거센 도전을 받고 동요되었는데, 만일 게르만인들이 소수 민족의 자치권을 상대적으로 승인하였다면 헝가리의 경우처럼 제국의 외형을 유지할 수는 있었을 것이다. 그러한 경우 소수 민족들은 제국의 틀 안에서 자신의 분수를 지키며 합스부르크 제국이라는 의미가 아닌 연방국가라는 성격을 지녔을 것이다. 그러나 오스트리아의 게르만인들은 이같은 껍데기를 받아들일 의도는 없었으므로 사태를 극단화하였던 것으로 생각된다.

자유민족주의에서 인종주의로 전환

19세기 전반기에 자유주의와 민족주의는 동반관계의 사상이었다. 자유주의자들은 개인의 자유뿐만 아니라 민족의 통일, 민족의 독립을 추구하였다. 이들은 외국의 압제가 없는 자유로운 민족국가는 자연권의 원리에 부합되며 조국을 사랑하는 마음은 곧 인간의 사랑이다라는 세계시민적 마음가짐을 가지고 있었다. 그래서 마치니는 일찍이 슬라브인에게 보내는 글에서

"우리 민족의 권리라는 근거에 뿌리를 두고 일어선 이탈리아인들은 슬라브인들의 권리를 인정하며 슬라브인들의 권리를 찾는 데 도움을 주고자 한다. 우리의 목적은 이리하여 유럽의 영속적이며 평화로운 조직을 유지하는 데 있다."

라고 밝힌 바 있다.

자유주의적 민족주의자들의 이러한 신념은 유럽이 지녀왔던 오랜 전통에 이어지는 것이었지만 민족주의가 더욱 열기를 뿜어내는 19세기 말에 이르면 민족주의와 자유주의란 양립할 수 없다는 점이 드러나게 되었다.

민족의 우월성을 극도로 강조하다 보면 다른 민족은 열등한 민족으로 평가될 수밖에 없고 민족의 영광이 지상 최고의 의미를 내포하게 될 때 민족을 위하여 개인의 자유를 포기하거나 희생하는 것은 오히려 미덕으로 칭송받게 된다. 이리하여 개인의 이득만을 살핀다는 것은 비겁하고 졸렬한 행위로 평가되며 따라서 개인의 자유는 민족이라는 집단의 영광을 위하여 유보될 수밖에 없게 되는 것이다. 이때 민족의 영광을 주도할 지배집단이 나타나 독재권력을

행사한다는 것은 거의 일반화된 유형이다.

　극단화된 민족주의에서는 민족의 평등이라는 점이 도외시되고 개인의 평등이라는 자유주의적 원리조차 무시되어 소수민족을 암살하는 극단화된 인종정책이 나타나게 되는데, 소수민족은 다수 민족의 영광을 위해 희생양이 되는 역할을 떠맡게 되므로 여기에서는 이성에 의한 판단이 아니라 대중의 감정에 호소하는 선동정책이 나타나며, 한 개인의 존엄성은 소멸되고 집단을 위한 도구로 판단하는 비인간적인 집단주의적 사고가 우세하게 된다. 이러한 예는 일본인들이 제2차 세계대전 말기 가미가제 특공대라는 자폭전술을 도입한 점에서 그 소극적 형태가 나타나며 나치즘에서처럼 유대인 멸종정책에서 그 가학적 성격이 나타나기도 한다. 이때 민족국가는 신성하며 지고한 종교적 위치를 차지하게 되어 새로운 신(神)으로 변화하게 되는 것이다.

반유대주의의 대두

독일에서 나타난 민족주의는 영국이나 프랑스에 비하여 그 정도가 강하였다. 독일의 민족주의자들은 근대 유럽의 역사는 프랑스와 영국을 나타냈으나 미래의 역사는 독일의 영광을 증명할 것이라고 외쳤다. 이는 17세기 이래 독일이 영국과 프랑스의 그늘에 가려 후진국의 위치로 만족할 수밖에 없었던 위치에서 19세기 중엽 이후는 영국, 프랑스와 대등하거나 오히려 월등한 위치로 나아가고 있음을 확신한 증거였다.

독일의 민족주의자들은 로마제국의 타락을 극복하고 새로운 유럽을 창조하였던 것이 독일민족이었음을 상기시키고, 독일민족은 다른 민족들과 비교할 때 육체적, 언어, 풍습 등 외형적인 점에서 뛰어날 뿐 아니라 도덕적, 윤리적, 정신적인 차원에서조차 우수하다고 주장하였다. 독일 민족주의자들은 또한 과거의 전통을 중요하게 생각하였다.

그들은 그러므로 새롭게 변화된 사회가 전통을 없애거나 약화시킨다고 우려하였는데 대학생들, 교사들, 수공업 생산자들, 문필가들이 각각의 이해에 따라 정도의 차이는 있으나 민족주의 운동을 이끌고 뒷받침한 사람들이었다. 이에 반하여 농촌에서 도시로 이주하여 공장 노동자로 취직한 사람들이나 근대적 공장을 소유하며 외국과의 교역으로 큰 돈을 번 기업인들은 민족주의 운동에 처음부터 열의를 보이지는 않았다.

민족주의의 광풍이 극도로 뻗어갈 때 인종의 차별을 당연히 여기는 경향이 나타나는데 극단적 인종주의자들은 금발, 푸른 눈동자,

흰 피부를 가진 게르만 인종들은 창조주가 만든 최고의 걸작품이므로 그 혈통을 순수하게 보존해야 하며 다른 인종과 혼합되는 것을 방지해야 한다고 주장하였다. 이러한 인종주의의 편견은 영국인 휴스턴 스튜어트 체임벌린(Houston Stewart Chamberlain, 1855~1927)의 저서 《19세기의 기초들》에서 뚜렷하게 제시되었다.

인종주의자 체임벌린은 1899년 그의 저서에서 한 민족의 정신적 역량은 뇌의 용량과 관련이 있다는 우스꽝스런 생물이론을 제시하고 게르만인들이 우수한 신체적 자질을 가지고 있으므로 지배민족의 자질을 당연히 많이 지니고 있다고 발표하였다. 그의 이러한 주장은 독일인을 제외한 다른 민족들에게는 당연히 별 호응을 얻지 못하였으나 독일인들은 체임벌린을 독일시민으로 받아들이고 독일 황제는 체임벌린의 글을 그의 황태자 등에게 자주 읽혔다고 한다.

이러한 사회 분위기 속에서 독일인 인종주의자들은 독일민족의 영원한 적으로서 유대민족을 특별히 부각시켰다.

19세기 유럽세계의 곳곳에서 유행하던 반유대주의(Anti-Semitism)의 광풍은 유럽인들이 이성의 냉정한 판단을 따르지 않고 흥분한 감정을 따라 그들의 행동을 결정한 신비주의적인 사회운동이었다. 모든 유럽에서 반유대주의 조직과 정당들이 유대인의 시민권 박탈과 재산몰수를 선동하였고 유대인들은 부정함, 더러움, 탐욕, 구세주를 죽인 사악한 민족으로 묘사되었다.

사실 반유대주의적 감정은 19세기 민족주의의 열풍 이전에도 존재하였다. 즉 중세기간 유대인들은 구세주 예수 그리스도를 살해한 민족으로, 그리고 그 죄를 회개하지 않은 사악한 민족으로 구분되었고 유대인들이 마술적인 종교의식을 거행하기 위하여 기독교 어린이들을 유괴하여 고문한 뒤 피를 꺼내 악마에게 제사지낸다는 전설이 유럽인들에게 전해 내려왔다.

그러므로 1215년 제4회 라테란 공의회는 유대인들은 특별한 표적을 옷에 달고 다니라는 명령을 내리기도 하였다. 이와 유사하게 라틴 국가들에서 유대인들은 둥근 표적을 옷에 꿰매야만 하였고 게르만 국가들에서 유대인들은 특수한 모자를 쓰도록 강요받았다.

그러므로 중세 이래로 사회의 혼란기에 유대인들은 재산을 몰수당하거나 살해당하는 일을 끊임없이 겪어야만 하였다. 이들은 어느 곳에서도 토지를 소유할 수 없었고 완전한 인간으로서의 권리를 가질 수 없었으므로 유대인들은 모두 사람들이 꺼리고 멸시하는 직업으로 생계를 유지하였다. 필요악적인 장사, 고리대금업, 전당포 등이 이들에게 허용된 직업이었는데 이들은 이러한 직업을 가졌다는 이유로 다시 멸시를 받게 되었다.

16세기에 이르면 유대인들은 그들만이 거주하는 특수 거주지를 지정받게 되는데 이를 게토(Ghettos)라고 불렀다. 그러나 19세기 초 계몽주의와 프랑스 혁명의 영향으로 자유주의 이념이 유럽에 확산되면서 유대인들은 법적으로 평등권을 얻게 되었다. 유대인들은 게토에서 벗어나게 되었고 이사도 할 수 있고 그들에게 금지되었던 존경받는 직업으로의 진출도 허용되었다.

이러한 기회란 유대인들에게는 역사 이래 단 한번도 허용되지 않았던 선물이었다. 그래서 유대인들은 온 힘을 기울여 자식을 교육시켰고 자녀를 기업인, 은행가, 법률가, 언론인, 의사, 과학자, 교수, 음악가 등의 멋진 직업을 가지게 만들었다. 그래서 1880년 빈에서 유대인은 시민의 10%에 불과하였으나 의대생의 38.6%, 법학생의 23.3%가 유대인으로 채워지게 되었다.

빈은 유럽의 큰 도시들 가운데 특히 유대인들의 활동이 두드러진 곳으로서 제1차 세계대전이 발생하기 이전에 유대인 작가, 예술가, 문학비평가들은 빈의 문화를 사실상 주도하였다.

그러나 대부분의 유대인들은 매우 가난하게 살았다. 오스트리아-헝가리 제국 내에서만도 굶주림으로 매년 사망하는 유대인의 수는 5,000~6,000여 명에 이르렀고 러시아에서도 유대인들은 비참한 생활을 면하기 힘들었다. 이러한 유대인들이란 행상, 날품팔이 등으로 생계를 유지하는 수준이었으므로 사실상 존경받는 직업준비를 위한 자녀교육은 거의 불가능하였다. 빈궁하고 그들만의 언어를 사용하고 특이한 문화전통을 고수하는 유대인들은 어느 사회에서도 주도적 권력을 잡았던 경험은 없었다. 그럼에도 불구하고 반유대주의자들은 '유대인의 영향력', '유대인의 음모', '유대인의 지배'라는 반유대주의 감정을 불러일으키는 선동을 계속하면서 유대인들을 희생의 속죄양으로 몰아갔다.

일부 성공한 유대인들은 자신들의 차별에 깊은 분노를 느끼고 있었으므로 법치주의, 인간의 평등, 존엄, 자유 등 계몽주의적인 세계관을 환영하였다. 자유, 평등, 입헌 의회국가의 수립이란 이들에게는 희망의 나라로 나아가는 것과 동일하게 받아들여졌다.

이리하여 부르주아 시민계급과 유대인들은 긴밀한 유대관계를 맺을 수가 있었으나 시민계급의 적대세력인 보수 반동적인 지주귀족과의 관계는 나쁠 수밖에 없었다.

주로 보수적이었던 반유대주의의 지도자들은 산업화 이후 나타난 모든 사회변화의 해악들이 유대인의 악행 탓이라고 몰아부쳤다. 안정된 상태로 면면히 유지되어 왔던 옛 질서들이 파괴되어 변화하는 산업사회 속에서 불안감을 느꼈던 반유대주의, 보수주의자들은 유대인들이 이러한 변화를 초래하는 원흉이라고 마구 비난하였다. 더욱 중세 이래 전해온 전설, 즉 유대인들은 기독교 세계를 파괴하고 이단 유대교 나라를 세우려는 음모를 포기하지 않는다는 이야기는 언제라도 반유대주의자들이 쓸 수 있는 무기였다.

그러므로 인종적 민족주의가 특히 강렬하였던 독일 지역에서 유대인에 대한 멸시와 나쁜 감정은 특별한 것이었다. 1895년 독일 제국의회 내의 반유대주의 위원회에 속하였던 한 의원은 심지어

"우리가 유대민족을 일반적으로 설명한다면 이들은 자기 민족의 인종적 특징으로 인하여 게르만 민족과는 조화를 이루지 못한다고 할 수 있다. 이 유대족은 지금은 어느 특정의 악을 행하지 않을 수도 있으나 그들 민족의 특질에 부합되는 상황이 도래하면 필연적으로 악행을 하게 된다. 요컨대 유대인들은 기생충과 닮았으며 콜레라균들이다."

라고 말할 정도였다.

　독일인의 마음 속에 새겨진 인상은 유대인이란 악의 화신이므로 위험하다는 것이었다. 그러므로 1900년경 독일제국 전체 인구 5,062만 중에서 0.95%에 불과한 497,000여 명의 유대인들은 그들이 거주하는 독일에 충성을 맹세하고 헌신적인 봉사를 하였음에도 나쁜 인상을 씻을 수가 없었다.

　범게르만주의의 대두, 민족주의적 팜플릿, 인종적 편견을 담은 책들이 베스트셀러가 되는 사회 분위기 속에서 유대인들은 기생충, 페스트로 묘사되었고, 이들을 돌보거나 가엾게 여길 것이 아니라 가능한 빨리 박멸하여 씨를 말려야만 된다는 생각이 19세기 말 히틀러가 나타나기 50여 년 전에 이미 폴 드 라가르데(Paul de Lagarde, 1827~1891)에 의해 주장되었던 것이다.

　독일의 경우 인구의 1%에 불과한 유대인들을 제거하여 멸종시키려는 이러한 반유대주의란 서양문명이 뿌리를 두고 있는 이성, 합리주의 전통과는 무관한 것으로서 서양인의 일시적 이탈로 볼 수만은 없다.

　서양인의 자기도취적인 세계관으로 반유대주의를 보면 이러한 비극적인 사상이 인간의 존엄, 이성의 신뢰, 인류의 평등이라는 서양문명의 원류로부터 벗어난 일시적인 현상이라고 할 수도 있다. 그러나 최근(1986년 초)에 프랑스 의회에서 공식적으로 인종차별을 주장하는 정당이 의석을 확대하였다는 사실이나, 독일에서 히틀러 추모집회가 공공연히 개최되는 상황이고 보면 서양의 합리주의란 아마도 그들의 세계를 미화한 것에 지나지 않을 수 있다.

　합리주의, 인간의 존엄, 평등, 이성이라는 서양의 외관이 물질문명을 발전시킨 대가는 오늘날 인류 전체를 파멸시킬 위험을 우리들에게도 강요하고 있는 것이다. 그들이 행한 성과란 동양의 운명조차 서양이 결정한다는 논리를 이끌어 낼 위험이 있음을 분명히 인식할 필요가 있다.

V. 산업혁명

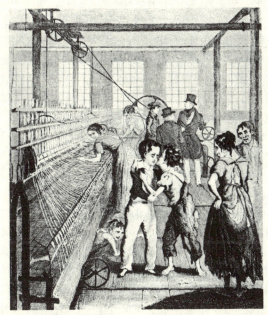

방적기 내부, 1804년

《산업혁명 개괄》

　18세기 후반 프랑스 혁명이 인류사회에 미친 영향보다 더 큰 영향의 새로운 힘들이 유럽의 경제와 사회에 작용하기 시작하였다. 새로운 힘들이란 농업분야에서는 과학기술로 농업생산을 증대시키는 것이고 제조업 분야에서는 노동과 자본을 새로운 조직으로 구성하여 생산성을 높이는 것이었다. 이러한 생산분야에서 나타난 변화는 당시 사람들에게는 매우 놀라운 일이어서 이미 1820년대 프랑스의 평론가는 새로운 변화에 '산업주의' 또는 '산업혁명'이라는 이름을 부여하였다. 새로운 변화를 시작한 나라는 영국이었으나 곧 유럽 전지역과 아메리카로 변화의 힘들이 확산되어 그 영향을 전세계에 미쳤다.
　본래 산업혁명이라는 말은 농업 및 수공업적 생산방식으로부터 도시지역의 공장에서 기계에 의한 생산방식이 지배적인 경제로의 이행을 의미한다.
　기술적 변화는 인간의 진보에 대한 희망을 안정되게 만들었고 가난과 육체적 고역으로부터 벗어날 가능성을 높였다. 그러나 급격한 산업화의 진행과 도시화는 국가와 개인들에게 전혀 예상하지 않았던 엄청난 문제를 새로이 부과하였다.
　산업화의 과정은 모든 국가에서 같은 형태로 진행되지는 않았다. 영국의 경우 18세기 후반 생산, 분배, 노동조직의 변화가 시작되었으나 프랑스의 경우 19세기 초 나폴레옹이 집권한 이후 그의 군사적 요구에 대응하는 형식으로 나타났으며, 중부유럽에서 산업성장은 1840년대에 본격화되어 수공업자들은 산업화의 진행을 악으로 규정하고 방해하려는 조직운동을 펼치기도 하였다. 이탈리아, 독일에서는 민족국가가 수립되지 못하였으므로 산업화의 과정에서 많은 불리함을 겪었고 동유럽의 경우 산업화는 19세기 말에 가서야 본격화되었다. 이러한 산업화의 차이는 각 사회가 겪은 역사적 경험의 차이와 자연조건의 차이에서 비롯되었다. 그래서 발칸 반도의 국가들은 1945년 이후에야 산업화를 시작하였던 것이다.

영국에서 시작된 산업혁명

왜 서유럽에서 산업혁명이 먼저 시작되었는지에 대한 의문의 일반적인 답변은 다음과 같다.

첫째, 산업화가 시작되기 이전에 서유럽은 전세계에서 가장 풍요로운 지역이었고 부의 분배도 비교적 균형을 이루고 있었다. 16~17세기 약 200여 년간 해외 식민지 및 대륙과의 교역으로 획득된 부는 중세 말기 이탈리아 상인들의 자본주의적 경영방식에 토대를 둔 상업 팽창의 결과였다. 기아와 역병과 전쟁의 상처가 있었음에도 이러한 부는 조금씩 축적되어 새로운 도약의 기초를 이루었던 것이다.

둘째, 서구의 농업은 여타 지역의 농업 기능과 달리 산업혁명을 예비하였다. 즉 쌀을 주식으로 하는 농업은 쌀 모종 하나 하나를 심어야 하고 물을 대어야 하므로 관개사업, 저수지 등의 관리를 위한 국가권력의 개입이 필연적이고 그만큼 집약적 생산에 의한 이득을 누릴 수 있다. 그러나 파종을 하여서 곡물을 생산하는 생산방식은 쌀농사에 비하여 물이 없는 곳에서도 경작을 할 수 있고 그만큼 경작지의 확보가 용이하며 알뜰하게 인간의 노동력을 이용하는 것이다. 더욱이 다른 대륙에서 건너온 감자를 주식으로도 사용함으로써 농노제 폐지 이후 농민들의 식량부담을 완화시켜 다른 경제활동에 사용될 인구의 여유를 확보한 것이다.

셋째, 중앙집권적인 국가의 성립과 시장과 영토의 확대를 지향하는 국가들의 성장은 경제팽창에 유익하게 작용한다. 스페인, 포르투갈, 영국, 프랑스 등 강력한 절대왕권 국가들은 세계의 다른 지역에서 영토 및 교역의 특권들을 확보하기 위하여 경쟁하였고 이러한 국가들 간의 경쟁은 무기, 선박, 군복의 개량에 기여함으로써 결국 교역에 관련된 사람들의 적극적 활동을 부추기는 것이며, 이러한 사람들의 활동이야말로 새로운 변화를 추진하고 수행해 나아가는 원동력을 이룬다는 것이다.

넷째, 인구증가를 들 수 있다. 18세기 유럽은 급격한 인구증가를 겪었는데 그것도 증가의 대부분은 18세기 후반에 집중되었다. 당시 정확한 인구조사를 행한 국가는 없었으나 추산하면 유럽인구는 1750년경 1억 2천만 정도였는데, 1800년경에는 1억 9천만으로 증가하여 반세기 동안 7천만의 인구가 늘어난 것이다. 인구의 증가란 시장의 팽창 및 노동의 확대를 의미하는데 이는 대량생산을 위한 기본조건을 형성한다.

인구의 증가를 야기한 원인으로는 전쟁과 질병으로 인한 인구감소 요인이 18세기 동안 약화되었고 또한 기근현상이 줄어들어 건강한 몸을 유지하면서 출산율이 높아지고, 질병에 대한 저항력이 강화되어 사망률이 낮아졌다는 데 있다. 이러한 건강상태 호전의 구체적 증거는 서구인의 평균신장이 1800년경 150cm에서 1900년경 165cm로 커진 것에도 나타난다. 이와 함께 소녀들의 생리의 시작 연령도 18세기 동안 현격히 빨라진 것으로 알려지고 있다.

그러나 인구증가란 기하급수적이어서 과다한 인구증가는 곧 식량의 부족, 기근발생, 전염병 창궐, 사망률 급증 등의 역작용을 수반하게 마련이다.

그리하여 18세기 후반 역작용의 징후들이 나타나기 시작하였으나 농업에서 생산성 증대가 인구 균형의 틀을 전세기와는 확연히 다르게 조성하였다. 왜냐하면 전세기에 있어 농업이란 생존의 필요에 부응하는 정도에서 생산량을 확정하였지만, 18세기 후반에 들어서면 시장생산을 위한 농업 경영이 주도적 위치를 차지하면서 효율적인 농업이 나타났기 때문이다.

다른 종류의 농작물을 교대로 재배하면서 휴경지를 없애고 가축의 초지와 농경을 교대하면서 지력을 유지하고 구근식물인 감자, 무, 사탕무를 심던 곳에 곡물을 교대로 경작하는 혼합농업의 도입은 3포제 식으로 경지를 놀리던 전시대와는 농업생산량에서 현저한 차이를 나타내었고 결국 증가된 인구의 식량을 마련하게 되었다.

19세기 들어서면 전통적인 농업경영 방식은 자본주의적 농업경영에 그 자리를 내어주고 소멸되었다. 농지의 매매, 소유권의 이전, 분할판매 등이 자유롭게 되면서 토지에 묶여 살던 농민은 자연히 토지에서 분리되어 농민이 아니라 농촌노동자로 전신하거나 도시에 가서 노동자로서 삶을 유지하게 되는데 이들은 말할 나위도 없이 산업예비군의 주력부대를 이루고 것이다.

19세기 후반에 가면 인공비료의 등장, 새롭고 보다 능률적인 농기구의 제작, 가축 이용의 효율화 등이 종자개량과 아울러 농업에 종사하는 인구를 감소시켜 잉여의 농촌인구를 지속적으로 도시로 밀어내게 된다.

영국 산업혁명의 발전

영국은 산업혁명을 시작한 나라이다. 산업혁명의 전제조건을 이루는 요소들을 가지고 있던 나라들은 많았다. 그러나 영국은 유독 산업화를 성공적으로 이루어 그 여파를 인근 대륙으로부터 멀리 미국 그리고 아시아에까지 미쳤다.

18세기 영국은 프랑스와 격렬한 국가 우위 유럽의 패권을 놓고 경쟁을 벌였는데 당시 프랑스는 인구도 영국보다 많았고 국력도 영국에 뒤처지지 않았다. 기술인력도 있었으며 정부의 기능도 산업혁명을 준비하는 데 영국에 못지 않는 프랑스였으므로 도로건설, 교량건설, 운하 등 사회간접자본에 투자한 정부의 노력은 오히려 영국보다 컸다.

그러나 프랑스는 전통적인 농업 생산방식을 고수하였고 제조업 분야 또한 대중의 소비용품을 생산하기보다 사치품의 생산에 주력하였다.

그러나 프랑스의 산업화에 있어 가장 중요한 장해요인은 국내관세의 존속이었다. 이 국내 지역 간 관세장벽은 후일 독일과 이탈리아의 산업화를 지체시키는 것과 마찬가지로 1789년 프랑스 대혁명으로 폐지될 때까지 상품교역의 원활한 유통을 가로막았다. 영국은 국내관세의 폐지를 1707년 스코틀랜드와 병합 이후 일찌감치 시행하여 상품의 원활한 유통질서를 프랑스에 비하여 백여 년 전에 이미 시행한 바 있었다.

이와 함께 프랑스 대혁명은 영국과 마찬가지로 정치적 자유와 기회의 균등을 가져다 주었으나 전통적 농업생산방식과 상업 관례를 그대로 존속시킨 결과를 나타내었는데 이는 새로운 사회, 즉 산업화된 사회로의 이행을 위해서는 매우 나쁜 영향을 미쳤다. 왜냐하면 프랑스 대혁명은 소농 위주의 농업방식을 확정하여 자본주의적 농업경영으로의 이행을 가로막았기 때문이었다.

소농 경영방식으로 운영되는 프랑스 농업은 옛날의 농사법을 고집하고 시장생산을 위한 것이 아니라 자급자족의 필요에 생산량을 맞추었으므로 기술개발, 종자개량, 경지확대 등 농업의 효율화가 영국에 비해 뒤떨어졌고 심지어 인구증가를 가능한 조절하여 농촌에서 과잉인구 발생을 미리 억제하기까지 하였다. 이는 안정된 농촌사회를 유지하는 데에는 매우 현명한 방법이었으나 공업인구 등 산업예비군의 창출에는 무력한 방법이었다.

네덜란드의 경우 산업화의 발전을 위한 노동력의 조직, 금융기구의 지원, 관세문제의 해결 등 인간이 할 수 있는 산업화를 위한 모든 기반 조성에는 성공한 나라였으나 이곳에서는 부존자원이 없다는 것이 결정적인 약점이 되었다. 더욱이 인구가 적고 국토면적이 좁은 네덜란드는 국내시장의 기반이 약하여 산업구조가 해외에 의존할 수밖에 없었는데 이는 보호무역 등 무역전쟁이 치열할 경우 네덜란드에게 불리함을 강요하는 요인으로 작용하였다.

그러나 영국은 산업화 시발국으로서의 조건을 잘 갖추고 있었다. 우선 영국은 풍부한 매장량의 석탄과 철광을 보유하고 있었으므로 오랜 전통의 야금 및 광산 굴착기법을 발전시켰고 또한 내륙수로, 즉 강을 이용한 물자수송이 도로를 보완하며 산업화가 시작되기 직전에 활발하게 발전하였다. 이는 분량이 많고 중량이 무거운 화물의 운송에 —예컨대 석탄이나 철광석 등— 있어 매우 도움을 주는 수단이었다. 또한 산업예비군이라고 불리는 공업노동력의 자원도 영국은 풍부하였는데 이들은 영국과 아일랜드에서 오래 전에 실시된 인클로저 운동과 새로운 농장경영 방식으로 인하여 더이상 농촌에서 그들의 일자리를 찾지 못하고 도시로 밀려나온 막노동자들이었다.

영국 정부는 더욱 법과 질서를 책임지고 사유재산권을 보호함으로써 산업화를 도왔을 뿐 아니라 경제활동에 제약이 되는 독점, 특권, 길드를 최대한 억제함으로써 창의적이고 자유로운 경제활동을 지원하였다.

앞에서 열거한 사항들은 프랑스나 독일에서도 모두 일어났던 것이었으나 그 정도에 있어서 영국은 다른 나라들보다 뛰어난 점이 있었고 이러한 차이가 영국의 산업화를 순조롭게 진행하도록 만든 것이었다.

기술의 발전

산업혁명이란 손으로 물건을 만든 방법으로부터 기계에 의한 물건 제작 방식으로의 변화, 인간이나 동물의 힘의 이용 대신 증기의 힘이나 내연기관의 힘을 이용하여 생산하는 변화를 의미하고 있다.

산업혁명으로 나아가는 변화의 첫단계는 특정 분야의 자그마한 개량에서부터 시작되었는데 변화를 가져온 사람들은 과학자나 전문기술자가 아닌 단순 노동자로서 그들의 작업의 편의를 위하여 애쓴 노력의 결과가 발전의 실마리를 제공하였다. 그러므로 산업혁명을 선도한 영국의 직물공업은 산업혁명에 필요한 기술의 발전이 어떻게 진척되었는지를 잘 보여주고 있다.

오랫동안 모직물 생산의 경험을 가졌던 영국은 면직물 생산에 있어 급격한 비약을 겪었다. 면직물은 무한하게 성장할 가능성을 보인 산업혁명기의 첨단산업이었는데 그 성장 속도는 1760~1785년 기간 생산량이 열 배로 커졌고 1785~1825년 기간 다시 열 배로 높아져 생산량은 어느 정도가 그 한계가 될지 예상조차 할 수 없었다. 이러한 생산량의 변화는 생산과정의 발전, 즉 생산 기술의 발전 없이는 불가능하였다.

1733년 산업혁명이 시작되기 얼마 전 아주 단순한 기술 개발이 존 케이의 '나는 베틀 북(flying Shuttle)'에서 나타났다. 존 케이는 오랫동안 모직물 제작에 쓰였던 기계를 응용하여 '나는 베틀 북'을 고안하였는데 이는 집안에서도 사용될 수 있는 단순한 기계였으나 직조공의 생산량을 두 배로 높였다.

그후 제임스 하그리브스는 1768년에 '제니 방적기'를 만들어냈는데 이는 실을 만드는 북 여러 개를 동시에 작동시킬 수 있는 것이었으나 여전히 사람의 힘에 의존하는 수동식 기계였다. 그러나 1769년 아크라이트의 '수력 방적기'가 개발되고 다시 새뮤얼 크럼프턴에 의하여 1779년 '뮬 정방기'가 제작되면서 인력 대신 동물의 힘이 이용되고 그 다음 물의 힘이 이용되는 변화가 나타났다.

이러한 변화는 수많은 무명의 발명가들이 만들어 내었던 부품의 개량에 힘입었음을 기억할 필요가 있다. 발명가들 대부분이 직조공이나 방적공들이었는데 이들의 발명이란 종래 사용되던 기계들을 응용한 정도였다. 그러나 이같은 수준으로는 폭발적인 면직수요를 충족시키기에는 부족하였으므로 보다 정교하고 효율적인 기계를 만들어내기 위하여 전문기술자들의 활약이 요청되었다.

1760년대 제임스 와트가 발전시킨 증기기관이 직물공업에 사용되면서 생산의 폭발이 나타나는 동시에 사회적인 변화를 초래하기 시작하였다. 이제 실을 잣고 옷감을 만들어내는 작업은 사람이 손으로 하는 것이 아니고 기계가 대신하였으므로 업주들은 임금이 비싼 어른 남자를 고용하지 않고 어린이나 여자를 고용하여 낮은 임금을 지불하기 시작하였다.

영국에서 시작된 산업혁명   223

증기기관을 연구중인 제임스 와트

 왜냐하면 생산과정에 필요한 인력이란 이제 기계가 생산하는 단계에서는 단지 기계가 잘 작동하는지 고장이 일어나는지의 여부를 지켜보는 단순노동만으로 충분하였기 때문이다.
 철강산업은 매우 서서히 발전한 분야였으나 산업화의 모든 분야에 기본적이며 거대한 영향을 미쳤다. 여기에서는 발전의 기획적 단계가 용광로의 발전, 특히 코크스를 사용하여 철을 정련하는 방법의 개발로 비롯되었는데 다비의 공헌이 컸다.
 다비는 1709년 코크스로 제련한 뛰어난 질의 주철을 만들어 내었다. 철의 제련은 철광과 탄소가 섞여지는 비율에 따라 강철, 연철, 선철 등 다양한 종류가 제조되는데 당시 제철기술자들은 어느 정도의 혼합이 어떤 성질의 철을 만들어 내는지 잘 모르는 미흡한 상태에서 많은 시행착오를 거듭하며 연구를 계속하여 성과를 쌓아나갔다.

18세기 중엽에 이르면 철의 질은 상당히 향상되어 건설분야에서 나무 대신 철을 사용하기 시작하였다. 주철은 점차 사라지고 단철이 사용되면서 19세기 강철의 도래를 예비하게 되었다. 철강산업의 발전은 용광로의 연료를 마련하기 위한 석탄의 수요를 늘렸고 증기기관은 광산의 골칫거리인 배수문제를 해결하였으므로 깊은 갱도에서의 작업을 가능케 하였고 생산량을 높이는 데 기여하였다.

18세기 중엽에 이르면 석탄의 생산량은 연간 6,500만 톤에 달하여 영국 산업화의 심장 기능을 담당하게 된다. 이즈음 석탄은 열차와 증기선의 동력원으로 쓰일 뿐더러 철강과 더불어 모든 산업에 깊은 파급효과를 미치게 되었다.

1856년 헨리 베세머는 무쇠 내의 불순물을 제거함으로써 강철을 생산하는 방법을 개발하였다. 더욱 지멘스, 에밀, 피에르 마르탱이 평로법(open-hearth process)을 발전시켜 많은 양의 철을 처리할 수 있게 되면서 강철의 장점인 연성과 장력(tensile strength)을 이용하는 대규모 토목공사, 건설공사가 본격화되었다.

그런데 재미있는 것은 어느 한 분야의 발전은 관련산업의 발전을 용이하게 만들고 이번에는 또다시 상호작용을 하여 보다 커다란 변화를 초래하였다는 것이다.

도로건설, 운하개설, 철도의 보급은 교통의 편리를 위한 것이었으나 그 파급효과는 엄청난 것이었다. 이제 영국 전역은 고립된 지방의 고유한 성격을 더이상 보존할 수 없었고 낯선 사람들이 수없이 오가는 개방적인 성격을 점차 강요받게 되었다. 이 점은 뒤에 산업혁명의 사회적 영향에서 다시 다룰 것이므로 여기에서는 철강산업의 발전과 석탄 보급의 중요성만을 지적하기로 하자.

증기선은 영국의 경우 강들이 좁아서 큰 효용이 없었으나 미국에서는 강들의 폭이 넓고 길어서 중요한 교통수단으로 사용되었다. 그러나 대서양 횡단에 쓰이는 배로써 증기선은 비효율적이었다. 왜냐하면 철제로 만들어진 증기선은 중량이 무거울 뿐더러 연료인 석탄을 많이 실어야 장기항해가 가능하였으므로 승객과 화물의 대량운송에 부적당하였던 것이다. 그러므로 대양 항해는 쾌속범선이 1850년대에도 주종을 이루고 있었다. 새로움의 시대에도 분야에 따라서는 전통적인 관행이 조금도 위축되지 않고 그 힘을 보존하게 마련인 것임을 쾌속범선은 대양 항해에서 보여준다.

통신분야의 발전 또한 교통에 뒤지지 않았다. 영국은 1840년 우편제도를 전국적으로 실시하여 누구든 1페니의 우표만 편지에 붙이면 전국 어느 곳으로도 편지를 보낼 수 있었다. 그러나 유럽 대륙에서는 우편요금이 너무나 비싸서 편지를 쓴다는 일이 보통 일이 아니었고 한 번 편지를 보내면 장문의 편지를 써야 심리적으로 손해를 보지 않았다는 생각이 들 정도였다. 이것은 정보의 전달, 확산이라는 면에서 고려할 때 시급히 개선되어야 할 문제였다.

이때 전보의 발명은 이와 같은 문제를 일거에 해결하였다. 물론 상세한 내용을 알릴 수도 없고 전보 사용료도 매우 비쌌으나 전보는 기업가들의 움직임을 크게 자극하였다. 먼 지역에서의 경제상황도 전보에 의하여 수 시간 내로 파악할 수 있었고 기업가들은 이에 필요한 준비를 서둘러 행하면서 경제유통의 속도를 배증시켰다.

1844년 미국 볼티모어와 워싱턴 사이에 최초로 오간 전보는 7년 후 영국해협에 해저전신이 놓여지면서 대륙과 영국을 1일권으로 묶더니 1866년에는 미국과 유럽과의 대서양 해저전신이 깔리어 거리의 격차를 더욱 좁혀 나갔다.

이제 유럽과 미국조차도 의사소통이 하루 만에 이루어지게 된 것이다. 세계는 이즈음 좁아지고 있었던 것이다.

산업자본의 마련

산업화의 준비단계로서 농업은 식량을 여유있게 생산해야만 한다. 그래야만 도시의 공장노동자들이 농업 이외의 분야에서 마음놓고 일할 수 있기 때문이다. 그러므로 농업생산의 비약적 발전이 없는 산업화란 모래 위에 지은 집과 마찬가지로 기초가 약하여 쉽게 무너질 위험이 크다.

18세기 중엽 이래 농업은 농기구의 개량, 우량 종자의 개발, 농업경영의 효율화를 이루고 큰 발전을 거듭하였다. 이때 농업생산품은 특히 식량이 되는 곡물과 쉽게 돈으로 바꿀 수 있는 유제품, 채소 등이 주요 품목이었는데 이 분야에서도 자본주의적 농업경영이 활발하였다.

농업의 뒤를 이은 산업화의 선도부문은 직물공업이었다. 이 부문에서도 산업화, 즉 공장생산을 가능케 하는 많은 발전이 이룩되었음은 앞에서 설명한 바 있다. 직물공업은 일반적으로 경공업에 속하는데 경공업이란 제조되는 제품의 무게가 가볍다는 의미 외에도 공업생산이 비교적 용이하다는 특징이 있고 이는 공업화에 거대한 자본이 요구되지 않는다라는 뜻을 내포하고 있다.

농업과 직물같은 산업화의 선도분야가 공업화를 시작하였을 때 이를 위한 자본은 제철공장을 세우거나 항만, 도로건설을 할 때에 드는 자본과는 비교가 안 될 정도의 소액에 불과하였다.

그러므로 초기 산업화의 경비, 즉 자본은 개별 기업가들이 집안의 돈을 모아 충당하는 것이 관례였고 공장 자체도 가족단위로 운영되는 소규모였다.

그러나 점차로 공장의 규모가 커지고 중공업이나 화학공업, 전기공업 등이 직물공업을 뒷전에 밀어부치고 공업화의 핵심 부문이 되면서 이들 공장을 세우고 운영하기 위하여는 거대한 자본이 마련되어야만

하였다. 그래서 여기에 필요한 자금을 댈 수 있는 새로운 조직이 발전하였는데 이 조직이 바로 주식회사였다. 물론 주식회사의 원형은 르네상스기의 이탈리아 도시에서도 존재하였으나 전세계로 주식회사라는 조직형태가 보급되기 시작한 것은 산업혁명 이후였다.

영국과 프랑스에서 주식회사는 18세기초 식민지 경영과 관련되는 모험기업의 대표적 조직형태였는데 당시의 결산 결과는 주로 파산이어서 일반 사람들의 주식회사에 대한 인식은 매우 나빴다.

그러나 주주들이 자기 소유 주식에만 책임을 지고 기업 전체에 대하여는 무한 책임을 부담하지 않는다는 주식회사 조직은 다수의 투자가들이 모여서 거대한 산업자본을 마련하기에는 최상의 수단이었으므로 세간의 악평에도 불구하고 주식회사는 발전하였고 산업화의 자본 금고 역할을 훌륭히 수행하였다.

이 기간 금융업도 또한 크게 성장하여 국제적으로 명성을 떨치는 금융가문들이 급성장하게 되었는데 런던의 바링 가문이나 영국, 프랑스, 독일에 영향력을 행사한 로스차일드 가문은 그 대표적인 금융업 집안들이었다.

산업화로 인한 사회구조의 변화

새로운 농법, 주식회사, 기술의 변화, 증기력의 이용은 사회와 정치구조에 엄청난 영향을 주었다. 농촌의 과잉인구들은 이러한 변화로 인하여 토지를 버리고 도시로 몰려들거나 다른 나라로 이민을 떠났다. 이로 인하여 서유럽인들의 얼마 뒤에는 전세계인들의 전통적 생활관습이 크게 변모하게 되었다. 산업화는 세계를 좁게 만들고 어지러울 정도로 급변하게 만든 장본인이었다.

산업화가 도래하기 이전의 유럽사회란 혈연관계에 근거하여 조직되어 있었으므로 사회구성원은 각자 친밀한 인간관계를 맺고 있었다. 토지재산의 소유 여부가 사회적 권력, 사회계층을 가름하는 유일한 기준이었던 산업화 이전의 시기와는 달리 산업화시대가 닥쳐오자 토지 이외의 여러 가지 재산형태가 오히려 토지보다도 중요하게 생각되었고 사회적 권력 또한 토지소유로부터 나오지 않게 되었으며 좁은 울타리 내의 혈연관계는 파괴되고 있었다. 사회는 혈연, 지방색, 전통의 수호를 지키느니 새로운 기술, 새로운 사회를 지향하는 열망을 분명하게 밝히게 되었다.

새로운 세계에서 개인들은 법과 교역, 정치에 있어서 중요성이 커졌으나 개인들이 집단으로부터 자신을 분리시켜 독립성을 주장할수록 이상하게도 개인들은 왜소화되고 외톨이가 되는 느낌을 강하게 받게 되었다.

혈연관계의 맥이 끊어지고 자기가 뿌리를 내리며 살아왔던 고향이 의미를 상실하고 오직 한 개인만이 만사의 주체가 되고, 이러한 원자화된 개인이 모여서 만든 거대한, 그러나 실감이 나지 않는 국가가 그 어느 조직보다도 중시되는 사회, 이것이 바로 산업사회의 특징이었다.

예컨대 '산업화' 이전 시기에 가문이나 마을은 개인에게 큰 영향력을 행사할 수 있었고 개인의 자유를 제한하였다. 그러나 한 개인이 질병을 앓거나 먹을 것이 없는 어려운 형편을 만나면 가문이나 마을은 함께 걱정하고 조금씩 도와줌으로써 개인의 후원역할을 수행하고 정신적으로 기댈 곳이 있다는 안정감을 개인에게 부여한다. 그러나 산업사회에서는 이러한 안정감을 찾기가 불가능하였고 모든 책임, 모든 성공이 오직 개인에게만 부과되므로 정신적 중압, 불안감은 '산업화' 이전의 시기와는 비교가 되지 않을 정도로 급속히 커졌던 것이다.

당대인들은 이러한 변화가 너무도 급격하게 다가와서 전통 관습도덕을 파괴하였다고 생각하여 '산업혁명'이라는 용어를 만들어 냈으나 역사에서는 이 과정조차 150여 년간 지속적으로 그리고 점진적으로 이루어졌다고 생각하여 산업화라는 용어를 선호하는 편이다. 왜냐하면 19세기 중엽 이후에도 국왕은 국가의 주권을 행사하고 토지에 기반을 둔 귀족들이 사회적 특권을 지니고 있는 나라들이 유럽 대부분 나라의 경우에 들어맞기 때문이다.

　오직 영국만이 이러한 전통으로부터 다소간 떨어져나왔다. 즉 영국은 형식상으로는 가장 보수적이나 실제 내용상으로는 가장 진보적인 국가로서 선진 산업국의 면모를 보여주고 있었다. 실질을 숭상하고 형식은 형식대로 존중하는 영국의 산업화의 경험은 '변화를 조정하여' 격변을 불러일으키지 않았다는 점에서 영국의 저력을 드러내보이고 있다.

　이처럼 변화의 속도와 그 정도를 조절하지 못하였던 많은 나라들이 거의 대부분 유혈의 혁명을 겪고난 후에 산업사회로의 이행을 하였던 것에 비하면 영국은 경험이 풍부하며 교활한 산업화의 선진국이었다고 평가할 수 있다.

가난한 노동자들의 생활상

　빈곤의 문제가 사회의 중요한 문제로 각별한 관심을 받게 된 것은 산업화시대에 이르러서 시작되었다. 왜 그러하였을까?
　사실 역사상 빈곤은 인류의 생활과 불가분의 관계를 가지고 있었다. 산업화 이전의 삶이 풍요로운 삶이 아닌 것은 분명하고 산업화의 시기에 어쩌면 생활이 풍요로워져서 절대다수의 인구가 오히려 생활에 있어 그 삶의 수준이 나아졌다는 많은 증거가 나타나기도 하는데 왜 빈곤과 산업화의 관련은 특별한 관심의 대상이 되는 것일까?
　아마도 당시의 사람들은 당혹시킨 것은 산업화로 인하여 기계들이 풍부한 부와 물자를 생산하는데도 불구하고 오히려 도처에 가난한 사람들이 넘실댄다는 현상을 이해할 수 없었기 때문이었을 것이다.
　산업화의 정도는 오늘날 모든 국가에서와 마찬가지로 지역 간 차이가 뚜렷하였고 그로 인한 혜택의 정도 또한 계층별, 시기별로 달랐다.
　영국의 경우 산업화로 인하여 상황이 나빠졌다는 분위기가 특히 심하였다. 영국은 18세기 농업에 생활근거를 둔 계층들의 생활여건이 그 어느 나라의 농업 계층보다도 좋았다. 더욱 산업화의 변화를 겪으면서도 영국은 '자유방임 경제학'을 신봉하며 정부 주도의 어떤 개혁과 규제도 생각하지 않았다. 그러므로 영국에서는 산업화가 진전될수록 농촌에서 밀려나와 도시로 이주한 노동계층은 정부가 시행하는 어떠한 복지혜택도 받아보지 못하고 극심한 빈곤상태로 빠져들어갔다.

영국 이외의 다른 나라들은 영국이 겪은 어려움을 뒤늦게 겪었으므로 정부가 노동계층의 빈곤을 구제하기 위한 적극적 개입을 당연하게 생각하였다. 이러한 후진국의 유리함을 가장 잘 살린 국가는 1871년에야 통일된 민족국가를 수립한 독일이었다.

노동계층 중에서 생활수준이 갑자기 악화된 사람들은 전통 수공업자들이었다. 특히 수직공(Handweaver)들은 직물공장들이 공장제품을 싼 가격에 다량으로 출하함에 따라 그들의 시장을 잃어버리게 되었다. 이때에 공장노동자들의 생활은 오히려 전에 비하여 나아졌다. 그러나 기계화의 업종이 가능한 분야에서는 전통 수공업자들의 불안과 초조는 그들이 산업화 이전 시대에 사실상 모든 제조품을 만들었고, 또 그에 해당하는 대접과 생활수준을 누려왔었으므로 산업화의 도래란 곧 수공업자들의 몰락으로 받아들여졌고 그리하여 이들은 산업화를 거부하지 않을 수 없었다.

이처럼 농촌에서 밀려나 공장노동자가 된 사람들보다 양질의 교육을 받았고 조직화되었으며 미래의 꿈도 가졌던 의식이 있는 수공업자들의 움직임은 산업화 초기 사회불안의 주된 요인이었다.

초기 산업화시기 노동계층의 처참한 생활상은 영국 의회보고서인 '청서(blue books)'와 인간의 양심을 믿는 시민들에 의하여 기록되었다. 의회보고서는 정부가 노동계층의 빈곤문제에 개입하여 부녀자와 어린이 노동의 노동조건을 개선하는 데 기여하였다.

그러나 역사가들은 이러한 비참한 노동계층의 생활상의 기록이 있음에도 불구하고 노동자들의 생활수준은 18세기 이래 향상되어 왔다고 결론짓고 있다. 그러나 앞에서도 언급한 바와 같이 기계화의 도전을 받은 수공업부문 종사자들의 생활수준이나 아일랜드 농민들의 생

영국에서 시작된 산업혁명 231

활수준은 결코 향상되지 않았다고 확언할 수 있다.
다시 말해 오늘날 우리는 산업혁명으로 인하여 생활수준이 향상되었는가 퇴보하였는가를 밝힘에 있어서 역사가들처럼 18세기의 생활수준을 염두에 놓고 이 문제를 생각하지 않는다. 왜냐하면 우리의 문제는 인간이 평등한 삶을 누리고 있는가 아닌가를 문제삼고 있기 때문이다. 그리하여 18세기 이래 인간의 삶은 전반적으로 나아졌다고 하는 것으로 만족할 수는 없는 것이다.

도시화

산업화가 진행됨에 따라 도시가 늘어나고 도시의 크기와 인구도 증가하였다. 1800년 이전 전 유럽의 인구 중 도시거주자는 10%에 불과하였고 영국과 네덜란드에서는 인구의 20% 정도가 도시에 거주하였다.
당시 인구 10만이 넘는 도시는 서구에서 모두 45개였다. 그러나 19세기에 들어서면서 영국인의 52%, 프랑스 25%, 독일 36%, 러시아 7%, 미국 10%의 인구가 도시에서 거주하게 되었고 20세기에 들어서면서 도시화의 경향은 더욱 높아져서 유럽과 미국의 경우 농촌거주 인구는 20%에 불과하게 되었다.
영국의 산업도시들은 19세기 동안 아무런 계획없이 커지고 늘어만 갔다. 도시 행정당국이 도시의 문제에 대하여 해결대책을 제시하지 못하였으므로 도시의 유력자들이 도시화의 문제를 담당하게 되었는데 이는 문제의 적극적 해결이 아니라 소극적인 대응방법의 모색에 불과하였다. 그러나 대륙의 도시들은 영국에 비하여 계획을 수립하고 도시발전을 통제하는 데 성공하였다.
다시 영국의 경우로 돌아가 이때의 도시문제를 생각해보면 아무 준비없이 도시의 인구만 격증하였으므로 도시생활은 상상할 수 있는 모든 불편함을 포함하고 있었다. 보건 위생시설은 없는 것과 같았고 전기, 가로등, 주택부족, 도로의 협소와 교통의 혼잡, 상하수도의 미비 외에도 치안과 질서가 잡혀 있지 않았다.

범죄와 더러움, 전염병의 창궐, 실업자들의 배회 등은 산업도시라면 연상되는 특징들이었는데 정부당국은 이러한 문제를 해결하기 위하여 세금을 사용하는 것을 원치 않았고 '보이지 않는 손'이 조화를 부려 얼마 뒤에는 모든 문제가 스스로 해결될 것으로 믿고 있었다.

이즈음의 산업도시를 대표하는 맨체스터, 리즈, 리버풀, 리옹 등을 묘사하기 위해서는 더러움, 불결, 빈곤, 부도덕, 초만원 등의 용어에다 적합한 수식어만 덧붙이면 정확한 기술을 할 수 있었다. 찰스 디킨스, 빅토르 위고, 에밀 졸라 등의 소설가들은 이러한 상황을 사실적으로 묘사하여 주목을 끌었는데 알렉시스 드 토크빌 또한 맨체스터 시를 방문한 소감을

"이 더러운 하수구로부터 전세계를 비옥하게 만드는 인간의 땀의 강물이 흘러나오며 순수한 황금도 흘러나온다. 인간이 가장 애써 이룩한 이 문명이 그 기적을 이루는 바로 이곳에서 인간은 야만인으로 되어 버렸다."

라고 밝히고 있다.

도시노동자들이 비참한 생활을 영위하며 인간으로서의 존엄을 잃는 동안 영국의 자본가와 정부는 이러한 어려움이란 놀라운 발전이 본궤도에 이르기만 하면 곧 해결될 것으로 믿고 있었으므로 사태의 해결을 위한 어떤 노력도 생각하지 않고 있었다.

산업화의 영향

산업화가 가져다 준 결과는 뚜렷하였다. 농업사회로부터 도시의 상공업사회로 이행한 사실은 분명 혁명적이었고 이러한 전환과 더불어 중산 시민층과 노동계층, 즉 프롤레타리아와의 구별도 명확하게 되었다.

중산층 또는 부르주아를 정의하기는 매우 어렵다. 아마도 이들은 하나의 계급이라기보다는 여러 계급들로 구성된다고 보는 것이 올바를 것이다. 즉 귀족으로 태어나지 않고 평민으로 태어나 단순 육체노동을 직업으로 삼지 않고 상업에 종사하거나 자본주로서 생활하며 근면과 성실, 성공의 야망을 이루려는 이들은 이기주의자들이며 개인주의자 그리고 문화적으로는 속물근성이 있다. 이들의 이러한 특징은 직업관에도, 정치관에도, 인간관계에도 반영된다.

산업화의 진전은 부르주아의 정치권력과 사회적 지위를 높였다. 그래서 19세기 말에 이르면 부르주아는 귀족이 아니면서도 정치권력의 최고 지위에 오르게 된다. 이것은 출생신분이 정치 및 사회적 특권을 보장하지 않는 사회가 도래하였음을 의미하는 것이기도 하다.

재산, 즉 경제능력이 사회적 중요성을 증대시킬수록 부르주아의 비중이 커졌고 귀족들은 이들에게 전통적 지배위치를 양보하거나 함께 나누어야만 되었다. 산업화는 부르주아의 대두를 수반하였던 것이다.

노동계급이나 프롤레타리아를 정의하기도 부르주아만큼이나 어려운 것이다. 왜냐하면 도시의 노동자들 간에도 여러 계층이 있어 수공업자, 공장노동자, 하인, 사무직 등이 모두 노동계층에 포함되는데 이들을 하나로 묶는 공통성보다는 이들이 서로 다른 계층이라는 다양성이 보다 쉽게 찾아지기 때문이다.

그러나 19세기 전반기까지 노동계층의 대부분은 전통 수공업자들이었고 이것은 유럽대륙을 고려하면 더욱 제대로 된 평가이다.

수공업자들은 건축, 인쇄, 재단, 식품, 가구, 금은 세공 등 모든 일상 생활필수품을 만들었으며, 그들이 지니고 있는 기술은 오랜 훈련기간을 통하여 습득된 것이었으므로 단순 공장노동자들과 동일한 노동자는 아니었다.

'길드'라는 그들만의 조직을 이루며 경제 사회적인 공동체를 보존하였던 수공업자들은 자식에게 그들의 직업을 전수시킬 정도로 직업인으로서의 자부심도 가지고 있었다. 요컨대 이들은 숙련노동자들로서 단순 공장노동자와 자신을 동일시할 수는 없었던 것이다.

그러나 공장노동자가 늘어나고 기계가 그들의 일터를 점차 잠식해 들어오자 우선 길드는 고급제품보다 싼 값의 저질품 생산을 방임하는 것으로 기계의 도전에 대응하였고, 점차 생산조직으로서 길드의 의미는 상실하고 길드 구성원 간 친목, 상호부조 조직이라는 성격만 지니게 되었다. 그러므로 수공업자들은 산업화의 진행을 노골적으로 반대하였고 이를 위한 정치투쟁도 서슴지 않았다. 이들이 1848년 혁명을 실제 담당한 계층이었고 유토피아 사회주의의 주요한 지지계층이었음도 우리는 쉽게 납득할 수 있다.

한편 공장노동자는 수공업자와 뚜렷이 구분되었다. 우선 이들은 농촌 출신이며 도시에 이주한 것은 농촌에서 밀려났기 때문이었지 그들이 특별한 기술이 있어서 도시로 온 것은 아니라는 것이다.

대부분의 공장노동자들의 가족은 농촌에 그대로 남아있고 홀몸으로 도시에 들어와서 지낸다는 점도 수공업자와 공장노동자를 구분하는 특징이다. 홀로 도시에 와서 일하는 이들의 삶은 처절한 생존경쟁에 내던져진 상태였으므로 초기에 이들의 노동시간은 무려 하루 15시간에 이를 정도였고 농촌의 일과 달리 기계는 쉬지도 않았으므로 이들이 공장노동에서 받는 긴장과 억압이란 농촌에서 품을 팔 때보다도 훨씬 강도 높은 부담이었다.

도시 생활과 전혀 무관한 상태에서 도시에 내던져진 공장노동자들은 마치 다른 나라로 이민간 사람들처럼 외톨이로 생활을 시작하였다. 그들이 떠나온 농촌에서의 생활도 비참한 것이었으나 가족과 교회와 때로는 지주들과 인간적인 관계가 유지되었던 농촌과 달리 도시의 공장에서 이들은 동료 노동자, 공장 감독인 외에는 교회의 성직자나 공장의 주인과 거의 인간적 관계를 맺을 수가 없었다.

그들은 자기의 육체적 능력, 즉 노동할 수 있는 힘 외에는 그 어떤 것도 없었던, 언어적 의미 그대로의 프롤레타리아였던 것이다. 이들은 교육도 받지 못하고 길드 조직과 같은 노동자연맹도 만들지 못하고 경험도 없고 동료애도 없는 정말 '말하는 기계'였을 뿐이었다.

그러나 산업화의 지속적인 진전은 이들이 도시에 뿌리를 내리는데 도움을 주었다. 이들은 결혼을 하고 자녀를 갖게 되었는데 수공업자에 비하여 조혼과 다수의 자녀를 선호한 것은 자녀들이 곧 가계수입의 일부를 감당하리라는 기대 때문이었다. 여하튼 도시에 뿌리를 내리게 된 이들은 술집(pub)을 중심으로 특이하고 고유한 자신들만의 문화를 만들기 시작하였다.

종교생활도 국교와 구별되는 감리교회나 분리주의파를 신봉하며 축구와 같은 운동경기에 각별한 관심을 나타내고 일요일에는 지나친 음주와 놀음 등으로 월요일에는 정상적인 직장 생활을 해내지 못하기도 하였다. 그래서 이들은 '거룩한 월요일'이라는 속담도 만들어 내었다.

산업화 초기에 자신들을 대변할 조직을 갖지 못하였던 공장노동자들은 점차 수공업자들을 본따서 노동자조직을 만들고 그들의 교양을 높이거나 상호부조, 이익대변을 시도하기 시작하였다. 때로는 수공업자들과 힘을 합하여 정치권력을 획득하기 위한 싸움도 망설이지 않았고 이러한 과정에서 노동자 조직과 이들의 힘은 날로 확산되었다. 나쁜 노동조건을 개선하고 임금을 높이기 위해서 집단시위, 파업 등 자신들의 단결된 힘을 과시하기도 하였던 이들의 노력은 초기에는 성공하지 못하였어도 후일의 발전을 위한 밑거름으로서의 기능을 수행한 것이다.

프롤레타리아의 구성원으로서 결코 간과할 수 없는 집단에 하인이 있다. 하인들은 수공업자, 공장노동자와 함께 도시의 노동계층을 구성하였다. 파리, 런던과 같은 도시에서는 19세기 노동자의 수보다 하인들의 수가 훨씬 많았다.

그러나 이들은 산업화가 진행될수록 소멸되어 버릴 직종에서 일하였으므로 그간 어떤 연구대상에서도 제외되었는데, 사실 이들이 관심의 대상이 되지 못하였던 이유는 하인들이 다른 계층처럼 자기 이익을 대변할 조직을 만들지 못하였기 때문이었다. 우는 아이 먼저 떡준다는 속담은 여기에서도 적절히 비유될 수 있다.

주로 상류층이나 부르주아 집안에서 일하는 하인들은 수공업자, 공장노동자들과 어떠한 공통의 유대감도 가지고 있지 않았다. 더욱 하인의 상당수가 여자들이었고 주인과 언제나 직접적인 관계 속에서 시중을 들어야 하였으므로 일의 성질상 예속관계는 공장노동자보다도 훨씬 심각하였다.

경우에 따라 혹사당하거나 비인격적 대우를 받고 일하는 하인들은 그들이 학대받았을 때 진정하고 탄원하여 노동조건을 개선할 그 어떤 방책도 가지지 못하였다. 하인들은 자기가 일하는 주인집이 큰 경제적 위기를 만나지 않으면 평생 일하는 경우가 많았고 결혼을 하여 자녀를 두었을 때도 계속하여 하인으로서 일하는 경우가 많았다.

이러한 관계 아래에서 하인의 자녀들은 주인집의 문화를 흠모하고 그들의 생활양식을 모방하려고 애썼으므로 조직적인 세력을 형성하여 자기들의 이익을 대변한다는 것은 거의 생각하지 못하였다.

개혁과 저항운동의 발전

자유주의적 지식인들과 정치인들은 산업화가 초래한 여러 사회문제를 해결하기 위하여 열심히 노력하였다. 인류를 위해 무엇을 할 것인가?

낙관론자들은 산업화가 사회 문제를 조속히 해결하리라 믿고 있었으며, 산업생산의 증대와 이들의 효율적인 관리에 의하여 문제해결의 실마리를 찾고 있었다.

그러나 지식인들은 산업화 초기에 지배적이던 자유방임 세계관이 진리가 아니라고 믿고 있었다. 이들은 빈곤은 하늘의 뜻이 아니므로 사람들이 합리적 해결방법을 모색한다면 빈곤 등 산업화의 제문제를 경감 내지 해결하리라고 믿고 있었다.

따라서 국가가 경제와 사회분야에 직접 개입하고 조절하는 역할을 담당하며 국가관리란 바로 이러한 역할을 책임지고 해내야만 한다고

영국에서 시작된 산업혁명 237

지식인들은 주장하였다. 자유주의 지식인들의 이러한 선언은 빈궁에 빠진 노동자들의 생활을 방치하는 것이 기독교적인 윤리와 휴머니즘적 가치관과 어긋나기 때문이었다.

그러나 문제해결로 나아가는 방식에서 독지가들의 자선을 기대할 것인가 아니면 노동자들의 자기 구제방식, 즉 노동조합이나 정당조직과 같은 방식을 취해야 할 것인지 지식인들과 인류사랑의 도덕가들은 결정하지 못하였다.

더욱 자유방임을 열렬하게 고집하는 자본가들은 정부의 개입이 사태의 순간적인 치유법은 마련할 수 있어도 궁극적으로는 경제, 즉 시장경제의 숨통을 죄어 상황을 악화시킬 것이라고 주장하였다. 즉 일

18세기말의 공장의 내부

을 열심히 하지 않아도 정부가 자선기관의 구호로써 생계를 여유있게 꾸려갈 수 있다면 누가 열심히 일을 하여 생활을 하겠느냐고 이들은 반문하였다.

그러나 인도주의자들은 적어도 정치적 권리가 없는 부녀자와 어린이들이 장시간 낮은 임금, 열악한 노동환경으로부터 벗어나는 일은 인간으로서 당연한 권리이므로 이들의 문제부터 해결하자고 주장하였다.

그래서 1802년과 1819년 어린이 보호법이 제정되었으나 이 법들은 감독권과 위반자에 대한 처벌규정이 없었으므로 형식만 갖추었지 실제 내용은 없었다. 물론 영국 정부가 강력한 관료조직을 보유하지 않았다는 점 때문에 이런 일이 가능하였던 점도 있기는 하였다. 그러나 도덕적인 기반 위에서 문제해결을 시도한 인도주의자들은 정부간섭의 확대를 희망한 것도 아니었음을 기억할 필요가 있다.

노동자들은 비극적인 이야기지만 어린이 노동보호법을 반대하고 있었다. 왜냐하면 어린이들이 집안 생계유지의 적지 않은 몫을 담당하고 있었기 때문에 성인 노동자들은 이러한 간섭이 자기들의 수입을 빼앗고 생존의 기회를 박탈하려는 야비한 수단이라고 생각하였다. 공장주들 또한 감독법은 당치도 않다고 외쳐대고 있었다.

그러나 1842년에 이르면 어린이와 부녀자의 광산노동이 금지되고 보호법의 위반자에 대한 처벌이 강화되었고 이와 같은 보호법은 광산업 이외의 다른 산업분야로도 계속 확대 적용되었다.

어린이 보호법의 다른 측면은 '의무교육제'의 도입으로 보완되었다. 학교에 다니는 것이 의무였으므로 어린이들은 10시간 이상의 노동은 할 수가 없었다. 그러나 어린이 의무교육은 고용주들이 값싼 어린이 임금을 최대한 이용하지 못하게 만든 소극적인 성격만 지닌 것이 아니었다. 왜냐하면 어린이들은 의무교육을 통하여 읽고 쓰고 셈하기의 기본적 문자해득 능력을 배웠는데 이러한 의무교육은 노동의 질을 높였고 그래서 공장의 생산성을 증대시킨 긍정적인 면을 포함하였기 때문이다.

일단 국가가 사회문제 해결을 위하여 개입하는 것이 당연하다는 생각이 확대되면서 노동자 보호를 위한 여러 규제조치가 마련되었다. 노동시간의 규제, 노동조건의 개선, 연령제한 등은 초기 단계에서 오히려 노동자들에게 손해로 판단되는 경우도 많았으나 점차 노동자들에게 유리하게 작용하였다. 이러한 경향은 곧 대륙으로 전파되어 보다 합리적으로 보완되었다.

자유주의의 변질

애덤 스미스의 자유방임 경제학은 영국 자유주의자들의 절대적인 신념이었다. 이들의 생각은 경제의 합리성이란 모든 경제활동에 가해지는 국가의 간섭을 없앨 때 최상에 이를 수 있다는 것으로서 인간의 본성은 경쟁심에 의하여 자극받는다고 보는 것이었다. 그래서 경쟁이란 보다 나은 진보를 지향하는 원동력이며 경쟁은 아무 제약 없이 공정하게 진행되어야 그 이점을 최대한 살릴 수 있다는 것이다.

그러므로 이들은 국가가 개입한다는 것은 경제의 공정성을 없애고 편파적인 입장을 취할 것이므로 있어서는 안될 일이고 국가는 질서유지, 계약 이행의 관찰자, 재산보호, 외적침입 방어 등 경제 외적인 분야에서나 필요할 뿐이라고 생각되었다. 이런 자유방임적 세계관은 많은 나라 지식인들의 호응을 받고 있었다.

이즈음 토머스 맬서스(Thomas Malthus, 1766~1834)라는 경제학자가 《인구론》이라는 글을 썼는데 그 내용은 매우 충격적이었다.

맬서스는 경제성장이란 있을 수 없다라는 주장을 인구법칙을 들어 설명하려고 시도하였는데 그의 주장에 따르면

"경제성장의 혜택은 인구가 기하급수적으로 늘어남으로써 상쇄되고 노동자들은 빈곤의 고통에서 벗어날 수 없다는 것이다. 즉 경제성장에 있어서 임금이 상승하면 노동자 가족의 수가 증가하여 상승된 임금은 늘어난 가족의 양육비용에 사용되고 그러므로 노동자는 빈곤에서 벗어날 도리가 없다."

라는 것이 그의 생각이었다.

데이비드 리카도(David Ricardo, 1772~1823) 역시 맬서스의 이론을 빌려 어차피 빈곤을 피할 수 없다라고 주장하였다.
리카도는
"임금이란 노동자 생활비의 최저한선에서 결정되며 임금이 상승하면 노동자 가족의 수가 늘어 결국 노동자 공급이 확대되고 직업을 구하려는 경쟁이 치열해지며 그 결과로 임금은 다시 떨어진다."
는 논리를 폈다. 리카도의 이 주장은 '임금철칙설(Iron Law of Wages)'로서 유명하다.
이들 경제학자들의 임금 설명은 정부가 경제문제에 개입할 과학적 근거를 마련하였으나 노동자들에게는 자유주의 경제학이란 부유한 시민층 내지 자본가만을 위한 거짓 이론이라는 것을 인식하도록 만들었다.
그러나 자유방임을 지지하는 부르주아들은 빈곤이 불완전한 산업화의 단계에서 발생된 것이므로 완전한 산업화 단계에 이르면 저절로 해결된다는 낙관적인 생각을 버리지 않고 있었다.
자유주의 개혁가들의 일부는 정부의 간섭을 두려워하였으나 그들 중 소수는 철학자 제러미 벤담(Jeremy Bentham, 1748~1832)의 '공리주의' 철학을 신봉하여 정부의 개입을 수긍하기도 하였다. '최대 다수의 최대 행복'이란 구호를 내세운 공리주의자들은 급진적 개혁가들이었고 1834년 영국에서 제정된 '신구빈법(New poor Law)'은 이들의 노력으로 법제화된 것이었다.
1834년의 '신구빈법'은 그 목적이 가난한 사람을 돕는다는 것보다는 오히려 구민법 혜택자들의 생활을 처참하게 만들어 이들이 자진하여 노동에 종사할 수 있게끔 강요하려는 의도를 갖고 있었다.
구빈법 수혜자들은 구빈원(Workhouse) 내에서만 거주하여야 구빈혜택을 받았는데 구빈원 생활이란 가족을 분산시키고 힘든 노동을 하면서도 급양수준이라든지 주거상태는 극악하였다. 그래서 구빈혜택자들로 하여금 결코 다시는 그 지긋지긋한 곳에 입소하지 않겠다는 결심을 하게 만들었다.

  그러나 노동력을 상실한 맹인, 불구자들은 이 법의 혜택을 받을 수 있었다. 이때 구빈원의 별명이 '바스티유 감옥'이었음은 구빈법 제정자들의 의도가 무엇이었나를 잘 드러내 보여준 셈이다.

  구빈법의 성격은 그 자체로 문제가 있었다. 왜냐하면 이 법은 누구든지 일하려고 마음먹는다면 일자리가 있다는 것을 전제하고 있기 때문이었다. 그러나 초기 산업사회는 호황경기와 침체, 불황경기를 주기적으로 반복하고 있었으므로 노동자들은 불황기에 이르면 일하고 싶어도 일자리를 찾을 수 없었다. 이러한 문제를 공리주의자들조차 간과하고 있었으므로 노동자 문제의 해결은 새로운 처방과 치료를 기다려야 하였다.

초기 사회주의

　자유주의자, 공리주의자들이 제시한 해결책으로서는 노동자 문제가 해결되지 않자 인간의 본성을 경쟁에 두지 않고 협력에 두고 세계관을 정립하려는 노력이 나타나기 시작하였다. 이들은 자유주의와는 다른 새로운 방식으로 경제와 사회가 합쳐지는 체계를 구상하였는데 그것이 바로 사회주의 세계의 수립이었다. 사회주의 세계에서는 생산과 분배가 사회 전체의 이익을 고려하여 계획되고 실천됨으로써 자유주의 세계와 같은 빈부의 차이가 없으리라는 것이었다. 따라서 이 세계에서는 개인의 자유란 전체의 공익을 위하여 유보될 수 있었다.
　19세기 이러한 사회주의의 가장 대표적인 사상가는 카를 마르크스였다. 마르크스는 경제학자인 동시에 철학자로서 유럽 사회주의 발전에 결정적인 영향을 미쳤다.
　그 친구인 프리드리히 엥겔스와 함께 많은 저술활동을 한 마르크스는 현실개혁의 수단으로써 혁명에 직접 참여하기도 하였으나 그의 이론만큼 성공을 거두지 못했다. 마르크스는 여하튼 유럽사회주의 정당이 수립되는 데 급진 혁명이든지, 점진적 개혁이든지 그 이론적 기반을 마련하였다.
　마르크스 이전에도 이미 다른 사회주의자들이 활발한 활동을 벌였는데 이들은 이성에 의하여 사회 전체를 개혁할 수 있다고 믿으며 보다 나은 세계의 청사진을 마련하였다. 이들은 인간의 노력만 있으면 자본주의 사회를 대신하여 계획되고 경쟁이 없는 사회를 만들 수 있다고 생각하였다. 그러나 19세기의 현실은 이와 달리 이들이 공상가였음을 확증해주고 있을 뿐이었다. 이러한 계열의 사상가들은 일반적으로 '공상적 사회주의자'로 불리며 그 대표로는 생 시몽, 푸리에, 오웬 등이 있다.

생 시몽

저명한 프랑스 귀족집안에서 태어난 생 시몽(Saint Simon, 1760~1825)은 프랑스 혁명기 그의 귀족 작위를 단념한 사람이었다. 그는 현사회는 모순투성이므로 어쨌든 개조되어야 한다고 생각하였는데 이것이 그의 사고의 출발점이었다.

18세기 계몽사상의 비판적 정신을 이어받은 그는 그러나 계몽사상은 새로운 사회를 이루는 데 필요한 지침을 마련하지 못하였다고 판단하여 자기 나름대로의 산업사회에 적합한 사회이론을 펼쳤다.

그는 중세 동안 종교가 사회적 안정의 핵심 역할을 하였으나 이제 근대사회에서는 그 기반을 상실하였으므로 근대사회에 적합한 과학적 지식에 토대를 둔 사회이론을 구성하고자 애썼다. 생 시몽은 새로운 사회에서는 과학원리가 종교적 교의를 대신하여야 하며 성직자나 귀족 대신 과학자, 산업가, 은행가, 예술가, 문필가 등이 지배 엘리트가 되어 사회를 이끌어 나갈 것을 주장하였다.

전문기술자들의 중요성을 그는 강조하였으므로 그를 따르는 사람들 역시 대토목건설사업, 즉 수에즈 운하 건설 같은 계획을 인류 발전의 구체적 증거로 보고 이러한 계획을 열렬히 지지하였다.

그러나 생 시몽은 본질적으로는 18세기 프랑스의 필로조프(Philosoph)와 마찬가지로 이성을 신뢰하였고 진보를 확신하였으며 자연과학적 법칙을 인간사회에도 적용할 수 있으리라 믿었다. 그러므로 그에게 전통 종교체제란 엄청난 거짓체계였고 이것은 산업사회에 적합한 체계로 변모하여야만 마땅한 것이었다. 그는 기독교의 본질은 오직 황금률(Golden Rule), 즉 사람들은 서로 형제 자매처럼 아끼고 사랑하라는 계명에 있다고 보았으며 이와 같은 지고의 도덕정신을 전통 성직자들은 자기들에게 유리한 교회교의 아래에 놓고 사람들을 기만한다고 비난하였다. 생 시몽은 그러므로 새로운 기독교가 도덕적으로 모든 유럽인들을 정신의 세계에서 하나로 묶어야 하는 사명을 가지고 있다고 생각하며 이러한 기독교의 정신은 교의(Dogma)의 세계에서 과학의 세계로의 이행이라는 세속사회의 변화와 부합되는 것이라고 주장하였다. 보편종교에 의하여 새로운 사회가 통합되어야 한다는 생 시몽의 생각은 사회이론가로서 그의 한계를 나타내고 있다.

푸리에

푸리에(Joseph Fourier, 1768~1830)는 판매원 출신으로 괴짜였다. 그도 공상적 사회주의 사상가에 속하는데 그의 생각은 대략 다음과 같았다.

인간의 자연적 욕구와 현사회체제는 서로 갈등을 일으키며 인간 불행의 원천이 된다. 그러므로 불행의 원천을 없애기 위해서는 인간의 자연적 욕구를 제약하는 방법과 사회체제를 바꾸는 것이 쉽고 바른 길이다. 인간이 자연적 욕구를 충족하며 기쁨을 맛보는 것은 커다란 사회조직으로서는 어렵기 때문에 소규모의 공동체를 구성하는 것이 바람직하다.

이러한 소규모의 이상적 공동체를 푸리에의 구상에 따르면 팔랑크스(phalanxes)라고 하며 1,600명 정도의 사람들로 구성된다. 팔랑크스 내에서 여자들은 자기들의 의사에 어긋나는 일은 강요받지 않으며 자연적 욕구를 충족시킬 수 있을 것이다. 모두들 자기에게 기쁨을 더하여 줄 일에 종사하며 이런 방식으로 다른 사람들도 마찬가지로 기뻐하는 일에 종사하여 절묘한 조화를 이룰 것이다.

그러나 돈과 생산품은 평등하게 분배되는 것이 아니라 능력과 기술에 따라 차등적으로 분배된다. 이러한 차등은 인간의 본성에 기쁨을 더해준다.

여자의 평등도 자연적 욕구에 부합되는 일이다. 단혼제 즉 일부일처제란 인간이라면 모두 가지고 있는 성적 욕구를 가장 심하게 억압하는 사악한 제도이므로 이는 없애야 한다. 더욱 결혼한 여자는 인간의 욕구는 덮어둔 채 가사와 아이 양육에 전념하게 되므로 늘 억압받게 된다. 결혼한 남자도 결혼으로 인하여 자기 가족과 자신만을 돌볼 뿐 사회의 전반적 문제에 대한 구성원으로서의 책임을 도외시한다. 그러므로 결혼 특히 단혼제는 나쁜 제도이다.

사람들은 자신이 종사하는 직업이 따분하다고 생각하면 바꾸고 싶어한다. 사랑하는 사람들의 경우도 이와 마찬가지이다. 그러므로 상대방이 따분하다고 생각되면 대상을 바꿀 수 있어야 할 것이다.

그러나 즉각적으로 가정을 없앨 수는 없다. 왜냐하면 어린이 양육이라는 문제가 남기 때문이다. 장차 어린이 양육을 공동체가 담당하게 되면 남자와 여자의 성적 욕구를 충족시키기 위하여 결혼, 가정은 저절로 없어지게 될 것이다.

위와 같은 푸리에의 생각은 괴짜로서의 그의 면모를 유감없이 보여주고 있다. 그러나 푸리에의 이상은 1840년대 미국에서 29개의 팔랑크스가 실제로 조직되어 운영되었을 때 공상에 불과하였음이 증명되었다. 즉 그의 공동체는 모두 존속되지 못하고 곧 소멸되었던 것이다.

오웬

로버트 오웬(Robert Owen, 1771~1858)은 스코틀랜드 '뉴라나크' 면직 공장의 지배인이자 소유권의 일부를 가진 기업인이었다. 그는 당시 공장노동자들이 처한 환경을 개선하고자 하는 점에 그의 목표를 두었다. 그래서 오웬은 우선 자기 소유 공장노동자들의 처우 개선에 힘썼다.

그는 임금을 올리고, 작업장을 보다 편리하고 건강을 해치지 않도록 환경을 개선하고 10세 미만 어린이의 취업을 금지했다. 또한 공장 내 소비조합을 두어 주택, 음식, 의복을 싼 값에 공급하고 노동자들이 문맹상태를 벗어나도록 교육도 실시하였다.

그는 노동자들에게 인간다운 대접을 하는 것이 이윤증대와 무관한 것이 아니라고 주장했다. 오웬은 자본가들이 노동자에게 삶의 질을 높이는 대우를 하면 노동자들도 행복해하여 공장을 위해 열심히 일할 것이므로 생산성을 극대화시킬 것은 당연하다고 보았고 이러한 높은 생산성을 기반으로 이윤증대가 가능하다고 설명하였다.

그는 노동자들의 환경개선이 가장 중요한 일이라고 보았는데 그 이유는 나쁜 환경으로부터 무지와 범죄와 알코올중독 등의 악이 비롯된다고 생각하였기 때문이었다. 그러므로 국가는 환경개선을 위하여 힘쓸 것이며 그러한 구체적 노력은 대중교육, 공장개혁에 있어서 국가의 개입을 요구하고 있다고 보았다.

오웬은 현 사회는 경쟁에 의거하여 이룩된 사회이므로 인간관계를 적대적인 것으로 몰아가고 있다고 비난하며 앞으로의 사회는 조화로운 집단들에 의거하여 이룩되는 새로운 사회체제로 변모해야 한다고 주장하였다. 그래서 그도 푸리에와 마찬가지로 미국 인디애나 주에 '새로운 화합(New Harmony)이라는 공동체를 만들고 그의 이상을 구현시키려 시도하였으나 결국 좌절하고 말았다.

마르크스주의

카를 마르크스(Karl Marx, 1818~1883)는 유대인이었다. 그의 조상은 독일에서 저명한 랍비였는데 마르크스의 아버지 때에 와서 유대교로부터 개신교로 개종하였다. 아버지가 개종한 뒤 법률가로서 안정된 생활을 할 수 있었으므로 카를 마르크스도 대학생이 될 수 있었다. 당시 대학생이란 아주 드물었고 또 대학진학을 하기 위하여는 입학준비 시절에 많은 학비가 필요하였으므로 마르크스는 성장기에 안정된 생활을 누렸음을 추측할 수 있다.

마르크스는 대학에서 처음에 법을 공부하였는데 이는 법학이 실생활에 도움이 되는 공부였고 부친도 법학공부를 권장하였기 때문이었다. 그러나 마르크스는 철학에 빠져 법학을 중단하게 되었다. 이때부터 사회이론가로서 마르크스 사상의 원형이 주조되기 시작하였다.

1842년 마르크스는 24세의 나이로 급진경향의 신문을 편집하며 산업사회가 안고 있는 문제의 해결책을 제시하기 시작하였다. 그가 제시하는 해결책이란 먼저 당시의 주도적인 가치관을 그대로 유지하며 병존할 수 없기에 자유주의, 자본주의의 제반 특징을 비판하는 것으로부터 시작하였다.

즉 자본주의 체제, 그리고 이 체제를 견고히 지키려는 시민사회에 대한 마르크스의 비판은 당시의 경제, 사회, 정치, 문화 전반에 걸쳐 날카롭게 분석되었다. 당연히 이러한 비판은 프러시아 정부로 하여금 마르크스를 요주의 인물로 감시하게 만들었다.

프러시아 정부의 감시가 날로 심해지자 마르크스는 고향을 떠나 파리로 이주하였다. 파리에서 그는 부유한 섬유 공장주의 아들이며 평생 변치 않고 그를 경제적, 정신적으로 후원하였던 프리드리히 엥겔스(Friedrich Engels, 1820~1895)를 만나게 되었다.

이들은 곧 사회주의자 클럽에 가입하여 1848년 혁명의 와중에서 전 세계 노동자들로 하여금 조국을 버리고 계급 투쟁에 참여하자고 선동한 '공산당 선언(Kommunist Manifesto)'을 출판하였는데 결국 '공산당 선언'이 문제가 되어 이들은 프랑스로부터 추방을 당하고 런던으로 망명하게 되었다.

마르크스는 인간의 이성에 대한 신뢰를 처음부터 끝까지 변치 않고 가졌던 합리주의자였다. 그는 인간의 역사가 자연과학의 세계처럼 법칙의 지배를 받고 있으며 이 법칙은 뉴턴의 만유인력 법칙과 마찬가지로 지금껏 알려지지 않았을 뿐이라고 생각하였다.

그러므로 마르크스는 인간사회에 적용되는 법칙을 발견하려고 노력하였고 결국 자신이 알아냈다고 믿었다. 마르크스가 알아낸 인간

사회에 대한 법칙은 인간역사가 생물이 진보하고 성장하는 것처럼 원시공산사회에서 봉건사회, 자본주의 사회를 거쳐 공산주의로 발전한다는 것이다.

그리고 이러한 변화의 계기는 물질에 근거를 두고 있으며 물질 이외의 다른 어떠한 것도 변화의 원동력이 아니며 물질에 종속되어 나타나는 것이라고 생각한 마르크스는 구체적인 증거로 종교를 들었다.

마르크스에 의하면 종교란 인간이 만든 것으로서 인간의 감정과 상상력의 소산인 바 그 기능은 억압받는 사람들을 위로하는 것이며 따라서 종교가 가져다 주는 행복감이란 완전히 환상일 뿐이다라고 그는 설명하였다. 참된 행복이란 현세를 초월하였을 때 얻어지는 것이며, 인간은 초월적 세계에서 안주하여서는 안되고 반드시 현세를 인간이 살기 편하고 행복하게 살 수 있도록 바꾸어 나가야 한다고 마르크스는 주장하였다.

마르크스는 계속하여 설명하기를

"……그러나 지금까지 종교는 인간사회의 진보를 가로막는 역할을 행하여 왔음에도 불구하고 거짓되이 인간사회에 가장 큰 행복을 전해준 것인 양 가장하고 있었다."

즉 마르크스에 의하면 역사란 어느 시대를 막론하고 지배계급과 피지배계급 간 투쟁의 역사였고 승리자는 패배자에게 정복자로서 군림하여 왔던 것이 사실인데, 종교는 이러한 실상을 인간과 신과의 관계로 바꾸어 놓고 지배자의 편에 붙어 피지배자를 착취하는데 일익을 담당하였다는 것이다. 그러므로 종교는 피지배자들에게 아편과 같은 것이므로 반드시 없애야 한다고 마르크스는 주장하였다.

마르크스에 의하면 19세기는 부르주아의 세계관이 마치 모든 인간의 세계관인 양 가면을 쓰고 행세하고 있었다. 그러므로 시민사회가 정립한 자유, 특히 경제에 있어서 자유방임, 시장경제, 자본주의는 오직 시민계급들에게만 유리한 것임에도 불구하고 시민을 제외한 사회의 다른 계급에게까지 가장 정의롭고 훌륭한 것으로 위장하고 있으므로 그는 이러한 거짓의 껍질을 벗겨내어 그 더러운 진짜 모습을 폭로하여야만 된다고 주장하였다.

마르크스가 지적한 이러한 점들은 영국 산업화가 성공적으로 진행함에 따라 수반되어 나타났던 산업화의 문제실상과 일치하는 것이었으므로 그 파급효과와 영향은 매우 컸다. 사실 산업화의 초기 단계에서 자본주들은 임금노동자를 혹사시키면서 생계비에도 부족한 임금만을 지불하며 자신들의 이익을 취하고 있었고 보다 값싼 노동력을 얻기 위하여 부녀자와 어린이들을 장시간 힘든 육체 노동에 몰아대었다.

이런 상황에서도 정부는 경제란 자유롭게 방임하여야 가장 높은 생산성을 달성한다고 생각하여 노동력을 착취하는 자본가들을 방치하고 있었다. 마르크스가 보기에는 이때 정부나 자본주 모두 한통속으로서 노동자를 착취하는 일에 협심하고 있었던 것이다.

그래서 마르크스는 이러한 상황을 벗어나고 모든 인간이 인간답게 생존하기 위하여는 시민사회를 파멸시키고 새로운 사회인 공산사회를 건설하여야만 한다고 믿었다. 그의 주장은 말할 나위도 없이 비참한 생활을 영위하는 노동자와 젊은 지식인들의 큰 호응을 얻고 유럽 전역으로 급속히 보급되어 나아갔다. 그래서 이들을 중심으로 새로운 사회를 건설하려는 노력이 끊이지 않았다.

그러나 마르크스에 의하여 혹독한 비판을 받은 자본주의 사회에서도 마르크스 이래 공산주의자들의 비판을 진지하게 받아들여 수정책을 마련하였다는 것이 마르크스 예언을 빗나가게 만들었다.

무정부주의

무정부주의(Anarchism)는 자본주의를 비판한 또 다른 과격운동이었다. 마르크스주의자들처럼 무정부주의자도 자본가에 의한 노동자 착취에 저항하였으며 사유재산권의 폐지를 주장하였다. 마르크스가 자본주의의 소멸 이후에야 '국가' 존립의 불필요를 주장한 것과 달리 무정부주의자들은 즉각적인 국가해체를 주장하였고, 그들의 목적을 달성하기 위하여 혁명적인 폭력이 필요하다고 폭력을 용인하였으며 그 내용은 국가지도자들의 암살 같은 것이었다.

무정부주의자들의 사상적 배경을 마련한 것은 프루동(Pierre Joseph Proudhon, 1809~1865)이었다. 프루동은 개인 자유의 극대화가 가능한 새로운 사회를 꿈꾸며 지금의 사회구조는 인간본성과는 어긋나는 부자연스럽고 강제에 의하여 운영되는 모순된 체계라고 비판하였다.

그래서 그는 착취와 부패가 없는 산업화 이전 시대로의 복귀를 갈구하였다. 프루동은 노동의 존엄성은 곧 인간의 존엄성이며 노동 착취란 없어져야 하며 산업자본주의 사회의 잘못된 가치관은 올바른 가치관으로 바뀌어야 할 것을 주장하였다. 이러한 일을 감당할 계급은 오직 깨우친 노동계급뿐이며 이들은 새로운 도덕과 윤리관을 마련할 것이다.

그러므로 사람들이 서로 정직하게 대하고 서로 존경하며 그들의 모든 가능성을 발휘할 수 있는 사회를 만들어야 했는데 프루동에 따르면 그러한 사회는 소규모 농민, 소규모 상인, 수공업자들로 구성된 사회였다. 이러한 사회에서는 정부가 필요하지 않다는 것이 프루동의 사상, 곧 무정부주의자들의 이상이었다.

프루동의 이상에 감동하여 그 실현을 위하여 헌신한 사람 가운데 미하일 바쿠닌(Mikhail Bakunin, 1814~1876)이 있었다. 러시아 귀족의 아들로 태어나 철학을 공부하기 위하여 베를린으로 유학하였던 바쿠닌은 그러나 당시 대학생들의 현실적 관심사인 사회주의에 매료되어 철학을 버리고 청년 마르크스와 프루동의 사상에 빠져들었다.

바쿠닌은 성격상 활동적이었으며 실천이 동반되지 않는 사상이란 무용하다고 믿는 현실참여주의자였다. 그래서 마르크스와 프루동의 사상을 실현시키기 위하여 그는 1848년 혁명시 조직을 만들어 혁명의 현장에 참여하였고 혁명이 실패로 끝난 뒤 당국에 붙잡혀 러시아로 인도되었다. 러이사 전제정부는 이에 바쿠닌을 6년간 감옥에서 살게한 후 시베리아로 추방하였으나 그는 추방 도중 탈출하였다.

바쿠닌은 마르크스와 의견의 차이를 가지고 있었다. 즉 마르크스가 혁명이란 산업사회 내의 의식화된 프롤레타리아를 중심으로 이루어져야만 한다고 믿은 것과 달리 바쿠닌은 모든 억압받는 계급은 혁명을 선도할 수 있으며 이를 위해서는 비밀조직의 선동만 필요할 뿐이라고 믿은 점에 있었다. 그러므로 바쿠닌은 비밀조직의 선동활동, 즉 폭력, 테러, 암살 등은 억압받는 계급의 깨우침을 위해 절대 필요하다고 믿었던 것이다.

바쿠닌은 마르크스 사상이 위험하다고도 생각하였는데 그것은 마르크스의 주장대로 공산당이 조직되어 자본주의 국가를 붕괴시켰을 때 이번에는 공산당이 특권 소유 지배집단으로 전환될 가능성이 크다고 생각하였기 때문이었다.

그의 이런 예측은 당시 이상에 불타던 젊은 마르크스주의자들로부터 많은 비판을 받았으나 현실로 볼 때는 어느 정도 올바른 예상이었음을 알 수 있다.

또한 무정부주의자들은 수많은 정치적 테러를 감행하며 정부 전복을 시도하였으나 단 한 번도 성공하지 못하였다. 이들은 20세기의 특징인 정부와 산업의 집중화 경향을 바꾸어 놓지 못하였다. 그러나 이들로 하여금 현대사회의 구조와 가치들에 도전하게끔 만든 동기들은 오늘날 무정부주의가 거의 소멸되었음에도 불구하고 살아남아 있다.

산업혁명의 유산

농업, 상업, 노동, 기술, 동력원의 변화 등 사회 전반에 걸쳐 변화를 초래한 산업혁명은 변화의 정도와 그 질에 있어 문자 그대로 혁명적 결과를 초래하였다. 물론 분야에 따라 변화의 정도와 깊이가 달랐으나 산업화의 보급으로 인한 영향은 현재로서도 확인하기가 어렵고 앞으로도 쉽게 확인할 수 없을 것으로 예상된다.

산업사회 속에서 사회적인 힘은 지주계급에게만 귀속되는 것은 아니다. 노동자들조차 서구의 경우 과거 전 산업화시대에 비하면 보다 많은 정치적 권리와 사회적 특권을 가지게 되었고 경제적인 면에 있어서도 상당한 생활수준의 향상을 누리게 되었다. 물론 정치적 권리인 참정권을 일반 노동대중이 가지게 되었다고 하여 노동대중이 지배권을 장악한 것은 아니지만 지배층들은 전에 비하여 이들에 대한 배려에 보다 많은 신경을 쓰게된 것도 사실이다.

이들에 대한 배려가 커지면 커질수록 노동대중은 자신들의 정치 및 사회적 힘을 자각하게 될 것이고 그러한 과정 속에서 정치적 자유뿐만 아니라 경제적 평등도 어느 정도는 달성될 것이다.

산업화는 또한 세속화 경향에 가속도를 더하여 주었다. 그래서 전통관습이나 종교적 신조에 의하여 묶여 있던 혈연의 공동체로부터 벗어나는 경향이 강화되었다. 성직자, 마을 공동체의 역할이 크게 위축되었고 가족구성원으로서 기대되었던 개인의 역할 또한 바뀌었다.

그러므로 모든 개인은 오직 개인으로서 살아가게 되었고 그리하여 고립감을 진하게 느끼게 되었다. 이러한 감정적 고립감은 국가에 대한 무조건 충성, 직업집단에 대한 지나친 집착, 학교동창에 대한 관심 등으로 채워지기도 하였고 때로는 권위주의적 집단이나 특정 개인의 숭배라는 형태로 소속감을 확인하기도 하였다.

산업화의 또다른 양상은 생활 거주지의 이동에서도 나타났다. 즉 수많은 사람들이 농촌을 떠나 도시로 옮겨가거나, 한 대륙을 떠나 다른 대륙으로 이주하여 그들의 삶을 바꾸어 갔다.

그리하여 민족 간, 계급 간, 남녀 간, 부모와 자식 사이의 관계도 바뀌어졌다. 또한 성공적인 산업화로 인하여 서구의 강국들은 세계 지배를 달성하였고 세계의 많은 국가와 민족들이 서구인에 의해 예속된 삶을 구차하게 살아가야 하였다. 따라서 예속된 국가의 국민들과 서구 열강과의 갈등, 서구 열강끼리의 세계지배를 둘러싼 갈등이 더욱 날카롭게 대립되면서 민족, 국가 간 적대감이 강화되어 대규모 전쟁을 일으키는 요인이 되었다.

그러나 산업화는 부정적인 면 외에도 긍정적인 영향을 가져다 주었다. 값싸고 질 좋은 물품이 풍부하게 대량으로 생산되어 대중의 생활 수준을 향상시켰다. 동시에 대중은 집단으로 조직되어 자신들의 요구를 정치에 반영시킬 수 있었으며 이리하여 자본주의 체제 자체에 대한 도전이 노골적으로 대두되어 사회주의로 나아가는 목표들이 제시되기도 하였다. 물론 이러한 목표는 노동자들이 선택한 것으로서 자유주의 시민들은 이에 반하여 자본주의를 수정함으로써 노동자들과의 갈등 해소를 추구하기도 하였다. 오염, 공해, 노동의 소외, 노동계급 착취, 물질만능주의, 무자비한 기계적 관리 등 산업화의 나쁜 영향들이 지금껏 남아 있다는 것은 오랫동안 산업화로 인한 악영향을 줄이려고 노력해 왔음에도 불구하고 이 일이 쉽게 해결될 일이 아닌 종류의 것임을 드러내는 것이다.

그러므로 인류는 이 문제에 관하여 깊은 관심을 가지고 해결하려는 자세를 흐트리지 않아야 그 해악으로부터 벗어날 수 있을 것이다. 산업화 그 자체가 인류의 행복인가 또는 불행인가는 문제가 아니다. 왜냐하면 오늘의 현실을 살펴볼 때 전 세계 모든 국가가 산업화를 추진하고 있기 때문이다. 즉 문제들이 있음을 시인하고 그것을 어떻게 해결하려는가 하는 자세의 준비가 더욱 절실한 것이다.

VI. 19세기 각국의 발전

글래드스턴과 디즈레일리

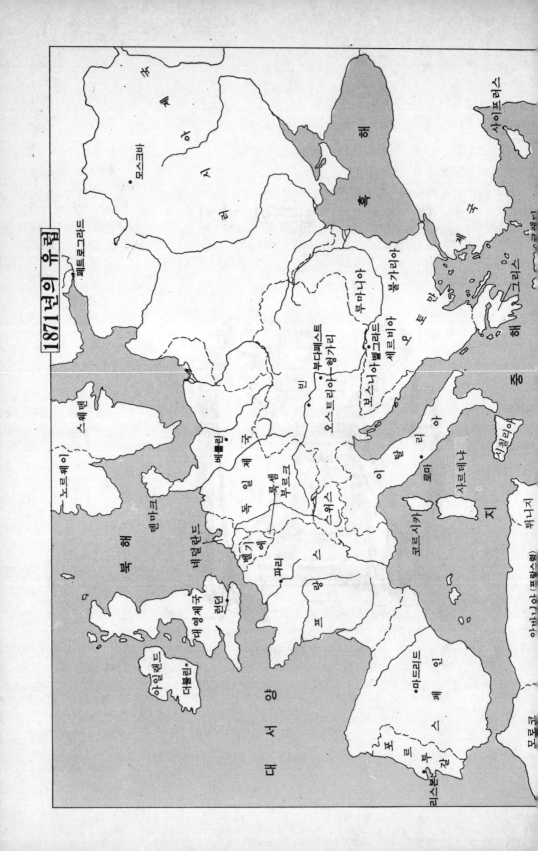

19세기 각국의 발전—개괄

19세기 동안 산업화의 진행은 유럽 각국에서 다른 시기에, 다른 정도로 나타났다. 이러한 시기와 정도의 차이는 각국의 사회·정치·경제의 구조에도 영향을 미쳤다.

그래서 각국은 전통관습의 존속과 변화에 있어 다양한 차이를 나타내는데, 예컨대 독일의 경우 산업화 이전 시대의 사회구조가 성공적인 산업화에도 불구하고 20세기까지 강력하게 잔존하였는가 하면 러시아의 경우는 워낙 뒤늦은 산업화의 시작으로 말미암아 농업적 사회구조가 20세기까지 핵심적인 위치를 지탱할 수 있었던 것이다.

그러나 산업화는 전산업화 시대의 구조를 존속시키되 변형을 강요하였다. 그래서 각국의 정치, 사회, 경제 구조는 새로운 사회에 적응하도록 재구성되었고 재구성의 정도는 곧 각국의 역사적 특징을 드러내게 되었다.

각국이 부딪쳤던 문제들, 즉 요약하면 전통과 근대화의 충돌, 그리고 그 조정이 19세기 유럽 각국이 겪었던 역사경험을 이루게 되었던 것이다.

유럽이 산업화라는 거대한 역사변화를 겪으며 공통적으로 강요받는 사실은 새로운 사회세력으로서 대중의 존재를 인정하는 일이었다. 대중은 이즈음 시민계급의 세계관을 자기의 것으로 만들어 갔으며 과거 봉건계급에 대하여 시민계급이 저항한 것처럼, 새로운 지배세력으로 성장한 시민에 대하여 저항을 하였다. 참정권의 확대를 가장 중요한 목적으로 삼고 그 외에도 사회 및 경제적 안정을 요구한 대중은 시민계급이 내세운 '자유'라는 이념에 더이상 만족하지 않았고 '평등'이라는 이념의 실현을 위하여 노력하였다. 이들의 목표인 평등의 길로 나아가는 과정이 곧 대중사회로의 전환을 가져오게 될 것이었다.

대영제국(1815~1914)

19세기 영국은 선진 모범국가였다. 사회안정, 자유주의 입헌왕정, 산업혁명의 이점을 만끽하며 영국은 자부심을 키워갔다. 더욱이 혁명을 겪지 않고도 사회적 저항을 흡수하며 법에 의한 통치를 유지한 영국의회의 능력은 다른 유럽인들에게는 하나의 기적이었다.

프랑스와의 오랜 식민지 쟁탈전, 세대에 걸쳐 지속된 혁명적 이상과의 투쟁 속에서도 영국은 제국을 팽창시켰고 그들의 산업과 재부를 확대하였다. 이러한 영국의 업적은 소위 잰 체하는 영국인의 행실을 당연하게 만들었다.

19세기 중엽 이후, 그러니까 영국이 산업화를 시작한 후 100여 년이 지난 뒤 영국의 번영은 이제 그 혜택을 노동계급에게 나누어 줄 정도로까지 발전하였다. 중산층의 폭은 이즈음 아주 넓어져서 안정의 기초를 이루고 있었다. 그래서 자유방임을 주장하였던 '고전경제학자'들 역시 자기들이 올바르다고 믿으며 산업화의 문제는 산업화로만 치유될 수 있다고 주장하게 되었다.

그러므로 영국의 경우 산업화란 혁명의 길로 이끄는 것이 아니라 경제번영과 계급갈등의 축소로 인도하는 것이었다. 다른 나라의 정책입안자들은 영국의 경우를 본따서 혁명이 아닌 개혁(Reform)으로 산업사회의 문제를 해결하려고 시도하였으나 역사적 경험과 여건이 영국과 상이한 상황에서 그들의 이런 의도는 현실적으로 실현되기 어려웠다.

개혁운동의 대두

그러면 영국은 19세기 초, 즉 산업화가 시작하여 본궤도에 오르는 시기였던 이즈음에 과연 자유민주주의를 구현하고 있었을까? 이에 대한 답변은 부정적이다.

19세기 초 영국 인구 거의 대부분은 우선 참정권을 가지지 못하였다. 기존도시의 대부분은 부유한 집단의 수중에 장악되었고 산업화로 인하여 새로이 나타난 도시민들에게는 의원 선출 자격조차 부여되지 않고 있었다.

그러므로 노동계급은 스트라이크, 폭동 같은 방법을 사용하여야만 그들의 의사를 표명할 수 있었다. 지주 귀족들은 상원과 하원을 일방적으로 지배하며 노동계급의 요구를 묵살하였다.

하원의 경우 법률가, 고위 관리, 문필가 등의 직업을 가진 사람들이 의석을 차지하였는데 이들의 출신은 거의 대부분 지주 귀족의 차남 등으로 아버지의 유산을 받지 못하고 사업, 군 장교, 관리로서 경력을 쌓은 뒤 정치에 입문한 사람들이었다. 그러므로 이들은 사회 상류 계층과 상중산층의 양쪽에 유대를 가지고 있었던 셈이다. 이들은 더욱 귀족의 작위조차 받을 수 없었으므로 어느 의미로는 평민이기도 하였다. 예컨대 대륙의 경우와 비교할 때 신분에 의한 계급차별은 영국의 경우 심하지 않았다.

영국의 정치는 하원에서 이루어지며 하원은 휘그(Whig)당과 토리(Tory)당 양대 진영의 건설적인 경쟁에 의하여 장악되었다. 그러나 휘그당과 토리당은 계급 구분으로 구성된 정당이 아니라 이념과 가치관의 차이에 의하여 구별되었다. 휘그파는 시민의 정치 및 신앙의 자유를 대변하고 왕의 전제권력에 저항하여 의회제도를 지켜온 전통을 가지고 있었다. 이들은 자유의 수호자라고 자처하고 있었다. 반면 토리파는 왕에게 충성을 맹세하고 제국유지, 제국의 영광의 담당자로서 인간은 신분에 따라 천성상 차이가 있다고 믿는 보수 진영 대변집단이었다.

그러나 휘그나 토리나 산업사회에서 제기된 문제를 전산업사회의 가치관의 원용으로 해결하려고 시도하였을 뿐이었으므로 18세기 말에 이르면 급진개혁파가 대두하여 휘그와 토리를 모두 비판하고 나서게 되었다. 사실 휘그나 토리는 프랑스 혁명 이후 자코뱅 급진파에 의한 프랑스 정국운영을 불안하게 관찰하였고 폭력사용, 재산권 침해, 기계파괴운동(Luddites Movement) 등 노동자들의 조직운동에 대하여 엄한 처벌로 대응하였을 뿐이었다.

1819년 맨체스터 시의 근교 '성 피터의 들'에서 선거법 개정을 요구하는 급진적 개혁파들이 회합하였을 때 군대와 민병대는 이들에게 무차별 사격을 가하여 많은 사상자를 내었다. 이 비극은 '피터루 학살'이라고 이름 붙여져 영국의 자랑인 '워털루 대승'을 비아냥거리게 되었다.

여하튼 정부는 강압책으로 급진파를 억누르며 그 지도자들을 감옥에 집어넣었고 이로써 사태가 원만하게 해결되리라 기대하였다.

1918년 맨체스터 시의 데모

그러나 이러한 과정에서 병행되었던 언론검열, 가택수색, 대규모 집회 금지 등의 조치는 영국의 자유주의 전통과는 어긋난 조치들이었으며 사실 대륙에서 시행되었던 전제 정부의 시책과 조금도 다를 바가 없었다.

개혁의 실마리는 오히려 정권을 쥐고 있는 토리나 휘그의 일부 개방적인 정치가들에 의하여 매우 구체적인 문제들로부터 시작되었는데 그 내용은 형법, 감옥의 개선, 경찰제도 개선 또는 가톨릭 교도에 대한 차별 폐지(1929) 등이었다. 로버트 필, 웰링턴 공 등 보수주의 정치가들도 휘그파의 안목이 있는 개혁정치가들과 의견을 함께하여 어느 정도는 개혁의 필요성을 인식하고 있었다. 그래서 1832년 선거법의 개정을 둘러싸고 개혁요구가 집약되었다.

선거법의 개혁은 두 방향으로 진행되었다. 첫째는 선거권, 즉 유권자의 수를 늘리는 것이었고 둘째는 선거구의 조정이었다. 선거구의 조정은 당시 가장 현실적인 문제였다. 왜냐하면 산업화의 진전은 농촌의 인구를 격감시켰고 새로운 산업도시의 인구를 급증시켰는데도 선거구는 여전히 과거 인구 분포를 기준으로 설정되어 있었기 때문에 농촌지역은 천여 명이 거주하는 지역에서도 의원이 선출되는 반면 산업지역은 십여만의 인구가 거주하였음에도 불구하고 의원선출권이 없었기 때문이었다.

이리하여 선거법에 대한 불평등을 해소하기 위하여 1832년 휘그의 주도하에 선거법의 개정이 법안으로 제출되고 하원을 통과하게 되었다. 그 개정법의 내용은 유권자의 수를 2배로 늘려 20만으로 확대한다는 것이었는데 문제는 법안확정의 권한을 가지고 있던 상원이 이 법안에 대하여 거부권을 행사하면서 나타났다.

상원의 생각은 선거권의 확대란 영국의 발전에 결정적인 해악이 된다고 판단하였는데 그 논리는 다음과 같았다. 즉 일정한 수준에 이르지 못하는 유권자가 정치 결정의 실권을 가지게 될 경우 정치는 이들의 비위를 따르게 될 뿐인데 이들은 전체와 공공의 발전을 먼저 생각하지 않고 오직 눈 앞의 구체적인 이득과 자신들의 이기적인 생각만 할 것이므로 매수와 이권에 눈이 어두워 영국 전체에 해악이 되는 정책을 지지할 것이라는 판단이었다.

　이러한 상원의 태도는 분명 논리정연한 이론에 근거를 하고 있다고 보여진다. 그러나 산업화가 1세기 가까이 진행된 영국에서 귀족들의 과두적 지배란 어느 점에서도 그 타당성을 찾기 어려웠다. 왜냐하면 상원의 거부권 행사의 소문은 수많은 도시에서 폭동과 혁명의 징후를 나타냈기 때문이다. 당시 영국은 이미 소수 귀족만으로 통치될 수 있는 나라가 아니었다.

　이에 영국왕 윌리엄 4세(William, 1830~1837)는 휘그의 판단이 현상안정에 절대 올바르다고 믿고 상원을 설득하는 한편 상원이 계속 거부권을 행사할 경우 새로이 귀족을 임명하고 이들을 상원으로 진출시켜 선거법 개정안을 통과시키겠다고 위협하였다.

　상원은 국왕의 위협을 개탄하였으나 귀족의 대표인 국왕을 따르지 않을 수 없어서 1832년의 개정 선거법을 법안으로 확정하였다. 그러나 당시 영국인구 4,400만에 비교할 때 유권자 수 20만이란 여전히 극소수의 사람에게만 정치 참여권이 허용되고 대다수 국민에게는 정치 참여권이 없었다고 평가될 수 있다.

　노동자들은 새로운 선거법으로 정치에 참여할 수 없었다. 그것은 개정된 선거법이 거액의 재산소유자에 국한하여 참정권을 허용한 것이기 때문이었다. 그래서 참정권을 얻고자 하는 노동자들은 그들의 요구조건을 차티스트 운동(Chartist Movement)으로 집약시켰다. 차티스트 운동은 1830~1840년대 영국사회의 민주화운동으로서 그 목적은 보통성인 선거권, 비밀투표, 의원자격으로서 재산소유의 불필요, 의회의 회기 확정, 의원에 대한 세비지급 등을 내세운 것이다. 차티스트들이 선도하였던 이러한 목적들은 19세기 영국의 정치발전에 커다란 원칙들을 만든 셈이었다.

　차티스트 운동에도 급진적 개혁을 이끌어 혁명으로 나아가자는 주장과 온건 점진적 개혁의 주장이 대립되고 있었다. 그러나 1840년대 경제가 위기 상황에 빠지면서 사회의 불안정한 요인이 많아지고 노동자들이 더욱 어려운 처지에 놓이게 되자 차티스트 운동은 구체적 목표, 즉 노동자들의 경제에 직접 영향을 미치는 문제에 우선 관심을 가지게 되었다.

곡물법(Corn Laws)이 우선 대상으로 결정되었다. 당시 영국은 대표적 곡물, 즉 식량수입국이었으므로 외국에서 많은 식량을 도입하여야만 했는데 이러한 과정에서 국내에서 생산되는 곡물과 외국에서 도입되는 곡물 간 가격의 차이가 현저하였다.

독일, 폴란드, 러시아의 광대한 평야에서 생산되는 수입 곡물은 값이 매우 쌌으나 협소한 영국의 평야에서 생산된 곡물은 가격이 비싸서 자유경쟁에 맡길 것 같으면 영국의 농업은 붕괴될 것이 자명하였다. 그래서 정부는 외국산 곡물에 높은 관세를 매겨 국내 곡물과 비슷한 가격을 형성하였다.

이것이 바로 곡물법의 내용이었는데 영국 내 농민에게는 곡물법이 매우 큰 도움이 되었으나 농업 이외에 종사하고 도시에 거주하는 노동자들에게는 곡물법이란 곧 생계비 부담으로 직결되는 것이었다.

더욱이 영국의 농업은 거의 대부분 전통지주 귀족에 의하여 사실상 장악되고 있었으므로 곡물법의 시행은 정부가 이들을 보호하고 있는 셈이었다.

그러므로 이들의 정치적 영향력, 사회적 특권은 곡물법을 축으로 유지되고 있었고 이것은 산업사회로 이행이 착실히 진행되고 있는 영국의 경우 도시 공장 노동자들의 희생 위에서 이루어지는 것이었다. 그러므로 차티스트를 중심으로 '반곡물법연맹'이 조직되어 곡물법 폐지를 주장하게 되자 정부는 1846년 곡물법의 폐지를 결정함으로써 이들의 요구를 들어주었다.

1840년대 이후 경제가 회복세에 들어서고 유럽의 혁명들이 1848년 이후 모두 실패하고 반동복고의 시대로 들어서자 영국의 개혁운동은 급진적 개혁세력을 위축시켰다. 더욱 1833년 정부가 대영제국 내에서 노예제도를 금지하고 공장입법을 통하여 부녀자와 어린이의 노동조건을 개선하자 노동자들의 불만은 이념적인 것에서 현실적인 개선이라는 차원으로 전환되었고, 1835년 지방자치 특히 도시의 자치권이 대폭 허용되면서 각 산업 도시가 직면하고 있던 주택난, 공중위생, 사회복지 등의 문제가 해당 도시당국에 의해 수렴되자 영국은 혁명없는 개혁의 길로 들어서게 되었다.

글래드스턴과 디즈레일리

19세기 중엽 영국의 민주적 발전은 휘그당이 자유당으로, 토리당이 보수당으로 이름을 바꾸면서 변화하는 사회에 적응력을 고양시켰다. 특히 양당제의 이점인 견제와 균형을 유지하며 지속되었는데 두 명의 거물 정치인이 이러한 발전에 더욱 큰 기여를 하였다.

한 사람은 자유당 지도자인 글래드스턴(Willliam E. Gladstone, 1809~1898)으로서 경건하고 강인한 성격을 가지고 있으며 사람들의 마음을 휘어잡을 수 있는 뛰어난 웅변가였다. 또 다른 사람은 디즈레일리(Benjamin Disraeli, 1804~1881)로서 보수당을 지도하고 대영제국의 영광을 꿈꾸며 소설을 쓰는가 하면 활기찬 성격으로 사람들에게 희망을 불어넣어 주는 뛰어난 능력을 가지고 있었다.

이 둘의 전쟁, 즉 자유당과 보수당의 선의의 경쟁은 영국 사회의 개혁을 이끄는 원동력이었다. 실제로 1867년 글래드스턴이 참정권의 확대를 내용으로 하는 선거법 개정을 꾀하다가 실패하자 글래드스턴은 관례를 따라 수상직을 사임하고 물러섰다. 그러자 이번에는 디즈레일리가 글래드스턴이 시도하였던 참정권의 확대보다 훨씬 많은 사람에게 참정권의 확대를 부여하는 개정안을 제출하여 하원의 동의를 얻었다. 결국 디즈레일리의 개정안에 따라서 유권자의 수가 배로 늘었으나 자유당과 보수당 의원들 모두는 이 급작스러운 현실 즉 대중민주주의의 도래에 대하여 불안해 하였다.

물론 디즈레일리 자신은 대중민주주의를 두려워하지 않으며 보수당은 대중을 이끌 당의 강령이 준비되어 있다고 밝혔으나 디즈레일리의 지지자들조차 그가 지나치게 선거법 개정에 몰두하여 무모한 모험을 감행한다고 비난하였다. 이러한 논란의 결과 새로운 견해가 대두하게 되었는데 그것은 대중을 교육 내지 순화시켜야만 한다는 견해였다. 왜냐하면 이제는 대중이 정치적인 힘을 소유하게 되었으므로 이들을 방치할 수 없었기 때문이었다.

그래서 1870년 교육법이 제정되어 모든 사람에게 기초단계의 교육을 받게끔 하였고 영국의 공교육(公敎育)이 본격화되기 시작하였다.

글래드스턴과 디즈레일리의 경쟁은 정치적 성격이었음에도 양자간 경쟁은 자유민주주의의 법치적 틀을 벗어나지 않고 영국의 전통에 걸맞게 지속되었다. 그래서 1884년에 이르면 글래드스턴은 모든 성인 남자에게 참정권을 부여하는 선거법을 제정하기에 이르렀다.

19세기 중엽 영국은 번영의 정점에 이르러 비록 사회 내에서 계급간 차별, 사회적 제약들이 엄존하였음에도 불구하고 어느 정도 풍요로운 생활을 영위하는 사람들이 개인주의, 자유경쟁의 윤리를 진리로 받아들이는 데 거부감을 느끼지 아니하였다. 게다가 사회 하층민들조차 대륙에 비하여 부유하고 교육받은 사람들에 대한 증오를 느끼지 못하였다.

그러나 1873년 소위 대항하는 독일, 미국의 경쟁이 산업부문에서 분명하게 되자 영국의 노동자들은 오히려 정치와 경제에 있어서 그들의 요구를 강화하였고, 이에 따라 영국은 아일랜드 분규와 더불어 소위 '빅토리아 여왕의 갱년기' 시대에 빠져들게 된다.

아일랜드 분규

지금껏 우리는 아일랜드라는 조그마한, 마치 대한민국 제주도와 비슷한 섬나라에 관하여 관심을 가졌던 경험이 거의 없다. 그러나 아일랜드는 대영제국의 그늘 안에서도 대영제국의 구성국이라기 보다는 적대적인, 즉 독립을 이루어 대영제국으로부터 벗어나려는 숱한 노력을 계속하여 왔고 그래서 많은 슬픔을 겪은 나라이다. 짧은 지면에서나마 이제 아일랜드가 19세기 중엽에 겪었던 일을 살피고자 한다.

1846~1847년 감자 뿌리마름이라는 농작물의 재앙이 전유럽을 뒤덮었고 그 결과는 아일랜드만 국한하여 살핀다고 하여도 거의 백만의 인구가 굶주려 목숨을 잃었다. 이러한 어려운 상황에서 아일랜드인들은 영국인의 지배에 대항하여 봉기하였고 영국인들은 이들을 잔인하게 무력을 사용하여 진압하였다.

영국의 점잖은 신사들은 19세기 이데올로기인 자유방임과 맬서스의 인구법칙을 충실하게 지키며 백 만의 인구가 굶주림으로 죽어가는 것을 그저 보고만 있었다. 심지어
"아일랜드인 백 만의 아사란 아일랜드의 경제능력으로 보면 부족하게 죽은 것이다."
라고 공공연히 떠벌리는 지식인들조차 있었다.

그래서 아일랜드의 수많은 사람들이 굶주림을 피해 대영제국의 식민지 내지 미국으로 이민행렬을 벌였고 잉글랜드와 스코틀랜드인들에 대한 증오를 되새기게 되었다. 아일랜드인들의 이러한 증오는 대영제국의 사회적 안정과 정치에 큰 위협으로 작용하게 되었다.

아일랜드의 비밀결사조직인 '페니안(Fenians)'은 영국의 입헌군주제를 부정하고 공화국 수립, 즉 아일랜드 독립을 위하여 모든 테러, 폭력을 서슴지 않았고, 영국인에 비하여 차별을 받고 사회에서 성공할 기회를 찾지 못한 아일랜드 젊은이들의 자랑이 되었다. 페니안 조직의 운영자금은 본토에서는 거의 마련할 수가 없었으므로 해외이민 특히 미국 내 아일랜드인의 모금으로 마련되었음을 기억할 필요가 있다.

당시 자유주의를 대표하였던 글래드스턴은 아일랜드 문제에 대하여도 자유주의 정책노선의 한계 내에서 해결할 수 있다고 믿으며

대(對)아일랜드 입법을 추진하였다. 아일랜드를 대영제국의 얌전한 구성원으로 전환시키려는 글래드스턴의 의도는 먼저 종교정책에서 나타났다. 그것은 지금껏 아일랜드인 절대다수가 신봉하는 가톨릭을 무시하고 영국 성공회를 국교로 강요하던 것을 포기하는 것이었다.

글래드스턴의 이 정책의 결과 영국인으로 아일랜드에 이주하여 성공회를 신봉하였던 신교도들은 더이상 아무 특권을 가질 수 없게 되었다.

또한 글래드스턴의 아일랜드에 관한 '농지법'은 소작농의 보호를 규정한 것으로 지주의 횡포를 제약하였다. 이 농지법은 소작농 보호라는 측면 외에도 농업생산성 증대와 관련을 맺고 있다. 즉 소작농들이 소작지를 반환할 경우, 임대기간 동안 소작농의 노력으로 경지가 보다 비옥하게 되었거나 정리가 잘 되어 경작지의 가치가 상승되었을 때 지주는 소작농에게 그에 해당하는 만큼의 보상금을 지불해야 한다는 이 법은 그동안 빌린 땅에 대하여 무관심하였던 소작농들의 마음가짐에 변화를 가져왔다. 소작농들은 이제 비록 빌린 땅이라 할지라도 애쓴 노력에 대하여 보상을 받게 되었으므로 농경지 관리 및 지력보존, 나아가 생산성 증대에 노력을 쉬지 않았기 때문이었다.

그러나 글래드스턴의 아일랜드에 대한 관심은 너무 늦게 비롯되었고 또 충분치 못하였다. 1880년대 아일랜드에 관한 쟁점은 지방자치였는데 아일랜드 출신 의원들은 자치를 획득하기 위하여 하원에서 때로는 의회 밖에서 선동적 정치활동을 펼쳤으며 특히 자유당과 보수당이 서로 대립, 견제하는 의회 내 세력상황을 이용하여 독자적인 위치를 확보할 수 있었다.

자유당의 경우 보수당을 누르고 하원에서 다수를 차지하기 위해서는 아일랜드계 의원들의 협조, 참여가 필수조건이었으므로 자유당의 글래드스턴은 아일랜드 자치법을 지지하지 않을 수 없었다.

그러나 자유당의 일각에서는 글래드스턴의 지도하에 머무르기를, 즉 아일랜드 자치법의 통과를 거부하면서 분열하였다. 따라서 자유주의를 평생 추구하던 노정객 글래드스턴은 그가 말년에 노심하였던 가장 커다란 문제에서 좌절하고 말았다. 글래드스턴은 또한 그가 디즈레일리와 함께 주도해 왔던 정치체제가 위험에 빠지게 된 것도 인식하고 있었다. 이는 의회정치체제 외곽에서 나타나기 시작한 호전성, 무력, 테러, 타협포기 등 때문이었다.

아일랜드 자치를 둘러싼 위기는 1911년 의회위기에서 재현되었다. 상원은 아일랜드 자치법을 폐기시킬 수는 없어도 법으로 효력발휘를 지연시킬 권한이 있었는데 상원이 자치법의의 통과를 지연시킴에 따라 북아일랜드 거주 신교도(이들을 얼스터라고 부른다)와 남아일랜드의 가톨릭 교도 간의 무력대결이 노골화되어 더블린과 벨파스트의 시가지에서 총격전이 다반사로 벌어지게 되었다.

밀매된 무기가 끊임없이 아일랜드로 반입되고 시위군중이 무장을 갖추자 진압병력도 시위군중에게 총격을 가하게 되었고 이리하여 사태는 악순환에 빠지게 되었다.

이러한 아일랜드의 악순환은 1914년 제1차 세계대전 발발 직전까지 영국 모든 신문에 1면 특집으로 다루어졌다. 그러나 제1차 대전이 현실로 다가옴에 따라 아일랜드 사태는 숨통을 쉬게 되었다. 신교도와 가톨릭 교도 모두 '전쟁이 계속되는 동안'은 잠정적으로 휴전을 맺고 국왕에게 충성을 바칠 것을 맹세하였기 때문이다. 그래서 많은 아일랜드인이 대영제국의 군인으로 독일과의 전쟁에 참전하였고 영국의 승리를 위해 싸웠다.

그러나 아일랜드 자치법의 통과가 전쟁에 협조하였음에도 불구하고 지연되자 1916년 부활제 기간 자치를 갈망하던 아일랜드에서 봉기가 발생하였고 영국 정부는 독일과 전쟁의 와중에서도 이를 진압하였다.

제1차 세계대전이 끝나자 아일랜드인, 즉 얼스터이건 가톨릭 교도이건 모두 원치 않았던 방법으로 영국 정부는 아일랜드의 문제해결을 시도하였다. 그것은 남·북 아일랜드의 분단으로써 남부는 가톨릭이 공화국을 수립하도록 방치한 것이며 북부는 6주로 구획하여 대영제국 내에 귀속시킨 것이었다. 그러므로 오늘날도 북부의 경우 신교도인 얼스터와 가톨릭 교도들 간의 충돌은 무력사용, 테러, 폭발 등으로 존속되고 있다. 이처럼 아일랜드 분규는 심각한 정치문제이자 영국이 앓고 있는 만성적 영국병의 대표인 것이다.

산업혁명기의 프랑스

루이 나폴레옹

1848년 혁명으로 루이 필리프의 왕정은 무너지고 프랑스는 다시 공화정을 건설하였다. 이를 제2공화정이라고 부르는 데 초대 대통령으로는 국민의 절대적 지지를 받은 루이 나폴레옹(1808~1873)이 당선되었다. 그는 한 세대 이전에 프랑스의 영광을 대륙에 심어놓은 보나파르트 나폴레옹의 조카였다. 프랑스 국민은 다시 한번 프랑스의 영광을 나폴레옹 혈통에게서 기대하고 있었다.

루이 나폴레옹은 이러한 기대에 특이하게 부응했다. 즉 그의 아저씨였던 보나파르트 나폴레옹이 수많은 전공과 치적을 이루며 황제로서의 위업을 이룬 것과 달리 쿠데타로 전권을 장악하고 쿠데타라는 불법행위를 정당화하기 위하여 국민에게 국민투표라는 정치적 수단을 강요하였다. 즉 프랑스 국민들은 루이가 일으킨 쿠데타를 찬성하는가 반대하는가라는 물음에 관한 국민투표에서 찬성표가 반대표보다 단 한 표라도 많으면 절대다수의 승인을 얻는 식이 되어 루이의 쿠데타는 정당하게 되는 것이었다. 그러나 이러한 식의 국민투표란 일반적으로 집권자의 투표간섭을 부르고 그 결과 투표결과의 조작 또한 쉽게 예상할 수 있는 것이다.

여하튼 국민투표 결과는 루이 나폴레옹이 저지른 쿠데타를 찬성한 것으로 밝혀졌으므로 루이는 곧 공화정을 없애고 제2제정의 황제로 즉위하였다. 사태의 이러한 진행은 자유주의 지식인들을 경악시켰다.

프랑스에 또 다시 제정이 세워졌다는 것은 당시 지적인 흐름을 주도하던 토크빌이나 빅토르 위고에게는 치욕적인 숨죄임이었다. 그래서 노동자와 급진 사상가들이 이에 반대하는 소요를 일으켰으나 루이에 의하여 곧 진압되고 말았다. 이즈음 프랑스 국민들은 확실히 '소 나폴레옹'에게 무엇인가의 기대를 걸고 있었다.

사실 1852~1870년 사이 루이가 단지 이름만 바꾼 새로운 황제 나폴레옹 3세는 평화를 주창하면서도 두 번의 전쟁을 일으켜 승리를 얻었다. 이탈리아 통일에서 오스트리아를 굴복시켰고 크림 전쟁에서 러시아의 양보를 얻어낸 것이 나폴레옹 3세이 치적이었는데 이 과정에서 부수적으로 얻어진 것은 영국과의 우호관계 수립이었다. 언제나 프랑스의 적대국이던 영국은 프랑스가 러시아의 남하를 방지하는 데 영국과 보조를 맞추자 나폴레옹 3세와 우호관계를 수립할 필요를 느낀 것이다.

이리하여 나폴레옹 3세는 프랑스에 비적대적인 영국의 걱정스런 눈길을 뒤로한 채 멕시코에서 프랑스의 영향력을 강화시키려는 원정을 시도하였고, 아시아의 진출에도 힘써 청나라와 유리한 외교관계를 맺었다. 아프리카에도 진출하여 프랑스의 위력을 외면상으로 나타내었다. 이러한 그의 움직임은 유럽의 안정을 동요시킬 위험으로는 생각되지 않았으므로 외정에 있어 나폴레옹 3세는 열강의 간섭을 받지 않고 그런대로 성공을 거둘 수 있었다.

또한 국내에서도 나폴레옹 3세는 시운의 상승을 맛보고 있었다. 즉 알래스카와 캘리포니아에서 엄청난 금광이 발견된 결과 경제활동이 자극받아 성장세를 유지하였던 것이다. 그 결과 19세기 중엽 프랑스는 번영, 자신감 그리고 정치에 대한 무관심이 그 특징으로 묘사되었다.

그러나 1789년 대혁명을 선도한 나라에서 반세기가 지난 후에도 전제권력을 황제가 행사할 수 있었을까? 수많은 체제 비판이 나폴레옹 3세를 괴롭혔으나 그는 강압정책을 사용하여 모든 체제비판을 억눌렀다.

물론 나폴레옹 3세의 지지세력이 전혀 없었던 것은 아니다. 소규모 자영농의 대다수, 가톨릭교계, 기업가들은 국내안정과 해외원정의 승리, 경제발전을 추진한 나폴레옹 3세에게 기대를 걸고 그를 지지하였다. 이리하여 파리가 새롭게 단장되고 철도가 놓여지면서 파리는 다시 한번 유럽문화의 중심지가 되는 것처럼 느껴졌다.

나폴레옹 3세의 통치 초기 10여 년간 그는 국민투표라는 정치적 수단을 신중히 사용하고 그가 이룩한 새로운 질서에 국민들을 편입시키기 위하여 많은 노력을 기울이고 또한 어느 정도의 성과를 얻었다. 그러나 그것은 법에 의한 통치가 아니라 사사로운 개인과 권위주의에 의거한 인간통치였을 뿐이다.

국민들의 호응을 얻기 위한 대토목사업의 실시와 국가에서 빈곤한 노동자들에 대한 배려 등을 주장한 생시몽주의의 사상조차 수용하였던 나폴레옹 3세의 통치는 1859년을 분수령으로 새로운 국면에 접어들게 되었다.

1860년 이후 국내외에서 나폴레옹 3세가 지난 십여 년간 견지하려고 애썼던 기본틀이 무너지기 시작하였다. 노동자들의 자상한 후원자로 자처한 황제가 당시 런던에서 열리던 만국박람회에 노동자 관광단을 국비보조로 파견하였으나 노동자들은 영국에서 노동조합 운동의 방법만을 배워와 국내 노동운동 활성화에 원용하였다.

결국 노동자들은 국제노동자 연맹에 가입하여 나폴레옹 3세를 실망시킨 것을 필두로 하여 기업가들도 영국과 경쟁을 벌여야 하는 일을 정부가 억제하기는커녕 조장하여 영국에게만 유리하게 만들어 주었다고 비판하고 나섰으며 언론의 자유가 부분적으로 허용된 1860년대에는 황제의 추문이 계속 폭로되어 그의 인기를 떨어뜨렸다.

그래서 나폴레옹 3세는 1864년 노동자들에게 파업권을 부여하고 1868년에는 노동조합조직도 허용하여 이들의 신뢰를 되찾고자 애썼으나 그 결과는 선거에서 반 나폴레옹계 의원들의 진출을 증가시킨 실패뿐이었다. 이러한 와중에서 프러시아의 유인작전에 걸려 전쟁을 감행한 나폴레옹 3세는 그 패배로 인하여 파리 코뮌 사태를 맞게 되었다.

파리 코뮌

프러시아와의 싸움 중 스당에서 포로로 잡혀 항복할 수밖에 없었던 나폴레옹 3세는 이제 그의 아저씨 보나파르트가 겪었던 과정을 충실히 재현하게 되었다. 제2제정이 붕괴되면서 파리 민중은 제3공화정의 수립을 선언하고 프러시아와의 전쟁을 계속하였다.

그러나 이때 성립된 임시정부는 1871년 1월 프러시아에 항복함으로써 다시 붕괴되고 새로이 국민의회가 수립되어 프러시아와 휴전협정을 체결하였다. 프러시아가 요구한 조건은 알자스와 로렌을 넘겨받고 배상금 50억 프랑의 지급이었는데 이러한 요구는 파리의 과격민중을 격분하게 하였고 그 결과 과격민중은 국민의회가 체결한 강화조약을 무효로 선언하고 파리 코뮌을 선포하였다.

프러시아에 대항하는 애국심으로 출발한 파리 코뮌은 곧 임시정부의 권위와 제2제정의 권위형태를 부정하고 나아가 재산소유자들을

파리 코뮌들에 대한 학살

적대시하는 계급운동의 성격을 지니게 되었다. 이렇게 된 이유는 임시정부가 전쟁중에 선포되었던 부채와 집세의 지불유예(Moratorium)를 폐지하며 하층민의 부담을 가중시켰기 때문에 일어난 것이었다. 따라서 파리 코뮌은 위원회를 설치하여 1848년 혁명의 기억을 되살리고 자치정부로서의 틀을 갖추었다.

이즈음 수공업자와 소상인들에게 큰 영향력을 행사하였던 프루동의 조종자들, 그리고 1848년 혁명의 급진 공화주의자 및 사회주의자들이 코뮌을 주도하였으므로 코뮌의 지배는 마르크스주의자들이 평가하는 것처럼 노동자 중심의 혁명정부는 아니었다. 약 2개월간 지속된 파리 코뮌은 결국 프러시아와의 강화가 필연적이므로 코뮌의 해체를 요구하는 임시정부와 내란의 상태에 빠지게 되었다. 이 내란은 프랑스 근대사에 있어 또 하나의 비극이었다. 왜냐하면 프랑스인이 프랑스인을 이념이 다르다는, 또 체제선택이 다르다는 이유를 들어 2만여 명을 재판도 없이 학살한 연후에 코뮌 해체에 성공하였기 때문이었다.

파리 코뮌의 비극은 프랑스의 시민, 자유주의 지식인들에게는 하나의 악몽이 되었다. 나아가 유럽 전지역에서도 온건 개혁주의자들은 파리 코뮌에서 내걸어진 강령 등이 자기 나라에서 나타날 것을, 그리고 그 결과를 두려워하며 보수주의 진영으로 발길을 돌렸다.

그러나 코뮌은 이념적 대립으로 야기된 것이라기보다는 하층민의 경제적 궁핍을 도외시하고 오히려 더욱 심하게 몰아대었던 임시정부의 자유주의, 자본주의 체제의 완고한 지지층들의 어두운 안목으로 인하여 야기된 것이라고 생각된다. 코뮌주의자들은 본질적으로 애국심에 불탔고 그들의 요구는 그들의 생존과 직결된 문제에 국한되어 있었다.

코뮌이 가져온 영향은 사실상 임시정부의 코뮌 진압과정에서 더욱 나쁘게 작용하였다. 잔혹한 진압은 사회주의, 공산주의, 급진 좌익 등 비판계열로 하여금 그들의 목적을 이루기 위해서는 조직력의 강화, 잔혹한 폭력사용, 이념무장의 재정비 등 실천에 필요한 예비작업의 철저화에 주목하게 만들었고 그만큼 지배층에 대한 적개심을 강화시켜서 사회가 유연하게 변화할 가능성을 더욱 어렵게 만들었기 때문이다.

제3공화정(1870~1940)

파리 코뮌이라는 정치적 위기를 겪은 프랑스에서 사회안정을 이루기 위한 노력이 여러 방법으로 모색되었다. 우선 국가체제를 공화정으로 수립할 것인지 아니면 왕정으로 복귀할 것인지 선택해야 했는데 왕정으로의 복귀 희망이 공화정 수립보다 우세하였다.

프랑스 국민의 다수는 공화정의 경험에서부터 파리 코뮌을 연상하고 또 정치적 혼란을 공화정의 필수적인 구성요소라고 생각하였고, 그에 비하여 국왕에 의한 통치는 다른 것은 몰라도 적어도 정치적 안정만큼은 분명하다고 국민들은 기억하고 있었다.

왕정으로 복귀는 그러나 중요한 문제점을 해결하여야 가능한 것이었다. 왜냐하면 군주를 추대하는 일은 왕당파들 간에 조정되어 합의에 이르러야 가능하였기 때문이다. 그러므로 정통성을 주장하며 1830년 혁명기에 망명하였던 샤를 10세의 손자 샹보르 백작을 국왕으로 당연히 추대하여야 한다는 정통파와 루이 필리프의 손자 파리 백작을 지지하는 오를레앙파 간의 대립이 지속된다면 왕정으로의 복귀는 불가능하였다.

결국 이러한 난점에 직면하게 된 왕당파들 가운데에서 오를레앙파가 후퇴하여 국왕 추대문제는 해결되었으나 정통파 샹보르 백작이 프랑스 국기의 선택문제로 말썽을 자초하였다. 샹보르는 프랑스 대혁명의 상징, 그러니까 적, 백, 청의 삼색기란 왕정치하에서 용납될 수 없다고 삼색기를 국기로 채택하는 것을 반대한 것이었다.

샹보르의 이 입장은 즉각 공화파로부터 격렬한 비난을 받았다. 더욱 왕당파들이 왕정으로 복귀된다는 것을 기정사실로 삼아 허튼

소리를 일삼게 되자 국민들은 구제도의 모순이 새로이 되살아날 것을 염려하게 되었다. 이러한 분위기를 틈타서 한 뛰어난 그러나 전형적인 정치가가 각광을 받기 시작하였다.

부르주아 출신의 티에르가 바로 그 사람이었다. 티에르는 혼란의 이 시기를 안정과 번영의 시기로 바꿀 사람은 오직 그 자신뿐이라고 강조하며 아직 국가형태를 결정하지 못한 상황에서 임시정부의 수반으로 취임하였다.

왕당파들은 물론 이에 격분하여 왕정에 필요한 법과 제도를 마련하였으나 적합한 왕을 찾아서 계속 헤매고 있을 뿐이었다. 그래서 1879년까지도 국민들은 공화정보다 왕정을 은근히 좋아했으나 적합한 왕 노릇을 할 사람이 없다는 것을 깨닫게 되자 결국 공화정을 받아들이게 되었다.

이리하여 임시정부 수립기간을 포함하면 프랑스 역사상 가장 오랫동안 존속하였던 제3공화정이 1879년에 그 법적, 제도적 기반을 다지게 되었던 것이다.

새로운 공화정은 무엇보다도 쿠데타에 의한 독재예방에 주력하여 영국의 의원내각제를 모방하였다. 그러나 영국의 경우 양당제에 의한 의회전통이 일찍이 확립된 것과 달리 프랑스에는 수많은 군소정당이 난립하는 형편이어서 의회정부 체제란 자칫 정치불안과 이어질 위험이 컸다. 공화정의 대통령은 상징적 의미만을 가지고 있었으므로 재능이 있는 정치가들은 대통령직에 대하여 어떤 매력도 느끼지 못하였다.

따라서 안정된 정당 즉 절대다수의 의원을 배출한 정당의 지도자가 수상으로서 실권을 장악하게 되었으나 앞에서 지적한 대로 군소정당이 의회를 나누어 지배하고 있었으므로 수상은 각 정당들과 연립정부를 수립하여야만 되었고 이러한 정부란 각 파당의 이해관계가 충돌할 경우 끊임없는 내분에 휩싸이게 마련인 것이다.

따라서 끊임없는 수상의 교체, 국회해산으로 인한 선거의 빈번 등은 국민들에게 언제나 정치 관심을 강요했고 그만큼 정치에 대한

산업혁명기의 프랑스 277

〈드레퓌스 사건의 재판 과정〉

신뢰도를 잃었으며 나아가 정치무관심을 초래하였다. 공화정은 존속하였으나 무엇하는 공화정인지 선뜻 이해가 되지 않았던 정치형세 속에서 프랑스의 제3공화정은 근근히 명맥을 이어나갔다.

더욱 파나마 운하 건설을 둘러싸고 벌어진 주식부정에 공화정 고위층들이 관련된 추문이 밝혀지고 불랑제(Boulanger, 1837~1891) 장군에 걸던 기대 또한 너무나 어처구니없는 모욕으로 인하여 좌절되었다. 즉 수상과 불랑제가 결투를 벌이다 불랑제가 브뤼셀로 망명을 가게 되고, 그후 불랑제는 그의 정부 마르그리트 드 본느망과 사랑에 빠졌다.

얼마 뒤 본느망이 결핵으로 사망하자 그녀의 무덤에서 불랑제가 자살하는 순애보를 펼치자 정치인들에 대한 세평은 도덕으로나 성숙된 인간으로나 적합치 못한 종류의 인간들로 세간에 떠돌게 되었다.

드레퓌스(Alfred Dreyfus) 사건도 정치불안을 조장했다. 유대계 포병장교인 그가 국가비밀을 프러시아에게 넘겼다고 기소된 이 사건은 양심적인 지식인들을 격분시켰다. 무고한 사람을 유대인이라는 이유로 종신징역형을 받게 한다는 것이 프랑스의 양심을 자처한 아나톨 프랑스, 에밀 졸라, 클레망소 등에게는 견딜 수 없는 일이었으며 이들과 대학생들의 노력에 의하여 12년 뒤 드레퓌스가 석방될 때까지 프랑스는 반유대주의의 진영과 자유진영 간의 격렬한 대립을 겪었던 것이다.

이즈음 자유주의 공화주의자들의 가톨릭에 대한 공격은 날로 치열해져서 국가로부터 특혜를 받던 교회계 학교와 교회법규, 교회재산 등은 폐지되거나 몰수되어 국가와 교회와의 완전분리가 이루어지고 프랑스는 세속사회로 나아가게 되었다. 그러나 종교적 심정에 여전히 젖어 있던 농촌 중심의 사회에서는 이 세속화 경향에 강력히 저항하였다.

영국이나 독일에 비하여 지체된 산업화로 인하여 프롤레타리아 계급 중심의 노동조합운동이 뒤늦게 발전하게 되자 이들도 체제 밖에 기생하여 세력 확장을 꾀하였고, 공화정 정치판도에 불안요소로 작용하였다.

독일제국

비민주적 사회구조

　비스마르크의 주도하에 수립된 독일제국은 비스마르크의 희망을 여러모로 구체화시킨 것이었다. 프러시아가 독일의 종주국이며, 프러시아의 국왕이 독일황제가 되는 독일제국은 대부분의 독일인들에게 절대적 호응을 받았고 철의 재상 비스마르크는 보수주의자들 그리고 자유주의자들 모두로부터 숭배의 대상이 되었다.
　제2제국 또는 비스마르크 제국으로도 불리는 1871년 독일제국의 헌법은 자유주의적 성격을 가지지 못하였다. 헌법은 제국이 연방으로 구성되며 상당한 자치권이 각 연방에게 속함을 규정하고 있었다. 그래서 바이에른(Bayern), 바덴(Baden), 뷔르템베르크(Würtemberg) 등은 군사와 외교관을 제외하고는 독립국가로서 통치하였고 이 지역의 전통적 지배계층도 여전히 국왕, 대제후 등의 옛 호칭을 쓰고 있었다.
　제국의 군사, 외교권은 비스마르크 즉 제국재상에게 집중되었고 재상은 각 연방국에 대하여는 아무 책임을 지지 않고 오직 황제에게만 책임을 졌다. 단지 제국의회(Reichstag)가 예산심의권을 보유하고 있어 제국정부의 자의적인 권력행사를 견제하고 있었으나 예산심의권의 행사 이외에 어떤 다른 권한도 제국의회는 가지지 못하였다. 그러므로 제국의회 다수정당이 제국행정을 주도한다거나 제국의 각 장관들이 의회의 결정에 따라 해임되는 일은 없었다.
　제국의회 의원은 당시 대륙이나 영국의 경우를 고려한다면 매우 민주적인 방식으로 선출되었다. 즉 성년남자의 보통, 평등, 비밀선거 방식에 의하여 제국의원이 뽑혔던 것인데, 이러한 민주적 방식으로 그러니까 전 국민의 의사를 대변하는 발전된 방식으로 국민들이 의원을 선출하였음에도 불구하고 정부가 의회에 대하여 아무 책임을 지지 않았으므로 독일제국의 의회는 사실상 허울만의 의회였고 비민주적 방식으로 선출된 영국 하원보다도 국민의 입장을 대변하거나 이익을 지킬 수 없었다.

그러므로 자유주의 지식인, 정치가들은 제국헌법에 이의를 제기하였으나 비스마르크가 쌓아올린 업적이 너무도 뛰어났으므로 비스마르크에게 도전한다는 것은 계란으로 바위를 치는 무모한 짓으로 미리 판단하고 있었다.

이만큼 철혈재상 비스마르크는 독일이 낳은 영웅, 시대정신의 구현자로서 독일인들의 마음에 자리잡고 있었다. 물론 비스마르크의 소독일주의(Kleindeutsch)를 비판하는 세력이 남, 서부 독일지역에서 없었던 것은 아니나, 이들 역시 1870년대 비스마르크의 위업에 대하여 공공연히 비판할 용기는 갖고 있지 못했다.

독일제국의 또 다른 특성은 관료제도와 군대에서 보여진다. 관리들은 성실과 정직, 공무원으로서의 복무자세 등 훌륭한 직업인으로서의 자격을 갖춘 사람들이었으나 관료집단의 고유한 기질을 발전시켜 국민들에게 군림하는 성향을 가지고 있었다. 그러므로 변화하는 산업사회가 요구하는 민주화의 여망을 수용하기보다는 관리주도하에서 '위로부터의 개혁'을 펴나가는 데 관심을 집중하였다. 따라서 사회가 추진하는 사회개혁과 정부개혁 사이에는 큰 차이가 있었고 권위주의적인 기질이 바뀌어지지 않았다.

군대의 경우는 관리의 정신보다 더 비민주적인 요소가 많았다. 군부는 의회의 간섭을 받지 않았을 뿐더러 재상 비스마르크의 통제와도 무관하게 독립집단을 구성하고 있었다. 황제에 직접 예속된 군대는 독일 통일을 가능케 한 무력을 보유했을 뿐더러 특수 조직체로서 전통 지배계층인 융커들에 의하여 지휘되었는데 이들은 상명하복의 원칙을 따라 상급자가 하급자를 명령하고 하급자는 상급자에 무조건 복종한다라는 비민주적 군대정신에 철저히 물들어 있었다.

더욱 1866년 오스트리아와의 전쟁 그리고 1870년 프랑스와의 두 전쟁에서 모두 승리하였으므로 군부가 독일제국의 사회에 끼치는 영향은 매우 컸다.

제국의 적들

독일제국의 인구 중 약 40%가 가톨릭을 믿는 사람들이었는데 이들은 프러시아 주도하의 독일제국에서 마치 이방인으로 취급받았다. 그러나 인구의 거의 절반이 이방인이라면 독일제국은 무엇인가 잘못된 것이 분명할 것이다.

비스마르크가 보기에 가톨릭 교도들은 제국의 황제에 대하여 충성을 맹세하는 것 못지 않게 로마 교황에게도 충성을 바치고 있었으며 제국정부에 끊임없이 불만을 토로하고 있었다. 그러므로 비스마르크의 입장에서는 이들이 제국의 해체를 추구하고 있다고 생각되었다. 그래서 비스마르크는 1873년 강압책으로써 문화투쟁(Kulturkampf)이라는 가톨릭 억압책을 시행하게 되었다.

1873년 '5월 법'에는 교회가 국가에 예속된다는 여러 가지 조항이 담겨 있었다. 예수회 교단은 차별받으며, 교회의 감독권이 국가에 있으며, 성직자는 국가가 감독하는 교육기관에서 양성되며, 가톨릭 교도들의 결혼 또한 국가의 관여 사항이 된다고 규정한 1873년 '5월 법'은 비스마르크의 가톨릭 탄압책의 근거를 마련하였다. 제국의 적으로 규정된 가톨릭 교도들은 이 법의 시행에 따라 위축되거나, 법을 위반하여 처벌을 받았다.

단기간으로 보면 문화투쟁은 비스마르크의 승리였다. 그러나 장기간 독일 근대 사회의 발전을 고려하면 문화투쟁은 비스마르크 국내정치의 대표적 실패작으로 평가된다. 왜냐하면 가톨릭 교도들은 '중앙당(Center)'을 조직하여 비스마르크 정책에 저항하였고 탄압이 심할수록 가톨릭 신앙의 열정은 강화되었고, 개신교의 루터파 또한 반성직주의가 가톨릭뿐만 아니라 개신교에게도 불리하게 영향을 준다고 생각하여 비스마르크에게 저항하였기 때문이다.

그래서 비스마르크는 1878년 교황 레오 13세가 즉위하는 것을 기회로 문화투쟁을 슬그머니 끝냈다. 제국의 적이 하나 없어졌다는 이 사실은 비스마르크의 정복으로 인한 것이 아니라 비스마르크가 적과 화해한 방식으로 종결되었다.

1870년대 말기 비스마르크는 또 다른 제국의 적과 투쟁을 결심하였다. 이번의 적은 가톨릭에 비하여 훨씬 위험하고 또 다루기도 쉽지 않았을 뿐더러 가톨릭처럼 타협을 할 수 있는 그러한 적이 아니었다.

당시 적의 지도자는 라살이었는데 라살은 카리스마적 인물로 그 영향력을 노동운동, 조합운동, 심지어 비스마르크에게까지 미치고 있었다. 라살이 조직한 독일 노동자동맹은 사회주의 성향을 간직하였으나 라살 자신은 우선 열렬한 민족주의자로서 정부가 노동자들을 도울 수 있다고 믿고 있었다.

당시 마르크스는 라살의 이러한 입장에 대하여 신랄한 비판을 가하였다. 마르크스는 라살이 시도하는 민족주의와 사회주의와의 연합이란 백일몽에 지나지 않는 헛된 수고라고 비난하였으나 라살이 노동자들에 미치는 영향력을 그 자신은 갖지 못하고 있었다. 그 외에도 빌헬름 리프크네히트(Wilhelm Liebknecht)와 아우구스트 베벨(August Bebel)이 지도적인 사회주의자였는데 이들 마르크스주의자로서 라살이 시도하였던 프로이센 국가와의 타협을 원칙적으로 부정하고 있었다.

그러나 리프크네히트와 베벨은 독일 사회주의 정당을 세우기 위하여 라살파와의 잠정적인 타협은 인정하고 그 결과 1875년 라살의 주도하에 고타 강령(Gothae Programm)을 발기문으로 삼아 사상 최초의 사회주의 정당을 결성하였다.

이러한 사회주의 세력의 정치적 진행은 비스마르크를 비롯한 보수진영에 상당한 경각심을 불러일으켰다. 그래서 1878년 빌헬름 1세의 저격사건이 두 번에 걸쳐 기도되자 비스마르크는 이 저격사건의 배후에는 사회주의자들의 음모가 관여되었다고 꾸며대어 사회주의자들을 탄압할 매우 적절한 기회로 삼았다.

보수적인 융커계층은 물론 사회주의자들을 배격하였고 자유주의자들조차 체제전복이라는 극단적 위험을 중시하여 비스마르크가 사회주의자 탄압을 위하여 제정한 법에 기꺼이 동참하였다.

그러나 산업화의 진행이 지속될수록 강력하게 성장할 수밖에 없는 노동자들이 지원하는 사회주의 정당은 비스마르크의 탄압으로 소멸되기는 커녕 오히려 이념적으로 과격화되었으며 제국의회로 사회주의당 의원들을 더욱 진출시켰다.

비스마르크는 산업사회의 변화로 말미암아 노동자 문제가 더욱 어려운 문제로 변해간다는 것을 충분히 인식하고 있었다. 그래서 그는 양동작전을 생각하였다. 양동작전은 노동자들을 위험한 사회주의 사상으로부터 감염을 방어하는 것이 그 작전목표였으므로 우선은 '사회주의자 법'을 제정하여 모든 사회주의 정당의 활동을 금지하고 선동자들을 투옥하거나 해외로 추방하는 강압책을 사용하였다. 그러나 강경책은 반항수준을 높일 뿐더러 응급대책에 불과하므로 온건책의 마련 또한 필연적이었다.

온건책은 사회입법의 형태로 나타났다. 실업보장, 노후보장, 질병보호, 폐질자의 생계보장 등 일련의 복지정책으로 나타난 사회입법은 노동자 내지 빈곤층의 요청에 의하여 제정된 것이 아니라 비스마르크의 주도하에 '위로부터의 개혁'이었으므로 가부장의 입장에서 여리고 약한 노동, 극빈층의 보호라는 특징을 가지고 있었다.

그러므로 노동자들은 국가주도하의 사회보장정책으로 인하여 자립의식의 개발에 큰 타격을 입었다. 이것은 독일 노동자들로 하여금 국가에 대한 충성을 당연하게 받아들이는 기반이 되었다. 그러나 비스마르크의 사회정책은 그 본질적인 의도가 사회주의 발전을 제약하려는 것이지 그 이상의 것은 아니었으므로 노동자들은 현상유지로 인한 손해를 감내할 뿐이었다.

비스마르크는 가톨릭과 사회주의라는 제국의 적을 억누르기 위하여 각각 문화투쟁, 사회주의자법, 사회정책을 펴나갔는데 이는 자본주의 사회체제를 유지하기 위하여 그리고 프로이센의 봉건적 지배질서를 오래 존속시키기 위한 고육책이었다.

따라서 그의 고육책이 지니는 한계도 비스마르크의 정책에 포함되었는 바 그것은 제1차 대전, 제2차 대전, 히틀러의 나치스에서 명확하게 표명되고야 말 종류의 것이었다.

경제 및 식민정책

비스마르크는 보수주의자였다. 그에 대한 이러한 설명은 그가 융커 출신이며 프로이센이 독일의 지도국가가 되어야 한다는 신념으로부터 비롯되는 정치적 평가이다. 그러나 경제정책에 있어서 비스마르크는 보수주의자라고 단정할 수 없다. 이 분야에 있어 비스마르크는 단지 현실적 정치가일 뿐이었다. 그러므로 비스마르크가 1873년 이래 세계적 불황에 직면하여 자유주의자들의 반대를 무릅쓰고 보호관세를 실시하였다는 이유로 그를 보수주의자라고 몰아부치는 것은 잘못된 일이다.

물론 비스마르크의 보호관세정책으로 즉각적 이익을 얻은 계층이 대지주와 중공업 기업가라는 사실을 부정할 수는 없다. 그러나 농업부문은 공업부문에서 미국의 거센 도전을 받으며 영국을 뒤쫓던 독일의 상황으로 자국경제의 보호라는 입장에서 보호관세정책을 선택한 것은 현실적으로 올바른 결단이었다고 평가해야 할 것이다.

왜냐하면 독일의 경쟁상대국으로 보호관세를 시행치 않은 국가는 영국을 제외하고는 어떤 나라도 없었고 영국의 경제는 독일의 경제와 비교할 때 절대우위 위치를 이미 차지하고 있었기 때문이다.

그리하여 영국의 자유방임은 이미 절대적 설득력을 가지지 못하였고 독일의 경우는 이를 정면으로 부정하며 국가의 도움하에 기업집중, 기업병합 등 독점경제체제가 무익한 국내경쟁을 피하고 대외경쟁력을 강화한다는 이유로 유행하게 되었다.

이러한 관련 속에서 식민지 정책도 독일의 경우 긍정적으로 평가될 수 있다. 비스마르크는 애초 제국의 창건 이후 식민지 확보가 손익계산을 따질 경우 별 이익이 없다는 이유로 식민정책을 포기하고 있었다.

비스마르크에 의하면 식민지를 운영함으로써 얻는 시장확보, 원료공급, 민족자부심 등이 이익에 속하고 식민지를 보유하기 위하여 필요한 군대주둔, 경쟁국의 경계 등이 손실로 계산되는데 이러한 이익과 손실을 검토할 경우 부담만 늘어나고 실질적 이익이 없다고 판단하여 식민정책을 도외시하였다.

그러나 1880년대에 이르면 계속되는 세계 경제위기 속에서 국가경제가 순수한 경제문제로 국한된 것이 아니고 해양의 패권과 관계되며 더욱 국내의 불만을 발산시킬 수 있는 창구로 식민지의 의미가 증대되어 가자 비스마르크는 구체적으로는 경제적 이익이 없은 아시아, 태평양, 아프리카 지역에서 식민활동을 추진하게 되었다. 또한 식민활동의 추진으로 직접적인 이익을 얻을 수 있는 조선공업, 군납업체, 군수기업 등의 식민지 추진 압력은 비스마르크의 독일 민족의 위대함이라는 국민여론 조성과 더불어 비스마르크가 식민지 정책을 시행하는 데 지원세력을 형성하게 되었다.

그러나 독일의 해외팽창시도는 기존 이익을 유지하려는 영국에게는 큰 위협으로 간주되었고 프랑스조차 독일이 지나치게 강대하여지면 대륙의 세력판도가 불안해질 것으로 우려하였다.

인근 국가의 독일에 대한 경계심은 젊은 황제 빌헬름 2세(Kaiser Wilhelm Ⅱ, 1889~1918)가 즉위하면서 더욱 커져갔다. 그는 패기만만한 젊은이로서 자신이 독일의 황제일뿐더러 세계의 황제가 되고자 하는 야심을 품고 있었다. 그러한 야심만큼 용기와 추진력은 그의 강점이 되었으나 경험과 신중함은 지닐 수 없었다. 그래서 빌헬름 2세는 노련한 경험과 신중함 그 자체, 그리고 독일제국 창건의 공이 큰 재상 비스마르크가 본질적으로 자신과 기질이 맞지 않는다고 공공연히 불평하였다.

비스마르크는 재상으로서 황제의 신임을 받지 못하면 재상직을 포기해야 했다. 그는 황제의 젊음이 자기가 평생을 가꾸어 놓은 독일의 현 수준을 결정적으로 파괴시키는 어리석음을 더한다고 생각하여 젊은 황제를 설득시키려고 노력하다가 황제의 미움을 받아 퇴임하고야 말았다. 황제 빌헬름 2세가 비스마르크의 후임으로 고분고분한 재상 카프리비(Caprivi)를 임명하였음은 말할 나위도 없다.

독일 정치지도자의 교체는 영국과 프랑스가 함께 협력하지 않으면 우후죽순처럼 커가는 독일세력을 억제할 수 없다고 판단하게 만들었다. 양국이 판단하기에 독일은 이제 저돌적인 위험 상태를 지나서 곧 영국과 프랑스를 침략할 것으로 생각되었기 때문에 영국과 프랑스는 양국의 대독 군사동맹이 시급하다고 결정하고 독일의 배후에 위치한 러시아를 동맹국으로 삼는 결심을 하게 된다.

영국은 러시아를 동맹국으로 받아들임으로써 러시아가 오랫동안 갈구하였던 남진정책을 묵시적으로 승인하였고 유럽의 일원으로서 러시아를 참여시켰다. 이는 현실감각이 뛰어난 영국인들이 전통에 따라 당장의 위협이 되는 독일을 견제하고자 하는 의도로부터 비롯된 정책이었다.

따라서 독일도 이들의 위협으로부터 벗어나기 위하여 동반자를 구하게 되는데 이탈리아, 오스트리아가 독일 편을 들게 되었다. 이로써 유럽은 영국을 중심으로 하는 삼국협상 대 독일을 중심으로 하는 삼국동맹의 결전장이 되고야 말 것이었다.

이탈리아 (1870~1914)

 이탈리아가 통일을 이룩하게 되자 이탈리아 민족주의자들은 이제는 이탈리아가 과거의 분열되고 약탈당하고 정복당하고 독재의 억압 밑에서 신음하던 슬픈 역사는 끝나고 고대 로마제국의 영광이 재현될 것으로 기대하고 있었다. 그러나 기대가 크면 실망 또한 큰 법이다. 오랫동안 빈곤과 억압에 시달렸던 이탈리아 국민들의 대다수는 문맹이었고 가난에 찌들려 살았기 때문에 경제 및 정치적 발전을 손쉽게 시작할 수 없었다.
 종교로 인한 문제 또한 이탈리아의 발전을 제약하고 있었다. 국민의 절대다수가 가톨릭을 신봉한 이탈리아에서 자유주의자들은 교황령을 몰수하여 이탈리아 발전의 계기로 삼을 것을 계획하였다. 그러나 교황 피우스 9세는 이를 단호히 거부하고 오히려 평신도들의 종교적 신앙심을 고취하여 국가와 종교와의 2원적 체제유지를 고집하였다. 그러므로 교육, 결혼, 장례 등 교회와 관련된 제반 사항은 여전히 교회의 손에 장악되었고 강력한 민족국가로 성장하는데에 필요한 근대적 시민의식은 종교의식에 의하여 제약받게 되었다.
 뿌리 깊은 지방색의 문제 역시 만만하지 않았다. 피에몬테의 국왕이 통일왕국을 이룩하려는 노력은 연방주의자들의 심각한 도전을 받았다.
 군사, 외교, 경제 등의 문제는 중앙집권 국가의 주도하에 처리되는 것이 어느 정도 용인되었지만 연방분립주의자들은 일상 생활과 밀접한 관계가 있는 교육, 시의 행정 등에서 분권을 주장하였다. 지방적인 이해관계를 극복해온 경험이 없는 이탈리아 국민에게 중앙 집권적인 국가란 곧 타국의 억압, 간섭이라는 불쾌감을 연상시켰던 것이다.

정치 참여를 살펴보면 앞에서 언급한 여러 문제들 이외에도 매우 중요한 이탈리아의 한계점이 밝혀진다. 통일을 달성한 뒤 10여 년이 지난 뒤에 개정된 선거법은 참정권을 대폭 확대하여 선거 자격자의 수를 3배로 늘렸음에도 1881년 참정권을 지닌 인구는 총인구 2천 7백만 중 2백만에 불과하였던 것이다.

부유한 자유주의자들은 문맹자가 아닌 모든 사람에게 참정권이 부여되었다고 생각하였으나 이는 이탈리아 발전에 결정적 제약이 되었다. 왜냐하면 국민 대중은 정치란 자기의 일이 아니라고 생각하였기 때문이다.

전 국민이 응집하여 하나의 이념을 향하여 노력한다는 근대 국민국가의 기본틀은 이탈리아의 경우 아직 익숙치 않은 개념이었고 이것은 지도적인 정치가들에게도 마찬가지였다.

정부는 국왕에 책임지는 행정부와, 국왕에 의하여 임명된 의원으로 구성되는 상원, 그리고 제약된 참정권에 의하여 선출되는 하원으로 구성되었다. 각 정당들은 정강이나 이념들의 차이로 구별되는 공적인 조직체라기보다 카리스마적 인물들에 의하여 규합된 사적인 조직체였다. 그래서 심지어 야심있는 정치가가 권력을 얻기 위하여 좌익으로 출마하여 당선되었다가 각료의 자리를 제의받고 우익으로 변신하는 사례가 비일비재하였다.

따라서 대중은 정치란 협잡과 음모의 원천이며 정치불신이 나아가 정치무관심이라는 성향을 노골적으로 표명하기 다반사였다. 이러한 분위기 속에서 국민의 힘을 집약시켜 강대국으로 성장하기란 매우 어려웠다.

한편 의식 있는 사람들은 이러한 정치 작태에 분개하여 폭력을 사용하는 무정부주의로 몰려들었다. 노동자들도 냉소주의 (Cynicism)에 빠져 폭력이나 급진적 행동을 선호하게 되었다. 그리하여 타협과 양보, 점진적인 개혁이란 곧 협잡과 기만을 의미하고 민주적 온건주의자들은 어느 곳에서도 설 자리를 잃게 되었다. 정부는 국내의 사회, 경제 문제의 해결책을 마련하기에 골몰하였고 미봉책으로서 대외팽창 정책을 추진하였다. 그러므로 아프리카와 지중해 지역으로 이탈리아의 군사력을 파견한 것은 국내 사업화의 성공으로 인한 강력한 국력의 과시라기보다는 사회문제 해결을 시도한 것이라고 평가될 수 있다. 그러나 어려운 상태에서 쓸데없는 과시란 늘 그 대가를 몇 배로 치르게 마련이었다.

러시아

　19세기 러시아는 유럽의 다른 나라들과 현저하게 달랐다. 합스부르크 제국보다도 훨씬 다양한 민족구성으로 조직된 러시아의 로마노프 왕조는 유럽에서, 즉 대서양에서 태평양에 이르는 엄청난 영토를 소유하고 있었다. 이러한 광대한 영토와 다양한 민족을 다스리기 위하여 전제군주제의 전통이 일찍부터 러시아에 뿌리박고 있었다.

　러시아의 전제군주제 치하에서는 자유주의적 중산계급 ─ 시민계급으로 대표되는 ─ 이 성장할 가능성이 처음부터 폐쇄되었다. 왜냐하면 왕권에 저항하는 귀족계급을 억압하기 위한 평형추로서 시민계급이 왕권의 보호 속에서 성장하게 마련인데 러시아의 경우 귀족들은 왕권을 견제하기는커녕 왕의 눈치만 보고 살아왔기 때문에 러시아의 군주들은 귀족계급을 억누르기 위하여 시민계급을 키울 필요가 없었다.

　따라서 자유로운 사상, 자유로운 경제활동, 자유로운 경쟁 등 근대 시민사회의 덕목은 러시아에서는 찾아보기가 어려웠고 그 대신 전통, 관습, 권위, 복종 등 봉건사회의 덕목들이 그 영향력을 빼앗기지 않고 19세기에도 발휘하고 있었다.

　그러므로 19세기 러시아의 사회구조는 군주에게 봉사함으로써 생계와 특권을 유지하는 봉사계층 ─ 군대의 장교, 관리, 지주귀족 ─ 과 군주의 봉사계층에 종사하는 절대다수의 농노로 구성되었을 뿐이었다.

　희미한 도시의 등불이 빛나는 곳에서, 길드의 제약이 엄격하게 적용되는 속박 안에서 상인과 수공업자들은 귀족들에게 멸시받으며 도시에서의 삶을 영위하였다. 그러나 이들은 수가 매우 적었고 그 영향력도 미약하였을 뿐이었다.

표트르 대제 이후 서구에 눈을 돌린 자유주의 귀족들은 봉사계급의 주축을 점하고 있었으나 이들은 러시아 대중과 아무런 유대도 가지지 못하고 있었다.

교육, 문화, 삶의 경험 등은 러시아 대중과 자유주의 귀족들을 분리시키는 데 그 정도 또한 유럽의 귀족과 대중 사이의 분리에 비하여 극심하였다.

요컨대 군주와 귀족, 귀족과 대중 사이에는 아무런 유대감이 자리잡지 못하였고 오직 전제군주의 권력만이 이러한 공허감을 메우고 있을 따름이었다. 더욱이 러시아의 전제군주는 유럽 및 아시아와 접하고 있는 국경선이 언제나 불안하다고 생각하였다. 왜냐하면 힘의 우위관계를 비교할 때도 서구의 열강은 러시아를 압도하였고 게다가 끝없이 넓은 국경선을 완벽하게 지킨다는 일은 애당초 불가능하였기에 일시라도 방심을 하게 되면 러시아 제국은 곧 붕괴된다고 러시아 역대 군주들은 그 계승자들에게 가르쳤으며 그만큼 전제권력 강화에 힘을 기울였기 때문이었다.

한편 국민의 절대다수를 차지하고 있는 농노들도 군주에게는 늘 불안한 대상이었다. 왜냐하면 농노는 군주의 전제 권력으로 억압당하고 있었기에 언제라도 군주 권력을 부정하고 봉기할 위험을 가지고 있었기 때문이었다. 따라서 러시아의 왕조가 유지되어 나간 것은 절대적으로 정치권력, 특히 군주의 전제권력을 그 축으로 하여 가능한 것이었다.

한편 프랑스 혁명 이후, 그리고 나폴레옹을 패배시킨 이후 러시아의 귀족들은 조국에 대하여 상당한 자부심을 간직하였지만 문화, 경제적으로 러시아가 후진국인 것을 수치로 여기고 있었다. 왜 러시아는 후진 국가로 남아 있는가? 물론 군주는 위험한 외래사상에 물든 자유주의 귀족을 억압하고 이단사상의 국내유입을 엄격히 통제하는 한편 러시아의 전통을 강조하며 서구의 문화와 비교할 때 러시아 전통문화의 우월성을 강조하였으나, 이런 설명이 농노들에게는 혹시 납득될 수 있어도 서구를 여행한 자유주의 귀족들에게는 얼토당토 않는 수작에 불과하였다.

그러므로 1825년 자유주의 귀족들은 소위 '데카브리스트 반란'을 감행하여 헌법에 의한 서구식 국가체제를 수립코자 시도하였다. 그러나 소수 귀족들에 의한 반란이 성공할 리는 만무하였고, 이것을 빌미로 삼아 전제군주는 모든 자유주의 운동을 탄압하게 되었다. 한편 자유주의 귀족들과는 반대로 서구의 문화가 어째서 러시아의 전통문화보다 우월한가라고 의문을 제기하는 지식인 계층도 있었다.

통칭 인텔리겐치아라고 불리는 이들은 서구의 물질주의적 세계관이 궁극적으로는 신(神)을 부정하는 타락한 인간들의 세계관이라고 비판하며 전통 러시아의 문화야말로 따뜻한 인간사랑과 신을 섬기는 참된 인간의 문화라고 주장하기도 하였다. 그러나 러시아의 인텔리겐치아는 그들 중에서도 다시 서구파와 슬라보필(Slavophil)로 나뉘어져서 다투기도 하였다.

이러한 문제를 해결하려는 시도는 19세기 중엽 니콜라이 1세(Nicolai Ⅰ: 1825~1855) 치하에서 찾아지는데, 그는 전제권력의 강화가 만사를 해결하리라 믿어 우선 비밀경찰제를 실시하였다. 사회를 군대와 같은 단일 명령체제로 조직하며 명령과 복종이라는 단순한 관계에 의거하여 사회혼란을 막고 국력을 증진시킨다는 것이 그 비밀경찰제 시행의 취지였으나, 이는 폐쇄된 사회로 이끄는, 그리고 국민의 자발적 협조체제의 효율성을 모르는 단순한 사고방식의 소산이었다.

한편 폐쇄된 사회의 치명적 결함인 타율성이 그 실상을 드러낸 것은 서구와의 힘의 겨룸이었던 크림 전쟁(Crimean War, 1854~1856)에서였다. 러시아군은 나폴레옹을 격파하였다는 자부심을 가지고 영국 및 프랑스군과 접전을 벌였으나 새로운 전술, 새로운 장

알렉산드라 2세 초상

비, 충분한 보급 등 전술 및 전략적 우위를 갖춘 영국, 프랑스 원정군에 처참한 패배를 당하고 말았다.

전쟁의 패배가 주는 사기의 저하는 러시아가 세계의 강국이며, 러시아 문화가 최고라는 자부심을 단번에 없애버렸다. 러시아는 껍데기를 쓰고 호랑이의 위세를 가장한 여우에 불과하였음이 밝혀진 것이다.

그래서 니콜라이 1세를 계승한 알렉산드르 2세(Aleksandr Ⅱ. 1855~1881)는 서구화 추진작업을 그의 통치목표로 삼고 1861년 농노해방령을 선포하였다. 그러나 알렉산드르 2세의 심중은 서구식 입헌군주국을 만드는 것이 아니라 서구화를 추진하여 러시아가 다시금 세계의 강국의 반열에 올라서는 것이었다. 또한 강력한 전제 군주의 권력을 대내외에 떨치려는 것이었지 의회의 견제를 받으며 국정을 시행하는 서구의 입헌군주제를 따르려는 것은 아니었다. 즉 정신은 러시아 정신을 지키며 외양은 서구식으로 꾸미겠다는 것이 알렉산드르 2세의 의도였던 것이다. 그러나 서구의 물질문명은 시민 세계관이 반영된 결과였다. 따라서 서구 시민의 근대적 세계관을 수용치 않으며 물질문명이 이룩된다는 것은 양립할 수 없는 일이었고 바로 이 점이 러시아 근대화의 한계를 보여주고 있다.

Ⅶ. 제국주의

세계 분할

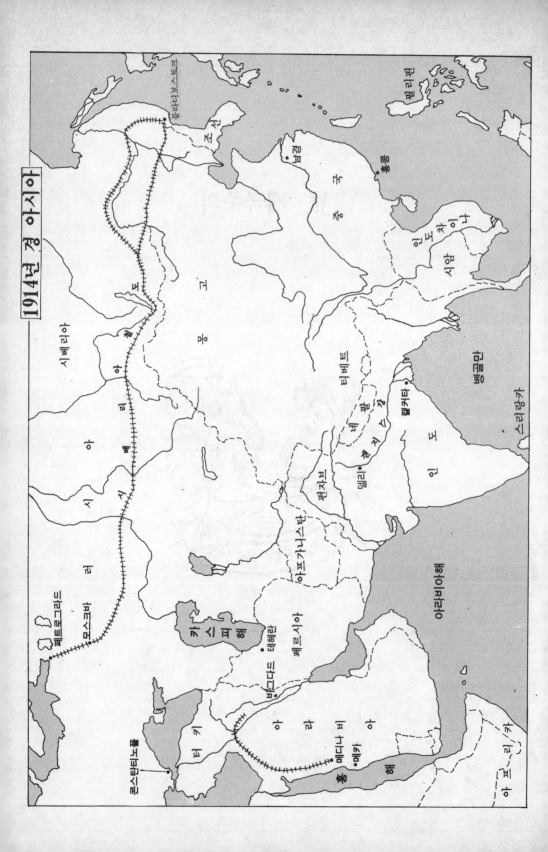

《제국주의 개괄》

　19세기 100여 년 동안 특히 서구인들은 아시아, 아프리카 등 세계로 그 영향력을 넓혀갔다. 특히 미국, 오스트레일리아, 뉴질랜드 등지로서의 이민의 행진이 지속되면서 신대륙과 유럽 본국과의 교역량은 증대되었으며 산업혁명은 이러한 변화를 가속화시켰다.
　그러나 유럽의 경제적 팽창은 순수한 경제력에 의하여 성취된 것은 아니었다. 유럽인들은 그들의 경제진출을 거부하는 아시아, 아프리카인들의 저항을 제압하기 위하여 군사력에 의존하는, 즉 강제적 방법을 사용하였다.
　따라서 저항과 강압이라는 대립이 제국주의의 유혈사태를 초래하였던 것이다.
　한편 이러한 대립은 유입인과 아시아 또는 아프리카 주민과의 사이에서만 있는 것은 아니었다. 유럽인들 사이에서도 산업화가 각국으로 확산되어감에 따라서 선진 산업국가와 후발 산업국가 사이에 아시아, 아프리카 등지의 식민지 쟁탈전이 벌어졌다. 원료공급지와 제품 시장의 확보를 위하여 유럽인들이 벌였던 다툼이 곧 제국주의(Imperialism)이다.
　더구나 제국주의는 민족국가들 간에 민족경쟁이라는 성격을 지니고 있었으므로 한 민족이 다른 민족을 제압하거나 제압당하는 결과를 초래하였고 따라서 각 민족은 경쟁에서의 승리를 위하여 수단과 방법을 가리지 않았다. 그리하여 이성의 신뢰, 자유와 진보, 인간의 존엄이라는 구호가 외면을 장식하는 동안 잔학과 착취, 무자비한 살육과 강탈이 유럽인들의 내면에 자리잡게 되었다. 그러나 유럽인들은 이중적인 모순으로 생각되어지는 이러한 행동에 대하여 아무런 죄책감을 가지고 있지 않았다.

서구 제국주의의 대두

 16세기 이후 18세기까지, 즉 절대주의 시대에 유럽인들이 세계로 진출하였던 것을 19세기 유럽인들의 세계진출과 구별하여 '구제국주의(Old Imperialism)'라고 부르며 19세기의 그것을 '신제국주의(New Imperialism)'라고 일반적으로 부른다. 19세기 유럽을 휩쓸었던 신제국주의는 또한 서구 유럽국가들 간에 치열한 대립을 초래하였고 이들을 중심으로 추진되었으므로 서구 제국주의(Western Imperialism)라고도 볼 수 있을 것이다.
 그런데 왜 이러한 현상이 서구 유럽국가에서만 일어났고 특히 19세기 후반에 과열되었을까? 이 문제에 대한 답변은 곧 신제국주의의 성격을 규명하는 것이므로 일반적으로 통용된 소위 정설(定說)을 알아보기로 하자.
 가장 일반적인 설명은, 신제국주의와 산업혁명은 직접적인 관련이 있다는 주장이다. 이에 따르면 산업화에 필요한 원료 확보, 제품판매에 필요한 시장요구, 자본투자 대상으로서 식민지가 요구되었다는 것이다.
 더욱 19세기 유럽은 급격한 기술개발에 성공하여 아시아, 아프리카 여러 나라들과 그 힘의 차이를 넓혔고, 이러한 차이는 군사력에서도 두드러지게 나타나 유럽과 기타 지역국가와의 대결에서 유럽이 일방적으로 유리하였다는 것이다. 심지어 유럽국가들 사이에서는 후진 국가로 평가되던 동부와 남부지역 국가들도 비유럽지역에서는 산업화, 기술개발의 힘을 빌려 정복자로서 행세할 수 있었다는 것이 산업화와 신제국주의를 연관지어 설명하는 이들의 주장이다.

　그러나 식민지로 전락한 국가들은 유럽국가들의 원료공급지 시장, 자본투자 대상으로 머무른 것 외에도 경제적으로 전혀 자립할 수 없는 비극을 당하게 되었다. 식민지 국가들은 자립경제를 운영할 수 없었으므로 식민지 경제구조는 정복국가의 필요에 따라서 본국이 기침하면 식민지는 폐렴을 앓고, 본국이 조금이라도 경제불황을 겪으면 식민지는 경제공황을 겪도록 만들어졌던 것이다.

　더욱이 정복국가는 지배를 용이하게 하는 방편으로 식민지인들 가운데서 고분고분한 기업인을 대리인으로 선정하여 엄청난 부를 얻게 만드는 한편 대다수 식민지인들의 생활을 극빈으로 몰아대었다. 왜냐하면 식민지인들이 당장 하루 하루의 생계가 걱정될 때에는 주된 관심사란 생계유지로 집중될 수밖에 없기 때문이다.

　또한 정복국가의 대리인으로 선정된 사람도 정복국가의 총애를 잃으면 곧 파탄에 내몰리게 된다는 사실을 잘 알고 있으므로 반항이나 거부로 인해 불편한 관계가 발생하지 않도록 늘 긴장하고 있어야 했으며, 이리하여 정복국가는 칼자루를 쥔 유리한 위치에 서 있을 수 있었다.

　문화적으로도 정복국가의 침략은 분명하게 표현되었다. 우선 식민지인들은 정복국가의 언어를 익혀야 생활하기에 불편하지 않도록 훈련되었고, 정복국가의 문화는 우월한 것으로 생각되는 한편 고유의 문화는 낙후되고 정체적인 것으로 간주되어 식민지인들은 자발적으로 정복국가의 문화에 동화되려고 노력하였다.

　이는 전통문화가 취약한 곳일수록 더욱 심각하게 그 해악을 드러내어 모든 고유한 전통문화와 전통적 가치관을 부정하는 경향이 우세하게 되었고, 나아가 정복국가의 일부분으로 스스로 편입되고자 하는 노력이 자기 민족에게 실망, 좌절하여 낙담한 식민지 지식인들을 중심으로 실행되기에 이르렀던 것이다.

　이러한 지식인들은 정복국가에서 교육을 받으며 뛰어난 정복국의 문화에 심취되고 결국 자기 민족을 부정하는 단계에 이르도록 조정당하였고 자기 민족의 미래를 포기하고 있었다. 아프리카 지역이 이러한 경향에서 벗어나지 못한 반면, 아시아 특히 중국에서는 오랜 문화전통의 힘이 정복문화에 대하여 의연하게 저항하고 있었다.

그러나 정복국가의 대다수 사람들은 식민지인들과는 다른 생각을 가지고 있었다. 특히 '적자생존'을 주장하였던 생물학의 다원주의가 모든 생물, 심지어는 인간에게까지도 적용되는 일반적 법칙이라고 인정되어 '사회적 다원주의(Social Darwinism)'로 전환되자 유럽인들은 지배하는 것을 정당한 자연의 법칙으로 생각하였다. 나아가 이들 미개한 아시아, 아프리카인들에게 문명의 혜택을 전하고, 이들을 인도하여 야만으로부터 벗어나게 만드는 일이 자신들의 임무요 신이 부여한 의무라고까지 생각하기에 이르렀던 것이다.

특히 기독교를 신봉하는 대다수 유럽국가들은 창조주 하나님과 예수를, 이들 미개하고 잡신과 우상숭배에 빠진 식민지인들에게 전파하는 것이 자기들의 소명이라고 믿고 식민지 각국의 전통신앙을 기독교 신앙으로 정복하였다. 종교에서조차 제국주의가 판을 치고 행세하였던 것이다.

그래서 문화적 전통과 기반이 약한 지역에서는 기독교가 점차 민족신앙으로 대체하기에 이르렀으나 중국에서의 기독교는 침략자의 종교로 규정되어 거센 반발을 받게 되었다.

서구 제국주의는 또한 직접적으로 식민지를 지배하는 방법 외에도 세력권(Spheres of Influence)을 통하여 간접적인 지배를 이룰 수 있었다. 중요한 해상로, 전략적 요충지, 교통의 요지 등을 서구 제국주의 국가가 장악하고 있을 경우 인근 국가들은 직접 지배를 당하고 있지 않더라도 그 영향과 간섭을 받게 마련이었다.

이리하여 19세기 후반에 이르면 세계는 거의 전부가 유럽의 영향권 속에 놓이게 되고 '백인의 신화'가 만들어지게 되는 것이다.

아프리카 분할

 19세기 유럽제국주의의 가장 거센 침략이 있던 곳은 아프리카였다. 1880년대까지 유럽의 아프리카 식민지 정복은 아프리카 대륙의 1/10에 불과했다. 열대우림의 기후와 밀림, 풍토병, 사막 등이 인간의 접근을 가로막던 아프리카는 1914년에 이르면 미국 흑인 노예들이 자유를 되찾아 고향으로 돌아와서 세운 리베리아와 이탈리아의 침략을 아드와(Adwa)에서 저지하는 데 성공하였던 에티오피아를 제외하곤 전 지역이 유럽인의 수중에 들게 되었다. 대륙 전역이 불과 30여 년 동안에 정복당하였으므로 그 정복의 정도가 얼마나 거세었는지 추측할 수 있을 것이다.
 물론 1830년대에 이미 프랑스는 북아프리카의 알제리(Algérie)에 진출하였고, 영국은 나폴레옹 전쟁 당시 남아프리카의 요충지인 케이프 타운(Cape Town)을 장악하여 인도와 극동지역 무역의 근거지로 삼은 바 있었다.
 17세기 이래 이 지역에서 거주하던 네덜란드인 농부들(이들을 보아인, Boers이라고 부름)은 영국의 압력으로 약간 북쪽으로 옮겨가게 되었고(이것을 대장정, Great Trek 1835~1837이라고 부른다), 이번에는 옮겨간 지역의 원주민들인 카피르(Kaffir)족, 줄루(Zulu)족과 전쟁을 해야만 하였다. 그러나 이들은 1880년대에는 영국의 압력에 저항하여 자치권을 획득하는 데 성공하기도 하였다.
 이와 같이 1870년대까지 서구 열강이 아프리카에 대하여 가졌던 관심은 별로 높지 않았다. 심지어 19세기 전반에 비하면 오히려 감소되었다고 말할 수도 있다. 그러나 이러한 관점은 벨기에의 국왕 레오폴드 2세에 의하여 급변되었다. 레오폴드 2세는 개인자격으로 1876년 '국제 중앙아프리카 탐험 및 문명협의회'를 조직하여 유명한 탐험가 스탠리(Henry Stanley, 1841~1904)를 콩고 분지에 파견하였다.

스탠리는 신문기자였으나 탐험에 큰 관심을 가지고 있었다. 그는 이미 1871년 리빙스턴을 구출하기 위하여 중앙 아프리카를 탐험한 경험이 있었고, 1861년 미국 남북전쟁에도 참전하였던 대단한 모험가로서 유명하였다. 스탠리가 레오폴드 2세의 지원을 받고 콩고 분지를 탐험한 후 그 지역 원주민 추장과 협정을 맺어 벨기에의 아프리카 진출을 도왔다는 소식이 전해지자 곧 유럽의 열강은 탐험가를 후원하며 아프리카 진출을 서둘렀다.

아프리카의 나쁜 기후나 외부인들의 접근을 거부하는 독특한 자연지형, 특히 강줄기의 급경사 등이 그간 유럽인의 아프리카 진출을 중단시켰으나 유럽인들의 야심은 19세기의 마지막 20여 년간 자연의 어려움을 극복할 정도로 맹목적인 제국주의로 변하여 있었다.

투자와 예상 이윤을 고려할 때 아프리카 진출은 별로 수지가 맞는 편이 아니었으나 유럽인들은 많은 경비를 들여 보잘것 없는 불모지를 획득하였음에도 민족의 영광을 휘날렸다는 이유로 대부분 열광하는 것이었다.

이리하여 영국, 프랑스, 독일의 고위 정치가들은 1884년 베를린에서 모임을 가지고 사하라 사막 이남지역에서 각국들이 식민사업을 추진할 때 직면하게 될 문제들에 관하여 몇 가지 원칙을 수립하였다.

벨기에의 레오폴드 2세는 벨기에 국왕으로서가 아니라 개인자격으로서 콩고의 통치자가 되었고, 콩고 지역을 자유무역지역으로 선포하여 모든 국가의 상인들이 자유롭게 활동할 것을 보장하기도 하였다.

베를린에서 열강이 합의한 협정에 따르면 자국의 식민지로 승인받기 위해서는 식민지를 실제로 통제할 수 있는지의 능력여부를 그 기준으로 삼고 있었으므로 열강은 군대와 탐험대를 끊임없이 식민지에 파견하고 주둔시켜야 했다. 이리하여 열강이 아프리카와 각 지역을 분할하여 나누었을 때 그 경계는 자연적 경계나 아프리카

원주민들의 인종적 구분과는 무관하게 정복군의 편의에 따라 구분되었다.

이렇게 유럽인들은 아프리카를 침탈하는 과정에서 원주민들을 노예로 파는 노예무역도 실시하였다. 베를린 협정에서는 명문규정으로 노예무역을 금지하였으나 아프리카에 투자한 자본가를 구제한다는 구실로, 특히 레오폴드 2세의 투자를 건지기 위하여 노예무역이 존속되고 있었다. 이때에 흑인 노예들은 고무생산 농장에서 혹사당하고 사지절단 형벌 등 인간으로서는 도저히 견딜 수 없는 굴욕을 받으며 유럽인들의 문명생활을 그 밑바닥에서 겨우 지탱하고 있었다.

영국의 아프리카 침탈

당시 대영제국을 수립하고 세계에 그 위세를 떨치던 영국이 아프리카를 어떻게 침탈하였는가를 살펴보면 유럽 열강의 제국주의 특성을 쉽게 알아볼 수 있다.

영국은 남아프리카 케이프 타운 근거지를 제외하면 오직 서부 해안에 몇 군데의 거점을 마련하고 있었다. 당시 세계의 해군을 대변하던 영국은 아프리카 항로도 장악하고 있었으나 노예 밀무역 등은 눈감아주고 있었다. 영국은 아프리카 이외에서도 주도적인 군사력을 바탕으로 경제를 발전시키고 있었으므로 아프리카에 대한 관심이 특별히 높은 편은 아니었다.

그런데 이집트의 국내사정이 영국의 개입을 초래하고 난 후에는 영국의 대아프리카 정책의 시각이 변화되었다. 당시 이집트는 터키에서 파견한 총독 키디브(Khedive, 총독직을 가리킴)가 실권을 장악하고 있었는데 키디브는 터키로부터 이집트의 독립을 원하였으므로 영국과 프랑스의 후원을 요청하였고, 영국은 이를 수락하였다. 이에 따라 영국의 투자는 이집트에서 급증하였고 이집트가 근대화를 추진함에 따라서 더 많은 자본이 요청되었다.

이러한 상황에서 지중해와 홍해를 잇는 거대한 토목사업인 수에즈 운하(Suez Canal, 1859~1869) 건설공사가 착수되었다. 영국, 프랑스의 자본과 이집트 국내자본이 합작하여 발족한 이 사업은 그 효과에 대하여 아무도 이의를 제기하지 않았다. 그러나 당시 이집트의 모든 경제력을 집중시켰고 투자효과의 열매가 장기간에 걸쳐 수확될 것이었으므로 이는 경제 파국을 불러일으켰다.

영국의 입장은 수에즈 운하가 개통되면 인도양 및 아시아 지역으로 항로가 대폭 단축되었으므로 이 사업의 조속한 완성을 원하였다. 그러나 영국의 투자만 가지고는 이처럼 거대한 사업의 경비 염출이 어려웠기 때문에 프랑스에 합작을 요청하였던 것이다. 프랑스는 영국이 이집트를 장악하는 사태가 되면 투자를 해봐야 손해만 볼 뿐이라고 판단하여 주저하였다. 이에 수상 글래드스턴은 이집트에서 영국의 군사적 영향력 행사가 없다는 것을 프랑스에 약속하여 프랑스의 의구심을 해소시킨 후 투자에 동참시켰다.

그러나 이집트 국민들 사이에서 친서구파 또는 근대화 지지파와 친이슬람파 또는 보수파 간 대립이 끊이지 않고 있었다. 물론 전자 즉 근대화 지지자도 근대화하여 열강을 물리치자는 입장을 지녔으므로 이들은 영국이 후원자로 행세하는 것을 원하지 않았고 영국의 조속한 퇴각을 요청하였다. 영국은 이러한 이집트 국민의 요청을 무시하고 오히려 남아프리카 지역으로 그 영향력을 확대하여 수단(Sudan)까지 장악하고자 진출을 계속하였다. 이에 이집트인의 불만은 폭력시위로 나타났으나 후원자로 자처한 영국은 이러한 저항을 쉽사리 꺾어버렸다.

1883년 수단의 이슬람 교도들은 이집트인들이 그들의 종교를 배신하고 이교도를 수용한다고 비난하여 이를 배후 조정하는 영국에 대하여 성전(聖戰 : Holy War)을 선언하였다. 영국은 이에 키디브의 군사 만여 명을 동원하고 영국 장군 윌리엄 힉스(William Hicks)로 하여금 지휘하게 하여 수단을 정복하고자 하였으나 그 결과는 이집트군 전멸로 끝났다.

이에 영국에서는 자유주의 지식인을 중심으로 영국의 키디브 지원은 잘못되었다는 비판이 거세게 일어나고, 프랑스도 영국이 약속을 어기고 오히려 군사적 개입을 확대한다고 비난하였다. 또한 투자가들도 전쟁의 확대로 경제난국을 초래하였다고 글래드스턴을 맹공하였다. 그러나 글래드스턴은 이러한 국내외의 압력과 어려움에 굴복하지 않고 1885년 새로운 수단 정복계획을 시행하였다.

새로운 계획에 따르면 중국 '태평천국의 난'의 진압에서 혁혁한 솜씨를 발휘한 고든(Gordon)을 정복책임자로 임명하여 수단의 구세주 마흐디(Mahdki)에게 본때를 보인다는 것이 그 요점이었다. 그러나 고든은 종교 재림사상의 구현자 마흐디(이 세상의 종말 경에 나타난다고 하는 구세주를 가리킴)에게 패하여 목이 잘려 창 끝에 그의 목이 꿰달리고 말았다. 또 한번 영국은 실패하였던 것이다.

1898년 영국은 드디어 수단과의 옴두르만(Omdurman) 전투에서 고든의 복수를 하였다. 이 전투에서 영국은 기관총으로 무차별 사격을 가하여 이슬람 교도 11,000명을 학살하였는데 이 와중에서 영국인은 단지 28명이 사망하였을 뿐이었다. 당시 영국의 분위기로는 이것으로 겨우 고든 장군의 복수를 끝냈다고 만족하였다. 이것이 당시 세계의 문명국을 대표하던 영국인들이 가지고 있던 심성이었다. 타민족 특히 아프리카인들에 대한 편견의 정도가 이러한 잔혹한 보복을 초래하였던 기반을 이루고 있었다.

영국의 거짓과 위선을 대표하는 또 다른 사건은 '보어전쟁(1889~1902)'에서도 나타난다. 영국인과 보어인 간의 관계는 '대장정' 이후 불편한 관계를 계속하고 있었다. 트란스발(Transvaal) 이후 오렌지 자유국(Orang Free State)을 수립한 보어인들의 지역에서 엄청난 양의 보석과 금광이 발견되면서 양국의 관계는 더욱 악화되었다.

트란스발의 대통령 폴 크루거(Paul Kruger : 1825~1904)가 보어인을 위한 해양출구를 얻고 독립을 시도하는 한편 일확천금을 노려

이 지역으로 밀려오는 외부인을 입국금지시키자 말썽이 생기게 되었다. 즉 열렬한 영국의 국수주의자인 세실 로즈(Cecil Rhodes, 1833~1902)가 음모를 꾸몄는데 그 내용은 다음과 같았다.

로디지아에서 다이아몬드와 금광을 발견하여 일거에 거부가 된 세실 로즈는 카이로에서 케이프 타운을 잇는, 즉 아프리카 북단으로부터 남단까지 영국의 국기로 휘날리면 얼마나 멋있을까 상상을 하여, 이러한 몽상에 장애가 되는 요인을 없애기로 마음먹은 것이 사건의 발단이 되었다. 1895년 세실 로즈는 그의 계획을 친구 린더 제임슨에게 밝히고 600여 명의 무장병력을 트란스발에 파견하였다. 이들은 크루거를 전복하기 위한 소요를 일으킬 임무를 맡고 있었다. 계획상으로는 트란스발에서 소요가 발생하면 영국의 개입구실이 마련되는 것이었다.

그러나 이 습격은 실패하였고 제임슨과 세실 로즈는 큰 망신만 당하였다. 세실 로즈가 벌인 추문은 당시 영국 내각의 식민지 업무를 담당하던 조지프 체임벌린에게도 전해졌고, 독일 황제 빌헬름 2세는 성급하게 크루거 대통령에게 전보를 보내 위로의 뜻을 표하였다. 그러나 영국인은 1899년 노골적으로 보어전쟁을 시작하여 이 자그마한 나라를 남아프리카 영연방으로 편입시켰다.

당시 전유럽이 영국의 이러한 조치에 격렬한 비판을 가했으나 영국정부는 한 술 더 떠 이를 영국인의 애국심을 고양시키는 수단으로 삼았다. 분명 보어전쟁에서 영국은 승전국이 되었으나 영국인은 보어인들을 모두 철망 안에 감금함으로써 겨우 저항을 중단시킬 수 있었고, 이러한 일로 인하여 영국 본토에서도 인권유린을 문제삼아 영국의 대아프리카 식민정책을 비판하는 등 체면과 실익으로는 손해가 분명한 보어전쟁이었으나 '영국은 패전할 수 없다'라는 강박관념에 빠져 식민지 전쟁을 계속하였다.

그러나 이것도 유럽인의 후손인 보어인들에게 위해가 가해졌으므로 야기된 국제 및 영국 내의 여론이었다. 절대다수를 점하고 있는 아프리카 원주민 흑인들은 자유, 정의, 법, 평등, 인권이란 어떤 의미를 가지고 있는지 그 의미조차 영어로는 이해하지 못하였다. 유럽문명은 아프리카 흑인들에게는 곧 야만과 잔인함, 학살 등 인간이 저지르는 그 어떤 범죄 행위보다도 악한 것이었고 영국, 프랑스, 독일, 이탈리아, 벨기에 등 모든 유럽인은 '악마의 후손'이라는 인식이 흑인들의 뇌리에 깊이 심어졌다.

유럽의 아시아 진출

유럽인들의 아시아 진출은 아프리카 때의 경험과 달랐다. 인도, 중국 등 아시아 국가들은 당시 강력한 왕권하에 체계적인 국가조직을 유지하였고 오랜 문화전통과 힌두교, 불교 등 종교에 의하여 문화적 공동체를 이루고 있었다. 유럽인들이 아시아에 처음 도래하였을 때 아시아의 전통문화는 각성된 민족주의를 형성하기에 이르지는 않았으나 적대감정 속에서 유럽인들을 바라보고 있었다.

세포이의 반란

중국과 일본은 특히 유럽인을 싫어하였다. 교회 선교사, 상인, 선원, 군인 등 모든 서양인들은 전통 가치관과 전통 생활양식을 파괴하려는 악한 인간으로 배척되었고 영국, 프랑스, 러시아, 미국의 아시아 진출은 강렬한 저항을 받고 이 지역의 독립성을 쉽사리 굴복시킬 수 없었다.

인도의 경우 힌두교와 이슬람교 사이의 분열, 서로 다른 언어의 사용, 지방분리 우선 등 국가의 내적 통합성이 취약하였으므로 이미 17세기 이후 영국, 프랑스, 포르투갈, 스페인 세력이 밀고 들어가 세력확장의 전쟁터로 변하고 있었다.

산업혁명의 선두주자인 영국이 인도에서도 우선권을 장악하였는데 이는 1857~1858년 세포이 투쟁(Sepoy Mutiny)에서 인도 민족연합세력인 힌두교와 이슬람 세력을 제압한 이후부터였다.

영국은 인도에 민주주의를 이식하였고 외관상 인도는 민주주의적 국가체제를 발전시켰으나 인도인들의 무관심이 이를 가능케 한 것이지 적극적 호응의 뒷받침으로 인도의 민주주의가 발전한 것은 아니다.

서구의 중국 침략

중국-당시는 청(淸)-은 1839~1842년 소위 아편전쟁에서 영국에 패하기 이전까지는 서구와 본격적인 교역을 시작하지 않았다. 서구의 끊임없는 교역희망에도 불구하고 중국은 황제가 독점권을 승인한 전통 특권상인에 모든 교역권을 주어 극도로 교역을 제한하였을 뿐이었다.

이때 영국은 인도에서 생산되는 아편이 중국인의 기호에 맞는다는 것을 알고 중국정부에 아편무역을 요청하였으나 중국은 당연히 이를 거부하였고, 영국은 군사적 승리를 제외한 어떤 방법으로도 중국과의 교역을 가능케 할 방법은 없다고 판단하게 되었다. 이에

서구 제국주의의 대두 309

아편전쟁

열강들의 중국 분할

기습적으로 항구를 점령하여 전쟁을 시작한 영국은 뜻밖에 중국이 열세임을 알아차리고 쉽사리 굴복시켜 영국이 원하던 교역을 시작하게 되었다.

전쟁에 패배한 청의 황제는 개혁의 필요를 느꼈고 오랜 중국의 전통과 관료제에 의지하여 개혁을 추진하였다. 흔히 만다린(Mandarins)이라고 불리는 청나라의 관리들은 서구세력의 침략을 막아내기 위하여 부국강병책을 추진하며 '태평천국의 난'을 진압하기에 이르렀다. 그러나 이같은 내정의 혼란을 이용하여 서구의 침탈은 가속되었다. 더욱 1894~1895년 청일전쟁에서 청나라가 일본에 패하게 되자 영국, 프랑스, 러시아, 독일 등은 청의 후원세력을 자처하고 나서 일본의 중국 진출을 억제하는 한편 그 대가로 영토의 할양, 특권의 허가 등을 청나라에 요구하게 되었다.

청나라는 영국에 패한 후 '이이제이(以夷制夷)'라는 중국의 오랜 외교 원칙을 사용하여 중국 내에서 서구인들끼리 서로 싸우고 중국은 이를 관망하여 이득을 얻고자 하여 프랑스, 독일, 러시아 등을 불러 들였으나 사정은 기대와 달랐다. 즉 열강이 중국을 침탈하였기에 바빴을 뿐이지 서로 다투지는 않았고 오히려 힘을 합하여 청나라에 대한 요구사항을 증대시켰기 때문이었다.

물론 서구 열강의 상호 견제가 중국이 식민지로 분할되는 것을 어렵게 만든 점도 있으나 중국의 오랜 문화적 전통은 북동 아시아 지역이 아프리카 분할과 같은 수모를 참을 수 없다는 인식을 서구인에게 깨닫게 만들었던 것이다.

이즈음 미국은 서부개척의 본격화와 더불어 고립주의 외교정책을 포기하고 소위 '문호개방(Open Door Policy)'을 밝히는 한편 식민지 획득에 열을 올리게 되었다. '교역은 모든 국가에게 개방되어야 하고 중국의 영토를 서구 열강은 침해하여서는 안된다'라는 미국의 문호개방 정책은 중국에 있어서 미국의 이익을 보장하려는 의도 이외의 어떤 다른 목적도 없었다. 따라서 서구 열강의 중국과의 외교 선언은 중국 청나라 정부의 의사와는 무관한 채 선포되고 있었다. 이때 중국은 반식민지 상태에 빠져들고 있었다.

이에 중국의 민족주의자들은 비밀결사를 조직하여 외국인 배척과 기독교를 받아들인 중국인들을 습격하기 시작하였다. 일반적으로 비밀결사들은 외국세력에 저항하는 것이 그 목적이었으나, 일부는 청나라 정부가 만주족을 기반으로 세워졌고 정통 중국인인 한족(漢族)을 정복하였던 역사를 들쳐내며 청나라 멸망을 획책하기도 하였다.

이들 중 서양인들에게는 복서(Boxer)라고 불리는 의화단(義和團) 세력이 외세배척 특히 기독교 선교사 살해를 일삼고 황후(皇后)의 비호를 받아 1900년 외세배척 사건을 일으켰다. 이들은 기독교야말로 표면상 종교적인 가면과 사랑으로 위장하고 그 본성으로는 중국 침략에 앞장서는 가장 악랄한 수단이며 선교사들은 이의 책임자라고 판단하여 외세배척 첫단계로 선교사 살해를 일삼았던 것이다.

이에 유럽과 미국의 세력은 연합하여 공동의 이익을 확인하는 한편 청나라에게 엄청난 배상금을 강요하였고 의화단 진압의 명목으로 수도인 북경을 불태워 중국의 귀중한 문화유산을 훼손하였다.

중국인들은 서양에 패배를 당할 때마다 청나라와 서양에 대한 원한을 가슴 속에 새겨두었다. 이때 일본이 세계의 강국인 러시아를 패배시킨 러일전쟁(1904~1905)이 발생하였다. 콧대 높은 서양인들을 눈이 째지고 코가 낮은 동양인이 제압하였다는 사실로 러일전쟁은 동양인에게는 의의 깊은 사건이었고 여기에서 중국은 나아갈 길을 찾았다.

점증되는 중국인의 민족의식은 1905년 미국이 중국인 이민을 금지하자 미국상품 불매운동으로 비약되었고, 1911년 반외세의 혁명가들은 ─ 특히 군인, 대학생, 노동자 중심 ─ 만주정부를 쓰러뜨리고 공화국을 수립하였다. 그러나 신생 중국공화국은 몽고에 야욕을 뻗친 러시아와 티베트에 세력을 확대하려는 영국을 물리쳐야 할 부담과 북방군벌의 세력을 압도할 능력이 없어서 중국은 사실상 남북으로 분열상태에 놓였고 서구 제국주의자들은 이 기회를 이용하여 중국 침략을 더욱 강화시켰다.

일본과 서양세력

일본도 중국과 마찬가지로 서양세력의 우세한 무력 앞에 굴복한 후 문호개방을 강요당하였다. 미국은 일본에 대하여 각별한 관심을 나타내어 1853년 페리(Matthew Perry) 제독으로 하여금 무력시위를 벌여 일본을 개항시켰다. 서양세력을 고려하지 않을 수 없는 상황이 되자 일본 국내 사정은 매우 불안하게 되었다.

전통 무사귀족인 사무라이(Samurai) 계층은 문호개방에 반대하며 외국인을 살해하는 한편 이에 찬동하는 정부관리들조차 암살하였다. 이에 미국과 유럽의 연합함대는 사무라이들의 근거지를 공격하여 중요한 성채들을 파괴하였다. 그럼에도 일본실권은 소수 무사집단에 의하여 장악되어 외세배척을 단호히 결행하였다. 이러한 저항은 700여 년간 계속되어 온 봉건세력의 전통과 일치하는 것이다.

그러나 1867년 봉건사회를 청산하고 근대국가로 발전을 가능케 한 '명치유신'이 시작되었다. 명목상의 국왕으로만 일본을 다스려

왔던 왕권은 사무라이 계층이 시대에 뒤진 가치관을 가지고 변화된 사회를 주도하지 못하게 되자 그 틈새를 비집고 왕권을 회복하였고 '서구화(Westernize)' 또는 '근대화(Modernize)' 정책을 과감히 시도하였다. 일본의 근대화 내지 서구화 정책은 봉건세력 소멸 및 왕권 강화의 과정과 일치되는 방향에 주안점이 두어졌다.

명치시대 일본은 부국강병을 최우선 정책으로 삼아 독일과 프랑스식으로 군대를 훈련하고 육성시켰다. 전통 경제체제를 포기하고 서구의 산업과 경쟁적 경제체제를 도입한 일본은 아시아에서 예외적인 국가로 변신할 수 있었다.

1895년, 즉 문호개방 이후 40여 년, 명치유신 이후 30여 년이 지난 뒤 일본은 한반도의 패권을 놓고 중국과 전쟁을 벌였다. 모든 예상으로는 중국의 승리가 점쳐졌으나 놀랍게도 전쟁의 결과는 일본의 승리였다. 승리한 일본은 배상금으로 중국영토의 할양을 요구하였으나 서구 열강은 이에 간섭의 대가를 강요하여 일본이 요구했던 요충지를 빼앗았다. 이에 일본의 분노는 격렬하였다. 그야말로 재주는 일본이 넘고 그 열매는 제국, 특히 독일과 러시아가 억지로 빼앗은 셈이기 때문이었다.

결국 1904년 만주의 패권을 놓고 일본과 러시아가 전쟁을 하여 일본의 승리가 확정되자 서구 열강은 극동 아시아 지역에서 일본의 제국주의적 참여의 몫을 인정하게 되었다.

일본이 민족주의와 강력한 지도력을 가지고 서구 제국주의 세력을 성공적으로 제압한 것은 서구의 압박하에 놓여 있던 아시아 지역의 많은 식민국에게 좋은 자극제가 되었다. 반서구주의 물결은 중국, 인도차이나 반도, 중동, 그리고 남아프리카 지역의 인도인들에게조차 열풍처럼 불어닥쳐 서구 제국주의 국민들을 긴장시켰다.

인도의 경우

세포이 사건 이후 지금껏 동인도회사(East India Company)에 의하여 간접적으로 통치되었고, 형식적이나마 무굴 황제가 존립하였던 인도제국은 없어져 버리고 영국의 직접 지배가 시작되었다.

영국은 인도지배를 위하여 영국인에게 익숙한 행정, 사법, 군사조직을 인도에 도입하였다. 영국인은 인도에서는 어느 분야에서나 상전이었고 지배자로 군림하였다. 그리고 인도인 가운데에서 유능한 인물을 선발하여 영어를 교육시키고 하급관리, 하급장교, 하급사법관리로 이용하는 비율이 점차 높아졌다. 이러한 시책은 영국의 인도지배를 용이하게 만들기 위한 의도적 정책이었음은 물론이다.

당시 인도는 3억이 넘는 인구가 각기 다른 언어, 다른 종교, 다른 인종으로 갈라진 채 고유한 관습을 유지하였다. 오늘날의 파키스탄, 방글라데시를 포함하는 혼합 민족국가였으나 영국은 식민지 통치의 편의를 위하여 단일한 법령, 공용어 사용을 강요하였는데, 이는 인도인들로 하여금 단일 국가를 형성시키는 데 기여하였다.

왜냐하면 인도인들은 적어도 영국인 증오라는 감정에서는 공통점을 확인할 수 있었고 이를 기반으로 후일 통일국가를 수립할 수 있었기 때문이다.

영국은 세계시장에서 영국의 이익을 위하여 인도에 철도를 부설하고, 통신수단을 설치하고, 농업 및 산업을 개발하기 시작하였다. 또한 치안을 안정시키는 과정에서 각 종족 간의 소규모 전쟁을 종식시켰고 지역 간 교류도 확대하였다. 그러나 영국의 이러한 조치는 인도인에게 영국에 대한 적개심을 증대시켰다. 왜냐하면 영국이 신분정책을 고집하여 인도인과 영국인의 차별을 엄격히 구분하였고 어떠한 인도인도 피부색과 외모의 구별 때문에 영국사회의 일원이 —비록 그들이 희망하였어도— 될 수 없었기 때문이었다.

점차 교육받은 인도인들은 평등과 자치(Self Government)를 요구하며 1880년대에 '힌두 인도 국민의회(Hindu Indian National Congress)'를 결성하게 되었다. 비록 이 조직은 제약된 성격을 가지고 힌두교도, 특히 상층 힌두교를 중심으로만 조직되었으나 제2차 세계대전 이후 인도 독립의 주도세력으로 성장했다. 러일전쟁의 결과가 밝혀진 이후 국민의회의 급진파는 독립을 주장하였으나 온건파 다수는 내정자치에 만족하고 있었다.

한편 1912년 인도의 회교도들은 '회교연맹(Muslim League)'을 결성하여 통일과 협력의 필요를 외쳐보았으나 대다수 인도 대중은 여전히 종교, 인종, 계급 등의 차이에 주된 관심을 표명하고 있을 따름이었다.

제1차 세계대전 이후 인도인들은 보다 강력하게 결속되기 시작하였다. 인도의 엘리트들은 영국지배에 대항할 필요성을 민족자결주의 원칙에서 확인하였고 독립으로 나아가는 준비를 위해 힘썼다.

영국도 이에 1919년 입법의회(Legislative Assembly)를 승인하며 인도인들의 독립의식이 반영(反英)의식으로 가열되지 않도록 양보하였다. 인도 민족주의자들은 우선 일반행정 부문에서 영국으로부터 양보를 얻어낸 것에 만족할 수 있었으나 바로 이때에 펀자브(Puniab)의 암리차르(Amritsar)에서 민족주의 열기를 가열한 사건이 발생하였다.

영국의 한 장교가 시위 저항하는 인도인들을 해산시키기 위하여 구르카(Gurkha) 병사들에게 실탄이 떨어질 때까지 사격하라고 명령한 암리차르 사건은 379명의 사망자와 1,200여 명의 중상자를 내었다.

1919년, 즉 제1차 대전이 종결되고 윌슨 대통령의 민족자결 원칙이 천명된 시기에 발생한 암리차르 사건은 인도인이 민족의식을 각성하여 반영감정을 고조시키기에 충분하고 잔인한 학살이었다.

동요된 사회의 감정을 집결된 민족의식으로 이끌어갈 지도자가 인도의 독립을 위하여 요구되었고, 모한다스 간디(Mohandas K.

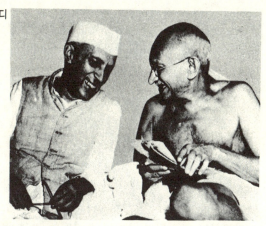

네루와 간디

Gandhi, 1869~1948 후일 마하트마로 추대됨 : 마하트마는 인도에서 고귀한 사람의 이름에 붙이는 경칭)가 민족의 지도자로 떠올랐고, 그의 사상은 비폭력, 무저항, 비협조를 기반으로 하는 것이었다. 특히 영국인이 인도인 중 극소수에게만 부여하는 특권 — 고위관직, 고등교육기회 — 을 자랑으로 받을 것이 아니라 부끄러움으로 여기고 거절하며, 모든 영국제품을 구입하지 말자고 인도인들에게 외친 간디의 호소는 그가 생활에서 모범을 보이고 검박한 생활을 함에 따라 전국민의 호응을 얻었다.

간디는 나아가 인도인을 분열시켜 왔던 종교적 적대감 해소를 위하여도 노력하였다. 힌두교와 이슬람교 사이의 오랜 증오는 영국이 인도국민 이간책으로 쉽게 사용할 종류의 것이었고 간디는 어떤 민족끼리의 증오도 인도의 독립을 가로막는 요소라고 설득하며 민족의 역량을 통일시켰다.

영국인들에 의하여 집행되는 사법, 조세, 행정체제를 거부하되 비폭력적 방법에 의존한다는 간디의 이념은 그를 감옥에 보내기에 충분하였다. 그러나 감옥에서 간디의 의연함은 오히려 인도인을 더욱 민족적 열정으로 몰아넣었다. 왜냐하면 감옥 안에서 단식을 단행한 간디를 순교자로 만들지 않기 위하여 영국은 의사를 동원하여 간디의 건강을 유지시켰기 때문이다.

 인도인들은 조금씩 그러나 분명히 영국인을 패배시킬 수 있다는 자신감을 가지기 시작하였고 그들의 그와 같은 평가가 올바르다는 것을 곧 알게 되었다.

기타 아시아 지역

 유럽인들은 아시아의 거의 모든 지역을 병합하거나 정복하여 지배하였다. 동남아시아 지역에서 중국과 국경을 접하던 나라들은 청나라로부터 분리되어 유럽인의 지배를 받게 되었는데 프랑스가 이 지역의 선두 제국주의 국가였다. 프랑스는 1883~1885년까지 청나라와의 전쟁에서 승리한 후 인도차이나 지역을 요구하였다.

 인도차이나 지역은 매우 풍요로운 지역이었으나 프랑스에게는 큰 이득이 되지 못하였다. 왜냐하면 인도차이나의 풍부한 농작물 생산은 프랑스와 관계를 맺지 못하고 북동 아시아지역 등 주로 인근 지역과 교역관계를 가졌기 때문이었다. 여하튼 프랑스의 인도차이나 팽창은 시암(Siam : 오늘의 타이)까지 계속됐다.

 그러나 영국이 미얀마로 진출하여 이 지역에서 프랑스와 경쟁을 하게 되자 양국은 직접적인 충돌을 회피하기로 협정하고 시암(또는 샴)을 완충국으로 남겨두게 되었다. 그래서 시암은 영국과 프랑스 세력균형의 중간지역으로서 침략을 모면하는 행운을 가졌다.

 영국은 이 흥정의 대가로서 싱가포르와 말레이시아에 대한 영유권을 얻었고 프랑스는 시암의 일부지역을 새로이 획득하는 것으로 만족해야 했다.

 시암의 역사가 우리에게 시사하는 의미 중의 하나는 유럽제국주의자들의 주장—즉 '아시아 지역은 유럽인의 식민지 경험을 기반으로 급격한 발전을 이루었다'.—이 거짓임을 밝혀준 것에 있다. 독립성을 유지한 시암의 발전이 영국 지배하의 미얀마나 프랑스 지배하의 인도차이나보다 훨씬 빨랐음이 역사적 사실로 드러났기 때문이다.

영국과 프랑스가 동남아시아를 장악하는 일은 뒤늦게 식민지 사업에 참여한 미국과 독일의 견제를 받았다. 우선 미국은 스페인과 전쟁을 벌여 아시아 지역 진출을 위한 교두보로서 필리핀을 획득하였고, 독일은 남태평양의 여러 섬들을 장악하며 아시아 지역의 연고권을 마련하였다. 네덜란드는 17세기 이래 세계시장의 진출을 위하여 마련하였던 인도네시아를 계속 확보하고 있었다.

북동 및 중앙 아시아 지역에서 유럽 제국주의자들의 침략은 동남아시아의 경우와는 조금 달랐다. 러시아라는 붉은 곰이 추위를 피하기 위해서, 그리고 활동 영역을 넓히기 위해서 남쪽으로 밀고 내려왔기 때문이었다. 몽골를 장악하고 티베트와 아프가니스탄을 넘보는 러시아에 대하여 신경을 곤두세운 나라는 티베트, 아프가니스탄이 아닌 영국이었다. 극동지역에서는 러시아가 만주와 한반도로 진출하자 일본은 영국의 후원을 등에 업고 러시아와 전쟁을 준비하였고 러시아의 남진을 막는 선봉장이 되었다. 영국은 대리전쟁을 책임진 일본에게 감사함을 표시하였고, 일본은 영국의 양해하에 한반도와 만주를 병합할 수 있었다.

북동아시아에서 남진의 좌절을 맛본 러시아는 아프가니스탄과 페르시아(오늘의 이란)로 남하정책의 장소를 옮겼다. 이미 1889년 이래 페르시아에서도 철도 건설의 자금공여를 둘러싸고 영국과 경쟁을 벌이고 페르시아 만에서 겨울에도 얼지 않는 항구를 확보하려는 러시아의 애타는 노력은, 영국의 입장에서는 인도의 영국세력을 위협할 뿐더러 세계 바다의 경찰로 자부하는 영국 해외정책에 대한 도전이었으므로 방치할 수 없는 기도였다.

그러므로 영국은 인도 북부의 양국인 아프가니스탄과 티베트에도 간섭을 하여 러시아와 영국 모두 티베트의 주도권을 보존하며 영토침해가 없기로 협정을 맺었다. 이번에도 당사국인 티베트는 관망할 뿐이었다.

티베트 문제에서 영국과 협조체제를 이룬 러시아는 페르시아에서 영국의 양보를 얻어내어 페르시아의 북부를 차지하는 데 성공하였다. 이때 페르시아는 3지역으로 나뉘어 북부는 러시아, 중부는 분리지역, 남부는 영국의 지배하에 놓이게 되었다. 이에 페르시아 민족주의자들은 외세개입을 반대하여 국왕을 1909년 폐위시켰다. 그러나 국왕은 민족주의자들의 반란을 진압하기 위하여 러시아의 힘을 빌려 1925년까지 기나긴 내전을 지속하였다.

그러므로 페르시아는 시암처럼 완충국으로서의 독립도 유지하지 못한 채 분열되어 동족상잔을 계속할 뿐이었다. 문제가 더욱 악화된 것은 페르시아에 무진장의 석유가 매장되어 있다는 사실이 강대국에게 알려진 제1차 대전 이후였다.

1920년대 페르시아는 팔레비(Pahlavi) 가문의 새로운 왕 리자(Riza Khan)를 추대하여 난맥상을 벗어나고자 시도하였다. 리자는 동맹국의 파트너를 바꾸기로 결심하여 영국을 몰아내고 미국을 새로운 동반자로 선택하였는데, 그것은 영국이 경제 및 영토적 야욕을 가지고 있는 것에 비하여 미국은 경제적 욕심만 가지고 있는 것으로 판단했기 때문이었다. 그래서 페르시아의 팔레비 왕조는 미국과 소련이라는 새로운 양대세력의 틈바구니 속에서 독립과 주권을 보존하려는 노력을 꾸준히 시도하였다.

러시아와 영국이 대립한 제3의 장소는 발칸 반도였다. 발칸 반도는 16세기 이래 이슬람계인 오토만 제국(터키)에 장악되고 있었다. 그러나 19세기 러시아가 지중해로의 진출을 위하여 이 지역에서도 남하정책을 펴고 그 구실로 그리스 정교(Orthodox Christian)의 보호를 내세우자 영국은 즉각 이슬람교인 터키의 지원을 선언하였다. 영국의 모순은 여기에서도 뚜렷이 밝혀지는 바 아프리카와 아시아에서 야만인인 그들을 기독교로 개종시키는 일이 영국인의 사명이라고 식민정책을 추진할 선전도구로 사용하더니 터키 지역에서는 이슬람 세력의 존속을 위하여 군사력을 동원하였던 것이다. 이때의 구실은 불법의 침략으로부터 고귀한 인간성(Humanity)을 지킨다는 것이 그 대의명분이었다.

  터키 문제를 좀더 자세히 살펴보면 다음과 같다. 발칸 반도에 대한 관심은 범슬라브주의를 주장하는 러시아와 합스부르크 제국 이래 눈독을 들인 오스트리아 간의 대결이었다. 슬라브 민족주의가 점차 강세를 보이자 이들에 대하여 어느 정도의 자율권을 부여하며 오토만 제국이 근대화의 길로 들어선 것은 19세기 중엽 이후였다.

  그러나 새로운 술탄 압둘 하미드 2세(Abdul Hamid Ⅱ, 1876~1909)가 즉위하면서 사정은 급변하였다.

  압둘 하미드 2세는 이전의 어느 오토만 제국의 황제보다도 전제적인 모습으로 변신하였다. 1876년 세르비아(지금 유고슬라비아의 일부)인들을 패배시킨 뒤 그는 기독교인 12,000여 명을 학살하였다. 이는 전 유럽을 경악시켰다.

  러시아는 살해당한 슬라브계 기독교인을 복수하고 발칸 반도 내의 슬라브인을 보호한다는 구실로 오토만 제국에 선전포고하였다. 그 결과 오토만 제국과 러시아 사이에 러시아에게 일방적으로 유리한 조약이 체결되자 오스트리아는 즉각 베를린에서 이 문제에 대한 국제회의를 소집하였다.

  비스마르크는 이때에 유럽의 전쟁을 모면하기 위해서 러시아의 양보를 주선하였고 오스트리아와 영국은 오토만 제국에 대하여 유리한 입장을 지키게 되었다. 이러한 협의 과정에서 영국은 지중해, 이집트, 인도, 수에즈 운하의 안정을 유지한다는 구실로 사이프러스(Cyprus) 섬을 오토만 제국으로부터 얻어냈다. 이번에도 영국의 승리로 러시아는 양보하였으나 발칸 반도에는 국제간의 이해가 서로 엇갈리고 겹쳐져서 곧 제국주의를 지향하는 유럽인들을 격전장으로 몰고가게 될 것이 누구에게나 예상되었다.

제국주의 시대의 라틴 아메리카

남미 또는 라틴 아메리카로 불려지는 아메리카 대륙의 남쪽은 미국과 마찬가지로 유럽인에 의하여 정복된 뒤 유럽의 이주민들로 가득 차게 되었다. 19세기 동안 아르헨티나, 칠레, 브라질에는 미국의 경우처럼 아일랜드인, 독일인, 이탈리아인, 스페인인 등이 옛 고향을 등지고 신세계에서 미래의 가능성을 추구하였다.

이들은 19세기 전반, 즉 자유주의의 개화기에 스페인의 간섭에서 벗어나 자유로운 국가를 건설하는 혁명을 잇따라 일으켜 독립국가를 수립하였다. 이들의 노력은 영국과 미국의 원조를 받아 거의 성공하였는데 영국은 자유무역, 세계시장 확대를 위하여 이들을 지원하였고, 양키라고 멸칭되던 미국의 먼로 대통령은 유럽의 아메리카 대륙 간섭을 없애고 신대륙에서 미국의 우위를 공고히 다지기 위하여 유럽인에 의한 라틴 아메리카의 식민정책에 정면으로 도전하였다.

그러나 영국의 경제적 지원은 아르헨티나와 브라질, 칠레의 경제활동을 자극하였고 프랑스의 진출도 무시할 정도는 아니었다. 아르헨티나의 말과 쇠고기는 영국 산업노동자의 식탁에 오르고 칠레와 페루의 초석은 대부분 유럽의 화약 원료와 유기비료로 사용되었다.

라틴 아메리카에 대한 유럽의 경제지원과 교역관계가 북미의 경우와 같은지 또는 제국주의적 착취관계의 종속변수에 불과한 것인지 명백히 그 성격을 밝히지 못한다고 하여도 여하튼 유럽인의 경제적 지배는 이 지역에 여러 가지 문제를 초래하였다.

경제와 함께 유입된 유럽문화는 소수 부유층의 전유물이 되어 아마존 유역의 마나우스(Manaus)에는 이탈리아 밀라노의 유명한 오페라 극장인 라 스칼라를 본딴 극장이 세워졌는데 이는 거의 노예처럼 노동한 원주민 인디언의 고무농장 착취로 가능한 일이었다.

부에노스아이레스, 리우데자네이로, 산티아고 등 남미의 문화도시에서는 상인들이 유럽 사교계, 지식사회의 최신 유행을 전하고 그 자녀들을 유럽으로 유학시켰으나 이는 극소수 유럽과 연관을 가진 상류층에게만 통용되는 일이었다.

이들의 부귀는 유럽과 지속적인 교역이 있어야 가능하였고, 예컨대 철도나 항만시설 등 많은 해외차관을 통하여 라틴 아메리카의 경제가 활력을 가졌으므로 유럽과 이 지역의 유착관계는 더욱 증대될 운명이었다.

유럽인들은 멀리 떨어진 이 지역을 식민지로 삼아 지배할 때처럼 완전한 정복은 아니더라도 경제적 교류를 통하여 얻는 이익을 즐기고 있을 뿐이었다. 간혹 라틴 아메리카의 정부들이 자유무역을 위협할 경우 일시 무력으로 개입하여 정부의 모든 간섭을 없애버리기는 하였어도, 유럽인들은 이 지역의 명목상 주권을 계속 인정하는 방법을 선택하였다. 이 경제적이고 평화로운 지배관계의 존속은 무엇보다도 식민지 경영보다 경비가 적게 드는 이점이 있었던 것이다.

물론 나폴레옹 3세가 멕시코에서 멍청한 짓을 시도한 적은 있었으나 멕시코는 베니토 후아레스(Benito Juarez, 1806~1872)를 지도자로 삼아 프랑스의 어리석은 행위에 대한 대가를 지불하게 만들었다.

그러나 유럽인들의 간섭을 금지한, 같은 아메리카 동료인 미국의 라틴 아메리카 침략은 비극이었다. 미국은 1898년 미·스페인 전쟁에서 신속한 승리를 거둔 후 중남미에 대한 노골적 야욕을 드러내었다. 쿠바, 푸에르토리코를 합병한 미국은 '먼로주의' 원칙을 재차 확인하여 아메리카에 대한 영향력을 확대하였다.

시어도어 루스벨트도 20세기 초반 미국의 대외정책의 기초로써

'먼로주의'를 재삼 선언하였다.

특히 도미니카 공화국, 아이티, 니카라과에 대한 개입이 심각하였는 바 이것이 바로 '포함외교(Gunboat Diplomacy)'라는 것이었다.

과거의 영국이 그러한 것처럼 미국의 힘은 이 지역의 법이고 질서였다. 미국은 모든 것을 자신의 의지대로 결행하고 획득하였으며 자신에 가득 찬 나라였다.

해외에 차관을 제공하며 채권국으로서 채무국에 압력을 가하는 '달러외교(Dollar Diplomacy)'도 라틴 아메리카 지역에서 미국의 중요한 외교수단이었다.

멕시코를 위시하여 중남미 국가의 상당수는 미국의 손아귀에서 조종되고 있었고 명목상의 주권만 행사할 뿐이었다. 유럽인의 후예답게 미국은 유럽 제국주의 국가가 아시아, 아프리카에서 행하였던 똑같은 방법으로 중남미를 강점하고 있었던 것이다.

미국의 제국주의적 야성에 본격적인 도전을 시작한 나라는 멕시코였다. 석유의 풍부한 매장국으로 밝혀진 멕시코는 영국의 후원을 약속받고 미국의 영향력을 배제하고자 1911년 혁명을 일으켰다. 에밀리아노 사파타(Emiliano Zapata), 판초 빌라(Pancho Villa) 등 멕시코의 혁명가들은 농민을 위한 토지개혁, 미국인 살해 등을 내걸고 격렬한 민족주의 운동을 전개하였다.

당시 미국 대통령 우드로 윌슨은 유럽에서는 교전국 간 조속한 종전을 중재하였으나 멕시코의 저항을 분쇄하기 위하여, 특히 판초 빌라를 제거하기 위하여 군대를 파견하였다.

미국과 중남미 간의 나쁜 관계는 오늘날까지도 계속되고 있는데 이는 미국이 아메리카 대륙의 종주국으로 행세하는 한 영속될 종류의 것이고 중남미 여러 나라의 자립의지가 강력하게 성장하면 할수록 더욱 치열해질 것으로 예상되어진다.

제국주의의 유산

유럽인과 미국인에 의하여 세계가 분할된 후 백여 년, 세계대전이 끝나고 식민지라는 것이 없어진 후 수십 여년이 지났으나 제국주의의 영향은 여전히 그 위력을 발휘하고 있다. 무엇보다도 서양의 제도와 사고방식이 전세계로 전파되어 인류의 제도와 사고로 행세할 수 있게 되었으며 각 나라의 고유한 종교, 사회, 정치, 경제제도 등을 몰아내고 새로운 주인으로 자리를 차지하게 되었다.

따라서 세계각국은 서양의 세계관을 수용하여 적응해야만 하는 종속적 위치에 빠져들고 말았던 것이다. '서구화(Westernization)' 현상은 잘살건 못살건 길이길이 세계적인 것이 되었다. 물론 서구화의 길을 추구하는 과정에서 각 민족국가의 젊은이들은 과감히 서구의 세계관을 배척하였으나 서구의 발전된 기술은 빌리지 않을 수 없었다.

제국주의가 지속적 영향을 미친 또 다른 결과는 세계대전이다. 과거 제1차 세계대전의 원인으로 경제적 경쟁, 특히 식민지 확보를 둘러싼 강대국 간의 충돌을 들고 있으나 오늘날 역사학자들은 식민지 쟁탈의 갈등은 세계대전 발발 이전에 외교적 노력으로 해결되었으며 발칸 반도 문제—제1차 대전의 발생지—는 경제적 후진지역이나 식민지가 아니었다는 점을 들어 제국주의를 경제적 문화로만 환원시키는 것에 이의를 제기하고 있다.

분명 유럽인과 미국인이 원료 공급지, 시장, 자본수출을 위하여 전개한 식민지 쟁탈전은 경제적인 고려를 할 때 이곳은 사실 유리한 지역은 아니었다. 식민지역의 대부분은 훌륭한 시장이 아니었고 풍부한 원료의 매장지도 아니었다. 오히려 제국주의 극성기에도 제국주의 강대국 간의 교역량, 자본수출은 식민지와 본국 간의 교역보다 질적, 양적으로 훨씬 많았다.

과잉인구의 배출구로서 식민지의 기능을 설명하는 것도 타당하지 못하다. 유럽인들은 19세기 후반, 즉 제국주의가 열병처럼 유행하던 기간 식민지로 이주한 것이 아니라 거의 대부분 미국으로 이민의 목적지를 삼았다. 따라서 공격적인 민족주의가 군사, 외교적 우위를 점하기 위하여 유럽인으로 하여금 제국주의로 치닫게 만든 본질적 요인의 하나로 생각되는 것이다.

제국주의가 미친 나쁜 영향들 가운데에서도 가장 나쁜 점은 인간끼리, 특히 식민지인과 지배자 간에 적개심과 멸시라는 감정의 응어리를 남겼다는 사실이다. 인간의 존엄, 인간의 사랑이라는 인간다움은 백인끼리, 또는 아시아인끼리 더 좁혀 자기 국민끼리나 나눌 수 있는 것으로 위축되어 퇴보하였다.

서구의 물질세계가 발전하는 동안 인류의 심성은 증오, 정복, 복수라는 방향으로만 생각되었을 뿐이었다. 더욱이 식민지 압박에서 벗어났음에도 불구하고 정치, 경제, 사회, 문화 등 모든 부문에서 과거 본국과의 유대를, 그것도 여전히 종속적 위치를 가져야 하였던 식민지 국가들의 신세는 서구 자본주의를 거부하도록 이끌었다.

레닌의 글— '제국주의는 자본주의의 최고단계'— 은 위와 같은 맥락에서 큰 영향력을 가질 수 있었다. 특히 아시아, 아프리카, 중남미 지역의 민족주의자들은 레닌의 설명에서 자기 민족의 비참함과 서구 제국주의의 경제적 기반인 자본주의의 사악함을 이해하게 되었다. 그리하여 소위 '제3세계'에서는 자본주의를 거부하고 영국, 미국 등 자본주의 국가와 불편한 관계를 가지는 한편 사회주의를 선호하게 되었다.

그러나 오늘날 세계는 기술문명의 발전으로 더욱 좁아지고 세계 어느 나라도 제국주의 시대보다도 더욱 다른 나라와 긴밀한 교류를 하지 않을 수 없는 형편이 되었다. 다시 말해서 세계는 하나로 되어

가는 경향이 우세하게 된 것인데 과거 제국주의의 경험은 식민국— 오늘날은 주로 제3세계의 국가들—의 후손들에게 적어도 영국, 미국의 경제적 진출에 대하여 감정적인 분노와 불안감을 만들고 있는 것이다. 이것의 뿌리는 말할 나위도 없는 과거가 현재를 다스린다는 역사적 경험, 즉 제국주의의 경험인 것이다.

19세기 제국주의 연표

1853 미국 페리 제독 일본을 무력으로 개항시킴
1857 세포이 사건으로 영국 동인도회사를 없애고 총독이 직접 인도 지배
1868 메이지 유신. 일본의 적극적 서구화 노력의 출발
1874 탐험가 스탠리, 벨기에의 레오폴드 2세기를 위하여 콩고에 전
~77 진기지 설치. 아프리카 분할의 계기
1878 영국, 러시아 군대 아프가니스탄 점령. 프랑스 튀니지에 사실
~81 상 실권 행사
1882 영국, 이집트를 점령
1883 프랑스, 중국에 전쟁선포—인도차이나 할양을 그 목적으로 삼음
1886 영국, 미얀마를 보호국으로 삼음. 독일의 동아프리카 장악
1896 이집트, 이탈리아의 침략을 저지. 독립주권 보존
1898 미국—스페인 전쟁. 미국의 승리로 필리핀, 푸에르토리코가 미국 영토로 편입됨
1899 보어전쟁. 영국의 침략주의 노골화됨
~1902
1900 의화단의 사건으로 청(淸)의 외세 배격의식 고양됨
1904 러일 전쟁에서 일본의 승리로 세계가 경악함. 일본의 제국
~05 주의 침략 본격화. 세계 열강도 일본의 몫을 인정
1919 영국 인도의 의회 승인. 간디 무저항 운동 시작. 암리차르 대학살 사건. 인도인의 민족의식 촉발시킴.

Ⅷ. 도전받은 이성
: 불합리주의의 문제

다 윈

도전받은 이성 : 불합리주의의 문제 개괄

19세기 사상가들은 '자연'과학, 개인자유, 사회개혁을 중시한 계몽주의의 후예들이었다. 계몽시대 필로조프(Philosophes)의 전통을 따라 19세기 사상가들은 '자연'과학을 인류가 성취한 최대의 업적으로 바라보고 과학의 발전을 곧 인류의 진보라고 믿었다. 의회제도의 확산, 교육기회의 일반화, 기술의 발전은 인류의 미래에 대하여 사상가들로 하여금 장미빛 꿈을 꾸게 하였다.

그러나 이와 정면으로 대결하는 사상 조류도 19세기 초 이미 나타났다. 낭만주의자들은 계몽주의의 '자연'과학적 합리정신을 부정하며 폭력을 찬양하고 개인 상호간 또는 국가와 민족간 투쟁을 자연의 법칙으로 인정하고 있었다.

이들은 인간의 행동을 다스리는 원천이 이성이 아니며 무의식과 충동이라고 믿고 있었다. 따라서 불합리한 감정의 폭발은 억제되는 것이 아니라 인간 내면의 본질로서 분출되었다.

이리하여 본능적 충동의 폭발적 힘에 비하여 이성의 연약함이 대비되었고 교육에 의하여서도 인간 본성은 이성의 굴레에 속박당하지 않는다는 확신이 전 유럽으로 번져나갔다.

산업화의 급진성, 기독교 도덕 윤리의 위축, 세속화 현상은 인간의 삶의 의미를 무가치한 것으로 만들어 인간을 본능적 충동에 쉽사리 굴복하게 만들었다.

19세기 말 불합리한 사상들이 이성 중시의 과학적 합리주의를 밀어내고 서구사회의 주도적 풍조가 되었다. 이성은 도전을 받고 동요되었으며 사람들은 이성을 떠나 새로운 안식처를 추구하였고 그것은 힘과 정열에서 정주할 곳을 발견하였다.

제1차 세계대전의 비극은 이러한 불합리주의 전파의 온상이 되어 서양의 오랜 전통인 '이성에 대한 신뢰'를 어둠 속에 처박아버렸다.

이성 신뢰의 사상

실증주의

19세기 과학과 기술은 놀라운 발전을 이룩하여 서양인들로 하여금 자신들이 진보하고 있다는 믿음과 미래에는 인류 최초의 황금시대를 맞이할 것이라는 꿈을 가지게 만들었다. 이것은 오직 과학에 의하여 가능하였으므로 과학은 중세의 신학을 대신하여 학문의 제왕이 되었고 과학적 방법은 기술 분야 외에 인간학문에도 적용되기 시작하였다. 즉 역사도 과학적으로 탐구되야 하며 인류사회는 사회발전 법칙에 따라 재조직되어야 한다는 마르크스의 사상은 과학 중시라는 시대풍조의 일면이었다.

마르크스의 사상과는 대립되나 역시 과학이라는 주문을 외우며 과학숭배에 몰두한 이성 신뢰의 사상이 실증주의이다. 실증주의자들은 인간의 자연에 관한 지식은 부족하다고 믿고 이같은 문제는 사회연구에 있어 엄밀한 경험적 자료를 모으고 정리한 뒤 분류하여 지식체계를 세울 때 해결되리라 생각하였다.

따라서 실증주의자들은 모든 추상적 이론을 거부하고 오직 관찰에 의하여 얻어진 자료를 이용할 뿐이었다. 경험을 벗어난 지식은 헛되고 거짓이며 무용하다는 생각이 실증주의자들의 공통된 사상이었다.

실증주의 사상은 오귀스트 콩트(Auguste Comte, 1798~1857)라는 엔지니어에 의하여 주도되기 시작하였다. 그는 1824년까지 초기 사회주의자였던 생 시몽의 비서로 일한 바 있고 또한 그의 영향을 받았다.
 즉 역사와 사회에 대한 연구가 순수한 과학적 방법을 사용해야 한다는 콩트의 주장은 생 시몽, 마르크스의 주장과 일맥 상통하는 것이다.
 인간 만사를 관통하는 과학적 법칙을 바르게 이해함으로써 사회는 합리적으로 재조직될 수 있다는 콩트의 주장은 나아가 인류의 발전을 3단계로 구분하기에 이르렀다. 콩트의 설명은 다음과 같다.
 "그 첫 단계는 신학적 단계인 바, 대부분 원시시대의 사람들은 만물의 기원과 존재 목적을 초월적, 초자연적인 설명으로 해결하였고 따라서 성직자들이 이 단계에서는 지배자로 군림하였다.
 다음 단계는 형이상학적 단계로서 여기에는 계몽주의가 주된 사상이다. 이 사상은 구체적이고 경험적이며 증명할 수 있는 내용은 없고 추상적이며 불분명한 '자연' '평등' '국민주권' 등으로 특징된다. 형이상학적 단계는 그러나 과도기적 단계로서 앞선 신학적 단계와 뒤의 실증적 단계의 가운데에 위치한다.
 제3단계인 실증적(또는 과학적) 단계에서는 사람들은 과거로부터 전해오는 모든 환상과 거짓을 거부하며 오직 관찰된 사실의 집적 위에서 인간사회 발전 법칙에 따라 사회를 재조직한다. 자연은 모든 신비로움을 떨쳐버리고 사실의 집적으로서 구성되며 인간사회도 뉴턴의 중력법칙과 마찬가지로 과학적 법칙을 따르게 된다."
 콩트의 이같은 주장은 인간사회를 과학적으로 연구할 토대를 마련하였으므로 그는 '사회학(Sociology)의 창시자라고 평가되고 있다. 그의 영향은 역사학에도 심대한 것으로 영국의 역사가 버클 (Henry T. Buckle, 1821~1862)은 인류의 문명을 기후, 토양, 흙 등의 자료를 가지고서 구분하여 서양의 발전된 문화는 좋은 여건에서 비롯되며 러시아, 아프리카의 낙후된 문화는 나쁜 자연환경 때문이라는 주장을 펴기도 하였다. 버클은 분명 통계적 자료를 가지고 인간 역사를 관통하는 불변의 법칙을 발견하려고 시도하였다.
 콩트는 경험적 자료를 사용하지 않고 추상적 이론을 내세우는 철학자들을 비난하였음에도 그 또한 계몽주의 전통에서 벗어나지 않았다. 계몽시대 필로조프처럼 그도 초자연적 종교를 비판하고 과학과 진보를 신봉하였던 것이다.

진화론

19세기 엄청난 발전을 이룬 과학 중에서도 가장 큰 영향력을 행사한 것은 다윈(Charles Darwin, 1809~1882)에 의하여 제창된 진화론이었다. 이 진화론은 특이하게 학문적 영역에서보다도 사회에 더 큰 영향을 끼쳤다. 다윈은 뉴턴이 물리학에서 달성한 것을 생물학에서 이루었다. 생물학을 일반법칙에 토대를 둔 과학적 학문으로 만들며 다윈은 코페르니쿠스와 비견될 지식혁명을 선도하였다.

계몽주의가 풍미하던 시대, 생명의 시작은 모두 신으로부터 비롯되었고 성경말씀에 의지하여 만물은 하나님의 피창조물이었다. 그러므로 하나님은 온 우주와 자연에 그가 창조한 만물을 배치하였고, 만물은 자연 속에서 하나님의 놀라운 솜씨를 찬양할 뿐이었다. 이같은 생각은 신이 만물창조를 약 6천여 년 전에 끝냈다는 확고한 믿음 속에서 사람들의 머릿속에 오랫동안 자리잡고 있었다.

그러나 1830년대 초 찰스 라이엘(Charles Lyell)이 《지질학원칙》이라는 세 권의 책을 출판하여 별들이 오랜 시일에 걸쳐 진화하였다고 설명하였고, 찰스 다윈의 조부인 에라스무스 다윈은 《유기적 생명의 법칙(Zoonomia)》이라는 책에서 "지구는 인간이 나타나기 수백만 년 전에 이미 생성되어 존재하였고 동물들이 진화하였을 것이다."라고 하였다.

이같은 견해들은 가설로서는 자리를 잡을 수 있었으나 실증적 증거가 없었으므로 별 관심을 끌지 못하였다. 따라서 만물이 신의 창조로부터 존재한다는 믿음은 굳건히 그 지위를 지킬 수 있었다.

그러나 1859년 찰스 다윈이 《종의 기원》을 출판하고 1871년 《인류의 혈통》을 저술하였을 때 이 글들이 사회에 던진 충격은 엄청난 것이었다.

왜냐하면 다윈은 많은 증거를 제시하며 동물들의 여러 변종이 수백만 년의 진화의 결과라고 납득할 만한 설명을 하였기 때문이었다. 그는 맬서스의 이론틀을 사용하여 자기 주장을 폈는데 그것은 식량의 증가가 인구의 증가를 감당하지 못하므로 필연적인 '생존경쟁' 현상이 나타난다는 것이었다.

"모든 어린 생명이 다 생존하는 것은 아니며 더욱 늙어서 죽는 것이 아니다. 자연도태의 원칙에 있어 생존에 적합한 종은 생존경쟁에서 살아남게 되고 부적합한 종은 멸종한다. 예를 들면 기린은 살아남기 위하여 목이 그처럼 길게 발달되었으며 카멜레온은 피부색을 바꾸는 생체조직을 개발하였다. 아주 조그마한 생체조직의 변화가 있어 생존경쟁에서 살아남은 종은 계속 그 생체조직을 발전시켜 수 세대에 걸쳐 이러한 변화가 지속되면 낡은 형태는 소멸되고 새로운 형질이 나타나서 새로운 종을 이룬다.

지구가 처음 생성될 때 존재하였던 종이 현존하는 것은 극히 드물고 현존하는 종은 원형으로부터 형질이 변화하여 현재에 생존하는 데 유리하도록 바뀐 것들이다. 인간도 이같은 자연의 법칙으로 진화되어 오늘의 모습에 이르렀다."

다윈의 주장은 우선 종교분야와 정면으로 충돌하였다. 약 6천여 년 전 확정된 수의 생물이 순간적으로 신에 의하여 창조되었다는 종교적 믿음은 다윈의 주장을 받아들일 수 없었다. 왜냐하면 다윈의 주장은 '성경말씀'을 거짓으로 밝히는 것이기 때문이다. 따라서 교회측에서는 다윈의 진화론을 정면으로 부정하고 성경의 진리를 수호하기로 결정하였다.

그러나 일부 성직자들은 이와는 달리 다윈의 진화론까지 포용하며 신의 창조설을 확대 적용하려는 노력을 시도했다. 이들은 신의 창조가 있었고 진화의 과정도 신의 섭리에 의한 것이라고 믿었다.

결국 다윈의 진화론은 성경에 만사, 특히 과학의 문제에 있어 판단의 기준으로 삼아왔던 갈릴레이 이래의 종교적 권위주의를 끝장 나게 만든 것이었다. 이것은 세속화의 경향을 가속화시켰고 자연과 인간을 종교로부터 멀어지게 만들었다. 그러므로 종교는 순수한 신앙의 차원으로 위축되었고 과거와 같은 사회의 지도적 위치를 결코 되찾을 수 없게 되었다. 급진적 사회사상가들은 '신은 죽었다'고 공공연히 주장하였고

"인간은 창조주와 특별한 관계가 있는 것이 아니라 자연의 진화과정 중에서 우연히 나타난 종에 지나지 않는다."
고 생각하게 되었다.

코페르니쿠스가 우주의 중심으로서 지구를 부정하고 지구가 태양계에 위치한 혹성에 불과함을 밝혀내자 사람들은 무엇인가 불안함을 느꼈는데, 이제 다윈이 인간은 신의 특별한 창조물이 아니고 원숭이종으로부터 진화한 종에 불과함을 다시 밝혀내자 사람들은 더욱 막연한 불안감에 빠지게 되었다. 인간이 신의 각별한 보살핌을 받지 못하는, 그저 무수한 삼라만상 중 티끌에 지나지 않는다는 생각은 인간의 자기에 대한 신뢰를 상실케 하는 중요한 계기가 되었다.

다윈의 설은 다시 사회사상가들에게 수용되어 소위 '사회적 다윈주의(Social Darwinism)로 발전하였다. 다윈의 생물학적 생존경쟁을 경제, 사회, 정치 등 모든 분야로 확대시킨 사회적 다윈주의자들은 정치적으로는 보수주의와 경제적으로는 자유방임, 개인주의를 자연의 법칙으로 만들 수 있었다. 이들은 성공한 기업가란 치열한 기업의 경쟁 속에서 살아남을 수 있던 그 능력을 증거한 것이라고 지적하였다. 이들의 성공은 자연의 법칙을 따른 정당한 것이며 사회유지에 유익하게 기능한다고 주장한 사회진화론자들은 그러므로 기존의 지배질서 전반을 자연의 질서로 정당화하였고 이러한 질서에의 도전은 자연질서를 어지럽히는 나쁜 것으로 생각되었던 것이다.

더욱 다윈의 주장처럼 진화는 단기간에 급속히 이루어지는 것이

아니었으므로 사회는 진화도 급격하게 진행되어서는 자연질서와 어긋나는 것으로 판단되어졌다. 따라서 보수주의자들은 다윈의 진화론에서 그들이 기댈 수 있는 좋은 의지처를 발견하였다.

다윈의 영향은 여기에서 그친 것이 아니었다. 서구인들은 다윈의 설을 빌려 제국주의, 인종차별, 민족주의, 군국주의를 아무런 양심의 가책 없이 시행할 수 있었다. 현실에 가장 잘 적응한 생명체가 생존할 자격이 있고 또 마땅히 그렇게 되어야 한다는 이들의 생각은 우수한 인종이 열등한 인종을 착취하는 것을 당연한 자연의 계율로서 받아들였고 한 생명의 번성을 위하여 다른 생명이 말살되는 것도 당연시하였다.

미국의 의원 비버리지는
"우리는 정복하는 민족이다. 따라서 우리는 피에 복종하여 필요하다면 새로운 영토를 점령하고 새로운 시장을 빼앗아야 한다."
라고 말하기조차 하였다.

프러시아의 장군 베른하르디는 《독일과 다음 전쟁》에서
"전쟁은 가장 본질적인 생물학적 욕구이다."
라고 지적하였다.

그러므로 정복민족을 자처하는 여러 민족들이 나타나게 되었다. 앵글로색슨 계통의 영국과 미국인들, 튜튼 계통의 독일인들은 인종적 우월감에 빠져서 자신들이 아시아, 아프리카, 슬라브족을 정복하고 다스릴 사명을 위임받았다고 외치며 군사적 제국주의의 침략전쟁을 자연현상으로 덮어씌웠다.

다윈의 설에 직접 영향을 받지 않았으나 진화론에 동조한 월리스는 1864년 다음과 같이 썼다.

"유럽인들은 신체적 자질에서와 마찬가지로 지적 및 도덕적 자질에서 다른 인종보다 우월하다. 방황하며 야만생활을 하던 유럽인들을 오늘의 문화와 진보로 이끈 그 능력과 힘은 유럽인들이 야만인과 접촉할 때 정복하고 자신의 수를 늘어나게 하였다."

결국 사회진화론자들은 계몽철학의 전통을 위험하게 만드는 데까지 나아갔다. 즉 계몽철학자들의 주장인 평등과 하늘이 인간에게 부여한 천부의 양도할 수 없는 권리를 무시하고 진화론자들은 인류를 열등한 인종과 우월한 인종으로 가르는가 하면 인종과 인종 사이, 또는 민족과 민족, 국가와 국가를 서로 적대시하게 만들었던 것이다.

전쟁에서 승리한 민족과 국가는 생존할 권리가 있으며 패배한 민족과 국가는 멸절되어야 하는 논리가 진화론자들에 의하여 정당화되었던 것이다. 이들에게는 휴머니즘과 범세계시민주의란 찾아볼 수 없는 덕성이었다. 따라서 진화론자들은 '무엇을 위한 진보인가?'라는 궁극적 물음에는 답을 할 자격이 없었다.

진화론 그 자체는 인간 이성이 이룩한 훌륭한 업적임에 틀림없으나 사회적 진화론자들은 이것을 변용하여 영토확장, 군비증대, 민족 간 불신, 국가 간 적대감을 악화시키는 일에 사용하여 제1차 세계대전에 이르는 길을 예비하였다.

합리주의의 비판자들

니 체

이성의 왕관을 벗기고 야성을 영광의 자리에 앉힌 사상가의 대표는 니체(Friedrich Nietzsche, 1844~1900)다. 니체는 사회개혁, 의회정부, 보통선거제를 비난하고 과학에 의한 진보라는 당대의 풍조를 조롱하고 기독교 도덕을 매도하는가 하면 인간의 본성이 선하고 도덕적이라는 자유주의 사상을 비웃었다. 니체는 당대를 진단하여
"오늘날 부르주아 사회는 퇴폐적이고 연약하다. 의지와 본능을 희생하며 이룬 합리성의 지나친 발전의 희생물이 부르주아 사회이다. 생명의 참된 동력인 본능적 욕구의 어둡고 신비스런 세계에

대하여 충분히 인식해야만 한다."
라고 말하였다.

"지나친 지식으로 의지가 질식당하면 삶의 창조력이 파괴되고 인간의 가능성이 제약된다."는 니체의 주장은 전통 서구의 사상흐름으로는 이단 사상으로서 인간의 숨겨진 본능의 개발을 강조하고 있었다.

니체는 특히 기독교 윤리가 금지, 억제, 절제, 순종 등 소극적이고 부정적인 면을 부각시켜 본능의 자유로운 활동을 방해하는 원흉이라고 비판하였다.

기독교의 윤리란 연약한 노예에게나 유용할 뿐이라고 조롱한 니체는 고대세계에서 기독교의 승리란 강자로부터 용기를 빼앗은 약자의 혁명이라고 평하였다.

더욱 기독교에서 강조하는 내세는 현세를 다스리려는 인간의지를 좀먹는다고 비난하고 기독교는 인간 본성과 정반대되는 금욕주의를 덕으로 키운다고 몰아대었다.

계몽철학자들이 기독교 체계는 비판하되 기독교 윤리는 받아들인 것과 달리 니체는 기독교가 이성과 어긋난다는 점에서 비판한 것이 아니라 기독교의 윤리가 굴종의 정신을 전파한다고 부정하였다.

니체의 유명한 선언 '신은 죽었다'는 니체의 신에 대한 생각을 잘 드러낸다. 그는 신이 인간에 의하여 창조된 허상이라고 믿었다. 결코 죽음 이후의 세계는 존재하지 않으며 신과 기독교의 윤리를 없앰으로써 인간은 자유로울 수 있다는 그의 생각은 인간에게 신의 지위를 차지하게 만들려는 시도였다.

인간은 허무도 극복할 수 있고 새로운 가치를 창조하여 인간 자신의 주인이 됨으로써 지금껏 상상할 수도 없던 새로운 세계를 만들 능력이 내재되어 있다는 그의 외침은 현실에서는 실현 불가능이었으나 사상의 세계에서는 새로운 질서를 마련한 것이었다. 따라서 인간은 현대 문명이 내세우는 민주주의나 사회주의라는 평범의 세계를 없애고 초인과 영웅의 새로운 세계를 만들어야 할 것이었다.

결국 니체는 유럽의 구원은 초인의 등장으로 가능하리라 믿었다. 평등이니 하는 노예적 사고로부터 벗어난 초인은 열등한 인간들이 모여서 만든 민주주의나 사회주의를 파멸시킨 뒤 그의 도덕률을 세워 열등한 인간을 이끌며 초인의 의지대로 새로운 세계를 다스릴 것이고 전통적인 가치로부터는 완전히 자유로운 새로운 가치도 만들 것이다.

니체 철학의 영향은 젊은이들에게 특히 관심을 끌었다. 현대 서구문명의 본질적 폐단을 날카롭게 노출시킨 니체의 초인 철학은 그 공과에 대하여 아직도 논쟁이 있으나 모든 사회복지 정책을 무시하고, 전통 유럽의 제도와 가치관을 부정하였으므로 야성의 본능과 초인의 의지를 내세운 나치 집단의 대두에 도움을 준 것은 분명하다.

니체는 독일의 군국주의, 반유대주의, 폐쇄적 민족주의를 거부하고 히틀러를 증오하였을 것임에 틀림없으나 그가 비판한 서구문명의 전통은 새로운 유럽건설을 자처한 히틀러에게 유리한 입장을 마련하였던 것이다.

대중문화에 기반을 두었던 나치가 열등하고 비겁한 대중문화를 거부하였던 니체를 공식 이데올로기로서 이용한 것은 아니러니가 아닐 수 없다.

앙리 베르그송

유대계의 프랑스 철학자인 앙리 베르그송(Henri Bergson, 1859~1941)도 당시의 주된 사조였던 실증주의를 부정하며 합리주의의 한계를 노출시켰다. 베르그송은 과학으로서 모든 것을 설명하고 인간의 욕구를 충족시킬 수 있다는 실증주의 과학을 부인하였다. 그는 "지식을 중시하면 할수록 영혼의 충동, 상상력, 직관력을 과소 평가하게 되어 영혼을 단순한 기계장치로 전락시킨다." 고 비판하였다.

과학적 방법으로는 삶의 본질을 조금도 이해하지 못한다고 주장한 베르그송은 과학적 분석을 수단으로 사용하기를 거부하고 대상과 직관에 의한 통찰력을 사용해야 진실에 도달한다고 믿었다.

직관을 지식 획득의 유일한 수단으로 평가한 베르그송은 인간 정신은 기계적 원칙에 따라 원자의 집합으로 구성된 것이 아니며 특수한 직관의 흐름으로서 존재한다고 정의하였다. 그는 결국 자연과학 만능시대를 부정하고 종교적 신비주의로 그의 철학을 이끌었으며 합리주의를 비판하였다.

조르주 소렐

니체는 불합리한 충동이 인간 본성의 요체를 이룬다고 생각하였고 베르그송은 과학적 정신으로는 획득 불가능한 지식을 직관에 의존하였다. 조르주 소렐(Georges Sorel, 1847~1922)은 공학기사의 직업을 가지고 있었으나 철학자로 변신하여 비합리적(nonrational) 힘의 정치적 잠재력을 밝힌 사상가로 유명하다.

니체처럼 소렐은 부르주아 사회의 거짓됨에 실망하고 부르주아 사회의 속성인 퇴폐, 유약, 범용 등을 경멸하였다. 그러나 니체가 초인에 의하여 퇴폐사회가 구원된다고 주장한 것과 달리 소렐은 프롤레타리아에게서 사회구원의 가능성을 찾았다.

프롤레타리아는 부르주아 주도 사회 속에서는 어쩔 수 없이 단호하고 용감하며 꿋꿋하게 된다고 생각한 소렐은 이들이 기존 질서체계를 허물고 새로운 사회의 모델을 수립할 것으로 기대하였다.

"프롤레타리아는 총파업에 돌입함으로써 정부의 모든 기능을 마비시키고 권력을 프롤레타리아에게 가져다 줄 것이다."
라고 생각한 소렐은 총파업에 신화를 부여하였다.

그는 총파업으로 인한 기존 사회체계의 기능마비가 프롤레타리아에게 가져다 주는 가장 큰 성과란 기능마비 그 자체가 아니라 총파업에 참여한 프롤레타리아의 영혼을 자극하여 자신들의 잠재력을 각성시키는 점에 있다고 판단하였다.

 신화는 영웅적 행동을 이끌어 낼 잠재적 가능성을 가진다고 인식한 소렐은 총파업의 신화를 만드는 일에 노력하였다. 우유부단하고 억압되어 자기의 힘을 깨닫지 못하는 프롤레타리아 대중이 일단 각성만 한다면 부르주아 사회의 모순을 없애고 새로운 사회를 건설한다는 그의 사상은 마르크스의 폭력 혁명론과도 유사하였다.

 마르크스처럼 소렐도

"프롤레타리아의 목적은 평화적 의회정부의 사회개선으로서는 도달할 수 없고 부르주아와 프롤레타리아 사이에는 어떤 화해도 존재할 수 없으므로 유일한 수단은 폭력에 의한 기존사회 파괴와 새로운 사회건설이다."

라고 외쳤다.

 소렐의 사상은 1차 세계대전 이후 대중을 동원하여 권력을 장악한 파시스트들에게 이용되었다. 그는 대중의 정치운동과 전문 선동가에 의한 신화창조라는 대중운동을 예비하였던 것이다.

지크문트 프로이트

 오스트리아-유대계의 의사이었던 지크문트 프로이트(Sigmund Freud, 1856~1939)는 계몽주의자의 후예였다. 프로이트는 유럽문명과 이성을 동일하게 여겼고 과학이 참된 지식에 이르는 유일한 방법이라고도 생각하였다.

 프로이트는 그러나 인간의 행동은 언제나 이성에 의하여 조절되는 것이 아니라 잠재의식, 성(性)적 요구에 의하여 좌우된다는 점을 과학적으로 증명하였기에 비합리주의 사상가의 하나로 들어앉게 되는 것이다.

 니체가 비합리적 힘을 숭배하고 감정적인 차원에서 이를 파악한 것과 다르게 프로이트는 본능의 충동을 위험한 것으로 생각하고 이 충동을 과학적으로 이해하려고 노력하였다. 프로이트는 지성과 합리성을 무시한 것이 결코 아니었고 이성을 존경하며 그의 구원에 나섰던 것이다.

프로이트가 이해하기로는

"인간이란 본질적으로 이성적이 아니었으며 인간의 행동은 의식의 세계로부터 의도적으로 숨겨진 잠재적 힘에 의하여 통제되고 있었다. 이같은 본능이 인간 마음을 사실상 지배하고 있었으므로 인간을 이해하기 위하여는 억압되고 숨겨진 잠재의식을 알아내는 것이 가장 중요하다."

고 믿었다. 프로이트는 이 잠재의식을 과학적 방법을 이용하여 밝혀내고자 노력하였다. 그리하여 잠재의식을 이해하는 열쇠를 찾아냈는데 그것은 프로이트 이론에 따를 것 같으면 바로 '꿈의 세계'였다.

"본능의 안식처는 이드(id)의 세계이다. 이드는 언제나 만족을 원할 뿐이다. 그러나 억압을 견디지 못하는 이드는 고통, 굶주림, 성욕이 없기만을 바란다. 따라서 내면에 숨겨진 욕구인 이드가 현실세계의 억압 때문에 만족할 수 없으면 사람의 행동은 분노, 당황, 불행한 것으로 나타난다. 문명이 발달하고 문화가 복잡해질수록 충동인 이드(id)는 억압받게 된다."

프로이트의 문명 억압의 주장은 제1차 대전의 참극이 서양에 미친 영향을 벗어나지 못하고 있다. 그러나 그의 중심사상은 초기 프로이트의 저술에서도 변함없이 나타난다. 인간은 최고의 희열을 성(性)에서 맛보며 모든 생의 에너지를 성에 투자하려고 애쓴다. 그러나 사회는 본능 억압기구인 가족, 교회, 학교, 경찰 등의 규칙을 정하여 동물적 본능을 끊임없이 억압한다.

따라서 억압된 본능은 좌절하며 인간에게 불안감을 더해준다. 이것이 바로 신경질환인 노이로제이다. 즉 본능을 억압하는 문명의 억압기제가 강력할수록 본능의 불만과 좌절은 커지며 본능이 사회의 억압기제를 적당한 수단을 이용해 복수하게 되는데 이때 가장 손쉽고 무난한 방법은 꿈을 꾸는 것이다.

"인간의 본능은 선한 것이 아니며 공격적인 것으로서 이웃을 사랑함으로써 본능이 충족되는 것이 아니라 이웃을 침해하고 모욕하고 굴복시킴으로써 희열을 맛보는 것이 인간의 본능이다."
라고 프로이트는 주장한다.

결국 인간은 인간에 대하여 늑대일 뿐이라고 그는 생각한 것이다.

"문명은 이러한 본능을 순치하여 외양을 멋있게 꾸미지만 문명의 억압기제가 틈새를 보이는 순간 인간의 동물적 공격본능은 그 본색을 드러내어 이웃을 공격하고 살해하려고 날뛴다. 따라서 인간은 억압의 굴레 속에서만 문명을 보존할 수 있고 이는 인간의 본능과 어긋나는 것이므로 문명이 발달할수록 인간의 신경질환은 심해질 수밖에 없다."

프로이트의 위의 주장은 현대사회를 진단한 주요 사상이다. 과연 프로이트의 진단이 진리인가 아닌가의 논란은 오늘도 심리학계에서 계속되고 있으나 분명한 것은 그의 학설이 '합리적 인간'이라는 서구의 전통을 부정하고 '동물적, 본능적 인간'이라는 현대의 인간관 형성에 결정적 영향을 미쳤다는 것이다. 어쨌든 현대의 인간이 인간 자신에게 확신을 가지지 못하고 있는 것은 자명하다.

현대의 사회사상

에밀 뒤르켐

현대사회가 안고 있는 가장 큰 문제는 종교가 더이상 사람들을 평안하게 만들 수 없을 때 무엇이 안정감과 결합을 가능케 할 것이며, 정치에 있어 비이성적 충동의 강조란 어떤 의미가 있으며, 개인은 어떻게 대중화된 사회 가운데서 자기의 삶의 의미를 확인할 수 있는가? 등으로 묶을 수 있었다.
 역시 유대계로서 실증주의 철학의 영향을 받은 에밀 뒤르켐(Emile Durkheim, 1858~1917)은 콩트처럼 현대사회에 유용한 모델은 오직 과학적 방법에 의하여 수립되어야 한다고 믿었다. 그는 현대사회의 구성요소로서 세속화, 합리주의, 개인주의를 들고 이들은 모두 사회해체라는 방향으로 움직인다고 판단하였다.
 전통사회에서 개인의 역할과 사회적 위치는 출생으로 결정되었으나 현대사회는 물론 출생 신분에 의한 제약을 용납하지 않았다. 따라서 개인은 지위의 상승을 위하여 노력하고 사회가 이와 같은 기회를 제공해야 한다고 요구한다. 이 과정에서 사회의 통제는 느슨해지고 소위 혼란상태가 나타나게 된다. 집단이 공유하는 가치관이 없어졌으므로 현대사회는 해체의 방향으로 나아가는 데 여기에서 뒤르켐이 말하는 가치관의 상실—아노미(anomie)—이 나타나는 것이다.
 아노미 현상의 두드러진 증거는 자살의 급증에서 나타난다. 무자비한 경쟁과 기대의 좌절로부터 비롯되는 실망, 좌절, 낙담은 개인들의 소속감을 뿌리채 뽑아버려 삶의 포기를 촉진한다. 그러므로 이러한 문제를 해결하기 위해서는 욕망을 억제하고 감정을 훈육해야 한다. 과거에는 종교가 이 기능을 담당하였으나 오늘날은 이 역할을 기대할 수 없다. 그러므로 산업사회에 알맞은 새로운 소속감을 창조해야 할 것이다.
 고립되고 경쟁에 지친 현대인들을 결속시킬 새로운 가치관이란 뒤르켐에 따를 것 같으면 합리적이고 세속적 가치체계의 정립이었다. 정확히 뒤르켐이 의도하였던 새로운 가치관은 직업별 조직, 즉 현대화된 중세의 길드조직으로부터 나오는 것으로서 원자화된 개인에게 소속감을 심어주고 그로부터 정서적 안정감을 이끌어내면서 사회통합을 이룬다는 것이었다.
 이기주의를 버리고 자기 수련에 의하여 이타주의(Altruism)를 개발함으로써 종교가 과거 행하였던 사회결속력을 보장한다는 뒤르켐의 주장은 개인주의 사회가 가지고 있는 문제점의 제시에도 유용하였다고 평가된다.

빌프레도 파레토

이탈리아 경제학자인 동시에 사회학자인 빌프레도 파레토(Vilfredo Pareto, 1848~1923)는 사회학을 자연과학, 특히 물리학의 모델로 구성하였다. 그의 사회행동에 관한 연구입장은 인간은 이성에 따라 합당하게 행동하는 것이 아니고 본능과 감정의 지배를 받는다는 것이다. 인간의 내면 깊숙히 자리잡은 이러한 정서는 변함없이 인간 행동의 결정권을 가진 것으로 파레토에게 생각되었다. 따라서 다른 사람에게 영향력을 행사하는 일은 이성적 근거에서 비롯되는 것이 아니라 그의 감정에 호소함으로써 가능한 것이었다.

인간의 행위가 곰곰히 생각한 후에, 그러나 사고의 논리적 결과에 일치하여 나타나는 것이 아니므로 행위의 시작은 감정으로부터 비롯되고 그 이후의 과정이 합리적으로 처리하여 행위의 정당성을 얻으려 한다. 이것이 인간 행위의 일반적 양태이다.

그러므로 파레토의 연구는 행위의 원동력으로서 본능과 감정의 작용을 밝히는 일과 그 결과를 처리하는 합리성의 외양을 설명하는데 집중되었다.

파레토는 현대사회를 두 층위로 나누었다.

"하나는 엘리트 층위이고 나머지는 대중 층위인데 엘리트 층위는 통치를 성공적으로 이끌기 위하여 대중의 감정과 충동을 잘 이용해야 한다. 필요한 경우 엘리트는 폭력과 위선을 사용하더라도 대중을 복종시켜야 한다. 민족국가에서는 대중이 이성적 판단에 의하여 지도된다고 믿도록 현혹되어야만 한다. 그러므로 현대사회의 지도자는 반드시 선전과 강제력을 가지고 사람들을 통제할 줄 아는 선동가로부터 배출될 것이다. 대중은 오직 복종할 뿐이고 지도자는 이러한 대중을 잘 이용해서 통치력을 안정시켜야 한다."

이상과 같은 파레토의 주장은 이탈리아에서 무솔리니 같은 독재자가 대중을 기만하며 파시즘을 발전시킬 계기를 마련한 셈이었다.

막스 베버

현대 사회사상가 중에서 가장 큰 영향력을 행사한 독일의 사회, 역사, 정치학자는 막스 베버(Max Weber, 1864~1920)이다. 베버는 서양문명이 지구의 어느 문명과 다르게 자연과 사회에서 기적, 마술, 신비 등을 없앴다고 보았다. 이 과정이 '합리화 과정'인데 합리화 과정에서 정치, 경제, 사회는 마술의 주문을 풀었다.

서양의 과학은 이성을 수단으로 삼아 자연을 이해하고 정복하려는 시도이며 서양 자본주의는 합리적 방법으로 노동과 생산을 조직하는 시도이다. 서양의 여러 국가는 합리적으로 쓰여진 헌법과 제도, 합리적으로 조직된 관료제를 기반으로 성립되었다. 이러한 일은 인도나 중국에서는 일어나지 않고 왜 서양에서만 발생하였을까? 베버는 이에 대한 답변으로 각 지역의 종교가 지역 사람들에게 미치는 영향과 자연 및 경제적 행위에 어떤 태도를 키워나가는가를 살폈다. 그에 따르면 인도와 중국의 종교는 비합리적 정신을 고무시키는 작용을 하나 서구 개신교는 합리적 생활태도를 함양한다는 것이었다.

그러나 서양의 이성과 합리주의라고 좋은 측면만 가지고 있지는 않다고 베버는 지적하였다. 그에 따르면

"합리적 이성은 실생활에 유용한 지식을 더하며, 전통적 가치와 관습 등이 합리적 사고를 가로막으면 단호히 이를 없애므로 이러한 정신은 진보를 촉진시킨다. 한편 전통 가치관과 관습이 개인의 이성에 따라 무가치하며 낡고 잘못된 것으로 판단되면 소멸된다. 그러나 모든 사회조직이 오직 효율과 목적지향만을 위하여 기능하면 인간이란 효율적 사회제도를 위한 무의미한 도구로 전락할 뿐이다. 그래서 삶의 활력을, 삶의 의미를 상실한 채 자신을 효율적인 조직

에 위임하게 된다. 이리하여 효율을 중시하는 조직사회에서는 개인의 의미는 그 중요성을 상실하게 되며 조직 전체를 관리하는 사람이 독재권력을 행사하기가 쉽게 된다. 이것은 이성중시라는 서양문명이 벗어날 수 없는 난점이다."
라고 베버는 설명하였다.

베버 자신은 계몽주의와 합리적 인본주의의 전통에 서 있었으나 그는 이 전통이 관료적 조직과 한편으로는 본능적 충동에 의하여 위협받고 있다고 판단하였다.

뉴턴적 세계관의 변화

20세기 초에 이르면 유럽이 오랫동안 지켜왔던 계몽주의 철학은 그 최고의 위치를 빼앗기고 구석으로 밀려나게 된다. 이즈음 인간 이성에 대한 의문과 진보에 대한 불신이 계몽주의 전통을 갉아먹고 있었다. '인간 천성은 선하다'라는 명제도 의문시되어 인간 본성은 무엇인지 알 수 없는 것으로 되었다. 이제 인류의 미래는 불안으로 채워지게 되었다.

17세기 이래 물리학의 기초를 이룬 것은 뉴턴의 고전 물리학이었다. 이에 따르면 우주는 거대한 기계이고 각 부분은 전체와 조화를 유지하며 자기에게 부여된 기능을 정확하게 실행하고 있었다. 만물은 원인과 결과라는 인과법칙에 따라 존재하였고 한 분자의 속도와 위치는 계산에 의하여 정확히 알아낼 수 있었다. 자연은 관찰자로부터 독립하여 존재하는 대상이었다.

"자연, 우주의 질서에 관한 현재 불완전한 지식은 보다 엄밀히 관찰하면 미래에는 이해될 수 있다."
는 것이 고전물리학이 품고 있던 확신이었다.

그러나 막스 플랑크, 아인슈타인, 하이젠베르크는 우주가 거대한 기계라는 고전물리학의 주장을 부정하기 시작하였다. 이들은 현대

물리학을 창시하여 고전물리학에서 사용되던 물질, 운동, 빛, 공간, 시간, 원인과 결과, 영향, 과학적 진리 등의 개념을 변화시키거나 거부하여 세상에 충격을 던졌다.

인간 사회는 무엇인지 알 수 없을 수도 있으나 자연의 세계는 확실한 것이라고 믿어왔던 서양인들에게 이들의 새로운 외침은 충격을 주었다.

현대 물리학에 따를 것 같으면 원인과 결과라는 법칙이 미세한 전자의 세계에서는 적용되지 않는다는 것이다. 예컨대 1622년의 반감기를 가진 방사성 원소는 저절로 다른 원소로 바뀌어 가며, 방사성 물질의 작은 덩어리 속의 어느 원자가 어느 기간 동안 다른 원소로 변화되는 것을 과학에서는 알아낼 수 없다고 분명히 선언한 것이 현대 분자물리학이었다. 개별적인 전자는 확정된 법칙에 따라 운동하는 것이 아님도 밝혀지자 고전물리학이 그동안 내세우던 물질구조는 부분적 진리일 뿐이라고 판단되었다.

즉 전자의 특성은 전자의 위치와 그 속도를 동시에 알아낼 수 없다는 것이었다. 전자의 속도를 정확히 계산한다고 해도 그 순간 전자의 위치를 알아낼 수 없음이 판명되었고 우리가 한 전자의 위치를 고정시키는 순간 우리는 전자의 그 순간 속도를 알 수 없다라고 분자물리학자들은 말하였다. 따라서 전자와 관련된 자연법칙은 인과법칙이기보다는 가능성의 법칙 또는 확률의 법칙이었다.

아인슈타인(Albert Einstein, 1879~1955)의 업적은 더욱 충격적이었다. 그는 1905~1906에 《상대성 이론》을 발표하여 뉴턴의 이론은 빛과 같이 **빠른** 속도로 움직이는 물체에 있어서는 들어맞지 않는다고 설명하였다. 그는 만물을 정지와 운동으로 구분할 수 없다고 설명하고 우주 모든 전체에 있어서 운동은 상대적인 입장에서 이해되어야 함을 주장하였다.

그러므로 아인슈타인은 시간조차 고정되고 일정한 간격으로 측정될 수 있는 것은 아니고 다른 속도로 움직이는 물체에서 다르게 지나간다고 설명하였다.

결국 아인슈타인에 따를 것 같으면 우주 속에서 우리의 위치와 시간은 단지 상대적인 관계 속에서 의미를 가질 수 있을 뿐이었다. 자연의 확실한 모습은 이제 미궁의 그늘로 사라져 버렸고 실증주의를 내세운 과학자들이 수집한 경험자료란 진실을 내세우기에는 너무나도 부족하고 위험한 것임이 드러났다. 우주는 다시금 신비와 불안의 세계로 바뀌어 보였고 우연과 확률의 지배를 받게 되었다. 또한 이와 같은 물리학의 대두는 20세기 사람들에게 불안과 두려움, 자신감의 상실을 증대시키는 데 기여하고 있었다.

IX. 제1차 세계대전으로의 길

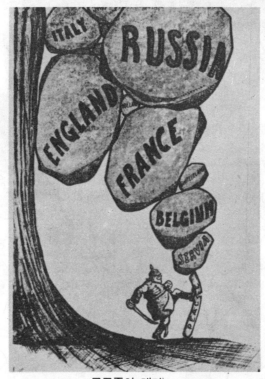

군국주의 대가

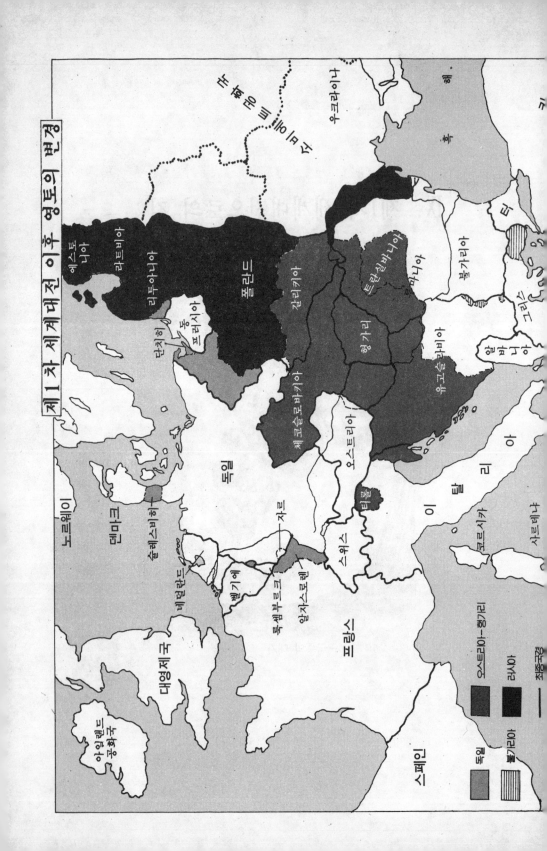

제1차 세계대전으로의 길 개괄

1914년 이전 유럽인들은 자신들이 이루어 놓은 문명을 자랑하고 있었다. 과학기술의 발전, 생활수준의 향상, 사회개혁, 민주정치제도의 확대, 교육기회의 일반화 등은 유럽인의 낙관적 분위기를 정당한 것으로 만들고 있었다.

또 하나 나폴레옹의 몰락 이후 근 백여 년 간 유럽 전체가 대규모로 휘말린 전쟁이 없었다는 사실도 유럽인의 마음을 편안하게 만들어 주고 있었다.

그러나 외양과 달리 서구 문명은 내면적으로는 동요되고 있었다. 자유주의자들은 19세기 초 민족국가의 수립이 유럽 평화를 가져다 줄 것으로 믿었으나 1914년에 이르면 정반대의 현상이 유럽을 뒤덮었다. 즉 민족주의의 열병은 전유럽국가의 핵심 이념이 되어 다른 민족국가를 이웃으로 바라보지 않고 경쟁자 또는 적으로 규정한 것이다. 여기서 사회적 다윈주의는 발열제로서 훌륭하게 쓰였다.

이와 함께 유럽이 근대화와 더불어 지녀왔던 합리주의적, 계몽주의적 전통은 비합리주의, 본능과 의지를 내세우는 초인철학자들의 공격을 받고 그 왕좌를 빼앗기게 되었다. 행동하는 젊음이 최상의 아름다움으로 평가되는 시기에 부르주아가 함양하였던 전통 가치관은 연약하고 열등한 사람들의 가치로 전락한 듯 생각되었다. 영광스러운 삶을 위하여 영웅적인 행동을 상찬하는 풍조는 전쟁을 멋있고 바람직한 일로 받아들이고 나날의 따분함에 지친 사람들을 모험의 길로 인도하였다. 개인과 민족의 삶에 있어서 폭력은 개성의 표현으로 생각되어 독일장군은 전쟁 시작 직전에 '설령 우리가 패배한다고 하여도, 전쟁은 아름답다'는 주문을 외우고 있었다.

발전된 무기가 인명의 살상이 쉽고 잔혹하게 만들 것이었으나 유럽인은 전쟁을 낭만적 환상으로 꿈꾸었다. 감정이 이성을 제압하고 본능의 충동이 행위의 기초를 이루는 위험한 시기가 1914년 이전까지 점차 확산되고 있었다.

오스트리아-헝가리 제국의 민족문제

1914년 6월 28일 세르비아 비밀 민족조직의 한 테러리스트가 오스트리아-헝가리 제국의 황태자인 프란츠 페르디난트 부처를 저격하여 살해한 사건이 발생하였다. 이어 6주 후 전 유럽의 군대들은 경쟁적으로 동원되어 전쟁을 시작하였다. 발칸 반도의 사건이 세계대전을 촉발한 것이다. 무엇 때문에 유럽이 소용돌이 속에 휘말려 전쟁을 시작했을까? 전쟁의 시작은 무엇보다도 유럽이 폭발 직전의 사회 분위기 속에 있었음을 보여주고 있다. 그리고 폭발의 불꽃은 발칸 반도에서 일어나리라 예상했던 대로 오스트리아-헝가리 제국의 민족문제에서 시작되었다.

앞에서 이미 언급한 바대로 오스트리아-헝가리 제국은 게르만족이 다수 인종을 점하고 체코 및 남슬라브계의 크로아트, 슬로베니아, 세르비아족이 소수 인종을 이루어 인위적으로 결합된 복합민족 국가였다.

따라서 민족주의가 시대를 열광시켰던 19세기 후반 오스트리아-헝가리 제국은 민족문제로 골치를 앓고 있었다. 소수 민족문제를 해결할 수 없던 오스트리아-헝가리 제국은 국제 이해관계가 엇갈리는 지역인 발칸 반도의 통치에서 특히 어려움 겪고 있었다.

소수민족의 온건파 지도자들은 오스트리아-헝가리 제국으로부터 자기 민족의 분리까지 생각하지는 않았으나 1914년 이전 고조된 민족주의 열기로 인해 소수민족들의 소요가 빈번해지자 오스트리아-헝가리 제국의 지도자들의 불안은 높아만 갔다. 제국이 와해될지도 모른다는 공포는 지배층으로 하여금 소수민족의 억압 강경책을 더욱 부채질하게 만들었다. 1878년 오토만 제국에서 독립하였으나 오스트리아-헝가리 제국에 예속되어 불만이 특히 심했던 소세르비아에서는 민족주의 열기가 특히 높았고 그에 비례하여 세르비아 민족의 오스트리아-헝가리 제국에 대한 저항도 강렬하였다.

오스트리아-헝가리 제국의 영내에서 거주하는 세르비아인은 700만에 이르렀고 이들은 오토만 제국의 압제에서 독립한 세르비아 동족의 '대세르비아' 건설이라는 민족주의 주장에 공감하고 있었다. 세르비아인의 이같은 움직임은 합스부르크 제국 지배층에게는 악몽으로 생각되었음은 물론이다. 따라서 제국의 외무장관 레오폴트 폰 베르히톨트 백작과 육군원수 프란츠 콘라트 폰 회첸도르프는 세르비아의 분쇄를 주장하기에 이르렀다.

제국을 보존하려는 지배층에게 근심을 더한 것은 러시아가 선도한 '범슬라브주의' 운동의 확산이었다. 동유럽의 슬라브 민족인 폴란드, 체코, 슬로바키아, 남슬라브, 불가리아인들의 결속을 주장한 '범슬라브주의'운동은 서구문명보다 슬라브 문명의 우월함을 표방하고 있었다.

따라서 슬라브인들이 열등한 서구인들의 압제에 시달린다는 것은 용납될 수 없으며, 터키와 합스부르크 제국의 지배를 벗어나려는 슬라브 민족운동은 합스부르크 제국의 해체를 지향하고 있었다.

합스부르크 제국은 민족주의의 압력을 제국의 사활과 결부시켜 강력하게 대응하기로 결정하였다. 따라서 페르디난트 황태자가 세르비아에서 살해되었을 때 제국의 보전을 추구하는 세력은 가장 강력한 수단의 응징책을 쓰기로 마음먹고 전쟁의 선언을 밝혔다.

3국동맹(1882~1915)

오스트리아-헝가리 제국 황태자 암살 사건은 오스트리아와 세르비아의 문제일 뿐이었다. 따라서 전쟁은 당사자인 오스트리아와 세르비아 양자 간으로 충분하였던 것이다. 그러나 20세기 초 유럽의 상황은 이 사건을 지역분쟁으로 방치하지 않았다. 19세기 말부터 유럽이 양대진영으로 나뉜 바 있었는데 이제 양대 적대진영은 이 사건을 계기로 국가의 모든 힘을 쏟아부어 적대진영 제압의 기회로 삼았던 것이다.

양대진영으로 유럽국가들이 나뉘었다는 사실 자체가 이미 위험을 내포하고 있었다. 어느 쪽 진영이든 동맹국을 가진 나라는 적대국가에 더욱 도발적인 위협을 가할 것이었다. 왜냐하면 동맹국의 지원을 예상할 수 있었으므로 적대국을 완전히 패배시키고자 타협의 여지를 전혀 남기지 않고 몰아대었기 때문이다.

그러나 상대국가도 동맹국을 가졌을 경우 이러한 강압은 적대진영 모두를 결속시켜 강압에 대응하도록 만들며, 결국 양쪽 진영의 모든 국가를 전쟁으로 몰고갈 것이었다. 바로 이같은 진영이 황태자 암살사건 이후 한 치의 어긋남도 없이 현실로 나타나게 되어 유럽 전체를 전쟁의 도가니로 휩싸이게 만들었다.

유럽이 양대진영으로 나뉘게 된 것은 독일이 민족국가를 수립한 1871년 이후 부터였다. 독일은 뒤늦은 민족국가 건설을 보상이라도 하듯 전세계에 통일된 독일의 힘을 과시하였던 것이다.

19세기 말에 이르면 독일 민족주의 열병은 독일이 강력한 해군을 보유하여 식민지를 확대하고 세계시장에서 독일의 몫을 늘려야 한다고 외치기에 이르렀다. 물론 이런 주장은 사회적 다원주의를 내걸고 그 정당성을 획득하였다.

'범게르만주의' 운동이 독일 정치인, 지식인, 언론인의 호응을 받으며 급격히 성장한 것은 민족주의의 기반 위에서 가능하였는데, 독일인들은 보오전쟁(1886), 보불전쟁(1871)의 승리와 성공적인 산업화, 뛰어난 기술개발을 이룬 자신들이야말로 세계에서 첫째가는 우수한 민족이므로 사자의 몫을 당연히 차지할 권리가 있다고 믿었다. 그러나 이러한 게르만인의 주장은 다른 민족들을 불쾌하게 만들고 게르만인에 대한 적개심을 높였다.

1871년 이후 비스마르크는 독일 외교정책의 원칙을 현상유지와 프랑스의 고립에 두었다. 이는 프랑스의 강성함이 곧 독일제국의 위협이기 때문이었다. 따라서 비스마르크는 러시아와 오스트리아 -헝가리 양국간의 갈등이 없기를 바랐다. 왜냐하면 양국의 갈등은 필연적으로 독일의 오스트리아 지원을 초래할 것이고 그렇게 되면 러시아가 프랑스와 동맹을 맺어 독일은 협공당할 것이 명백하였기 때문이다.

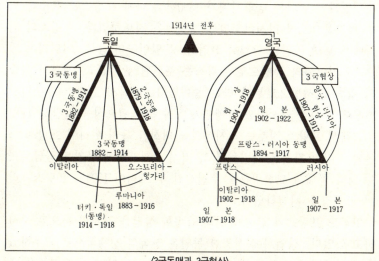

〈3국동맹과 3국협상〉

그래서 비스마르크는 1880년대에 독일, 이탈리아, 오스트리아-헝가리 3국으로 결성된 '3국동맹'을 결성하고 따로 러시아와도 동맹관계를 맺었다. 이러한 비스마르크의 국제관은 올바른 것이었고 그것은 독일의 자제로써 러시아에게 설득력을 가졌었다.

그러나 1888년 젊은 황제 빌헬름 2세가 즉위하면서 사정은 급변하였다. 빌헬름 2세는 비스마르크를 쫓아내고 영국을 위협하는 제국주의 노선을 채택하였다. 젊은 황제는 독일의 세계적 지위를 높이고자 인근 국가와의 대결을 두려워하지 않았고, 게르만족의 우수성을 슬라브족의 열등함과 대조하며 러시아와의 관계를 악화시켰다. 그리하여 오스트리아와의 관계만 중시하고 러시아와의 동맹관계를 파기하였다. 이로써 유럽의 평화와 안정은 갑자기 끝나버렸고 그 대신 긴장과 전운이 감돌기 시작하였다.

3국협상

독일과 러시아의 동맹관계가 1890년 끝나자 프랑스는 복수를 위한 첫걸음으로써 러시아와의 관계개선을 시도하였다. 프랑스의 입장에서 보면 독일의 급격한 산업화, 독일인구의 급증, 이탈리아 및 오스트리아와의 동맹으로 프랑스는 포위된 셈이었고, 게르만 민족의 압력을 사방으로부터 받는 중이었다. 따라서 프랑스는 독일의 배후에 위치한 러시아와 동맹관계를 수립할 필요성을 절감하였다.

그래서 프랑스 정부는 러시아의 근대화를 돕기 위하여 프랑스 자본의 러시아 진출을 지원하였고, 러시아 황제에게 무기를 공급하는 등 양국 함대의 교환방문을 추진시킨 후 드디어 1894년 프랑스-러시아 협정을 체결하였다.

영국도 프랑스와 같이 독일의 급속한 성장을 경계의 눈으로 주시하고 있었다. 산업화에 성공한 독일은 영국의 경쟁국으로 대두하였고 무엇보다도 강력한 해군을 건설하려는 독일의 의지가 영국을 프랑스와 제휴하도록 만들었다. 영국은 독일의 건함계획이 독일의 안보를 위한 수비용이 아니라 영국의 제해권에 대한 도전이라고 판단하였고, 독일을 견제하기 위하여 오랜 경쟁자인 프랑스를 새로운 동료로 받아들였다. 프랑스도 영국과 동맹관계 수립이 절실하였으므로 양국은 해외에서 경쟁하던 식민지 쟁탈전을 한발짝씩 양보하며 동반관계를 구축하였다.

러시아는 한편 1904년 일본과의 전쟁에서 패배한 후 노동자 혁명이 발생하자 갑자기 국제관계에서 유순한 나라로 전락하였다. 내부문제 해결을 위해 러시아는 국제문제에서 양보를 거듭하였는데 아프가니스탄, 페르시아, 티베트 문제에서 영국에 굴복한 것은 이러한 맥락으로 말미암은 것이었다.

1907년 영국과 협상에 이른 러시아는 영국이 일본을 지원하여 러시아가 겪었던 수모를 잊지는 않았으나 국제관계의 냉엄함과 국내문제의 해결을 위해 동반자로서 영국을 선택하였다. 이리하여 프랑스와 러시아, 영국과 러시아 사이에 협상이 체결되고 '3국협상'이 결성되었다.

독일은 '3국협상'이 독일의 숨통을 죄려는 음모라고 생각하고 이들의 분쇄여하에 따라 독일제국의 미래가 결정된다고 판단하였다. 그러나 '3국협상'은 독일에 대하여 공격적인 것이 아니라 방어적 성격이었다. 따라서 독일이 바라보는 것처럼 긴밀한 유대 속에서 맺어진 것도 아니었다. 영국은 프랑스를 돕기 위하여 대륙에 군대를 보내지도 않았고, 또한 보낼 것인지 아닌지 예상할 수 없는 부정적 상황이었다.

영국은 대륙의 국가끼리 무력 충돌을 하면 넌지시 구경하면서 이득을 취할 수 있었으므로 과거 '불간섭 원칙'을 지속하였다. 이제 독일이 영국을 위협할 정도로 강대하여지기는 하였으나 독일은 우선 프랑스를 제압한 연후 영국과 대결할 것이므로 영국은 조금이라도 여유를 가질 수 있었던 것이다.

전쟁으로의 표류

보스니아 위기(1908)

20세기 초 국제관계 속에서 러시아의 위치는 보잘것 없었다. 동양인에게 패배당하고 노동자 혁명이 가능한 후진국으로 평가되는 상황에서 러시아의 외무장관인 알렉산더 이즈볼스키는 터키를 압박하여 러시아 전함이 다르다넬스 해협을 통과하여 지중해로 진출하려는 오랜 꿈을 재개하였다.

이즈볼스키는 러시아의 남하정책이 그간 영국의 견제를 받아 성공하지 못했으나 이제 영국은 동맹국이므로 러시아의 남하정책을 적어도 방관하리라고 예상하였다. 그러나 이번에는 오스트리아가 러시아의 지중해 진출을 견제하며 나섰다. 당시 보스니아와 헤르체고비나 지역은 공식적으로 터키 영토였으나 실제로는 1878년 이래 합스부르크 제국의 통치를 받고 있었다. 이 지역의 주민은 세르비아 계통으로서 이들은 오스트리아의 지배를 원하지 않았다.

그러나 러시아는 다르다넬스 해협의 통과권을 획득하기 위하여 러시아가 오스트리아의 보스니아 병합을 승인하는 대가로 오스트리아는 러시아 함대의 다르다넬스 해협의 항해권을 인정한다는 내용의 양국 합의를 체결하였다.

양국의 거래로 오스트리아는 보스니아를 얻었다. 그러나 러시아는 영국의 갑작스러운 반대로 통행권을 얻지 못하고 다시 한번 외교적 굴욕을 당하였다. 그러나 이 사건으로 분노한 국가는 세르비아였다.

세르비아는 보스니아를 병탄한 오스트리아를 불구대천의 적으로
규정하고 보스니아 해방을 위하여, 오스트리아 파멸을 위하여 남슬
라브인의 단합을 외쳐댔다. 이에 대하여 오스트리아인들의 반항 또
한 격렬한 것이었다. 오스트리아의 수도 빈에서는 세르비아의 멸망
없이는 오스트리아-헝가리 제국이 존립 불가능하다고 부르짖고 있
었다. 양국이 서로 증오하는 동안 독일은 오스트리아 지지를 단호
히 선언하였다. 과거 비스마르크는 오스트리아의 호전적 행동을 가
능한 제약하여 유럽의 평화를 지키려고 노력하였으나 그의 퇴진 이
후 독일의 외교정책은 전쟁의 길을 가속화하고 있었다.

발칸 전쟁(1912)

　보스니아 위기는 독일과 오스트리아를 더욱 가깝게 밀착시킨 계
기를 마련하였다. 그러므로 오스트리아와 세르비아와의 관계는 전
쟁 일보 직전의 상황으로 악화되었다. 바로 이때 제1차 발칸 전쟁이
터졌다. 발칸 반도의 국가들인 몬테네그로, 세르비아, 불가리아,
그리스 등이 사멸해가는 오토만 제국을 공격한 전쟁이 발칸 전쟁이
었는데 소규모의 싸움으로 발칸 국가들은 오토만 제국의 유럽지역
을 점령할 수 있었다.
　승자에 속하였던 세르비아는 알바니아 해안으로 진출하게 되어
오랫동안 갈망하던 바다로의 출구를 얻게 되었다. 그러나 오스트리
아는 맹방 독일의 후견 아래 세르비아의 알바니아 진출을 무효로
만들 공작을 꾸몄다. 그것은 알바니아를 독립국가로 만들어 세르비
아를 다시 내륙국으로 환원시키는 일이었다. 세르비아는 오스트리
아의 책략에 격분하였으나 러시아가 세르비아를 지원할 능력이 없
음을 알게 되자 오스트리아와의 전쟁을 포기하고 획득한 알바니아
를 내놓게 되었다. 세르비아에서 오스트리아에 대한 원한은 민족의
통한으로 누적되어 가고 있었다.

러시아는 세르비아가 당하는 굴욕을 지켜보기만 했다. 그리고 범슬라브주의의 주도국으로서 러시아는 그 권위를 상실하고 있었다. 반면 범게르만주의를 내세운 독일과 오스트리아의 계속된 승리는 슬라브족에게 모멸감을 더해주어 이들로 하여금 복수의 칼날을 갈게 만들었다.

오스트리아의 자만심은 사실 독일의 후견 아래 가능한 것이었는데 오스트리아는 승리감에 도취되어 눈 속의 가시와도 같은 세르비아를 아예 없애버릴 생각을 하고 있었고 이번에는 러시아가 세르비아를 지원할 것이라는 추측도 하였다.

그러나 오스트리아는 독일과 오스트리아의 연합세력이 러시아와 세르비아 세력보다 강력하다고 평가하고 있었으므로 러시아의 개입 가능성을 근심하지는 않았다. 단지 변수로서 영국과 프랑스가 어떤 태도를 취하는가가 문제였다. 이것이 1914년 6월 28일 사건 직전의 국제관계였다.

프란츠 페르디난트의 암살

페르디난트 대공(1863~1914)은 1914년 6월 오스트리아 황태자로서 보스니아의 수도인 사라예보(Sarajebo)에 군사적 방문을 하고 있었다. 이때 세르비아 민족단체 '검은 손'과 은밀한 관계를 가진 군사정보부는 음모를 꾸몄다. 이들은 페르디난트 대공이 슬라브 민족이 처한 굴욕을 경감시키려는 정치적 입장을 가졌다는 것을 알고 있었다. 페르디난트는 합스부르크 제국 영내에서 게르만인과 슬라브인의 평등을 위한 계획을 가진 것으로 당시 소문나 있었다.

그런데 이같은 태도는 세르비아 민족단체인 '검은 손'에게는 불만스러운 것이었다. 왜냐하면 세르비아인의 민족의식을 고양시키기 위해서는 게르만인의 세르비아인에 대한 압제가 심할수록, 게르만인을 극복하려는 세르비아인의 민족의지가 결집될 수 있었기 때

보스니아 경찰에 체포되는 암살자

문이었다.

따라서 대공을 살해하여 합스부르크 제국 내 긴장을 고조시켜 이를 기회로 삼아 혁명을 일으키려는 전략이 세워졌고 젊은 테러리스트 가브릴로 프린시프(Gavrilo Princip)가 황태자 암살의 책임을 맡았다. 가브릴로 프린시프는 황태자의 행렬이 지나갈 때 갑자기 황태자의 차에 뛰어올라 황태자와 황태자비를 향하여 두 발의 총을 쏘았고 계획대로 이들을 살해하는 데 성공하였다.

오스트리아 국내에서는 이 사건을 전해 듣고 일순 경악하였으나 곧 기회를 포착하였다고 판단하였다. 오스트리아 외무장관 베르히톨트는 즉각 독일에게 이 내용을 전하고 세르비아와 전쟁을 허가해 달라고 요청하였다. 독일의 야심 많은 빌헬름 2세는 이에 동의하고 가능한 조속한 시일에 전쟁을 종결하여 러시아, 영국 등이 간섭할 기회를 주지 말자고 권하였다. 이에 오스트리아는 세르비아에게 최후 통첩을 보내 48시간 내에 적절한 답변이 없을 경우 그후의 모든 결과는 세르비아에게 있음을 확인하였다.

세르비아는 오스트리아 최후 통첩의 내용들을 수긍하여 사건의 무마를 넌지시 비쳤으나 오스트리아 관리가 세르비아에 들어와 암살을 직접 조사하는 것은 거부하였다. 이에 오스트리아는 저격사건의 해결을 군사적 방법에 의존한다는 원칙에 따라, 최후 통첩 사항 중 하나라도 거부되면 타협은 불가능하다라고 통보하며 군대동원을 시작하였다.

러시아의 이에 대한 입장은 단호하게 나타났다. 그동안 게르만족에 당하였던 수모를 더이상 겪지 않겠고, 발칸 반도로 오스트리아 진출이 허용되면 러시아의 경계 또한 방치할 수 없었으므로 러시아는 명백히 세르비아를 도와 참전하겠다고 선언하였다.

따라서 사건의 확대 여부를 결정지을 책임은 독일에게 넘겨졌다. 독일은 이 순간 전쟁이냐 화해냐를 선택할 수 있었고 또 국지전이냐 전면전이냐도 결정할 수 있었다. 독일의 정치가들은 러시아와 독일의 관계를 고려하였고 지금은 전쟁을 회피할 수도 있으나 앞으로 러시아가 근대화에 성공하게 되면 독일과 러시아의 대결은 필연적인 것이라고 판단하였다. 따라서 독일은 러시아를 견제하기 위한 예방전쟁이 불가피하며 지금이 바로 적당한 시기라는 호전파의 주장이 설득력을 가지게 되었다.

주전파들은 독일 군사력은 한꺼번에 러시아와 프랑스를 제압할 수 있고 영국은 중립국으로 남게 될 것이라고 주장하며 이 기회에 독일은 세계의 초강대국으로 변신할 수 있다고 선동하였다.

1914년 7월 28일, 암살사건이 발생한 지 꼭 한 달이 지난 뒤, 오스트리아는 마침내 세르비아에게 선전포고를 하였고 러시아는 즉시 오스트리아에게 대응하는 선전포고를 하였다. 독일이 오스트리아를 지원하여 러시아에 선전포고를 하고, 프랑스는 러시아를 지원하며 독일에 선전포고를 하고, 영국은 독일의 벨기에 침입을 구실로 삼아 독일에 선전포고를 하여 갑자기 유럽 전체가 선전포고로 가득차게 되었다. 인류역사에 오점을 남기는 더러운 피의 잔치가 시작되었던 것이다.

전쟁의 책임문제

제1차 대전 발생의 책임을 어느 한 나라에게 돌릴 수 있을까? 역사가들은 이 문제의 답변을 찾는 일에 매혹을 느끼고 있다. 특히 전쟁의 책임문제에서 서구의 역사가들은 독일에게 이 책임을 돌리는 경향이 짙다. 독일의 역사가 프리츠 피셔는 독일 책임론을 주장하는 대표적 인물인데 그의 설명은 다음과 같다.

"유럽을 주도하려는 독일의 야심이 오스트리아를 자극하여 세르비아 침공을 발생하게 하였다. 독일이 프랑스와 러시아에 비하여 군사적 우위를 확보하였다고 판단한 독일의 야심 있는 정치가와 군인은 기꺼이 모험을 택하였고 이것이 결국 세계대전을 발생시킨 원인이다. 따라서 독일의 지도자들은 인류의 비극에 대하여 책임을 져야 한다."

피셔는 독일이 이렇게 세계열강 지위를 탐내게 된 것은 지도자들이 사회적 다윈주의에 빠져 있었고 호전적 군국주의 전통에 익숙해 왔기 때문이라고도 지적한다.

그러나 피셔의 비판자들은 독일만이 사회적 다윈주의와 군국주의를 가진 것은 아니고 이것이 당시 범유럽적 현상이므로 이를 들어 독일의 전쟁 책임을 설명하는 것은 잘못이라고 비판하였다. 피셔의 비판자들은 계속하여 독일은 러시아의 참전선언 공포 이전에는 오스트리아-세르비아 국지전을 결정하였을 뿐이고 또 1914년에는 유럽을 정복할 계획을 가지고 있지 않았다고 주장하였다. 그러므로 프랑스, 러시아, 영국도 전쟁 책임을 나누어야 한다고 이들은 주장한다.

또 다른 일군의 역사가들은 전쟁책임론 자체를 무용하다고 본다. 이들은 세계대전을 유럽이 안고 있던 깊은 문제가 노출된 것에 지나지 않다고 주장한다. 즉 유럽역사를 넓은 맥락에서 살펴보면 당시 유럽은 비이성적 힘에 대한 숭배, 폭력찬양, 이성불신 등 마술적 분위기에 사로잡혀 있어서 산업혁명이 가져온 사회변화와 세속화 경향을 대응할 문화적, 정신적 역량이 없었고 이러한 분위기가 전쟁을 한번 해보자는 도박으로 몰고 갔다는 것이다.

본능적 충동에 사로잡힌 유럽인들의 문화적 허탈감이 전쟁을 발생하게 만들었다는 문화적 비판론자들의 주장은 결코 우스꽝스런 설명은 아닌듯 생각된다.

축제로 간주된 세계대전

전쟁이 확정되었을 때 유럽 전역에 예상치 못하였던 이상한 현상이 나타났다. 각 나라의 군중은 어디에서든 모여서 조국에 충성할 것을 맹세하고 기꺼이 전쟁에 참여하겠다고 외쳤다. 심지어 사회주의자들조차 사회주의 운동을 중단하고 각각의 조국을 위한 참전을 결의하였다. 조국보다 세계노동자들의 단결을 주장한 사회주의 인터내셔널은 갑자기 영향력을 상실하고 어둠 속으로 물러나게 되었다.

전 유럽 국민들은 폭력행사를 해보기로 마음먹은 듯 보였고 전쟁은 따분한 일상생활의 도피처로서 제격인 듯 싶었다. 인명의 살상, 재물의 파괴를 수반하는 전쟁의 해악은 전혀 논의되지 않았고 들뜬 분위기만이 어느 사회를 막론하고 주된 풍조를 형성하였다. 심지어 전쟁 자체가 아름다운 일이며 인간의 숭고한 희생정신이 발휘될 유일한 기회라고까지 떠드는 무리도 나타났다. 즉 민족주의의 열기는 민족국가의 영광을 증명할 기회로써 전쟁을 환호하였고 사람들을 들뜨게 만든 원동력이었다.

파리에서 프랑스 국민은 국가 '라 마르세예즈'를 부르며 행군하는 군인을 찬양하였고 여자들은 군인의 목에 꽃다발을 걸어주거나 키스하며 이들의 출정을 격려하였다. 갑자기 '의무'라는 말이 지닌

출정하는 프랑스군

의미가 어디서든 강조되었고 '조국' '영광'이라는 표어가 사방에서 걸려지게 되었다.

베를린에서도 이와 같은 현상이 나타나고 있었다.

"얼마나 기다렸던가, 이 시간을! 이제 칼집에서 뽑혀진 우리의 칼은 우리의 목적을 달성하고 우리의 필요를 충족시킬 영토를 정복할 때까지는 결코 다시 칼집에 들어가지 않을 것이다."

라고 베를린 신문은 써대고 있었다.

전장으로 나가는 군인들은 모험을 찾아 출발하는 탐험가로 여겨졌고 무엇인지 멋있는 일을 해치울 수 있으리라 생각되었다. 참전하는 독일의 학생은 가족에게 보낸 편지에서

"사랑하는 부모님, 당신들이 이와 같은 멋진 시절에 살아 있다는 것에 자부심을 가져도 좋습니다. 그리고 사랑하는 당신의 자식을 영광으로 가득찬 전쟁에 보낼 수 있는 특권을 가졌다는 것을 기뻐하십시오."

라고 쓰고 있었다.

도대체 무슨 일이 벌어지고 있었는가? 유럽인들은 1914년에 군신 마르스(Mars) 숭배에 몰두하는 것처럼 보여졌고, 영웅숭배라는

가치관을 새로운 힘으로 숭배하였던 것으로 생각된다. 그러나 이러한 착각을 가능하게 만든 것은 전쟁이 지속되지 않고 한두 번 싸움으로 결판나리라고 모두들 믿고 있었던 것에 기인하였다.

유럽인들은 이 전쟁이 4년이나 지속되며 그것도 전후방없이 전면적으로 자신들의 삶을 완전히 군신 숭배에 헌신해야 함을 1914년 전쟁이 시작되던 당시에는 전혀 예상하지 못하고 있었다.

그래서 유럽인들은 자발적으로 전쟁에 참여하였던 것이다. 그러나 마르스는 이들을 놓아주지 않았고 이들에게 희생의 번제를 계속 드릴 것을 강요하였다.

서양의 비극 : 제1차 세계대전

'지금까지 일어난 적이 없는 전쟁이 발발할 것이다'라고 니체는 예언한 적이 있다. 제1차 세계대전이 바로 니체의 예언을 현실로 만들었다. 발전된 현대 과학기술은 전투원의 생명을 없애는 일에 뛰어난 효능을 유감없이 발휘하였고, 현대의 민족주의는 시민과 군인 모두가 적을 완전히 때려눕힐 때까지 계속 싸울 것을 선동하였다.

국가는 국민에 대하여 통제력을 행사하며 전면전 수행에 필요한 인적자원, 물적자원, 정신까지도 최대한 동원하였다. 전쟁이 지속되어 더욱 야만적 학살행위로 변하여 갔으나 각국의 지도자들은 평화의 가능성을 모색하기보다 최후까지 싸워 적을 완전히 제압할 것을 국민에게 호소하며

"조국과 민족을 위해 희생하는 것을 두려워 말라."

고 선동하였다. 이런 과정을 겪으며 서양문명은 비극에 빠져 들었다.

전쟁을 가능케 만든 '정신의 위기'는 전쟁이 진전되는 것과 더불어 더욱 깊어졌고, 유럽이 도살장으로 바뀌는 것을 바라보는 유럽인들의 심정은 황폐화되었다. 이성적 인간, 진보하는 서양이라는

등의 구호는 눈에 띄지도 않았고 설령 그런 표현이 나타난다 하여도 모든 유럽인들은 그것에 의미를 부여하지 않았다.
 서구문명은 참다운 위기를 맞고 있었고 아무도 서양이 이 위기를 어떻게 극복할 것인지 말하지 않았다. 불안과 의혹, 영혼의 어두움이 서양인들의 밝고 자신만만하였던 얼굴에 나타났다. 이는 전쟁이 가져다 준 선물이었다.

서부전선의 교착상태

 1914년 8월 4일 독일군은 벨기에를 침공하였다. 이는 전쟁이 일어나기 이전 독일 참모본부가 세운 작전계획에 따른 것이었는데 이 작전은 슐리펜 장군에 의하여 입안되었으므로 '슐리펜 작전'이라고 명명되었다. 슐리펜의 기본 구상은 독일이 양면전을 수행해야 한다는 필연성에 대한 대응작전의 수립이었다. 그는
 "독일이 벨기에를 먼저 공격하여 프랑스 공격의 교두보를 확보하고 프랑스 측면을 유린하며 파리로 진군한다. 이어 프랑스의 항복을 얻어내어 프랑스를 제압한 뒤 신속히 서부전선의 군사력을 동부전선으로 빼돌려 러시아와 일전을 벌여야 한다."
고 하였고, 이 작전의 성패는 서부전선의 공격부대가 얼마나 빨리 동부전선으로 배치될 수 있는가의 여부에 달려있다고 믿었다.
 따라서 프랑스를 일격에 항복시킬 수 있도록 군사력의 총동원이 우선 서부전선에 집중되었다. 러시아의 거대한 힘이 미처 준비되지 못하도록 조속한 공격을 끝내야 한다는 슐리펜 계획은 소위 '속도전'이라는 전술의 현대화였다.
 프랑스도 독일의 공격을 예상하고 있었으므로 전쟁의 기본구도를 미리 마련하였다. 프랑스의 전략은 '공격'이었다. 프랑스는 나폴레옹이 세웠던 전공을 기억하고 있었다. 나폴레옹의 공격전술은 유럽을 제패하였고 그 이후 프랑스는 전쟁에서 뚜렷한 승리를 맛보지

못하였으므로 나폴레옹의 전술에 대한 프랑스군의 기대는 매우 컸다.

"프랑스군은 과거 전통으로 돌아간다. 이후 공격 이외의 어떤 전술도 있을 수 없다."

라고 1913년 프랑스군 야전교범은 밝히고 있었다. 그러나 공격전술은 병사들의 사기, 즉 전쟁 및 전투에서 승리할 수 있다는 병사들의 높은 전투의욕 없이는 불가능한 것이었으므로 프랑스군의 지휘관들은 병사들의 사기 진작을 전투력 증강의 최우선 과제로 생각하였다.

"전투는 사기의 싸움 이상의 것이 아니다. 정복하리라는 희망이 없어지는 순간부터 패배는 필연적인 것으로 된다. 승리는 가장 피해를 받지 않은 자들에게 돌아가는 것이 아니라 승리하겠다는 의지를 확고히 지닌 자들에게 있는 것이다."

이것이 프랑스군의 원칙이고 전투에 임하는 기본자세였다. 따라서 프랑스군은 독일군의 자동화기가 집중사격을 펴는 동안에도 눈에 잘 띄는 붉고 푸른 군복에 총검을 들고 적진으로 나아갔다.

결과는 무엇이었던가? 프랑스 병사들은 적의 얼굴도 보지 못한 채 기관총탄을 맞고 나무처럼 쓰러졌다. 수많은 병사들이 기관총탄의 세례를 받고 개죽음을 하였음에도 승리를 위하여 어느 정도의 손실은 참을 수밖에 없다는 '사기론(morale)'을 고집하는 프랑스 지휘관들은 '공격전술'을 바꾸지 않았다.

그러나 독일군의 작전도 성공한 것은 아니었다. 러시아군이 독일의 예상보다 신속히 동원되어 전선으로 배치되었던 것이다. 러시아군이 동프로이센으로 진격하기 시작하자 몰트케 장군은 프랑스 전선의 병력을 동부전선으로 이동시켰고 그래서 독일의 프랑스 진격은 지체되었다.

9월 초 독일군은 파리로부터 약 65km 떨어진 마른 강에 도착하였다. 여기서 프랑스군은 영국의 지원을 받고 수도를 지키기 위하여 강력한 방어벽을 구축하였다. 또한 신속한 파리 점령을 달성하기 위한 독일군의 과도한 진격작전은 또다른 면에 허술한 수비를 드러내게 되어 영국군의 공격을 받게 되었다.

이리하여 진격에 나선 독일군과 지원부대 사이에 영국, 프랑스 연합군이 자리를 잡게 되자 독일의 공격은 무디어졌고 파리 점령계획은 일단 실패하였다. 독일군은 후퇴하기 시작하였고 파리는 무사하였다. 전쟁의 양상은 이후 급변하였다. 즉 양측은 서로 참호를 파고 끝없는 교착상태에 만족하게 되었다.

프랑스와 독일은 서부전선 600여km에서 참호를 파고 대치하기 시작하였다. 적의 공격을 막는 철조망과 대피호가 끝없이 구축되었고 양진영 가운데에는 아무도 들어서지 못하는 땅이 생겨났다. 참호전의 양상은 오직 참고 견디는 일의 연속이었다. 적의 포격이 있는 동안 병사들은 진흙 바닥에 몸을 붙이고 직격탄에 맞지 않기를 기원할 뿐이었다. 포격이 끝난 후 공격군은 자기 참호를 기어올라 중간지대를 지나 철조망을 뚫고 적의 참호로 돌진하였다. 그러면 이번에는 수비군의 기관총이 불을 뿜고 포격이 시작되어 공격군은 수많은 희생만 내고 후퇴하였다. 이를 프랑스, 독일측이 번갈아가며 시도하였고 한 치의 땅도 서로 점령하지 못하며 양측의 병사는 중간 지대에서 시체의 산을 높이고 있었다. 이것은 전쟁이 아니라 도살이었다.

영웅의 위업, 자기 희생, 죽음은 있었으나 전과는 아무 것도 없었다. 지휘관은 교착상태의 참호전을 끝내기 위하여 더 강력한 공세작전을 펼쳤으나 그때마다 결과는 사망자의 증가였다. 탱크가 본격적으로 사용되었으면 참호전의 비극은 끝날 수도 있었으나 탱크에 대한 지휘관들의 생각은 편견에 빠져있어 과거의 전통적 전술로 전쟁의 승리를 얻는 방법이 우선되었다.

1915년 프랑스는 143만 명의 젊은 목숨을 참호전의 희생으로 바쳤으나 희생의 덕으로 회복한 거리는 불과 5km도 못되었다. 1916년 2월 독일은 베르됭(Verdum) 공격작전을 펼쳤으나 프랑스의 베르덩 수호는 페탱의 지휘 아래 성공하였다. 페탱은 콘크리트와 철벽 요새를 구축하여 독일군의 공격을 지지하였는데 이 베르됭 전투만으로도 양측의 사상자는 100만 명이 넘었다.

1916년 6월 영국군은 솜 강 돌파작전을 시도하였다. 5일간 쉬지 않고 독일진영을 포격한 뒤 영국군은 7월 1일 참호를 기어올라 독일진영으로 공격하였다. 그러나 5일간 포격을 받고 독일군이 분쇄된 것은 아니었으므로 영국군의 대공세는 6만여 명의 사상자를 내고 실패로 끝났다. 재수 좋은 영국군은 독일군의 기관총탄을 피하여 독일참호 철조망까지 도달하였지만 그곳에는 독일군의 총검이 기다리고 있을 뿐이었다. 솜 전투는 영국이 단일 전투에서 맛본 가장 큰 실패로 기록되었다. 결국 11월 중순까지 계속된 솜 지역 공격작전은 영국과 프랑스 젊은이 60만 명의 목숨을 거두어 들였던 것이다.

1916년 12월 프랑스군은 니베르를 새 사령관으로 임명하고, 1917년 4월 대공세작전을 시도하였다. 그도 공격전술의 악령을 벗어나지 못한 지휘관이었으므로 4월 6일 대공세 이후 10일 만에 프랑스군 18만여 명을 사상자로 새로이 기록하였다. 병사들은 더이상 공격작

서부전선을 묘사한 영화 《서부전선 1918년》의 한 장면

전을 믿지 않았고 지휘관들의 명령도 명령으로서 권위를 가지지 못하였다.
 전선이탈, 명령불복종 등이 갑자기 늘어났고 병사들은 '평화' '평화'라는 구호를 외치기도 하였다. 일부 병사들은 파리로 돌아가기 위하여 열차를 탈취하여 전쟁 반대의 의지를 밝혔다.
 병사들은 장교의 지시를 무시하고 병사들에 간섭하는 장교를 살해하겠다고 위협하였다. 이즈음 프랑스군에는 전쟁의 사기는커녕 반란의 징조까지 나타났다. 이 순간 페탱은 니베르의 뒤를 이어 프랑스군 사령관이 되었고 모든 전방을 시찰하며 병사들에게 보다 나은 식사, 의복, 잠자리를 약속하는가 하면 미국이 본격적으로 참전하기 전에는 다시금 대공세작전 같은 무모한 짓은 없을 것이라고 약속하였다. 페탱의 노력으로 병사들의 흥분된 감정이 가라앉으며 프랑스군은 군대로서의 질서를 되찾을 수 있었다.

기타 전선의 상황

 러시아군이 예상외로 일찍 동원되어 독일 참모본부를 경악시킨 동부전선은 1914년 8월 26일부터 8월 30일까지 타넨베르크(Tannenberg) 전투에서 독일군이 대승을 거둠으로써 러시아군은 격퇴되었다. 이후 독일 영토 내에서 독일군과 러시아군의 전투는 전쟁이 끝날 때까지 벌어지지 않았다. 독일군은 타넨베르크 승리 이후 곧 러시아 영토로 진격하였고 러시아의 영토가 전쟁터로 사용되었던 까닭이다.
 한편 오스트리아는 세르비아와 러시아의 공격을 받고 어려운 상황에 놓여 있었다. 오스트리아의 세르비아 공격은 좌절되었고 러시아를 공격한 대가는 오스트리아의 영토 갈리키아(Galicia)의 상실이었다. 따라서 독일은 오스트리아를 구원해야만 하였다. 1915년 봄 독일군은 공세를 펴 러시아를 갈리키아로부터 몰아내고 폴란드의 대부분을 장악하였다.

　러시아군의 후퇴 속도가 너무 빨라서 오스트리아, 독일의 양국 군대는 보급을 받기 위해서만 진격을 중단할 정도였던 동남부 전선의 상황은 그럼에도 독일에 결정적 승리를 가져다 준 것은 아니었다. 러시아군은 끊임없이 후퇴를 하고 독일군은 계속 추격했으나 러시아는 항복하지 않았던 것이다. 이즈음 독일군은 '러시아는 정복하기에 너무 넓다'라는 말을 하고 있었다.

　1916년 6월, 그러니까 타넨베르크 패배 이후 2년의 세월이 지난 후, 러시아군은 알렉세이 브루실로프 장군의 지휘 아래 반격을 시작하였다. 그는 유능한 지휘관이었으나 러시아의 나쁜 철도사정은 브루실로프의 반격을 지원할 보급을 원활하게 해내지 못하였다.

　따라서 러시아군은 독일군의 반격을 받아 백여만 명의 사상자를 내고 다시 후퇴하게 되었다. 이로써 러시아군에 대한 평가는 아주 나빠졌고 러시아 국내의 소요는 계속 악화되기에 이르렀다.

　오토만 제국은 독일측의 일원으로 전쟁에 참여하였다. 독일은 러시아의 다르다넬스 해협 진출을 막아내려는 오토만 제국 군대를 훈련시킨 바 있었는데 이제 과거 관계를 기초로 오토만 제국의 협력을 얻었던 것이다. 그러나 영국이 러시아를 지원하며 오토만 제국의 콘스탄티노플과 다르다넬스 해협 점령의 계획을 발표하자 오토만 제국은 러시아의 카프카스 지방으로의 진출을 포기하고 영국의 눈치를 살폈다.

　그러나 노련한 영국의 해군대신 윈스턴 처칠(Winston Churchill 1874~1965)은 콘스탄티노플 점령으로 독일의 서부전선 군사력을 분산시킬 수 있고, 러시아에 대한 지원통로를 확보할 수 있으며 영국은 러시아의 곡물을 받게 된다고 주장하여 점령계획을 추진하였다.

　1915년 4월 영국, 프랑스, 영연방의 오스트레일리아, 뉴질랜드 연합군으로 편성된 다르다넬스 해협의 유럽쪽 영토인 갈리폴리(Gallipoli) 반도 공격은 상륙작전의 무지, 엉뚱한 정보, 터키 군의 저항을 받아 연합군의 대실패로 끝났다. 연합군은 25만여 명의 사상자만 내고 아무 전과도 올리지 못하였다.

이탈리아는 '3국 동맹'의 일원이었으나 전쟁이 발발하자 중립을 선언하였다가 1915년 오스트리아 영토를 선물하겠다는 연합국의 제안을 받고 연합국의 일원으로 참전하였다. 그러나 전쟁을 준비하여 왔던 나라가 아니었으므로 이탈아의 군사력은 오스트리아를 견제하기에도 미약하였다. 따라서 1916년 오스트리아, 독일은 이탈리아에 역공세를 펴서 1917년 가을 카포레트(Caporetto)에서 이탈리아 포로 27만여 명을 획득하는 전과를 올렸다.

미국의 참전

연합군은 1917년 절망적 상황에 빠져 있었다. 프랑스에서 니베르의 실패, 영국의 파셴대레(Passchendaele) 공격 좌절, 러시아 혁명으로 러시아가 연합대열에서 이탈하는 불운이 겹쳐서 발생하고 있었던 것이다. 따라서 독일은 승전국이 되는듯 보였다. 그러나 1917년 4월 지금까지 중립적 위치를 고수해온 미국이 독일에 선전포고를 하며 전쟁개입을 선언하였다. 이것은 연합국에는 천만다행한 일이었고 독일에게는 다잡은 고기가 손으로부터 사라지는 비극이었다.

1914년 세계대전 발생 초부터 미국은 연합국에 공감하고 있었다. 미국인들은 영국, 프랑스의 민주체제가 전제적이고 군국적인 독일에 의하여 위협받고 있다고 생각을 하고 있었다. 이러한 미국인의 감정은 영국의 효과적인 대독 흑색선전으로 더욱 높아갔다. 더욱 전쟁의 소식이 일방적으로 전해져 왔으므로 독일의 잔악함은 어디에서나 과장되어 널리 알려졌다.

그러나 미국의 참전을 결정적으로 불러일으킨 것은 독일의 무제한 잠수함 작전이었다. 영국으로 수송되는 모든 물자를 단절시켜 영국을 기아에 빠지게 한 후 승리를 쟁취하겠다는 독일의 잠수함 전략은 영국 항구로 항행하는 모든 선박을—국적을 불문하고—격침한다는 것이었고, 이로써 영국에 군사장비, 곡물 등 군수품과 필수품을 팔아 거대한 이득을 보았던 미국의 상선들은 악명 높은 독일 잠수함(U Boat) 어뢰공격의 표적이 되었다.

미국인의 인명, 미국의 물자, 미국의 위신, 공해에서의 자유로운 항행의 권리 등을 빼앗긴 미국은 격분하였고 대통령 우드로 윌슨(Woodrow Wilson, 1856~1924)은 독일의 승리가 독일의 세계지배를 가져올 것이며 이는 미국의 안보에 중대한 위협이 된다고 주장하였고, 군국적 전체주의에 의한 자유민주주의의 패퇴란 인류발전에 역행임을 내세워 미국의 참전 필연성을 밝혔다.

독일은 무제한 잠수함 작전을 실시할 경우 미국의 참전가능성을 신중히 평가하고 있었다. 미국의 개입은 사실상 독일의 패전을 의미하고 있다는 사실은 독일군 지휘관이라면 거의 대부분 인식하고 있었다.

그러나 독일에서 미국의 개입을 논의하는 가운데, 미국이 여전히 중립적 위치를 고수할 것이라는 믿음이 나타났다. 냉철히 판단할 경우 미국의 개입은 확실한 것이었으나, 독일은 이를 믿고 싶지 않았으므로 미국의 중립 고수를, 즉 어쩌면 참전 안할지도 모른다는 실낱같은 희망에 모험을 걸었던 것이다. 그러나 미국은 즉각 독일과 외교관계를 단절하고 참전준비를 시작하였다.

영국은 이때 미국의 참전을 가능한 빨리 확정짓고 싶어하였으므로 미국인의 독일증오심을 높일 단서를 찾고 있었다. 때마침 독일 정부가 멕시코 주재 독일 대사에게 보내는 암호전문을 해독한 영국은 전문내용을 즉시 미국에서 넘겼다. 그 내용은

"독일과 미국이 전쟁을 시작할 경우 멕시코는 독일측에 참전하여 미국을 견제한다. 멕시코는 이러한 노력의 대가로 텍사스, 뉴멕시코, 애리조나를 얻을 것이다."

라는 것이었다. 이 전보의 내용대로 멕시코가 미국과의 접경지대인

텍사스 등을 점령할 수 있다는 것은 상상할 수도 없는 어이없는 일이었으나 미국인들로 하여금 독일에 대한 증오심을 높이기에는 아주 적당한 내용의 단서였다.

독일의 잠수함들이 중립국 선박들을 계속 공격하자 윌슨 대통령은 의회가 독일에 대한 선전포고를 빨리 결의할 것을 요청하였다. 의회는 대통령의 이 제안을 받아들여 1917년 4월 6일 대독 선전포고를 결정하였다. 드디어 미국이 참전하게 된 것이다.

미국의 참전은 자국의 선박이 피격당한 것에 대한 보복과 미국의 안보를 지키기 위한 것임에도, 대통령 윌슨은 세계를 향하여
"미국은 세계의 민주국가를 보호하기 위하여 참전한다."
고 밝혔다. 따라서 이러한 주장을 따를 것 같으면 미국은 십자군이었다.

즉 민주국가와 전제국가 사이의 충돌에서 정의를 지키기 위하여 민주국가의 수호를 돕는다는 것이었다. 그러나 미국이 이러한 참전 이유를 밝힌 것은 이미 전쟁이 시작된 지 3년이나 지나 양진영이 거의 기진맥진한 때였고 더욱 종전 후 '국제연맹'의 창설에서 미국이 빠졌다는 점을 생각해보면 윌슨의 이러한 주장은 어딘지 쉽게 납득되지 않는다.

미국의 참전으로 연합국의 승리는 보장되었고 영국, 프랑스 군대의 사기도 높아졌다. 반면 독일군의 사기는 저하되어 전쟁의 승리보다는 종전을 기다리는 마음이 우세하게 되었다. 이런 가운데 1918년 1월, 윌슨 대통령은 전쟁이 끝난 후 국제관계의 기본틀을 밝혔다.

소위 '14개 조항'이라고 불리는 윌슨 대통령의 구도는 민족자결원칙, 국제관계에 있어 민주원칙의 공고화, '국제연맹'의 창설로 요약될 수 있다. 여기에서 윌슨은 민족주의와 민주주의를 세계지도이념으로 선포하였다. 이는 19세기의 지도적 이데올로기를 20세기에 와서 확인한 것이었다.

독일의 마지막 공세작전

러시아가 국내사정으로 연합국 대열에서 이탈한 뒤 독일군 사령관 루덴도르프(Erich von Ludendorf) 장군은 미국이 프랑스에 지원군을 보내기 이전 대공세를 펴 전쟁의 승기를 확보하려는 계획을 세웠다. 소모전이 독일에게 불리하다고 판단되었으므로 루덴도르프의 구상은 전쟁에서 승리를 하기 위해서는 당연한 것이었다.

영국을 대륙에서 몰아내어 섬으로 쫓겨가게 한 뒤, 총력을 집중하여 프랑스를 공격한다는 작전계획이 확정되어 독일군은 1918년 3월 21일 영국진영에 포격을 시작하였다. 야포, 박격포, 독가스 등 쏟아부을 수 있는 것은 모두 동원하여 포격을 한 독일군은 예전 방식대로 자기네 참호를 기어올라 흙먼지가 가득찬 중간지대를 통과한 후 영국군 참호로 다가왔다.

영국군의 저항은 예상외로 약하여 독일군은 교착상태를 끝내고 영국과 프랑스군의 연결지점인 아미앵(Amiens)을 점령하였다. 이리하여 독일은 영국군을 몰아낼 근거를 확보하고 기동력을 발휘하였다. 독일의 공격개시 2주일 후 독일의 점령지역은 1,250평방 마일에 달하였다.

그러자 독일의 보급망에 허점이 노출되었다. 너무 짧은 기간에 너무 광범위한 지역으로 진격한 독일군은 탄약, 식량, 병력 보충에 한계를 드러내었고, 영국군의 반격이 점차 강력하게 되었으며 미군이 프랑스에 도착하게 되자 군사력의 우열은 분명하게 판가름되었다.

1918년 5월 말 루덴도르프는 다시금 파리 점령을 위한 총공세를 펴, 파리 부근 60km까지 육박하였다. 미국은 독일의 공격에 당황하였고, 6월 초 미국 사령관 퍼싱 장군은 워싱턴에 보고하길 '파리 상실은 명백함'이라고 전했으나 6월 6일부터 25일까지 벨로(Belleau)

전투에서 미군은 독일군의 공격을 저지시키는 전과를 올렸다. 7월 중순까지 독일은 간간이 공세를 펼 능력이 있었으나 8월에 들어서면 연합군의 반격은 독일의 모든 수비선을 뚫고 독일군을 추격할 정도에 이르게 되었다.

루덴도르프는 독일의 승리가 불가능함을 명백히 인식하게 되었으므로 연합군이 독일 영토를 전쟁터로 만들기 이전에 휴전하기를 원하였다. 만일 루덴도르프의 의도가 실현된다면 독일 국민은 조국에서 독일군이 처참하게 패배당하는 꼴을 보지 않게 될 것이었다. 이렇게만 된다면 독일군의 명성도 그럭저럭 유지될 것으로 루덴도르프는 믿었다. 그렇게 되기 위하여 패전의 책임은 독일 황제와 군부가 지지 않고 민간정부가 맡아야 한다는 것이 루덴도르프의 구상이었으므로 그는 끝장난 잔치의 뒤처리를 위한 민간정부를 급조하였다. 루덴도르프는 민간정부가 입헌군주국 체제를 가지도록 일을 꾸몄으나 패배의 충격과 굶주림은 혁명을 발생케 하여 마침내 독일황제 빌헬름 2세는 퇴위하고 민주공화국이 들어서게 되었다.

1918년 11월 11일 혁명정부는 독일을 대표하여 패전의 책임을 지게 되었다. 독일황제와 군부가 책임을 모면하였음은 여하튼 루덴도르프의 구상대로 된 것이었다. 오전 11시 양측의 군대는 적대행위를 중지하고 밝은 태양빛을 받으며 중간지대로 걸어나왔다. 평화가 다시 돌아온 것이다. 인류가 경험한 가장 잔혹한 전쟁은 끝나고 인류는 다시는 이와 같은 비극을 재현하지 않도록 각성해야 하였다. 그러나 인간은 현명한 동물이었는가?

윌슨 대통령의 구상

1919년 1월 연합국의 대표들은 파리에 모여 평화조약을 체결하기 위한 협의를 시작하였다. 윌슨 대통령도 파리에 있었다. 물경 200만의 파리 시민들이 전쟁을 끝낸 공로자로서 윌슨 대통령을 환영하기 위하여 도로에 나왔다. 여자들은 꽃다발을 윌슨에게 던졌고 그가 탄 4륜마차는 '정의의 사도 윌슨에게 영광을'이라는 표어가 쓰여진 현수막 아래로 지나갔다. 로마에서는 흥분한 군중이 그를 '평화의 신, 평화의 신'이라고 불러댔다. 밀라노에서는 부상 군인들이 그의 옷에 입을 맞추려 밀려들었고, 폴란드에선 대학생들이 그의 이름 '윌슨! 윌슨!'을 외쳐대며 그의 손을 잡으려고 애썼다. 미국대통령 윌슨은 유럽에서 열광적인 환대를 받았다.

유럽인들은 그가 절대주의, 전제주의로부터 민주체제를 지켜낸 십자군이었음을 인정하였다. 자유―민주의 원칙 위에서 평화조약을 체결하려는 윌슨의 희망은 미국 민주주의의 희망이었고 개신교도의 윤리였다. 윌슨이 열광적 환대를 받은 이유 중 하나는 그가 '민족자결(Self-Determination)'이라는 원칙을 전후 질서의 기초로 삼은 데 있었다.

알자스·로렌 지방은 프랑스에 환원되고, 독립 폴란드의 수립, 이탈리아인 거주 지역이면서도 오스트리아에 속하였던 국경 부근의 영토는 재조정되어 이탈리아의 영토로 확정, 합스부르크 제국 내 슬라브인들은 슬라브 민족국가 건설 등이 민족자결의 원칙애 따라 생겨났다. 그러나 모든 식민지가 민족자결의 원칙에 따라 해방되지는 않았다. 한반도의 경우도 윌슨의 민족자결주의에 기대를 걸고 일본의 압제로부터 해방을 희구하였으나 성과가 없었다.

윌슨 대통령은 이와 함께 승전국이 독일에게 너무 가혹한 보복을 하면 패전국은 반드시 복수의 칼을 갈게 되고 이는 장차 세계평화를 위협할지도 모르니 독일에 대한 보복을 경감하자고 주장하면서 '승리 없는 평화(peace without victory)'를 요청하였다. 패전 독일은 승리한 연합국과 함께 새로운 유럽 건설에 참여하기를 권유받았으나 독일의 군국적 전통은 결코 다시 있어서는 안될 것이라고 경고받았다.

평화를 보전하고 새로운 세계를 만들기 위하여 윌슨 대통령은 국제연맹을 만들자고 제창하였다. 국제 간 긴장과 분쟁을 조정할 국제연맹을 평화와, 민주주의, 기독교 윤리를 지킬 서양문명의 보루가 되었으면 좋겠다고 윌슨은 바랐다.

윌슨 구상의 장애요소들

윌슨 대통령의 도덕적, 윤리적, 고결한 이상들이 구체적 협약의 문구로 작성되는 과정은 매우 어려웠을 뿐만 아니라 이상국가에서나 받아들여질 수 있었다. 사실상 윌슨의 구상은 몽상가의 꿈으로 미국에서부터 비판되기 시작하였다.

중립국과 연합국은 윌슨에게 기만당하는 것이 아닌가 의심하기 시작했고 패전국들도 사기당하였다는 느낌을 받았다. 모든 전쟁관련 국가는 자기에게 유리한 평화조약의 협정안을 내세웠고, 윌슨은 이러한 이해가 서로 부딪히는 내용들 중 보기 좋고 듣기 좋은 것만 골라서 말한 셈이었으므로 모든 관련국가의 희망을 다 들어주는 입장이었다. 이러한 입장이 제3자에게는 가능할 수 있어도 당사자들에게는 사실상 불가능한 것이었다.

우선 미국은, 민주당 출신의 윌슨이 그의 외교정책을 지지해 달라고 1918년 11월 상원의원 선거에서 유세를 했음에도 민주당계 15명, 공화당계 25명의 상원의원을 선출하여 윌슨의 외교정책을 비판한 셈이 되었다. 이 결과는 협상 테이블에 앉은 윌슨의 체면을 손상시켰다. 왜냐하면 대통령이 동의한 내용은 상원에서 비준받아야만 효력을 발생하므로 상원에서 다수당이 사실상 결정권을 가진 셈인데 윌슨은 소수당의 대표였을 뿐이기 때문이었다. 따라서 각국 대표단은 윌슨의 주장에 동조하여도 상원에서 비준받지 못할 때의 낭패를 예측할 수밖에 없었다.

협상회담 중 윌슨이 보여준 태도 또한 윌슨의 명성을 훼손하는 데 기여하였다. 직접 협상에 참여하지 않고 막후에서 영향력을 행사함이 사실상 조정자로서 윌슨의 역할이었는데, 윌슨은 이를 마다

하고 직접 테이블에 앉아 사소한 문제를 붙들고 시비를 가리며 즐거운 시간을 보냈다. 유럽인에게 '평화의 신'으로 생각되었던 윌슨은 평범한 인간임이 곧 드러났다. 정의의 십자군으로서 윌슨의 협상 테이블에서의 행동은 기대에 부응하지 못하였다.

그러나 윌슨에게 정면으로 도전한 프랑스의 독일에 대한 복수 감정은 이상과 현실, 이성과 감정의 대결이었다. 서부전선이라고 해도 모든 전쟁터는 프랑스의 땅 위에 있었으므로 프랑스의 전쟁피해는 어느 다른 나라보다도 심했다. 독일은 놀랍게도 자국의 땅 위에 전장을 만들지 않았던 것이다. 따라서 프랑스인의 독일인에 대한 감정은 완전한 복수, 쳐서 거꾸로 눕히는 것이었다. 프랑스인들은 윌슨의 이상주의를 거부할 수밖에 없었다.

이때, 프랑스 대표는 조르주 클레망소(Georges Clemenceau, 1841~1929)였다. 그는 별명이 '호랑이'였는데 그만큼 프랑스를 사랑하고 독일을 증오한 사람은 없었다고 평판을 받을 정도였다. 클레망소의 요구는 사실 단순하였다. 그는

"독일이 철저히 파괴되어 다시는 결코 전쟁을 재개할 여력이 없게 만들어져야 한다."

고 주장하였다. 클레망소는 독일의 인구, 산업기술, 군사적 전통을 두려워하고 있었다. 1870~1871년 전쟁, 1914년의 전쟁에서 독일이 프랑스를 압도한 것은 사실이고 프랑스는 그때마다 굴욕을 당하였다.

이번 세계대전에서는 다행히 영국과 미국이 프랑스를 지원하였으나 미래에도 그들이 프랑스를 도우리라는 보장이 없었으므로 프랑스는 이번 기회를 이용하여 이웃 호랑이의 이와 발톱을 뽑아버리겠다는 것이었다. 따라서 윌슨 대통령이 주장하는 '도덕주의' '승리 없는 평화'라는 것은 완전히 현실상황을 도외시하는 처사라고 클레망소는 비웃었다.

소수 민족의 민족자결 원칙도 윌슨을 곤경에 빠뜨렸다. 이 상황을 독일계 미국 역사가인 하요 홀본(Hajo Holborn)은 적절히 다음

과 같이 지적하였다.

"유럽 대부분 민족들에게 있어서 다른 민족을 희생하더라도 자기 민족의 꿈을 실현하는 것은 지상의 과제였다."

유럽은 많은 민족복합체가 복잡한 인구분포를 가지고 존재한 이질(異質)의 덩어리이다. 특정 지역에 한 민족이 다수를 구성한다고 하여도 거의 예외 없이 소수민족이 있어, 이들은 불평등 차별대우를 받게 마련이었다. 따라서 한 민족의 자결권을 결정하면 다른 민족의 억압은 필연적이었다. 폴란드, 체코슬로바키아, 덴마크, 스페인 등에서 민족문제는 해결할 수 없었다. 그러므로 윌슨의 민족자결주의는 처음부터 한계가 있었고 거부를 당하였다.

이외에도 전쟁중에 연합국이 상호 체결하였던 비밀조약의 내용이 윌슨의 제안과 어긋났고, 전쟁이 유럽인들에게 미친 증오의 감정은 도덕, 윤리, 이성을 강조하며 평화조약을 체결하려는 윌슨에게 세계질서를 수립하려는 시도는 좌절감을 안겨주었다.

1세기 전 나폴레옹을 패배시키고 빈에서 전후문제를 처리하였던 왕정시대 외교관들은 프랑스를 끌어들여 새로운 질서를 만든 바 있으나 민주국가의 정치가들은 적에 대한 복수심에서는 왕정의 지혜를 배우지 못하고 분노의 폭발을 통하여 복수를 하였다. 그러나 이는 결국 더 비극적인 복수를 불러일으킬 뿐이었다.

베르사유 체제의 시동

한달간 협의를 벌인 각국의 대표들은 협정문제를 결말지었다. 파리 평화회담은 다섯 개의 협정을 완성하였는데 각기 독일, 오스트리아, 헝가리, 불가리아, 터키와 개별조약을 체결하기로 합의하였다. 물론 이 중에서 가장 중요한 것은 각국이 독일과 맺은 협정이었다. 1919년 6월 28일 독일이 서명한 베르사유 조약은 패전국에 가혹한 부담을 주는 것이었다. 조약에 따라 프랑스는 알자스·로렌 지방을 회복하고 독일은 라인란트에 수비대를 둘 수 없게 되었다.
　프랑스는 심지어 라인란트 지방을 몇개의 국가로 독립시켜 프랑스의 통제를 받도록 하자고 요구하였다. 그러나 5백만의 독일인이 거주하고 있고 독일 산업의 심장부를 프랑스에 넘겨줄 수는 없다고 판단한 윌슨과 영국 수상 로이드 조지(David Lloyd George, 1863~1945)는 프랑스의 요구를 단호히 거부하였다. 클레망소는 이에 격분하여 윌슨과 대립하였다. 윌슨도 분노하여 조정을 그만두고 미국으로 귀환할 계획을 짰다. 협정체결이 파기될 위험에 직면하자 타협안이 제시되었다. 그것은
"라인란트는 연합군의 통치하에 15년간 점령되며, 이 지역은 비무장화되고 독일이 이 규정을 어길 경우 영국, 미국은 프랑스 지원을 보증한다."
라는 것이었다.
　클레망소는 타협안을 수락하였고 특히 영·미의 보장을 흡족하게 여겼으나 결과로 보아 영·미의 보장은 무용지물이 된다. 왜냐하면 미국의 상원과 영국의 하원이 이 조항의 비준을 거부하였기 때문이었다. 그러므로 영국과 미국에 대하여 프랑스는 깊은 배신감을 맛보게 되었다.
　자르 탄광에 대한 프랑스에 점유 요구도 무시되었다. 연합국은 자르 분지를 프랑스에 넘기지 않고 국제연맹의 신탁통치 15년 후 주민투표에 의하여 독일이냐 프랑스냐를 결정하기로 합의할 뿐이었다. 프랑스의 실망, 특히 영·미에 대한 실망은 점증되어 갔다.
　동부 지역의 문제에서는 단치히(Danzig)와 소위 '폴란드 회랑'이 문제가 되었다. 동부 독일의 일부 지역을 폴란드에게 할양하여 독일의 민족감정을 상처입힌 '폴란드 회랑' 문제는 독일인들이 자신들에 비하여 열등민족이라고 깔보던 폴란드인들에게 넘겨졌으므로 더욱 독일인의 자존심을 건드렸다.
　독일이 제국주의 시대에 획득한 해외 식민지들은 '국제 연맹' 관리를 받으며 사실상 상실되었고 독일은 식민지 없는 나라로 변하게

되었다. 군국주의의 부활을 막기 위한 조처는 특히 주의깊게 검토되었다. 독일의 재무장 가능성을 완전히 배제할 수 없었으므로 징병이 금지되고 참모본부는 해체되었다. 독일군은 오직 자원병으로만 편성되며 병력의 숫자는 10만을 넘을 수 없고 중화기인 대포, 전차, 전투기 보유는 금지되었다. 해군은 명목상으로만 남아있게 되었고 잠수함을 보유할 수 없었다. 여기에서도 독일국민은 깊은 모멸감을 느꼈고 복수심이 생겨나는 것은 어쩔 수 없는 일이었다.

그러나 가장 큰 문제는 배상금 문제였다. 여기서 영국과 프랑스는 의견의 일치를 보았다. 영국, 프랑스 대표들은 본국 국민들의 재촉을 받으며 전쟁에 든 경비 전액을 독일이 배상할 것을 요구하였다.

윌슨은 그러한 금액을 독일이 배상한다는 것은 사실상 불가능하다고 양국 대표를 설득하고 나섰으나 영국, 프랑스의 입장이 단호하였으므로 배상금 문제는 일단 차후에 논의하기로 약속되었다. 그러나 독일이 협정에 서명하였을 때 배상금의 내용은 무제한 값도록 되어 있었다. 영국, 프랑스는 독일의 배상능력을 고려하지 않고 배상금을 청구하였으므로 독일의 입장에서는 오히려 마음 편한 부분도 있게 되었다. 왜냐하면 도저히 갚을 수 없는 빚이라면 파산선고로 해결할 수밖에 없었기 때문이었다.

전쟁책임 조항에서도 제1차대전의 모든 책임은 독일 혼자서 지게 되어 있었다. 이 점에 대하여 독일인들은 승전국에 대하여 마음껏 비웃을 수 있었다. 왜냐하면 싸움이란 한쪽만의 잘못으로 일어나지는 않는다는 것이 일반 상식이었기 때문이었다.

여하튼 베르사유 조약에 독일은 서명하였고 베르사유 체제가 전후세계의 새로운 질서를 대변하였다. 이 와중에서 오스트리아—헝가리 제국은 드디어 해체되고 작은 민족국가들이 제국의 잔해 위에서 새로운 생명의 탄생을 소리내어 밝혔다. 유고슬라비아, 체코슬로바키아, 헝가리가 신생독립국이 되었고 오스트리아는 3류 국가로 전락하게 되었다.

베르사유 체제는 수많은 문제들이 서로 얽히고 설켜서 안정된 모습을 견지할 수 없음이 처음부터 관계자들에게는 명백하게 보여졌고 얼마 지난 후에는 모든 사람들이 급조된 베르사유 체제 붕괴를 예언하기에 이르렀다. 과연 이 체제는 얼마만큼 존속할 수 있는가가 오히려 일반의 관심사였다.

전쟁과 유럽인의 의식

제1차 세계대전은 서구문명에 있어서 커다란 전환점을 이루었다. 전쟁의 상흔은 서구문명에 대한 자신감과 활력을 잃게 만들었다. 서구문명은 멸망할 것으로 예언되었다. 지난 세기 서구문명이 성취한 놀라운 업적에도 불구하고 서구문명은 야만의 단계로 접근하였던 것이었다. 미래는 어둠과 공포로 가득차고 더이상의 발전은 없을 것으로 예상되었다.

그 중에서도 유럽 지식인들의 낙담과 좌절이 가장 컸다. 어린 시절 평화롭고 질서잡힌 세계에서 이성이 지배하는 행복한 삶의 경험을 누렸던 이들은 인종차별, 사회적 다원주의, 신비주의에 빠져 대참사를 불러일으킨 인간의 이성을 의심하기 시작하였다.

과학만능주의 직선적 진보주장은 허구로 생각되었고 유치한 낙관주의에 불과하였다고 지식인들 스스로 자기비판을 하였다. 정신적으로 의지하고 마음의 평안을 가져다 줄 희망의 나라는 어디에도 보이지 않았다.

자유, 민주체제가 위기를 맞이함에 따라 파시즘의 이데올로기가 번성할 토양이 확대된 것은 바로 이 시기였다. 개인의 자유는 이기적 개인주의를 벗어날 수 없고, 의회 민주정치는 헛된 말장난에 불과하며, 이성으로서는 망설일 뿐으로 필요한 결단을 내릴 수 없다는 생각이 사회 분위기에 편승되어 급속히 번져나갔다.

사람들은 기독교 신앙도 없고, 이성도 사라진 전후의 공허감에서 가장 단순한 신앙에 관심을 돌렸다. 윌슨 대통령의 '민주질서로 전후세계를 재건하자'는 권유는 민주주의를 파괴할 전체주의(Totalitarianism)의 대두로 빛을 잃었다.

사실 유럽의 젊은 세대는 참전 세대로서 전쟁의 폭력을 경험하며 어른으로 성장하였고 전쟁기간에 적을 궤멸시키자라는 선동을 세례 받고 성년식을 행한 사람들이었다. 천만 명의 사망자와 사망자의 두 배가 넘는 전쟁 상이용사들이 사회로 되돌아와서 남은 일생을 전쟁의 쓰라린 추억으로 보내며 자신의 전투 경험을 이야기할 때, 전후의 사회는 전쟁 경험세대를 거부할 수 없었다. 따라서 생명에 대한 존엄 대신 폭력과 구차한 삶에 대한 멸시가 전후 세계를 주도하였다. 어느 독일 병사의 회고에 따르면

"사람들은 전쟁이 끝났다고 우리에게 말한다. 천만의 말씀이다. 우리 자신이 바로 전쟁이다. 전쟁의 화염은 우리를 여전히 태우고 있다. 우리는 노래하고 즐겁게 서부전선으로 나갔듯이 전후의 세계로 진군한다."

이 병사의 소감은 퇴폐적 자유주의로부터 영광된 행동을 통하여 전후 사회를 구원할 이상의 세계란 폭력에 있으며 그 자신이 바로 구원의 사회로 나아가는 일을 담당할 주역이 될 수도 있음을 전하고 있다.

히틀러와 무솔리니, 양자는 모두 참전경험이 있었고 전쟁의 열광을 맛보았던 사람들이었으며 전후의 좌절도 겪었다. 이들은 참전세대가 바라고 있는 것이 무엇인지 잘 알고 있었다. 민족 간 증오심은 종전으로 사라지기는커녕 더욱 강력하게 커졌고 폭력에 대한 신앙은 패전국민들 사이에서 더욱 의미를 가졌다.

왜냐하면 싸움에 졌기에 굴욕과 수모를 강요당하였다고 믿었으므로 굴욕으로부터 벗어나는 길은 더 강력한 힘을 키워야 할 것으로 판단되었기 때문이다.

전면전의 특성을 지닌 전쟁으로서 1차 대전은 국가권력 거대화에 큰 기여를 하였다. 국민 총동원으로부터 시작하여 생산, 분배체제를 조정해야만 전쟁을 장기간 수행할 수 있었으므로 정부의 전시체제는

386   Ⅸ. 제1차 세계대전으로의 길

국민의 일상생활의 영역에까지 깊숙히 침투하였다. 자유방임시대 경찰기능을 수행하던 국가권력과 전쟁기간의 국가권력을 비교하면 엄청난 차이가 있음을 곧 알게 된다. 이러한 국가권력의 증대는 다음 시기에 나타날 독재국가, 전체주의 국가의 예비조건이 되었다. 전후 세계의 질서는 결코 전쟁 이전의 질서로 되돌아가지 못하였던 것이다.

제1차 세계대전 연표

1914. 6. 28 : 오스트리아 대공 페르디난트 부처 사라예보에서 암살됨.
1914. 8. 4 : 독일군 벨기에 침공.
1914. 9.   : 러시아군 동프러시아로 진격. 타넨베르크 전투에서 러시아군은 독일군에 대패. 마른 전투에서 프랑스군은 독일군을 격퇴.
1915. 4.   : 갈리폴리 반도 연합군 공격. 사망자 25만 명에도 불구하고 전과 없음.
1915. 5.   : 이탈리아 연합국으로 참전함. 소강 상태
1916. 2.   : 페탱 장군 베르됭에서 독일군 격퇴.
1916. 6.   : 러시아 브루실로프 장군 오스트리아 공격.
1917. 1.   : 독일 무제한 잠수함 작전 시작. 중립국 선박도 격침.
1917. 4. 6 : 미국 뒤늦게 참전.
1917. 11.   : 러시아에서 볼셰비키 혁명 발생.
1918. 1.   : 윌슨 대통령 '14개 조항' 선언
1918. 3.   : 러시아 단독으로 독일과 브레스트 리토프스크 조약 체결. 러시아 전쟁 중단.
1918. 11. 3 : 오스트리아-헝가리 휴전협정에 서명.
1918. 11. 11 : 독일, 연합국과 휴전협정 합의, 제1차 세계대전 종결.
1919. 1.   : 파리 평화회담.
1919. 6. 28 : 독일 베르사유 조약에 서명, 전후세계의 태동.

X. 전체주의 세계의 등장

파시스트 지원병들

―――― 전체주의 세계의 등장 개괄 ――――

　제1차 세계대전의 무서운 결과는 전쟁이 종결되기 이전에 이미 러시아에서 나타났다. 1917년 러시아의 혁명이 바로 그것이었는데 러시아 혁명은 두 단계로 나뉘어 발생하였다. 1917년 3월 러시아는 전제군주제 로마노프 왕조가 붕괴되면서 자유민주주의 정부가 들어섰다.

　그러나 새로운 정부의 지도력 부족, 전쟁의 패배, 러시아 국민 사이의 분열, 자유 민주정치에 대한 미숙함, 정부에 대한 뿌리깊은 불신 등의 여러 요인이 복합되어 러시아의 연약한 민주체제를 뒤엎고 무정부 상황으로 몰고갔다. 혼란은 볼셰비키에 유리하였으므로 1917년 11월 볼셰비키주의자들은 공산독재 체제를 수립하게 되었다.

　이 사건은 전세계에 깊은 영향을 주었다. 강력한 전제국가로 인정받던 차르체제가 대중의 지지를 받지 못하면서 일순간에 무너지자 국민대중의 지지 없는 권력의 허약함이 드러나게 되었고, 민주정치 체제 역시 안정된 중산층 부재, 국민 통합의 미약, 자유의 전통 부재, 공적인 사항에 대하여 주인의식을 가지지 못한 국민들 사이에서는 발전하기가 어렵다는 점도 밝혀졌다.

　전쟁이 끝난 이후 민주정부 체제의 연약함은 분명한 사실로 판명되었다. 유럽의 이탈리아, 스페인, 독일이 민주체제를 포기하여 전체주의를 선택하였고 이들 국가의 독재권력은 대중 지향 독재국가의 모범을 보인 러시아 공산주의 체제를 복사하였다. 19세기적 자유 민주주의는 영국에서조차 그 권위를 유지할 수 없었다. 바야흐로 새로운 시대가 도래하고 있었던 것이다.

러시아 혁명

전제군주제의 붕괴

1914년 봄 러시아 전제군주제의 지지자이며 전 내무대신이었던 두르노보(Deter N. Durnovo)는 러시아가 전면전에 개입할 경우 러일전쟁의 패배 때보다 더 큰 위험을 맛보리라고 경고하였다. 그는 러시아 산업화의 미진, 철도수송의 불충분, 행정조직의 허점을 들어 참전의 포기를 주장하였다.

러시아에게 필요한 것은 전쟁이 아니라 개혁과 평화이며, 전쟁개입은 패배를 불러오고, 패배는 혁명을 야기한다고 그는 예상하였다. 두르노보는 독일의 강한 군사력을 고려할 때 러시아의 모든 전략은 무용하다고까지 생각하였다.

두르노보의 예상은 패전하고 돌아온 병사들이라면 기존의 가치체계와 법과 질서를 지킬 리 없고 이리하여 무정부 상태로 빠지게 될 것은 자명하다는 것이었다. 무정부 상황에서 로마노프 왕조는 소멸될 것으로 두르노보는 확신하였으므로, 그는 전쟁 개입을 극력 반대하였다.

그의 예상은 적중하였다. 참전 이래 러시아군은 낙후된 장비, 낮은 사기, 무능한 지휘, 기동력 부재 등으로 연전연패당하며 내륙 깊숙히 후퇴하였고 독일은 승리를 기반으로 러시아 제국 해체의 계획까지 세웠다.

1916년에 이르면 두르노보의 예상이 현실로 나타나기 시작하였는데 우선 전방과 후방이 분리되었고, 상점들은 문을 닫고, 화폐가치는 극도로 떨어졌다. 도시 노동자 거주지역에서 굶주림과 냉기는 일상적인 일이 되어 분노와 불만이 높아갔으나 차르 니콜라이 2세(Nicolai Ⅱ, 1868~1918)는 전제군주로서의 위엄만 중시하였지 사회변화를 안정으로 이끌 어떤 개혁도 주도하지 않았다.

러시아 국민의 전쟁에 대한 감정을 전쟁 초기만 하여도 조국수호, 황제숭배에서 벗어나지 않았으나 1917년 1월에 이르면 전제군주제를 증오하기에 이르렀다. '차르는 국민의 경제적 욕구를 만족시키지도 못하고 전쟁도 패배하였다'라고 국민, 특히 병사들의 노골적인 비판이 번지기 시작하였다. 1917년 3월 초(율리우스의 옛 태양력으로는 2월 23일—이 달력이 당시에는 쓰였다) 페트로그라드에서 식량배급을 기다리던 행렬이 대규모 시위를 하며 돌연 혁명을 일으켰고 진압병사들도 이에 가세하였다. 미국이 참전하기 1개월 전 300여 년 지속한 로마노프 왕조(Romanov, 1613~1917)는 너무도 쉽게 붕괴되었다.

볼세비키의 임시정부 전복(1917. 11월 혁명)

붕괴된 로마노프 왕조의 후계자로서 양 세력이 경쟁하였다. 하나는 직접 시위에 참가하며 생명을 걸고 투쟁한 노동자, 병사 평의회(Soviet)였고 다른 하나는 혁명과 평의회의 득세를 두려워한 자유세력 연합이었다. 후자는 새로운 헌법을 제정하기 이전까지 임시정부 수립을 주장하며 소비에트와 함께 민주화 개혁을 추진하였다.

러시아의 민주화는 재난의 전쟁을 하는 동안, 즉 수백 년간의 정치, 사회적 긴장을 풀지 못한 채 20세기 초 갑자기 실현되었다. 러시아의 민주화 정착을 위하여 필요한 것은 평화와 시간, 그리고 이를 준비하는 마음 등이었는데 러시아에는 이를 위한 여건은 아무것도 없었다.

임시정부의 문제점

1917년 3월부터 11월까지 러시아의 정세는 가장 생존력이 강한 자만이 살아남는다는 논리로 일관하였다. 외관상 자유, 민주체제의 옷을 입고 서구식 민주국가를 모방하였으나 사회 내적인 문제들이 뒤범벅되어 질서는 사라지고 무정부적 혼란이 계속되었다. 이 틈에 독일과 러시아의 소수 민족은 혼란의 이점을 얻을 수 있었으나 러시아는 힘을 모아 안정된 체제를 만들 능력이 없었다.

자유주의 세력은 당시 가장 유력한 권력계승 집단이었다. 1860년대 이후 개혁의 과정에서 성장한 법률가, 전문직업인, 지식인, 언론인, 산업기업가, 관료의 일부 등은 이미 반전제체제의 기수로 명성을 얻고 있었다. 밀류코프(Paul Miliukov)의 지도 아래 이들은 '인민자유당'을 결성하고 의회민주주의로의 발전을 도모하였다.

자유주의 세력은 '3월 혁명'시 직접 참여한 세력은 아니었으나 자신들이 왕조를 이어 집권할 것을 당연히 기대하고 있었다. 이들은 소비에트 세력의 사회혁명 — 사유권 폐지, 지주토지 몰수, 공장 몰수 등 — 을 두려워하고 있었다. 또한 입헌 왕정제를 기도하는 자유주의 세력은 전쟁의 지속을 시도하였다. 그러나 식량보급의 곤란은 2백만의 병사를 전선으로부터 탈주시켰다. 레닌은 이들을 '다리를 가지고 평화를 선택한 사람들'이라고 불렀다.

자유주의 세력은 표트로 대제 때부터 러시아 국민이 미워하고 거부하였던 서구파의 맥을 이어받고 있었다. 그래서 임시정부의 많은 입법조치들이 전제체제의 낡은 잔재를 없애고 자유로운 사법체제 등을 수립하였으나 효과적인 관료체제의 정비에까지 이르지는 못하였다. 국가로서 요구되는 행정조직과 질서유지는 더이상 제대로 기능하지 않았으므로 모든 일의 처리는 동원되는 '힘'에 의하여 직접 결정되었다. 체제 마비의 혼란을 극복하려는 어떠한 국가조직의 노력도 효과가 없었던 것이 당시의 실상이었다.

따라서 더 많은 노동자, 병사 평의회가 조직되었고 농촌의 몇몇 마을에서는 국가 행정으로부터 독립을 선언하는 일이 나타나기 시작하였다. 혼란의 증대만이 공통현상으로 생각되었고 자유주의 세력은 자유 러시아 건설이라는 희망을 이제는 포기하였다.

노동자, 병사 평의회가 정부형태를 조직한 것은 페트로그라드 소비에트에서였다. 여기에서 농민 출신의 병사들은 노동자를 압도하며 러시아 국민대중을 대변하였다. 이들은 잠시 임시정부에 참여하여 자본주의와 사회주의의 협력체제를 구성하기도 하였다.

1917년 7월 급진과격파이며 자유진영과 밀접한 관계를 가진 케렌스키(Aleksandr Kerensky, 1881~1970)가 임시정부의 지도자가 되어 자유민주체제의 상징으로 부각되었으나 소비에트 체제로 흘러가는 대세를 막아낼 수는 없었다.

무장한 병사들이 탈주하여 농촌으로 돌아가 지주의 토지를 몰수하고, 교통체제가 마비되면서 도시의 생활필수품이 달리게 되자, 도시로 공급되는 식량조차 중단되었다. 도시 대중은 굶주림의 위협을 받자 부르주아 자본가들을 증오하였다. 깨끗한 손톱과 부드러운 손을 가진 부르주아들은 고통을 모르고 삶을 즐길 뿐이라는 증오가 도시대중에게서 발생한 것은 당연한 일이었다. 끼니를 걱정하는 대중들과 달리 이들은 여전히 문화 생활을 향유하는 듯 생각되었으므로 기아 선상 위의 도시대중의 이들에 대한 적개심은 높아만 갔다.

1917년 7월에 이르면 힘을 제외하고 다른 조치로서 질서를 유지한다는 일은 생각될 수 없었다. 그래서 8월 말과 9월 초의 기간에 코르니로프 장군은 군사독재의 음모를 꾸몄다. 무정부 상황에 질린 자유주의 세력, 군대의 장교 집단, 왕조의 잔재 세력들이 각기 코르니로프를 지지하였으나, 케렌스키 임시정부는 이 음모를 수습하지 못하고 페트로그라드의 노동자들이 이 사태를 가라앉히는 데 성공하였다.

이 사건은 우파의 독재를 대중이 지지하지 않았다는 의미를 가졌다. 따라서 좌파는 케렌스키와 온건파들을 제압할 기회를 맞게 되었다. 여기에서 볼셰비키의 득세가 결정되었다. 레닌이 주도한 볼셰비키는 농민, 노동자, 병사 등 대중에 의한 독재를 표방하면서 권력을 장악하였다.

레닌과 볼셰비키

볼셰비키는 러시아의 전통적인 혁명사상과 의미있는 관계를 가지고 있다. 19세기 초 유럽이 자유를 위한 투쟁으로 열광하였을 때 일부 러시아 사회개혁주의자들은 서유럽과 러시아를 비교하며 개혁주장을 폈다. 그러나 전제군주의 탄압이 모든 비판을 금지하자 이들은 지하로 숨어들었고 평화로운 사회개혁을 포기하고 혁명노선을 추종하였다.

경찰의 탄압과 맞서는 동안 대중의 지지를 고려한 '사회주의 혁명' 이념이 자유·민주이념보다 러시아의 전통에 보다 훌륭히 부합되는 것으로 판단되었다. 1870년에 이르면 전문적 혁명가들이 양성되기에 이르렀는데 이들은 혁명의 이념을 위하여 수단을 가리지 않는다는 전술을 개발하였다. 따라서 테러, 암살, 방화 등의 수단이 이념을 위한 도구로써 자주 선택되었다. 여기에는 전통적 도덕적인 판단기준은 아무 의미를 가지지 못하였다.

1880년대 이후 이들은 마르크스의 정치경제학, 역사학을 접하면서 자신들의 이론적 기초를 마련하였다. 세계 모든 곳에서 보편적이고 필연적 발전과정으로 공산주의의 도래를 설명한 마르크스의 논리는 이들의 신앙과 들어맞았고 혁명의 강조라는 점에서조차 일치하였다. 따라서 마르크스의 저술은 이들에게는 하나의 종교적 경전으로 숭배되었다.

1900년에 이르면 넉넉한 가정에 태어나 교육을 받은 지식인들도 마르크스주의자로서 자신의 일생을 내딛었다. 이들 중 가장 중요한 인물이 블라디미르 일리치 울리야노프(Vladimir Ilyich Ulyanov, 1870~1924) ― 흔히 레닌으로 불린다 ― 였다.

부친이 교사로서 귀족의 반열에 올랐던 레닌은 법률가가 되기 위한 교육을 받았으나 전문 혁명가로서 개업하였다.

레닌의 러시아 혁명에 있어서의 공헌은 지대하였다. 그는 우선 마르크스주의를 러시아 혁명에 알맞게 변용하여 이론적 기초를 쌓았고, 다음 전제군주의 압제에 대응할 조직의 힘을 강화시켜 사실상 혁명을 주도할 수 있게끔 만들었다.

그는 조직 본부를 안전하게 해외에 두었으나 국내 대중과 연결은 긴밀하도록 모색되었고 조직 침투를 시도하는 비밀경찰을 막아내기 위하여 조직의 성격은 비밀 위주의 지도체제를 선택하였다. 동료들 사이의 신뢰에 기초를 두었으므로 레닌은 제도적인 통제가 없을 경우 독재로 나아갈 수 있다는 점을 무시하였다.

레닌의 측근으로는 두 명이 있었다. 하나는 트로츠키(Leon Trotskii, 1879~1940)이고 또 하나는 스탈린(Iosif Stalin, 1879~1953)이었다. 트로츠키는 유대계 러시아인으로서 문필 저술에 뛰어난 솜씨가 있었으며, 스탈린은 구두 수선공의 아들로 태어나 총명한 젊은이였으나 혁명적 이력으로 인하여 학업을 중단한 인물이었다. 세 명 모두 젊은 시절 전제정치의 탄압을 받으며 투옥, 시베리아 유형으로 혁명 이전의 삶을 보냈다. 레닌과 트로츠키가 해외에서 투쟁을 계속한 것과 달리 스탈린은 시베리아 유형생활을 벗어나지 못하였다.

1903년 러시아 마르크스주의자들은 양분되었다. 소수인 온건파 멘셰비키(Mensheviks)와 다수 과격파인 볼셰비키(Bolsheviks)가 그것인데, 더 정확하게 양측을 구별하면 정치적 승리를 위한다고 하여도 도덕의 기본원칙은 준수되어야 한다는 '유화파' 멘셰비키와, 정치적 승리를 위하여는 수단과 방법을 가릴 필요가 없다는 '강경파' 볼셰비키로 나눌 수 있다.

레닌은 볼셰비키 이론을 지지하는 한편 농민 중심의 혁명세력을 강조함으로써 마르크스가 설명한 산업노동자 중심의 혁명이론에서 과감히 벗어났다(레닌의 농민 중심 이론은 중공 모택동에게 계승된다).

레닌은 나아가 혁명의 가능성을 아시아 식민지역의 대중들에게서도 찾았다. 이들은 러시아 프롤레타리아와 힘을 모아 자본주의 세계질서를 파멸시킬 잠재력을 가졌다고 레닌은 평가하였는데 이러한 생각도 마르크스의 혁명 이론과는 어긋난 것이었다.

그는 세계혁명의 실천을 믿었고 자본주의 패망으로 나아가는 제국주의 전쟁의 다음 단계에서는 사회주의로 전환을 가져올 세계 혁명이 있을 것이며 이 전환의 주체가 바로 볼셰비키라고 설명하였다. 그러나 제국주의 전쟁에 대한 레닌의 진단은 자본주의의 자기 수정으로 빗나가게 되었다.

레닌의 성공

1917년 4월 16일 레닌은 독일 참모본부의 도움을 받아 페트로그라드로 잠입하였다. 독일은 레닌이 러시아에서 혁명을 성공한 뒤 독일과의 전쟁을 포기하게 되기를 바라는 마음으로 러시아에서의 혁명을 지원한 것이다. 레닌은 독일과의 전쟁보다 러시아에서 볼셰비키 혁명 성취를 더 중요하게 생각하였으므로 독일의 협조를 받아들였다.

 레닌은 임시정부의 능력으로는 러시아가 안고 있는 문제를 해결할 수 없다고 생각하였다. 오직 국가의 완전한 경제통제가 러시아를 재난으로부터 건져낼 것으로 믿은 레닌은 노동자, 농민, 병사 소비에트의 지지를 받은 프롤레타리아의 독재만이 러시아가 안고 있는 문제를 해결할 수 있으며 인류에게 희망을 보여줄 것이라고 주장하였다.

 레닌은 분명히 러시아 민족주의자인 동시에 국제 사회주의자였다. 세계의 모든 억압받는 계급들의 해방을 지원하여 인류의 문명을 보다 높은 단계로 끌어올린다는 주장에서 그는 세계 시민주의자였으나, 러시아는 '3월 혁명'으로 정치면에 있어 세계를 주도하게 되었고, 경제적으로도 국내 자원을 가장 효율적으로 통제하여 러시아의 경제를 가장 발전된 경제체제로 만들 것이라는 주장에서 그는 민족주의자였다.

 이와 같은 레닌의 주장은 러시아 상황이 바뀜에 따라서 현실적으로 가능성을 보이기 시작하였다. 우선 러시아 전지역의 평의회(Soviet)에서 볼셰비키가 주도권을 잡았고, 농민들 스스로 지주의 토지를 몰수하는 혁명운동을 가열시켰다. 임시 정부의 통제력은 사실상 소멸되었다. 더욱 트로츠키의 볼셰비키 혁명 선동은 뛰어난 솜씨를 보였기 때문에 임시정부를 전복하는 일은 무력이 거의 필요하지 않을 정도였다.

 1917년 11월 6일부터 7일까지 볼셰비키는 권력을 수중에 넣었고 소비에트 정부 수립을 선포하였다. 이어 소비에트 민주주의 체제가 내외에 선포되었으나 권력체제는 독재권력 체제를 본땄다. 프롤레타리아 독재만이 정부의 권위를 회복할 수 있다는 것이 소비에트 민주주의의 평결이었던 것이다.

 이 사건의 역사적 의의는 20세기 세계사의 흐름을 바꿔 놓았지만

1917년 11월 10일자 미국《뉴욕타임즈》신문은 이 사건을 다음과 같이 보도했을 뿐이었다.
 "볼셰비키는 정치적 어린아이들이다. 이들은 자신들이 가지고 노는 거대한 힘들이 무엇인지 조금도 모르는 어린아이들과 같다. 웅변의 솜씨를 제외하고는 유명해질 수 있는 자질이 전혀 없는 어린아이들이다."
 러시아 민족주의를 혁명적 세계주의로 높인 레닌은 볼셰비키의 영웅이었다. 그는 러시아의 굴욕과 국제질서가 해체되는 여건 속에서 20세기 최초의 단일 독재체계를 확립하였다.

볼셰비키 통치의 초기 상황

 레닌은 혁명 성공 이후 러시아 프롤레타리아를 지도하였고, 서구 자본주의 우월감에 반대하는 후진지역의 저항을 상징하는 인물이 되었다. 그래서 레닌은 이러한 맥락에서 1918년 당의 이름을 볼셰비키로부터 공산당으로 바꾸었다. 마르크스처럼 레닌도 착취 없는 세계의 건설을 인간의 고귀한 이념의 실천이라고 생각하였다. 이러한 신조 아래 레닌은 윌슨의 '미국적 민주주의'를 부정하며 '소비에트 민주주의' 세계관을 우월하다고 주장하였다. 양자 모두 민주주의 체제를 표방하였으나 미국식과 러시아식의 민주주의 개념은 일치할 수 없었다. 여하튼 20세기 역사적 전환점을 만든 인물로 레닌은 일단 기억된다.
 집권 이후 레닌에 대한 도전은 볼셰비키 정권을 휘청거리게 하였다. 여전히 러시아는 독일군과 대치하였고 1918년 3월 독일과 체결한 브레스토 리토프스크 조약은 러시아 소비에트 정권에 엄청난 체면 손상을 가져왔다. 독일과의 강화조약으로 러시아 북서지방이었던 핀란드, 발트 근방, 폴란드가 러시아 영토에서 떨어져나갔고 러시아 산업의 핵심지역이며 곡창지대인 우크라이나도 상실하였다. 레닌은 이와 같은 굴욕적인 독일의 강화조건을 수락하였다.

한편 러시아의 반공세력은 레닌이 굴욕적인 브레스토 리토프스크 조약을 서둘러 체결하는 것을 보고 반혁명의 성공 가능성을 인식하고 소비에트 정권에 저항하는 내전을 본격적으로 시작하였다. 1917년 여름 로마노프 왕조의 장교들은 코사크(Cossacks)의 충성심에 의지하여 남부 러시아에서 반 소비에트 세력을 규합하였고, 시베리아 및 발트 지방에서도 반 소비에트 세력이 봉기하였다. 반 소비에트 세력은 '백군'이라고 불렸는데 이는 소비에트 군대가 '적군'이라고 불린 것과 대비시키기 위한 것이었다.

'백군'의 편성은 온건파 사회주의자로부터 반동세력에 이르는 잡다한 것이었다. '백군'의 잡다한 세력은 외국의 지원을 받았다. 영국, 프랑스, 미국, 일본이 백군을 지원하였는데 이들은 세계혁명을 내세우는 소비에트 정권에 강한 거부감을 느꼈고 자본주의 체제 유지를 위하여 공산세력을 제압해야 한다고 믿었으므로 '백군'을 지원하였다.

1918년 7월 16일 공산주의자들은 폐위된 니콜라이 2세와 로마노프 왕가의 사람들을 처형하였다. 이는 봉건잔재를 청산하고 반혁명세력을 약화시키기 위한 조치였다. 한편 트로츠키는 국민개병제의 실시와 엄격한 군사훈련을 통하여 '백군' 세력을 격퇴시킬 적군을 양성하였다. 트로츠키는 '적군'의 기강을 세울 필요를 절감하면서 가혹한 군법을 적용하며 '적군'을 훈련시켰고 군대에 정치담당자를 파견하여 사기를 높이는 일에 치중하였다.

그러나 1918년 8월 레닌이 습격당하는 사건이 발생하고 '백군'이 중앙 러시아로 진출하여 '적군'의 식량공급을 차단하는 사태가 발생하자 '적군'은 트로츠키와 스탈린의 지휘하에 백군의 공격을 저지시키는 필사적인 노력을 기울였다.

1919년 독일이 패망하면서 사태는 새로운 국면에 접어들었다. 독일의 위협은 끝났으나 외국의 개입은 레닌의 지도하에 코민테른(Comintern)이 결성되어 세계혁명을 선언하게 만들었고, 또한 레닌이 소비에트 정권을 수호하기 위하여 각국의 공산주의자들에게 러시아 지원을 요청하면서 점차 확대되었다.

1919년 봄 시베리아의 백군은 서부로 진군하고 다른 지역의 백군도 모스크바를 향하여 진군하였다. 이즈음 레닌은 수도를 페트로그라드에서 모스크바로 옮겼다. 이때가 내란의 분기점을 결정하는 순간이었다. 그러나 백군의 지원세력인 영국, 프랑스, 미국은 독일이 항복하자 전쟁은 끝났다고 생각하여 소비에트의 '적군' 분쇄에 적극성을 보이지 않았고, 트로츠키의 적군 양성이 그 효과를 나타내면서 백군은 우세를 빼앗겼다.

따라서 1920년 11월에 이르면 백군의 최후 거점인 크림 반도도 적군이 장악하여 내란을 종결짓게 된다.

내란이 끝나기 전 소비에트 정권은 폴란드로부터 공격을 받았다. 즉 1920년 4월 새로 수립한 자유 폴란드 공화국은 소비에트령 우크라이나로 침공하였다. 초전에 적군은 잠깐 승리하였으나 곧 패배를 거듭하여 우크라이나 내부 깊숙히 새로운 국경협정이 폴란드에게 유리하게 확정되었다.

1921년에 이르러 소비에트 러시아는 동부 유럽으로부터 추방당하며 다시 한번 추운 나라의 붉은 곰에 머물렀다. 그러나 정치체제는 공산주의자들이 지배하는 러시아로 확정되었다.

레닌은 혁명 러시아가 1917년 이래 겪은 고통이 너무 크다고 판단하여 성급한 혁명목표 달성을 포기하고 있었다. 왜냐하면 급격한 사회변화는 국민의 지친 육신을 다시 긴장시킬 것이기 때문이었다.

이 격변의 기간 러시아의 비극은 보리스 파스테르나크(Boris Pasternak)의 대표 소설 《의사 지바고》에서 생생하게 묘사되고 있다.

볼셰비키 독재정치

레닌은 집권 이후 모든 정당과 언론을 불법화하였다. 1918년 1월에 임시정부의 유물이었던 제헌의회를 해산하고 체카(Cheka)라는 보안위원회를 세워 반혁명 세력을 제거하였다. 체카는 비밀경찰로서 모든 러시아인들에게 공포를 상징하였다. 레닌이 말하기를 "모든 해로운 벌레들을 러시아에서 청소하여 없애자. 빈대와 이를 잡아야 한다."
고 했을 때 해로운 벌레란 '부자, 게으름뱅이, 건달'을 지칭하였다. 체카는 이들을 제거하기 위하여 수단 방법을 가리지 않았고 도덕과는 무관한 냉혹한 신으로 보였다.

레닌은 게으른 자 10명 중 한 명은 시범적으로 현장에서 총살할 것을 지시하기도 하였다. 살아 남은 아홉 명의 벌레는 체카가 운영하는 강제노동수용소로 보내어 성분을 바꿀 때까지 혹사당하였다. 내란의 와중에서도 공상주의자들은 권력을 유지하기 위하여 적들을 잔혹하게 제거하였다.

'백군'과의 내란시 대중의 지지를 얻기 위하여 공산주의자들은 국민에게 많은 선물을 약속하였고, 비러시아 민족으로서 소비에트 러시아에 속한 지역은 문화, 행정부문에서 자치권을 부여받았다. 동시에 러시아 민족주의자를 달래기 위하여 공산주의자들은 소수민족들의 정치적 독립을 용납하지 않았고 소비에트 러시아를 침략하는 외국의 군대로부터 조국 러시아를 지키자는 민족주의적 구호도 이용하였다.

그러나 가장 의미 있는 일은 공산주의자들이 농민에게 토지를 무상분배한 것이었다. 지주의 소유지를 모두 국유로 몰수한 뒤 농민들에게 나누어 준 이 조치는 러시아 국민의 절대 다수를 구성하였던 가난한 농민들의 절대적 지지를 받았다. 공장도 공장노동자들에게 우선은 맡겨졌다.

교회와 국가는 완전히 분리되었고 문자는 쉽게 읽고 해득할 수 있도록 단순화되었다. 달력도 더욱 합리적인 신력(新曆)으로 바꾸어 사용되었다. 음악, 미술, 연극 등 지금까지 소수 부유층의 전유물이었던 예술활동은 대중들에게도 접근이 허락되었다. 이는 기존의 이익을 지키려는 관리, 지식인, 지주, 산업자본가를 숙청하는 참극과 함께 진행되었으므로 가능하였다.

소비에트 러시아는 지금까지 역사의 주인이 되지 못하였던 무식한 농민, 병사, 노동자들의 지지 위에서 건설된 국가였으므로 서구에서처럼 지배계급이 지켜온 가치관과는 거리가 먼 일이 많이 있었다.

여성의 해방은 이러한 예의 좋은 증거이다. 소비에트 정권은 전통적으로 여성들이 집안에서 가사와 양육에 종사하던 것을 공동 가정, 공동 세탁, 공동 육아 등으로 바꾸고 이념적으로 남녀 평등을 표방하였다.

그러나 아시아 지역의 소비에트 러시아에서는 이러한 정부의 노력이 제대로 시행되지 못하였다. 왜냐하면 가정과 생산업무에 종사하는 여자들이 책임지위에 이르는 것이 사실상 불가능하였고 아시아 지역의 '남존여비'의 오랜 전통은 쉽사리 무너지지 않았기 때문이다.

소비에트 정권은 주택, 식량, 의복 등의 부족을 엄격한 배급제도의 실시로 해결하였고 교육을 전 국민에게 실시하여 문맹을 퇴치하였다. 공산사회였음에도 사유재산을 전면적으로 부정한 것은 아니었고 사적(私的)인 사용을 위하여 소유한 것은 국민의 소유물로 인정되었다. 단지 평상적인 수준을 벗어나는 호화판 사치품 등은 국가에 몰수되었다. 모든 산업과 금융이 국가 소유로 되었으며 개인의 이익을 위하여 운영되는 모든 기업은 불법화되었고 국가만이 고용주였다.

따라서 국가는 모든 국민의 생활필수품으로부터 직장에 이르기까지 개인의 삶을 완벽하게 통제하게 되었다. 계획경제의 실시를 경제정책의 원칙으로 삼은 소비에트 정권에서 국력의 효율적 이용은 눈에 두드러지게 보이는 특징이었다.

그러나 노동자들의 입장과 볼셰비키를 대표하는 레닌의 입장이 일치한 것만은 아니었다. 노동자들은 자신들의 방식으로 자신들이

402 X. 전체주의 세계의 등장

제3인터내셔널(코민테른)을 결성하는 레닌(오른쪽에서 두번째)

생산을 결정하는 민주주의를 원했으나, 레닌은 사회주의를 채택하였다. 이를 위하여 레닌은 국민 재교육을 실시하여 사회주의 실현을 위한 국민의 자질을 높이고자 하였다.

1918년 봄, 러시아의 산업화 수준이 서구의 산업화와 비교할 때 생산성이 낙후되었다고 자인한 레닌은 경쟁심을 높이기로 하였다. 사회주의적 경쟁은 물론 자본주의적 경쟁과는 달랐다. 레닌은 "혁명은 사회주의를 위하여 노동 대중이 노동 지도자의 의견에 복종할 것을 요구한다. 나아가 엄격한 규칙이 시행되어야 하며 소비에트 지도자의 유일한 의지에 무조건 복종해야 할 것이다.

거대한 규모의 기계에서는 절대적이고 엄격한 의지의 통일성이 요구된다. 의지의 통일이 있어야 수십만, 수백만 노동대중의 협력이 효과적으로 기능한다. 무수한 국민대중의 의지는 하나의 의지에 복종되어야만 한다."
라고 지적하였다.

레닌의 지적은 소비에트 사회가 전쟁으로 인하여 피폐되어 발전한 서구의 산업화를 따라잡을 수 없는 경우 외세의 간섭을 피할 수 없다는 점에서 출발한 것이었다. 그러므로 외세의 간섭을 물리치기 위하여 사회주의 노동윤리가 정립되어야 할 필요를 레닌은 절감하였다. 사회주의 노동윤리란 서구산업화를 능가할 수 있도록 더욱 헌신적인 자기 희생을 노동자들에게 강요한 윤리였을 뿐이었다.

레닌의 볼셰비키 혁명은 그의 이론을 따를 경우 두 개의 혁명이 합쳐서 완성될 것이었다. 즉 첫번째의 혁명은 아래로부터 혁명으로, 러시아 대중이 러시아의 주인이 되는 과정으로서의 혁명인데 이는 프랑스의 대혁명과 맥락을 같이 하는 것이었다. 두번째의 혁명은 러시아를 새로운 종류의 독재체제하에 복속시키는 것이었다. 새로운 지도자는 차르보다도 훨씬 강력한 권력을 행사하며 개인의 삶을 통제하였고 이는 결국 위로부터의 혁명이라고 요약될 것이었다.

일당 독재국가

소비에트 권력은 공산당으로부터 나왔다. 당의 지도부는 어떤 면으로 보면 로마노프 왕조 시대 추밀기관과 비슷하였고 당의 조직은 옛 관료조직의 특징을 그대로 답습한 듯이 생각되었다. 극단적인 비유로 말하면 혁명 이후에도 권력의 의자는 그대로 남아 있었고 단지 의자의 주인만 바뀐 듯 생각되었다.

1921년 당의 새로운 지배 엘리트의 수는 50만에 불과하였다. 이는 50만 명이 러시아 전 국민의 삶을 사실상 결정한다는 의미로 생각되었다. 물론 왕조의 관리들은 왕조와 차르의 이름으로 차르를 위한 정치를 하였으나 공산당은 전인민의 복리를 위한다고 통치의 정당성을 내세웠다.

당의 엘리트들의 의무는 다음과 같았다.

"당원은 당의 규칙을 엄격히 준수해야 한다. 당의 정치활동에 적극 참여하여야 하며 당의 결정을 받아들여 실천하여야 한다.……
마르크스-레닌주의를 숙지해야 하며 당의 중요한 결정을 당원이
아닌 대중에게 설명할 수 있어야 하며, 통치하는 당의 구성원으로
서 노동과 규칙의 모범을 보여야 한다. 맡은 바 임무를 완수할 수
있도록 생산성과 노동자의 질도 향상시켜야 한다."

당의 지도자들은 과거에 대중과 함께 힘든 삶을 체험하였고 조국
이 낙후와 패배로부터 벗어나야 한다고 굳게 믿은 민족주의자들이
었는 바 이들은 국가통치의 경험은 없었으나 배우려는 마음의 자세
를 갖추었고 이를 위해 정열적으로 일하였다. 따라서 애국심, 민족
적 자부심 등이 당의 엘리트들을 묶는 결합력으로써 작용하였다.
여기에서는 일반 대중과는 구별되는 도덕적, 윤리적 기준들이 작용
하고 있었다.

당의 실권은 '당정치국(Politburo)' 소수에게 맡겨졌다. 레닌, 트
로츠키, 스탈린과 몇 명의 정치국원이 정책을 결정하고 새로운 임
무를 계획하고 중요한 직책의 인사권을 결정할 수 있었다. 정치국
의 정책결정은 합의제가 원칙이었고 정치국원은 평등한 위치를 가
지고 있었으나 실상으로는 정치국도 처음은 레닌이, 나중에는 스탈
린이 지배하였다.

이처럼 당의 조직이 확대되고 중앙집권하의 필요성이 높아가자
상부의 명령, 하부의 복종체계만이 기능하였고 다수가 모여서 논의
하는 일은 형식절차로 변하였다.

점차 레닌은 독재자로 변신하였다. 이는 그가 독재권력을 갈구하
였다는 점 외에도 체제 자체를 당지도자의 결정에 종속되는 구조로
발전시키는 데 있었다. 레닌은 당의 통일을 위하여 그에게 도전하
였던 모든 원로 혁명가들을 체카를 이용하여 제거하였고 공산당 이
외는 어떤 정치단체도 용납되지 않는 러시아 역사상 가장 강력한
독재권력을 행사하였다.

당은 국민들을 마르크스-레닌주의의 사상으로 지도하여 체제통
합을 추진하였다. 종교, 철학, 사상의 자유가 사라지는 대신 어느

분야에서나 마르크스-레닌주의에 입각한 분야별 특성이 있을 뿐이었다.

국민들은 사상에서조차 자유를 가질 수 없어 마르크스-레닌주의가 요구하는 체제의 일원으로서만 존재하였다. 전체주의 사회의 일원으로서 소비에트 러시아 국민은 생존할 수 있었으나 개인으로서 삶은 일상생활에서도, 직장에서, 심지어 사상까지도 가능하지 못하였다. 단지 개인의 자유를 희생함으로써 평등의 가능성이 확대되었을 뿐이다.

스탈린의 등장

러시아의 재건을 위한 정책을 입안하고 실권을 장악한 레닌이었으나 그는 계획이 실현되는 것을 보지는 못하였다. 1921년 크론슈타트 해군기지에서 수병들의 봉기, 페트로그라드 근교에서 노동자의 소요는 레닌 계획의 수정을 강요하였다. 소비에트 민주주의를 원하는 세력이 레닌의 정책을 거부하며 소요를 일으키자 트로츠키는 무력으로 이들을 진압하였다.

그러나 당 지도부는 국민의 정상적인 생활을 위해서 당의 계획이 어느 정도 수정되어야 한다는 것을 이번 상황을 통하여 배웠다.

그러므로 1921년 공산당 전당대회는 1928년까지 지속될 신경제정책(NEP)을 채택하였다. 이에 따르면 레닌의 국가사회주의 체제를 일보 후퇴시키는 일이 필요하였다. NEP체제하에서 농민들은 국가에 납부하는 세금을 제외하고 잉여물을 시장에 자유로이 판매할 수 있었고, 소규모의 자본주의 체제가 존립하였다. 따라서 제1차 대전 이전의 분위기가 조금씩 나타났고 NEP시기를 신구러시아가 병존하였던 독특한 시기로 만들었다.

레닌은 NEP체제가 가동되기 시작하자 사실상 권좌에서 물러나게 되었다. 평생을 혁명으로 보낸 레닌은 은퇴 후 휴양을 하며 새로운 사회를 건설하는 일을 위하여 조국 러시아의 준비가 얼마나 부족하였던가를 절실히 깨닫게 되었다. 그의 유언은 자본주의로부터 열심히 일하는 정신을 배우자라는 것이었다.

레닌의 계승자로서 당을 이끈 사람은 스탈린이었다. 그는 1917년 볼셰비키 혁명 때에는 주목을 받지 못하였고 그가 레닌의 후계자가 될 것이라고는 아무도 예측하지 못하였다. 트로츠키가 스탈린과 레닌의 지위를 놓고 경쟁을 하였으나 강철의 사나이 스탈린은 트로츠키와 그의 일파를 숙청하며 레닌이 남겼던 상흔을 치료하는 과업을 시작하였다.

내란과 혁명의 상처는 스탈린이 당서기장으로 추대되었던 1922년에도 많이 남아 있었다. 스탈린은 이 과업을 당의 관료제를 통하여 정비하기 시작하여 냉철한 이성의 소유자임을 드러내보였다.

그는 국민에게 외관상 부드럽고 소박하며 평범한 지도자로서 인식되기를 원하였으므로 그의 모습을 담은 선전 포스터들은 한결같이 따스한 감정의 지도자임을 표현하였다. 그러나 포스터 이면의 스탈린 모습은 냉혹한 현실 정치가로서 목적 달성을 위해서는 수단과 방법을 가리지 않는 권력지향적 정치인이었다고 평가된다.

러시아의 근대화와 집단화

스탈린은 러시아에게 지금 필요한 것은 세계혁명이 아니라 산업화에 의한 근대화라고 천명하였다. 볼셰비키는 이 일을 외국자본의 도움 없이 오직 러시아의 자력으로 수행할 것이라고 스탈린은 밝혔는데 이것은 소비에트 정권의 자신감으로부터 비롯되었다.

그의 정책은 흔히 '일국 사회주의(Socialism in One Country)'라고 불렸다. 이에 의하면 소비에트 러시아는 가까운 장래에 자본주의 선진국을 능가할 모든 준비를 갖추었다는 것이었다. 그러나 소비에트인들조차 스탈린의 주장을 문자 그대로 받아들이지는 않

러시아 혁명 407

았다.

스탈린의 목표가 서구 선진 자본주의 국가를 따라잡는 것이었고, 외국의 도움 없이 자력으로 이를 수행해 나가겠다는 것이었으므로 그 부담은 러시아 국민들이 짊어지게 되었다. 서구화의 달성에 온 국력을 기울이는 스탈린의 모습은 표트르 대제의 노력과도 유사하였다. 러시아 대중의 참된 관심이 무엇인지 알려고 하지도 않고 지도자들의 판단에 따라 국민을 동원하여 서구의 산업화를 추진하는 양상은 레닌이나 스탈린이나 표트르 대제나 모두 비슷하였다.

스탈린의 추진력은 1928년 '제1차 5개년 경제개발'의 실시에서 나타났다. NEP를 폐지하고 산업화의 기반 조성사업을 시작한 스탈린은 중공업, 철도, 발전소, 철강공장, 군수산업에 경제개발의 중점을 두었다.

따라서 일상품의 생산은 최저수준으로 축소 조정되어 국민대중은 내핍생활을 강요받았다. NEP실시하에 승인되었던 소규모 사적 교환은 전면적으로 금지되고 국영상점이 생필품을 보급하였으나 그 품질은 나빴고 그나마 물건 자체가 귀한 실정이었다. 그러나 소비에트 러시아인들에게는 황금빛 미래상이 제시되어 현실의 어둠을

생산 증강을 외치는 러시아 포스터

잊도록 권유받고 있었다.

소비에트 러시아인들 대부분은 경제개발의 의미도 모르는 채 물자부족과 힘든 노동에 불만을 나타냈으나, 젊은이들은 자신들이 인류에게 희망을 제시할 위대한 조국건설에 참여하고 있다는 긍지를 가지고 희생을 아끼지 않았다.

당시 1920년대 말 서방 자본주의 세계는 대공황을 맞이하여 현실과 미래를 불안과 두려움으로 바라보고 있었으나 소비에트의 젊은이들은 스탈린이 그려낸 정도로 장미빛 미래는 다가오지 않았어도 실업이 없고, 미래에 희망을 가질 수 있었던 경제발전의 단계적 성공에 만족감을 느꼈다. 이즈음 소비에트 러시아는 서구 자본주의 세계가 만약 파멸된다면 새로운 세계의 모범국으로 제시될 수도 있었다.

농업부문에서 발생한 변화는 경제개발에 못지 않게 충격적이었다. 농민들은 강제로 집단화되기 시작하였고 농업부문이 산업부문처럼 계획경제에 의하여 운영되기 시작하였던 것이다. 대규모 조직화를 통하여 생산을 높이기 위한 집단화는 농경지, 가축, 인력의 합리적 배열을 의미하였다. 볼셰비키 지도자들은 낙후된 농업을 끌어올리기 위하여 농민이 공장 노동자처럼 조직화될 필요를 절감하고 있었다.

그러나 농민의 완고함, 자기 토지에 대한 애착, 공장생활 같은 작업의 거부 등을 이해하였던 볼셰비키 지도자들은 이러한 집단화에 대한 농민의 반응을 우려하였으므로 집단화 실시를 머뭇거렸다.

그러나 스탈린은 농민집단화는 경제개발 5개년 계획의 필수적 전제조건이라고 생각하였으므로 산업화를 이룩하기 위하여 농민의 희생은 어쩔 수 없는 것이라고 판단하고 있었다. 왜냐하면 계획경제 분야에서는 식량의 생산이 미리 계획되지 않고서는 만사가 쓸모가 없기 때문이었다. 따라서 농민 집단화는 무리를 무릅쓰고 실시되었고 소비에트 정권은 농민조차도 완벽하게 통제를 받게 만들었다.

그러나 이에 대한 대가는 작은 것이 아니었다. 농민들의 집단화에 대한 인식은 다음의 사건들에서 잘 나타났다. 부유한 농민인 쿨락(Kulaks)은 물론 집단화에 저항하였으나 가장 빈곤한 농민들조차 — 이들은 집단화로 이득이 예상되었다 — 관습적인 생활의 존속을 주장하였다.

농민들은 어쩔 수 없이 농지와 가축을 집단화하게 되자 가축을 양도하는 대신 잡아먹기로 결심하고 사육제를 즐겼다. 이리하여 소비에트 러시아의 가축 숫자는 1/2로 줄었고, 가축이 없어진 만큼 농업생산량도 떨어지게 되었다.

농사에 있어 결정적 영향을 미치는 말의 숫자는 1/3로 감소하였고 곡물은 파종되지도 않거나 수확을 포기하는 사태가 벌어졌다. 따라서 5개년 계획은 좌절되었고 1931~1933년 동안 밝혀지지는 않았으나 수백만이 굶어죽었다.

스탈린은 이러한 저항을 분쇄하기로 결정하고 모든 저항을 가혹하게 처벌하였다. 저항주동자들 수천 명이 살해되었고, 농민 가족들은 분리되었으며, 산업건설의 현장으로 이주시키면서 정부는 쿨락을 없애고 농민들을 당의 질서에 굴복시켰다. 1935년까지 전 농민이 집단화되었고, 원칙적으로 집단농장은 선출된 대표가 운영을 책임졌지만 실제로는 당에서 지시하는 내용을 전달하는 일이 그의 임무였다. 농민들은 새로운 농노제라고 투덜거렸으나 공공연하게 이를 비판하고 저항하지는 못하였다. 그러나 그들의 마음 깊은 곳에는 집단화를 비판하고 부정하고 있었다.

'피의 일요일' 사건의 무대가 된 비운의 궁전

XI. 파시즘의 대두

나치의 3두체제

《 파시즘의 대두 개괄 》

　자유주의자들은 제1차 세계대전은 민주체제 대 전체체제의 충돌로 이해하고 연합국의 승리가 민주체제의 발전을 가능케 하리라고 예상하였다. 전쟁이 끝난 직후 자유주의자들의 예상은 들어맞는 듯이 보였다.

　그러나 20년이 채 안되어 유럽에서 민주체제는 사망선고를 받고 있었다. 스페인, 이탈리아, 독일, 중동부 유럽의 신생국가들은 민주체제의 좌절을 경험하였고 다양한 전체체제가 대두하기 시작하였다. 민주체제의 실패와 전체체제의 성공은 이탈리아와 독일에서 가장 현저하였다.

　전체사회의 대두는 자유주의 사회가 해체되어 가는 과정을 보여주고 있었다. 세계대전의 점화 이후 파시즘의 대두는 분명히 정신적 공허감, 경제파탄, 정치 불안감을 대변하고 있었고 이는 소비에트 볼셰비키 혁명이 자국에서도 발생할지 모른다는 두려움의 산물이었다. 또한 산업사회가 초래한 변화에 대하여 자유 민주체제가 적절하게 대응하지 못하였던 것에 대한 책망이기도 한 것이 파시즘의 대두였다.

　파시스트들은 자유 민주사회가 무기력하며, 영혼이 없다고 비판하였다. 이들은 파시즘이 인간에게 새로운 활기를 더하여 주며 높은 인간성을 증명한다고 믿었다. 위기의 시기에 민주체제의 의회정치는 말장난의 유희로 생각되었고, 과정을 중시하는 민주사회의 모습은 비합리적인 것으로 생각되었다.

　따라서 파시스트의 공감자들은 자유 민주체제는 소멸되어 가고 파시스트의 세계가 도래하리라고 믿었다. 파시스트 국가들이 자유의 희생을 치르며 경제안정을 이룩하자 파시스트에 대한 기대는 더욱 확산되었다.

파시즘의 요소들

　파시즘의 특징은 극단적 민족주의, 자유주의-마르크스주의의 부정에 있다. 이 사상은 자유 민주체제의 폐허 위에 새로운 문명을 건설하는 것이라고 생각되었다. 히틀러는 나치즘의 원리를 밝히기를
　"개인주의 및 마르크스주의적 인간개념을 없애고 한 핏줄의 유대와 조국의 흙에 기반을 둔 민족(Volk) 공동체의 건설"이라고 밝히고 있다.
　파시즘은 자유 민주체제가 인간을 이윤 이외의 어떤 고결한 이념도 인정하지 않는 유물적 동물로 격하시켰음을 비판한다. 이상주의를 흠모하는 젊은이나 지식인들은 인간의 고결한 본성을 강조하는 파시즘이 좌절에 빠진 사람들을 구원할 유일한 희망으로 간주하고 그들의 행동주의를 높이 평가하며 추종자로 나섰다.
　파시스트들이 가장 경계한 사상은 마스크스주의였다. 민족공동체를 부정하고 계급 간 결합만 강조하는 마르크스주의는, 모든 계급의 국민을 민족주의의 열기 속에 집어넣고 민족이라는 용광로 속에 녹여 국민의 일원으로서 삶의 의의를 부여하려는 파시즘과 극단적으로 대립되었다. 낙담과 좌절의 시기에 파시즘은 개인들의 고립감, 무력감, 불안감을 민족이라는 성화된 이념 속에서 해결할 수 있었다.
　자유 민주체제나 마르크스주의가 모두 인간의 합리적 사유의 힘을 믿고 있었으나 파시즘은 인간의 본능, 의지, 핏줄, 외양을 신뢰하였다. '이성은 의심을 가지게 만들며, 분석은 망설이게 만든다.

행동은 그 자체가 덕이며 인간의 고귀한 본능이다'라고 파시즘의 이론서는 밝히고 있다.

민족의 지도자는 우유부단한 개인들의 결단을 대신해주고, 모든 분열을 민족의 이름으로 통합시킨다. 따라서 불안의 시대를 살아가는 사람들은 새로운 구세주에게 자신을 바치며 구세주의 뜻의 실현에서 잊었던 자신의 모습을 바라볼 수 있었다.

파시즘의 지지자들은 하층 중산층에 속한 사람들이 대부분이었다. 소상인, 수공업자, 사무원, 하급 공무원, 자영농 등으로 구성되는 하층 중산층은 거대한 자본주의 체제나 공산주의를 증오하였다. 파시즘이 대기업으로부터 자신을 보호해주며 붉은 위협으로부터도 자유롭게 만들어주리라는 기대를 이들은 하고 있었다.

또한 하층 중산층은 파시즘이 공산주의 방식 이외의 방법으로 경제위기를 극복할 수 있으며 전통적 가족관계, 조국, 관습을 되살릴 것이라고 믿었다. 이들은 민주체제의 지지부진한 형식과 절차를 참지 못하는, 정치적으로 미숙된 계층이었다.

파시즘은 기존 보수세력과 연합을 하였는데 이는 지주 및 대산업 자본가들이 공산주의의 위협으로부터 자신을 지킬 수 있는 희망을 파시즘에서 발견하였으므로 이루어졌다. 내면적으로 지주, 자본가들이 파시스트들의 낮은 신분과 조야함을 비웃었으나 그들이 자신들의 경제적 이익을 보호하였으므로 협조체제를 유지하였다.

이탈리아에서의 파시즘과 무솔리니

 이탈리아는 승전국이었으나 세계대전이 끝난 뒤 이탈리아의 분위기는 패전국의 상황이었다. 식량부족, 물가폭등, 대규모 실업, 노동자의 공장검거 등 사회불안 현상이 지속적으로 나타났던 것이다. 나쁜 상황은 전쟁기간 동안 종전(終戰)이 되면 나을 것이라는 기대감의 좌절로 인하여 배증되었다.
 자유 민주체제는 종전 후 정당 간의 분열로 혼미한 상태였고 이탈리아가 처한 상황을 개선할 지도자는 어디에도 보이지 않았다.
 전쟁복구를 위하여 정부는 세금을 무겁게 부과하였고 조세부담은 주로 소농, 중소기업가, 사무원 등에게 전담되었다. 더욱이 정부가 발행한 전쟁공채는 인플레이션으로 인하여 종이로 변했고 전쟁공채를 구입하였던 중산층은 저축이라고 믿었던 채권을 휴지로 사용하게 되었다. 이들은 경제적으로 몰락할 위험을 감지하자 극도로 불안해하였다.
 대지주와 대기업의 자본가들은 이같은 상황에서 러시아처럼 공산주의가 실현될 것이라고 두려워하였다. 이탈리아 사회주의자들이 실력이 없음을 알고 있던 지주와 기업가들이었으나 산발적으로 나타나는 소요와 선동은 이들의 불안감을 증대시켰다.
 그러나 이탈리아 정세를 위기로 몰고 간 것은 전후의 조약결과였다. 50만 명이 죽고 100만 명의 상이용사를 만든 제1차 대전이었으나 그 대가가 없었던 것이었다. 이탈리아는 승리의 열매를 도둑맞았다고 생각하였다. 즉 아드리아 해 출구, 다르마니아 해안지역, 아프리카 및 근동지역의 식민지를 요구한 이탈리아 대표들의 주장이 평화회담에서 거부당하고 말았던 것이다.

이탈리아 민족주의자들은 회담 대표를 성토하고 그 보복으로 1919년 참전용사들이 애국시인 다눈치오(Gabriel D Annunzio, 1863~1938)의 인솔 아래 피우메 항구를 점령한 사건을 열광적으로 환영하였다. 다눈치오의 피우메 항구 점령은 1년간 계속되어 민족주의 불꽃을 높였고 자유주의 정부의 무력감을 노출시켰다.

베니토 무솔리니(Benito Mussolini, 1883~1945)는 국민학교 교사의 경험을 가진 사회주의자였다. 1912년 소요를 선동한 경력으로 감옥생활을 한 무솔리니였으나 그 덕택에 그는 사회주의 계열의 신문 편집인이 될 수 있었다. 그러나 제1차 대전이 발발하자 그는 이탈리아의 참전을 주장하였고 그래서 사회주의자들로부터 축출당하였다. 제1차 대전에 이탈리아가 개입하자 즉각 자원 참전한 무솔리니는 사격연습을 하다가 부상을 당하여 병원 신세를 졌다.

이런 경력을 가진 무솔리니였으나 전후 이탈리아가 필요로 하였던 정치적 자질을 가지고 있었다. 그는 뛰어난 웅변 솜씨로 사람들을 감동시킬 수 있었고, 결단성이 있는 인물로 부각되기 시작했다.

따라서 그는 좌절하고 낙담하며 방황하는 사람들을 개심시켜 희망을 불어넣었고 자유민주 정부가 이루지 못한 국민의 여망을 달성할 인물로 평가받았다.

전쟁을 끝내고 귀향하여 따분한 민간생활에 답답함을 느낀 참전병들은 군복과 시가행진에서 무엇인가 답답함을 풀어버리고자 하였고, 사회주의자들과 충돌에서 활기를 되찾아 파시즘 운동의 기동부대를 이루었다.

파시스트 '검은 셔츠'부대는 노동조합조직을 습격하여 사회주의자들을 폭행하는 일에서 멋을 찾고 있었다. 이에 사회주의 세력은 '붉은 셔츠' 단을 조직하여 '검은 셔츠'단에 대응하자 이탈리아는 내란이 일어날 위험에 직면하게 되었다.

대지주와 자본가들은 무솔리니가 붉은 위협을 제거할 사람이라고 믿어서 거액의 파시스트 운동자금을 마련해 주었다. 중산층도 지킬

이탈리아에서의 파시즘과 무솔리니 417

것을 가진 사람들은 무솔리니가 그들의 지위와 재산을 보호할 것이라고 믿어 파시스트 운동을 지원하였다. 대학생들은 이념에 불타서 자유 민주체제의 허망감을 비판하며 행동철학에 몰두하였고, 많은 지식인들이 파시즘 운동에서 이탈리아 영광의 가능성을 찾았다. 이 모든 것은 논리적, 합리적 사유의 결과로 나타난 것이 아니라 감정의 차원에서 결정된 것으로 생각된다.

1922년 10월 무솔리니는 대규모 군중집회를 열고 다음과 같이 선언하였다.

"그들이 이제 우리에게 정권을 넘기지 않으면 우리가 로마로 진군하여 정권을 인수하자. 이것은 시간문제에 불과하다."

며칠 후 로마로 행군을 시작한 파시스트들은 소총으로 무장한 2만여 명에 지나지 않았으므로 정부는 이들을 쉽게 제압할 수도 있었다.

1992년 로마를
행진하는 무솔리니

그러나 국왕 비토리오 에마누엘레 3세(Vittorio Emanuele Ⅲ, 1869~1947)는 필요한 조치를 아무 것도 취하지 않았다. 이는 왕의 측근이 무솔리니의 숭배자로서 국왕에게 파시스트 세력을 과장하여 설명한 까닭에 있었다. 오히려 국왕은 무솔리니가 이탈리아를 구원할 인물이라고 믿어 졸지에 무솔리니를 수상에 임명하였다. 오늘날 눈으로 보면 이러한 일은 코미디처럼 생각되나 당시 불안한 사회 분위기에선 모두가 책임을 회피할 때였으므로 오히려 과감히 책임을 지겠다는 사람에게 그가 어떤 사람이라는 것을 검토할 겨를도 없이 정권을 맡겼던 것이다. 이는 감정과 신비주의가 합리적 전통과 이성을 몰아낸 좋은 증거였다.

결국 무솔리니는 자신의 힘을 기반으로 정권을 장악한 것이 아니라 입헌주의의 연약함의 덕을 보고 권력을 차지하였다고 할 수 있다.

파시스트 국가의 건설

1922년 10월 이탈리아의 자유 민주체제가 파시스트에게 최고 권력을 넘겼을 때 즉각 파시스트들이 전권을 장악한 것은 아니었다. 무솔리니 내각의 14명 장관 중 파시스트는 4명에 불과하였다. 무솔리니는 용의주도하게 현 상황을 파시스트의 질서로 당장에 바꿀 것을 요구하는 급진파들을 다독거려 아직 때가 이르지 않았으니 조금 더 기다리자고 무마하면서 온건, 중도파 지도자의 상을 부각시켰다.

무솔리니는 헌법체제 내에서 개혁을 실시하는 듯 가장하였고, 독재권력을 그 자신이 바라고 있지 않다고 말했다. 그러나 이탈리아는 일당 독재체제로 슬금슬금 바뀌어 가고 있었다. 1923년 국회 상하원을 통과하여 확정된 선거법에서는 전체 유권자의 득표 25% 이상을 얻은 다수당이 무조건 의석의 2/3를 가지며 국정을 안정되게 이끌도록 규정하였다. 1924년 선거에서 65%의 총득표를 얻은 파시스트 당은 새로운 선거법의 도움없이 무솔리니 독재를 가능케 하였다.

1924년 사회주의 지도자 마테오티(Giacomo Matteoti)가 파시스트의 테러전술을 공공연하게 비난하자 파시스트는 마테오티를 암살하였다. 이 사건으로 자유 민주체제의 잔존 세력은 무솔리니의 사퇴를 요구하였으나 국왕, 교황, 지주, 자본가들은 무솔리니가 국내 혼란을 안정시킬 수 있는 유일한 보호자라고 믿어 오히려 반파시스트들의 비판을 선동이라고 매도하였다. 이제 무솔리니는 파시스트 독재의 가능성을 확신하며 반대세력을 제거하기 시작하였다.

1925~1926년 무솔리니는 내각의 장관 중 비파시스트를 제거하고, 반대당을 해산시키고, 노동조합을 강압하며, 여론을 마음대로 조정하기 시작하였다. 파시스트 비밀경찰은 비판자들을 법적인 절차를 무시하고 체포하여 단호히 제거하였다. 이에 파시스트 비판자들은 조국을 떠나 해외로 망명할 수밖에 없었다.

무솔리니는 전권을 장악하는 과정에서 초기 파시스트 동료(ras)들을 제거해야 하였다. 지역 파시즘을 이끌었던 이들은 무솔리니의 독재에 이의를 제기하였고, 기존 지배세력의 일부가 파시스트 당의 중요 지휘를 차지하자 불만을 표시하였던 것이다.

하지만 무솔리니의 독재권력은 소비에트 러시아나 나치에 비하여 확고하지 못하였다. 개인과 사회에 대한 통제는 허술하였고 이탈리아 국민은 무솔리니를 열광적으로 좋아하기는 하여도 그를 위하여 자신의 생명을 바칠 충성스러움은 없는 듯 보였다.

파시즘은 대중매체를 이용하여 국민의 행동을 조작하는 일에 큰 관심을 갖고 대중조작 기술을 크게 발전시켰다. 이 기술에서 가장 중요한 것은 지도자 숭배였다.

무솔리니는 신이 특별히 선택한 위대하고 신비스러운 인간으로 부각되었고 실수를 할 수 없는, 그리고 어려운 난관을 극복하여 국민에게 평화와 복지를 선사할 인간으로 만들어졌다. 대중에게 모습을 보일 때 무솔리니는 강철 헬멧(투구)과 번쩍거리는 군복을 입고 힘을 상징하는 모습으로 나타나 강렬한 인상을 심어주었다.

요컨대 이탈리아 민족이 자부하던 고대 로마제국의 영웅 시저의 모습을 빌려 우상으로서 무솔리니는 창조되었던 것이다. 당시 국민학교 교과서는 그가 '민족의 구세주임'을 분명히 밝히고 있었다. 따라서 국민은 그를 믿고, 복종하며, 투쟁할 뿐이었다.

무솔리니의 정책

파시즘은 경제에 있어 자유란 개인적 이기심을 강조함으로써 민족 간 분열을 야기시킨다고 부정하였고, 사회주의란 노동자계급을 민족에게 분리시켜 생명력을 손상시키는 불구대천의 적으로 배격하였다.

그렇다면 남는 방식이 무엇이었던가? 파시즘은 독특한 '조합주의'를 개발하였다. 이에 의하면 국민경제 각부분은 고용주와 고용민이 조합을 조직하여 그 조합 내에서 발생하는 모든 문제를 스스로 해결한다는 것이었다. 파시스트들은 이 '조합주의'가 바르게 실행되면 자본주의 및 사회주의의 폐단을 없애고 이상적인 파시스트 경제체제를 구축한다고 선전하였다.

그러나 대기업들은 '조합주의'를 진지하게 고려하지 않았고 실현성이 없는 것으로 평가하였다. 따라서 이탈리아 경제에서 조합에 의한 경제체제는 실현되지 못하였다.

파시스트 국가는 자립해야 한다는 무솔리니의 주장은 농업 부문에서 예상치 못한 결과를 낳았다. 즉 식량자급을 이루기 위하여 곡물 위주로 농업을 개편한 무솔리니는 밀의 생산을 급증시키는 데 성공하였으나, 초지로 사용되던 지역조차 보다 높은 생산을 올리기 위해 밀의 경작에 쓰이는 등의 잘못된 시책을 실시함으로써 비록 외국으로부터의 수입은 줄었으나 질이 낮고 값이 비싼 이탈리아산

물품들을 국민이 사용해야만 하였으므로 소농민, 노동자들의 생활 수준이 오히려 떨어지게 되었던 것이다. 가난한 사람을 보호하는 무솔리니의 모습은 이로써 의문시되었다.

교황과 무솔리니의 제휴는 무솔리니가 현실정치가임을 보여주고 있었다. 가톨릭 인구가 절대다수인 이탈리아에서 무솔리니는 교회를 공산주의 위협으로부터 보호하고 무신론적 자유주의자들로부터도 방어할 교회의 수호자로서 평가되었다. 교황 피우스 11세 (Pope Pius, 1922~1939)는 세속주의로부터도 파시스트가 교회를 지켜줄 것을 기대하였고 무솔리니는 이를 약속하였다.

1929년 교황과 무솔리니가 합의한 '라테란 협정(Lateran Accords)'은 바티칸의 독립을 인정하고, 자유주의 시대에 제정된 반종교법을 폐지하고, 학교에서 종교 교육의 의무화를 담고 있었다. 따라서 바티칸 교황청은 파시즘과 원활한 관계를 유지하는 일에 모든 지원을 아끼지 않았다. 1930년대까지 양측의 관계는 우호적이었고 무솔리니는 교회의 지지를 국민통합에 이용할 수 있었다.

물론 교황은 이탈리아의 이집트 침공을 옹호하였고 스페인 내란에 개입하는 일에도 지원하였다. 교황이 무솔리니가 히틀러와 접근하는 반유대인 입법을 시행하는 것에 비판을 가했으나 이것 때문에 양측이 대립될 정도까지는 이르지 않도록 교황은 신중하였다.

신생 독일 공화국

1918년 10월 독일해군 참모본부는 영국해협에서 결전을 준비하였다. 이러한 작전계획은 병사들에게 전달되어 출동준비를 지시하게 되었는데 놀랍게도 수병들은 이 명령을 거부하고 나섰다. 수병들의 명령거부는 장교들의 혹심한 체벌, 식사의 조악함, 힘든 근무 등 일상적인 생활의 어려움을 개선하자는 소박한 의도에서 시작되었으나 그 파급 효과는 수병들의 예상을 초월하였다.

육군 병사들과 노동자들이 수병의 뒤를 따라 평화조약 체결, 사회개혁을 요구하며 수병의 반란에 가세하였다. 진압 부대도 동료들에게 사격을 가하는 일이 어려웠고 또 자신들의 내면적 요구도 반란군과 일치하였으므로 혁명군은 진압당하지 않았다. 이리하여 1918년 11월 9일 정부 지도자는 황제의 퇴위를 선포하고 11월 11일 공화국의 수립을 밝혔다.

공화국을 주도한 인물은 사회민주주의자였던 에베르트(Friedrich Ebert, 1871~1925)였다. 1차 대전 종결의 직전이었으므로 공화국은 독일을 대표하여 평화협정에 서명하고 독일의 항복을 인정하였다.

따라서 독일 국민은 독일 패전의 직접적 원인은 병사의 반란과 공화국의 허약함에 있다고 믿었다. 이는 독일 영토가 전쟁터로 상처를 입지 않았으므로 더욱 신빙성 있는 생각이었다.

1919년 2월 제헌의회의 구성이 바이마르(Weimar)에서 시작되어 새로운 공화국의 성격을 결정할 헌법작성에 들어갔다. 혁명의 결과로 세워진 바이마르 민주공화국이란 패전의 슬픔을 반영하는 것이었으므로 독일 국민은 새로운 공화국 수립을 환영할 형편은 아니었다. 따라서 독일 최초의 민주공화국은 국민으로부터 분리되어 있었다.

　바이마르 공화국의 주도세력은 극좌와 극우 양쪽으로부터 비난을 받았던 온건 사회주의자들이었다. 1919년 1월 사회민주당(SPD)으로부터 분리한 공산당(KPD)이 —스파르타쿠스(Spartachus)라고도 불리었다.— 로자 룩셈부르크와 카를 리프크네히트의 충고를 무시하고 베를린에서 시가를 점령하여 에베르트의 정부가 전복되었음을 선언하며 반란을 일으켰다.

　에베르트는 이들을 진압하기 위하여 하는 수 없이 황제 시대의 장교들이 지휘하는 '자유군단'의 지원을 요청하였고 이들은 쉽사리 공산혁명 세력을 분쇄하였다. 이 와중에서 로자 룩셈부르크와 카를 리프크네히트가 살해당하였고 공산당의 세력은 거의 전멸하였다. '자유군단'은 계속하여 뮌헨에 수립되었던 소비에트 정부도 정복하여 공산당 세력을 약화시켰다.

　스파르타쿠스와 뮌헨의 소비에트 정부가 쉽게 정복당한 것은 독일 국민이 공산주의를 경원하였던 증거로 보여졌다. 중산층은 여기에서 한 걸음 더 나아가 사회주의를 표방하는 바이마르 공화국에 대하여도 거부감을 나타내었다.

　한편 공산당의 준동을 제거한 '자유군단'은 1920년 3월 우익계열의 힘을 모아 베를린을 침공하였다. 에베르트 정부의 해산명령을 무시한 이들의 행동은 카프의 주도 아래 새로운 국가를 건설하려는 명백한 반란이었다.

　이때 정부군이 국민방위군은 이 카프의 반란을 관망할 뿐 진압하지 않았으므로 하는 수 없이 에베르트 정부는 슈투트가르트로 도피하였다.

　독일방위군은 같은 동포를 사살할 수 없다며 공화국 방어를 포기하고 있었다. 이에 노동조합이 총파업을 선언하며 카프의 반란을 방해하였고 그 결과 쿠데타는 실패하였다. 카프 반란은 비록 실패하였으나 군대가 공화국을 지지하지 않고 있음이 알려지게 되었다.

경제위기

독일제국은 대전을 치르는 데 드는 전쟁경비를 위해 세금을 높이기도 하였으나 주로 전쟁공채를 통하여 마련하였다. 따라서 전쟁이 끝났을 때 정부는 승전국에 대한 배상금을 제외하고도 국내에 거액의 빚을 지고 있었다. 이 상황을 정부는 가장 손쉬운 그러나 국민의 분노를 자아내는 방법, 즉 화폐를 찍어내어 정부채무를 갚는 방법으로 해결하였다.

그래서 1914년 마르크화와 달러의 교환비율은 4.2대 1이었으나 1919년에는 8.9대 1이었고 1923년에는 18,000대 1이었고 1923년 8월에는 4,600,000대 1이 되었다. 그리고 1923년 11월에는 4,000,000,000마르크 대 1달러가 동가로 교환되었다. 사람들은 성냥 대신 지폐에 불을 붙여 담배를 피우며 절약하였다고 웃었다. 이것은 웃을 일이 아니었다. 착실하게 저축하며 미래를 꿈꾸던, 안정을 희구하는 중산층의 오랜 인내는 하루 아침에 담배 한 갑을 살 가치도 못되었다. 이들의 분노는 무엇으로도 억제할 수 없었고 바이마르 공화국은 이들을 적으로 만들었을 뿐이었다.

10조 마르크
독일의 화폐

더구나 승전국 배상금이 제대로 지불되지 못하자 프랑스는 군대를 루르 지역에 파견하여 독일 산업의 심장부인 이 지역을 점거하였다. 공화국은 즉각 루르 지방의 노동자들에게 프랑스를 위하여 일하지 말 것을 지시하였고 이들을 지원하기 위하여 새로운 고액권을 더 많이 찍었다. 그 결과 인플레이션은 더욱 악화되었다.

그러나 구스타프 슈트레제만(Gustav Stresemann)이 수상이 되었던 1923년 8월부터 경제위기의 극복 가능성이 조금씩 보였다. 슈트레제만은 우선 루르 파업을 종식시키고 프랑스에게 배상금 지불을 약속하였다. 또한 인플레이션을 종식시키기 위하여 국가 소유 토지를 담보로 새로운 지폐를 발행하였으며 인플레이션의 완화를 위하여 정부 지출도 과감히 줄였다.

한편 미국을 중심으로 연합국은 독일의 경제상황을 배려하여 독일의 배상능력에 맞는 배상액을 다시 결정하였고 프랑스를 설득하여 루르 점령으로부터 철수를 종용하였다. 이에 프랑스도 응하여 바이마르 공화국은 조금씩 안정의 기틀을 마련하였다.

1924년부터 1929년까지 경제는 호황을 띠었고 해외자본의 유입과 값싼 노동력을 기반으로 독일의 경제는 전쟁 이전의 수준으로 재생되었다.

1929년 철강, 석탄, 화학제품의 생산수준은 전쟁 직전을 능가하였고 해외수출도 크게 증대되었다. 실질 임금도 높아졌고 실업도 크게 줄었으나 세계공황이라는 지진이 발생하여 갓 회복된 독일 경제에 치명타를 안겨주었다.

시간적 여유와 경제적 안정이 지속되었으면 독일은 서구의 자유-민주주의 체제를 확립시킬 수 있었던 것으로 예상되었다. 그러나 역사의 수레바퀴는 독일의 민주화를 원치 않았던 모양이다. 왜냐하면 민주화가 태동되었던 그 순간에 다시금 비극 속으로 빠졌기 때문이었다.

바이마르 공화국의 본질적 취약점

영국식 민주주의는 독일에 쉽게 이식될 수 없었다는 것이 지금까지의 일반적 견해이다. 이러한 견해의 주장자들은 독일제국이 전제적 독일황제의 1인 권력에 만사를 의존하였다고 설명한다. 즉 황제가 군대를 통수하고, 외교정책을 결정짓고, 수상을 임명하고, 국회해산권을 가지고 권위적 통치를 하였다는 것이다. 이러한 권위주의적 정치는 국민들의 자유로운 행동을 억압하고 국민들에게 언제나 '위로부터의 명령'에 순종하는 훈련만 시켰지, '자발적으로 국정에 참여'하는 민주정치의 심성을 개발하지 않았다는 것이다. 그래서 패전의 산물인 바이마르 공화국을 많은 독일인들은 증오하거나 무관심하게 바라보았을 뿐이라고 지적한다.

전통적 보수주의자들 — 고위 행정관리, 사법관리, 대지주, 기업가, 군대의 장교 등 — 은 강요받아 세워진 민주정치를 멸시하고 바이마르 공화국을 적대시하였다고 전해진다. 독일의 보수주의 진영은 1914년 이전 제국주의로의 복귀를 희구하고 조국을 볼셰비즘으로부터 구하려고 노력하였을 뿐이며, 중산층은 베르사유 조약을 승인하여 조국의 굴욕을 받아들인 바이마르 공화국 지도자들이 공산주의자이며 이들은 노동자 독재의 국가를 수립하려는 음모를 꾸미고 있다고 비난하였다.

따라서 바이마르 공화국은 민주주의의 요체인 국민의 지지를 강력하게 받지 못하고 힘 없는 정부로 처음부터 결정되었다고 일반적으로 평가된다.

더욱 바이마르 공화국은 다당제(Multiparty System)의 폐단을 가장 뚜렷하게 증명하였다고 설명된다. 국회를 구성하는 정당 중 절대다수의 우위를 점유하는 정당이 바아르 공화국의 존립기간에 단 한 번도 없어서 공화국은 언제나 연립정부로 구성되었는데, 이는 정치불안의 근원이었고 강력한 시책을 시행할 수 없도록 운명지워졌다는 것이다. 왜냐하면 연립정부는 여러 정당의 이해관계를 조정하는 가운데에서만 존립할 수 있으므로 강력한 정책은 여러 정당의 이해관계를 파괴시키지 않는 한계 내에서만 추진되었고 그러다 보면 늘 온건한 방법만 최종적으로 채택되었다는 것이다.

따라서 1920년대 말 경제공황과 같은 위기의 시기에도 공화국의 정책은 엉거주춤하여 국민들에게 불안감을 더했고 결국 민주주의 체제에 대한 불신감을 확대시켰을 뿐이라고 평가되는 것이다.

공화국을 존속시키려는 세력은 사회민주주의자(SPD), 가톨릭 중앙당(Zentrum) 민주주의 세력이었고 바이마르 체제를 부정하는 집단은 극좌의 공산당, 극우의 민족주의자들과 아돌프 히틀러가 이끄는 독일민족 사회주의 노동당 등이었다.

히틀러의 대두

아돌프 히틀러(Adolf Hitler, 1889~1945)는 오스트리아 하급관리의 네번째 자식으로 태어났다. 히틀러는 젊은 시절을 오스트리아 북부 린츠(Linz)에서 보내고 중고등학교 시절은 별 특징이 없는 학생이었다. 그는 1907년 '빈 예술학교'에 입학신청을 하였으나 거절당하고 그저 그림을 그린다는 젊은이로 빈에서 지냈다. 모친과 친척이 남겨준 유산으로 이 기간 히틀러는 빈궁하지는 않았다.

1908년 재수한 히틀러는 '빈 예술학교'에 다시 도전하였으나 또 다시 실패하여 인생의 좌절을 맛보았고 그림엽서를 그리며 생활을 이어 나갔으며 좌절의 기간에 많은 책을 읽었다. 역사, 군사, 예술 분야의 책을 읽고 바그너의 오페라도 자주 감상하고 건축가의 꿈을 꾸기도 하였으나 히틀러가 가장 관심을 가진 것은 인종학에 관한 것이었다.

히틀러는 금발, 푸른 눈의 아리안족이 영웅의 인종이며 이 인종은 더럽고 불결한 열등인종과 섞여져서는 안된다고 믿었고, 특히 유대인과의 혼혈은 아리안족의 비극일 뿐만 아니라 인류의 비극이라고까지 믿었다.

이즈음 범게르만주의자인 쇤너러(Georg von Schönerer)를 알게 되었는데 쇤너러는 히틀러에게 유대인이 나쁜 민족인 것은 이들이 그리스도를 부정하는 악한 종교(유대교를 가리킴)를 포기하지 않고 신봉하며, 더욱 본질적으로 사악한 인종적 특질을 천성적으로 가졌다고 가르쳤다.

또한 당시 빈의 시장이었던 카를 뤼거는 자신의 정치적 이익을

위하여 빈 시민에게 반유대주의를 교묘히 선전하였는데 히틀러는
이러한 뤼거의 주장에 열광적으로 동조하였다.
 빈에서의 생활에서 히틀러는 그를 무시하는 기존 사회체제를 증
오하였고 열등감에 빠져 있었다. 그러나 바로 이때 제1차 세계대전
이 발발하자 히틀러는 참전하였다. 그는 그의 따분한 일상생활에서
벗어나게 만들어 준 전쟁을 감사하게 여겼고 자진하여 독일군에 입
대한 후 용감히 싸워 독일의 무공훈장인 '철십자훈장'을 두 번이나
받았다. 전쟁의 경험에서 히틀러는 규율, 조직생활, 지도력, 권위,
투쟁, 잔혹함을 익혔는데 이러한 것들은 후일 그의 정치생활의 기
본 원칙들로 쓰였다.
 독일의 패배와 혁명의 발생은 히틀러에게 충격을 주었고 인종적
민주주의라는 편견을 강화시키는 계기를 이루었다. 많은 귀환 병사
들처럼 그도 '도둑맞은 승리'를 주장하였고 독일의 패배는 혁명을
주도한 공산주의자들과 악한 종교를 믿는 유대인의 음모 때문이며
공화국의 참여자들이야말로 전쟁 범죄자라고 공공연히 외쳤다.
 1919년 히틀러는 '독일 노동자당'에 가입하였다. 이 당은 전후에
생겨난 민족주의적·군국주의적 성격의 군소정당 중의 하나였다.
히틀러는 뛰어난 웅변, 열정, 조직력을 발휘하여 당의 지도자로 부
각되었고 당의 명칭을 '국가 사회주의 노동당(NAZI)'으로 바꾸
었다.
 세계대전 이후 불안한 정세에서 히틀러는 대중선동과 조직력을
강화하여 나치당을 주목받는 위치로 부각시켰다. 이때 나치당은 70
여 개의 비슷한 정당의 하나였으나 히틀러의 지도력 아래 급격한
발전을 하여 나치당이라는 공당(公黨)의 성격보다 히틀러의 당이라
는 성격을 드러내게 된다.
 무솔리니처럼 히틀러도 대중에게 강력한 인상을 심어주기 위한
방법으로 군복, 깃발, 휘장을 사용하여 나치당원을 정상인과 외모
로부터 구별시켰고 대중집회시에는 연설로 청중을 끌어들이는 놀라
운 흡인력을 발휘하였다. 꽉 쥔 두 주먹, 몸을 떨며 요란한 자세로

토해내는 열정적인 그의 연설은 확신으로 가득찼다.

그는 베르사유 조약을 거부하자고 외쳤고 청중들에게 동의를 구하며 분위기를 들뜨게 만드는 것이었다. 격앙된 연설장에서 청중은 감정에 압도당하고 이성의 냉철함은 포기하도록 유도되었다.

이 방법으로 히틀러의 대중연설은 언제나 열광적인 성공을 거두었고 그에 따라 나치당의 세력도 커갔다.

1923년 11월 히틀러는 바이마르 공화국을 전복하기 위한 예비단계로서 바이에른 주의 정권탈취를 시도하였다. 이는 '뮌헨 폭동', 또는 '맥주홀 폭동'이라고 불리는데 나치당이 열세를 드러내어 폭동은 실패하고 히틀러는 체포되었다.

그러나 폭동주동자로서 재판받는 과정에서 히틀러는 그의 소신을 마음껏 펼침으로써 오히려 명성을 얻는 계기로 삼았다. 피고였으나 그는 죄책감을 느끼는 대신 베르사유 조약의 부당함과 유대인의 음모를 소리 높이 외쳤고 이러한 그의 정치적 입장은 우익계열의 주목을 받았기 때문이었다. 재판관조차 실정법의 위반자로서 히틀러를 5년형에 선고하였으나 곧 집행유예로 풀어주겠다고 은밀히 약속하였고, 감옥 안에서 히틀러는 후한 대접을 받으며 그의 정치적 입장을 밝히는 저술을 하였다. 그것이 바로 유명한 《나의 투쟁(Mein Kamphf)》이라는 책이다.

무력 혁명에 실패한 히틀러는 정권 획득의 수단으로서 의회민주주의를 이용하기로 작전을 바꾸었다. 왜냐하면 무력 방법은 가능성이 희박한 대신 선거에서 다수 의석을 얻는 것은 가능성이 높았기 때문이었다. 나치당의 선전 전문가 괴벨스는 훗날 이때를 회고하며 다음과 같이 말하였다.

"우리는 노골적으로 정권을 잡기 위해서만 민주적 방법을 쓴다고 밝혔다. 그리고 일단 정권을 잡으면, 우리가 야당일 때 우리에게 허락된 모든 비판은 새로이 야당이 된 세력에게는 허락되지 않을 것이라고 명백히 밝혔다."

이같은 나치당의 입장은 명백히 독재정치를 지향한 것이었으나 그들의 세력은 약화되기는커녕 오히려 증대되어 가기만 했다. 독일인들은 의회민주주의를 원치 않았던 것이었을까.

히틀러의 정치관

일부 역사가들은 히틀러를 원칙이 없는 현실주의자, 뛰어난 책략가 정도로 설명한다. 그래서 히틀러는 그의 정치적 목표에 도달하기 위한 이데올로기를 창출하고 교묘히 조정하는 일에는 성공하였으나 결코 마르크스처럼 사상의 체계를 세우지 못하였던 시대의 산물이라고 본다.

이러한 견해들은 히틀러가 정상적인 교육을 받지 못했으며, 하사관 출신이라는, 개인 경력의 흠으로 인하여 그리고 히틀러가 인류의 비극을 만든 범법자라는 관념 때문에 비교적 이의없이 인정된다. 종종 그는 과대망상증 정신질환자로까지 평가된다.

그러나 이러한 견해들은 결과를 보고난 뒤 거슬러 올라가 히틀러를 평가한 일방적인 것이다. 왜냐하면 히틀러는 19세기 사상의 주류를 이루었던, 민족주의의 강화된 모습인 열광적 인종주의자였고, 사회적 다윈주의자였고, 반민주주의자, 반마르크스주의자로서 그의 생각을 1926년 이래 생애의 마지막까지 조금도 바꾸지 않았기 때문이다.

따라서 히틀러를 단순한 현실주의자로만 이해한다면 독일민족의 상징으로서 1930년대를 풍미하였던 히틀러의 역사성을 바르게 이해할 수 없다.

물론 히틀러는 산업사회의 본질을 체계적으로 비판하고 새로운 세계관을 정립한 사상가인 마르크스와 비교될 수는 없다. 그러나 이는 히틀러의 평범성이라기보다는 마르크스의 사상적 위대함에 그 원인이 있다.

히틀러는 우선 유대교와 서구의 계몽주의를 부정하였다. 그는 그

대신 인종적 민족주의에 기초를 둔 새로운 세계질서를 수립하려고 애썼다. 유대인이 만든 '마르크스주의'는 히틀러에게는 서양 문명을 파멸로 이끄는 두 가지—유대인과 마르크스 사상—악이었고 열등한 러시아의 민족은 노예적 삶에 익숙할 뿐이므로, 로마제국을 정복하여 지배자로서 익숙한 게르만족에게 당연히 예속되어야 한다고 그는 생각하였다.

따라서 새로운 세계질서에서는 우월한 민족과 열등한 민족이 뚜렷이 분리되어 각자의 역할을 수행해야 된다고 히틀러는 믿었고 이의 실현을 위하여 전력하였다.

또한 히틀러 그 자신은 극히 청렴하였고, 개인적인 문제에서 추문도 없었으며, 열심히 일을 하였으므로 독일인의 덕성인 성실이라는 점에서는 칭찬을 당연히 받았다.

히틀러는 피(血), 본능, 의지라는 인종의 고유한 특성은 배움으로써 변할 수 없고 혼혈이라는 열등민족과의 뒤섞임으로만 타락하게 되므로 아리안족은 어느 다른 인종과도 결혼해서는 안되며 피의 순수성을 보존해야 한다고 강조하였다. 정복민족으로서 아리안족은 열등민족과의 투쟁을 경험하여 더욱 강건하게 훈련받을 기회를 가지므로 투쟁을 회피하여서는 안되고 오히려 투쟁기회를 늘려야 한다고 히틀러는 믿었다. 이와 같은 히틀러의 주장은 오늘의 눈으로는 분명 몽상가의 헛소리처럼 생각된다. 그러나 1930년대 독일인들은 이 말에 열광하였고 히틀러에게 전권을 맡겼다.

히틀러의 반유대주의도 독특한 것은 아니었다. 이미 1890년대 이래 오스트리아의 빈으로부터 불붙은 반유대주의는 범유럽적 현상으로서 프랑스, 독일, 영국 등지에서도 강력하게 등장하였다. 이들의 생각으로 유대인은 사탄(Satan)의 후예였고 신의 가족이 아니었다.

따라서 신과 마귀가 서로 대적하듯이 아리안인과 유대인의 대적은 필연적이고 사탄을 없애버려야 평화가 도래하듯이 유대인을 제거하는 일은 곧 새로운 사회로 나아가는 필요조건이었다.

히틀러가 증오한 모든 사상—자유주의, 지식중심주의, 평화애

호, 의회민주주의, 세계시민주의, 공산주의, 개인주의—은 새로운 세계를 정면으로 부정하는 것이었다. 따라서 유대인의 제거는 새로운 세계의 도래를 가로막는 모든 장애물을 소멸시키는 것이었다.

히틀러의 대중조작

히틀러가 단순한 정신질환자가 아니라는 사실은 그가 대중사회에서 대중을 이끌어 나가는 일의 중요성을 강조한 점에서도 보인다. 히틀러는 프랑스 혁명과 산업혁명이 일반 대중을 사실상 역사의 전면에 부각시켜 정당정치를 가능하게 만들었고, 이들의 지지가 없으면 어떤 권력도 지속될 수 없다는 사실을 충분히 인식하고 있었다.

그래서 히틀러는 의도적으로 서커스의 광대 노릇을 하였고, 교회의 엄숙한 예식을 도입하였고, 미국의 상품선전 방식을 이용하여 일반 대중에게 보이고 싶은 그대로의 모습만을 보도록 주입시켰다. 이러한 일은 국민 대중의 감정에 호소하는 것으로서 결코 이성적 합리주의에 호소한 것은 아니었다. 그러나 감정에 최대한 영향을 주기 위하여 이성적이고 합리적인 방법을 사용하였음을 물론이다.

단순하고 강렬한 인상을 심어주기 위하여 신비적 도안들은 배려 깊은 색조로 그려져서 도처에 걸려지고, 당의 구호는 수 없이 반복되었다. 강렬한 지도자의 인상은 히틀러의 경우 옆얼굴에서 얻어진다고 하여 프로필(Profile) 사진 수백만 장이 어디에서나 엄청나게 확대되어 위압하는 모습으로 국민을 바라보도록 게시되었다.

그러나 히틀러는 이러한 도안, 상징, 예식은 모두 대중집회의 참여만큼은 효력이 없다고 설명하며 대중집회의 중요성을 강조하였다. 수만 명이 운집한 대중집회에서 고립된 개인은 자신의 고유함을 상실하고 대중심리에 빠지게 된다. 즉 열광적인 연설, 함께 부르는 노래, 함께 외치는 구호에서 고립된 개인은 적어도 집회장소

434 XI. 파시즘의 대두

나치의 군중집회

연설하는 히틀러

내에서는 공동체의 일원으로만 남아 있고 공동체의 지도자가 전하는 메시지를 감정적으로 확신하고 순간적으로 모두가 하나가 되면 불가능은 없다고 믿게 된다고 히틀러는 설파하였다.

이 일은 히틀러에게 가장 효과적인 수단이었으므로 빈번한 대중의 정치적 집회가 열리게 마련이었다. 영국의 한 정치가는 이러한 과정을 보고

"대중이 정치에 무관심할수록 사회의 안정 가능성은 크다. 그러나 독일의 요즘 상황은 모든 국민이 정치가로 직업을 바꾸었는가 보다."

라고 지적하였다.

히틀러의 집권

1924년 12월, 폭동의 주범자 히틀러는 복역 9개월 만에 풀려났다. 재판과정에서 확신을 표명한 덕으로 히틀러의 추종세력은 그가 복역한 이후 급증되어 가고 있었다. 1925년 27,000당원을 가졌던 나치는 1929년 거의 7배로 당세를 늘렸다. 더욱이 1929년의 세계적인 '대공황'은 히틀러에게 결정적 집권기회를 마련해 주었다.

1924년부터 조금씩 안정되었던 바이마르 공화국의 정치 및 체제는 1925~1928년 기간 어느 정도 발전의 가능성을 제시할 수 있었고

사람들도 패전의 산물로서 바이마르 공화국에 대한 적대감을 함부로 내뱉지 못하게 되었다.

따라서 정치, 경제의 안정은 사회의 안정을 수반하여 나치당의 세력은 이 기간 미미한 발전으로 보였을 뿐이었다. 사람들은 다시금 미래를 대비하여 저축을 하고 이번에는 좌절이 없기를 기원하였다.

그러나 미국 주식시장에서 시작된 1929년의 공황은 바이마르 공화국을 다시금 불안으로 몰아대었다. 어디에서나 기업이 도산하고 은행은 파산하였으며 따라서 실업자의 행렬은 구직신청소에서 끝없이 길게 계속되었다. 어디에서나 불안과 공포와 의혹이 깔려 사회 분위기를 으스스하게 만들어 가고 있었다. 1928년까지의 미래에 대한 기대감은 1929년의 좌절로 더욱 깊은 상흔을 국민들에게 남기게 되었다.

나치의 활동은 이에 즉각 강화되었고 으스스한 사회분위기를 물러나게 할 유일한 희망으로서 활기찬 나치의 모습이 부각되기 시작했다.

확신한 듯 보이는 나치 추종자들의 활동은 자신 없고 불안한 다른 국민들에게는 경이로운 일이었다. 물에 빠진 사람이 지푸라기라도 잡는 심정으로 독일 국민이 나치를 택한 것은 아니었다. 나치는 지푸라기가 아니었다.

1928년 나치당의 득표는 81만 표였으나 1930년 640만 표로 8배 늘었고 의석수는 1928년 12석에서 1930년 107석으로 9배나 늘었다. 지금까지의 다수당으로서 공화국 체제를 지지하였던 '사회민주당(SPD)'은 노동자로부터 지지는 여전히 얻었으나 중산층은 '사회민주당'이 굴욕과 경제적 파국을 책임져야 마땅하다고 '사회민주당'을 비난하였다. 더욱 '사회민주당'은 현재의 어려움을 참고 견디자는 주장만 할 뿐, 어떤 대안도 마련하지 못했고 중산층을 유인할 적극 정책도 세우지 못하였다.

하층 중산층은 히틀러에 대한 기대가 더욱 컸다. 이들은 노동자만큼 잃을 것이 없지는 않았고 부유층만큼 여유 있는 삶을 살 수도 없는 사람들이었으므로 경제공항이 가져다 준 경제적 불안감의 가장 큰 희생자들이었다.

하층 노동자들의 조직운동은 하층 중산층에게는 공산혁명의 조짐으로 생각되었고, 무질서, 불안보다는 독재라도 좋으니 권위와 안정과 질서를 유지하였으면 하고 이들은 바랐다. 따라서 하층 중산층은 히틀러를 질서, 안정, 영광을 가져다 줄 구세주로서 기대하였고 그를 지지하였다.

그러나 나치는 특수 계급의 지지를 받고, 그러므로 존속하는 계급정당은 아니었다. 경제위기 속의 사회가 만들어 낸 불안감에 상처입은 모든 사람들 — 중산층, 이상주의자, 참전군인, 기업주, 대지주, 낭만주의자 등등 — 이 나치의 주장에 공감하였고, 적어도 바이마르 공화국으로서는 이제 더이상 안되겠다는 확신을 가졌을 때 나치는 집권을 시작하였던 것이다. 그러므로 바이마르 공화국의 포기와 나치에 대한 기대가 1929년을 기점으로 일어나기 시작하였던 것이다.

당시 공화국의 대통령은 타넨베르크의 영웅 힌덴부르크(Paul von Hindenburg 1847~1934) 장군이었다. 힌덴부르크는 경제공황 시작 이후 공화국 헌법 48조에 의거 비상사태를 선언하고 의회 없이 통치를 결정하였다.

이리하여 통치권은 의회와 정당으로부터 대통령과 수상에게 이양되었다. 그러므로 이때 독일은 의회민주주의가 정지상태에 빠져 있었다.

1931, 1932년 선거에서 나치는 총 유효표의 37.3%를 얻어 다수당이 되었으나 여전히 과반수 이상의 절대다수는 아니었다. 그러나 대통령 힌덴부르크는 85세의 고령으로 인해 판단력을 상실한 상황이었고 최근에 물러난 수상 파펜은 대지주, 기업가의 입장을 지지하는 히틀러가 수상으로 적당하다고 믿어 히틀러를 수상으로 추천하였다.

힌덴부르크는 히틀러를 수상으로 임명하여 사실상 실권을 위임하였는데 이는 이탈리아에서 무솔리니가 집권한 사정과 매우 유사하였다. 정권의 실세를 가졌던 세력이 스스로 권력을 다른 세력에게 양도하는 현상이 양국 모두 공통적으로 발생하였던 것이다. 감정의 이성지배가 권력의 양도조차 불러 일으켰던 것이다.

지배 엘리트들은 분명 히틀러의 대중적 인기를 이용하여 공산주의의 위협을 막고 자신들이 누려왔던 혜택을 유지하려고 히틀러를 지지하였다. 이들의 판단은 히틀러의 거친 선동수단, 낮은 신분, 우스꽝스러운 형태로 미루어 볼 때 얼마든지 자신들의 도구로 이용될 수 있고 단지 수단으로만 의미 있을 것이라고 상상하였다.

그러나 히틀러가 자신들의 도구로만 쓰일 것이라는 이들의 예상은 완전한 착각이었다. 히틀러는 오히려 지배 엘리트를 나치 이념에 길들였다.

이는 독일 역사에서 커다란 전환점을 이룬다. 왜냐하면 히틀러의 정권에서 지도적인 지위는 전통적 지배계급에게 분배된 것이 아니라, 사회 출신과는 무관하게 나치에 헌신하는 사람들이 차지하였기 때문이다.

1933년 1월 30일, 마침내 히틀러가 수상으로 지명되었을 때 군대는 이를 반대하지 않았고 사회민주당, 노동조합도 저항하지 않았다. 처음부터 바이마르 공화국 체제를 부정하였던 인물이 공화국의 수상이 되었던 이 사건은 공화체제의 포기였다.

그러면 남는 것은 무엇이었던가? 나치당의 독재뿐이었다. 즉 1933년 2월 국회의사당 방화사건을 이용하여 공산당과 사회민주당을 불법화한 히틀러는 3월 '수법권(受法權)'을 통과시켜 수상이 의회의 동의 없이 법을 제정할 수 있도록 승인받았다.

정당들은 히틀러가 바이마르 정부를 해체하고 절대권력을 보유한 채 독재정부를 수립하는 과정에서 놀라울 정도의 소극성을 보였다.

나치 독일

 무솔리니의 파시즘은 요란하고 법석대었다. 그러나 파시스트 이탈리아의 힘은 유럽의 평화를 위협할 수준은 아니었다. 반면 나치 독일은 유럽문명을 파괴할 능력을 과시하였다. 이러한 양체제의 차이는 독일과 이탈리아의 산업화, 군사력 보유의 현저한 수준 차이로부터 비롯되었음은 물론이었다.
 한편 히틀러의 음산하고, 열정적이며 무엇엔가 홀린 듯한 인격의 영향이 무솔리니가 이탈리아 파시즘에 끼친 영향보다 컸음도 인정되고 있다. 군국적 전통, 인종적 편견의 정도 또한 이탈리아는 독일보다 온건하였다.
 이러한 점에서 독일과 이탈리아의 파시즘은 그 정도에 있어서 다르며 독일의 극단주의, 이탈리아의 온건주의로서 양국의 특징이 구별되고 있다.
 나치 독일에서는 개인의 사적인 일조차 당의 정책으로부터 분리되지 않았다. 국가는 모든 정치, 경제제도늘 국가에 예속시켰고 당의 이데올로기는 개인 일상사까지 스며들었다. 문화 자체가 당의 의지를 따라야만 하는 상황이었으므로 당 그 자체가 국가가 되었고 당의 이념은 독일 민족의 영혼으로 되었다.
 지난 시대의 절대왕권과 달리 전체주의 국가는 국민들이 겉으로 하는 복종에 만족하지 않았다. 나치의 이념과 국민의 감정은 일치해야 하였고, 인간 내면의 세계 또한 당의 이념과 어긋나서는 나치 체제의 적대자로 분류되어졌다.
 인간의 완전한 굴종, 완전한 충성이 나치당 이론가들에 의해서 독일 민족의 덕성으로 선전되었다. 이름이 밝혀지지 않은 어느 나치 추종 시인은 전체주의의 목표를 간결하게 표현하였다.

"우리는 모든 요새를 정복하였다. 하늘 높이 혁명의 깃대를 세우고, 우리가 바라던 그리고 상상하던 대업을 이루게 되었다.

우리는 조금 더 많은 것을 원한다.

우리는 모든 것을 원한다.

우리의 목표는 너의 심장이다.

우리가 원하는 것은 너의 영혼이다."

나치의 제국은 총통 히틀러의 제국이었다. 히틀러는 제국의 모든 일을 책임지고 그 홀로 결정하였다. 독일 국민의 운명은 히틀러에 완전히 위탁되어 히틀러는 새로운 신으로, 독일 민족의 전능한 신으로 숭배되었다. 그 누구도 총통의 의지를 견제할 수 없었고 총통의 뜻에 무조건 복종과 충성할 따름이었다.

강력한 행정력을 발휘하기 위하여 독일 각 지방의회는 나치에 의하여 해산당하고 히틀러가 임명한 당의 골수분자가 각주의 장관으로 지방행정을 총괄하였다. 나치의 권력은 독일 전 지역을 통합하였는데 이 과정에서 각 지방의 반항은 거의 없었다.

이 일은 매우 의미가 있었다. 왜냐하면 독일의 역사는 지방자치를 언제나 최우선의 가치로 수호하여 왔으며 모든 중앙집권 시도에 저항한 경험이 있기 때문이었다. 그러므로 나치는 강압에 의하여 권력을 행사한 것 못지 않게 국민의 합의를 만들어 내는 일에 성공하였고 이러한 합의를 바탕으로 통치를 하였다.

나치의 집권은 사실 독일이 대중사회로 이행하였음을 증명하고 있었다. 나치의 지지세력은 중산층 또는 상층의 대기업가들이라고 하여도 이들은 히틀러에 열광한 사람들은 아니었다. 하층 중산층 그리고 노동자, 농민의 절대 다수가 히틀러를 열광적으로 지지하였고 바로 이들의 대변인으로서 히틀러는 귀족, 대기업가 등을 무능한 사회세력으로 전락시켰던 것이다.

1933년 6월 바이마르 공화국의 다수당이었던 '사회민주당

(SPD)'은 불법화되어 해산되고 다른 정당들도 불법화되었다. 노동조합 결성은 금지되었고 반대하는 조합 간부들은 구속되었다. 당의 허수아비로서 '독일노동전선'이 조직되어 노동계급의 공식조직이 되었고 이 과정에서도 노동조합의 저항은 미약하였다.

 1934년 6월 히틀러는 나치의 초창기에 당을 위하여 헌신하였던 조직(SA나치 돌격대)이 당의 통합을 위협한다고 제거하였다. SA의 대장 에른스트 룀(Ernst Röhm)은 급진적으로 사회개혁을 강력히 주장하며 대지주와 산업자본가의 재산몰수까지 생각하였는데 여기서 히틀러는 룀을 제거하고 지주와 자본가를 안심시키는 길을 택하였다. 따라서 상층 부유층은 히틀러가 자신을 보호하여 주는 대가를 표시하여야 하였다.

 한편 독일 정규군 장교들도 SA가 자신들의 업무에 간섭하며 룀이 귀족 출신의 장군들을 모욕하자 SA와 룀에 대하여 불만을 가졌다. 급진적 사회개혁을 히틀러에 제안한 룀은 귀족들로 구성된 독일군 장교단을 없애고 일반 국민들도 자유롭고 평등하게 장교로 진급할 수 있도록 군대를 개방하자고 주장한 것이었는데 이는 프로이센의 군대 전통과는 어긋나는 것이었다.

 그리하여 히틀러가 룀을 제거한 것은 전통세력과 타협을 위한 조치였고 나치 지지세력의 사회적 기반을 보다 넓히기 위한 정책이었다.

 1934년 8월 군부는 히틀러의 이러한 용단에 감사하며 총통의 지도에 따른다는 서약을 확인하였다. 콧대 높은 귀족출신이 히틀러에게 무조건 충성을 맹세한 것은 군부 또한 히틀러의 군국적 이념에 공감하고 적어도 바이마르 공화국을 없앤다는 것에 히틀러와 이해를 함께 하였기 때문이었다.

 처음에는 군부의 방관, 나중에는 군부의 적극적 협조 없이 나치의 전체주의적 사회통제는 불가능하였다라고 역사가들은 진단하고 있다.

 나치 치하의 독일에서 독일 국민의 경제적 생활은 향상되었으나 현저할 정도로 상승하지는 않았다. 히틀러의 관심은 독일을 초강대국으로 만드는 것이었으므로 경제적 여력은 '군비부문'으로 흘러들어갔다. '국가사회주의'라는 당의 이념은 복지사회의 구현은 아니었고 다만 독일 내 여러 계급 간 적대감을 해소하는 의미였다.

히틀러는 대지주와 자본가들을 그의 통제에 따르는, 그러므로 나치에 봉사하는 계급으로 만들려고 하였다. 나치 독일은 여전히 자본주의 체제를 견지하였으나 국가는 경제에 대하여 간섭을 할 수 있었다. 볼셰비키 체제가 낡은 지배계급 — 지주, 자본가, 귀족 — 을 제거한 것과 달리 히틀러는 이들을 보호하였던 것이다.

그러나 이들은 나치에 정치적 영향력을 행사할 수는 없었다. 경제적 힘이 있는 지주, 자본가들은 나치에 오직 복종할 따름이었고 나치의 보호 속에서만 그들의 경제적 번영이 가능하였던 것이다.

교회와 나치의 관계도 주목할 필요가 있다. 2천여 년간 서양인의 영혼을 책임지던 기독교가 세속화의 물결로 점차 그 영향력을 빼앗겼으나 생활 속의 기독교는 여전히 정신세계의 지주였다. 나치와 기독교회는 원리상 서로 충돌을 면하기 어려웠다.

먼저 교회는 세상을 창조하고 역사한 오직 한 분의 신 하나님을 믿고 따르며, 세속 권력은 하나님 앞에 굴복해야 한다고 당연히 생각하였고, 이와 달리 나치는 기독교가 인간의 의지와 본능을 노예의 근성으로 바꾸어 참된 인간의 능력을 덮어 가리웠다고 지적하며 인간의 의지, 인간의 분투를 강조하였던 것이다. 더군다나 기독교의 뿌리인 예수가 유대인이었으므로 나치는 기독교를 원칙상 배제하였다. 이즈음 예수는 유대인이 아니라 북구의 영웅으로 그 출생이 조작되기도 하였다.

성직자들은 이러한 나치의 허무맹랑한 거짓 놀음에 저항하여 강제수용소로 보내져서 처형당하거나 추방당하였다. 남아 있는 성직자들은 나치의 주목을 받지 않으려는 노력을 할 뿐이었다. 그러나 국내 정치사범을 담당한 국가비밀경찰(Gestapo)의 집요한 추적을 모면할 수는 없었다.

따라서 독일 교회는 이런 특성으로 국가권력에 예속되었고 성직자의 일부는 반유대주의, 반자유주의를 내건 나치에 자진하여 협력하였다.

교회가 독일인의 정신을 채우지 못하게 되자 나치의 정신이 그 틈새에 끼어들게 되었다. 나치에는 이 분야의 뛰어난 전문가가 있었다. 괴벨스(Joseph Göbbels, 1897~1945)는 인문학의 전문가로서 날카로운 지식인이었으나 대중을 멸시하고 있었다. 괴벨스는 신문, 영화, 연극, 선전포스터 등 이용 가능한 대중매체를 총동원하여 독일국민을 나치에 충성할 인물로 변조시키는 책임을 맡고 있었다. 그 자신이 이 일을 좋아하였으므로 괴벨스는 독일인을 합당한 나치인으로 만드는 일에 전념하였다.

학교 교육에서 기독교를 공부하는 수업은 나치 이념 공부로 대체되었고

"우리는 과거에 노예였다. 우리는 우리의 땅에서조차 이바인이었다. 그러나 이제 히틀러 총통이 우리를 하나로 묶었다. 그러므로 우리를 하나로 묶어준 히틀러를 위하여 싸우자."
라는 구호가 학교 교육에서 암송되어 외쳐졌다.

일상의 생활에서 인사법조차 바뀌어 '안녕하십니까?(Guten Tag?)' 대신 '찬양 히틀러!(Heil Hitler!)'라고 외치게 되었다. 모든 사람은 '하일 히틀러'라는 인사법이 관례화되는 것에 처음은 조소하였으나 점차 자동 인형처럼 '하일 히틀러'를 외쳐대었고 악수 대신에 한 손을 어깨 위로 곧장 펴서 그 자신이 히틀러에 예속되었음을 밝혔다.

10세부터 18세 나이의 모든 청소년들은 '청년 히틀러 연맹(Hitler Jugend)'에 가입하여야만 되었고 다른 청소년 연맹은 모두 해산되었다. 어린 청소년들은 수 많은 대회, 경연, 연극, 합창 등의 단체 활동에 참가하도록 강요받았고 공동생활에서 요구되는 생활규범을 익혔다.

개인의 창조적이고 자율적인 정신함양은 나치의 청소년들에게는

금지되었고 집단과 전체를 위하여 개인의 헌신, 희생만이 교묘하게 주입되었다. 또한 지적인 학습보다는 육체 단련이 강조되었다. 머리가 비어 있는 만큼 당의 지도에 충실히 따르는 사람이 우수한 청년으로 칭찬받았다. 이것이 만들어 낸 결과는 시키는 대로 일하는 인간기계의 양산이었고 인간으로서 차마 견디어낼 수 없는 인류 학살의 명령을 충실히 이행한 인간인형의 제조였다. 대학교에서도 학문의 자유와 진리수호라는 본업은 사라졌다. 어느 대학교수는

"우리는 국제적인, 즉 민족을 벗어나는 학문을 거부한다. 우리는 학자들만의 국제적인 사회도 거부한다. 학문을 위한 학문은 멸시받을 것이다. 승리여 찬양받을지어다!"

라고 표명하였다. 히틀러가 집권하기 2년 전에 독일 대학생의 60%가 나치 대학생 조직에 참여하였고 반유대주의 선동에 앞장서 있었다. 대학생 사회에서 나타난 이와 같은 조짐은 객관적인 진리 탐구라는 대학의 모습과는 너무도 다른 것이었다.

1933년 5월 대학교수들과 대학생들은 나치 이념에 어긋나는 책들을 모아서 불태우고 히틀러와 나치를 찬양하였다. 유대인 출신이거나 사회주의자, 자유주의 성향을 가진 교수들은 모두 대학에서 추방되었고 그것도 동료 교수들의 동의하에 쫓겨났다. 나치 문교장관은 대학교수들에게

"지금부터 여러분이 할 일은 무엇이 진리에 맞는가를 연구하여 결정하는 것이 아니라 나치 혁명의 이념에 일치하는가 아닌가를 판단하는 일임을 명심하시오."

라고 지시하였다. 따라서 대학교육의 커리큘럼이 바뀌어 인종학과 나치 이념이 정규과목으로 교수되었다.

폭력은 복종과 충성을 강요하는 또 다른 나치의 선동수단이었다. 나치 폭력조직은 SS로 대표되었다. 1925년 조직된 SS는 히틀러와 당 지도자들을 보호한다는 명목으로 무자비한 폭력을 감행하였다. 히믈러(Heinrich Himmler 1900~1945)는 친위대(Schutz Stffer의 줄임말, SS)를 이끈 열광적 인종주의자였다. 그는 현대의 기사로

친위대원을 선발하여 훈련시켰다.

 아리안족의 외형을 갖추고 날카롭고 뛰어난 독일의 젊은이를 모아 선택된 인간으로서의 자부심을 함양시킨 히믈러는 SS대원이 바로 니체가 꿈에 그리던 '초인'이라고 주입시켰던 것이다.

 평범한 인간의 도덕과 윤리란 굴종의 윤리이므로 초인의 윤리와는 다르다고 가르친 SS의 교육에서, 친위대는 강제수용소를 그들의 실험실습장으로 삼았다. 수많은 정치범, 유대인, 폴란드인, 러시아인들이 친위대원의 실험대상으로 그들의 인간적 존엄성을 빼앗긴 채 학살당하였다. 누구나 SS에 의하여 체포당하면 어떤 잘못으로 구속되었는지 본인조차 모르게 형장의 이슬로 사라지거나 실종되었다. 따라서 SS는 그 자체가 폭력이었고 공포의 대상이었으며 나치로부터 국민을 경원하게 만들었다.

전체주의의 확산

스페인과 포루투갈

제1차 대전이 끝난 뒤 의회민주정치 체제를 가졌던 나라들이 무너지고 전체주의 국가들이 나타났다. 즉 자유라는 이념은 이같은 나라에서는 그 힘을 상실하였고 보수주의 사조가 대두한 것이다. 이베리아 반도의 두 나라 포르투갈과 스페인에서 의회정부는 교회, 군부, 지주로부터 거부당하고 포르투갈에서도 1926년 군대의 장교들이 쿠데타를 일으켜 포르투갈 공화국을 해체시켰다. 이리하여 1910년 세워진 포르투갈 공화국은 불과 20여 년도 견디지 못하고 경제학 교수인 살라자르의 독재를 받게 되었다.

스페인에서는 1931년 왕정을 반대하는 세력이 선거에서 승리하자 국왕 알폰소 13세(Alfonso XIII, 1902~1931)가 해외로 망명하고 스페인은 공화국이 되었다. 자유주의와 사회주의 세력의 연합으로 만들어진 스페인 공화국은 그러나 옛 지배계급으로부터 거센 저항을 받게 되었다. 대토지를 국가가 몰수하고, 군대 장교수를 줄이며, 예수회를 해체시키고, 종교계 학교를 폐쇄한다는 공화국의 개혁안은 옛 지배계급뿐 아니라 보수주의 교회세력의 거센 저항을 극복할 능력이 전혀 없었다.

당시 스페인 공화국은 이외에도 카탈로니아(Catalonia) 분리주의자들의 독립운동을 제압할 과제가 남아 있었는데 이들의 집요한 자치요구는 국내의 불안 요인을 점증시키고 있었다. 더욱 프랑스의 영향을 받아 좌익세력이 '인민전선'을 조직하여 1936년 2월 집권하자 국내정세의 불안은 극도에 달하게 되었다.

당시 스페인령 모로코에 주둔하였던 프랑코 장군은 이에 공화국에 대항하여 반란을 일으켜 세력을 장악하였는데 그의 지지세력은 옛 지배층과 새로이 결성된 팔랑헤라는 파시스트 조직이었다.

공산주의에 저항한 팔랑헤는 1936년부터 1939년까지 3년에 걸친 스페인 내전기간 동안 이탈리아의 무솔리니, 독일 나치의 지원을 받고 세력을 확대하여 스페인에서 프랑코 총통의 독재를 가능하게 하였다.

중동부 유럽

이 지역의 의회정부 또한 미약한 지지세력을 가졌을 뿐이었다. 소수 지식인, 전문직업, 상인계급들이 주도한 자유주의 진영이 의회정부를 지지하였으나 대다수 농민은 자유가 무엇인지 그 참된 의미를 몰랐고 왕정주의자들의 세력은 여전히 강력하게 남아 있었다.

체코슬로바키아만이 예외적 국가로서 상당한 토착 중산계층을 형성하였고 나머지 국가들은 의회정부를 지지할 중산계급의 형성이 미약하였다. 따라서 정치적 훈련과 시민의식을 가지고 있지 않았던 중동부 유럽의 대다수 국민은 왕정, 귀족지배에 오히려 익숙하였다.

따라서 1929년 대공황 이후 심각한 사회불안을 맛보고 공화체제가 무너졌을 때 이 지역에서는 파시즘이 성공을 거두지 못하고 오히려 권위주의적 귀족과 왕정체제가 복귀하게 되었다.

합스부르크 제국의 경우 제1차 세계대전이 끝나자 제국은 와해되고 오스트리아는 공화국이 되었다. 오스트리아 공화국은 출범부터 극심한 경제문제에 직면하였다. 합스부르크 제국이 유지되는 동안 제국의 수도인 빈에는 광대한 제국 영토로부터 식량과 산업원료가 공급되었다.

그러나 제국이 해체되고 제국을 구성하였던 예속국가들이 독립하고 더구나 오스트리아에 대하여는 특별히 높은 관세장벽을 설치하여 과거의 압제에 보복하자 오스트리아는 당장 식량부족으로 빈 시민들이 굶어야 하였고 재정도 파탄에 이르렀다.

1922년부터 1926년까지 국제연맹은 오스트리아의 파국을 막기 위하여 특별한 지원대책을 마련해야만 하였다. 따라서 많은 오스트리아인은 이러한 난국을 풀 수 있는 유일한 방법은 독일과의 합병이라고 생각하였다.

오스트리라는 더욱 산업지역의 주민과 농촌지역의 주민 사이에 갈등이 심하였다. 즉 산업지역의 공장노동자들은 사회주의자이거나 공산주의자였고 성직자들에 대한 적개심이 강하였다. 그러나 농촌주민들은 열렬한 가톨릭 신자들이었고 사회주의자들을 증오하였다.

양 진영의 갈등은 신앙과 신조의 충돌을 넘어서 무력충돌에까지 이르렀다. 노동자들은 '방위연맹'을 조직하였고 농촌 주민들은 '지역방위군'을 조직하여 적개심을 불태웠다.

1934년 2월 공화국 수상 엥겔베르트 돌푸스(Engelbert Dollfuss 1892~1934)는 일당독재 체제를 세우려고 시도하였다. 이 과정의 일환으로 경찰과 지역방위군의 일부가 사회민주주의자 본부를 기습하였다. 이에 습격당한 사회민주주의자들이 총파업을 선언하자 돌푸스는 사회민주주의자들의 노동자 합숙소를 폭파하여 193명을 죽이고 사회민주당을 탄압하였다. 독일의 비호를 받고 오스트리아가 이런 결단을 내린 것은 오스트리아가 독재국가로 나아갈 것을 만천하에 공개적으로 과시한 것이었다.

오스트리아에도 나치 추종자들이 있었는데 이들은 독일과 합병을 강력히 요청하였다. 그래서 1934년 7월 오스트리아의 나치 일당은 수상 돌푸스를 암살하고 무력으로 양국의 합병을 시도하였으나 실패하였다. 그후 4년이 지나서 나치가 사회의 주도권을 장악하자 1938년 오스트리아와 독일은 많은 기대 속에 합병되었다. 이때 나치를 피하여 오스트리아 전통 귀족들이 조국을 떠나게 되는데 영화 '사운드 오브 뮤직'의 트랩 대령 집안의 이야기는 극화되어 널리 알려지게 되었다.

헝가리는 사정이 오스트리아와는 달랐다. 러시아가 혁명에 성공한 것이 국경을 접한 헝가리 공산주의자들을 자극하였다. 1919년 3월 부다페스트에는 러시아의 자금 지원에 의해 소비에트 정권이 수립되었다.

소비에트 지도자는 쿤이었으나 그는 농민들의 호응을 얻지 못하고 연합국의 간섭을 받았다. 그래서 쿤이 무너지자 해군제독 미클로스 호르티가 이끄는 정부가 들어섰다. 호르티 정부는 이때 소비에트 음모자들은 '백색 테러'라는 명칭에 걸맞게 처단하였는데 그

헝가리의 독재자 호르티 제독

정도는 소비에트 진영에서 행한 것을 능가하였다.

호르티 정부는 1929년 대공황으로 큰 타격을 받았는데 대지주를 동반자로 선택한 그의 정책은 대공황 기간 민족주의, 반유대주의, 반자본주의를 구호로 삼아 토지개혁을 실시하려는 급진 우익의 도전을 받았다. 급진 우익의 지도자는 기울라 굄뵈스였는데 그는 1932년 수상으로 재직하면서 나치 독일과 접근정책을 폈다. 그러나 나치가 1차 대전시 상실한 영토의 회복을 선언하고 강대국으로 발돋움하자 헝가리 정부는 1930년대 말부터 독일과 접근을 포기하였다.

폴란드, 그리스, 불가리아, 루마니아는 왕정에 의한 독재 또는 군사독재 정부가 들어섰고, 체코슬로바키아는 유일하게 서구식 의회민주 정부를 유지하며 자유주의 전통을 지켰다. 체코의 문제는 독일인 3백십여만 명이 거주한 수데텐 지방에 있었다. 히틀러의 사주를 받지 않았어도 소수 민족으로 체코슬로바키아를 벗어나려던 수데텐의 독일인은 히틀러에게 체코슬로바키아 침공 구실을 제공하게 된다.

서구 민주주의

 제1차 세계대전 이후 거의 전 세계의 자유 민주체제가 붕괴되었다. 그러나 서구 민주주의는 영국, 미국, 프랑스에서 건재하였다. 세계공황을 겪은 영국과 미국이었으나 이 나라들에 있어서 파시즘 운동은 별로 주목을 끌지 못하였다. 반면 프랑스에서는 어느 정도 파시즘에 대하여 위협을 느낄 정도에 이르렀다.

미 국

 전 세계를 뒤흔든 세계공황의 발원지로서 미국의 책임은 원하든 원치 않든 적은 것은 아니다. 1920년대 수십만의 투자가들은 주식을 투자의 대상으로 삼아 거액을 들여 주식을 구입하였다. 주식시장의 경기는 1920년대 식을 줄 모르고 올라 사실상의 가치 이상으로 주식가격은 비싸졌야. 그럼에도 1929년 여름까지 주식가격은 떨어지지 않았다.
 그러나 10월 말 주식시장에는 주식을 팔려는 사람들로 갑자기 붐비기 시작하였다. 모든 투자가들은 미친듯이 주식을 팔려고 싼값으로 물건을 내어놓았고 그 결과 주식가격은 수직으로 떨어졌다. 몇 주 내에 뉴욕 주식시장에 나온 주식들의 액면가는 260억 달러에 이르게 되었다.
 그러자 어떤 현상이 나타났는가 하면, 기업은 투자와 생산을 포기하고 실업자는 급증하여 전체 노동인구의 1/4이 직업을 찾아 헤매게 되었다. 농민들은 토지를 담보로 빌렸던 은행의 돈을 갚지 못하여 토지를 잃었고, 은행들은 대출한 기업들이 파산하자 원금을 찾지 못하고 문을 닫았다.

은행에 저축한 수많은 미국인들은 하루아침에 빈털털이가 되어 길거리를 헤매며 슬퍼하였다. 미국의 해외투자가들은 자금을 회수하여 안정을 찾으려 하였고 그 결과 이번에는 유럽의 기업들이 미국 자본이 빠져나가자 휘청거리게 되었다.

세계가 모두 휘청거렸고 교역량은 급격히 감소되고 실업자는 계속 늘었다. 프랭클린 루스벨트(Franklin Delano Roosevelt, 1882~1945)가 1933년 대통령에 취임하였을 때 미국의 실업자는 1,300만명도 넘었다. 미국인의 얼굴에는 굶주림과 절망이 서려 있었고 미래의 희망은 어디에도 보이지 않았다. 자, 이러한 상황에서 무엇으로부터 시작을 할 것인가?

루스벨트는 정부가 경제에 적극 개입하여 일자리를 만들어 기업활동을 자극해야 한다는 영국의 경제학자 케인스의 '유효수요' 이론을 따라 '뉴딜(New Deal)' 정책을 추진하였다. 국가가 공공사업에 직접 참여하여 고용을 늘리고 관련 산업에 자극을 준 뉴딜 정책은 미국 경제공황의 위기를 극복할 묘방으로 평가되었다. 이즈음 자유방임이라는 경제의 대원칙은 포기되었으나 부분적인 계획경제는 자본주의의 한계를 극복할 유일한 수단으로써 서구의 지식인들에게 보여졌다.

루스벨트 정부의 이러한 노력으로 미국은 불황에서 서서히 벗어났고, 미국 사회는 혹독한 시련을 겪었으나 파시즘이나 공산주의 세력의 성장을 거부하고 있었다.

시민들은 여전히 자유 민주체제가 가장 바람직한 사회조직 형태라고 믿고 있었으며 루스벨트 정부도 경제에서의 간섭을 적정선에서 중단하였다. 미국은 자유 민주진영의 보루로써 위치를 확고히 지키고 있었다.

영 국

영국은 세계공황 이전에도 경제적 어려움을 겪었다. 산업혁명의 선진국으로서의 명예는 19세기 말에 이르러 도전받았고 사실상 기계제조, 광산, 조선분야에서 독일에 추월당하고 전기, 화학분야에서는 중간 수준에 머물러 있었다. 수력(水力)의 이용으로 전기가 생산되고, 기름이 석탄을 대신하며 동력원으로 쓰이자 낡은 영국의 광산설비는 신형으로 대체되지 못하고 녹슬어 갔다.

생산성이 산업 전체적으로 보아 뒤떨어졌으므로 1926년에 이르면 광산주는 임금의 하락 없이는 기업이 도산할 수밖에 없다고 선언하기에 이르렀다. 이에 탄광의 광부들은 광산주의 조치에 파업으로 대응하고 다른 분야의 노동자들도 광부파업에 동조하였다.

어느 서구 국가보다도 안정된 중산층을 가진 영국사회는 노동자들의 파업이 정부를 전복하려는 좌익 급진주의자들의 음모라고 비난하였다. 그러므로 대다수 영국인들은 정부가 파업을 어떠한 수단을 사용하더라도 종식시키기를 원하였다. 결국 9일간의 파업이 있은 후에 다른 노동자들은 다시 일터로 돌아왔다.

그러나 광부들은 그후 6개월이나 더 버틴 다음에 파업을 끝냈다. 파업을 끝내고 광부들이 다시 일을 시작하였을 때 노동조건은 더 긴 작업시간, 더 낮은 임금이었다. 파업은 실패로 끝났던 것이다.

모든 노동자들이 참여하였던 총파업은 실패로 끝났다. 그러나 사회는 파업의 경험으로 안정감을 찾았다. 왜냐하면 파업기간에 노동자들이 혁명을 부르짖지는 않았고 폭력사용을 자제하였기 때문이었다. 영국 노동자들이 볼세비키 혁명노선을 따를 것이라는 공포는 단순한 유언비어였음이 총파업의 실패로 확인된 셈이었다.

세계의 경제공황은 영국에도 절망의 장막을 드리웠다. 정부는 파운드의 평가절하를 단행하여 수출 촉진책을 쓰고, 저리(低利)의 자금을 빌려주어 산업의 활기를 자극하였으나 영국의 오랜 전통인 자유방임 정책을 포기하지는 않았다. 기업의 희생은 여전히 기업의 책임이었다.

영국의 실업상태는 영국이 재무장을 선언할 때까지 현저하게 나아지지는 않았다. 세계 공황은 분명 영국의 의회정부체제에 대한 시험이었다. 그러나 이같은 어려움 속에서도 영국의 공산당과 파시스트당은 대중의 지지를 받지 못한 극소수의 사회세력으로 남아있을 뿐이었다.

프랑스

1920년 프랑스는 세계대전의 상처를 치료하고 있었다. 철도를 보수하고 교량을 건설하고 주택을 새로 지으며 식목사업을 추진한 프랑스의 경제는 1926~1929년 기간에 성장하고 있었다.

통화는 안정되고 산업 및 농업생산은 증대되었다. 대공황의 여파는 독일이나 미국만큼 프랑스에서 심각하지는 않았으나 그럼에도 수출감소, 실업자 증가 등 우울한 그림자를 내보이기는 마찬가지였다.

이와 함께 제3공화국의 출범으로 공화국을 사로잡았던 정치적 불안은 계속되었고, 공화국에 대한 프랑스 국민들의 불만도 높아갔다. 정부가 민심수습에 실패하자 몇몇의 파시즘 세력이 부각되기 시작하였다.

1934년 2월 6일 우익의 폭도들은 하원을 공격하겠다고 위협하였다. 이는 정부의 재정 정책에 관여한 바 있는 알렉산더 스타비스키가 1933년 증권을 위조한 추문이 폭로됨으로써 터진 사건이었다. 이로 인하여 파리에서 처음 산발적이었던 무질서 상태가 폭동으로 번지자 군대는 진압을 위하여 발포하여 수백 명이 부상하고 몇 명의 사망자가 발생했다. 1871년 파리코뮌 사건 이래로 정부가 시위대에게 사격을 가한 것은 사태의 심각성을 밝히는 것이었다.

우익이 주도한 2월 6일의 사건은 조직상 정부를 전복시킬 힘은 없었다. 왜냐하면 좌익 계열의 노동자들이 파시스트 국가로 된다는 것을 용납하지 않고 정부를 지지하고 나섰기 때문이다. 또한 독일과 이탈리아에서 파시스트의 집권이 현실화되자 프랑스의 좌파들은 긴장하고 '인민전선'을 조직하여 힘을 모았다.

1936년 유대인이며 사회주의자인 레옹 블룸 수상이 '인민전선' 정부를 책임맡으며 제3공화국은 강력한 사회개혁을 시행하였다. 블룸은 주당 노동시간을 40시간으로 규정하고, 노동자들이 휴일에도 임금을 받으며, 근로계약을 체결할 때 단체협약을 할 수 있도록 노동자 권익보호를 선언하였다. 이즈음 블룸은 군수산업과 항공산업을 단계적으로 국유화하는 조치도 마련했다. 이와 함께 부유한 계층의 영향력을 약화시키는 조치로써 '프랑스 은행' 또한 국가의 통제를 받게 되었다.

블룸은 농민을 지원하는 정책으로써 밀의 가격을 올리고, 이를 정부가 수매하는 방법도 사용하였다. 이에 보수주의자들과 파시스트 진영은 블룸을 더러운 유대인 공산주의자라고 비난하며 블룸보다 히틀러를 원한다고 공공연히 떠들었다.

인민전선 정부는 엄청난 개혁을 시도하였으나 경제를 되살리지는 못하였다. 1937년 블룸 내각은 물러나고 인민전선은 분열되었다. 민주적 방법을 사용하여 프랑스에도 뉴딜정책을 시도한 블룸의 정책은 그러나 프랑스 국민 간 통합을 가져오지 못한 채 노동자계급과 기타 국민 사이의 증오심만 높였다. 프랑스는 국내 파시스트 세력에 대하여는 민주정체를 보존할 수 있었다. 그러나 분열된 상태로 프랑스는 나치 독일의 위협을 받게 되었다.

XII. 제2차 세계대전

나치의 강제수용소

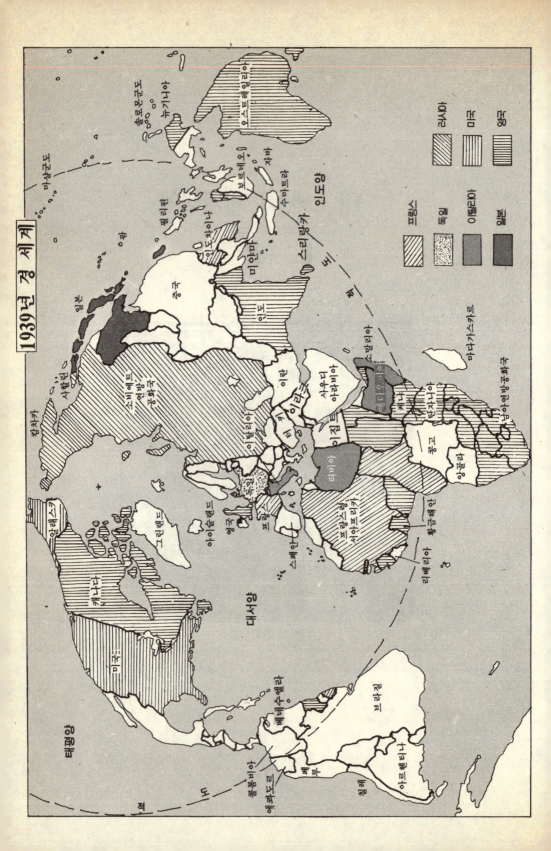

제2차 세계대전 개괄

히틀러는 권력을 잡기 이전에도 이미 유럽대륙에 거대한 독일제국을 세우겠다는 야심을 품고 있었다. 우월한 민족으로서 독일민족은 그에 합당한 생활공간이 필요하며 또한 이를 확보하기 위하여 열등한 슬라브 민족의 땅을 차지하는 것은 정당하다는 것이 그의 생각이었다. 만약 열등 민족이 독일의 요구에 응하지 않으면 전쟁으로 정복한다는 것이 히틀러의 논리였다.

제1차 세계대전의 경우, 전쟁의 책임이 어느 나라에게 있는가를 살필 때 독일의 잘못이었다라고 평가하는 것은 연합국의 견해일 뿐이고, 영국에 책임을 묻는 다른 견해들도 설득력을 가지고 있다. 그러나 제2차 대전의 책임이 히틀러에게 있다는 주장은 다른 주장을 압도한다. 분명 유럽의 정치가들은 히틀러가 평화를 위협하며 전쟁을 열망하고 있다는 사실을 알고 있었다. 그러나 이들은 히틀러가 유럽문명을 파괴하고 유린하도록 방치하였다. 이 점에서 서구의 모든 나라도 전쟁의 공범 내지는 방조자였다.

베르사유 체제가 주도한 자유 민주주의 체제가 1930년대에 퇴조하고 전체주의 국가가 수립되는 과정에서 각국은 군비를 증강하고 평화를 지키려는 노력 대신에 전쟁의 대비에 더 큰 관심을 보였다. 인류의 역사를 돌아보건대 비축하였던 무기를 그대로 녹슬게 한 경험은 없었고, 인간은 이성적 동물이라는 확신이 없어진 상황이 바로 1930년대 유럽의 정신적 풍토였다. 야성이 이성을 지배하고 본능과 의지가 기존 도덕과 윤리를 무시하는 이때의 상황은 제1차 대전의 분위기보다 더욱 심각하였다.

이러한 결과 제2차 대전의 참혹함은 문자 그대로 인류 역사상 전무후무한 비극을 초래하였고 서구 문명에 깊은 좌절감을 안겨주었다. 세계의 주도권은 이제 유럽을 떠나 동쪽은 소비에트 러시아, 서쪽은 미국이 장악하게 되었고 새로운 20세기의 역사가 2차 대전으로 시작되었다. 세계가 동·서 양대 진영으로 갈리게 된 것이다.

전체주의 국가들의 침략

　국제연맹의 무력함은 아시아 지역에서 일본이 만주사변(1931)을 일으켜 중국을 침략하였을 때 드러나기 시작하였다. 국제연맹의 비난을 무시한 일본은 한걸음 더 나아가 국제연맹을 탈퇴해 버렸던 것이다. 나치 독일 또한 1933년 제네바 군비축소 회담에서 독일의 무력을 제한하려는 서구의 요구를 거부하고 국제연맹을 탈퇴한 뒤 군비증강을 공식적으로 선언하였다.

　따라서 베르사유 조약의 독일 군비규정은 무시되었으나 서구 각국은 독일에게 그 책임을 묻지 않았다. 심지어 나치는 비무장지대로 선포된 라인란트(Rheinland)까지 진군하였으나 어떠한 제재도 받지 않았다.

　이탈리아의 무솔리니는 국제연맹이 일본과 나치 독일의 침략을 방관하자 용기를 내어 1935년 10월 에티오피아를 침공하였다. 국제연맹은 이번에 이탈리아를 침략국으로 규정하고 보복조치를 취했으나 독일과 미국이 국제연맹의 결의에 응하지 않고 수에즈 운하 봉쇄도 실행되지 않아 이탈리아는 에티오피아를 합병하게 되었다. 이탈리아의 파시스트들은 나치 독일의 협조에 감사하는 마음을 가졌는데 1936년 스페인 내란이 발생하자 독일과 이탈리아는 더욱 긴밀히 접근하게 되었다.

　1936년 스페인의 문제는 앞에서 설명한대로 공화정부에 대하여 반란을 일으킨 우파 프랑코 장군의 문제였는데 영국, 프랑스, 소련은 미약하나마 공화국 정부군을 지원하고 독일과 이탈리아는 우파 쿠데타군을 적극 지원하였다. 독일은 특히 우파를 지원하며 자국에

무솔리니를 방문한 히틀러

서 새로 개발된 군수무기의 실험장으로 스페인 내란을 이용하였다.
 스페인 내란의 입장에서 가까워진 이탈리아와 나치 독일은 파시스트 국가로서 서구의 자유 민주주의를 부정하고 공산주의를 탄압하는 점에서 1936년 10월 베를린—로마추축을 성립시켰고, 아시아의 일본이 독일과 방공협정(Anticommunism)을 체결하여 독일, 이탈리아, 일본의 3국 추축체계가 이루어지게 되었다.
 독일은 군비확장을 공언한 이래 기계화부대—탱크, 장갑차 등—를 증강하고 공군력을 강화하여 1938년 오스트리아를 무혈 합병하고 같은 해 9월에는 수데텐의 독일인을 구한다는 구실로 체코슬로바키아에게 수데텐의 양도를 요구하였다. 영국과 프랑스는 나치의 이같은 요구가 유럽의 긴장을 격화시킨다고 경고하였으나, 뮌헨회담에서 나치가 더이상 새로운 영토를 침범하지 않는다는 약속을 하자 수데텐의 합병을 승인하였다. 이 뮌헨 회담을 주재한 당시 영국 수상 체임벌린은 자신의 노력으로 유럽이 전쟁을 모면하였다고 개선장군처럼 귀환하였으나 1939년 3월 히틀러가 체코슬로바키아 전 지역을 합병하게 되자 그에게 사기당한 것을 뒤늦게 깨달았다.
 히틀러는 체코 합병 이후 폴란드에 눈독을 들였다. 그리고 세계를 경악시킨 소비에트 러시아와 불가침조약을 맺었다. 1939년 8월에 체결된 독·소 상호 불가침조약은 나치가 지금껏 강조한 공산주의 궤멸 주장을 포기한 것으로 판단되었으므로 세계를 긴장시켰다.

이는 독·소 불가침조약의 내용에 조약국이 제3국과 전쟁을 할 경우 다른 조약국은 중립을 지킨다는 내용이 있었기 때문에 더욱 주목되었다. 왜냐하면 이는 소비에트 러시아가 독일과 프랑스 또는 독일과 영국이 전쟁을 하면 개입하지 않겠다는 선언이었기 때문이었다.

과연 히틀러는 소비에트 러시아와 불가침조약을 체결한 뒤 곧 폴란드를 침공하였다. 1939년 8월 31일 폴란드에 최후 통첩을 보낸 히틀러는 9월 1일 전군사력을 동원하여 폴란드를 정복하였다. 이에 소비에트 러시아도 동부로부터 폴란드로 진군하여 독일과 소비에트 러시아는 동서로 폴란드를 분할하였다. 이것이 9월 중순의 일이었다.

영국과 프랑스의 독일에 대한 감정은 자국에게 손해가 없는 한 가능하면 전쟁을 면하고 싶은 것이었으나, 폴란드가 침공당하자 나치 독일과의 전쟁은 필연적인 것임을 뒤늦게 깨달았다. 영국은 강경파 주전론자인 처칠(Winston Churchill, 1874~1965)이 수상이 되어 독일과 전쟁을 위한 전시내각을 구성하였다.

이때 독일군의 진격은 북으로는 노르웨이로부터 남으로는 벨기에, 네덜란드에 이르기까지 파죽지세로 밀고 내려왔으며 프랑스가 자랑하던 방어선 마지노(Maginot) 요새도 힘없이 무너지고 1940년 6월 파리가 독일군에게 함락되었다.

프랑스의 장군 드골(De Gaulle)은 이에 영국으로 망명하여 '자유 프랑스군'을 조직하여 대독 항전을 프랑스 국민에게 호소하였으나 망명하지 못하고 프랑스에 남은 1차 대전의 영웅 페탱 장군은 비시(Vichy) 정부라는 괴뢰정부의 수반이 되었다. 유럽 대륙은 나치의 손아귀에 들었고 유럽에서 나치를 벗어난 유일한 나라는 영국이었다.

영국은 독일 공군의 무차별 폭격작전으로 위급한 상황에 놓여졌다. 그러나 처칠의 단호한 대독항전 주장과 의회민주주의의 본산으로서 자유를 존중하는 영국 국민의 자유 민주주의 수호 의지는 히틀러의 예상을 빗나가게 만들었다. 즉 공군의 폭격으로 영국 국민의 사기를 떨어뜨리려는 히틀러의 전략은 오히려 나치에 대한 증오심만 높였기 때문에 영국의 저항은 완강하였다.

1941년 3월, 미국은 나치가 유럽을 정복할 경우 다음의 목표물은 미국이 된다는 생각을 하게 되었고 자유를 수호한다는 대의명분을 내세워 독일에 선전 포고하였다.

미국의 참전은 어려움 속에서 외롭게 견디어 나가던 영국에게 희망을 주었고 나치에 정복된 국가들에게도 저항운동을 계속할 수 있다는 자신감을 불어넣었다. 그러나 1941년 봄, 소련을 제외한 유럽 대륙의 전체가 나치에 지배당하고 있었다. 제3제국으로서 나치 독일이 그 위업을 이룬듯이 보였던 1941년 초였다.

미국의 참전은 전쟁의 양상에 변화를 가져왔다. 그러나 미국의 참전보다도 더 큰 의미가 있는 사건은 독일의 소련공격이었다. 애당초 독·소 불가침조약이 오래 지속되리라고 믿은 정치가들은 없었다.

왜냐하면 히틀러의 목적을 위한 수단 방법을 가리지 않는 사기극은 전에도 여러 번 있었기 때문이었다. 소련과의 불가침조약은 따라서 언제라도 파기될 수 있는 것이었고 소련 또한 이러한 내용을 모르지는 않았다.

히틀러는 소련이 아시아에서 일본과 중립조약을 맺은 뒤 유럽에 군사력을 집중시키는 것을 기분 나쁘게 여겼고 우크라이나의 곡창지대와 카프카스 지방의 유전이 전쟁의 지속을 위하여 절대 필요하였다. 물론 독일은 군수물의 자체 조달을 위하여 합성휘발유, 합성폭약 등을 개발하여 군수품으로 사용하고 있었으나 전선이 넓어지고 장기화되자 물자 부족에 빠져 있었던 것이다. 그러므로 소련의 독일 침공은 어쩔 수 없는 일이었다.

XII. 제2차 세계대전

1942~1943년 소련의 혹한에 패주히는 독일군

　동부전선에서의 전투에서도 독일은 승승장구하였다. 그래서 레닌그라드, 모스크바, 우크라이나 등지에서도 승리가 계속되어 소련의 항복은 시간문제일 것으로 판단되었다. 그러나 광대한 러시아는 항복 대신에 침묵으로 응답하였고, 9월에 시작된 독일군의 공격은 겨울이 다가오자 활기를 잃어갔다. 독일군과 소련군 모두 러시아의 겨울과 나폴레옹의 망령을 생각해내기 시작하였다. 러시아의 소련군은 이때 희망을 가졌고 독일군은 당황하며 불안해하였다.

　독일은 동부전선의 규모를 축소하고 겨울을 넘기기 위한 준비를 시작하였다. 그러나 자그만치 2천만 명의 전상자를 낸 소련군은(이때 소련군대와 민간인의 피해는 유대인 6백만의 3.5배에 이르렀다) 이후 독일에 대하여 보복을 시작하였다. 소련은 영국, 미국의 피해보다 인명 손실에 있어 엄청난 피해를 입었고 동부전선에서 독일과 유혈의 격전을 벌이는 동안 서부전선에서 영국과 미국이 독일을 견제할 것을 요청하였다. 그러나 영국과 미국은 대공세를 펴기에는 아직 전력이 부족하다고 소련에 통보하였고 전쟁의 최후에 가서야 독일을 제압하기 위한 대공세작전을 펼쳤다.

연합국의 승리

 독일을 중심으로 이탈리아가 보조한 유럽에서의 전쟁은 초기 독일군의 기습으로 나치가 우세를 차지하였으나, 미국이 참전하고 러시아가 동부전선에서 나치를 압박하게 되면서 독일의 패배는 명백한 것이었다. 따라서 1942년 봄부터 종전의 날을 기다리며 싸움에 임한 연합국의 군대는 사기가 높았고 반면 독일군은 패배의 확인을 뒤늦추기 위한 저항을 하였을 뿐이었다.
 일본이 태평양에서 저지른 전쟁의 양상도 유럽대륙의 양상과 조금도 다르지 않았다. 초반 기습공격으로 주도권을 일본이 장악하였으나 광대한 중국대륙은 저력을 가지고 일본의 신경을 갉아먹었고 태평양을 무대로 벌였던 일본의 활동반경은 너무 넓은 것이어서 각

노르망디 해안에 상륙한 연합군.

지역의 일본군은 결국 고립되고야 말았다.

더욱 미국의 대일본 적개심이 무진장한 국력을 바탕으로 높아가고 전쟁 마지막에 소련군마저 북동지역에서 일본에게 선전포고하자 일본의 저항은 승리를 얻기 위한 저항이 아니라 패배를 늦추는 전쟁이 되었던 것이다.

1944년 6월 서부전선에서 아이젠하워가 이끄는 연합국이 프랑스 노르망디에 상륙하여 8월 파리를 수복한 수 라인 강을 향해 진격을 하자 독일은 신병기 V_1, V_2 등의 미사일을 선보이며 저항하였다.

1945년 초에는 연합국이 라인 강을 넘어 독일 영토에 진군하고 소련이 동부전선을 죄어오자 1945년 4월 엘베 강에서 미군과 소련군은 연합군으로서 반가운 악수를 나누었다. 4월 말에는 독일군에 보호되어 왔던 무솔리니가 이탈리아 유격대에 체포되었고, 5월 1일에는 소련군이 독일의 수도 베를린에 입성하였다. 히틀러는 소련군이 돌입하기 전날 자결하였다고 전해진다. 5월 7일 독일군은 연합국에 항복하여 유럽에서의 전쟁은 끝난 셈이었다.

히로시마에 투하된 원폭

태평양에서 일본의 패망은 이보다 조금 늦었다. 맥아더(Douglas Macarthur) 장군은 1945년 초 필리핀, 유황도, 오키나와를 차례로 점령하고 동경에 대한 B-29의 공습을 계속하였다. 1945년 7월 연합국은 포츠담에서 수뇌회의를 갖고 일본에 무조건 항복을 권고하였다. 그러나 일본의 군부는 포츠담 권고를 거부하고 최후의 저항을 계속하였다. 이때 미국은 인류역사를 뒤바꿀 신무기 원자폭탄을 시험하고자 1945년 8월 6일 히로시마에 원자탄을 투하하였다. 이 일은 20세기의 비극을 예시하는 사건이었다.

왜냐하면 단 한 발의 폭탄이 히로시마 시민을 몰살시켰고 인류 역사상 이처럼 잔혹한 일은 없었기 때문이었다. 일순간 78,000여 명의 목숨이 없어지고 도시의 모든 시설은 파괴되었다. 인간의 존엄, 인간 생명의 고결함은 어디에서도 찾을 수 없었다.

미국은 원자폭탄을 사용하지 않고서도 분명 승리할 수 있었다. 단지 종전을 앞당기기 위하여 히로시마와 나가사키에 투하된 두 발의 원자폭탄은 그 엄청난 인명 살상과 재산 파괴로 인하여 일본군부의 무조건 항복을 얻어냈으나 종전의 마무리로서는 등골이 오싹한 전율을 인류에게 던졌다. 원자폭탄의 위력은 인간이 가공할 무기를 가지게 되었다는 불안을 높였고, 인류가 자멸할 수도 있다는 경계심을 부각시켰다.

1945년 8월 8일 소련이 일본에 선전포고하며 일본의 북방섬들과 만주로 진격하고 8월 9일 나가사키에 원자탄이 다시 투하되자 8월 15일 일본은 연합국에 무조건 항복을 하게 되어 만 5년간 계속된 제2차 대전을 종결지었다. 이번에도 인류는 인간의 존엄성을 파괴하였고 고귀한 생명을 전쟁의 신에 헌정하는 잘못을 범하였다.

제2차 대전의 유산

　제2차 대전의 인명 손실은 5천만 명에 이르러 인류 역사상 전쟁 사망자의 신기록을 갱신하였다. 가장 큰 피해는 소련이 입었고 유대인도 잔혹한 학살의 대상이 되어 비극을 경험하였다. 물질의 손실도 상상을 초월하였다. 모든 공공시설은 예외 없이 파괴되었고 주택 문제의 심각함은 어린이들을 따뜻한 가정의 포근함을 맛보지 못한 채 성인으로 자라게 하였다.
　농촌의 황폐, 가축의 몰살, 산업시설의 잔해 속에서 유럽과 아시아가 다시 복구한다는 것은 거의 불가능하게 보였다. 주거지가 없고, 직업이 없고, 먹을 것이 없는 수많은 사람들이 폐허 위를 방황하였고 이로 인해 사회의 불안감은 더욱 커져갔다.
　그러나 유럽과 달리 미국은 전쟁의 직접적 피해를 입지 않았으므로 서구 세계의 지도국으로 성장하였다. 동구에서는 가장 큰 피해를 입었으나 그에 못지 않은 영토들을 얻고 동부 유럽에 영향력을 확대한 소련이 공산주의의 주도국으로 대두되었다.
　1차 대전은 종전 후에 민족주의의 열정을 강화시켰으나, 2차 대전은 민족주의의 위험을 두 번이나 피부로 느끼게 하였으므로 당분간 민족이라는 이념을 포기하도록 만들었다. 특히 소련의 체제에 위협을 느낀 서구 자본주의 국가는 공동의 적으로서 소련을 삼고 협력체제를 강화하였다.
　또한 2차 대전 종전 이후 유럽의 식민지로서 고통을 받아 왔던 아시아, 아프리카의 거의 전 지역이 독립하였다. 영국은 인도를 포기하였고 프랑스는 레바논과 시리아를, 네덜란드는 인도네시아를 포기하였다. 유럽 열강이 식민지를 포기하지 않은 지역에서는 예외 없이 유혈폭동이 일어나서 결국 유럽 식민국가는 포기를 강요받게 되었다.

서양 문명은 나치와 원자탄의 잔혹한 인명살상을 두려움으로 바라보았고 극소수의 사상가들만이 진보라는 희망에 여전히 가느다란 희망을 가졌다. 서구의 몰락은 누구에게나 분명하였고 사상가들은 인간의 삶의 의미에 대하여 냉소적이 되거나 그 의미를 문제삼지도 않았다. 오직 인간의 삶, 존재만이 있다는 것이 확인되었다. 즉 인간의 실존 그 자체가 있을 뿐이고 핵폭탄의 공포가 있을 뿐이었다.

제2차 세계대전 이후

　전체주의, 군국주의를 내세운 세력이 패망하자 세계는 자유와 평화의 시대가 올 것으로 예상하였다. 그러나 이러한 기대는 자유진영과 소비에트 공산진영이 대결함에 따라 냉전(Cold war)이라는 새로운 긴장이 나타나자 어긋나 버렸다. 국제적 관계는 여전히 긴장 속에서 유지되었고 미·소 양 진영은 핵폭탄으로 상대방을 위협하였고 영국, 프랑스도 핵무기를 보유하기 위하여 국력을 집중하기 시작하였다.
　더욱 아시아, 아프리카의 식민지들이 서구의 압제를 벗어나게 되자, 이들은 소위 '제3세계'를 이루며 독자적 정치노선을 지켜나갔고 그에 따라 세계는 평화 대신에 긴장이 감돌게 되었다. 물론 국제연맹보다 강력한 국제연합(United Nations)이 조직되어 국가 간 긴장을 해소하기 위하여 노력하였으나 미국과 소련의 양대 진영이 상호 신뢰를 가지지 못하고, 제3세계는 비동맹을 내세우고 있었으므로 국제연합의 조정능력은 사실상 매우 미약하였다.
　1960년대 이후 미·소 양대 진영의 관계가 어느 정도 균형을 이루고 70년대에 이르면 '동서 해빙(De'tente)'이라는 부드러운 분위기가 조성되었으나 국지적인 분쟁을 통하여 양대 진영의 대립은 여전히 지속되고 제3세계의 움직임도 여전히 독자적 정치노선을 지향하고 있으므로 21세기를 바라보는 오늘의 형세는 조금도 낙관적일 수 없다.
　여기서 인구폭발, 공해, 자원고갈 등 인간에 의한 생태계 파괴 현상까지 덧붙여져서 인류의 앞날은 어둡기만 하다. 그러나 인류가 지금껏 역경을 극복하고 생존하여 온 것과 같이 미래도 조심스럽게 가꾸어 나간다면 인류의 미래가 완전히 어두운 것만은 아닐 것이다. 판도라의 상자 속에 희망은 아직 남아 있는 듯하다.

참고문헌

세계사 관계의 서적은 아주 많이 나와 있으므로 여기서는 손쉽게 구하여 볼 수 있고 또 내용이 충실한 것으로 골랐다. 선정기준은 절대적이 아니고 필자가 익숙한 것에서 골랐으므로 관심있는 분은 직접 서점을 찾아다닐 것을 권한다.

1. C. 브린튼 外(梁秉祐 外 譯) 世界文化史 3冊(乙酉文化社, 1963)
2. 車河淳, 西洋史總論(探究堂, 1976)
3. 歷史學會編, 現代韓國歷史學論著目錄(1945~1980), (一潮閣, 1983)
4. 閔錫泓, 西洋史槪論, (三英社, 1984)
5. 閔錫泓, 羅鍾一, 西洋文化史, (서울대 出版部, 1985)
6. H.C. 보렌(李石佑 譯), 西洋古代史, (探究堂, 1983)
7. S. 페인터 외(이연규 역), 西洋中世史, (집문당, 1986)
8. H. 스튜어트 휴즈(박성수 옮김), 西洋現代史, (종로서적, 1986)

*探究新書의 서양사 관계 文庫本은 풍부한 내용과 평이한 번역으로 각 시대와 주요 사상을 포괄하고 있으니 참고하면 유익할 것이다. 그 외 앞에 든 개설서의 끝에는 훌륭한 참고서적 등이 제시되어 있어서 이용할 수 있다.

찾 아 보 기

(ㄱ)

가격혁명	33, 59	공교육	265
가르강튀아의 팡타그뤼엘	24	공덕의 보고	40
가리발디	192	공리주의	241
가브릴로 프린시프	361	공산당, KPD	423
가톨릭 중앙당	427	공산당 선언	248
갈레선	28	공상적 사회주의	244
갈리키아	371	공의회	48
갈리폴리 반도	372	관방학	48
갈릴레이	93, 334	관세동맹	198
거울의 방	201	괴벨스	430, 442
건전한 방임	105	괴테	94, 146
검은 셔츠	416	교황의 바빌론 유수	37
검은 손	360	교회의 대분열	37
게오르크 폰 쇤너러	206	구르카	314
게토	212	구빈원	241
경찰국가	151	구스타프 슈트레제만	425
경험론	191	95개조 반박문	43
계약사상	98	국가주의	45, 56
고든	305	국가 비밀경찰, Gestapo	441
고립주의 외교정책	310	국가 사회주의	441
고이센	46	국사 사회주의 노동당, NAZI	
고전 경제학자	258		284, 429
고전 물리학	346	국가이성	62
고타 강령	282	국민공회	131
곡물법	263	국민 방위군	124

국민의회 119
국민정신 153
국부론 100
국제연맹 375, 447
국제연합 468
국제 중앙아프리카 탐험 및
　문명협의회 301
군주론 27
궁정과 지방설 89
권리 청원 82
귀납법 92

귀즈 가문 61
그리스도교 강요 45
그리스도교적 인문주의 22
그리스 정교 318
글래드스턴 264
금지서적목록(Index) 48
기계론적 우주관의 정립 93
기계파괴운동 260
기울라 굄뵈스 448
길드 58
꿈의 세계 341

(ㄴ)

나가사키 465
나는 베틀 북 222
나의 투쟁 430
나치 돌격대, SA 440
나폴레옹 134
나폴레옹 법전 140
나폴레옹 3세 191, 271
낭만주의 145
낭트 칙령 62
냉소주의 288
냉전 468
네이즈비 전투 86

네케르 113
넬슨 143
노르망디 464
농노 해방령 293
농지법 267
뉴딜 정책 450
뉴라나크 246
뉴턴 93
니베르 370
니체 336
니콜라이 2세 390
니콜라이 1세 182, 292

(ㄷ)

다눈치오 416
다르다넬스 해협 358

다윈 332
단기의회 83

찾아보기 473

단절설	21	독립 선언문	108
단치히	382	독립파	86, 109
달랑베르	98	독·소 불가침 조약	460
달러외교	322	독일과 다음 전쟁	335
당 정치국	404	독일 노동자당	429
대간주	85	독일 노동전선	440
대공포기	133	독일 잠수함, U Boat	374
대공황	434	돈키호테	93
대륙 봉쇄령	143	동방견문록	25
대륙회의	106	동서 해빙	468
대위법	95	동인도 회사	67, 313
대장정	301	두르노보	389
대헌장	82	드골	460
덕의 공화국	133, 166	드레이크	67
데카르트	91	드레퓌스 사건	277
데카메론	17	디드로	77
데카브리스트의 반란	162, 292	디즈레일리	264
도제	176		

(ㄹ)

라 로슈푸코	123	레닌	393
라 마르세예즈	131, 364	레오나르도 다 빈치	19
라블레	24	레오 13세	282
라살	282	레오폴 2세	301
라 스칼라	327	레오폴트 폰 베르히톨트	353
라인란트	382, 458	레옹 블룅	453
라테란 공의회	211	렘브란트	96
라테란 협정	421	로드	82
러·일 전쟁	311	로디지아	306
레나시타	21	로마노프 왕조	290, 389

로버트 필	261	루이 16세	116
로베스피에르	127	루이 18세	165
로빈슨 크루소	94	루이 필리프	166
로스차일드 가문	227	뤼거	428
로이드 조지	382	르네상스	16
로자 룩셈부르크	423	리바이어던	96
로제 뒤코	138	리베리아	301
루덴도르프	376	리빙스턴	302
루르 지방	425	리슐리외	62
루벤스	96	리스트	146
루이 나폴레옹	173, 270	리앙쿠르 공	122
루이 블랑	170	리자	318
루이 13세	62	리카도	241
루이 14세	63	린더 제임슨	306

(ㅁ)

마나우스	321	막스 베버	46, 345
마르그리트 드 본느망	277	막스 플랑크	346
마르코 폴로	25	만다린	309
마르틴 루터	38	만유인력 법칙	93
마리아 테레지아	73	만주사변	458
마리 앙투아네트	124	맥아더	465
마른 강	368	맥주홀 폭동	430
마자랭	63	먼로 대통령	163, 320
마자르인	203	먼로주의	164, 321
마젤란	29	메리 여왕	67
마지노 요새	460	메츠	201
마키아벨리	17	메테르니히	158
마테오티	419	멘델스존	146
마흐디	305	멘셰비키	395

멜란히톤	22	무적함대	67
면죄부	39	무정부주의	250
명치유신	311	무제한 잠수함 작전	373
모기 제독	31	문호개방	310
모나리자	19	문화투쟁	281
모데나	167	뮌헨 폭동	430
모택동	395	뮌헨 회담	459
모한다스 간디	314	뮬 정방기	222
몬테네그로	359	미라보	120
몬테 베르디	95	미켈란 젤로	21
몰락 젠트리셜	89	미클로스 호르티	448
몰리에르	93, 128	미하일 바쿠닌	251
몰트케	200, 368	민족자결	314, 378
몽테뉴	93	민족주의	152
몽테스키외	110	밀류코프	391
무역 차액설	56		

(ㅂ)

바데니 수상		반유대주의	211
바덴	176	반종교법	
바로크	96	빌루아 왕조	62
바르톨로뮤 디아스	27	발보아	32
바링 가문	227	발칸 반도	318
바사리	21	발칸 전쟁	359
바스코 다 가마	26	보카치오	17
바스티유	121	보통법	666
바이런	146	보헤미아	42, 205
바이마르	422	복서	310
바이에른주	176	볼로냐 합의	61
바흐	95	볼셰비키	395

볼테르 77
부르봉 61
부르봉 왕조 169
부르크 하르트 21
북대서양 방위조약기구, NATO 36
북방 전쟁 76
북해무역 26
불간섭 원칙 357
불랑제 277
붉은 셔츠 416
뷔르템베르크 176
뷘디쉬그라츠 180
브레스토 리토프스크 조약 397
브리소 131
블라디미르 일리치 울리야노프 394

비동맹 468
비발디 94
비버리지 355
비스마르크 199
비시 정부 460
비토리오 에마뉴엘레 194
비토리오 에마뉴엘레 3세 418
빅토르 위고 232
빅토리아 여왕의 갱년기 265
빈 예술학교 428
빈 회의 158
빌프레도 파레토 344
빌헬름 리프크네히트 282
빌헬름 1세 199, 283
빌헬름 2세 285, 356
빌헬름 4세 176

(ㅅ)

사기론 368
사라예보 360
사무라이 311
사부아 왕조 186
사운드 오브 뮤직 448
사이프러스 섬 319
사회민주당, SPD 423
사회적 다원주의 300, 334
사회주의자 법 283
사회주의 혁명 393
사회학 331

산 살바도르 30
산업혁명 217
산타마리아호 29
3국동맹 356
3국협상 357
삼부회 116
30년 전쟁 63
3월 전기 157
3월 혁명 391
상대성 이론 347
상비군 54, 60

상업혁명	35	쇼팽	146
상 퀼로트	131	수단	304
새로운 화합	247	수데텐	206, 448
새뮤얼 크럼프턴	222	수력 방적기	222
생 시몽	244	수법권	437
생존경쟁	333	수에즈 운하	244, 304
샤를 10세	165, 275	수평파	87
샤를 알베르트	182	슐레겔	146
샤토브리앙	116	슐레지엔	73
샹보르 백작	275	슐리펜 작전	367
서구파	76	스당	201, 273
서구화	312	스칼라티	94
선언법	105	스탈린	394
설탕법	105	스탠리	301
성공회	47	스투디아 후마니타티스	17
성 안나	41	스튜어트 왕조	68
성 피터의 들	260	스파르타쿠스	423
세력권	300	슬라보필	292
세르반테스	93	승리없는 평화	378
세르비아	319, 358	시암	316
세실 로즈	306	시어도어 루스벨트	321
세포이 투쟁	308	시예즈	118, 138
셸리	146	신경제 정책, NEP	405
셰익스피어	93	신구빈법	241
소 독일주의	200, 280	신분의회	60
소비에트	391	실증주의	348
속도전	367	19세기의 기초들	211
쉰너러	428	14개 조항	375
솜 전투	370		

(ㅇ)

아나톨 프랑스		277	앙드레 모로아	138
아노미 현상		343	앙리 베르그송	338
아돌프 히틀러	284,	428	앙리 4세	62
아드와		301	앙시앵 레짐	120
아메리코 베스푸치		31	애덤 스미스	100, 150
아미앵		376	앤 볼린	46
아브라함 다비		223	야경국가	151
아서 영		113	얼스터	268
아시냐		125	엄숙한 서약	83
아우구스트 베벨		282	에드먼드 버크	147
아우구스티누스 파		41	에드워드 코크	82
아이젠하워		464	에라스무스	22, 37
아인슈타인		346	에라스무스 다윈	332
아크라이트		222	에라토스테네스	29
아편 전쟁		309	에른스트 룀	440
알렉산더 스타비스키		452	에밀	224
알렉산더 이즈볼스키		358	에밀 뒤르켐	343
알렉산드르 1세		159	에밀리아노 사파타	322
알렉산드르 2세		293	에밀 졸라	232, 277
알렉세이 브루실로프		372	에베르트	422
알렉시스 드 토크빌		232	에크	43
알바니아		359	엔리케	27
알비노니		94	엘리자베스 1세	67
알자스·로렌	273,	378	엘베 강	464
알폰소 5세		28	엥겔베르트 돌푸스	447
알폰소 13세		445	연방의회	110
암리차르		314	연방헌법	110
압둘 하미드 2세		319	연속설	22

찾아보기 479

연역법	92
연합규약	110
영광의 5일	182
영국 국교회	47
영방국가	38
예나 패전	198
예수회	48
예술가들의 생애	21
예정설	45
예카테리나 2세	76
오렌지 자유국	305
오를레앙파	275
오스만 터키족	25
오웬	244
5월 법	281
오키나와	465
오토만 제국	319, 372
올리버 크롬웰	86
옴두르만 전투	305
왕권신수설	55
왕당파	137
왕실협회	92
용기병	83
용병	54
우드로 윌슨	322, 374
우신예찬	23
워즈워스	146
월리스	335
웰링턴 공	261
위그노파	46
위클리프	37

윌리엄	65
윌리엄 블레이크	146
윌리엄 4세	262
윌리엄 힉스	304
유기적 생명의 법칙	332
유럽 공동체, EC	36
유토피아	23, 78
유황도	465
융커	71, 197
의무교육제	238
의사 지바고	399
의화단	310
의회파	85
이그나티우스 로욜라	48
이드	341
이반 3세	75
이사벨라	28
2월 혁명	169
이이제이	309
이탈리아 르네상스 문화	21
이행기	22
인간과 시민의 권리선언	123
인구론	240
인류의 혈통	332
인민 자유당	391
인민전선	445
인지법	105
인클로저 운동	78
인텔리겐치아	292
일국 사회주의	406
일반의지	98

임금철칙설 241 | 입법의회 130, 314

(ㅈ)

자르 분지	382	제수이트	48
자유군단	423	제1차 5개년 경제개발	407
자유당	264	제임스 와트	222
자유 방임주의	150, 450	제임스 1세	181
자유주의	149	제임스 하그리브스	222
자유 프랑스군	460	젠트리	79
자코뱅	127	조르주 소렐	339
자코뱅 헌법	132	조르주 르페브르	137
자크 들로주	168	조지 3세	105
장기의회	84	조지 빌리어즈	81
장로파	46	조지 워싱턴	107
장미전쟁	80	조지프 체임벌린	306
장인	175	조토	21
장 자크 루소	97	조합주의	420
재정복	26	존 로크	91
적군	398	존 핌	82
적자생존	300	존 케이	222
젊은 베르테르의 슬픔	94	종교적 신비주의	399
정부론	97	종의 기원	332
정신의 위기	366	주세페 마치니	188
제국의회	279	줄루족	301
제국주의	298	중금주의	56
제네바 군비축소 회담	458	중상주의	55
제니 방적기	222	중세의 가을	21
제레미 벤담	241	중앙당	282
제3부	163	지크문트 프로이트	340
제3세계	468	지멘스	224

지팡고	27	지질학 원칙	332
지역 방위군	447	직인	176
지중해 무역	26	질풍노도	94

(ㅊ)

차티스트 운동	262	청년 히틀러 연맹	442
찰스 디킨스	232	청서	230
찰스 라이엘	332	청일 전쟁	
찰스 1세	82	체카	400
처칠	372, 460	초서	17
천로역정	94	충성파	109
전직	46	츠빙글리	45
철기군	86	치마부에	21
철십자 훈장	429	친슬라브파	76, 299
철혈정책	200	친위대, SS	443
청교도	46	7월 칙령	165
청년 이탈리아	188		

(ㅋ)

카르보나리	167, 187	카프리비	286
카를 리프크네히트	423	카프반란	423
카를 마르크스	243	카프카스 지방	372
카를스바트	174	카피르족	301
카미유 드물랑	121	칼뱅이즘	
카부르	190	칼뱅	45
카지미르 바데니	206	캄포 포르미오 조약	137
카탈로니아	445	캬론	113
카트린 드 메디치	61	캐서린	46
카포레토	373	캐스트러리	159

캔터베리 이야기	17	코페르니쿠스	93, 332
케네	99	콜럼버스	27
케렌스키	392	콩고	301
케이프 타운	301	콩트	330
케인스	450	쾌속 범선	225
케플러	93	쿨락	408
코르네유	93	크론슈타트 해군기지	405
코리니코프 장군	393	크림 전쟁	190, 292
코민테른	398	클레망소	277, 380
코사크 부족	398	키디브	303
코주트	181	키츠	146

(ㅌ)

타넨베르크 전투	371	토스카넬리	28
타타르의 멍에	75	토크빌	171
태양왕	63, 115	통치헌장	87
태평천국의 난	305	투른 백작	69
테니스 코트의 서약	120	툴롱항구의 전투	137
테르미도르 파	134	튀르고	113
토리당	259	튜더 왕조	46
토머스 맬서스	240	튜더 혁명	66
토머스 모어	22, 78	트라팔가 해전	143
토머스 웬트워스	84	트란스발	305
토머스 홉스	96	트로츠키	394
토스카나 공국	186	트리엔트 공의회	50
토스카나 대공	182	티에르	276

(ㅍ)

파르마	167	파리 백작	275

파리 조약	109	푸가초프 반란	77
파리코뮌	122	푸거 가문	39
파리 평화회담	381	푸리에	244
파센데레 공격	373	프라이드 대령	87
파시즘	373	프란츠 요제프	204
파펜	436	프란츠 페르디난트	352, 360
판초 빌라	322	프란츠 콘라트 폰 회첸도르프	353
팔랑크스	245	프랑수아 기조	169
팔랑헤	446	프랑수아 1세	61
팔러먼트	65	프랑스 은행	453
팔레비	318	프랑스 혁명에 대한 반성	147
퍼싱 장군	376	프랑코 장군	446
펀자브	314	프랑크푸르트 국민의회	177
평등파	134	프랭클린 루스벨트	450
평로법	224	프레스터 존	25
페니안	266	프로테스탄티즘의 윤리와 자본주의	46
페르난도 7세	162	프루동	251
페르디난트 2세	182	프리드리히 빌헬름	70
페리 제독	311	프리드리히 엥겔스	243
페이양 클럽	130	프리츠 피셔	363
페트라르카	16	피가로의 결혼	128
페트로 그라드		피에몬테	162, 287
페탱	369, 460	피에르 마르탱	224
펠리페 2세	33, 67	피우메 항구 점령	416
포츠담 회담	465	피우스 9세	182, 287
포함외교	322	피우스 11세	421
폴 드 라가르데	214	피터루 학살	260
폴란드 회랑	382	필로조프	244, 332
폴 크루거	305	필립 2세	
표트르 대제	75, 291		

(ㅎ)

하요 홀본	380
하이젠베르크	346
한자도시	26
합리론	91
합리화 과정	345
해스킨스	21
헤겔	142
헤르체고비나	358
헨리 베세머	224
헨리 7세	66
헨리 8세	46
혁신주의	111
현대 물리학	347
호이징가	21
호헨촐레른 왕조	197
황금률	244
회교연맹	314
후베르투스부르크 조약	73
후스	37
휘그당	259
휴스턴 스튜어트 체임벌린	211
히로시마	465
히믈러	443
힌덴부르그	436
힌두 인도 국민의회	314

具 學 書

서울대학교 사범대학 역사학과를 졸업하고 인문대학 서양사학과 석사과정을 이수한 후 박사과정을 거쳐 현재 강릉대학교 교수로 재직중

이야기 세계사 2권

1994년 3월 10일 개정 1쇄 발행
1995년 5월 1일 개정 4쇄 발행

편저자 구 학 서
발행인 이 상 용

발행처 청 아 출 판 사

서울특별시 서대문구 창천동 72-31
전화 337-3485·4783 FAX 336-2381
등 록 1979. 11. 13 No. 제 9-84 호

＊잘못된 책은 구입한 서점에서 바꿔드립니다.

값 7,000원
ISBN 89-368-0059-0